仏と女の室町

物語草子論

恋田知子
koida tomoko

笠間書院

早稲田大学図書館蔵『から糸絵巻』

信濃国手塚の里の万寿の姫と侍女の更科は、頼朝暗殺が露見し、幽閉された母の唐糸を救うため、鎌倉に向かう。

鶴ヶ岡で舞を披露した万寿の姫は、その功徳によって、頼朝より母の助命を許され、褒美として手塚の里一万貫を賜る。

岩瀬文庫蔵『釈迦并観音縁起』絵巻

継母によって遠方の島に放置された早離・速離の兄弟は、餓死してしまう。
悲嘆にくれる父のもとに、諸天来会する。

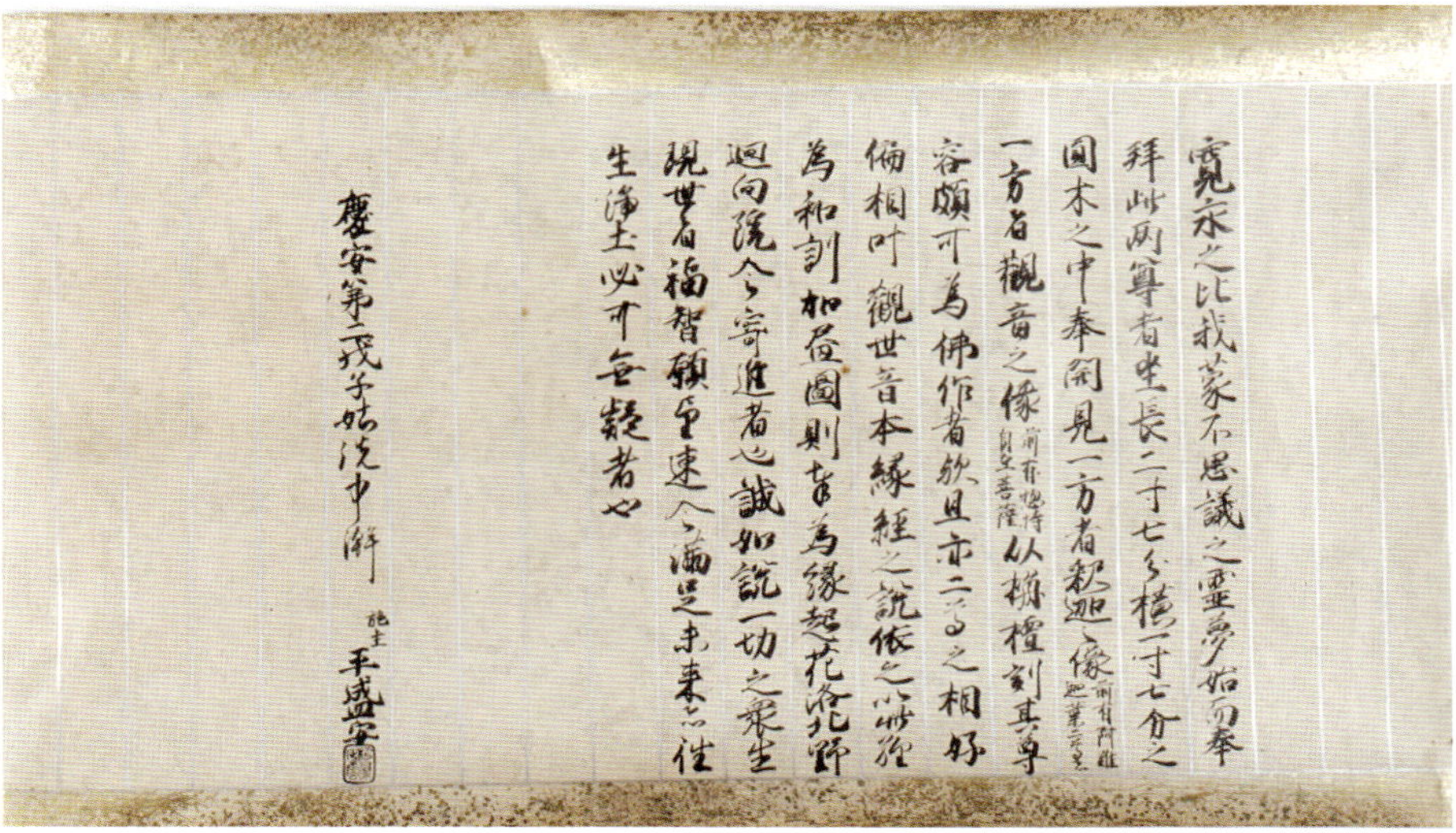

寛永之比我家不思議之霊夢始而奉
拝此両尊者坐長二寸七分横一寸七分之
円木之中奉開見一方者釈迦之像（前有阿難迦葉二尊者）
一方者観音之像（前有[illegible]持日光菩薩）从栴檀刻其尊
容顔可為仏作者歟且亦二子之相好
備相叶観世音本縁経之説依之以此経
為和訓加絵図則以為縁起於洛北野
廻向院令寄進者也誠如説一切之衆生
現世者福智願望速令満足未来者往
生浄土必可無疑者也

慶安第二戊子姑洗中澣
施主 平盛安

平（杉原）盛安による本絵巻作成・奉納に関する識語

岩手大学図書館蔵　奈良絵本『ぼろぼろの草子』

暮露の虚空坊と念仏者の蓮花坊が、仏法問答を交わす。

慳貪な女が虚空より現れた鬼によって、股をさかれてしまう。
話の語り手である虚空坊が画面左手に描かれる。

慈受院蔵〔大織冠絵巻〕

竜王は宝珠を奪うため、修羅たちに頼み、万戸将軍率いる唐人軍と合戦に及ぶ。

宝珠を奪われた鎌足は、房崎の浦を訪れ、多くの海女たちのうち、一人の海女と契りを交わす。

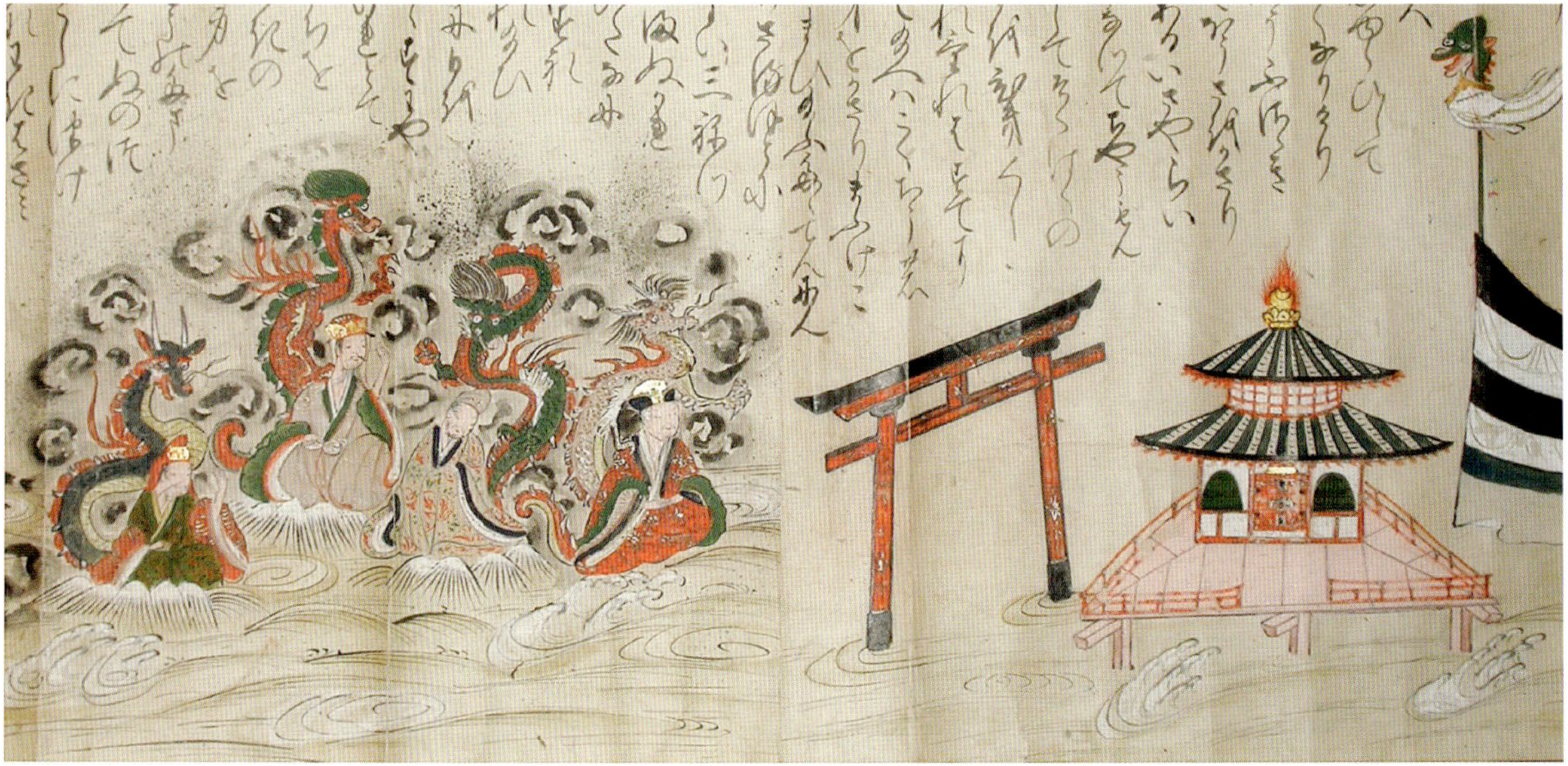

海上にしつらえた舞台におびき出される竜王たち。

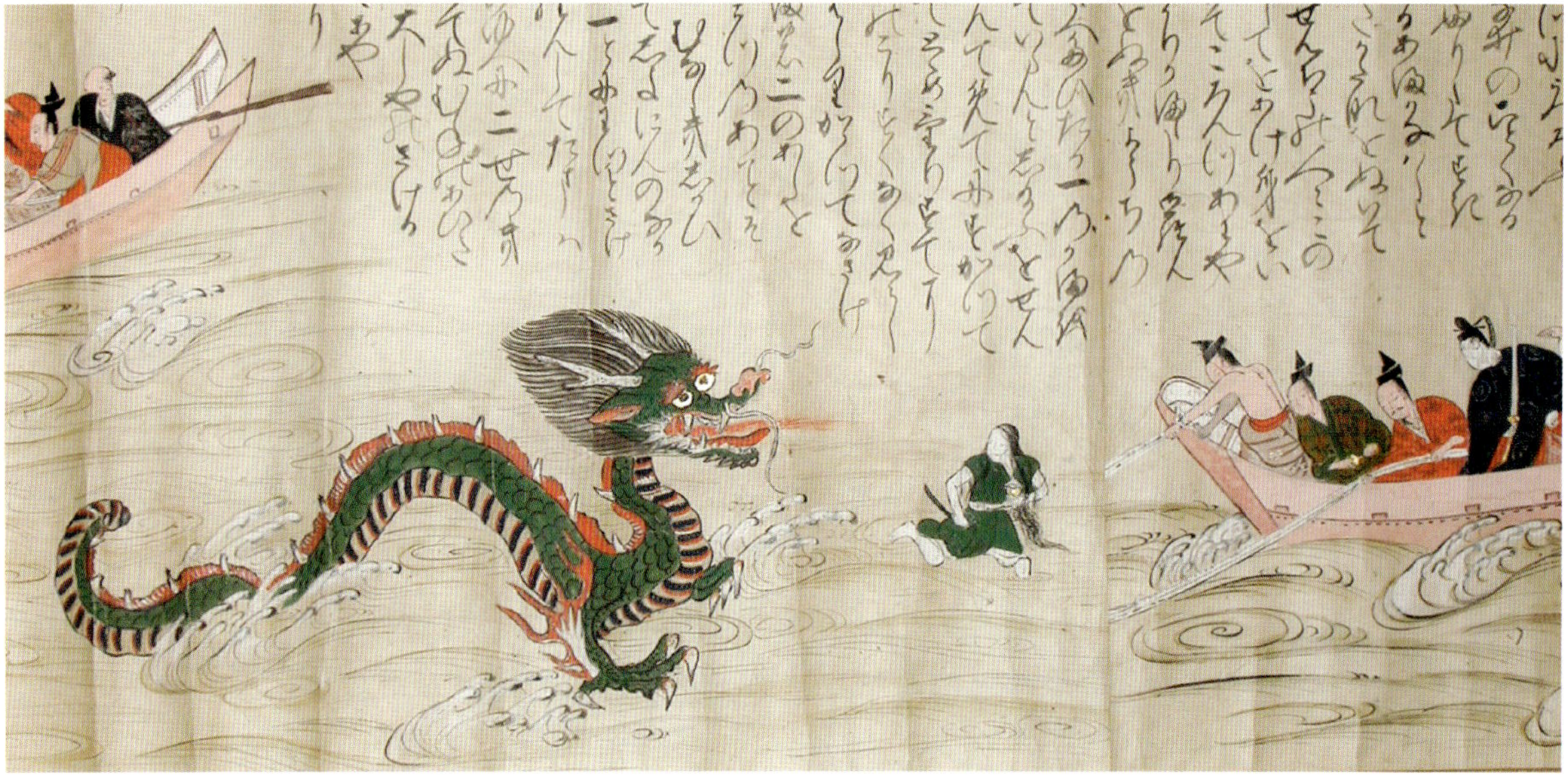

宝珠を奪回した海女は、執拗な大蛇からの追撃により、命を落してしまう。

目次

資料篇

凡例

引用したテキストについては、特に注記のない限り、以下のものによった。影印のものについては私に翻字し、句読点等を施すなど、読解の便宜をはかった。また、漢字についても、読解の便宜上、通行の字体に改めた箇所がある。なお、お伽草子の本文については、特に断らない限り、『室町時代物語大成』（角川書店）により、私に句読点をあらため、漢字を当てるなどした。

使用テキスト一覧（引用掲載順）

『直談因縁集』…『日光天海蔵　直談因縁集　翻刻と索引』（和泉書院）
『康富記』…増補史料大成
『言経卿記』…大日本古記録
『法華経直談鈔』…『金台院蔵本　法華直談鈔』（臨川書店）
『今昔物語集』…新日本古典文学大系
『百因縁集』…国文学研究資料館マイクロフィルム
『私聚百因縁集』…古典文庫
『注好選』…新日本古典文学大系
『宝物集』…新日本古典文学大系
『法華草案抄』…承応年間刊本
『三国伝記』…中世の文学『三国伝記』（三弥井書店）
『法華経鷲林拾葉鈔』…『法華経鷲林拾葉鈔』（臨川書店）
『当麻曼陀羅疏』…『浄土宗全書』十三
『沙石集』…新編日本古典文学全集
『地蔵菩薩霊験記』…『一四巻本地蔵菩薩霊験記』（三弥井書店）
『頬焼阿弥陀縁起』…新修日本絵巻物全集

『安楽集』…『浄土宗全書』一
『看聞日記』…続群書類従補遺二
『法華経』…岩波文庫
『一乗拾玉抄』…『一乗拾玉抄』（臨川書店）
真名本『曾我物語』…『妙本寺本曾我物語』（角川書店）
『往因類聚抄』…真福寺善本叢刊二『法華経古注釈集』
（臨川書店）
『壒嚢鈔』…『塵添壒嚢鈔・壒嚢鈔』（臨川書店）
『竹居清事』…続群書類従十二上
『天陰語録』…続群書類従十三上
『雑濫』『熊野詣日記』…『九条家伏見宮家諸寺縁起集』
（図書寮叢刊）
『中山寺縁起』…続群書類従二七下
『七天狗絵』…新修日本絵巻物全集二七

『お湯殿の上の日記』…続群書類従補遺三
『満済准后日記』…続群書類従補遺一
『建内記』…大日本古記録
『実隆公記』…『実隆公記』（続群書類従完成会）
『中右記』…増補史科大成
『夢窓国師年譜』…続群書類従九下
『九相詩絵巻』…日本絵巻大成7
『言継卿記』…『言継卿記』（図書刊行会）
『言経卿会』…大日本古記録
『二水記』…大日本古記録
『十輪院内附記』…史料纂集
『親長卿記』…増補史料大成
『因縁抄』…古典文庫

その他、経典類については、注記のない限り『大正新脩大蔵経』により、通行字体に改めるなど、読解の便宜をはかった。

論考篇

序論

室町期の物語文芸については、文学研究はもとより、中世史や美術史などの分野においても研究対象とされる状況にあり、(1)近年ますます活気を帯びている。室町文芸そのものが、従前のそれとは異なり、貴族階級だけでなく、武家や庶民、宗教者や芸能者など、幅広い階層にわたる信仰や文化を内包しているからにほかならない。そうした室町文芸の総体については、夙に民俗学的方法によって広く唱導文芸を論じた筑土鈴寛氏『中世藝文の研究』(有精堂出版　一九六六)をはじめ、岡見正雄氏『室町文学の研究』(岩波書店　一九九六)、市古貞次氏『中世小説とその周辺』(東京大学出版会　一九八一)に代表される研究によって明らかとなっている。加えて、美濃部重克氏『中世伝承文学の諸相』(和泉書院　一九八八)や徳田和夫氏『絵語りと物語り』(平凡社　一九九〇)、林雅彦氏『増補日本の絵解き――資料と研究――』(三弥井書店　一九八四)など、室町期の信仰や文化に根ざした文学研究により、充実した成果があげられていることは言うまでもないだろう。

とりわけ、お伽草子や絵巻については、市古貞次氏や松本隆信氏らによる総括的な研究に続き、(2)徳田和夫氏『お伽草子研究』(一九八八　三弥井書店)、石川透氏『室町物語と古注釈』(三弥井書店　二〇〇二)、同氏『奈良絵本・絵巻の生成』(三弥井書店　二〇〇三)などによって、さらなる深まりを見せている。(3)かような研究の蓄積を経て、最近では、たとえば安原眞琴氏『『扇の草子』の研究――遊びの芸文――』（ぺりかん社　二〇〇三）のように、絵草子研究も新たな拡がりを見せているのである。さらに、広い意味での本地物や縁起の類にまで視野を広げるならば[4]、室町期の物語研究は多くの可能性を秘めており、今後もますますの進展が期待される。

一方、幸若舞曲や説経、古浄瑠璃といった室町期の語り物研究では、古く室木弥太郎氏や角川源義氏による論考などがあるが[5]、民俗学的視点と方法から成立基盤や管理者の問題を細密に検討した福田晃氏の一連の論考[6]によるところは大きい。さらに芸能との関わりにおいては、徳江元正氏『室町藝能史論攷』（三弥井書店　一九八四）に結実され、具体的な芸能者の考察では、渡邊昭五氏『中近世放浪芸の系譜』（岩田書院　二〇〇〇）も意義深い。近年では特に、小林健二氏『中世劇文学の研究――能と幸若舞曲――』（三弥井書店　二〇〇一）、佐谷眞木人氏『平家物語から浄瑠璃へ――敦盛説話の変容』（慶應義塾大学出版会　二〇〇二）が、室町期の芸能と物語の形成、およびその展開を考える上でも、非常に示唆的である。

このような先学の優れた研究の蓄積を経て、お伽草子や絵巻、語り物といった室町期の物語文芸は、中世史や宗教史、美術史などの分野を越えて、また国内外を問わず、研究対象として広く認知されるにいたった。そこでは、特に個々の作品分析や美術史的側面などからの考察がなされる傾向にあり、相応の成果が得られてきている。しかしながら、その深まりとともに細分化を余儀なくされ、諸ジャンル相互の関連や室町文芸とその周辺を総体的にとらえるということが難しくなってきている面もある。

そこで本論では、本文や図像の内容分析やその成立の問題と、書物としての形態や享受の様相との両面に注意をはらい、室町期に生成・享受された物語文芸を「物語草子」として巨視的に把握してみたい。そして、経典の談義や法会の唱導の場における説話と対照させることによって、室町期の文芸と宗教文化とのかかわりの一端を明らかにすることを目的としている。その際、欠かすことのできない視点が、物語草子に種々の位相で関与する、あるいは関与させられる「女性」の問題である。

中世文芸と女性

日本中世における女性像の検証は、折口信夫や柳田國男による民俗学や芸能史の観点をはじめ、[7]多くの先学の研究によって多大な成果が収められてきた。近年では、特に歴史学を中心に、網野善彦氏による社会史や脇田晴子氏らによる女性史・家族史、[8][9]黒田日出男氏らによる図像学からのアプローチ、[10]さらに西口順子氏らの女性と仏教をめぐる研究など、[11]急速な進展を見せている。なかでも「女性と仏教」というテーマは、大隅和雄氏・西口順子氏編『シリーズ女性と仏教』全四冊（「尼と尼寺」「救いと教え」「信心と供養」「巫と女神」平凡社　一九八九）の刊行を端緒として、宗教史・女性史からだけでなく、国文学や美術史などもふくめ、学際的観点から実に多くの研究がなされており、種々明らかとなっている。

女性の信心の実態については、女人禁制や女人往生にかかわる問題を総合的に取り上げた笠原一男氏『女人往生思想の系譜』（吉川弘文館　一九七五）以降、女人禁制の場における女性の救済や家機構内での役割について論じた西口順子氏『女の力――古代の女性と仏教』（平凡社　一九八七）、出家の動機や尼の姿形を論じた勝浦令子氏『女の信心――妻が出家した時代』（平凡社　一九九五）など、その多様性を明らかにした研究により、新たな展開を見せている。笠原一男氏による通説を批判した平雅行氏「旧仏教と女性」（『日本中世の社会と仏教』塙書房　一九九二）を契機に、法然の女人往生説の検証をめぐって、阿部泰郎氏との間で展開された議論も意義深い。[12]また、諸宗派と女性とのかかわりについても、浄土系諸宗として、今堀太逸氏『神祇信仰の展開と仏教』（吉川弘文館　一九九七）、西口順子氏「真宗史のなかの女性」(『日本史の中の女性と仏教』法蔵館　一九九九)などがあり、律宗の尼と尼寺に関しては、細川涼一氏『女の中世　小野小町・巴・その他』(日本エディタースクール出版部　一九八九)、松尾剛次氏『勧進と破戒の中世史――中世仏教の実相』(吉川弘文館　一九九五)など、禅宗では、バーバラ・ルーシュ氏『もう一つの中世像　比丘尼・御伽草子・来世』(思文閣出版　一九九一)、原田正俊氏「女人と禅宗」(『中世を考える　仏と女』吉川弘文館　一九九七)など、めざましい成果が得られている。従来の宗教史研究が、経典や高僧の著述を検討するなかで、女性をどのようにとらえていたかという、いわば教団側の理解に重点を置いていたのに対し、近年では特に、女性の仏教理解や、尼・尼寺の社会的立場など、女性からみた仏教の問題を解明しようとする傾向にある。なお、二〇〇三年の春に、奈良国立博物館において開催された特別展『女性と仏教――いのりとほほえみ――』は、近年の女性と仏教にかかわる研究の成果を取り入れた、画期的な展観であった。今後もさらなる進展が期待される分野と言えるだろう。

このような女性と仏教をめぐる研究動向と連動するかのように、中世の説話や物語、芸能を中心とした文学研究の立場からの考察も進んでいる。たとえば、『〈悪女〉論』(紀伊国屋書店　一九九二)を中心とする田中貴子氏による一連の研究(13)や、阿部泰郎氏『湯屋の皇后――中世の性と聖なるもの』(名古屋大学出版会　一九九八)など(14)、さらに最近では、奥田勲氏編『日本文学　女性へのまなざし』(風間書房　二〇〇四)に見られるように、女性の歴史像をふまえた上で、中世文芸における造型・表現化の様相をとらえなおし、宗教との有機的な連関性を論じた研究がなされつつある(15)。そこでは、従来の国文学研究において看過されてきた問題や作品も浮上しているといえよう。つまり、中世の文芸世界がいっそう豊かに現出しているわけで、なおも究めるべきフィールドであると思われる。

なかでも、室町期から江戸前期にかけて盛んに生成・享受されたお伽草子は、いわゆる「婦女童幼」の教養書という側面に加えて、「登場人物としての女性」や「語り手としての女性」といった従来の視点、さらに「女人教化」「女人教導」といった観点も導入されたことで、女性とのかかわりが顕著な文芸としてとらえられており[16]、室町期の文芸と宗教を考える上で、好個の対象と言うべきであろう。

お伽草子にみる女性

作者層や享受者層が多様化し、題材も多岐にわたったお伽草子の世界には、前代の物語に比して、多様な階層の女性が描かれている。公家の姫君や武家の妻女にとどまらず、地方に住む庶民の女（『文正草子』『さいき』など）や、都鄙の遊女（『十本扇』『藤の衣物語絵巻』など）、物売りや女性宗教者（『おようの尼』『千代野の草子』など）が登場し、物語中で重きをなしている。なお、これら物語中の女性たちの諸相については、本論第一部の各章において検討する。また、王朝時代の和歌・物語文学を担った、小野小町や和泉式部、紫式部といった女性たちについても、『小町の草紙』『小町歌あらそひ』[17]、『和泉式部』『和泉式部縁起』[18]、『紫式部の巻』[19]のように、新たな説話にいろどられ、女人救済の思想を前面に出して造形されるなど、中世的な変容を見せている。そのような変容の様相は、第十二章「『源氏供養草子』考――寺院文化圏の物語草子――」で考究する『源氏供養草子』にも如実にあらわれている。

平安朝の物語の系譜を引く、『狭衣の草子』『岩屋の草子』などの公家物は、不遇な女性と貴公子との恋愛を物語るが、前代の物語では、男女主人公の間の恋の経緯が綿々と語られているのに対し、お伽草子になると、そうした恋物語の叙述に加えて、主人公の身の上に起こる障害や苦境に筆が費やされ、悲劇あるいは危難克服の物語という性格が強くなる[20]。同じく、『住吉物語』以下の継子物（『鉢かづき』『花世の姫』など）においても、愛し合う男女の離別と苦難の末の再会とが描かれるが、とりわけ、虐待され捨てられる姫君の物語は、女主人公を神の化身あるいはその前生として語る点で、女流の唱導の関与をも想起させるものとなっている。なお一方で、後述するように、このような継子物の寺院での利用という側面も明らかとなりつつあり[21]、あわせて検討すべき問題である。

地方の武家階層を舞台とし、架空の人物を主人公に仕立てた『明石物語』『師門物語』などの武家物においても、恋人や夫婦が何らかの障害によって別離を余儀なくされ、女が男の行方を追って旅に出るという趣向が見られる。物語そのものが特定の信仰宣布の目的をあらわにしており、神仏の利生によって主人公の運命が開けるという展開で共通することから、この種の物語の形成や流布にも、神仏の霊験利生を説く宗教家が関与したと考えられる[22]。こうした男女の流離苦難は、神仏が人間世界で苦悩を経験したが故に、同じ苦悩を持つ衆生を救済する力を得るという論理で仕立てられる本地物にも見られるものである。これら女性の苦難を描く物語の特徴は、たとえば、浄瑠璃姫（『浄瑠璃物語』）や五衰殿の女御（『熊野の本地』）が、慣れぬ旅路に足から血を流すなどと具体的に描かれている点や、流浪の女性を庇護する乳母や老尼が登場する点（第一章「お伽草子の尼御前」参照）などがあげられる。こういった観点は、遊行廻国の女性の語り手の投影としてとらえられ、彼女たちが女性受難の物語を管理していたことを推察させるものであろう[23]。そのような役割を果たしたのは、やはり女性の芸能者や宗教者であり、たとえば、室町期の巫女の生態やその活躍を映じた作品には、梓弓にかけて口寄せする二人の巫女を描いた『花鳥風月』がある[24]。また、登場する女性の名を作品名とするものとして、『唐糸草子』や『まんじゅのまへ』などがあげられるが、いずれも母娘や姉妹といった女系の物語となっている点でも注目される。これらについては、第二章「『まんじゅのまへ』の成立」、および第三章「『唐糸草子』考――唐糸受難伝承から万寿孝行譚へ――」において考察する。

さらに、お伽草子における女性の多くはもっぱら仏道に帰依する存在であり、往生成就を賛嘆し、その前段階として神仏の化身という設定もなされる。したがって、右にあげたような諸作品で描かれる女性の受難は、結部で本地を語り出すために現世で遂げなくてはならない儀礼としての苦行のひとつであり、女人往生を説くための便宜ともとらえられる。そのような点から、たとえば『中将姫の本地』のように、女性の受難と救済を語る継子物は、談義や唱導という形で、仏教世界においても利用されているのである。[25]なお、女性と仏教という問題に関連して、『磯崎』『姫百合』『玉虫の草子』のように、女の嫉妬や執心、五障三従の教理を説く作品[26]や、『常盤の姥』『火桶の草子』[27]のように、仏道をめぐる老女の説話などもあげられる。なかでも、女人の愛執を主軸に、法華経の功徳を語る著名な物語として、『道成寺縁起絵巻』を中心とした関連作品（『日高川の草紙』）があるが、これについては、第六章「室町の道成寺説話――物語草子と法華経直談――」で検討することとする。

その他、狂言の〈わわしい女〉[28]や武勇に聞こえた女性（『いしもち』『江島物語』など）など、室町期の庶民的女性像も散見される。母子の情愛を描く作品（『花子もの狂ひ』『百万物語』など）や、女訓物（『乳母の草紙』など）の隆盛[29]などをも考慮するならば、お伽草子を中心とする室町の物語文芸を、女性という視点から読み解く方法は、渋川版が「婦女童幼」としたお伽草子の概念規定を超えるものであり、如上の諸分野横断的な研究状況のなかで極めて有効なものであろう。

ただし、女性に着眼したお伽草子研究の多くは、個別の作品論やお伽草子全般、あるいは類似の作品群についての概説的な把握にとどまるものであると言わざるをえない。個別の作品研究をふまえた上で、寺院圏とのかかわりをも重視しつつ、絵巻や語り物も含めた物語草子の制作圏にそくして検討することによって、はじめて女性と文芸との種々の位相でのかかわり方が明らかになるはずである。「婦女童幼」の教養書という性格付けが示すところの女性による享受の実態については、たとえば奥野高廣氏『戦国時代の宮廷生活』（続群書類従完成会　二〇〇四）が示されたような宮中における信仰や学芸の諸相に照らして、皇女や官女だけでなく、公家や武家の子女たちも含めた女性文化圏の検証が必要となるだろう（第十一章「女性の巡礼と縁起・霊験説話――『熊野詣日記』をめぐって――」、および第十三章「比丘尼御所と文芸・文化」参照）。

したがって、本論では、女性とのかかわりを具体化することを念頭に置きつつ、各作品および、共通した素材としての説話に着目し、その生成・享受の様相を分析することにより、これまで個別に検討されてきた物語・説話をめぐる文芸世界と宗教世界との相関関係を明らかにしてみたい。その際、重要な問題となるのが、談義・唱導テキストと物語草子との関連である。

談義・唱導と物語草子

中世の文芸世界を考える上で、寺院における経典談義や法会唱導の場とのかかわりを想定することは、もはや欠かすことのできない視点となっている。牧野和夫氏『中世の説話と学問』（和泉書院　一九九一）、山崎誠氏『中世学問史の基底と展開』（和泉書院　一九九三）、三谷邦明氏・小峯和明氏編『中世の知と学――〈注釈〉を読む』（森話社　一九九七）、黒田彰氏『中世説話の文学史的環境』正・続（和泉書院　一九八七・一九九五）など、多くの先行研究によって寺院内での学問の様相が明らかになっており、最近では全国各地の寺院における文献調査なども盛んに行われており、その体系化がなされつつある。[30] そうした中で、たとえば最近、髙橋秀城氏によって紹介された『連々稽古双紙以下之事』[31] などに端的に示されるように、寺院内での物語草子の享受の実態についても、徐々に考察が進められている状況にある。この点については、本書第三部の各章で論じたい。

さらに、談義・唱導の場における説話が、説話集や注釈書などとかかわりあいながら利用されていた様相については、宮崎圓遵氏「中世における唱導と談義本」(宮崎圓遵著作集七『仏教文化史の研究』思文閣出版　一九九〇　初出一九四九)、高橋伸幸氏「浄土系直談と説話――標題説話の背景――」上・下(『大谷学報』七一―三・四　一九九二・七、八)、廣田哲通氏「談義・直談」(説話の講座三『説話の場――唱導・注釈――』勉誠社　一九九三)、阿部泰郎氏「説話・伝承の生成――変容の場としての唱導および直談」(『説話・伝承学』五　一九九七・四)など、網羅的な研究が積み重ねられている。そうした研究動向にあって、談義・唱導の場をめぐる物語草子についてもまた、法華経注釈書や浄土系談義書、真宗の談義本といった諸宗派の文献研究を通じて、談義・唱導の場を経た物語草子の生成の様相が徐々に明らかになってきている。この点については、永井義憲氏「講経談義と説話――『鷲林拾葉鈔』に見えるさゝやき竹物語――」(『日本仏教学研究』三　新典社　一九八五　初出一九七三)、岡見正雄氏「小さな説話本――寺庵の文学・桃華因縁――」(『室町文学の世界』岩波書店　一九九六　初出一九七七)といった先駆的な研究がある。これら先学の研究をふまえて、近年中心的に論じられているのが、法華経注釈書類との関連である。永井義憲氏の論考以後、多くの法華経注釈書類が報告・刊行されたことにより、[32] この種の研究が著しく進展したといえよう。そのような動向のなかで、説話の機能や談義所の活動についての考察も深められる[33]一方、他の注釈書や周辺の説話集だけでなく、物語草子との関係も活発に論じられつつある。[34]

一方、浄土系談義書類とのかかわりからは、前掲の宮崎圓遵氏や高橋伸幸氏の論考、徳田和夫氏「三心談義と説話――室町期逸名古写本の紹介――」(『日本文学史の新研究』三弥井書店　一九八四)など、早くから充実した研究が重ねられている。特に近年は、近本謙介氏「浄土系談義書における説話覚書(一)」(『詞林』八　一九九〇・論考[35])、小峯和明氏「大谷大学図書館蔵『扶説鈔』について」(『説話の国際比較』桜楓社　一九九一)、上野麻美氏「『当麻曼陀羅疏』と常陸――聖聡の説話享受――」(『仏教文学』二四　二〇〇〇・三)[36]など、『当麻曼陀羅疏』の再検討がなされており、結果、物語草子との関連もよりいっそう論じられることになるだろう。[37]なお、『当麻曼陀羅疏』などで知られる「早離速離」説話については、第八章「偽経・説話・物語草子――岩瀬文庫蔵『釈迦并観音縁起』絵巻をめぐって――」で詳しく考察する。

また、真宗の談義に関しても、宮崎圓遵氏『真宗書誌学の研究』(宮崎圓遵著作集六　思文閣出版　一九八八　初出一九四九)、千葉乗隆氏『真宗史料集成』五「談義本」解題(同朋舎　一九八三)により、早くから総括的な研究がなされている。なかでも近年、黒田佳世氏「『阿弥陀の本地』と浄土真宗――仏教大学図書館蔵本と新出慈願寺本をめぐって――」(『説話文学研究』三六　二〇〇一・六)[38]、箕浦尚美氏「『大仏の御縁起』考」(『待兼山論叢』三五　二〇〇一・一二)[39]などにより、真宗における物語草子のありかたなどが精力的に論じられている。なお、真宗の談義本として知られる『慈巧聖人神子問答』については、第五章「『慈巧上人極楽往生問答』にみる念仏と女」で検討する。

こうした物語草子をめぐる談義・唱導テキストの研究は、そこに見られる説話を、物語草子が生成される素材・背景としてとらえるというものであり、談義・唱導テキストの発掘や個別説話の流伝の様相解明において、充実した成果をあげている。だが結果的に、個別の説話の検討、個別の作品論、あるいは宗派ごとのテキストの分析に終始してしまう傾向もあり、宗派を越えて異なる場で享受される共通説話のありようや物語草子に至る道程など、いま少し事例を積み重ねて検討していく必要もあるだろう。加えて、物語草子から談義・唱導の場への還流も想定されるのであり、その実際的な場や、そこでの具体的な文芸営為などについてはほとんど考察が及んでいない。談義・唱導のような宗教的な空間と物語草子を生成していく場とは、一方が他方を享受するというような単純な関係ではなく、素材たる説話が双方向に利用されるというありかたを有していると考えられる。このような様相については、第九章「『ぼろぼろの草子』考――宗論文芸としての意義――」において特に論じるが、本論全体にわたっても、第二部、第三部を中心に、談義・唱導の場での説話享受のありかたや文芸性の獲得の様相を検討し、談義・唱導テキスト群と物語草子群とが相互にかかわりあいつつ存在し、享受されていたという側面を明らかにしてみたい。

以上のように、談義・唱導の場で利用される説話の様相を検討する一方（第二部）、物語草子の側から素材説話の流布の様相を具体的に検討し（第三部）、また既に述べたように、女性と仏教のかかわりに重点を置くことによって、双方のテキストが相互にかかわりあいながら、室町期の文芸を形成していったことを明確にしたい。すなわち本論は、貴族文化圏と寺院文化圏との交流を見据え、とくに「メディア」の相違がもたらす、説話内容の改変の実態、および説話材料の共有のありかたなどを動態的にとらえつつ、そういった交流現象を可能にした場のひとつとしての比丘尼御所を、室町期の文芸史に新たに位置づけようとするものである。

【注】

（1）黒田日出男氏『歴史としての御伽草子』（ぺりかん社　一九九六）、保立道久氏『物語の中世―神話・説話・民話の歴史学―』（東京大学出版会　一九九八）、高岸輝氏『室町王権と絵画―初期土佐派研究―』（京都大学学術出版会　二〇〇四）など参照。

（2）市古貞次氏『中世小説の研究』（東京大学出版会　一九五五）、奈良絵本国際研究会議編『御伽草子の世界』（三省堂　一九八二）、松本隆信氏『中世庶民文学―物語草子のゆくへ』（汲古書院　一九八九）、『中世における本地物の研究』（汲古書院　一九九六）など参照。

(3) お伽草子をめぐる研究史の一つの結実として、神田龍身氏・西沢正史氏編『中世王朝物語・御伽草子事典』（勉誠出版　二〇〇二）、徳田和夫氏編『お伽草子事典』（東京堂出版　二〇〇二）がある。

(4) 牧野和夫氏「「本地物」の四周―「拡がり」の方向性からの提案」（『仏教文学』二七　二〇〇三・三）、川崎剛志氏「「熊野の本地」の一変奏―『熊野山略記』の記事をめぐって」（『中世文学』四〇　一九九五・六）、阿部美香氏「本地物語の変貌―箱根権現縁起絵巻をめぐって―」（『中世文学』四九　二〇〇四・六）、堤邦彦・徳田和夫氏編『寺社縁起の文化学』（森話社　二〇〇五）など参照。

(5) 室木弥太郎氏『語り物（舞・説経・古浄瑠璃）の研究』（風間書房　一九七〇）、角川源義氏『語り物文芸の発生』（東京堂出版　一九七五）など参照。

(6) 福田晃氏『中世語り物文芸―その系譜と展開―』（三弥井書店　一九八一）、『神道集説話の成立』（三弥井書店　一九八四）、『曽我物語の成立』（三弥井書店　二〇〇二）など参照。

(7) 折口信夫「古代研究（民俗学篇１）」（『折口信夫全集』二　中央公論社　一九七五　初出一九二九）、柳田國男「女性と民間伝承」（『定本柳田國男集』八　筑摩書房　一九六二　初出一九三二）など参照。

(8) 網野善彦氏『無縁・公界・楽』（平凡社　一九七八）、『日本中世の非農業民と天皇』（岩波書店　一九八四）、『中世の非人と遊女』（明石書店　一九九四）など参照。

(9) 脇田晴子氏『日本中世女性史の研究』（東京大学出版会　一九九五）、女性史総合研究会編『日本女性史』二（東京大学出版会　一九八二）、田端泰子氏『日本中世の社会と女性』（吉川弘文館　一九九八）、岡野治子氏編『女と男の時空―日本女性史再考』III（藤原書店　一九九六）など参照。

(10) 黒田日出男氏『姿としぐさの中世史』（平凡社　一九八六）、保立道久氏『中世の愛と従属』（平凡社　一九八五）、『中世の女の一生』（洋泉社　一九九九）など参照。

(11) 西口順子氏編『中世を考える　仏と女』（吉川弘文館　一九九七）、勝浦令子氏『日本古代の僧尼と社会』（吉川弘文館　二〇〇〇）など参照。

(12) 阿部泰郎氏「女人禁制と推参」（『シリーズ女性と仏教　巫と女神』平凡社　一九八五）、平雅行氏「女人往生論の歴史的評価をめぐって―阿部泰郎氏の批判に答える―」（『仏教史学研究』三二―二　一九八九）。

(13) 田中貴子氏『外法と愛法の中世』（砂子屋書房　一九九三）、『聖なる女―斎宮・女神・中将姫』（人文書院　一九九六）、『あやかし考　不思議の中世へ』（平凡社　二〇〇四）、『尼になった女たち』（大東出版社　二〇〇五）など参照。

(14) 阿部泰郎氏『聖者の推参―中世の声とヲコなるもの』（名古屋大学出版会　二〇〇一）など参照。

(15) この他、雑誌の特集にもしばしば企画されており、たとえば『国文学　解釈と鑑賞』では、「古典文学にみる女性と仏教」（一九九五・五）、「女性と仏教」（二〇〇四・六）、「中世文学に描かれた性」（二〇〇五・三）などがある。

(16) 渡辺守邦氏「本地物語類研究序説（一）―女性の文芸の見地から―」（『大妻女子大学文学部紀要』一　一九六九・三）、「本地物語類研究序説（二）―内部兆候にみる語り手―」（『大妻女子大学文学部紀要』二　一九七〇・三）、徳田和夫氏『絵語りと物語り』（平凡社　一九九〇）、田中貴子氏「「お伽草子」と女の処世訓―『十番の物あらそい』ほかより」（『性愛の日本中世』洋泉社　一九九七　初出一九九四）、佐伯順子氏「御伽草子における男女関係」（『女と男の時空―日本女性史再考』Ⅲ　藤原書店　一九九六）、田村千鶴氏「一目見ての恋とジェンダー―室町時代物語『十人』を中心に―」（『日本文学　女性へのまなざし』風間書房　二〇〇四）など参照。

(17) 濱中修氏「中世の小町像」（『室町物語論攷』新典社　一九九六）、石川透氏『室町物語と古注釈』（三弥井書店　二〇〇四）、錦仁氏『浮遊する小野小町』（笠間書院　二〇〇一）など参照。

(18) 濱中修氏「中世に於ける和泉式部伝承」（『室町物語論攷』新典社　一九九六　初出一九八八）、徳田和夫氏「熊野に詣でる和泉式部―霊場からのメッセージ」（『日本の美術』三二五　一九九七・四）など参照。

(19) 伊井春樹氏『源氏物語の伝説』（昭和出版　一九七五）、伊藤慎吾氏「『石山物語』考」（『日本文学論究』五七　一九九八・三）など参照。

(20) 松本隆信氏「物語文学とお伽草子」（『中世庶民文学―物語草子のゆくへ』汲古書院　一九八九　初出一九八二）、藤井隆氏「御伽草子における姫君考」（『中世古典の書誌学的研究―御伽草子編』和泉書院　一九九六）など参照。

(21) 阿部泰郎氏「中将姫説話と中世文学」（『日本浄土曼荼羅の研究』中央公論美術出版　一九八七）、日沖敦子氏「お伽草子『姥皮』の成立背景について」（『昔話―研究と資料―』三四　二〇〇六・七）など参照。

(22) 松本隆信氏「本地物周辺の室町期物語―明石物語ほか武家物語諸篇について―」(『中世庶民文学―物語草子のゆくへ』汲古書院　一九八九　初出一九七九)など参照。
(23) 松本隆信氏「熊野本地譚成立考―民俗文学として見た室町時代物語―」(『中世庶民文学―物語草子のゆくへ』汲古書院　一九八九　初出一九五八)など参照。
(24) 徳江元正氏「室町芸能史論のもくろみ」(『室町芸能史論攷』三弥井書店　一九八四)、真下美弥子氏「室町時代物語『花鳥風月』考」(『立命館文学』四三五・四三六　一九九一)参照。
(25) 宮崎圓遵氏「中将姫説話の成立」(宮崎圓遵著作集七『仏教文化史の研究』思文閣出版　一九九〇　初出一九七〇)、徳田和夫氏「享禄本『当麻寺縁起』絵巻と「中将姫の本地」」(『お伽草子研究』三弥井書店　一九八八)など参照。
(26) 沢井耐三氏「お伽草子『磯崎』考―御伽草子と説教の世界―」(『古典の変容と新生』明治書院　一九八四)、徳田和夫氏「お伽草子『玉虫の草子』の変奏―新出伝本の紹介と翻刻を兼ねて―」(『説話論集』八　清文堂出版　一九九八)など参照。
(27) 沢井耐三氏「御伽草子「常盤の姥」の世界」(『国語と国文学』八一―一二　二〇〇四・一二)、川崎剛志氏「「火桶の草子」考」(『語文』六二・六三　一九九五・一)など参照。
(28) もろさわようこ氏『わわしい女たち』(三省堂　一九七二)など参照。
(29) 公家女性の人生の理想と規範を記した女訓書については、美濃部重克氏がお伽草子の享受者圏を考察する上で有効な情報を提供するものと位置づけられている。美濃部重克氏「テキスト・祭り　そして女訓―お伽草子の論―」(『国語と国文学』六九―五　一九九二・五)、「天理本『女訓抄』論―お伽草子論に視座をおいて―」(『説話論集』八　清文堂一九九八)参照。
(30) 曾根原理氏「天台寺院における思想の体系―成菩提院貞舜をめぐって―」(『説話文学研究』三六　二〇〇一・六)、随心院聖教調査研究会編『随心院聖教と寺院ネットワーク』一、二(二〇〇四・三、二〇〇五・三)など参照。
(31) 髙橋秀城氏「東京大学史料編纂所蔵『連々稽古双紙以下之事』をめぐって」(『仏教文学』三一　二〇〇七・三)参照。また、同氏「随心院蔵『源夢物語』翻刻」(『随心院聖教と寺院ネットワーク』第二集　二〇〇五・三)も、門跡寺院である随心院の聖教類に、お伽草子が蔵されている点で、興味深い事例である。

(32) 渡辺守邦氏「法花直談私類聚抄―解説と翻刻―」(『国文学研究資料館紀要』七〇　一九八一・三)、『法華経直談鈔古写本集成』(臨川書店　一九八九)、『日光天海蔵　直談因縁集　翻刻と索引』(和泉書院　一九九八)、『叡山文庫天海蔵一乗拾玉抄　影印』(臨川書店　一九九八)、真福寺善本叢刊二『法華経古注釈集』(臨川書店　二〇〇〇)など参照。

(33) 廣田哲通氏「直談系の法華経注釈書とその周辺」(『中世仏教説話の研究』勉誠社　一九八七)、小林直樹氏「『三国伝記』の成立基盤―法華直談の世界との交渉―」(『中世説話集とその基盤』和泉書院　二〇〇四　初出一九八九)、中野真麻理氏『一乗拾玉抄の研究』(臨川書店　一九九八)、渡辺麻里子氏「談義書(直談抄)の位相―『鷲林拾葉鈔』・『法華経直談抄』の物語をめぐって―」(『中世文学』四七　二〇〇二・六)など多数。

(34) 大島由起夫氏「「濡れ衣」説話の展開」(『学習院大学国語国文学会誌』三一　一九八八・三)、廣田哲通氏「御伽草子と直談」(『中世法華経注釈書の研究』笠間書院　一九九三)、三浦俊介氏「民間説話とお伽草子―『金剛女の草子』をめぐって」(『国文学　解釈と教材の研究』三九―一　一九九四・一)、徳田和夫氏「中世の民間説話と『蛙草紙絵巻』」(『学習院女子大学紀要』三　二〇〇一・三)など参照。

(35) 近本謙介氏「浄土宗談義書における説話覚書(二)―『当麻曼陀羅疏』の綴る『発心集』依拠説話をめぐって」(『古代中世文学研究論集』一　一九九六・一〇)など参照。

(36) 上野麻美氏「『当麻曼陀羅疏』所収説話一覧―出典・関連説話」(『人間文化研究年報』二四　二〇〇一・三)、「絵解き資料としての『当麻曼陀羅疏』」(『国語と国文学』八〇―三　二〇〇三・三)など参照。

(37) なお、当麻曼荼羅そのものについては、尼僧をめぐる室町期の説話形成の様相を明示された、日沖敦子氏「当麻曼荼羅と比丘尼―『月庵酔醒記』所収説話を端緒として―」(『説話文学研究』四一　二〇〇六・七)が示唆的である。

(38) 黒田佳世氏「『ゑんがく』と浄土宗」(『椙山国文学』二二　一九九八・三)など参照。

(39) 箕浦尚美氏「『有善女物語』考」(『語文』七四　二〇〇〇・五)、「談義と室町物語―真宗の談義を中心に―」(『日本古典文学史の課題と方法―漢詩　和歌　物語から説話唱導へ』和泉書院　二〇〇四)など参照。

第一部

物語草子と女性

第一章　お伽草子の尼御前

はじめに

古代社会で国家の統制や保護を受けていた尼は、官寺としての尼寺が衰退した中世においては、律宗や禅宗、時宗や浄土宗などの諸宗派の尼寺に属し、専門的宗教者として学問や修行生活を送っていた。その一方で、世俗の生活を送った女性が夫や子供の死などを契機に信仰生活に入る在家の尼たちも多くいたことは言うまでもない。

近年、女性と仏教をめぐる研究が活発になるにつれ、中世社会における多様な尼の宗教活動が解明されてきている。尼寺の成立と推移の全体像を明らかにした牛山佳幸氏による先駆的な論考(1)や、律宗を中心とした尼寺の機能や意義について論じた細川涼一氏による論考(2)、出家の動機や尼の姿形などを詳論した勝浦令子氏の論考(3)などにより、中世における尼寺および尼の地位や存在形態など、その歴史的意義が明らかとなりつつある。

中世の諸宗派における尼寺の復興で、そこに居住する尼が増えた一方、仏教への結縁勧進を目的に諸国を往来・遍歴する廻国の尼たちも活躍するようになった。八百比丘尼や伊勢比丘尼がそれで、代表的存在ともいえる熊野比丘尼については、文学研究の立場からも夙に研究の蓄積がある。[4]「女が語り、女が聞く『女芸』ともいうべき絵解き[5]」と評される熊野比丘尼による絵解きのありようなどは、室町期の文芸と尼とのかかわりを考える上で重要であろう（図1参照）。

本論が対象とするお伽草子を中心とする物語草子には、実に様々な尼の姿が表出している。これら物語草子が、単なる娯楽作品にとどまらず、寺院での宗教活動とも深くかかわりあうものであったことが明らかとなりつつある現在、そこに現れた尼像を再検討することは必要不可欠なものといえよう。そこで本章では、とりわけさまざまな尼僧の姿を描き出す、お伽草子の諸作品について見渡し、本書における問題意識の一端を明示しておきたい。

図１　「住吉神社祭礼図屏風」（部分）近世初期
絵解きする熊野比丘尼と聴聞する女性たち

お伽草子が現れる以前の作品群において、女性宗教者は、もっぱら寺院や教団における尼僧や家刀自の性格をも有する尼公として描かれていた。だが室町期にいたって、寺院社会と俗世間とを往来するような、いわば職能民的な尼御前が、物語の中で具体的に描かれるようになる。寺社の勧進活動が盛んになり、宗教が庶民階級にまで浸透した時代の相と響き合い、お伽草子には、世俗にわたる宗教性と芸能性とを帯びた尼御前が、物語の主人公となって登場するようになるのである。

たとえば、仏教の教導から成長してきた『中将姫の本地』や『千代野の草子』のような発心出家譚では、主人公はいずれも敬虔な女性宗教者としての面が強調され、描き出されている。それは、おそらくこれらの作品が、実際に尼僧がつどうような場を経て、形成されていったことによるものであろう。(6) 一方、『一尼公』や『およふの尼』では、滑稽譚の趣向によって信仰世界から俗化した尼の姿が生き生きと描かれている。(7) 特に「およふの尼」は衣類や日用品を行商するのであり、いわば〈わたりの尼〉としての姿は実社会での廻国の比丘尼の様相をもうかがわせる（図2参照）。そうした遊行の尼御前の姿は、山中に独居する老比丘尼と禅に関する問答を行う行脚の比丘尼（『幻中草打画』(8)）や、念仏者となった夫の蓮花坊とともに諸国を遊行する妻の同行坊（『ぼろぼろの草子』(9)）、さらには閻魔王庁に召

図2　『およふのあま絵巻』
老法師のもとを訪れる物売りの尼

され地獄を遍歴したのち蘇生し、地獄の苦患を語る長宝寺の比丘尼慶心（『平野よみがへりの草紙』）[10]などにも垣間見ることができよう。このように、尼御前は物語の主人公として様々な面を見せるにいたったのだが、主役ならずとも物語内で重要な役割を担って登場する例が散見される点には、特に注意をはらうべきである。

一　救助者としての尼御前

継母のために家を追われ、途方に暮れる姫君を、熊野詣での老尼が保護する物語がある。たとえば、慶應義塾図書館蔵『伏屋の物語』（室町末期写）において、

信濃の伏屋といふ所より、尼君の熊野参りして下向しけるが、この姫君を見つけ参らせて、「いかなる人にておはしますぞ、かやうにたゞ一人おはしますぞ」といひければ、

とあるように、琵琶湖に沈めかけられた姫君が、熊野下向中の六十余歳の尼君と出会い、信濃国伏屋に落ち着くのである。この『伏屋の物語』をもとに作られたといわれる『秋月物語』（歓喜寺蔵寛永頃写本）でも、

尼君は、一人の孝子を持たざるに、是は偏に御熊野の御利生と悦給ひて、御髪をかきなでゝ、やう〳〵に慰め参らせ、色々の御衣に袴華やかに装束着奉りて、かしづき給ふこと限り無し。

とあり、蛭が小島に置き去りにされた姫君と出会った尼が、熊野の御利生と喜び、筑紫国秋月の御所でかしずき、「明年は、姫君もろともに、くま野へまいらん」と語りかけるのである。同じく『伏屋の物語』の改作本『美人くらべ』（万治二年（一六五九）刊本）でもやはり、

信濃の国より熊野へ参りて下向申尼君、三十人ばかり連れて通りけるが、此のもせ姫見参らせ、「いかなる人にてましませば、たゞ一人、かゝる路中におはしますやらん」と申せば

とあって、件の熊野参詣の尼君が「三十人ばかり」引き連れ、登場している。こうした尼君について、松本隆信氏は廻国の熊野比丘尼の面影を残すものであろうと指摘されている。[11]さらに、このような熊野比丘尼の物語中での形姿は、本文にとどまらず、挿絵にも認められるものであった。

寛文頃刊の絵入り整版『浄瑠璃十二段草子』では、御曹子の吹上の浜での蘇生譚に際し、挿絵に「くまのゝごんげん／にかうへんげ／あん内」とあり、姫と侍従の冷泉を瀕死の御曹子のもとに案内する老尼が描かれている。徳田和夫氏は、挿絵が道案内人を正八幡の童子とする物語本文と隔絶していることに注目し、このような挿絵を設けた理由を、寛文版の制作者が開版にあたり、正本系統のテキストに道案内の尼公が登場させることによって、そこに女性救済を名目として諸国を勧進した熊野比丘尼のイメージを重ね、浄瑠璃姫の御曹子との恋物語にいっそうの霊験色を加味したものと指摘された。[12]

では、なぜ姫君を救済する存在として尼が、とりわけ老尼が設定されるようになったのだろうか。姫君を庇護する尼については、『住吉物語』における住吉の尼君に認められるのであり、先にふれた家刀自的な存在でもある尼公や、姫を擁護し共に剃髪出家する乳母のような、現実社会の姿をも含み込んでいる。物語上の尼の類型について、筑土鈴寛氏は、海人との音通から水の神事を司る巫女の信仰がその背景にあり、それが尼の造型に通じていったものと推察されている。[13]加えて、こうした姫君にとっての尼は、姫君の属する日常社会から異界へいざなう媒介者としての面をも有しており、それが姫君の救済という形で継承されたと考えられるのではないか。

二　尼御前の両義性

『中将姫の本地』で、阿弥陀仏が尼の姿となって姫の代わりに曼荼羅を織り上げたように、神仏の化身として現れた老尼が女主人公を助けるという趣向は、お伽草子にしばしば見られるものである。また『梅津長者物語』のように、長者夫婦が道案内をする旅の尼君には、後に女房に関白の乳母役を要請する展開から、福の神としての側面を読みとることもできよう。このような神仏の化身、すなわち日常と異界との媒介者たりうる尼の様相は、『稚児いま参り』において、山中をさまよう姫君を庵に囲い、自らの命をも犠牲とする尼天狗の存在に端的に表れている(図3参照)。姫君を導き救済する尼天狗には、異界に属し、他の天狗を言いくるめるという負のイメージも付されており、両義性を帯びた媒介者の様相がより明確に表れているといえよう。

このような媒介者としての尼に関連して注目されるのが、受難の姫君を導く老婆の存在である。たとえば『朝顔の露』において、吉野山に捨てられた姫君を救う六十余歳の老女は、姫と同じく若

図3　『稚児今参物語絵巻』
尼天狗の情けにより再会する姫君と稚児

い時に継母によりこの地に捨てられたと語る、中将姫の化身であった。『花世の姫』では、姥が峯に捨てられた姫が観音に祈誓したところ、鬼のような形相をした山姥に出会い、姫を幸福へと導く姥衣と小袋を授かるのである。また『千手女の草子』にも、慣れぬ旅路に疲れ果てた千手に対し、物語接待の宿を教示する者として、やはり老婆が登場している。『朝顔の露』での姫君はその後亡くなるものの、『花世の姫』や『千手女の草子』では、老婆との出会いによって後の幸運が展開しているのであり、先に述べた熊野詣での尼と共通するような存在ととらえられるのである。

こうした旅の途次で女主人公を導く老婆もまた、受難の姫君を救う媒介者、山神に仕える巫女[14]としての側面を読みとることができよう。それは、たとえば『天狗の内裏』において異界から現世へと子供を送り届ける「しょうづかの姥」や、頼光達に酒呑童子の城の情報を伝える、小河で洗濯する二百歳の老女（『大江山絵巻』）、金色太子が地獄巡りをする際に現れる背丈二丈の奪衣婆（『毘沙門の本地』）などにも共通する。すなわち、これら三途川の姥や奪衣婆の存在は、物語世界においては、仏教的性格よりもむしろ巫女性を強く帯びたものとして描かれているのであり、先の尼天狗同様、両義性をはらんだ生死を司る女神としてのイメージが付されているといえよう。これについては、たとえば咳神や歯痛の姥神など、民間信仰にもその一型を指摘することができるだろう。このような老と醜とを体現する老女神は、中世において衰老落魄説話の形を取りながら女性の信仰対象となっていった小野小町像[15]のように、その老醜という異形の造型に神聖な力を感得した女性たちによって、畏怖と敬意から信仰の対象とされてきたものと考えられる。そのような民間信仰的な老女神の伝承基盤があったからこそ、そこに実際諸国を行脚した熊野比丘尼の姿が重ねあわせられ、かような女人救済の老尼像が創造され、語り継がれていったものと考えられるのではないだろうか。

廻国の比丘尼を思わせる尼御前が物語内に定型化していくにつれ、一方で『およふの尼』のような〈わたりの尼〉による滑稽譚がなされ、他方では、『幻中草打画』のような、世の無常を悟りつつ遍歴する比丘尼の物語が作られていった。そうした様相こそが、仮名草子に見られるような比丘尼の懺悔譚へと展開していく契機と階梯であったものと思われる。語りに携わる尼御前が自己を語る存在へと変容していったのであろう。たとえば、姫君のために剃髪し、尼となった乳母が、善光寺如来の前で姫君の苦難の物語を語るという設定の『為人比丘尼』には、これまで述べてきたような姫君を庇護する尼（乳母）、および語りを保持する尼の姿が読みとれる。なお、こうした比丘尼の懺悔譚において、仮名草子の『七人比丘尼』などに連なるものとして、天正年間頃成立の『遠近草』巻中第二十八話は重要である。年齢や経歴の異なる三人の比丘尼が柴室に籠もって懺悔しあい、念仏三昧にふけるという物語設定は、尼御前の様相を考察していく際にも参考とすべきものがあるだろう。

三　法華経直談と尼御前

さて近年、お伽草子とかかわるものとして、談義・唱導の場、特に法華経注釈の場における説話の研究がなされつつある(16)。そこで、先に述べてきた受難の姫君を導く尼の造型に関連して、『直談因縁集』巻五提婆品十二に収められる、継子の身代わり説話に注目してみたい。その内容は、以下のとおりである。

九条大納言成家卿の一人娘は、三才の時に実母と死別し、六才の時に継母を迎える。継母は十二、三歳になった姫君を家の裏に閉じこめる。日に日に衰える娘を心配する父に対し、姫君は、母と自らのために比丘尼に提婆品を習い、それに心を尽くしているためだという。しかし、立后の宣旨が下ったことを妬んだ継母は、父が熊野詣でのため不在の折、姫君を蓮台野に連れ出させる。姫君は提婆品を読誦した後、殺害され、家臣により献上された姫君の首は「加様ノ者、後ニタ、リヲ成セバ」と、厩の敷板の下に埋められてしまう。その後、蓮台野を訪れた帝が姫君に出会い、内裏へ連れ帰る。真相を知った帝により継母は罰せられそうになるが、姫の申し出で免れ、道心をおこす。厩の敷板の下を掘り出してみると、姫の身代わりとなって切られた提婆品の軸があった。父も菩提発心し、一寺を建て法花を信仰したという。

中将姫の物語をも想起させるこの継子の身代わり説話は、『法華経直談鈔』巻八普門品に、「刀杖難」を遁れた例の一つとして大唐での物語とする類話が見いだせる。さらに、真宗の談義本として伝わる『慈巧上人極楽往生問答』にも、阿弥陀による身代わりとするが、同展開の類話が認められる。いずれも、談義・唱導の場における継子物語の利用の様相をうかがわせるだけでなく、そのような場を介した中世後期の物語形成を想定できる点でも興味深い説話である。[17] これらに比して『直談因縁集』所収話独自の趣向は、父の不在を熊野詣でのゆえとする点や、姫君の首を厩の敷板の下に埋めたとする点などである。継子物における父の描かれ方には、その不在中に継母により追放され、最後に再会を果たすものと、継母の讒言により自ら娘を憎み、追放するものとがあり、類話では後者の型がとられるのに対し、本話は『伏屋の物語』などと同様、前者の型にあてはまるが、不在の理由を熊野詣でとする点は特異である。なお『直談因縁集』では、東国や奥州の者が熊野詣でをするという物語設定がしばしば見られることが指摘されており、[18] テキスト全体からの考察を要するものではある。

また、先の「厩の下に首を埋める」という趣向については、『熊野の本地』に類例を見いだすことができる。たとえば、室町時代末頃の絵巻である杭全神社蔵『熊野の本地』では、王子との対面を果たした王が、后たちに殺害した五衰殿女御の首を求めたところ、「一の厩の下に、七尺掘りて埋ませ」たとする。[19] また、近世中期写の松濤文庫蔵『熊野の本地』では、后たちは女御の首に向かって恨みを述べた後、厩の踏板の下に埋める際、「畜生道へ堕とさんとて、くろがねの桶に入ておさめさせ」たとしており（図4参照）、諸本の間でも少なからず異同が認められるものの、厩の下に首を埋める点は概ね共通するのである。この場面については、物語の原拠とされる『仏説旃陀越国王経』などには見えず、現在のところ典拠不明とせざるをえない。但し、中国の古文献には、任官のために母の屍を馬屋に埋めて隠したとする記事（『後漢書』巻六三李杜列伝第五三）や、殺害した妻を馬桟の下に埋めたとする記事（『戦国策』斉巻第四）、厩で蘇生の呪術を行う話（『法苑珠林』巻九二）などが見え、その背後に何らかの信仰的意味合いがあったものと思われる。また厩の下に埋められた女が後に蘇生するという展開に留意するならば、やはり女性の再生と馬にかかわる信仰や、それに携わる巫女の語り[20]などがその背景にあったものとも推測されよう。なお、同じ『直談因縁集』巻五湧出品五九話にも、三百人の后を持つ舎衛国王の八十人目の后に生まれた太子が、他の后たちにより厩の敷板の下に埋められたとあり、『熊野の本地』と通底する物語展開において同様の趣向が用いられている点は注意すべきものがある。

図4　『熊野の本地』
掘り出された五衰殿の女御の首

　このように熊野とのかかわりを想定しうる継子の身代わり説話は、その基底に熊野信仰、あるいはそれに関連する伝承があったとも考えられる。以上の点をふまえると、姫の語りの中で、後に身代わりとなって姫君を救う提婆品を授けたとされる比丘尼についても、やはり受難の姫君を導く老尼（熊野比丘尼）を想定し、造型したものともとらえられよう。受難の姫君が山中で殺害されるものの、遂には神仏の加護により救われるという展開を持つ本説話は、法華経「刀杖段々壊」[21]にまつわる説話と類話関係にあることも含め、熊野と密接にかかわる諸要素を有しており、あるいは熊野語りに携わった尼御前のような存在との交流を、談義・唱導の場においても想定できるかもしれない。

『康富記』文安六年（一四四九）五月二十六日条には、八百比丘尼が京都に出現したとする記事がある。[22] 廻国比丘尼の事例としてしばしば指摘される興味深い記事であるが、さらに、その翌日の二十七日条には、次のような記事がある。

或説云、自東国比丘尼上洛、此間於一條西洞院北頬地蔵堂、致法花経之談義云々、五十バカリノ比丘尼也、同宿比丘尼二十人許在之云々、

この『法華経』を談義したという尼の様子は、徳田和夫氏が指摘されたように、[23] 文明十二年（一四八〇）写のお伽草子『筆結の物語』における、西洞院で故事を語る若狭国の「白比丘尼」のモデルと思われる。『筆結の物語』の「白比丘尼」は、多くの故事来歴や諸道の由来を語る際、阿弥陀の四十八願と念仏の重要性とともに、『法華経』についての問答も展開している。しかもその業は、熊野詣での時、由良の寺に参り、身につけたとするのである。このような『法華経』を談義する比丘尼の姿形を、先の身代わり説話において提婆品を勧める比丘尼にも見てとることができるのではないだろうか。

関連して想起されるものに、『平家納経』勧持品の見返し絵（図5参照）がある。そこには、山里の草庵に安置された金色の阿弥陀如来像の前で、数珠を手に礼拝している老尼公と尼削ぎの女の姿が描かれている。これは、

勧持品中に説かれる、釈迦の義母「摩訶波闍波提比丘尼」と釈迦の妃「耶輸陀羅比丘尼」の仏供養に見立てて、『法華経』の経意を表したものと解されている。[24] しかしながら、これまで見てきたような室町期の物語における尼御前の様相をふまえるなら、本来の意味に重ね合わせて、あるいは、姫君とそれを教導する老尼の姿を、さらに女人を導く法華経談義の尼の姿を、この図像に見てとることもできるかもしれない。

なお、『直談因縁集』巻八普門品八話にも、五衰殿の女御の物語に似た后の受難譚があり、やはり法華経注釈の場と『熊野の本地』との関連性を考える上で見過ごせない。談義注釈の場における説話研究と物語草子研究の双方の進展、あるいは室町期の文芸世界全体に対する考察を視野に置くならば、両者の影響関係を論じるだけでなく、場を異にしていてもなお、部分的な共通を見せる両者が、なぜ同時期に並存しえたのか、さらに問われるべき問題といえるのではないか。

図５　『平家納経』勧持品の見返し絵
阿弥陀の前に座す老尼と尼削ぎの女

おわりに

お伽草子を中心に、受難の姫君を救助する尼御前の諸相を見てきた。それは、法華経注釈書の中の説話にも認められうる趣向であり、熊野比丘尼や『法華経』を談義する尼など、実際の尼の活動ともあわせて検討すべき問題といえる。

さらに、継子いじめの物語類における老尼の存在について、岡見正雄氏は、上流階級の子女のつどう比丘尼御所の尼が投影された可能性を指摘している(25)。平安時代の物語に女房が果たしたのと同様な役割を、比丘尼御所の比丘尼達に想定されているのである。加えて、岡見氏は「上杉屏風」の「宝鏡寺殿」に描かれた椿の花から、比丘尼御所に八百比丘尼像の伝統をも結びつけられており、興味深い。物語草子だけでなく、談義・唱導テキストにおける尼僧の造型(26)なども視野に入れた上で、そうした説話や物語草子の形成、ならびに書物としての享受の展開などと連動させつつ、いっそう考察を深めるべき問題である。

室町期にいたって文芸世界の前面に現れた尼御前の造型や叙述方法を考えることを端緒に、談義・唱導の場と物語草子との相互連関を解きほぐし、室町期から近世初期の文芸をめぐる世界像を再構築していくことが求められている。その意味で、二つの場の接点となりうる比丘尼御所の実態とその諸機能についても、特に上京における信仰や文化の諸相に照らしつつ、さらに考究していく必要があると考える。

【注】

(1) 牛山佳幸氏「中世の尼寺と尼」(『シリーズ女性と仏教　尼と尼寺』平凡社　一九八九)、「中世の尼寺ノート」(『日本の女性と仏教会報』三　一九八六)、「続・中世の尼寺ノート（その1）」(『信州大学教育学部紀要』七〇　一九九〇)、「続・中世の尼寺ノート（その2）」(『寺院史研究』一　一九九〇)。

(2)　細川涼一氏『中世の律宗寺院と民衆』(吉川弘文館　一九八七)、『女の中世　小野小町・巴・その他』(日本エディタースクール出版部　一九八九)など参照。

(3)　勝浦令子氏『女の信心―妻が出家した時代』(平凡社　一九九五)、『日本古代の僧尼と社会』(吉川弘文館　二〇〇〇)、『古代・中世の女性と仏教』(山川出版社　二〇〇三)など参照。

(4)　近藤喜博氏「熊野比丘尼―続・文学と女性と信仰―」(『神道学』一六　一九五八・二)、萩原龍夫氏『巫女と仏教史―熊野比丘尼の使命と展開―』(吉川弘文館　一九八三)など参照。

(5)　赤井達郎氏『絵解きの系譜』(教育社　一九八九)による。この他、熊野比丘尼の絵解きについては、林雅彦氏『増補日本の絵解き』(三弥井書店　一九八四)、黒田日出男氏「熊野観心十界曼荼羅の宇宙」(大系仏教と日本人『性と身分』平凡社　一九八九)、西山克氏「地獄を絵解く」(『中世を考える　職人と芸能』吉川弘文館　一九九四)などがある。

(6)　阿部泰郎氏「中将姫説話と中世文学」(『日本浄土曼荼羅の研究』中央公論美術出版　一九八七)、徳田和夫氏「伝承と文献―研究方法の一モデルとして」(講座日本の伝承文学一『伝承文学とは何か』三弥井書店　一九九四)など参照。

(7)　秋谷治氏「『おようの尼』考」(『国語と国文学』五七―五　一九八〇・五)、沢井耐三氏「『おようの尼』絵巻の梵字の掛軸」(『中世文学』四五　二〇〇〇・八)など参照。

(8)　岡見正雄氏『近世文学　作家と作品』(中央公論社　一九七三)、江本裕氏「近世小説と挿絵」(『一冊の講座　絵解き』有精堂　一九八五)など参照。詳しくは、第十章「説法・法談のヲコ絵―『幻中草打画』の諸本―」参照。

(9)　第九章「『ぼろぼろの草子』考―宗論文芸としての意義―」参照。

(10)　橋本直紀氏「平野よみがへりの草紙」(『国文学　解釈と鑑賞』六一―五　一九九六・五)、「縁起と語り物―十王経と御伽草子・談義本」(『地獄の世界』北辰社　一九九〇)など参照。

(11)　松本隆信氏「熊野本地譚成立考―民俗文学として見た室町時代物語―」(『中世庶民文学―物語草子のゆくへ』汲古書

院　一九八九　初出一九五八）。

(12) 徳田和夫氏「熊野比丘尼の文芸像」（『悠久』二四　一九八六・一）。

(13) 筑土鈴寛氏「唱導と本地文学と」（『中世藝文の研究』有精堂　一九六六　初出一九三〇）。

(14) 折口信夫「山のはなし」（『折口信夫全集』一七　中央公論社）、柳田國男「妹の力」（『定本柳田國男集』九　筑摩書房）など参照。

(15) 錦仁氏『浮遊する小野小町』（笠間書院　二〇〇一）など参照。

(16) 廣田哲通氏「御伽草子と直談」（『中世法華経注釈書の研究』笠間書院　一九九三）、近本謙介氏「輻輳する伝承の層―『直談因縁集』と中世物語・語り物文芸―」（『古代中世文学研究論集』三　二〇〇一・一）など参照。

(17) 本話を含めた詳細については、第五章「『慈巧上人極楽往生問答』にみる念仏と女」参照。

(18) 『日光天海蔵　直談因縁集　翻刻と索引』（和泉書院　一九九八）における阿部泰郎氏の解題による。第六章「室町の道成寺説話―物語草子と法華経直談―」参照。

(19) 元和八年写の絵巻『熊野御本地』には厩の記述は見られない。また『厳島の本地』でも后たちが足引の宮の首を埋めさせる場面はあるが、「そのはのふみいたの下」とするなどの相違を見せる。

(20) 馬娘婚姻譚を語るオシラ神信仰や説経『をぐり』を貫く馬と巫女の信仰などをも想起させる。今後さらに検討していきたい。折口信夫「小栗判官論の計画」（『折口信夫全集』三　中央公論社）、福田晃氏「小栗語りの発生―馬の家の物語をめぐって―」（『中世語り物文芸―その系譜と展開―』三弥井書店　一九八一　初出一九七四）など参照。

(21) 法華経「刀杖段々壊」と『熊野の本地』については、中野真麻理氏「『熊野の本地』私注」（『成城国文学』九　一九九三・三）に詳しい。

(22) 根井浄氏「廻国比丘尼」（仏教民俗学大系二『聖と民衆』名著出版　一九八六）、細川涼一氏「中世の旅をする女性―宗教・芸能・交易―」（『女と男の時空』III　藤原書店　一九九六）など参照。

(23) 徳田和夫氏「異形の勧進比丘尼―〈熊野比丘尼〉前史の一端―」（大系日本歴史と芸能『中世遍歴民の世界』平凡社　一九九〇）。

（24）『特別展　女性と仏教―いのりとほほえみ―』（奈良国立博物館、二〇〇三・四）解説参照。
（25）岡見正雄氏「面白の花の都や」第六節（『室町文学の世界』岩波書店　一九九六　初出一九八四）。
（26）たとえば、真宗談義本『熊野教化集』において念仏の功徳を説く老女など、テキストの形成のみならず、内部の人物造型もあわせて検討すべきものである。

第二章　『まんじゆのまへ』の成立

はじめに

お伽草子の一つに、『まんじゆのまへ』と呼ばれる作品がある。中山の観音利生譚に御家騒動物の絡んだ物語で、新旧雑多な要素を含み込み、寛文十三年（一六七三）と比較的新しい刊行年であることからか、これまであまり顧みられることがなかった。しかしながら、その内容は、初期古浄瑠璃「五部の本節」の一つ「鎧がへ」と同材であり、おそらく中世にまで遡る古い語り物から発生したものと推察される。島津久基氏は、『まんじゆのまへ』における諸要素を分析し、そこから「純御伽草子から愈々古浄瑠璃風物語への推移を示してゐる作」で、「古浄瑠璃に近いもの」[1]とされた。また、阪口弘之氏は、八幡太郎義家登場の背景として、八幡および源氏信仰、「満中」との音通などから、摂津の多田における「万寿」という女性唱導者による唱導を想定され、それを直接の基盤として『まんじゆのまへ』が成り立ったものと推察された[2]。本章では、阪口氏の論考をふまえ、この物語の内部構造から、女系の語りの関与の可能性を指摘するとともに、「中山」という地について改めて考え、お伽草子『まんじゆのまへ』の成立背景を明らかにしてみたい。

一　諸本の特徴

『まんじゆのまへ』および、これと全く同材の物語で、現在その存在が確認できる伝本としては、管見の限り、以下にあげる三本のみである。

・東北大学狩野文庫蔵『まんじゆのまへ』…寛文十三年（一六七三）江戸鱗形屋刊絵入本。大型本。上中下三巻三冊。外題「まんじゆの姫」[3]。

・東京大学霞亭文庫蔵『よろひがえ』…万治三年（一六六〇）山本九兵衛刊絵入本。半紙本。一冊。六段。

・中野幸一氏蔵『よろいかへ』…寛文年間（一六六一〜七三）頃写。大型奈良絵本。上中下三巻三冊。

刊行年では、古浄瑠璃が最も古く、続いて奈良絵本、お伽草子となるわけだが、内容の成立を考えた場合、お伽草子と古浄瑠璃とでは、それぞれに新旧の要素をはらんでおり、刊行年をもって、その物語の成立順序を言うことは意味を持たない。そこでまずは、諸本における主な異同部分を確認しておきたい。

後冷泉帝の時代、周防判官「もりとし」は、権中納言の姫君を北の方とし、安芸・周防・長門三国を有する果報者であったとする設定において、奈良絵本では、「もりとし」の二人の家臣のうちの忠臣「ともはる」が登場しない。故に、後にもう一人の家臣「かね村」の裏切りから起こる両者の合戦場面も描かれず、「かね村」が主君なき後の権力をあっさり手にする形となっている。また奈良絵本では、冒頭、山神の使いの鹿が巻狩を行う「もりとし」を諌め、それ以後狩猟を取り止めたという話があり、これが、後に拷問死した姫を守護するものとして現れることとなる。さらに、中山観音に申し子祈願をする際、奈良絵本においては、その子種が父子の間に死を招くものだとされるが、それが現実に起こらなかったため、観音に悪口したことで「もりとし」が死去するという観音利生譚の形をなす(4)。加えて、最も基本的な相違として、観音から授かった娘を、奈良絵本では「せんじゆ」と名付けているのである。「せんじゆ」の名称は千手観音を想起させ、より観音利生譚を意識した形と言えよう。だが、「千手」は「千寿」とも表記でき、「万寿」と交換可能な名称であったとも推察される。三国を横領した「かね村」は、御台と姫を退け、母の御台は鎧と引き替えに越後へ、「万寿」は苛烈な拷問の末、息絶えてしまう。ここで注目すべきは、奈良絵本における乳母の活躍の簡略化である。お伽草子、古浄瑠璃においては、拷問の果てに捨てられた姫のもとへ救助者として現れ、行動を共にする存在として、乳母が描かれているのに対して、奈良絵本では、一晩添い寝するのみとなっている。よって、蘇生後、姫は一人で出家し、諸国を巡ることになるのだが、結末部分では、この乳母に褒美をとらせる形をとっているのである。褒美をもらう割には、奈良絵本において、乳母はそれほどの活躍を見せてはおらず、二人で比丘尼姿となって諸国を行脚するお伽草子と古浄瑠璃の形の方が、二人連れという女性の旅の描かれ方(5)などからいっても、やはり本来的であったように思われる。一方、姫と義家が結ばれた後、「かね村」に対する報復のため、周防へ使いを送る場面において、奈良絵本では、合戦が行われているのに対し、お伽草子と古浄瑠璃では、火車によってさらわれるという比較的新しいモチーフを取っている。但し、こうした必罰のモチーフで、合戦描写が用いられることは少なく、また内容的にも詳細で説明的といえ、後の増補の可能性も考えられる。あるいは原態においては、三本のような形を取らない報復であったものとも推測される。

お伽草子と古浄瑠璃とは、本文の細部には異同が見られるものの、おおよそ同系統のものと判断される。但し、両者の間に、直接の交渉があったとは考えがたく、おそらく古浄瑠璃の刊行年である万治三年(一六六〇)を遡る古い物語から、両本が成立したとみるのが妥当であろう。また、奈良絵本は、お伽草子、古浄瑠璃の両本と同材ではあるものの、内容上、かなりの異同が見られる。中野幸一氏は、古浄瑠璃『よろひがえ』と比較し、「この両者は、一方が他方に依ったと見るべきではなく、『鎧がへ』という物語がまずあって、それが一方では古浄瑠璃に仕立てられ、他方では奈良絵本に調製されたと見るべきであろう(6)」と推察されている。成立年代は比較的に近いものの、三本それぞれが互いに直接関係して成立したとは考えられず、挿絵の面からも、三本それぞれ異なる部分を図像化しており、絵を媒介にした直接関係なども考えがたい。奈良絵本については他の二本より新しいものと推察され、お伽草子と古浄瑠璃についても、異同部分によっても、その新旧は見極めがたいものの、より内容が簡潔であるという点では、お伽草子の方が古態をとどめているといった印象を受ける。

正徳元年（一七一一）刊の竹本筑後掾による段物集「鸚鵡か杣」の中で、筑後掾は、

> 此外に、都めぐりといふもの、一段有、是は、検校の門弟、京東の洞院目貫やの長三郎といふ人の作なり、かけまくも賢き、慶長の帝、是を興ぜさせ給ひて、人形にかけさせ、叡覧度々有しより、浄瑠璃太夫、受領に拝し、世に行れて、安口の判官、弓継、鎧がへ、戸井田、五輪くだき、是を五部の本ぶしと伝へ侍る(7)

とする。ここにあげられる「五部の本節」のうち、現在、正本が確認できるものとしては「戸井田」を除く四本で、刊行年のわかるものとしては、寛永十四年（一六三七）六月の『安口の判官』、正保五年（一六四八）三月の『弓継』、そして万治三年（一六六〇）の『よろひがえ』の三本である。また『五輪くだき』は、近世初期の絵巻『上瑠璃』の一部であり(8)、『弓継』『安口の判官』についても、絵巻や奈良絵本を含め、比較的古い伝本が現存しており、室木弥太郎氏が考察されたように、「中世の語り物の域を脱していない」ものといえ、「いずれも中世以来の語りもので、それが浄瑠璃節という新しい衣を着た(9)」ものであると考えられる。

このような「五部の本節」の一つである『よろひがえ』について、阪口氏は、特にその道行部分が、万治寛文年間を下限に更に遡った頃の古い道行を編集集成した大東急記念文庫蔵「道ゆき」所収の「よろひがへ北国道行本ぶし」(10)と殆ど差異のないことから、「遠い語り物時代を想起させる程の長い本格的な道行」と指摘された。『まんじゆのまへ』は、この『よろひがえ』とほぼ一致しており、また、阪口氏が推定されたように「上中下三巻形式ながら、各巻の中間あたりで改行が施され」ていることなどから、「おそらく語り物が上演向きに徐々に整備され、六段に移行しつつあった時代の浄瑠璃が、草子化されたもの」と考えられる。なお、『言経卿記』の天正十六年(一五八八)八月十八日条には、

興門御所労見舞ニ罷向了、精進魚類物語御借用之間進了、又滝口物語鎧代物語源氏供養寸借進了(11)

と記されている。この「鎧代物語」が、はたして、古浄瑠璃『よろひがえ』、あるいは奈良絵本『よろいかへ』と同内容のものであったのか、現在のところ不明ではあるが、少なくとも他に「鎧代物語」の名を持つ作品は伝存しておらず、『鎧がへ』である可能性は高く、十六世紀末の段階ですでに写本として存在していたと考えてよいだろう。

二 〈万寿〉の文芸

中世の文芸世界において、しばしば八幡あるいは源氏とともに登場する女性の名称として、「万寿」があげられる。たとえば、幸若舞曲「烏帽子折」において、義朝が青墓の長者との間に残した忘れ形見として「万寿の姫」が登場する。用明天皇と豊後の万の長者の娘「玉よの姫」との恋を、宇佐八幡が取り持つという物語を語る長者の娘として「万寿」が登場し、父義朝の菩提供養のために出家しているとする。この「万寿の姫」について、

室木弥太郎氏は「義朝の一家一門が、東海地方に残したものを、生き〳〵と語ることのできた人」と想定し、その母の長者についても、「ごぜ（遊女）たちの前で、草刈笛のいわれを丁寧に語っているが、彼女もその方の専門家であった」と推察されている。[12] 八幡信仰とかかわる語り物を保持する長者の娘であり、父義朝の菩提供養をする「万寿」には、源氏とのかかわりをも持つ女性としてとらえられよう。同様に、お伽草子『唐糸草子』においても、「万寿」は八幡の霊験によって母子再会を果たしている。この物語は、「唐糸」「万寿」の二人の女性を中心に、大きく前半と後半の二つの話に分けられ、『唐糸草子』の題名を有しながらも、物語の後半では、娘の「万寿」に多くの紙幅が割かれており、「母子二代の物語」[13]であったことが指摘される。母子重視という観点からみても、この『唐糸草子』には、明らかに女系の語りをその根底に想定することができる。そしてまた、宇佐八幡の信仰と深いかかわりを持つ百合若伝承[14]においても、「万寿姫」が登場する。幸若舞曲「百合若大臣」において、百合若の北の方の身代りとなって、「まんなうが池に柴漬け」にされる門脇の翁の娘の名前は明らかではないが、豊後における伝承においては、身代わりの娘を「萬壽姫」とし、その菩提供養に建てられた「萬壽寺」の縁起として成り立っている。[15] すなわち、この地には、「万寿姫」を百合若とともに語ろうとする動きが見てとれるのである。さらに、同じ九州地方の「万寿」の、それも身代わりの伝承として、肥前黒髪山の為朝の大蛇退治話があげられる。これは、長崎県武雄市西川登町高瀬の県道添いにある「万寿さん」といわれる観音堂にまつわるもので、[16]父の死後、家の再興のために、大蛇の人身御供となった「万寿」とそれを退治する為朝の話で、様々な伝説となっていたらしく、たとえば『武雄市史』などでは、盲目の母の供養として人身御供になるという形で伝えられている。[17] 地誌類などでは為朝と座頭の大蛇退治とあり、「万寿」の話としては、現在のところ文献上に見いだせないものの、柳田国男が「此徒が近国を演述してあるいた黒髪山大蛇物語といふものは、立派な読み本になつてその幾通りかゞ今も伝はつて居る」とし、その一つとして「松尾弾正正之助の忘れがたみ、万寿と小太郎との姉弟が登場して、姉の万寿の前は水の神の牲となつて沈められたといふ」[18]とあり、この伝承の一系統があったことをうかがわせる。ここにも、為朝と「万寿」という「源氏昌栄譚」の中の「万寿」が確認できるのである。加えて、筑前盲僧と「万寿」、すなわち盲僧集団の語りと「万寿」とに何らかの接点があった可能性をも指摘できるだろう。

　以上のような点から、阪口氏は、「万寿」を「源氏の統領達と八幡信仰に深く関わって登場してきた女性の名前」で『まんじゆのまへ』における「中山寺利生譚と源氏昌栄譚を結」ぶ存在であったとし、「万寿に女性唱導者の影を見るならば、それは源氏信仰、したがって八幡信仰に深く関わりをもった人ではなかったか」と推察された。すなわち、『まんじゆのまへ』における義家登場の背景に、「八幡・源氏信仰の女性唱導者万寿」を想定し、その際「万寿」と「満中（満重）」の音通、および源氏信仰の盛んな地であったことなどから、「摂津国多田の中山寺」での唱導を反映したものと推測されたのである。

　だが、そもそも「〜寿」という名称自体、中世において散見されるものであり、とりわけ女性の芸能者に多く見られる名前であった。『長秋記』には、遊女の長者の名称として「金寿」が見られ、『梁塵秘抄口伝集』の「延寿」、『吾妻鏡』の大磯の遊君「愛寿」などがあげられる。『春日臨時祭芸能記録』の貞和五年（一三六六）二月十日の記事にも、能に堪能な巫女たちとして「鶴寿御前」「宝寿御前」の名が見え、また『看聞日記』にも、盲御前として「愛寿」「菊寿」の名が確認できる。こうした記録、日記の類によって、「〜寿」の名称が芸能者の名として定着していたものであったことが確認され、それは、『さんせう太夫』の「安寿」や『平治物語』の青墓長者の娘「延寿」など、文芸世界にも反映されていたものと考えられる。『古今著聞集』の白拍子「玉寿」、『藤の衣物語絵巻』の遊女「かうじゆ」「きくじゆ」[19]、『源海上人伝記』における遊君「月寿」「花寿」など、物語世界でも、「〜寿」が白拍子あるいは遊女といった女性芸能者たちの名称として定着していたことがみてとれる。「〜寿」には長寿のイメージを見いだせるとともに[20]、祝意を感じさせるものであることからも、芸能者にふさわしい名称であったのだろう。加えて、『大塔物語』で戦死者を供養する遊女「花寿」や、『桂清水物語』で法華経読誦する「頼寿」、『長柄の草子』の菩提供養する「玉寿」など、「亡霊供養の呪法と物語とを持ちあるいた女性の名[21]」ともとらえることができる。以上のように、「〜寿」の名前が、芸能に携わる者、とりわけ女性の芸能者に多く見られるものであることが確認できる。それでは、はたして『まんじゆのまへ』に、こうした女性の芸能者による関与があったものか、物語の内部構造から考察してみたい。

三　物語構造の検討

様々な要素が入り組んだ現存する三本において、細かな相違部分を揺れとみなし、後から付随したものととらえ、三本共通の部分のみを抽出すると、この物語が三つの話から成り立っていることがわかる。一つは、物語全体を貫く「万寿」を中心とした中山観音の利生譚である。安芸・周防・長門を舞台とし、中山観世音の申し子「万寿」が、家臣「かね村」による拷問の果て息絶えるものの、観音の利益によって蘇生し、中山の上人に救助され、忠義の乳母とともに比丘尼姿で廻国、越後で母子再会を果たすというものである。二つめは、「万寿」の母を中心とする「鎧替へ話」で、「かね村」の裏切りの後、越後の鎧商人によって、鎧と引き替えに越後へと行き着くものである。そして三つめが、母子再会後の「義家話」である。越後で母子再会を果たした「万寿」は「八幡太郎義家」に見いだされ、いとこ同士であるという奇縁から仲睦まじく暮らし、「かね村」らへの返報と鎧商人らへの恩賞の後、末繁昌するといったものである。こうした三つの話がそれぞれ有機的に結びつき、『まんじゆのまへ』という物語が成り立っている。すなわち、「中山観音利生譚」を中心としながら「義家話」へと展開するのに、母の「鎧替へ話」が有機的に機能しているといえる。換言すれば、母の「鎧替へ話」があることによって、後の「義家話」へと展開できるのである。

さらに、「中山観音利生譚」と「鎧替へ話」の関係からは、母子重視の傾向をみてとることができ、そこに女系の語りの関与を想定することもできよう。概して観音利生譚における母親は、早くに死んで亡母となって娘を助けるか、最後に現れて母子再会を果たすか、いずれかであるのに対し、ここでは「鎧と替えられる」という重要な役割を与えられ、なおかつ、それが有機的に機能しており、一般的な観音利生譚と比べ、母子重視の傾向を見てとることができる（図6参照）。こうした母子重視は、静御前や祇王などに明らかなように、女系の語りを想起させるものである。

図6　奈良絵本『よろいかへ』
鎧と引き替えにされる万寿の母

母から娘へ、女系の芸の継承という女性芸能者の実態を反映したものとみることが可能で、「〜寿」という名を持つ女性芸能者、唱導者としての面からだけでなく、この物語に女系の語り手の関与があったことを想定することができる。また一方で、「鎧替へ話」では、その後、鎧についても、再会後の母についても詳述されず、女と鎧を替えるという「鎧替へ話」的なものがまずあって、それを取り入れたことで、そちらの要素が消えていったものとも推察される。その点でも、そうした話を物語に取り入れようとするものとして、女系の語り手を想定させるものがあるだろう。

「鎧替へ話」は、文字通り、鎧と交換される母親の話であり、基本的に人買い話とは異なる。しかしながら、その鎧商人を越後の国直江津の者と設定したことによって、受け手に人買いのイメージを生じさせるものであることは言うまでもない。実際、奈良絵本においては、清水寺で観音の示現を得た姫が、越後へ向かう船に便船する際、船頭について人買い的な表現が見いだせ、直江津の持つ文芸世界内でのイメージによるものと考えられる。[23]『まんじゆのまへ』で、鎧と引き替えに母親を得たのは、越後の鎧商人「なをいへ（なをいの二郎）」なる人物であった。この鎧商人の呼称に関しては、お伽草子では「なをいへ」、古浄瑠璃では「なをいの二郎」、奈良絵本では「なをゐの二良しげなが」と多少の異同が見られる。だが、お伽草子において、義家から「なをいの庄」を賜る際には、「なをいの次郎」となっており、越後の鎧商人「なをいの二郎」としてよいだろう。これは、たとえば、能「竹雪」で越後の国の住人「直井の何某」とするように、越後の国直江津の地に根ざした人物呼称であったらしく、『村松物語』に至っては「直江の二良」なる心優しき人売りが登場している。[24]こうしたその土地土地に根ざした名称は、たとえば『さんせう太夫』にも、「山岡の太夫」と並んで「ゐどの二郎」や「宮崎の三郎」の名が見える。だが、この「直江」を名乗る人物は、お伽草子において、他の名称に比べてもよく見られるものであった。たとえば『鶴の翁』において、女主人公「照日の御前」を見初めてかどわかそうとする者として「越後の国守直江左衛門」が登場しており、その横暴さから人買い商人のイメージが重なったものと思われる。また『七草ひめ』にも「越後の国直江」なる人物が登場し、越後へ向かう女性の二人旅や、先にあげた能「竹雪」の話が物語中に登場するなど、直江津を中心とする物語となっており、それ故主人公にも「直江」の名が付されたものと考えられ、直江津を背景とした類型的人物呼称であったといえよう。だが、人買いのイメージを抱かせる名であった一方、特に「直江の二郎」の呼称は、『村松物語』に見られるように、母を「あたらし殿」としてかしずく好待遇を見せ、受難の女性の保護者としての面を有すものともとらえられる。そうした女性の保護者が、物語伝承にかかわる信仰の徒であったことは、「『明石物語』をはじめ同類の物語には、女主人公が奥州まで旅をしてゆく例が多く、またその女性を奥州の豪族が保護するといった筋立が見られるのは、単に机上の脚色ではなく、遊行宗教家の実際の体験が投影されているものと言えるのではないか」[25]という松本隆信氏の指摘があり、この「鎧替へ話」の成立背景を考察する時に何らかの指針を与えるものと考える。また、なぜ他の文芸にも見られる類型的呼称「直江の二郎」を人買いではなく、鎧商人としたのか。この物語における独自性の一つが、鎧と引き替えにされることであったが故の設定であろうが、鎧が物語の中心になるだけの何らかの背景があったのではないかとも考えられよう。

そこで、そもそも越後国の住人を「直江」と名乗らせるようになったのは、いつ頃からなのか考えてみたい。十二行古活字本『義経記』の巻七「判官北国落ち」には、次のような記述がある。

越後の府、直江津花園の観音堂といふところに著き給ふ。この本尊と申すは、八幡殿安倍の貞任を攻め給ひし時、本国の御祈禱の為に直江次郎と申しける有徳の者に仰せつけて、三十領の鎧を賜びて、建立し給ひし源氏重代の御本尊なりければ、その夜はそれにて夜もすがら御祈念ありけり古態とされる田中本においては、「観音堂は、安倍貞任攻め給ひし時、御祈禱の為に三十領の鎧を賜びて建立し給ふ」という簡略な記事のみで「直江次郎」なる呼称も見られない。しかし、この古活字本の記事について敢えて注目したいのは、八幡太郎創建といわれる観音堂に関係する人物として「直江次郎」が登場しているからである。しかも傍線部分からは、『まんじゆのまへ』との何らかのかかわりを想起せずにはいられない。『義経記』が後の文芸に与えた影響が多大であったことは確かだが、ほんの三、四行程度の、しかもそれを有さない伝本もある、この「直江の二郎」に関する記述が、他と同様に、後世の文芸に与えた影響とのみ片づけてしまうには疑問が残る。岡見正雄氏は、「万寿の前およびむらまつに直江の次郎の名が見え、殊に万寿の前では鎧商人であるとし、八幡太郎の北の方に女主人公万寿前はなったとする。何か八幡太郎に関係した説話が直江津にあったのであろう」[27]と述べられており、大いに傾聴すべきものがある。『まんじゆのまへ』の、特に「鎧替へ話」に注目するなら、義家と鎧と直江二郎に関する説話が存在し、それを『義経記』、『まんじゆのまへ』の各々で取り入れていったという可能性もあるのではないか。[28]

以上のように、『まんじゆのまへ』における三つの話のうち、母の物語である「鎧替へ話」とその後に展開する「義家話」とが、越後の国直江津という場を背景として繋がりを持つものであった可能性を指摘した。なお検討すべき問題を残すものではあるが、「鎧替へ話」がもとはそれだけで独立したものであって、それが『まんじゆのまへ』の中に取りこまれていった可能性は十分考えられよう。それでは、この物語の中心である「中山観音利生譚」と「義家話」とは、どのような背景から結びついていったのか。お伽草子や古浄瑠璃では、「もりとし」に、姫が十歳になったら源氏を婿にしようと予告めいたことを言わせ、父「もりとし」と義家の父とがいとこであるとする奇縁は三本共通してある。「もりとし＝源氏」から、源氏の娘と義家が結ばれるという装置には、阪口氏の指摘される「八幡あるいは源氏の信仰」と万寿のかかわりを、その背景として考えることもできるだろう。しかしながら、たとえば、先にも述べたように、奈良絵本で万寿は「せんじゆ」となっており、万寿と「千手（千寿）」が置き換え可能であったと考えた場合、阪口氏の説を再び検討する必要性も生じてくる。確かに女系の語りの関与の可能性は指摘できるが、それが「八幡・源氏信仰の女性唱導者」であるとは断言できず、それを以て義家登場の理由を片づけてしまうことには賛成しがたい。しかも、もう一つの根拠である「中山」についても、「せんじゆ」を考えると「満中」との音通を根拠とすることに不満が残る。(29)そもそも、この「中山」が、本当に摂津国の中山寺のことを示したものなのか、改めて考え直す必要があるのではないか。

四 「中山」における唱導

摂津国の中山寺については、多田での唱導を背景に成立したと考えられる「満仲」での「中山観音」に関する描写が参考となる。そこでは、いずれの伝本においても、摂津国の多田を舞台としていることが明記され、当然のことながら、摂津国、多田の中山寺とわかる表現がなされている。(30)しかし一方、『まんじゆのまへ』における「中山の観世音」に関する記述を見てみると、まず申し子祈願の場面においては、

もりとしは、御台所を近付て「我はいかなる罪業にて、子といふものゝなき事よ」といよ〳〵嘆き深かりけり。御台、此由聞こし召し「まこと、さほどに思し召さるゝ物ならば、あの中山の観世音は霊験あらたにましませば、申子の御立願あれ」と仰ける。判官げにもと思し召し、（略）御台所は、網代輿に召れつゝ、かね村も御供申て、ざゞめきわたつて中山さしてぞ参らるゝ。中山にもなりぬれば、もりとし、御台も、卅三

度の礼拝有て、上人に対面有、申子の立願を頼まるゝ。（略）もりとし夫婦は喜び急ぎ、御前を下向有、館をさしてぞ帰らるゝ。

と、周防の判官が申し子祈願に向かうのだが、その際、道行きなども見られず、館から比較的近い位置にある寺のような印象を受ける。また中山の上人に関する記述においても、

中山の上人は、その夜、あらたなる霊夢を蒙り「黄金が窪の草むらに法華経の八の巻たゞしう有」と御告げ有て、御弟子あまたうち連れて、黄金が窪へぞ出給ひ、こゝやかしこを尋ね給へ共、法華経はなくして容色たぐひなき女房一人有。上人は御覧じて「かゝる人倫遠き草むらに女の有は不思議也」とあやしめ給へば、乳母、此由うけ給はり「いかに上人様、我々は魔縁の物にても候はず。此国の御主、周防の判官もりとしの姫君に万寿の姫とてましますが、邪見なるかね村が責め殺し、此草むらに捨てられ給ふ也。（略）上人聞こし召して「さては、もりとし

図7　古浄瑠璃『よろひがへ』
中山の上人に救われる万寿

の姫なるかや。後日にこれがかね村にもれ聞え、共に罪科に及ぶ共、ひとまづ姫君を隠さん」とて、御堂より遣戸を一枚取寄せ、姫君を乗せ申て、中山さしてぞ帰りける。（略）上人は、姫君を近付けて「いかに姫君、いつまでもこれにとゞめたくは存ずれ共、かね村が方へ近ければ、後日にこれが聞えなば御身の為もあかるべし」

とあって、周防にいる「かね村」からごく近い場所に「中山」の寺が位置づけられているのである。このように、物語内部においては、摂津の中山寺と考えたのでは明らかに違和感を生じさせるものになっている。また「満仲」においては、「中山寺」と称されているのに対し、ここでは「中山」という表現がもっぱらなされており、「中山」の地にある「観世音」という解釈も成り立つだろう。

以上の点から、安芸、周防、長門を舞台としている物語内部の問題から、この「中山」を改めて規定してみたい。そこで安芸、周防、長門周辺の「中山」という地にある「観世音」を検索してみると、現在の山口県宇部市にある広福寺が注目される。『宇部市史』(31)によれば「真言宗、山号明王山」の寺で、「古くから宇部の人々には中山の観音様として親しまれてきた寺」であるという。以下、「長州厚狭郡中山村明王山廣福寺縁記」(32)にそいつつ、この寺にまつわる伝承について確認してみたい。

縁起はまず、文武天皇の頃、役行者が当地で延命地蔵を作り、庵を結んで安置したのが起源であると伝えている。下って天平十三年（七四一）に地蔵院を建立し、平安時代になってからは、延暦二十三年（八〇四）、弘法大師が入唐の途次、立ち寄って不動明王・波切地蔵・大聖不動王などの像を書写して奉納したとする。さらに康和三年（一一〇一）、堂舎焼失の後、源義家による再建を経、地蔵堂に聖観音が祀られていたとする。この観音は、大内氏の祖百済の琳聖太子将来のもので、三代の孫藤根が地蔵堂に安置して広福寺と号して以来、大内氏の崇敬するところであったが、厚東《こうとう》氏も深く信仰し、特に霜降城を築いた武光の崇敬は厚く、文和年間（一三五二〜五六）までは、厚東氏の守り本尊とされるなど、厚東・大内両氏による信仰の篤かったことを強調する。さらに、建武新政の頃、西下した足利尊氏は当寺に参籠して祈願をこめ、成就のお礼として伝灯料を寄進したことを伝える。尊氏の参籠については、『厚狭郡舟木宰判沖ノ壇村寺社由来』(33)に「三拝ノ裏ニ書付有」として「長寿寺殿征夷大将軍尊氏御筆、永和四年戊午十二月十八日誌之」とあり、書付の内容は明らかでないが、建武の頃から四十年ばかり後に尊氏の書を確認していることがわかる。以上、役行者、空海から庇護者としての足利・大内・厚東氏、さらには源義家までを本尊聖観音にまつらわせて作られた由来で、地方の、それもあまり有名とはいえない一寺院の縁起にしては、かなり大掛かりなものとなっているのである。こうした由来の傍証となるべき文書記録が伝わらないため、中世の状況は明らかでないが、室町期の秀作である四天王立像、あるいは頭部内側に「長禄二年再興之　住持元」の銘記のある地蔵立像などが伝えられており、中世における寺運の一端をうかがわせる。また、毛利家文庫本「厚東氏系図」には、観音堂の柱に「番長武忠」の記名のあったことなどからも、広福寺の創建はやはり厚東氏との関連において考えるべきであろう。

　そこで、厚東氏とはいったいどんな氏族であったのか、確認したい。厚狭《あさ》郡域は中世から近世初期には私称としての厚東郡に属しており、この厚東郡を本拠として有力武士に成長したのが厚東氏である。厚東氏は系図によっては物部守屋を遠祖と伝えるもの(34)もあるが、半ば伝説的であってその確証はない。但し、山陽町吉部寺尾八幡の弘長元年（一二六一）の棟札写に「大檀那物部武村」(35)と見え、他にも物部姓が見られることから、少なくとも鎌倉時代においては、厚東氏が物部姓を称していたことは確認でき、物部氏の一族が平安朝に長門国に下向、同郡に土着して厚東郡司を称した可能性も考えられる。『源平盛衰記』巻第三十六の「一谷城築」には、平家年来の者として

「厚東入道武道」とあり、平安末期の源平の合戦には平氏を助けて一ノ谷の合戦に加わるほどの武士に成長していたことが推測される。また『長門国守護次第』[36]には、壇ノ浦の海戦直前、源氏方に転じた厚東氏の一族大塚氏も、長門守護天野義景の代官に補任されるなど、長門国屈指の有力御家人となっていたことをうかがわせる。『梅松論』などによれば、鎌倉末期、厚東武実は後醍醐天皇の建武新政を助けて長門国守護となり、新政瓦解の後は足利尊氏に従って活躍した。武実の没後、武村、次いで義武が守護に補任されるが、当時、周防国にあって強力になった大内氏と対立、次第に圧倒され、ついに延文三年（一三五八）正月、霜降城は陥落、義武は豊前国企救郡に逃れることとなる。『太平記』では、貞治二年（一三六三）、これまで南朝方に属していた大内氏が北朝方に転じたため、厚東義武は南朝方に転じ、九州の南朝方と連携して大内弘世を破るなどの活躍を見せるが、この後厚東氏は宮の勢力衰退とともに、領主としての姿を消していく。なお、厚東一族に関する興味深い史料として「長門國守護及守護代」がある。そこには「周防国徳池村と云ふ処に厚東氏の子孫ありて古系図を伝へ蔵したる者ありとぞ今は盲目なる由」[37]と記されており、少なくとも江戸期には、厚東氏の子孫で古系図を持って語り伝える者たちがいたことが確認できる。

　このような厚東氏を中心とした広福寺の縁起、およびその周辺に見られる史料などから、いくつかの『まんじゆのまへ』との共通要素を見いだすことができる。まず「中山」の地名があげられるわけだが、慶長五年（一六〇〇）の検地帳に「中山」とあることから、少なくとも現存する三本の成立時期よりは上ることができる。また、周防判官「もりとし」については、『防長寺社由来』に「厚狭郡中山村明王山本堂本尊観音」[38]とともに、芸防長の大守判官「盛利」、および「八幡太郎義家」の名を見いだすことができる。但し、これは寛保元年（一七四一）といささか下ったものではある。だが、先に述べた広福寺の縁起には、厚東郡中山村真言宗明王山殿御上路の時も厚東武実供奉仕けり。誠に武実は名将にてありしが其子武村は悪逆人に勝れ寺社を放火し僧侶を追放し、罪なき人を害し誠に不道の大将なり。或時当山江参詣ありて戯の余りに本尊を誹謗し奉り、剰持扇子を以本尊の御腰を打たゝきしかば霊験不思儀にして忽ち本尊の御腰斜せ給ふ事こそふしぎにも恐ろしき御事なり。剰堂塔を放火しければ悉焼失けり。本尊は火中より飛出させ給ふ。誠に有がたき御事なり。其後追々に僧侶悉退散しけり。古へ源義家公御建立の五重の宝塔ありし処を塔の元と名づけしが、彼宝塔焼亡の後は今に其地を乱塔とぞ名づけり。其後八院の坊中破壊して只今は名のみ残れり。霜降の城主武村は厚東十五代の守護にて有しが悪逆の報にや短命なり。

とあり、この武村の話は、奈良絵本の悪口したために死んだ「もりとし」を思わせ、また後述するこの地方の伝説のもととなったものと考えられる点でも、注目すべきものがある。さらに、逆臣「かね村」についても、『防長風土注進案』の「厚狭郡風土記　棚井村」の項に、厚東家臣として「包村」の名を見いだすことができる。「包村」の守護していた「引地の城」は、『宇部市史』の「霜降城趾図」によると、その麓に「城ノ浴」「長溝」「切リ塞ギ」などの地名が残っていることから、「霜降城の出城、あるいは支城的なもの」と考えられるようで、「包村」が厚東氏の有力武将の一人であったことがわかる。そして何より、こうした縁起、および周辺史料に散見される「八幡太郎義家」こそ、最大の共通点としてあげられる。言うまでもなく、義家に関する伝承のほとんどは奥州を舞台とするものであり、安芸、周防、長門という他にあまり見られない義家伝承の舞台である点で、重要な共通点として指摘できるのである。

このように、広福寺の縁起類には、『まんじゆのまへ』の主な構成要素のいくつかが存在しているのだが、肝心の「万寿」についての記述は、管見の限り、一切見られない。しかし、このことから『まんじゆのまへ』刊行後の史料であるからといって、それを見て作成されたとは言えないと考えるのである。つまり、縁起の作成が現存諸本の刊行年を遡ることができなくても、もし版本を見て作成したのなら、不自然に義家を登場させるよりも、万寿に関する何らかの話を導入する方がより納得いくものとなり、「万寿」について書かれていないことが、すなわち『まんじゆのまへ』からの引用ではなく、在地に「中山の観音」「厚東氏の観音に対する悪態ぶり」「包村」「八幡太郎義家」といったものについての伝承があって、それを縁起が取り入れたと考えられるのである。

それでは、実際、宇部において何らかの語りが行われていた可能性はあるのか、検討してみたい。『防長風土注進案』をはじめ、防長の地誌類から、少なくとも江戸後期には、宇部における盲僧がかなりの数を占めていたことがわかる。(39)さらにそうした防長の盲僧たちの活動内容についてもうかがい知ることができる。もっとも『防長風土注進案』の成立を遡る盲僧の様相を表したものは見つけられていないわけだが、たとえば、深河村には「此月地神祭り村々当屋へ寄合、盲僧を招き幣を調へ注連を張、終日読経福の種蒔といふことあり、夜半盲僧琵琶を弾ししも歌といふものを唄ひ候こと古来よりの習俗にて候」(40)とあり、後述する琵琶法師の語り物と考え併せても、この地方の盲僧の活動を想像させるものといえよう。こうした宇部の盲僧たちが語っていたと考えられるような在地の伝承も、古いものは見つけられていない。但し、現代の宇部における説話・伝説類には、特に奈良絵本の内容に類似する厚東判官の「宝くらべ」(41)の伝説が散見される。厚東武村が中山観音を罵り傷つけたというもので、この地方のものとしては最も広く伝わった伝説の一つである。この伝説のもととなったのは、おそらく先にあげた広福寺の縁起内に見られる武村の悪態に関する部分であろうが、そこでの武村に対する憎悪の様は、寺院の縁起としては珍しいものであるように思われる。一方、この厚東氏の系図で、物部氏を祖とするものが伝わることも先にふれたが、仏教受容をめぐり蘇我氏と対立した物部氏を考えると、その子孫と伝えられる武村の仏像に対する誹謗ぶりが不思議と符合するのである。

さらに、宇部地方には、成田守氏が指摘された「城山くづれ」と呼ばれる琵琶法師の語り物が伝えられる。[42] この地方の「宝くらべ」伝説との共通点も見られ、あるいはもととなった語りとも考えられる。多少の相違はみられるものの、明らかに『まんじゆのまへ』と同材と認められるものである。この「城山くづれ」は『宇部郷土史話』[43] に所収されており、解説によると著者である山田亀之介氏が、明治三十一年に宇部の琵琶法師に初段から四段まで語ってもらい、同四十二年に同じく五段から十二段までを琵琶法師に書いてもらったものだという。「この地方の農家に、毎年一回、一講内が共同して琵琶法師を招き、地神祭ということを催しておった時余興として琵琶を弾かせ、城山くづれなどを語らせたものであった」と記されている。現存する古写本などは確認されておらず、また、後半を記した琵琶法師によると、「昔の城山くづれが分からなくなって、その後作られたのが現在のものじゃ」とあることから、明治三、四十年代頃の「城山くづれ」は再興されたものということになる。しかし、成田氏が検討されたように、各章段の語り出しと結句は、「多少形式的にはくずれているものの以前は古浄瑠璃風の形態をもっていた作品」と推定することができ、御国浄瑠璃の多くがそうであったように、口頭で伝授されてきたため、台本の必要がなかったものと判断される。語り物的趣向の強い物語ではあるが、様々な要素を取り入れようとして雑多な印象を抱かせる。奈良絵本とのみ共通する部分が見られるものの、奈良絵本の性格から考えて、それを見て語ったとも考えがたく、この宇部の地にもともとあった伝承をより語り物風に改めていったのが、この「城山くづれ」であったのではなかったか。

おわりに

宇部の中山には、厚東氏という一氏族の影響を多分に受けた、八幡あるいは観音にかかわる在地の信仰状況が想定され、『まんじゆのまへ』における「中山」は、この地を指したものである可能性が極めて高い。それはまた、刊本成立以前の段階における「中山の観世音」に関する語りが宇部にあったことを想像させるものでもあった。特にこうした語りが、防長において盲僧集団によって行われていたらしいことは、先にふれた筑前盲僧による黒髪山の大蛇退治伝承を思わせ、防長盲僧と筑前盲僧とを結ぶ存在としての「万寿」をも想像させよう。「千手」との置き換えを含め、観音の申し子である「万寿」には、盲僧との接点を想起させる。中国および北九州における〈万寿〉伝承が[44]、盲僧によって語られていたという仮説は、たとえば、中世期においては物語の生成に確実に女性が関与していたといえる『浄瑠璃物語』も、物語が定着して後は、座頭の独占に帰したものとなっていったように、『まんじゆのまへ』においても、物語としての成長を遂げるにつれ、男性の語り手に委ねられていったとも考えられる。防長盲僧やその語りについては、古い史料も現存していないことからか、あまり研究が進んでいない分野であり[45]、現在のところ、想像の域を出ないものではある。また、そうした宇部の語りを前提とした場合、それがどのようにして、古浄瑠璃化され、またはお伽草子として草子化されるにいたったのか、今後の課題として考えていかなければならない問題である。

【注】

(1) 島津久基氏『近古小説新纂』(有精堂　一九八三) 参照。

（2）阪口弘之氏「万寿の物語」（『芸能史研究』九四　一九八六・七）参照。
（3）『新修日本小説年表』（春陽堂　一九二六）によれば、「万寿の姫　延宝元年」とある。
（4）限定つきの子種というモチーフについては、たとえば、説経『しんとく丸』にも見られ、お伽草子『さよひめのさうし』においては、「七歳の年、父の長者がむなしくな」るという子種を授かり、姫十三歳の年に「神や仏だに偽り事をの給ふ」と言って、観音の怒りを買い、長者が亡くなるという展開になっている。
（5）細川涼一氏「中世の旅をする女性―宗教・芸能・交易―」（『女と男の時空』Ⅲ　藤原書店　一九九六）、「二人づれの女性芸能者」（大系日本歴史と芸能『中世遍歴民の世界』平凡社　一九九〇）など参照。
（6）中野幸一氏『奈良絵本絵巻集』五「一本菊・よろひがへ」（早稲田大学出版部　一九八八）解題参照。
（7）『日本庶民文化史料集成』七「人形浄瑠璃」（三一書房　一九七五）より引用。
（8）若月保治氏「古浄瑠璃『五輪砕』と絵巻『上瑠璃』」（『国語国文』六―三　一九三六・三）、森武之助氏『浄瑠璃物語研究　資料と研究』（井上書房　一九六二）参照。
（9）室木弥太郎氏『語り物舞・説経古浄瑠璃の研究』（風間書房　一九七〇）参照。
（10）角田一郎氏「道行文展開史論（五）―古浄瑠璃の部（四未完）―」（『帝京大学文学部紀要国語国文学』一七　一九八五・一〇）参照。なお、実際の上演記録としては、『歌舞伎年表』一（岩波書店）によれば、延宝三年（一六七五）霜月に、江戸市村座の番付に「鎧替三番続」「かねむらちりやくの酒盛」「なおひかなさけ」「義家祝言のば」とある。
（11）同じく天正十九年閏正月一日条にも「西御方へ暮々礼ニ罷向了、…穴太記・鎧代物語抔返給了」とある。
（12）前掲注（9）参照。
（13）徳田和夫氏「唐糸草子の〈唐糸の前〉と〈万寿姫〉」（『国文学　解釈と教材の研究』二七―一三　一九八二・九）参照。なお『唐糸草子』については、次章で詳しく検討する。
（14）百合若伝承と八幡信仰の密接な関係を示すものに、壱岐の巫女イチジョーが語る「百合若説経」がある。八幡秘蔵の百合の花による名称など、百合若説話は宇佐八幡の唱導文学として行われていたものと考えられる。前田淑氏「百合若説話と八幡信仰」（『文芸と思想』一八　一九五九・一一）など参照。

（15）『太宰管内誌』豊後之六（日本歴史地理学会　一九〇九）、『雉城雑誌』四（『大分県郷土史料集成』三　臨川書店　一九三八）、『豊府国志』巻四（文献出版　一九三一）などに伝えられる。前田淑氏「日本各地の百合若伝説」上・下（『福岡女学院短期大学紀要』五、六　一九六九、七〇・三）参照。

（16）市場直次郎氏『豊国筑紫路の伝説』（第一法規出版　一九七三）参照。

（17）『武雄市史』（武雄史編纂委員会　一九七三）。『長崎郷土誌』（臨川書店　一九七三）にもほぼ同様の話がある。

（18）「桃太郎の誕生」（『柳田國男全集』六　筑摩書房　一九九八　初出一九三三）参照。

（19）伊東祐子氏『藤の衣物語絵巻（遊女物語絵巻）影印・翻刻・研究』（笠間書院　一九九六）参照。絵画部分のみにではあるが、「せんじゆ」「めいじゆ」「まんじゆ」「おとじゆ」「ちじゆ」「わうじゆ」の名を持つ「あそび」たちが描かれている。

（20）徳江元正氏「桔梗姫の唱導」（『國學院雑誌』六二―一一、一二　一九六一・一一、一二）参照。

（21）石上堅氏『新・石の伝説』（集英社　一九八九）参照。

（22）遊女をはじめとする女性芸能者について、脇田晴子氏は、「集団の長者は女性であり、芸能なども、母から娘へと母系制的な血縁関係で相承されている」と指摘された。「中世における性別役割分担と女性観」（『日本女性史』二　東京大学出版会　一九八二）参照。

（23）直江津を舞台とした文芸の隆盛については、岩崎武夫氏「説経「さんせう太夫」と境界性―直井の浦、人売り譚考―」（『文学』四五―八　一九七七・八）、中村格氏「中世における海運の発達と能―北陸の港湾を舞台とする作品を中心に―」（『国語国文学論叢』群書　一九八八）などがある。

（24）上野図書館本「なをいの四郎」、寛永十四年浄瑠璃正本「なをゐの次郎」と諸本間で表記が異なる。伝承文学資料集『室町期物語』一（三弥井書店　一九六七）の神谷吉行氏の解説によれば、「四郎」は何らかの理由で「二郎」を書き改めたものと推測されている。

（25）松本隆信氏「本地物周辺の室町期物語―明石物語ほか武家物語諸篇について―」（『中世庶民文学―物語草子のゆくへ』汲古書院　一九八九　初出一九七九）など参照。

(26) 日本古典文学大系『義経記』(岩波書店) より引用。芳野本『義経記』では古活字本と同様のものであるが、赤木文庫本『義経物語』では田中本と同じく八幡殿や直江次郎の記述を欠くものとなっている。その他、地誌類においても、義家及び直江次郎に関する記述は『義経記』によったもので、この説話がいつ頃からどんな形であったものかを示すものは管見の限り見いだせない。

(27) 日本古典文学大系『義経記』(岩波書店) 頭注による。

(28) 東国の水陸交通の要衝である直江津において、女性の苦難を語る物語は少なくない。たとえば、能「婆相天」も人買い説話を語るものだが、その悲劇の中心は、東国西国の船に売り分けられた姉弟いずれかの選択を強いられた母親が直江の浦に入水するところにあり、直江津という境界での女性の受難、とりわけ母子の絆を語ったものととらえられる。直江津においては、安寿に関する伝承が著名であるが、越後や佐渡といった在地においては、説経正本に比べ、より女性の語り手の関与が濃厚なものとなっていることが指摘され、越後国直江津の周辺で、女性の語り手によって受難の女性の物語が語られていたことを推測させる。ちなみに、直江津の花園観音堂 (観音寺) には、義経の兜にまつわる兜池の伝説が現在も残っている。

(29) 「中山」の地名は、黒田日出男氏「中山—中世の交通と境界地名—」(『境界の中世　象徴の中世』東京大学出版会　一九八六) などに指摘されているように境界性を帯びた地名といえる。また『明石物語』における北の方の「佐夜の中山」の山中出産や夜啼き石伝説など、女性の苦難を語る伝承の存在から聖性を帯びた地名とも考えられる。さらに、「中山」のような有名な地における観音と女性を語る伝承として、豊後国の内山観音にまつわる伝承などもあげられるだろう。

(30) 「満仲」には、能「仲光」、京大本「多田満仲」(岡見正雄氏「説教と説話　多田満仲・鹿野苑物語・有信卿女事」『仏教芸術』五四　一九六四・五)、幸若舞曲「満仲」、お伽草子「多田満中」(『未刊御伽草子集と研究』三　未刊国文資料刊行会　一九六〇) などがあるが、いずれも摂津国の「中山寺」と表記される。

(31) 『宇部市史　通史編』上 (宇部市史編纂委員会　一九六六) 参照。

(32) 『防長風土注進案』一五「舟木宰判」(マツノ書店　一九八三) 所収。但し、広福寺縁起の正確な成立年次は明らかではなく、現在のところ、ここで用いた『防長風土注進案』の成立時である天保年間までしか遡れない。
(33)『宇部市史　史料編』上（宇部市史編纂委員会　一九六六）参照。
(34)先にあげた毛利家文庫蔵「厚東氏系図」の他、長門浄名寺所蔵「厚東家譜」、長門市所蔵「厚東氏系図古写」などがある。
(35)前掲注（31）より引用。
(36)『続群書類従』四上（続群書類従完成会）より引用。
(37)『長門長府史料』（長府市編纂会　一九七四）より引用。
(38)『防長寺社由来』四（山口県文書館　一九八二）より引用。
(39)高橋正氏「防長両国における地神祭について」（『藩領の歴史地理―萩藩―』大明堂　一九六八）、二宮正道氏「防長盲僧小考」（『山口県地方史研究』二二　一九六九・一一）。
(40)『防長風土注進案』一八「前大津宰判」。他にも、三隅村「地神祭り此頃地神祭とて往古より村々にて会合、地神経盲僧招き終日琵琶を弾し読経仕らせ、終りに五穀成就の種蒔と号し盲僧并に当屋の主を胴上ケの祝ひ候」（前大津宰判）などと伝えられる。
(41)『日本伝説大系』一〇（みずうみ書房　一九八七）、松岡利夫氏『山口の伝説』（角川書店　一九七九）など。お伽草子、古浄瑠璃には「宝くらべ」の表記は見られないものの、明らかにその内容は「宝くらべ」を思わせるものであり、奈良絵本においては「宝くらべ」と明記されていることから考え、原態においては、よりはっきりとした形で「宝くらべ」が語られていただろうことが推察される。
(42)成田守氏「防長の盲僧」（『盲僧の伝承』三弥井書店　一九八五）。
(43)山田亀之介氏『宇部郷土史話』（宇部郷土文化会　一九五五）。
(44)古浄瑠璃『よろひがえ』の中に「物のあはれをとゞめじは、筑紫周防の国におはします万寿の姫にて、ものゝあはれをとゞめたり」とあり、「筑紫周防」の表現が注目される。後世になって、そうした土地にくらい者によるものとも考えられるが、百合若伝承や為朝伝承など九州北部に見られる万寿の活躍を考えると、むしろ「筑紫周防」一体の「万寿の姫」というような解釈も想定されよう。

(45) 伊藤芳枝氏「周防長門の盲僧と薬師信仰」(歴史民俗学論集二『盲僧』名著出版　一九九三)。

第三章　『唐糸草子』考

——唐糸受難伝承から万寿孝行譚へ——

はじめに

頼朝の命をねらい、とらわれの身となった「唐糸」を、娘の「万寿」が舞の徳によって救い出すという展開の『唐糸草子』は、渋川版二十三編の一つとして、従来、近世における婦女童幼への教訓性の濃厚な典型的なお伽草子という性格づけがなされてきた。確かに、現存するテキストとしては、慶長、元和頃刊とされる古活字版(内閣文庫蔵、十行絵入本『からいとさうし』一冊)が最古であって、それを遡るようなものは報告されておらず、また、伝存する諸本間でも特に大きな問題となる異同も見られない。(1)しかし、市古貞次氏が幸若舞曲の番外曲であった可能性のある作品として、『畠山』『木曾義仲物語』『秋の夜の長物語』『結城合戦物語』とともに、この『唐糸草子』をあげられたように、(2)素材や叙述面で芸能とのかかわりを想起させる要素をはらんだ作品と考えられる。関連して、三浦俊介氏が示されたように、(3)渋川版二十三編の中でも、とりわけ叙述に語り物的側面が見受けられるものといえる。(4)

表現面での注目すべき事象に、三浦氏は会話文に先行する「聞く」「聞こし召す」「承る」という表現の三十二例を指摘されたが、これに加えて、「いかに（や）〜承れ（聞け）」（六例）、「めでたき（御）事を（ば）」（六例）、「なのめならずに（なのめに）」（六例）、「いかさまこれは」（四例）、「〜こそめでたけれ」（三例）、「そも〜」（三例）、「流涕こがれて泣きにける」（二例）、「野の末、山の奥までも」（二例）、「かきくどきてぞ泣き給ふ」（二例）、その他「さても不思議の事どもかな」、「天に仰ぎ地にふして」、「通る所はどこどこぞ」、「肝胆をくだひて祈られける」、「母を養ふあはれさよ」、「感ぜぬ人はなかりけり」など、幸若舞曲や古浄瑠璃に見られるような決まり文句が多数確認できる。但し、このような文体であるからといって、三浦氏も指摘されたように、直ちに語り物であったと判断するわけにはいかない。しかし、「寿永二年の秋の頃」という史実性を前面に出すような冒頭部分も勘案するならば、全体として叙事性を構築している文体は、語り物を模した作品とも考えられ、渋川版二十三編内にあっては、特異なものと言えよう。このような、お伽草子とりわけ渋川版二十三編の中での本作品の独自性をふまえた上で、さらに、物語の構成、およびテキストに外在する伝承などについて考察してみたい。

一　女系の物語

鎌倉を舞台とした物語草子には、『大橋の中将』(5)、『清水冠者物語』(6)、『浜出草紙』(7)、『いしもち』、『畠山』などがあり、いずれも素材としての語りを想定させる作品といえる。なかでも、梶原の計略により頼朝の勘気を被った「大橋の太郎」が、鎌倉由比ヶ浜の土牢に幽閉されるものの、その子「まにわう」の鶴岡八幡での法華経読誦によって救われるという『大橋の中将』は、構成において『唐糸草子』と近似しており、子供が親の救出に当たる物語の類型としてとらえることができる。『唐糸草子』で重きをなすのが孝行譚であることは、たとえば、仮名草子『大倭二十四孝』の「千世能物語」[8]で、牢に押し込められた父を舞によって救出する「千世能」が「越後の万寿姫」と偽って立ちまわっていたり、土佐浄瑠璃の「頼朝遊覧揃」[9]においては、八幡の霊験や舞徳の要素を排除し、実際に母の身代わりとなって牢に入る「万寿」の親孝行にのみ終始していたりと、近世における享受の様相からも明らかである。

このように、『唐糸草子』は鎌倉を舞台とした物語群の一つであり、それも孝行譚として位置づけられるが、「唐糸」、「万寿」、そして乳母の「更科」など、女性中心の物語である点は、他の作品に比して注目すべきものがある。八幡霊験譚、頼朝祝言などの要素を配しながらも、やはり娘である「万寿」の親孝行が物語の基軸となっているのである。もちろん、「万寿」の物語の前段階として「唐糸」の物語は必要ではあるが、物語全体からすると、「唐糸」の存在はあくまでもその発端に過ぎない。にもかかわらず、「万寿」の物語ではなく、諸本通じて『唐糸草子』と題されるところに、本作品が形成される過程があらわれているように思われる。

なお、本作品には、これまでにも指摘されているように、義仲残党をめぐる物語という設定をとりながら、史実面で矛盾を生じる箇所が見られる。頼朝に捕らえられた「唐糸」が、「松が岡殿」に一時預かりの身となるとするくだりがそれで、「松が岡殿」は、周知のごとく、北条時宗の妻、貞時の母にあたる覚山尼であり、物語の設定からは時代的にかなり下ったものである。この「松が岡」すなわち臨済宗円覚寺派東慶寺は、俗に縁切寺、駆込寺とも呼ばれ、女性にゆかりのある寺として著名である。[10]『唐糸草子』においても、頼朝暗殺計画が露見した後、預け置きの身となった「唐糸」に対する「松が岡殿」の描写には、女性の保護者としての面が強調されている。これは物語舞台が鎌倉の地であることを際立たせるだけでなく、女性救済の寺という宗教状況を少なからず反映したことによるものと考えられ、女性についての物語という本作品の一面を顕著なものにしている。なお、同様に「万寿」の祖母である尼君の話中に出る「藤沢の道場」も、物語の時代設定の上で齟齬が見られる。しかしながら、この「藤沢の道場」の記事にも、先の「松が岡」同様、アジールとしての側面が認められる点で、興味深いものがある。史実としては矛盾し、しかも物語に不可欠な要素とは言い難い、これらの記述をあえて挿入している点には、やはりテキストが成立した近世極初期、あるいはそれ以前の何らかの宗教的な背景があったことをも推測させる。

二　〈万寿〉にみる芸能性

そこでまず、物語の中心となる娘「万寿」について、その芸能成功譚としての側面から考察してみたい。「万寿」の芸能成功譚は、頼朝御所内に六本の小松が生えるという奇瑞により、鶴が岡で今様を歌う十二人の手弱女の一人に召し出されることをその発端とする。ここであげられる手弱女たちは、「手越の長者が娘千手の前」、「遠江国熊野が娘の侍従」、「黄瀬川の亀鶴」、「相模国山下の長者が娘虎御前」、「武蔵国入間川の牡丹といひし白拍子」とあるように、いずれも軍記物語や芸能作品において著名な女性ばかりであり、いわば遊女尽くしのような側面を見せている。そしてまた、このような女性たちによる芸能尽くしの宴は、たとえば幸若舞曲「伏見常盤」に見られるような、物語の最後に女性による芸能で語り納めるという女流芸能者による祝言性を帯びたものともとらえられよう。さらに、「万寿」による鎌倉誉めの今様は、

鎌倉は谷七郷とうけ給はる、春はまづさく梅が谷、扇が谷にすむ人の、心は涼しかるらん、秋は露をくさゝめがたに、いづみふるかや雪の下、万年かはらぬ亀がへの谷、鶴のからごゑ打ちかはし、由比の浜にたつ波は、いくしま江の島つゞいたり、江の島のふくでんは、福聚海無量の宝珠をいだき参られたり

とあり、谷々を四方四季によそえ、神々に守られた聖なる空間として鎌倉の土地を祝福するものといえ、幸若舞曲「浜出」や幸若歌謡「四季の節」（高野氏幸若安信本）、禁中千秋万歳歌「浜出」などにも見られるものである。(11)これによって「万寿」は頼朝から所領を賜るわけだが、頼朝による所領安堵もまた、幸若舞曲「浜出」、「九穴の貝」、「景清」などに見られるものであり、頼朝祝言の要素を垣間見せている。(12)

女性が自らの芸能によって親を救おうとする女性芸能成功譚は、たとえば、『吾妻鏡』における白拍子「微妙」や、謡曲「籠祇王」における「祇王」などにも見られるものである。しかし、いずれも父親を救助しようとするもので、母親のための芸能成功譚である『唐糸草子』には、いっそう女系の物語としての要素が濃いものととらえられる。こうした女系の物語、とりわけ鎌倉鶴岡八幡宮における女性の芸能成功譚という枠組みからは、『義経記』や幸若舞曲「静」の物語が想起されよう。そこで、幸若舞曲「しつか物語」(13)における「静」の芸能成功譚と、『唐糸草子』における「万寿」による芸能成功譚とを、次頁のようにその構造の面から比較すると、おおまかな要素の一致が確認でき、芸能成功譚の普遍構造をみてとることができる。この共通構造にあって、さらに注目したいのが、③における頼朝の描かれ方の一致である。『唐糸草子』において、

小松の枝をゆりかづき、みなしろの大幕へ、二三度四五度舞ひかゝりたりければ、頼朝御覧じて、ほうらいに立烏帽子、白鞘巻をさしながら、みなしろの大幕を、投げあげて、かゝるめでたき御ことに、相生の松が枝を給ふらんとて出給ふ。もとより頼朝は今様の上手なり、立つなみ入る波、寄する波、引しほの拍子足を、たんこふしきと踏んで、扇流しを歌ひすまし、万寿が花のたもとへ、頼朝の狩衣の御袖、舞ひ重ね〱、二三度四五度舞はせ給へば、風の吹かぬに、大宮の玉の戸も、きり〱ばつと開き、八幡も御納受有ときこえける。さるほどに、八百八つのみす簾の几帳も、ざゞめいて、貴賤群集を返しける。

	幸若舞曲「しつか物語」	『唐糸草子』における万寿
①	芸能の拒否・近親者（女性）の説得 「日本一の舞の上手」として推挙されるが、拒む。 しかし母親の説教により承諾。	芸能の拒否・近親者（女性）の説得 「十二人の八乙女」の一人に乳母が推挙するが、拒む。 しかし乳母の説得により承諾。
②	頼朝や鎌倉を寿ぐ芸能	頼朝や鎌倉を寿ぐ芸能
③	ともに舞う頼朝	ともに舞う頼朝
④	神仏の感心 「みすもきちやうもざゞめき、ほうしやもゆるぐ斗也」	神仏の感心 「八百八つの御簾簾の几帳もざざめいて」
⑤	所領を賜る 「駿河の国神原八十余町」	所領を賜る 「信濃国手塚の里一万貫の所」

とあるのに対し、幸若舞曲「しつか物語」においても、

司士是を極楽浄土の玉すだれかんじゆまんじゆのたまのはたあぐればいよ〳〵ひかります、ぎよくたいつゝがなふしてあめがしたこそのどかなれと三返ふんでまはれば、みすもきちやうもざゞめきほうしやもゆるぐ斗也、頼朝かんにたえかね給ひてともにかいなをさし給ふ、大名かうけていじやうにころびおちこゑをあげてぞおめいたる、さてしも舞はおさまりぬ

とする。ちなみに『吾妻鏡』においても、同内容の箇所が見られるが、そこでの頼朝は、もっぱら祝福される側として描かれているのに対し、幸若舞曲「しつか物語」では頼朝もともに舞う形を取っているのである。いわば頼朝をも巻き込む形での芸能譚が成り立っているのであり、芸能者の自己投影という問題を設定した場合、芸能成功譚としてよりはっきりとしたものになっているといえよう。以上のような『唐糸草子』の芸能場面に見られ

る祝言性は、市古貞次氏が指摘された「幸若舞曲の番外曲であった可能性」を具体的に示す要素である。

そこで次に、鶴岡八幡宮においてこのような頼朝祝言を行う「万寿」の名前に注目してみたい。そもそも、「～寿」という名称は、第二章において述べたように、中世の記録類や文芸を通して散見されるものであり、とりわけ女性の芸能者に多く見られる名前である。(14) さらに、「万寿」について見ると、中世の文芸世界においては、しばしば、八幡あるいは源氏とともに登場する。幸若舞曲「烏帽子折」においては、義朝が青墓の長者との間に残した忘れ形見として、「万寿の姫」が登場する。(15) 在地（山口県宇部市）のかつての唱導活動をもとに成立したと考えられるお伽草子の『まんじゆのまへ』では、中山の観音の申し子「万寿」の流離苦難と八幡太郎義家との婚姻が描かれる。(16) さらに、宇佐八幡の信仰と深いかかわりのある百合若大臣伝承においても、幸若舞曲「百合若大臣」において、百合若の北の方の身代りとなって、「まんなうが池に柴漬け」にされる門脇の翁の娘を、豊後の伝承では「萬壽姫」とし、その菩提供養に建てられた「萬壽寺」の縁起が伝えられている。(17) 同じく九州において、肥前黒髪山の大蛇の人身御供となった「万寿」とそれを退治する為朝の話も伝えられる。(18) こうした「万寿」の物語の存在から、阪口弘之氏は、「万寿」について「語り物世界に於て、源氏の統領達と八幡信仰に深く関わって登場してきた女性の名前である」とされ、「万寿に女性唱導者の影を見るならば、それは源氏信仰、したがって八幡信仰に深く関わりをもった人ではなかったか」と推察された。(19) 八幡信仰あるいは源氏信仰にかかわる女性唱導者〈万寿〉の存在については今後とも考察すべき問題ではあるが、少なくとも『唐糸草子』における「万寿」は、鶴岡八幡宮において芸能を奉祀する巫女の姿を髣髴とさせるものがあり、頼朝を寿ぐ芸能者の投影を思わせる。

このような女性の芸能者のかかわりを想定したとき、乳母「更科」の活躍ぶりもまた注目すべきものがある。

手塚の里から鎌倉に至るまでの道中、「万寿」に付き従い、鎌倉においても、常に「万寿」を励まし、「唐糸」救助につながる鶴岡での舞の一人に「万寿」を推挙する乳母「更科」は、たとえば『浄瑠璃物語』において、「冷泉」などとともに浄瑠璃姫の女房の一人として登場する名前でもある。このような乳母や侍従は、しばしば物語上、重要視される存在であり、細川涼一氏が指摘されたように、二人連れで旅をする女性芸能者たちの性質を投影するものとも考えられる[20]。もちろん、ここでの「更科」に語り手としての面を見いだすということではなく、そうした女系の物語に通じる造型をなす物語草子として『唐糸草子』をとらえることができるのである。

頼朝をつけねらい、「七十五度の問状」を受け、石牢にとらわれの身となる「唐糸」と、母を救うため鎌倉へ向かい舞の功徳によって救い出す「万寿」には、「磯禅師」と「静」、「七十余度の拷問」に耐えた「常盤の母」と「常盤」といった物語型から推測されるような女系の芸能者の実態を少なからず反映したものを想定できよう。ここで考えておきたい問題として、芸能成功譚における「引きかえ」のモチーフがあげられる。すなわち、田中本『義経記』巻第六に、より顕著な形で見られる、「静」による義経を軽視しての頼朝祝福という強調の方法である[21]。これは、幸若舞曲「靡常盤」においても、「子をばまふけて又みれど親を二度みる事なし[22]」と、母親の救出に際し、子を犠牲にするという形で見られるものである。母子の物語として考えられる「静」や「常盤」に、こうした「引きかえ」のモチーフが見られるのに対し、現存する『唐糸草子』においては、「万寿」は何の代償もなく、芸能を成功させ母を救うという展開となっているという点を、ここで指摘しておきたい。

三　〈唐糸〉と鎌倉

佐伯真一氏は、「頼朝に滅ぼされた者達、頼朝に敵対した者達の文芸」において、「頼朝を敵役としつつその体制を寿ぐ構造」をとる点に、「頼朝への寿祝と頼朝に滅ぼされた者達への鎮魂」を読みとられた。(23) この頼朝に敵対した者たちの文芸に、『唐糸草子』を置くなら、「寿祝」は、鎌倉、頼朝を寿ぐ「万寿」の芸能成功譚であり、「鎮魂」は、「唐糸」の存在、すなわち、以下のような在地の伝承世界にかかわっていくものではないかと考えられる。

鎌倉には、頼朝の墓、人丸石、清水冠者塚、畠山石塔など、在地に根ざした伝承が散見されるが、いずれも軍記物語や語り物に基づくものである。そうした伝承の一つとして、「唐糸やぐら」の存在があげられる。この「唐糸やぐら」の名は、現在の地図などにも確認できるもので、鎌倉周辺部に散見される「やぐら」と呼ばれる岩窟の一つに「唐糸」の名が付せられているのである。現存本『唐糸草子』においては、

「いかさまこれは、唐糸が、ひとりの謀叛にてはよもあらじ。鎌倉中にては、大名か小名の、人数あるべきぞ。松が崎にて、七十五度の問状して、問へ」とて、ものゝふどもにぞ

図８　奈良絵本『からいと』
小屋に幽閉される唐糸

仰せける。松が岡殿には、此由をきこしめし、梶原と死なんとて、鎌倉へ御輿がたつ。頼朝このよしきこしめし、まづ〳〵こなたへひけやとて、御裏の、石の籠へぞ入られける。唐糸がふの悪さ、君の御果報、申に及ばず。

とあるように、「唐糸」は頼朝御所の裏手にある石の籠に入れられる。なお、挿絵においても、頼朝御所にほど近い屋敷ないし、小屋のような場所に幽閉されている様子が描かれる（図8・9参照）。しかし、近世の地誌類に至ると、これとはいささか異なる伝承が見受けられるのである。それが、「唐糸やぐら」の原型「唐糸土籠」である。(24) 以下に、「唐糸土籠」について述べた近世の地誌類の記事をあげることとする。

・『玉舟和尚鎌倉記』寛永末年頃

一白絲ガ獄　亀ガ井坂ヲ下テ、ムカイノ山麓ニ少シ出タル堤ノ如クナル処アリ、是也。地下ノ者ハ景清ガ籠也ト云ヘリ。アヤマリ也。白絲ハ樋口ノ次郎ガ息女也。浴室ニテ頼朝ヲ刺ントスルニヨツテ禁獄ス。白絲ノ草

図9　絵巻『から糸物語』

紙トテ一巻アリ。[25]

・『鎌倉日記』延宝二年（一六七四）

化粧坂ヨリ旧路ヲ再ビ下テ、海蔵寺ヘ行路次ノ景清籠ヨリ東ノ岐路ニ尻ヒキヤグラト云大岩屋アリ。又ハヘヒリ矢倉トモ土民ハ云リ。ヤグラトハ俚語ニイハヤヲ云也　或ハ是ヲ唐糸ガ籠ナリト云。俗ニ伝フ、唐絲ハ手塚太郎光盛ガ女ナリ。頼朝ニ仕ヘ居ケルガ、木曽義仲ヘ内通シテ、頼朝ヲ殺ン為ニ中刀ヲ常ニ懐中ニカクシヲキケリ。遂ニアラハレテ、籠舎シケルトナリ。[26]

・『鎌倉物語』万治二年（一六五九）

からいとが籠　法華堂より東のかた山の谷に土の籠あり。所のものはかの所をおしへたり。見れば石塔あまたあり。（中略）此事本説はさだかならねども。世人よく聞およびいひもてなせば。あら〳〵としるし侍り。まことにおやかう〳〵は。よくつくせしうへにもなすべきわざなりと。聖人賢人もふるき文におほくのべ給へり[27]

・『鎌倉紀』延宝八年（一六八〇）

東鑑をみれば三浦泰村一族引つれ頼朝の影前にて二百八十人ならびて生害せしといふ法花堂はこゝ也。昔を聞て今所をおもひあはせて実否をこゝろむべし。此法花堂より東の方を西御門と云。此あたりにから糸が籠とて有よし、是は見ざりき。[28]

・『新編鎌倉志』巻之二　貞享二年（一六八五）

唐絲土籠　唐絲土籠は、釈迦堂谷の南に巖窟あり。唐絲籠と云傳。内に石塔数多あり。相伝ふ、唐絲は、手塚太郎光盛が女なり。頼朝に仕へ居けるが、木曾義仲へ内通して、頼朝を殺さん為に、脇指を懐中に隠置け

り。遂に露れて此の土の籠に入置れけるとなん。東御門の山の上にも、唐絲が土籠と云所あり。然れども非なりと云ふ。(29)

・『鎌倉賦』宝永三年（一七〇六）

日蓮・盛久が首の座、景清・からいとが籠のあと、大塔の宮は、佞臣の讒にくるしみ、実朝の卿は、公暁が為に弑せらる。勝長寿院には、義朝の髑髏を葬り、法華堂には、頼朝の墳墓を築く。(30)

・『山東遊覧志』安永八年（一七七九）

○犬懸谷　衣張山　釈迦堂谷の東隣なり。間、切抜の道あり。名越へ出ると云、むかしの本道なるよし。平家物語に有。

○唐糸土籠

○杉本観音堂　坂本巡礼札所の第一番也。寺領五石六斗也とあり。(31)

・『相中紀行』寛政九年（一七九七）

釈迦堂が谷の南ニ唐糸が土ノ籠とて巖窟有、中ニ石塔数多有、唐糸ハ手塚ノ太郎光盛が女也。頼朝

図10　『鎌倉名勝図』明和～安永刊
中央、釈迦堂谷の上に見える「唐糸土籠」

ニ仕へ居たりしが木曽義仲へ内通して頼朝を殺さんとして脇指を懐にす、遂に事あらわれて此土の籠ニ入らるゝといへり。(32)

・『遊歴雑記』巻之上　文化六年(一八〇九)

案ずるに時代遙かに隔たり古今異ありといへ共、当世の御規定を以て昔を推度するに、今公家高官の罪有も、其初め蟄居・閉門・遠慮等の差別有、落着に及んで遠島・近流・落飾等の品々有。武家の罪ある斬罪・討首・切腹・家名没収に及ぶも、其初め先見寄の武家へ預けしめ賜ふ。しかるに昔鎌倉の御代には、土中に牢を作り押込置しは、外国への聞へもいかゞ、但訳有事にや。景清憎しといへ共北面の武士たり、日蓮罪科有といへ共一宗興行せんとする僧たり。況んや大塔の宮に於ておや。其外云ふに甲斐なき女をだにも洞中に押込、今しらいとが土の牢とて存せり。(33)

・『我衣』文化十二年(一八一五)

八幡より右りの方、畑中を行。頼朝公の五輪有。右りの方石階数十歩を上り、薩摩公先祖忠久の御墓石の玉垣、両墓の燈炉有。御墓は岩穴に在。其脇の方十間斗隔て、唐糸が土の牢あり。(34)

・『鎌倉攬勝考』文政十二年(一八二九)

唐絲土の牢　犬懸谷と釈迦堂谷の間を、南へ越て窪あり。土人唐いとゝいふは、手塚太郎光盛が娘にて、右大将家の営中に仕えけるが、木曽義仲へ内応し、将軍を害せんと謀り、懐中に短刀を持しを、遂にあらはれ此土の牢に入置れしといふ。慥なる事はしれず。をのれ其窟中を見るに、古き石塔あまたあり。依ておもふに、是は昔もふけたる塋域なり。然るを土人等後世に至り名附しことあきらけし。(35)

鎌倉の地における「―牢」としての伝承は、「景清籠」をはじめ、大塔宮の牢や日蓮の牢などが伝えられるが、いずれも入牢の史実とその逸話が著名なものであり、その性格から中世都市鎌倉における御霊的な存在ともとらえられている。そうしたものと並んで、「唐糸」の名が付せられる「土牢」が存在するのである。「唐糸土籠」の位置は、地誌によって、景清籠周辺、法華堂周辺、釈迦堂谷の三つに大別でき、時代とともに、移動していく様が確認できる。また『玉舟和尚鎌倉記』や『遊歴雑記』のように、「白糸」の牢として伝えているものもある。こうした場所の移動や名称の揺れは、すなわち伝承されてきたことを示すに他ならず、近世においてではあるが、お伽草子とは異なるレベルでの伝承があったものと考えられる。「やぐら」そのものは、中世鎌倉特有の横穴式墳墓で、納骨施設を備えていないものである。つまり遺骸を納める墓というよりも、墓をもとにして成立した供養空間と想定されるのである。先行研究によると、これら「やぐら」群の見られる場は、刑場や集団墓地のような怨霊鎮魂のための葬送の地であったと同時に、商業と交換の栄える地域でもあり、さまざまな伝承が生成、伝播されていたことも確認されている。(36) このような「やぐら」の性質からも、「唐糸やぐら」には「唐糸」を供養して祀ろうとする、『唐糸草子』とは別種の伝承形成の動きを想定できるだろう。なお、江戸末期写の番外謡曲「からゐと」は、鎌倉山を訪れた旅僧の前に、遊女「からいと」の霊が現れ舞うというもので、(37)『唐糸草子』を離れたところの受難の〈唐糸〉伝承があった可能性を示唆するものである。少なくともそうした脚色を呼び込むほどの〈唐糸〉の物語なのであった。

さらに物語において、「唐糸」「万寿」の出身地とされる手塚の里には、「唐糸観音」（図11参照）と呼ばれる観音が伝えられている。長野県上田盆地の南部、塩田平の西南端に位置する手塚は、「唐糸」の父とされ、養和元年（一一八一）木曽義仲の挙兵に従ったと伝えられる東信濃の武士、手塚金刺太郎光盛の本貫の地と推定され、唐糸観音堂・手塚屋敷跡・伝手塚太郎五輪塔（鎌倉期）・光盛寺跡など手塚氏ゆかりの遺跡も数多い。黒沢周平氏によると、塩田平は「信州の鎌倉」と呼ばれるほど中世の文化財を多く残しており、その理由として「鎌倉中期に、鎌倉北条氏の一族北条義政が定着し、塩田北条氏として幕府滅亡まで、政治、文化の中心」をなしていたことがあげられる。また、嘉禄元年（一二二五）頃からすでに「信州の学海」と呼ばれており、塩田別所安楽寺と鎌倉建長寺との間には密な交流があったことなども指摘されている。(38) 古くから開けていて、鎌倉との交流が盛んであったことが確認できるこの地に、近世末期頃の作と思われるものであるが、光盛の娘「唐糸」を供養したといわれる「唐糸観音」が、手塚氏の館跡と見なされている倉沢正二郎氏宅内に、現在も安置されているのである。(39) 現存の『唐糸草子』本文からは、「唐糸」を供養する必要性は把握できず、ここでもお伽草子とは別種の〈唐糸〉伝承が存在していた可能性が指摘できる。先に述べた、芸能成功譚における「引きかえ」という条件を考えた場合、あるいは「唐糸」の苦難（死）を語るような伝承が想定できるのではないか。

図11　唐糸観音

以上のようなことは、お伽草子とは直結しない〈唐糸〉のみを語ろうとする伝承群の存在からも確認することができる。すなわち、享保十六年（一七三一）の『津軽一統志』などによって知られる時頼廻国伝説にまつわる〈唐糸〉伝承である。[40] 北条時頼の愛妾「唐糸」は他の妾の嫉妬を買い藤崎に逃れる。その後、時頼廻国の報を聞いた「唐糸」は自らの容色が衰えたことを恥じて入水する。これを聞いた時頼は、「唐糸」供養のために、平等教院の跡地に臨済宗の護国寺を建立したという。さらに、秋田県仙北郡では、時頼が藤崎から鎌倉に帰る途上、七日ごとに唐糸供養の堂を建立したと伝える。[41] 豊田武氏により、「藤崎が北条氏の得宗領であり、その御内人である藤崎城主の安東氏とかかわり深い地名が繋がっていることから、得宗領の拡大との関係による伝説分布」と推測されているものであるが、[42] この東北地方における〈唐糸〉伝承は、明らかに受難の物語の形をとっている。

　このように、供養される者として伝承されている点で、やはりそこに祭祀する語り手の存在が想定される。たとえば、小口雅史氏は「安東氏とかかわりが深かったとされる熊野修験や時宗の徒による伝説形成の関与の可能性」を指摘されている。[43] なお、弘和二年（一三八二）の「そへ寄進状」に、「からいとまいの御てら」とあることから、すでに弘和二年の段階で、藤崎の平等教院を唐糸ゆかりのものとする意識が成立していたことが確認できる。[44] さらに、寛文十二年（一六七三）成立の『可足筆記』という津軽氏の系譜を語る伝承内に、この時頼〈唐糸〉伝承が取り込まれていくのである。この点について、佐藤晃氏は津軽氏系譜生成の過程で、北条時頼と自らとをつなげ、平泉藤原氏に連なるとする自らの系譜に取り込み、家系の上昇に一役加担させたものと推察された。[45] この『可足筆記』をもとに遠祖を綴ったとされる、十九世紀初頭成立の『前代歴譜』に至ると、津軽秀直の室として、お伽草子の「唐糸」があげられている。しかも「鎌倉釈迦堂ノ土牢ニ篭ラル」[46] という、地誌類における鎌倉の土牢伝承の流入をも見せ、興味深い。こうした津軽氏の伝承圏の〈唐糸〉を分析した場合、以下のように考えられるだろう。津軽氏の伝承における息子の母としての〈唐糸〉を、津軽氏側の要請の所産とみなすならば、『唐糸草子』における娘の母である「唐糸」は、『唐糸草子』の作為によるものとみなされ、そうした母子の物語を形成する動きに、〈万寿〉の芸能祝福性を考えあわせると、やはり女系による伝承の可能性が高いものととらえられるのである。

東北地方の唐糸伝承と『唐糸草子』周辺の伝承とには、二つの共通点が見いだせる。一つは、〈唐糸〉が祀り上げられ、供養される存在として語られている点である。それは、供養する者、語り伝える者があってこそのものであるともいえよう。そしてもう一つは、将軍頼朝あるいは執権時頼という鎌倉の王ともいうべき権威と絡めて語られている点である。いずれの伝承においても、鎌倉の地との何らかのかかわりを推測させる形をとっており、〈唐糸〉は、鎌倉のいわば縁起を語る上で、必要とされるような女性であり、必然、その伝承が用意されたと考えられる。

おわりに

以上、お伽草子の本文を離れた形での、近世における〈唐糸〉伝承群の様相を確認してきた。そこでの〈唐糸〉は、もっぱら供養される者として描かれており、かかる点から〈唐糸〉受難伝承が存在していた可能性を指摘した。それがまた女性芸能者の関与など、芸能者の視点を通したことで、物語における祝言性が強調され、〈唐糸〉受難伝承が後退し、〈万寿〉の芸能成功譚の物語へと展開していったものが、『唐糸草子』なのであろう。

なお、このような〈唐糸〉伝承と鎌倉の地とを絡めて伝承化していく場の一つとして、時代的に矛盾するにもかかわらず、登場する「松が岡殿」、東慶寺があるいは想定されるかもしれない。駆込寺、縁切寺として発展する前段階に、苦難の女性を救済する伝承を生成する場であった可能性も考えられるのではないだろうか。こうした鎌倉の地における女性伝承のあり方や、東慶寺のような尼寺が伝承生成においていかなる機能を果たしたものかなど、今後とも検討すべき問題が残されている。また、原物語から段階を経て現物語へと至る道程、およびテキスト成立を促すその当代的様相、幕府との関連など、今後の課題としてさらに考えていきたい。

【注】

（1）この他、現存する主な伝本としては、〔元和寛永〕刊古活字版十一行絵入本『からいとのさうし』一冊（無窮会平沼文庫蔵）、〔寛永〕刊絵入本『からいとさうし』一冊（東洋文庫、東大霞亭文庫蔵など）、寛文五年松会刊絵入本『からいと』二冊（岩瀬文庫蔵）、御伽文庫本『唐糸さうし』二冊（刈谷図書館、学習院大学蔵など）、〔江戸初期〕写本一冊（石川透氏蔵）、〔江戸前期〕写奈良絵本『からいと』二冊（国文学資料館蔵）、〔寛永〕写絵巻『から糸物語』一軸（早稲田大学図書館蔵）、〔江戸前期〕写絵巻『からいと』二軸（大英図書館蔵）などがある。

（2）市古貞次氏『中世小説とその周辺』（東京大学出版会　一九八一）。『唐糸草子』についての先行研究としては、徳田和夫氏「唐糸草子の唐糸の前と万寿姫」（『国文学　解釈と教材の研究』二七―一三　一九八二・九）、川瀬一馬氏「慶長・元和頃刊古活字版唐絲草子解説」（『原装影印古典籍覆製叢刊　唐絲草子』雄松堂書店　一九八四）がある。川瀬氏は、頼朝のために非業の最期を遂げた木曽殿に同情する世の中の声の響きから生まれた作で、鎌倉末期を越えて南北朝の申楽芸の盛行と共に現われ出たものと推測されている。

（3）三浦俊介氏「渋川版御伽草子の会話引用表現」（『城南国文』一五　一九九五・二）参照。

（4）『唐糸草子』本文の引用はすべて、日本古典文学大系『御伽草子』（岩波書店）により、適宜、傍線を付した。

（5）笹野堅氏「『大橋の中将』と『山中常盤』上」（『国語と国文学』九―九　一九三四）、小川武彦氏「御伽草子から仮名草子へ」（鑑賞日本古典文学『御伽草子・仮名草子』角川書店　一九七六）参照。なお、小川氏により、建治二年《（一二七六）》の「日蓮聖人書簡」に、『大橋の中将』との同話が記されていることが指摘されており、この物語が唱導の題材であったことを示すものといえる。

（6）水原一氏、梁瀬一雄氏「清水の冠者解説」（伝承文学資料集『室町期物語』一　三弥井書店　一九六七）、砂川博氏「東京大学付属図書館蔵『清水冠者物語』と時衆」（『軍記物語の研究』桜楓社　一九九〇）など参照。

（7）菅野覚明氏「御伽草子の「祝言」性について―『浜出草紙』を中心に―」（『御伽草子』ぺりかん社　一九九〇）、藤井奈都子氏「舞曲の詞章整備の指向―「浜出」から「蓬萊山」への改作を通して―」（『大阪市立大学文学部創立五十周年記念国語国文学論集』和泉書院　一九九九）など参照。

（8）徳田和夫氏「伝承文学と文献―研究方法の一モデルとして―」（講座日本の伝承文学『伝承文学とは何か』三弥井書店　一九九四）参照。

（9）鳥居フミ子氏「「頼朝遊覧揃」の唐糸と万寿」（『伝承と芸能―古浄瑠璃世界の展開』武蔵野書院　一九九三）参照。

（10）網野善彦氏は、こうした縁切寺についてアジールとしての側面から考察されている。『〔増補〕無縁・公界・楽』（平凡社　一九九六）など参照。

（11）藤井奈都子氏「舞曲「浜出」につきての考察（一）―幸若歌謡「四季の節」との関連から―」（『金沢大学国語国文』二三　一九九八・二）参照。

（12）福田晃氏「幸若舞曲の性格―軍記物語とのかかわりから―（上）」（『幸若舞曲研究』一　三弥井書店　一九七九）、三澤祐子氏「曲舞と幸若舞」（『国文学　解釈と鑑賞』五六―三　一九九一・三）など参照。

（13）内閣文庫蔵『舞の本』下（古典文庫三八九）より引用、私に清濁の区別をした。

（14）記録類では、『長秋記』における遊女の長者「金壽」をはじめ、『梁塵秘抄口伝集』「延寿」や『吾妻鏡』の大磯の遊君「愛寿」などがある。文芸では、『さんせう太夫』の「安寿」や『平治物語』青墓長者の娘「延寿」など枚挙にいとまがない。第二章「『まんじゆのまへ』の成立」参照。

（15）室木弥太郎氏『語り物（舞・説経古浄瑠璃）の研究』（風間書房　一九七〇）など参照。

（16）初期古浄瑠璃「五部の本節」の一つ「鎧がへ」とほぼ同内容のもので、語り物めいた形式と口吻に特色が見られる。第二章「『まんじゆのまへ』の成立」参照。

（17）『太宰管内志』豊後之六（歴史図書社　一九〇九）、『雉城雑誌』四（『大分県郷土史料集成』三　臨川書店　一九三八）、『豊府国志』巻四（文献出版　一九三一）などに見える。前田淑氏「日本各地の百合若伝説」上・下（『福岡女学院短期大学紀要』四、五　一九六九、七）参照。

(18) 市場直次郎氏『豊国筑紫路の伝説』(第一法規出版　一九七三)、『武雄市史』(武雄史編纂委員会　一九七三)、『長崎郷土誌』(臨川書店　一九七三)参照。
(19) 阪口弘之氏「万寿の物語」(『芸能史研究』九四　一九八六・七)。
(20) 細川涼一氏「二人づれの女性芸能者」(大系日本歴史と芸能『中世遍歴民の世界』平凡社　一九九〇)、徳田和夫氏「法楽と遊楽の図像コスモロジー」(『絵語りと物語り』平凡社　一九九〇)など参照。
(21) 岩松研吉郎氏「『義経記』ノート2」(『芸文研究』五七　一九九〇・三)参照。
(22) 笹野堅氏編『幸若舞曲集』(臨川書店　一九七四)より引用。
(23) 佐伯真一氏「源頼朝と軍記・説話・物語」(『平家物語遡源』若草書房　一九九六)。
(24) 鈴木千歳氏「鎌倉史蹟疑考」(『鎌倉・古絵図紀行』東京美術　一九七六)参照。
(25) 『鎌倉・古絵図紀行　鎌倉紀行篇』(東京美術　一九七六)より引用。
(26) 『鎌倉市史　近世近代紀行地誌編』(吉川弘文館　一九八五)より引用。
(27) 『近世文学資料類従　古版地誌編』一二(勉誠社　一九七五)より引用。
(28) 前掲注(26)に同じ。
(29) 大日本地誌大系『新編相模国風土記稿』四(雄山閣　一九七〇)より引用。
(30)～(33) 前掲注(26)に同じ。
(34) 前掲注(25)に同じ。
(35) 前掲注(29)に同じ。
(36) 大三輪龍彦氏『鎌倉のやぐら』(かまくら春秋社　一九七七)、石井進氏「坂と堺」(日本民俗文化大系『漂泊と定着』小学館　一九八四)、田代郁夫氏「鎌倉の「やぐら」―中世葬送・墓制史上における位置付け―」(『中世社会と墳墓』名著出版　一九九三)など参照。このような葬送供養の空間に「唐糸」の名が付せられていく背景の一つとして、亡骸を納める「唐櫃(からうと)」からの転化が考えられ、そこに伝承が結実したのかもしれない。
(37) 『未刊謡曲集』二六(古典文庫三五六)所収。江戸末期写、伊達本番外謡曲五百六番の中。

（38）「塩田北条氏の研究」（『信濃の歴史と文化の研究』一　一九九〇）。

（39）徳田和夫氏の御教示による。なお、現地調査の際、上田市史編纂室の宮本達郎氏にご説明頂き、また倉沢正二郎氏から格別なご配慮を賜ったことに、心より感謝申し上げる。

（40）『青森県史　青森県編』一（歴史図書社　一九七一）所収。この他、『津軽弘前唐糸山満蔵寺毘沙門天尊像之縁起』（天保十二（一八四二）年）、菅江真澄『津軽のをち』（寛政九年（一七九七））などにも伝えられる。菅原路子氏「北条時頼説話の分布と成立要因」、「北条時頼説話資料集成」（『伝承文学研究』四五、四六　一九九六・五、一九九七・一）など参照。

（41）『初七日山釈迦堂略縁起』、『羽州秋田郡土崎湊納坂二七日山光明寺御本尊釈迦如来並寺之縁起』などに伝えられる。前掲注（40）菅原氏論文参照。

（42）豊田武氏「北条時頼と回国伝説」（豊田武著作集七『中世の政治と社会』吉川弘文館　一九八三）。

（43）小口雅史氏「東北北部の唐糸伝説」（『市史ひろさき』四　一九九五・三）。この他、大島廣志氏「時頼回国伝説」（『日本文学史の新研究』三弥井書店　一九八四）、成田守氏「東北地方の語り物とその伝承圏」（『奥浄瑠璃の研究』桜楓社　一九八五）でもその伝承者について考察がなされている。

（44）『新編弘前市史　資料編一—二　古代中世編』（弘前市市長公室企画課　一九九五）所収。但し、この段階では北条時頼と唐糸御前との関係は言及されていない。

（45）佐藤晃氏「時頼と唐糸伝説—伝説形成と近世津軽における受容をめぐって—」（講座日本の伝承文学『在地伝承の世界【東日本】』三弥井書店　一九九九）。

（46）佐々木孝二氏編『総合研究　津軽十三湖』（北方新社　一九八八）より引用。

第四章　室町の瞽女

──『曽我物語』の周縁──

一　曽我を語る瞽女

室町時代に、曽我兄弟の事跡を瞽女が語っていたであろうことは、十五世紀末に成立した『七十一番職人歌合』第二十五番の右に、巫装束で鼓を打ちながら、「宇多天皇に十一代の後胤、伊東が嫡子に河津の三郎とて[1]」と語る「女盲」が描かれていることで首肯できる。琵琶法師と番えられた「女盲」は、その前に杖を差し通した草履を置いており、明らかに路傍に座す姿であり、まさに遊行の芸能者たることを伝える（図12参照）。また謡曲「望月」では、近江守山の宿で、信濃の安田荘司友春の妻が「盲御前」に仕立てられ、亡夫の敵である望月秋長の前で「一萬箱王が親の敵を討つたる所」を「歌」う場面があり、当時の盲御前の出し物に曽我の物語があったことを推測させる。なお、貞和三年（一三四七）から同四年にかけて書かれた『醍醐寺雑記』の冒頭に、「蘇我十郎五郎事依井中目闇《メクラノ》語二□之[2]」として、伊東祐親や曽我兄弟の系図が記されており、兄弟の物語は、中世において語り物として流布していた。[3]但しこれは、村上学氏が指摘されているように、いずれも始原的な〈曽我語り〉ではなく、曽

我物語から派生し、芸能へと傾斜した短編の語り物であったと考えられる。(4)

曽我兄弟の仇討ちに生きる生涯を語り、その怨霊を鎮めようとする、いわゆる〈曽我語り〉が、物語の成立を促したことは既に定説となっており、そうした〈曽我語り〉は主に遊行の念仏比丘尼たちによって口演されていたものと想定されている。(5)「熊野信仰の一分派と見られる箱根・伊豆二所を根拠とする、瞽巫女の団体の口から語りつがれた」とする折口信夫の発生論(6)をふまえ、福田晃氏は、巫祝的、芸能的語りとしての〈曽我語り〉について、箱根山の駒形修験比丘尼の霊語りに発生をみたものに、高麗寺山・宿河原念仏比丘尼等々の語りが複合して、成長変遷を遂げたと提唱された。(7) 巫女の中に盲目の人々が多くいたのは、盲目であることで、晴眼者以上に強い霊感と霊能を保持し、霊魂にも接することができると見なされていたからである。このような瞽女による怨霊鎮魂の儀礼は、曽我の物語を語った室町の「女盲」にも受け継がれていったと考えられ、曽我に限らず、謡曲「小林」においても、瞽女が山名氏清や従臣小林についてのいくさ語りをしている。(8)

瞽女の呼称については、文明本『節用集』に「御前ゴゼ 女盲目」とあり、「御前」からきたものと考えられる。筑土鈴寛氏は、「御前」とは威霊ある存在や高貴の

図12 『七十一番職人歌合』
琵琶法師と女盲

人の前に侍ることをいい、盲御前とするのも、もともと巫女であったからで、瞽女は借字であるとされた。[9]また水原一氏は、謡曲「望月」の「盲御前」という造語から、盲目ならざる「目明瞽女」の存在を想定され、「御前」とは盲目、晴眼にかかわらず女性の語り手をいい、晴眼の「御前」が語りの職能から遠ざかる一方で、「御前」であり続けた盲女を瞽女と呼んだものと推測された。[10]虎御前や静御前など、かく称して物語を語り伝えた女性芸能者・宗教者たちの存在が想起されよう。怨霊鎮魂を期して仇討ちやいくさを語っていた盲御前が、やがて段物として説経浄瑠璃を取り入れ、さらに近世・近代の瞽女が心中口説を好んで語るにいたったのも、そこに亡霊供養の意味が付されていたからであろう。

近年の瞽女研究により、近世から近代にかけて形成された瞽女組織の実態や、その語り物や唄い物の内容などが明らかにされつつある。鈴木昭英氏は、近代の瞽女について、多様な民間信仰の対象となり、自ら祈禱する者もあって、宗教者的要素の色濃く見られることから、巫女から瞽女への移行を推測された。[11]また、たとえば松坂祭文について、五説経との一致が見られるものの、その内容は詞章とも古い説経正本に依拠しているだけではなく、瞽女の語りに合うように、自ら改変、再構築されたものであることが明らかとなっている。瞽女のみによる曲目は少ないが、語りの文句は瞽女流に組み替えられ、節調も独特のものに仕立てられていったのであり、その語り物には、語り手である瞽女の境遇や発想などが素直に反映しているという。[12]このように各地に定着し、組織を構成しながら、近・現代にいたった瞽女の前段階には、如上の盲御前がいたのである。では、室町期の盲御前とは、実際どのようなものであったのか、諸資料を通して浮かび上がらせながら、曽我兄弟の物語とのかかわりを考えてみたい。

二　盲御前の諸相

中世の盲女が、歌芸をもって公家の邸宅に参入し、披露していたことは、いくつかの文献によって確認できる。(13)『看聞日記』の応永二十五年(一四一八)八月十七日条には、愛寿・菊寿という師弟の「盲女」が後崇光院のもとに参上し、「芸能」を施し、五、六句申したとする。また、『実隆公記』の永正六年(一五〇九)四月三十日条や同七月十九日条にも、二人の「盲女」が公家の邸宅に上がり、その美声をもって貴人の関心を呼んでいた様を記す。これらの記録によれば、中世の盲御前は、しばしば二人連れで芸能を施したようで、鎌倉時代成立の『西行物語絵巻』にも、市女笠を被り袿に足駄を履き、杖をつく二人連れの瞽女が登場する(図13参照)。また、室町末期の天理図書館蔵『鼠の草子絵巻』では、婚礼場面に三人連れの瞽女が描かれ、「いかにお光、奥へ参りめでたき歌、端唄少し歌ふて引き出物とり申べく候」とあり、祝言を歌っていたことがわかる。

はやく柳田国男は、虎と少将、祇王・祇女、松虫・鈴虫など、女性の二人連れの設定が多く見られることから、二人連れの女性芸能者による物語の形成や流布を想定した。(14) 祇王・祇女、

図13　『西行物語絵巻』二人連れの瞽女

静と磯禅師、常盤とその母などの物語には、母子関係や女系を重視していたことが読み取れる。(15) 脇田晴子氏は、遊女をはじめとする女性芸能者について、「この集団の長者は女性であり、芸能なども、母から娘へと母系制的な血縁関係で相承されている」(16)と指摘されたが、こうした女系の芸能者の形態を端的に映すのが、右の女性芸能者の二人連れだとしてよいだろう。さらに、物語の中でしばしば重要な役割を担う乳母や侍従についても、二人連れで旅をする女性芸能者たちの性質と近似したものと言えよう。すなわち非血縁の養女による芸の伝承関係(17)に対応するものと考えられるのである。盲御前もまた、こうした二人連れの女性芸能者の例外ではなかったのだろう。

遊行の女性芸能者である盲御前たちの多くは、寺社の門前や本堂の脇にたむろして、鼓を打ちながら、参詣の人々に語りと歌いを披露していた。『蔭涼軒日録』の文明十九年（一四八七）五月二十六日条には、建仁寺の蔵主が「胸敲之乞食」と「清水寺西門女瞽」をまねたとあり、清水寺西門に「女瞽」がいたことがわかる。永正十一年（一五一四）成立の『釈迦堂縁起』巻五には、清涼寺の拝殿において、鼓を膝に置いて語る二人連れの瞽女が描かれており、『石山寺縁起絵』巻五（図14参照）や『七天狗絵』東寺巻（図15参照）、『遊行上人縁起絵』巻三（図16参照）などにも寺院の

図14　『石山寺縁起絵』の瞽女

門前で鼓を持ち座る瞽女が見える。中世の盲御前が鼓を用いるのは、巫女が神憑りの憑依儀礼に鼓を用いたことと関連があり、それを受け継いだものと考えられる。(18)

こうした寺社につどう盲御前の語りの内容は明らかではないが、おそらく神仏の霊験譚や本地物、社寺の縁起などであったものと推測される。盲御前が仏教説話を語っていたことは、岡見正雄氏によって指摘された『高山寺明恵上人行状』の記事からわかる。(19)美福門の前で一人の「盲女」が「南天竺ニ当テ一ノ小国有リ」と「歌」い、道行く人々に「如来ノ遺紀」を語っていたとしている。先にあげた謡曲「小林」でも、盲御前がいくさ語りをし

図15 『七天狗絵』の瞽女

図16 『遊行上人縁起絵』の瞽女

た場を石清水八幡社としており、八幡社にかかわりの深い山名氏清の奮戦を語っているように、その寺社にかかわる本縁譚などを語る盲御前の姿が推察されるだろう。

三　瞽女の語るもの

このように、中世の盲御前たちは、寺社の門前や境内で、あるいは貴人の邸宅において、祝言の歌謡や叙事的な語り物を口演していた。その内容について、徳田和夫氏は、文安五年（一四四八）成立の『太子伝玉林抄』の巻第十にみる、聖徳太子が烏駒に乗って日本六十六ケ国を廻ったという能登房の言説を「曲舞　女クラナントノ云ニハ替ルヘシ」と批判する記事に注目し、曲舞の徒や「女クラ」（＝盲御前）の語りが事実譚ばかりではなく、虚構の物語体のものであったろうと指摘された。(20) これに関連して、さらに注目すべき説話として、天文十五年（一五四六）成立の『法華経直談鈔』巻第六寿量品の「継母偽事」があげられる。

物語云、備前ノ国ニ左衛門尉真遠《サネトヲ》ト云人有リ。此ノ人子ヲ不シテ持一タ祈二テ仏神一ニ女子ヲ一人マウケタリ。此ノ子三歳ノ時キ、母ニヲクレ剰ヘ盲目ニ成ル也。彼ノ父聽テ別ノ女房ヲ呼フ也。此ノ女房ハ継母ノ事ナレハ、盲目ノ子ヲ悪ミテ父ノ前ヲハイツハリヲ云テ此ノ子ヲ捨ル也。而ルニ其国ニキヒツ宮ト云フ宮有リ。彼ノ宮ノ邊ニ住ム女《ナ》目クラ拾テ之一養フ也。十二三年過テ後チ彼ノ父ノ左衛門尉キヒツ宮ニ参詣《ケイ》スルニ、女《ナ》目クラ多ク集テ歌《ウタウ》也。其ノ中ヲ見ルニ、年ノ比ロ十五六斗ナル女目クラノミメ形チ尋常ナルカ、以二テ吉音一ヲ歌也。左衛門尉見テ之一、我カ子トハ夢ニモ不シテ知一ラ小袖ヲ一ツ取セタリ。彼ノ女目クラ小袖ヲ請取テ聽テハラ〳〵ト涙ヲ流ス也。左衛門尉見テ之一、小袖取セハ可喜一フ處ニ左様ニ斗シテ何事ニナクソト問ヘハ、彼ノ女目クラ云様ハ、當年ハ我カ母ノ十三年ニ成ル也。何トシテカトムライヲ可作一スソト思フ處ニ、此ノ小袖ヲ給レハ是ヲ以テ母ノ菩提ヲトムラワント思フ故ニ、母ノ事ヲ思ヒ出シテ、先ツナクト語ケリ。左衛門尉、汝ハ何ナル人ノ子ソト問ケレハ、彼ノ目クラ有リノ任《マヽ》ニ語ル也。其時キ左衛門尉、サテハ我カ子ニテ有リケルヨ、継母ノ悪テ我カ前ヲハイツワリヲ云テ捨タルヲ、我ハ誠ニ死タリト思ヒツルニ、サテハ我子也トテ、聽テ集テ衆僧ヲキヒツ宮ノ大明神ノ御前ニテ、法花経ヲ読誦シ、同ク法花八講ヲ行ヒ我カ子ノ両眼ヲ被祈ラケレハ、依テ法花経ノ功徳ニ神モ納受シテ、盲《シイテ》久キ両眼忽ニ開キ、別レテ久キ我父ニ二タ度ヒ相ヒ父チモロトモニ古郷ニ帰ル也。是ハ併ラ依ル法花経ノ功徳ニ也。我等モ法性ノ眼既ニツフレテ盲目ノ凡夫ト成ル也。雖然ト此ノ法花経ヲ受持読誦シ聴聞セハ之盲《シイテ》久キ法性ノ眼忽ニ開ケ霊山浄土ニ御座ス父ノ尺尊ニ可奉値事也。

「物語云」で始まるこの説話は、備前国に住む左衛門尉真遠が、仏神に祈願をして女子をもうけたが、その女子は母の死により盲目となり、継母の奸計により捨てられるという、いわゆる継子物の形をとる。その後、女は同国吉備津宮の辺りに住む「女目クラ」に拾われ、養われる。十二、三年後、吉備津宮に参詣した左衛門尉は、吉備津宮で「多ク集テ歌」う「女目クラ」たちの中に、「吉音ヲ以テ歌」う、十五、六歳の美しい「女目クラ」を目にして、我が子とは気づかず、小袖を一つ取らせる。それを機に親子の再会が果たされ、さらに吉備津宮の大明神の前で法華八講を行い、その功徳によって開眼する。なお本話は、『直談因縁集』巻六寿量品四にも同話が認められる。

一、九州ニ、キヒツノ宮ハ、備前・備中両国ノ鎮守在也。其ノ辺ニ、可然侍アリ。政藤ト号ス。一子ヲ不持。時、此神ニ祈リ、設ル也。而ルニ、二三才比、盲目成ル也。結句ハ、四五ノ比、父母ニ別也。時、サテモ口惜キ事、ト云テ、メノト養育ス。而ルニ、又、盲目ナレトモ、是ヲ置、養ニ、継母、是ニクム間、彼父モ、是追出ス也。時、メノト、ツレテ有山里ニ至リ、養育生長ス。時、ハヤ何方ヘモ出、乞食ヲ成玉ヘ、ト云テ、是追出ス也。而、諸国流浪スルマヽ、哥ヲウタイ、世ヲ送ル也。ウタイ上手也。時、往マヽ、此宮ノ祭ノ時分、此ニ至ルニ、政藤モ参詣アルニ、見之一、ウタイヲウタワセ、サテモ上手也。聞事、ト云テ、小袖ヲ一、出シ玉フ也。而、此人、思事ハ、我、当年ハ、母ノ七年忌ニ当ル故ニ、一銭モ求、何ナラン。可然僧ニ施ント思ニ、此小袖ヲ設ト思イ、宿帰リ、此事ヲ物語シ、念仏ヲ申テ、我母頓証菩提、ト廻向。殊ニハ、現在ニ御座ス父ノ政藤安全、ト祈ル也。而、此政藤ノ宿モ其ノ辺ナレハ、聞之一、不審也。サテハ此人、我女ノ盲目ナルヲ、依テ二継母ノ義一ニ追出。何方テ死タル歟ト思ニ、サテハ、世ニ存生乎ト思召。夜明テ、召シ尋ルニ、如此一、委語ル。時、涙ヲ押サヘ、サテモ、ト手ヲ打玉フ也。汝ハ行孝也。女ナカラモ、我後生菩提ヲ祈ル。サテハ、懇ニ問ン、ト云テ、幸ニ此キヒツ宮ニ祈申テ、汝ヲ設クレハ、ト云テ、一七日参籠シテ、女、目明テタヒ候へ、ト一心不乱ニ祈リ、僧ヲ請シ、八講ヲ執行、奉二法楽一ニ。此寿量品ニ至テ、彼女、社旦扉カキリ〳〵ト開キ、水瓶ヨリ水ヲ酒玉フ也ト思ヘハ、両眼開テ明也。時、父子ノ喜、無レ限。サレハ、於テ今一ニ、此宮ニ百貫所領ツケ、八講行。此人ヨリノ事也。

ここでは「女目クラ」を吉備津宮の申し子とする他、父と娘の再会場面も吉備津宮ではなく、宿所に戻ってからとするなど、より劇的な展開とし、物語性を帯びたものとなっている。また、最終的に吉備津宮における法華八講の縁起譚となっており、寺社縁起的な性質をも有している。談義・唱導にふさわしい物語として扱われていたといえよう。寺社につどい、歌をよくする盲御前たちの様相を伝える興味深い話であるが、ここで留意すべきは、「女目クラ」が集う場所として、備前国の吉備津宮が設定されている点である。

備前国の吉備津宮（吉備津彦神社）は、吉備の中山の東麓にあり、主祭神を大吉備津彦命とし、備前国の一宮として古くから信仰されてきた。角川源義氏は、真名本『曽我物語』に見える、仇討ちの巻き添えで殺された備前国吉備津宮の王藤内と、その供養のために比丘尼となり、天王寺で虎と出会い、懺悔し合う妻の話に注目し、『一遍聖絵』巻四第三段に見える吉備津宮の神主夫妻出家譚とともに、時衆の聖、廻国聖によって管理された吉備津宮にかかわる物語と想定された[21]。角川氏は、『源平盛衰記』巻十一「小松殿夢」に見える、治承三年（一一七九）の重盛の夢から、時衆を媒介とする伊豆三島大明神と備前吉備津宮との結びつきを想定し、さらに、廻国聖が吉備津宮を拠り所としていたことを以下の史料によって示された。

・「備前国一宮社法」康永元年（一三四二）六月二十八日写

一 廻国聖《クワイコクヒヂリ》衆、法納所へ御経ヲ納被申請取ノ事神主衆より判形《ハンケウ》出候、行事方ヨリヒヂリ衆へ出し被申候、其札銭六文ツ、、但十二文ノ時もアリ。

・「総社家社僧中神前御祈念之事等注文」文明三年（一四七一）六月十三日写

廻国聖当社へ法花経奉納在之、其請取ハ従大森之家出る也、同札銭者拾弐文、又ハ六道銭とて六文も出る。則是奉納所之証明ニ加る也、右之請取を不取聖ハ、当国え海道成間敷者也[22]。

すでに、康永元年（一三四二）には廻国聖のための奉納所があり、吉備津宮は廻国聖が必ず立ち寄る霊地となっていた。これについては、湯之上隆氏が、慶長年間（一五九六―一六一五）の「吉備津彦神社古図[23]」をあげ、現在の吉備津彦神社社殿の辺りにあったと考えられる神宮寺の境内に、文明三年（一四七一）と付された、廻国聖のための法納所・回国旅人休所・回国旅人賄所が描かれていることから、廻国聖の増加とそれに対応する神社側の動きを指摘された。また、社殿後背の竜王山には鎌倉時代と推定されている経塚があり、吉備津彦神社は法華経信仰と深いかかわりをもっていたと推察された[24]。さらに、福田晃氏は、備前・備中の吉備津宮が、東大寺の大勧進俊乗房重源の活動の大なる拠点であり、社内に常行堂が造立され、丈六の阿弥陀仏が安置されて、融通念仏の法会が盛んに営まれていたことから、融通念仏の聖や比丘尼たちの活動の大きな拠り所となっていたものと推察し、『一遍聖絵』や王藤内の妻女の話から、吉備津宮の比丘尼の活動を想定し、『法華経直談鈔』の本説話についても、備前吉備津宮に属する念仏比丘尼や盲御前の語りを指摘されている。[25]

このように法華経信仰とかかわりの深い吉備津宮は、遊行の廻国聖や念仏比丘尼がつどう場であり、『法華経直談鈔』の説話は、そうした吉備津宮の信仰状況を色濃く反映したものととらえられる。さらに、盲目の女が法華経の功徳により開眼するという展開には、たとえば、子どもと別れた悲しみの末、盲目となった母が再会を機に神仏の功徳により開眼する『さよひめ』や『満中』などの物語を想起させ、あるいはそのような開眼譚にも盲御前の関与が想定できるかもしれない。[26]盲女の境遇や苦悩を語り、神仏の加護により救済される本話には、語り手自身の境遇が投影されているものと推測され、聴衆に哀れをうったえる点で、近世以降の瞽女の語りに通じていく中世的様相ととらえられ、本話のような霊験譚もまた、盲御前の語った物語であったと想定されよう。

四　吉備津宮神主夫妻と瞽女

樋口州男氏は、吉備津宮神主夫妻の話について、『遊行上人縁起絵』においては、「かの夫は備中の吉備津宮の神主が子なり」とあることや、『大日本国一宮記』で備中吉備津宮のみをあげて「備前備中備後三国一宮也」と記していることなどから、近接して鎮座する備中・備前の吉備津宮について、備前・備中の区別はされず、両社を同時に含むものととらえられた。[27]備中吉備津宮は、『梁塵秘抄』巻第二に、

・関より西なる軍神　一品中山　安芸なる厳島　備中なる吉備津宮　播磨に広峰　惣三所　淡路の岩屋には　住吉　西宮

・一品聖霊吉備津宮　新宮　本宮　内の宮　はやとさき　北や南の神まらうど　艮御先は恐ろしや[28]

とあって、平安末期にはすでに武神として都にまで聞こえていた備中国の一宮である。『雨月物語』の「吉備津

の釜」で知られる釜鳴の神事が現在もなお行われているが、その起源は古く、『多聞院日記』の永禄十一（一五六八）年五月十六日条には、

春良房語云、備中国キヒツ宮ニ鳴釜在之、神楽廿疋ツ、ニテ、奏之レハカマ鳴、志叶フホト高クナルト云々、
希代ノ事、天下無比也ト

とある。吉備津神社蔵『備中一品吉備津彦大明神縁起』[29]（成立年未詳）には、大吉備津彦による温羅と呼ばれる鬼退治神話によって釜鳴り神事が記されている。さらに、『鬼城岩屋ノ事』（享保十五（一七三〇）年以前）や『吉備津宮旧記』（寛政十一（一七九九）年）には、いつまでも吠え続ける鬼の首を御釜殿の竈の下に埋め、温羅が生前寵愛した阿曽女に火を炊かせたところ吠えなくなったとし、釜鳴り神事とそれに仕える阿曽女なる巫女の話を伝えている。[30]

藤井駿氏は、天正十一（一五八三）年の岡山市金山寺蔵「備中国吉備津宮勧進帳」[31]に、大吉備津彦の鬼退治神話を骨子とした吉備津宮の縁起や由緒があげられていることから、遅くとも室町末にはこうした神話が成立していたものとされる。[32]この備中国吉備津宮の釜鳴りに関連して注目されるのが、先にあげた「備前国一宮社法」の以下の記事である。

一、備中之内あそ、かな屋村上下在々御まつり之時も此方ノ一ノ宮ヨリ社家人并役者参り候、彼村あきないを仕候衆、同いもし衆備前の内へ参り候、其初尾とて万ノうり物、又いもしの道具のはつほ、馬の数役、こまのあしと申す、同荷役男役と申候て数役、毎年春秋二度参り候、是もおさくし之内也。
一、同あそのかなや村よりたゝら役かまやくとて春秋ニ○うしくわの○へらと申物○さき、○ごとく、以上大小卅三、又御日くうかまとて○はかま弐ツ年中ニ参り候、是諸あきないのはつほ、おさくじとて参候、○こまのあし、荷やく、人役ニもいて申候、是にて備前ノ内ニ而諸公事ゆるし申候。

これらの記事から、藤井氏が指摘されたように、阿曽の鋳物師が備前吉備津宮に鞴役や釜役といった奉仕をし、吉備津宮が備前国における彼らの諸事を免除していたことがわかる。さらに、応永三十二年（一四二五）十二月二十九日の「吉備津宮正殿御遷宮次第」[33]には、備中国吉備津宮の遷宮が行われた際、その催物として、田楽・競馬・流鏑馬・祝師能・獅子舞・相撲といった余興が、国中の供御人や紺画・塗師・小物座・神人などによって演じられており、当時、小物座などの座や職人が吉備津宮に属していたことがわかる。このような点から、備前・備中の吉備津宮に従事する阿曽の鋳物師の座が想定できる[34]。

さらに樋口氏は、大山崎の巫女座の娘たちが湯立て神事などに従事していた例から、先の阿曽女なる巫女も、釜鳴り神事に従事する阿曽の鋳物師集団の巫女座のものと推測された[35]。一遍に教化された神官の妻や王藤内の妻など、吉備津宮にかかわる比丘尼の懺悔譚は、このような吉備津宮の巫女集団の関与が想定されるのであるが、『法華経直談鈔』の説話や〈曽我語り〉の伝承者をも勘案するならば、あるいは竈神を奉仕し、それを祭祀する盲御前の存在が考えられるかもしれない。荒ぶる温羅の霊を鎮める阿曽女は、武具などの製鉄に携わる鋳物師集団とのかかわりが指摘でき、吉備津彦のいくさ語りをし、怨霊鎮魂をする盲御前の存在を想起させる。なお、金春善徳作とされる、室町期の謡曲に「吉備津宮」なる曲が伝えられる[36]。備中吉備津宮の社司下野守に夫と子を誅された女が、宮中に潜み、武装して社前で下野守を討つというもので、著名な釜鳴り神事にはふれず、女の仇討ちものとなっている点で興味深い。

以上のように、中世の盲御前は、時には路傍で、時には寺社で、往来の人々に様々な物語をしながら、各地をさすらっていた。関東で発生した曽我の物語が、各地の伝承として展開していったのは、こうした流浪の盲御前の関与があったからにほかならない。中世の瞽女が我々に語るものは何か。特に軍記物語や語り物の歴史に照らしてあらためて問い直す必要があるだろう。それは、〈曽我語り〉や『曽我物語』の巷間での流布にあずかった瞽女像の検証となる。

【注】

(1) 新日本古典文学大系『七十一番職人歌合　新撰狂歌集　古今夷曲集』(岩波書店) 参照。
(2) 岡見正雄氏編『室町ごころ』(角川書店　一九七八) より引用。
(3) 能勢朝次氏「貞和時代の曽我物語」(『国語国文学研究』一〇　一九四二・一二) など参照。
(4) 村上学氏「語り物の諸相―『曽我物語』『義経記』と幸若舞曲など」(『日本文学新史　中世』至文堂　一九九〇) 参照。
(5) 柳田國男「老女化石譚」(『定本柳田國男集』九　筑摩書房　一九六九　初出一九一六)、「曾我兄弟の墳墓」(『定本柳田國男集』五　筑摩書房　一九六八　初出一九一五)、塚崎進氏『物語の誕生』(岩崎美術社　一九六九)、角川源義氏『語り物文芸の発生』(東京堂出版　一九七五)、「妙本寺本曽我物語攷」(『妙本寺本曽我物語』角川書店　一九六九) など参照。
(6) 折口信夫「国文学の発生 (第四稿)」(『折口信夫全集』一　中央公論社　一九九五　初出一九二七)。
(7) 福田晃氏「曽我語りの発生」上・中・下 (『立命館文学』一九七二・十二、一九七三・三、一九七六・八)、『曽我物語の成立』(三弥井書店　二〇〇二) など参照。
(8) 岡見正雄氏「瞽女覚書」『室町文学の世界』(岩波書店　一九九六　初出一九六一)、天野文雄氏「能における語り物の摂取―直接体験者の語りをめぐって―」(『芸能史研究』六六　一九七九・七)、小林健二氏「謡曲〈小林〉考」(『中世劇文学の研究―能と幸若舞曲―』三弥井書店　二〇〇一　初出一九八四) など参照。
(9) 筑土鈴寛氏「諏訪本地・甲賀三郎」(『中世藝文の研究』有精堂　一九六六)。
(10) 水原一氏「瞽女考―高田ゴゼをめぐって―」(『平家物語の形成』加藤中道館　一九七一)。

（11）鈴木昭英氏『瞽女―信仰と芸能』（高志書院　一九九六）、「瞽女の語り」（『岩波講座日本文学史』一六　岩波書店　一九九七）など参照。
（12）岩瀬博氏『伝承文芸の研究―口語りと語り物―』（三弥井書店　一九九〇）など参照。なお、瞽女の口語りについては、山本吉左右氏『くつわの音がざざめいて』（平凡社　一九八八）など参照。
（13）前掲注（8）岡見氏論文、徳田和夫氏「法楽と遊楽の図像コスモロジィ」（『絵語りと物語り』平凡社　一九九〇）など参照。
（14）「木思石語」（『定本柳田國男集』五　筑摩書房　一九六八　初出一九四二）。
（15）女性芸能者とその母子関係については、第二章「『まんじゆのまへ』の成立」、第三章「『唐糸草子』考―唐糸受難伝承から万寿孝行譚へ―」参照。
（16）脇田晴子氏「中世における性別役割分担と女性観」（『日本女性史』二　東京大学出版会　一九八二）。
（17）細川涼一氏「二人づれの女性芸能者」（大系日本歴史と芸能『中世遍歴民の世界』平凡社　一九九〇）、「中世の旅をする女性―宗教・芸能・交易―」（『女と男の時空』III　藤原書店　一九九六）参照。
（18）黒田日出男氏『姿としぐさの中世史』（平凡社　一九八六）など参照。但し、黒田氏は、たとえば『石山寺縁起』に見える鼓を持った女を巫女ととらえられている。民間の遊行巫女と遊行芸能者の盲御前とは見極めがたいものがあるが、ここでは瞽女と見なすべきであろう。
（19）前掲注（8）岡見氏論文参照。
（20）徳田和夫氏「中世の目、中世の耳」（『国文学　解釈と教材の研究』三二―七　一九八七・六）。
（21）角川源義氏「語り物と禅僧」（『語り物文芸の発生』東京堂出版　一九七五）。
（22）『吉備津彦神社史料・文書篇』（吉備津彦神社社務所刊　一九三六）より引用。
（23）『吉備津彦神社御田植祭』（吉備津彦神社御田植祭記録保存委員会　一九七九）所収。
（24）湯之上隆氏「六十六部聖の成立と展開」（『日本中世の政治権力と仏教』思文閣出版　二〇〇一　初出一九九四・一二）。

(25) 福田晃氏「曽我語りと唱導（三）」（『立命館文学』一九七八・五）第四節の注16による。小林剛氏「備前及び備中における社寺の造営その他」（『俊乗房重源の研究』有隣堂　一九七一・六）参照。

(26) 前掲注（8）岡見氏論文、徳江元正氏「佚曲「盲打」考」（『室町藝能史論攷』三弥井書店　一九八四）など参照。

(27) 樋口州男氏「『一遍聖絵』と吉備津宮」（『一遍聖絵を読み解く』吉川弘文館　一九九九）。

(28) 新潮日本古典集成『梁塵秘抄』（新潮社）より引用。

(29) 前掲注（23）『吉備津彦神社御田植祭』など参照。

(30) 佐々木亨氏「「吉備津の釜」と温羅伝説―「鬼ノ城縁起」をめぐって―」（『国文学研究』一二四　一九九八・三）など参照。

(31) 『岡山県古文書集』二（山陽図書出版　一九五五）所収。

(32) 藤井駿氏「吉備津神社の釜殿と釜鳴神事の起源―大吉備津彦命と鬼退治の神話について―」（『吉備地方史の研究』法蔵館　一九七一）。なお、釜鳴り神事については、牧野英一郎氏「沈黙・振動・音―釜鳴り儀礼の一考察―」（『民俗宗教』二　東京堂出版　一九八九）、西山克氏「異性装と御釜」（『日本文学』四五―七　一九九六・七）など参照。

(33) 前掲注（31）所収。

(34) 藤井駿氏「吉備津神社と釜鳴神事と鋳物師の座」（『吉備地方史の研究』法蔵館　一九七一）。

(35) 前掲注（31）『岡山県古文書集』参照。なお、阿曽女については、中山薫氏「吉備の巫女・阿曽女についての一考察」（『日本民俗学』一五三　一九八四・五）など参照。

(36) 『未刊謡曲集』四（古典文庫二一三）所収。大永四年（一五二四）成立の『能本作者註文』に金春善徳（今春弥次郎。金春座の太鼓方。今春観阿の甥で弟子。寛正六年（一四六五）に三十八才。）作とある。

第二部　談義・唱導と物語草子の生成

第五章　『慈巧上人極楽往生問答』にみる念仏と女

はじめに

談義・唱導の場における説話類が、説話集や注釈書、歌学書などと関連することは、先学の研究によって明らかとなっている。[1]談義・唱導の言説を通して中世の文学の成り立ちが把握できるのである。特にお伽草子などの物語草子とのかかわりについては、法華経注釈書[2]や浄土系談義書[3]、真宗の談義本[4]などの各方面から、活発に論じられつつある。

そうした談義・唱導の場と中世後期の物語との関連の一面を伝える文献として、『慈巧聖人神子問答』と通称され、真宗寺院に伝来する談義本があげられる。大和国の慈巧聖人が廻国修行の途次、八幡宮の一の神子（巫女）のもとに宿り、問答を通して念仏門に帰依させるという内容で、作者や成立年代は不詳であるが、遅くとも南北朝期には成立していたと考えられるものである。本作品については、従来あまり顧みられることがなかったが、[5]阿部泰郎氏により、初めて全体的な考察がなされた。[6]阿部氏は、本作品内の例証説話の一つに、中将姫の物語とよく似たものがあり、それが『当麻曼陀羅疏』と直接の影響関係をもって成立していないことから、継子物を利用する浄土門の様相を指摘された。さらに、対話様式という枠組の中に、浄土教についての体系的な主張を構成する教義や歴史的沿革および説話に至るまでの多様なテクストを網羅し、仮構の反対者に対する弁論という形の配列によって、その説得、帰依に至る一連の戯曲的過程を通して、鎮西流の優越を主張したものと概括された。

浄土門による、念仏の神祇信仰に対する優位性を説く問答体の談義注釈は、たとえば、聖冏が常陸国鹿嶋神社に参詣した折、老女と老翁による鹿嶋明神の縁起並びに本地、神祇と仏教との関係、念仏行者に対する世間の誤解や謗難などについての質疑応答を聞き書きした『鹿嶋問答』や、熊野の御正体供養の場で、老女が専修念仏の法門を語り、神仏の関係を述べ、念仏に入ることは神祇も喜び給うとして、参聴の人々を導く『熊野教化集』などのように、室町期に盛んに用いられた方法である。こうした問答体の談義注釈書の中にあって、本作品がいかなる特徴をもったものであるか、阿部氏の論考をふまえ、尊経閣文庫蔵『慈巧上人極楽往生問答』(以下、尊経閣本)を中心に、諸伝本との比較を通じて、その具体相を明らかにしたい。その上で、念仏の現世利益を説く例証説話を検討し、特に神子に対する問答という枠組みの中で用いられる女人説話の意義について考察したい。

一　尊経閣本の原態性

現在のところ確認し得た伝本は、以下の通り、大きく三系統に分けられる。神子との念仏に関する問答のみを記す①類、念仏に関する例証説話のみで構成される②類、神子との問答および例証説話に加え、夫の翁との極楽に関する問答を含む③類の三系統である。以下、既に紹介されている伝本の書誌については、それに従って、簡略に記すこととする。

①類　念仏に関する問答のみで構成される系統

A大分県大分市専想寺（浄土真宗本願寺派）蔵『慈巧聖人神子問答本』…室町中期写。一帖。末欠。縦二二・三糎。横一五・五糎。七十丁。半葉五行。漢字片仮名交じり。→『真宗史料集成』五所収。(7)

B愛知県安城市本證寺（真宗大谷派）蔵『慈巧聖人神子問答』…正徳四年（一七一四）写。一冊。末欠。袋綴。後布表紙。縦二八・四糎。横二〇・四糎。二十八丁。半葉十一行。漢字片仮名交じり。奥書「龍集正徳第四甲午冬／黄鐘中五仏涅槃辞／於灯下稀書写之訖。／本書ハ濃州嶋村泉宗精舎義龍写之／村居田縣一宇住持之。是当州本郷里浄休蘭若備持之。予亦本是先／書之通無異変愚写之者歟。琵琶湖東瞻山下／志賀谷縣福願後葉／第八世住恵証杜為草／生年三五歳／法属二三歳」。(8)

C大谷大学図書館楠丘文庫蔵『慈巧上人神子問答全』…近世後期頃か。一冊。末欠。漢字片仮名交じり。

D龍谷大学図書館蔵『慈巧聖人神子問答本』…昭和二十六年写。一冊。末欠。七十丁。半葉五行。漢字片仮名交じり。奥書「右原本は大分縣鶴崎専想寺所蔵／昭和二十六年十二月影寫」。

②類　例証説話のみで構成される系統

E長野県長野市康楽寺（浄土真宗本願寺派）蔵『慈巧聖人神子問答』…　天正頃写。一帖。外題「念仏勝益記」。漢字片仮名交じり。→『真宗史料集成』五所収。(9)

F大谷大学図書館楠丘文庫蔵『慈巧上人神子問答末』…元禄十五年（一七〇二）写。一冊。外題「神子問答末」。三十五丁。半葉七行。漢字片仮名交じり。宮城県柴田郡妙頓寺（真宗大谷派）旧蔵。

G愛知県名古屋市祐誓寺（真宗大谷派）蓬戸山房文庫蔵『慈巧聖人神子問答末』…享保頃。恵山（一六九八年―没年不詳）書写。一冊。漢字片仮名交じり。(10)

③類　極楽に関する問答を含む系統

H尊経閣文庫蔵『慈巧上人極楽往生問答』…室町後期写。永享元年（一四二九）本奥書。二巻二冊。袋綴。縦二六・五糎。横二一・一糎。上巻三十七丁、下巻四十三丁。半葉十二行。漢字平仮名交じり。奥書「本云／鳴瀧殿の御本にてうつしおはりぬ／此本は後崇光院御筆／永享元年十月七日[11]」。

I滋賀県蒲生郡安土町金勝山慈恩寺浄厳院（浄土宗）蔵『神子問答抜書　慈巧上人修行記』…応永二十一年（一四一四）写。一冊。袋綴（『黒谷上人御法語』合綴）。縦二四・四糎。横一九・六糎。改装後補。四十一丁。半葉九行。漢字片仮名交じり。書写奥書「干時応永廿一甲午年仲冬中旬之比於金勝寺／東ノ谷草庵為末代利益写之畢／思利生之為ヲ慰寒冷之痛吹手／染筆訖後見念仏十返／右筆天台沙門隆堯（花押）[12]」。

J三康図書館椎尾文庫蔵『慈巧上人神子問答』…享保十三年（一七二八）刊。三巻四冊。袋綴。縦二五・八糎。横一八・一糎。半葉六行。漢字片仮名交じり。刊記「享保十三戊申歳三月仲旬／京五條橋通扇屋町／丁子屋九郎右衛門」。同版が、龍谷大学図書館、佛教大学図書館に蔵される。

奥書および本文から転写本と確認されるHの尊経閣本は、①・②系統の内容に続き、夫の翁と極楽についての問答がなされ、夫婦ともに念仏門に帰依し往生するというものであり、これを全体的に要約したのがJの享保十三年版本である。また現存が確認される諸本のうち、最古の書写奥書を有するIの抜書は、Hのような極楽問答形式のものから、問答部分を一切削除し、慈巧上人の語る極楽についての記事のみを抜書し、念仏現益の例証説話群のうち、後半の七編を収めている。隆堯法印自身による編み直しか、すでに抜書されたものを書写したものかは不明であるが、後述するように、尊経閣本と対応しない箇所があることなどから、両書の間に直接の書承関係があったとは認められない。なお、Eの康楽寺本をはじめとする②および③系統の各諸本には、念仏の現世利益を説く例証としての説話が収められている。各説話については、後に詳しく考察するが、最終話の末尾に「天福二年（一二三四）二月ニコレヲキク」とあり、Ⅰの抜書にも見られる記述であることから、本作品の成立を考える上で注目すべき記事といえよう。

尊経閣本は、大和国宇陀の慈巧上人が、廻国修行の途次に宿った八幡宮で念仏を申し上げたことをきっかけに、神子との問答が始まる。人の死にまつわるものとして念仏を忌む神子に対し、僧は神子の神楽や臨終の人々の振る舞いなどを例に、念仏を忌まざるものとして教え導く。その際、念仏とは仏の御名であり、神子の仕える八幡の御正体こそ阿弥陀仏であると神仏の本迹一体を述べる。ここで、神には実者・権者の二類があること、関連して、澄憲の八幡参籠やある女房の十禅師通夜、良忍上人の名帳の例話をもって、念仏を神の喜ぶものとして説く。これらは、専修念仏と神祇との関係を述べた『広疑瑞決集』や『諸神本懐集』などにも共通するものである(13)。さらに、もう一人の神子が登場し、念仏は乞食非人のするものとして忌むのに対して、慈巧上人は念仏の伝来について語り、

　本朝にとりては、口称念仏の最初は聖徳太子の御時、高声念仏の繁昌は延喜御門の御時、念仏流布は一条の天皇の御宇なり。この三代の御門の聖代を、いかゞ吉例とは、いはざらむや

と述べ、念仏帰依の高貴な人々や念仏功徳の説話をもって、その不吉ならざることを説いていく。上冊では、不信心の二人の神子が念仏を忌む様が描かれるが、これは、たとえば『三国伝記』巻三第十四話「神母被牛牽到仏寺事(14)」、『地蔵菩薩霊験記』巻七第七話「神女成尼事」などに見られる、神に仕える不信の女の説話に通じるものがあるだろう。そうした神子に対して、念仏帰依の人々の列挙や念仏による現世功徳の説話を巧みに織り込みながら教導していくのである。

続いて、下冊の冒頭では、『往生要集』第二「欣求浄土」、『往生講式』第五「讃歎極楽」などに類した極楽の様が語られ、これを聞いた神子が、極楽や阿弥陀仏について「たゞ人にむかひて世間の物がたりするがごとく」説いてほしいと述べ、現世との比較によって、その有様が具体的に語られることとなる。以下、下冊においては、もっぱら神子の夫である翁との問答が繰り広げられる。極楽を極めて具体的かつ現益的に説かれたことによって、自分の身の賤しいことを嘆く翁に対して、慈巧上人は阿弥陀が衆生に平等であることや極楽における転身などを語る。その際、たとえば、

極楽へまいりぬれば、先に申つるやうに、形のてん〳〵してすぐれたるがごとく、こゝろもてん〳〵してめでたくなるなり。前のたとへをもて心うべし。それにとりて、極楽の人は四弁八音などいひて、そのこゑに種々の徳どもおほけれども、さのみ申つくすべからず。又汝も心うべからず。その中にせう〳〵あかさば、心うべきなり。かの土の人の声はあはれにおもしろくて、しかもとをくてきくもひきからず、ちかくてきくもたかゝらず。きく人は罪を滅し又功徳をます。その徳を説は、衆生は機にしたがひて色〳〵にきく、弁説をいへば、一切衆生同時各別の不審をたづね、一ことばにこれをこたふべしといへり。

とし、極楽においては姿や心が転ずるのと同様に、声も転ずるものとして強調している点が注目される。声の強調は、例証説話も含め、本作品全体にわたる特徴のひとつであり、いかなるものであっても、もっぱら高声に念仏を唱えることによって現世利益が得られると説いていることから、易行としての口称念仏、高声念仏を勧める様がみてとれる。また、翁は道化的な存在として造形されており、たとえば、

かゝる目出き極楽へまいるには、かちよりまいり候か、舟よりまいり候か。この土の人のとをく行には、もてのほかにわづらはしく、旅の具足入なり。中にも熊野みたけへまいるには、じやうゑはらへていの物ゆゝ

しくおほく入なり。しかれば、極楽へまいらんにもこれていの物よういすべきにや。この事又いかん。

と、いかにも素朴な質問を投げかけるのに対して、

極楽へまいるには、われといでたゝねども、この命おはる時、かの阿弥陀仏観音勢至無量の菩薩、聖衆を引ぐして来りてむかへ給。かるがゆへに、ゆめ〱わづらはしき事なし。かの来迎の儀式をきけば、阿弥陀仏は大光明をはなちて、行者をてらし給へば、その身にありとある罪業苦痛こと〲くうせぬ。その時観音勢至まづ観音金蓮台をかたぶけよせ給へば、勢至かうべをなでゝこれにのす。すなはち仏のうしろ聖衆の中にして、無量の菩薩伎楽哥詠をしらべ、讃嘆随喜して極楽へ帰給なり。いま世間に迎摂といふはかれをまなべるなり。

とあるように、その答えには「来迎引摂」が用意されているのである。翁の質問を巧みに利用しながら、その主張を展開させる様が見てとれ、寺院における説法の場を具現化したものととらえられる。

以上のように、尊経閣本においては、問答の対象者を、上冊では神子、下冊では翁に大別し、それぞれとの問答を行うことで、念仏の功徳が体系的に説かれている。すなわち、浄土教のとりこもうとする女人および賤者に対する擬似説法を意図したものととらえられるのである。対象者として新たに翁が参入していることで、教化内容の多様化が図られたかに見えるが、その主張するところは、現世後世にわたる称名念仏の有益性であり、それが尊経閣本全篇を貫くものとみなされる。加えて、最古の奥書を持つIの抜書にも極楽問答についての記事が見られることから、翁との極楽問答を含む③系統こそが、本作品の本来的な姿、すなわち原態であったと考えられるのである。なお、尊経閣本において、翁が「説法の聴聞をせしかば、導師のかたり給しは、昔、米《(ママ)》百年とかや申ける物」と『孝子伝』などで知られる朱百年の孝行説話を例にあげながら、父母兄弟妻子眷属について質問

する場面がある。これに対して、上人は「この事は前におろ〳〵申つるとおぼゆれども、かさねてとはるゝことなれば、猶〳〵あきらかに申べし。」として「恩愛引導」について語るのだが、この「前に」に対応する記事が尊経閣本には確認できない。ところが、Ｉの抜書には、これに対応した、尊経閣本にない「四恩」に関する記事が見られるのである。このような点から、両書には直接の書承関係はなく、また、尊経閣本よりも抜書がもととしていた本の方がより原態に近いものであったと推察される。

一方、翁との極楽問答はなく、神子問答のみとなっている①系統における異同を見ると、まず、念仏を忌まざる例として、神子の神楽をあげていた尊経閣本に対し、Ａの専想寺本では、神子の口寄せをあげている。これは、神子の実態により適うものであり、例証としてもふさわしいものといえる。また、念仏行者に関する主張についても、

念仏ノ行者ヲバ、釈迦・弥陀二尊、父母トナテ一子ノゴトク養護シ給フ。マタ六方恒沙ノ諸仏ハ、御舌ヲカケモノニシテ、念仏ノ行者ヲ守護シタマフ。ユヘニ誹謗正法ノモノハ、諸仏ノ証誠護念ニソムクユヘニ、現世ニハ冥罰ヲフカクカウブリ、後生ニハ无間ニ堕在シテ、ナガク出離ノ期アルベカラズ。

とあって、いくぶん念仏義が常套化しており、内容の上でも尊経閣本よりやや時代的に下ったものであろうかとも推察される。但し、念仏を忌む神子に対し上人の語る、念仏帰依の高貴な人々の列挙記事における異同は、注目すべきものがある。まず、尊経閣本では、「我朝にとりて、月卿雲客五位六位、乃至都鄙の高僧、諸国の四輩」として、以下の人々を列挙する。

略して小分を申さば、堀川の入道右大臣、入道右大臣俊房、権中納言源顕基、参議左衛門督大江朝臣、右近少将藤原義孝、但馬守源章任朝臣、範光民部卿入道、大江為基朝臣、おなじき定基朝臣申人の中には、唐に

は白居易、本朝には慶保殿及賢人の右府等なり。此人々は一向念仏の行者なり。しかのみならず、汝が主君の検断代官して人におぢられしと名称すれども、それよりも人におぢられし人々も、まさる後生をおそれて念仏にいりし人々少々申さば、右親衛藤将軍、鎮守府将軍平惟茂、前伊予守源頼義、同子息入道源義光、遠江入道朝時、熊谷入道恋西、上野国讃岐右衛門弘縄、同山上の孝満入道、おなじき酒長の入道等なり。この人々はみなこれ累葉武勇の家よりいでたりしかども、ともに西方の念仏門に入にき。女の中にも賤からぬ人〱念仏門に入しためし、少々申さば、昔仏在世に韋提化夫人ならびに五百人の侍女に対してこの念仏三昧をば説給き。又釈種の后たちそのかず一万二千人、同音に仏の御名を唱へしかば、現身の疵忽にいゑてともに仏弟子となりにき。震旦には隋の文帝の皇妣、西方の葉を修せしかば、臨終に異香宮の内に満き。汝が主君にはまさりて也。

往生伝の類によく見られる形で念仏帰依の人々をあげているが、「都鄙の高僧」に当たる部分が見られない。しかし、専想寺本をはじめとする①系統では、「女の中にも賤からぬ人〱」以下の部分を次のように記す。

女人ノ中ニハ、仏在世ノ韋提希夫人、五百ノ侍女ト同ク念仏ヲ行シ、无生ヲ証シ給キ。又釈種ノ后ソノカズ一万二千人、同音ニ念仏シテ、忽ニ疵平喩シテ、仏弟子トナリ、往生ヲトゲ給キ。又震旦ニハ、階ノ文帝皇后、念仏往生ヲトゲタマフ。其時異香宮中ニ満タリキ。日域ニハ小野ノ皇后宮、念仏ヲ行シ給シカバ、金色ノ光明御衣ヲテラシテ、御跡ニヒサシク消サリキ。横佩ノ右大臣ノ娘、中将姫ハ、見仏ノ祈誠マコトニアリシカバ、弥陀観音現ジテ、九品ノ変相ヲ顕シ、末代ノ本尊トシ給フ。当摩ノ曼陀羅コレナリ。加之、光孝天皇ノ孫女、権中納官隆家ノ女、前陸奥守源ノ頼俊ノ小女、二条ノ関白ノ侍女、武蔵守源ノ教経ノ女、右大弁佐世妻、寛忠ノ姉女、江州判吏彦真妻、左衛門ノ府生源ノ佐道女、此女人達ハ賤カラザリシ人々ナリ。シカレドモ、念仏ヲ行シ、五障ノ雲ヲハラヒ、日輪ノハチスニ移テ、西方ノ往生ヲトゲ給キ。諸山ノ僧ニハ入道二品親王長和天皇第四ノ男延暦寺座主増命僧正左大臣棄門安峯子息同キ僧正真覚権中納言藤原敏忠卿ノ二男遍照僧正ハ承和ノ寵臣ナリ。俗宗員貞、近衛ノ将ヲ給テ、蔵人頭ニ補ス。沙門僧賀ハ、参儀ノ橘ノ種平ノ卿ノ子ナリ。浄蔵法師ハ、善宰相ノ子ナリ。阿闍梨延慶ハ、武蔵主業貞舎弟ナリ。延暦寺ノ座主、伝燈大法師位円、南都東大寺ノ戒壇ノ和尚明祐律師、薬師寺ノ僧都斎源、延暦寺ノ僧正延昌、権大僧都覚運、権少僧都源信、権大僧都垣舜、権少僧都覚超、延暦寺顕真座主、同キ千観大法師、高野ノ明遍、安居院ノ法印聖覚、出雲路法印明禅、法持房ノ阿闍梨澄真、法蓮上人信空、明阿弥陀仏、毫観房、久我ノ大政大臣通光嫡男也、長楽寺ノ律師隆寛、越中ノ前司入道迎蓮、淡路入道子息明禅、コレラノ僧侶同ク一味ノ釈門ニ入トイヘドモ、ソノ俗姓ヲタヅネ、高位ヲトヘバ、旁イヤシカラザリシ人々ナリ。シカリトイヘドモ、念仏ノ行ヲ専修シテ、ツキニ往生ヲトゲ給キ。

これは①系統のみに見られる独自記事ではあるが、「都鄙の高僧」を列記していることから、元来備わっていたものと考えられる。しかも、女人往生の記事には、韋提希夫人のみならず、浄土門で当麻曼荼羅とともに重視された中将姫の名が見られる上、後半には十三世紀前半に活躍した法然門下の浄土僧があげられている点でも注目すべきものがある。

そもそも本作品は、①②系統の各諸本の大半が真宗寺院に伝存しているように、真宗の談義本として享受されてきた。加えて、Aにあげた九州最古の真宗寺院といわれる専想寺には、浄土系の『大唐平州男女因縁』『恵信僧都事』と真宗系の『女人往生聞書』を合綴した天然書写本[15]、長谷寺の観音の宝前での若い女房と老僧の談話を通して因果の理を明らかにし、念仏に励むことを記した『長谷聞書』[15]などの談義本が伝存しており、鎮西義の流れを汲む談義僧天然浄祐の活動の様相をうかがわせる。そのような真宗寺院に伝存する本作品についても、古く

は『蔵外法要菽麦私記』において、泰厳が、

> 現益ノ辺ヲ専ニス、メシモノナリ。後世ノ大事ヲ要トスルス、メニアラズ。マタ写本アリ。刻本ト大同小異、刻本ノ義趣通ジガタキハ、写本ニテ通ズルコトアリ。コレマタ為盛発心集ノ作者ト同筆ト見エタリ。恐クハ鎮西家ノ人ノ談義本ト見エタリ。[16]

と指摘したように、その教義内容から鎮西義の所産との見方がなされている。なお、末尾の「為盛発心集ノ作者ト同筆ト見エタリ」については、同じ浄土系の談義本『為盛発心因縁』の慶應義塾図書館蔵天正十一年（一五八三）写本が、その書写奥書から康楽寺旧蔵本であると確認でき、泰厳の指し示したものと思われる。津戸三郎為盛が法然門に入り、念仏往生を遂げる『為盛発心因縁』は、念仏往生人の列挙や『往生講式』をふまえた極楽記事を載せる点で、本作品との方法上の類似が認められ、鎮西義による談義書生成の一端を示すものと考えられる。[17]

そこで注意されるのが、先にあげた尊経閣本における列挙記事である。『日本往生極楽記』『続本朝往生伝』などの往生伝類や『普通唱導集』下の「本朝往生人」に共通して見られる著名な往生人が列挙される中、武家出身者の末尾にあげられる「上野国讃岐右衛門弘縄、同山上の孝満入道、酒長の入道」は、他の人々に比べ、特異な存在として注目される。まず、「上野国讃岐右衛門弘縄」は、頼朝の御家人佐貫広綱と考えられるが、管見の限り、その念仏帰依説話は未詳である。だが、佐貫庄が親鸞とその門下の布教活動をうかがわせる点から、佐貫氏の浄土信仰は十分に考えられる。[18] また、「同山上の孝満入道」についても、現在のところ特定できないが、上野国とかかわりの深い『念仏往生伝』の編者で法然門下の念仏僧行仙が住したとされる山上を指している点で興味深い。[19] さらに、「酒長の入道」については、『法然上人行状絵図』巻二十六の薗田成家出家記事に、「酒長（須永）御厨の小倉」に庵を結び、舎弟淡路守俊基に念仏を勧め、高声念仏往生を遂げたとあることから、薗田太郎成家

（一一七四―一二四八）と想定される。薗田成家は『一言芳談』において「小蔵入道」と記され、山上の行仙との交流をうかがわせる。また、成家ゆかりの阿弥陀如来を伝える桐生市川内町崇禅寺には、『行状絵図』をもとにしたと思われる江戸初期頃成立の『万松山崇禅寺縁起』(20)があり、在地においては法然門下として知られた人物であった。このように、特に北関東在住の武士たちが列挙記事に配されていることは、先の法然門下の浄土僧たちの記事も考えあわせるならば、あるいは本作品の成立過程に、東国の法然門下が関与した可能性を想定できるのではないか。

二　問答中の例証説話

次に、問答中に見られる念仏に関する例証説話について、詳しく考察していきたい。慈巧上人は、念仏を忌み嫌う神子に対し、念仏による現世利益の証拠として、「いまとをくは天竺震旦の伝記をうかゞい、ちかくは本朝古今の例証を」明かそうと、以下の説話を巧みに織り込みながら不信の神子を教導していく。次の例証説話一覧に示したように、②類および③類系統の伝本には、それぞれ十二の念仏利益を説く話が収められている。但し、Iの抜書では、後半にあたる七つの説話が抜き書きされ、Jの版本では、半分の六話のみが記されている。さらに、②類と③類とで、〈6勝曼夫人〉と〈9毘舎利国の悪病〉との出入りが見られる。だが、各説話の配列順序については、諸本を通して等しく、内容についても細かな異同は見られるものの、概ね共通している。

そこでまず、各説話の内容を概観しつつ、そこに共通して見られる特徴を抽出してみたい。〈1延命説話〉は、死相の現れた者が念仏の功徳により免れることができたとする話で、簡略な内容であるため、類話などは見極めがたい。〈2〉から〈7〉は、漢訳仏典などに典拠が求められ、『今昔物語集』などにも類話が見いだせる著名な

例証説話一覧

説話題目（私案）	E康楽	F大谷	G恵山	H尊経	I抜書	J版本	主要所収教典類・関連説話
1延命説話	○	○	○	○	×	○	
2摩竭大魚	○	○	○	○	×	×	大智度論7・大悲経3・雑譬喩経30・法苑珠林34・経律異相43-15・今昔物語集5-28
3財徳長者の子	○	○	○	○	×	×	今昔物語集1-37
4釈種の后たち	○	○	○	○	×	×	増一阿含経26・大智度論9・今昔物語2-28
5舎衛国の盗人	○	○	○	○	×	×	大般涅槃経16・経律異相5-14・大方便仏報恩経5・今昔物語集1-38・百因縁集上7・私聚百因縁集4-16・直談因縁集7-10
6勝曼夫人	○	○	○	×	×	×	撰集百縁経8-79・賢愚経2-8・法苑珠林76・経律異相34-2・雑宝蔵経2-20・注好選中29・今昔物語集3-14・私聚百因縁集3-14・宝物集5・法華草案抄3
7優曇大王の后	○	○	○	○	○	○	優塡王経・大宝積経97・法苑珠林21・経律異相29-7・今昔物語集3-25・百因縁集上3・宝物集2・三国伝記4-1
8老母の恋	○	○	○	○	○	○	三国伝記10-5・法華草案抄3・法華経鷲林拾葉鈔22・法華経直談鈔9末-10・直談因縁集7-26
9毘舎利国の悪病	×	×	×	○	○	○	請観世音菩薩消伏毒害陀羅尼呪経・安楽集・善光寺縁起
10置き去りの娘	○	○	○	○	○	×	法華経直談鈔8本-24
11継子の身代わり	○	○	○	○	○	○	法華経直談鈔10本-18・直談因縁集5-12・当麻曼陀羅疏7
12鎌倉頬焼阿弥陀	○	○	○	○	○	○	沙石集2-3・直談因縁集6-9・地蔵菩薩霊験記5-12・頬焼阿弥陀縁起
13豊後の中風男	○	○	○	○	○	×	

説話である。例えば〈4〉は、念仏は賤しい者の行為であると主張する神子に対して、慈巧上人が「女の中にも賤からぬ人〳〵念仏門に入したためし」としてあげる念仏帰依の高貴な人々の中にも見える、釈種の后たちの説話で、毘瑠璃王による釈種惨殺の一話である。毘瑠璃王により目耳鼻手足を切られた釈種の后たちは、

> 我身はかたわになされぬ。たちよるべきかたもなし。とにかくに思ひのあまりにはるかに仏の御方にむかひて、南無あみだ仏〳〵我等今者無有救護といひしかば、尺迦如来こゝにつきて来給て、かたじけなく御手をふれさせ給しかば、一万二千人の后の耳鼻足手眼ともにもとのごとくなりにき。

とあり、その後、仏弟子となったとする。〈5舎衛国の盗人〉においても、舎衛国の五百人の盗人が同じく目耳鼻手足を切られるが、「さすがに声ばかりはあれば、我等五百人一同に仏の御名を唱へん」とあって、いずれも念仏を唱えたことによって、もとの姿に戻ったとする。また、〈7優曇大王の后〉でも、

> 三ぼうの御中には西方の阿弥陀仏ことに女人悪人をあはれみてたすけんといふ御ちかひのまします由をきゝしよりこのかた、かの御名をとなふる事、毎日一万反也。

とする。傍線を付したとおり、女人、悪人などいかなるものであっても、もっぱら声に出して念仏を唱えることによって、現世利益が得られると説くのである。したがって、慈巧上人が主張してきた口称・高声念仏の有益性に適うものであり、問答内容にそって、各例証説話が取り入れられたものと考えられる。

また、伝本によって出入りのある〈9毘舎利国の悪病〉は、『請観世音菩薩消伏毒害陀羅尼呪経』（以下『請観音経』）を原拠とする、いわゆる月蓋長者譚である。これについては、とくに唐の道綽（五六二―六四五）撰『安楽集』に、『請観音経』に訓点を付したものが引用されており、より〈9〉話に近いことから、以下に両者の対応を示すこととする。

〈9昆舎利国の悪病〉

昔昆舎利国の人民五種の悪病をうけて、一には眼あかき事血のごとし。二には耳よりうみじるいづ。三には鼻より血ながる。四には舌つまりてこゑなし。五はくしもの化して麁魄となる。六識閉塞にしてなをし酔人のごとし。五の夜叉面黒事墨のごとし。おもてに五の眼ありて、けあしき牙上よりいでたり。人の粧気をすふ。良医の耆婆その道術を尽せりといへども、たすくる事あたはず。時に月盖長者そのかしらとして病人を部領してみなきゝて仏に帰す。これによて頭をたゝいて哀をもとむる。その時に世尊、大悲をおこして病人に告ての給はく「我等が力におよばず。これより西方に阿弥陀仏観音勢至ましします。なんぢいままさに焼香散花して五体を地になげてかうべをたゝいて心をちらさずして十念のあひだをへよ。さだめてしるしあるべし」とおしへ給へり。こゝに長者をはじめてもろ〳〵の病人、おしへのごとく一心に求哀す。一時に共に至りて大神呪を説て一切の病苦みなこと〴〵く消除して平復する事、もとのごとしといへり[21]。

『安楽集』

時ニ昆舎離国ノ人民遭フ二五種悪病ニ一一ニ者眼赤コト如シレ血ノ二ニ者両ノ耳出シレ膿ヲ三ニ者鼻中ヨリ流シレ血ヲ四ニ者舌噤ンテ無シレ声五ニ者所食ノ之物化シテ為ル二麁渋ト一六識閉塞スルコト猶シ如シ二酔人ノ一有リ二五夜叉一或ハ名ク二訖拏迦羅一面黒シテ如シレ墨ノ而有テ二五眼一鈎牙上ニ出テ吸フ二人ノ精気ヲ一良医ノ耆婆尽セトモ二其ノ道術ヲ一所也不ルレ能レ救コト時ニ有リ二月蓋長者一為テレ首ト部ヲ二領シ病人ヲ一皆来テ帰シテレ仏ニ叩テレ頭ヲ求ムレ哀ヲ爾時世尊起シテ二無量ノ悲愍ヲ一告テ二病人ニ一曰ハク西方ニ有ス二阿弥陀仏観世音大勢至菩薩一汝等一心ニ合掌シテ求ヨレ見ント上於レ是大衆皆従テ二仏ノ勧ニ一合掌シテ求ムレ哀ヲ爾ノ時ニ彼仏放二下大光明ヲ一観音大勢一時ニ倶ニ到テ説二下ニ大神呪ヲ一一切ノ病苦皆悉消除平復スルコト如シレ故ノト

『請観音経』は雑密系の独立した観音経典としては最古とされ、院政期には除病抜苦のための読経が記録上しばしば見えるようになるという。室町期成立と目される真名本『善光寺縁起』では、この『請観音経』を要約した上で縁起に組み込み、「此経即明善光寺生身弥陀如来娑婆応現之由也」と説明する。鎌倉期成立の称名寺蔵金沢文庫保管『善光寺如来事』にも経典中の偈文が引用されており、『請観音経』が『善光寺縁起』の出拠であることが確認されている。[22] 抜書においても「如是姫」の説話とはしないものの、末尾に「仍テ其時ノ御形ヲ鋳ウツシ奉ル。今ノ善光寺ノ如来ト申奉ル此也」とあって、本話を善光寺如来と関連づけてはいる。しかしながら、月蓋の三宝軽視や吝嗇による如是姫の悪病を語る『善光寺縁起』とは異なり、月蓋長者が流行する悪病を憂い、仏のもとへ赴き、民の病苦を救って欲しいと訴える点で、むしろ『請観音経』に近似している。しかも前掲のように、浄土門で重んじられた『安楽集』下巻に「第二弥陀釈迦二仏比挍」として引用されており、早くから浄土宗で広く利用されていたものと想定される。本話も『善光寺縁起』のような因果話型ではなく、易行としての称名念仏の功徳を語る例証説話の一つとして、和文化したものと考えられる。善光寺縁起の流布にともなって、如是姫を中心としない〈9毘舎利国の悪病〉の代わりに、後述する女人説話という観点から、醜い女人が念仏の功徳によって美しくなる〈6勝曼夫人〉を取り入れたものとも考えられよう。

なお、〈13〉の念仏の功徳により中風が治癒するという豊後の男の話には、管見の限り類話などは見いだせず、他の説話と比べても特異な印象を受ける。尊経閣本では中風が治ったところで終わるが、他本ではその後の妻とのやりとりが記され、「天福二年（一二三四）」にこの話を聞いたとする。最古の書写奥書を持つ抜書にも見られる記述であり、本作品の成立を考える上で見過ごせない。

以上のように、いずれの例証説話においても、女人や悪人、賤者などいかなるものであっても、もっぱら高声に念仏を唱えることによって、現世利益が得られることが共通して説かれており、慈巧上人が神子との問答で主張してきた内容に相応しいものとなっている。口称・高声念仏の有益性に即して、例証説話が取り入れられているのである。

このような念仏の現世利益を説く例証説話の一つに、阿部氏が注目された、〈11継子の身代わり〉がある。(23)その内容は次のとおりである。嵯峨天皇の時代に、三条中将という者が子のない事を嘆いて、北の方とともに三宝に祈願し、三寸の金の阿弥陀仏と五尺の銀の卒都婆をつくり、美しい女子を儲ける。七歳の時、姫君は母と死別し、金の阿弥陀仏を形見に、毎日一万遍の念仏を唱える。実母の遺言むなしく、その後、中将は新しい妻を迎える。姫が十三歳になると入内の宣旨が下り、これを妬んだ継母は、男装の女房を姫のもとへ通わせ、これを中将に見せる。怒った中将は、家来の武士に嵯峨野で姫を殺害し、頭を持参するよう命ずる。姫は金の阿弥陀仏を胸に念仏を唱えた後、殺害され、武士により献上された姫の頭は中将の家の口にかけられる。ある日、嵯峨野へ御狩に訪れた天皇は、三条中将の娘という美しい女に出会い、連れ帰る。天皇に真相を問いただされた中将は、驚いて家の口を見てみると、そこには金の阿弥陀仏の御ぐしがあり、頭を切った場所には金の阿弥陀仏が光を放っていた。御ぐしとさしあわせたところ、もとの仏となった。銀の卒都婆は現在も宝蔵として伝わるという。

継子物の諸要素をもって構成される本話は、その展開においても、お伽草子や縁起絵巻の中将姫説話の前半とほぼ一致する。阿部氏は、物語化した中将姫説話の最古のテクストである『当麻曼陀羅疏』が成立した室町初期には、既に本作品が成立していたとし、さらに問答中に見える念仏帰依の高貴な人々に、中将姫と当麻曼荼羅の記述があるものの、そこでは継子譚には全く触れていない点などから、本話が『当麻曼陀羅疏』と直接の影響関係をもたずに成立したものと推察された。(24)女性の受難と救済を語る継子の物語は、『当麻曼陀羅疏』では女人往生を説くための、いわば脇筋であったが、ここでは阿弥陀の現世利益を説く意図から主軸を成しており、浄土門の中での継子物の利用の一展開がみてとれる。

この〈継子の身代わり〉について、さらに特筆すべきは、先の例証説話一覧にあげたように、法華経注釈書にも類話が見いだされる点である。『法華経直談鈔』普門品において、経文を読誦することで七難を遁れると説き、そのうち「刀杖難」を遁れた例の一つに、大唐の説話として継子の身代わり話が記される。(25) 三歳で実母と死別した姫君に、十三歳の時、立后の話が持ち上がり、これを妬んだ継母は姫のもとに男を通わせ、密通の讒言をする。怒った父親は山奥で姫を殺害させ、持ち帰らせた姫の頭を土に埋めるが、姫は法華経の功徳により救済され、姫の頭を埋めたはずの土の中には観音経の半分があり、姫の持っていた観音経の半分とあわせるとぴたりと合い、その後、

図17 『当麻寺縁起』絵巻
曼荼羅を説いて天上に去っていく化尼

姫は后となったとする。特に後半部分で、首の代わりに経典の半分が埋められていたとするこの説話は、中将姫説話が女人往生を説くのに対して、阿弥陀仏による身代わりという現世利益を説く点で、〈11〉により近似する。さらに、この『法華経直談鈔』の説話と類話関係にある『直談因縁集』五―十二話では、九条大納言成家の女という本朝の継子の物語として記される。十二、三才になった姫君は、裏の家に排除され、比丘尼が与えた提婆品を慰めとしていたが、立后の宣旨の下ったことを妬んだ継母により、蓮台野に連れ出されて首を切られ、厩屋の敷板の下に埋められる。(26) しかし、提婆品の軸が身代わりとなったことで救済され、父親は菩提発心し、母親は賀茂河にて「ヒシヒテニセヨ(27)」と命じられるが姫の申し出により免れ、道心を発すとしており、お伽草子などの継子物語を思わせる展開となっている。継母の奸計により殺害されるという継子の受難を語る物語が、浄土門においては阿弥陀によって、一方、法華経注釈書においては法華経巻・経軸によって、身代わりという形での救済がなされるのである。しかも〈11〉においては、三宝に対する申し子の形をとっている点や、女房に男装をさせて密通を偽装している点など、場面描写が詳細であり、より物語性に富んでいるのである。

こうした継子の身代わり説話の存在は、談義・唱導の場における継子物のありようを如実に示すものであろう。さらに言えば、古典の注釈書を中心に経典の談義・注釈書類へと多様な展開を見せつつ伝承された濡れ衣説話(28)や、中世の盲御前の様相を伝える吉備津宮の「女目クラ」の法華経功徳説話(29)にも、継子物の趣向が同様に認められ、浄土門に限らず、女性の受難と救済を語る宗教説話として盛んに利用されていたのである。

三　法華経注釈との交錯

神子に対する唱導という構成の本作品においては、念仏の現世利益を説く例証説話として、先の継子説話に限らず、女人に関する説話が多く収められている。そこでは、神子との問答と同様に、易行としての口称・高声念仏が、女人に対してもっぱら現世利益をもたらすものとして説かれている。つまり、本作品の全篇を通じて、女人往生思想がすでに前提となっており、その可否については特に言及しないのである。この点からも、本作品の女人説話について、さらに考察を進める必要があるだろう。

〈7優曇大王の后〉は、念仏の功徳により大王の放った矢がことごとく外れ、ついに大王もともに三宝に帰依するというもので、先に述べたように『今昔物語集』などにも見られる著名な説話である。但し、大王が后に矢を放つに至った経緯について、類話では、仏法を嫌う大王に逆らったためとするのに対し、〈7〉では、大王の寵愛を一身に受ける后に、他の后たちが嫉妬して讒言したことによるとしており、この点は側后の奸計によるとする『優塡王経』に近い。だがむしろ、他の后たちの嫉妬により王自身に殺害されそうになるが神仏の功徳により助かる（『直談因縁集』八―八話など）といった、『熊野の本地』などをも想起させる女人の受難譚の類型としてとらえられる。この〈7〉話以降、女人を主人公とする説話が続くが、それらは典拠となる経典類などは特定できないものの、先の〈継子の身代わり〉同様、法華経注釈の場における説話と話柄上、共通している。そこで、以下に三つの女人説話の本文を引き、類話との比較を行ってみたい。

〈8老母の恋〉

昔一人の老女あり。年八十にあまりもやしけん。ある時国王の御幸を見て王に思ひをかけてそれより物もくはず、ふかき思ひになりて日比に成ける間、一人の男子あり。病の子細をとふに、この母答ていはく「我やまひは別の事にはあらず。かやうの事はいふにつけてはゞかりある事なれども、いはずは後生も罪ふかき事なれば申なり。わが身の分際にてはわかくとても叶べきにもあらず。ましてこれ程老衰して思ひよるべきにてもあらぬを天魔のくるはしやらむ。ある時御幸の次に国王をみたてまつりしより、なにとなく物もくはれずして、かやうにすでに死門に及べるなり」といふに、こゝにこの男思やう、親の孝養するをば諸仏も菩薩も納受をたれ、諸天善神も力を合せ給といへども、此事はいかにも叶べしとも覚えず。いかさまにもおもひといひ老衰といひ、死給はん事はうたがひなし。これをついでとしていかにも念仏をすゝめばやと思ひて申やう「此事は無下にやすく候」といひて、竹の籠といふ物をひとつもとめてきたりて「智者のゝ給は、この竹籠に念仏をはたとひとしく申入つる人は、かならず后になると申候。さもおもはせ給はゞ、申て御覧ぜられ候へ」といへば、思ひのわりなきあひだ、もしやとて「やすき事にてこそあんなれ」とて、その竹のかごをとりて口にあてゝ、夜昼おこたらず一心にみだれず申て、三七日といふに国王の御幸ありけるが、なにとなくかの老女が家の方を御覧じたりしかば、金色の光明そのうちよりいでゝ十方を照す。不思議の思ひをなして、一人の大臣をつかはしてみせしめ給に、「端厳美麗なる女人侍る。かの光なり」と申せば、王不思議の思ひをなしてみづから行て御覧ずれば、まことにめもかゞやき心もおよばず。面は満月の如し。眼は青蓮のごとし。白玉のはだへ沈水のかほりを薫じ、丹菓の口よりは梅檀のいきを出せり。国王宮の内の后とおもひあはすれば玉と石とのごとし。やがてひとつ御輿にのせつゝ王宮に帰て、第一の后にたてたまひき。病をやめ命をのぶる事はためしあれども、老衰の姿をわかくはなやかに転ずる事はありがたく、たぐひすくなき事なれども、仏法にはふしぎのちからおはしますうへに、阿弥陀仏の名号はことにふしぎ也といへり。これもなんのうたがひかあらんや。

この類話として、『法華経直談鈔』薬王品（版本九末――十話）に載せられる次の説話があげられる。

物語云、法花ノ感応伝ニ見タリ。唐土ニ尼歩山ト云山ノ麓ニ年シノ齢五十余ノ老女一人有リ。子ヲ三人持タリ。有ル時キ、帝王出テ二御狩一ニ御遊有リ。彼ノ老女帝王ヲ奉レテ見之一起二シ愛念一忽ニ成二ル恋ノ病一ト也。子共ハ不シテ知之一ヲハ。常ノ病ト心得テ、医者ニ尋ルニ、医者脈ヲ取テ見テ云フ様ハ「非二寒熱風気ノ病一ニ若シ恋テヤ有ン」ト云也。子共ハ聞二テ此ノ由一ヲ尋ルニ母一ニ々ハ有ノ任ニ語リケリ。兄二人ノ者ハ聞テ之一「君ハ貴シテ若ク母ハ賤シクテ老タリ。黎民ノ下臈トシテ万乗ノ高位ニ奉レル懸レケ思一ヲ事、中々不可叶一フ」云テ起テ去ル也。最末ノ弟トハ仁信異于他一ニ孝行勝レレハ世ニ独リ残リ留テ悲之一何ニモシテ母ノ本意ヲ遂ケサセ、病ヲ癒サハヤト思テ、年来奉ル憑一ミ貴僧南陵山ト云処ニ山居玉ヘル処ニ行テ、歎二ク此ノ由一ヲ時キ彼ノ僧ノ云ク「是ハ非可及二人力一ノ只偏ニ可憑二仏力法力一ヲ然ルニ**法花ノ薬王品ニハ一切衆生充満其願ト説リ。所詮此文ヲ少シモ無ク二余念一七日七夜ノ間誦ハ之一、以二法力一ヲ可ト満願一ヲ**」教ラレタリ。彼ノ子聞テ之一帰リ家一ニ教レテ母一ニ、令レルニ唱一ヘ六日ト云時キ、老女忽ニ成二リ齢ヒ若一ク面皃端厳也。明ル日帝王又出玉フ狩一リニ時キ、当二テ彼ノ家一ニ紫雲聳タリ。帝王不思議ニ思召シテ、彼ヘ行幸有テ叡覧有ルニ、清眄美質ナル小女ノアタリモ輝ク斗ナルカ草庵ノ内ニ居タリ。芙蓉ノ眸リ鮮カニ絹露ノ額玉ニ似テ天人ノ天下リ玉フ也ト恠程トノ美人也。帝王頓テ此ノ女房ヲ迎取テ后ニ備玉ヘリ。是即法花ノ一文ヲ誦ル依二ル功徳一ニ故也。終ニ誦二ル一文一ヲ霊験尚ヲ如此一ノ。況ヤ於二テ全部一ニ乎。且ハ孝子ノ懇志ノ感処、又是妙法ノ不思議也。末世也トモ、信心堅固ニシテ勇猛精進ニ読誦ハ之一、二世安楽ノ義更ニ不可疑之一也。

この他『法華経鷲林拾葉鈔』や『直談因縁集』などにも類話があり、法華経注釈書間でも異同が見られるが(30)、いずれも三人兄弟の末子の助力による孝行譚とし、『法華経』薬王品の「充満其願如清涼池」という文言による霊験譚となっている点で共通し、法華経注釈の場で好んで用いられた説話であった(31)。そのような説話と、狩りに訪れた王に恋をした老女が病み、母の思いを遂げさせようとした息子によって念仏の功徳が得られ、たちまち若返り、王と結ばれるという物語の展開における一致が見られるのである。

ここで〈8〉と法華経注釈書の説話との相違に目を転じてみると、老母の年齢に開きがあり、一人息子とするのに加えて、阿弥陀の利益であることから念仏により若返りが果たされる点があげられる。その際、「竹籠に念仏をはたとひとしく申入つる」（②類では「竹ノヨニ念仏ヲ…」）とあるように、一風変わった念仏の指示が下される。法華経注釈では、経典の文言の読誦により霊験が得られるのに対し、竹籠に充満するほど念仏を唱えることに力点が置かれているのである。竹をその媒介としている点は、『ささやき竹』や竹から酒や財宝が湧出する説話などを連想させ、物語話型の趣向としての面白さと言えようが、おそらく、これも口称・高声念仏の利益を意図して案出したものと考えられる。

〈10置き去りの娘〉

昔唐土に異国より軍発りて責来るときこゆ。これによて、その国の人民あるひは他国へ逃行、あるひは深き山にかくれこもる。こゝにある人、年四歳になる女子の二の眼しいたるをもちたる。父母なきかなしみていはく「此子をいだきて逃はかたくわづらひにて、にげのびずして敵に害せられなんず。捨置てはいかなる馬牛にもふみころされ、犬鷹にもくらはれなん。いかゞすべき」とかなしむ所に、此こ申すやう「我をぐしておはせんによりて、父母の命もあぶなくおはしまさんには、たゞ我をすて給へ。我一人こそ死すとも、父母の命はたすかり給べし。三人ともにしなんよりは一人こそしなめ」と申。これをきゝ、父母さこそは覚けん。声もおしまずなきさけぶ。さてしもあるべきならねば、すでに敵はちかづきたりときこゆ。此故にたゞすてんよりはとて「若一日か二日もや命のぶる」といひて、ある塚穴のありけるにいて行て、これをおくとて、父母が云様「汝が云ごとく三人ともにいたづらに死せんよりは、せめては一人にてものこりたらば、先立物の教養をもせんとて、この塚穴に汝をばをくなり。我恋しくおぼえん時又つれ〴〵ならば、南無阿弥陀仏ととなふべし。しからば我そのこゑにつきて、夢にもまぼろしにもきたりて汝をはごくむべし」となぐさめいひければ、この子ふかくたのみて「さうけたまはりぬ」といひて、さて他国に行て我身は安穏なりといへども、ありし子の事を思ふにいきたるかひもなし。夜もひるもやすき心なし。子の事をのみながき思ひとかなしむ。かくして四年といふに、世中しづまりてかの父母本国へ帰るに我家にはゆかずして、かの塚に行て骨をもとりてよき所にもおかんとて、父母ともにかのつかあなのもとへなく〳〵行て内に入てみれば、端厳美麗なるおさなき女子の七八ばかりなるがうちゑみて「いかに今日はおそくおはしましつるぞ」といへば、父も母もあさましくおそろしく思ひて、我子とはつや〳〵思はで「なに物ぞ。おに神の変化せるか。野干のいつはりばけたるか」といへば、此子申やう「いかにれいならず事あたらしくかやうの事をばとふぞ。一とせこれにおかせ給しはじめ、われを恋しく思はん時は南無阿弥陀仏と唱へよと候しかば、やがて念仏をこたらず。したがて又父母二人ながら来て、日ごとに目出たきくい物をたびてくはせ給き。かの物をくいしかば、やがてその日より目もあきて、今日まではなに〻つけてもわびしき事はなし。しかるを今日おそくおはしつるをこそわびしと思ひはじめて侍に、又かくあやしみとはせ給こそ心えね」と申す。兪父母思はく、阿弥陀仏の我等がかたちに変じてけふまではぐ〻み給けり。たゞなぐさめことばにこそいひたりしにあはれにかたじけなきことかなとて、昔より今日まではかなしみの涙をながすといへども、又今日よりはじめて随喜の涙をぞながしける。さてこの子をいだきとりてもとの家にかへるに、此事を天下の〻しりけるあひだ、国王までもきこしめして「ありがたき事也。ぜんあく三宝の御利生を蒙ぶれる物なり。かの女子御覧あるべし」とて、すなはちめされて御覧あるに、まことにみめかたちあいぎやうつき姿ことがらけだかき事、三千人の后の中におもひくらぶるにかれらは及ばず。これによて親のもとへもかへらし給はで第一の后にさだめたまふ。これによて父母も車馬をとばし、国土もゆたかに国王この后を善知識として仏法をむねとし給き。

これは、『法華経直談鈔』寿量品（版本八本―二十四話）に、同じく唐土の説話として、簡略ながらも、次のように記される。

一偈頌《ノ》事物語云、此《ノ》偈《ヲ》自我偈《トテ》一巻《ニシテ》読《ム》事《ハ》、昔《シ》大唐《ニ》或《ル》人此《ノ》偈《ヲ》信《シテ》常《ニ》読《ム》也。此《ノ》人幼少《ノ》子《ヲ》一人持《チタリ》。或《ル》時《キ》、国《ニ》大乱起《ル》也。折節《シ》他行《スルニ》、此《ノ》幼少《ノ》子《ヲ》連《レテ》行《ニ》不《レハ》及《ラ》一、**穴《ヲ》掘《テ》此《ノ》子《ニ》自我偈《ヲ》ソヘテ**隠《シテ》置《ク》也。頓《テ》帰《ント》思《ヘトモ》、乱国《ノ》事《ナレハ》不《シテ》帰《ラ》一、三年過《テ》帰《リ》掘《リ》起《シテ》見《レハ》、何《ニモ》色能《クシテ》成人《シテ》居《タリ》。父不審《ニ》思《ヒ》、此《ノ》間《ハ》何《トシテ》居《タルソト》問《ヘハ》、子云様《ハ》、一人《ノ》**老僧**《ノ》時々《ニ》何《ニモ》美《キ》食物《ヲ》持《テ》来《テ》給《ル》也。何《ナル》人《ソト》問《ヘハ》、我《レハ》自我偈《ニ》説《ク》仏也。**汝《カ》父《カ》此偈《ヲ》信《シテ》常《ニ》読《テ》我《ヲ》供養《スル》故《ニ》**、我又汝《ヲ》養《フト》云《云ト》語《ル》也。彼《ノ》父聞《テ》之一、弥々《ヨ》信《シテ》之一読《ム》也。然《レハ》則《チ》此《ノ》事《カ》一天下《ニ》聞《ヘテ》夫《ヨリ》已来《タ》一巻《トシテ》各々《ノ》此《ノ》偈《ヲ》読《ム》也。

大乱のため、他国に移ることを余儀なくされた親は、子どもを穴に埋めてゆくが、戦が終わり穴を掘ってみると、何仏の化身が食べ物を与えたことにより成人していたとする。先の〈8〉と同様、その構成要素はほぼ一致し、何らかの関連を想起させるものの、やはり『法華経直談鈔』では、子どもの性別は明らかとなっておらず、仏の加護が得られるのも、日頃の親の信心と添えられた自我偈によるものとなっている点で相違を見せる。〈10〉では、塚穴に入れられ、置き去りにされた娘が念仏を唱え、その声によって阿弥陀仏が両親の姿となって現れたとし、やはり口称念仏の利益として説かれており、両説話の利用された場が異なっていたことをうかがわせる。また自分の身を犠牲にしても、両親を救おうとする娘の言動には、〈老母の恋〉同様、親子の関係に重点が置かれており、孝養の重視をみてとることもできよう。翁との問答において、『孝子伝』などで知られる朱百年の孝行説話を例に語る「四恩」や「恩愛引導」の主張とかかわるものであり、問答と説話の思想的連関を示すものと思われる。なお、両話とも山中に遺棄されたものが神仏の加護によって成長するという点では、中将姫説話や『熊野の本地』などに見られる貴人の山中成育譚を思わせるが、〈10〉では、盲目の少女の念仏による開眼譚をも含み、両親との再会後には国王の后になるとし、様々な要素を盛り込んでいる。その上、場面表現に詳細で全体としてより練れた叙述の説話に仕立てられている点で、物語草子へ移行する初期段階にあるものととらえられる。

〈10〉の後、「昔よりいまに至まで、阿弥陀仏の現在の御利生念仏三昧の明証を少々申さば、遠く他州の事はしばらくをく」として、本朝の物語である〈11継子の身代わり〉をはさんで、阿弥陀による身代わりを説く鎌倉頬焼阿弥陀の説話が続く。

〈12鎌倉頬焼阿弥陀〉

中比、鎌倉にある人のもとにめちかくつけつかふる女あり。立居に常のことぐさには、たゞ南無阿弥陀仏といふことをいひけり。これをこのあるじ、年比にくしと思ける所に、ある年の正月一日陪膳するとて、この女物に足をけつまづくとて、つねの事なれば思ひもあへず「南無阿弥陀仏」と申たりけり。主人おほきにはらをたてゝ、この女をとらへていはく「わ女のたゞの時申だにもにくしと思所に、けふしも阿弥陀仏と申はすでに我をのろうにこそあれ」とてかりまたを焼てかほにさしあてゝ骨にとほる程にやき付ておい出しつ。さてこの人いふやう「我とし比にくしと思つる魔事の外道は今日といふ今日ながくはらひつ」とてよろこぶ所に、この女まへにうちいで宮つかふだにふしぎと思ふに、かほにはりさきばかりも疵なし。こはいかなる事こそとあさむ。抑夢にしたるかと思て「さてもなんぢをば勘当しつると思ふに、いかにかくは前にはあるぞ」ととへば、女いはく「させるこの程は御かんだうかうぶる事もなし」といふに、いまく〳〵しふしぎにおぼえて、さては人たがへに他人を勘当したるにやとたづぬるに我こそといふ物なし。返々ふしぎの思にぢうしてすぐるほどに、なにとなく持仏堂にまいりてみれば、金色の木像の阿弥陀仏の御かほにそこへこがれとをる程にかりまたの火印のかたあり。これは当時の事なれども、さきの事にあひたがはねば、つゐでに申なり。

いわゆる金焼仏型の説話で、鎌倉光触寺の本尊阿弥陀如来にまつわる縁起として、はやく『沙石集』二―三「阿弥陀利益事」に見える。念仏を信じ、人目を忍んでは唱えていた女童が、正月一日に念仏を唱えたのを主人に聞きとがめられ、縁起が悪いと立腹した主人に焼印をあてられるとする点で類似するが、『沙石集』では、反省した主人が仏師を呼んで金箔で直そうとしたが直らなかったとする。主人のその後については、抜書のみが末尾に「此主人コレヲミテ、ヤガテモトヾリキリ、出家発心シテ念仏者トナリニケリ。コレ近キ世ノ事也」と、その出家を述べている。この点については類話の『直談因縁集』六―九話が注目される。

一、鎌倉ノ大町ニ、有ル人、眷属数多持ツ也。而、此下人、野ヘ出テ菜ヲツムニ、弥陀尊体ヲ見付ル也。是ヲカコニ入テ帰リ、ツホネニ立テ之一、捧レ花一香焼キ、朝夕供養ス。サレハ、念仏不レ怠一申ス也。而、不絶一ツ、クルマ、、正月一日ニ南無阿弥陀ト申ニ、女、聞之一、言語道断也。年始ニ我ヲ咒咀ス。何様、松過テ折檻セント云。時、末ニ又、次テ有テ、此女ヲ、女房、火箸ヲ焼キ、額ニ十文字ニアツル也。時、サテモ無レ情。我、朝夕唱任、怠テ申ニ如此也、ト恨ミ侘テ、ツホネニ臥ス也。乍レ臥、念仏ス。是モ念仏故ナレトモ、ト云。額ヲ捜ルニ、痛モ無ク、手ニモ不レ障一。奇特也ト思イ、鏡ヲ見ルニ、跡モ無之一。能々見レハ、此弥陀ノ額ニ当ル也。殊勝也ト、尚々奉ニ信一、女房、是ヲ見、跡無キ不審也。堅ク我ハカナヤキ当ル物ヲト思、余ニ不審ニ思、尋玉フ。如此一云。サテハ左様也、ト云テ、**二人同、道心ヲ発シ、比丘尼ト成リ、諸国ヲ廻リ、其ヲ為ニシテ本尊一ト堂ヲ造、安置セリ。**中比迄、大町ノ阿弥陀トテ御座シケルト云。

正月一日に念仏を唱えたことや、自分を呪詛してのことかと主人が怒るくだりは〈12〉に共通するが、ここでは主人を女性として二人ともに発心して比丘尼となり、諸国を廻ったとする。文和四年（一三五五）寄進の旨の奥書を持つ鎌倉光触寺蔵『頬焼阿弥陀縁起』（図18参照）でも、火印を押しつけられた「万蔵」という下法師は後に念仏行者となり、火印を押した「まちの局」は比企谷に岩蔵寺を建てた後、往生を遂げたとする。小島孝之氏によれば、その内容には時宗の信仰宣布の意図が認められ、光触寺の前身である岩蔵寺はもと真言宗であり、時宗への宗派替えの時点で時宗向きの話に作り替えられたものと考えられることから、『沙石集』の話が縁起以前の話の原型に近いものと推察される。[32]〈12〉についても、抜書で「コレ近キ世ノ事也」とあることからすると、『沙石集』からそれほど下らない、十三世紀後半の説話状況を示すものかと考えられる。阿弥陀の霊験譚として収録された『沙石集』の説話から、『頬焼阿弥陀縁起』や『直談因縁集』のような発心譚へと展開していく過渡期にあって、すでに〈12〉の念仏利益説話が存在していたと思われる。

図18　『頬焼阿弥陀縁起』阿弥陀に帰依する女たち

これまで見てきたように、法華経注釈の場における説話と本作品の例証説話は、主な内容の上で一致を見せるものの、細部に目を転じれば、少なからざる異同がみてとれる。しかし、これらの異同は、その説話が利用され、享受された場の相違によるものがほとんどである。逆にこのことから、これらの説話群は源を同じくしつつも、そのあらわれ方が場に即して変容したものと理解できよう。すなわち、本作品に通底する口称・高声念仏の称揚、あるいは法華経直談の場における法華経読誦の推奨という意図によったものにほかならない。

四　談義・唱導から物語草子へ

神子に対して、念仏の現世利益を説く例証としてあげられたこれらの女人説話は、実際、談義・唱導の場で用いられていたと目される。すなわち、金勝山慈恩寺浄厳院に伝わる『神子問答抜書』（図19参照）の存在である。浄厳院は、鎮西義の門流一条派の確立の一端を担い、浄土宗再興に尽力した隆堯法印（一三六九―一四四九）が、女人結界の聖地であった栗太郡金勝山から、女人済度のため、その東坂に結んだ草堂を前身としているという。隆堯による『称名念仏奇特現証

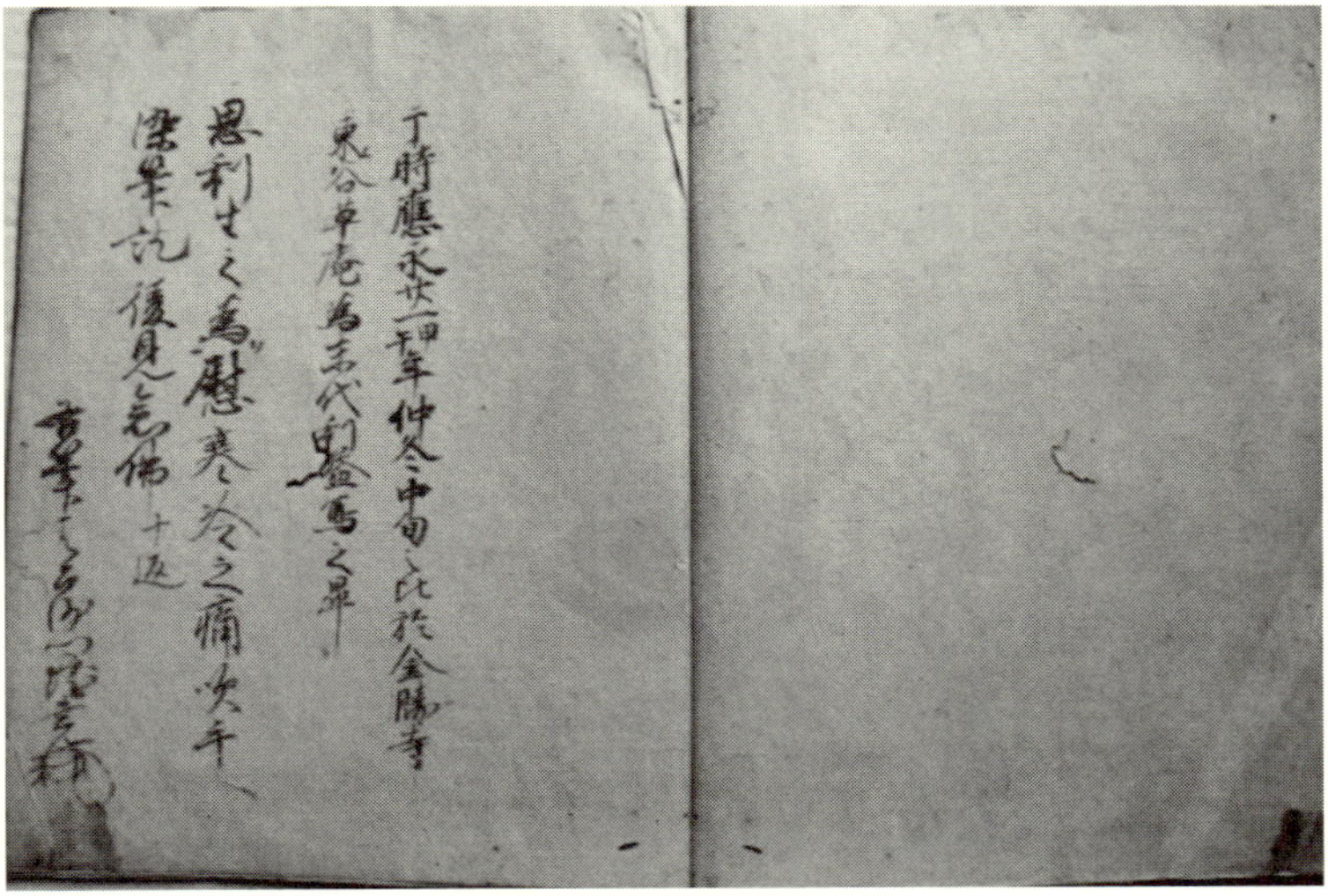

図19　『神子問答抜書』奥書

集』『十王讃嘆修善鈔』などの著書や、『看病用心抄』『発名能可利父子抜書』などの書写本が伝存しており、本地垂迹説を応用しながら、道俗貴賤を問わず、念仏の現世利益を説き、浄土思想の布教に努めたことをうかがわせる。(33) そのような隆堯の真筆本である抜書は、例証説話のうち、特に後半にあたる女人説話から成っているのである。鎮西義門流の隆堯が、これら女人の念仏功徳説話を談義・唱導に用いていたと考えられ、また抜書以前の段階で、既に叙述面において整ったものとして編まれていたこともおのずと推察されよう。

さらに先に述べたように、これらの説話は、法華経直談の場で盛んに用いられたものと話柄上共通しており、こうした室町期の談義の広がりに、お伽草子などに見られる女人の苦難と救済を語る物語が形成されていく端緒をみてとることもできよう。しかも、このような女人説話に見られる中世後期の物語の萌芽は、例証説話だけにとどまるものではない。すなわち、神子並びに翁との問答という、いわば女人や賤者への唱導・談義の場を擬するという本作品の設定自体が、虚構性・物語性に富んでおり、お伽草子などにみるような物語を草子化していく方法と重なり合うものといえる。(34) そのように考えたとき、本作品が、真宗談義本や浄土宗の談義書として、必要とされる部分がいわば抜き書きされた一方で、尊経閣本のような平仮名書きの形態でも享受されたことに、新たな文学史的意義を付与することも可能となってくる。

尊経閣本の本奥書には

本云/鳴滝殿の御本にてうつしおはりぬ/此本は後崇光院御筆/永享元年十月七日

とあり、後崇光院貞成親王の自筆本が、平仮名書きの形で享受されていたことを伝える。貞成親王(一三七六—一四五六)は、物語や説話に深い関心を寄せ、多くの絵巻の作成書写を命じ、時には自らも筆者となったことで知られ、『長谷寺縁起絵巻』『粉河寺縁起』など、後崇光院宸筆とされる縁起絵巻も伝えられている。(35) 中には、開祖良忍の伝記の他に、日本の神仏の結縁や貴賤上下への念仏勧進、念仏の功徳や利益などを列挙した『融通念仏縁起絵詞』（図20参照）もある。尊経閣本の本奥書にみる「後崇光院御筆」は、こうした貞成親王の文芸営為に連ねて考えるべきであろう。なお、文明年間に復興された禁裏本の図書目録である「禁裡御蔵書目録」上冊の黒御擔子箱目録第二には、「慈巧上人遊楽往生問答〈上中下〉」とある。[36] 尊経閣本そのものを指したものかは不明であるものの、「遊楽」は「極楽」の誤写の可能性が高く、文明年間の禁中に③類の系統の伝本が伝来していたことがわかる。この黒御擔子箱目録には、縁起や伝記、唱導資料など仏書関連の書物名が列挙されているが、「慈巧上人遊楽往生問答〈上中下〉」のみならず、「念仏奇特集」「十王讃嘆」「發名能可利父子」など、先の浄厳院の隆堯法印による著書や書写本と共通する書名が確認出来る点でも興味深い。ちなみに、陽明文庫蔵『黒谷上人絵詞抜書』の奥書には、

本云／永享九年丁巳年八月日　於江州
金勝寺書写之畢／右筆玉泉坊覚泉　持
主正玉／志ヲハ今一際ハケミ給ヘシ／
時文安四年十月廿五日書写了

とある。[37] 前述したように、浄厳院蔵『神子問答抜書』は、『黒谷上人御法語』と合綴

図20 『融通念仏縁起絵詞』
良忍の勧進に応じ、結縁する女たち

されており、その書写奥書に、「于時応永廿一甲午年仲冬中旬之比於金勝寺／東ノ谷草庵為末代利益写之畢…」とあり、あるいは玉泉坊覚泉が写した際の原本であったものかとも推察される。いずれにしろ、安土の浄厳院は、都の公家たちとの交流のほどをうかがわせる場であったといえよう。

ひるがえって、先の本奥書に見える「鳴滝殿」とは、いかなる人物であったのだろうか。「鳴滝殿」は、伏見宮治仁王第一王女で、貞成親王の姪に当たる人物である。『看聞日記』応永二十五（一四一八）年十二月二十六日条には、

姫宮七歳。葆光院第一宮。十地院殿号鳴滝。萩原殿宮。有御入室。堅固内々儀也。香雲庵御共同輿。侍臣不参。毎事蜜儀也。御有着無為珍重也。

とあり、同二十九年六月十七日条には、

抑鳴滝御喝食今日御得度。於椎野有此儀。鳴滝方丈御所労間。椎野へ被入申云々。

とある。仁和寺中の十地院（浄土宗。廃寺）に入室し、鳴滝殿と称され、その後貞成親王の異母弟である椎野寺主（浄金剛院）の附弟となって得度し、法諱を智観といった。貞成親王の兄である治仁王には三人の姫宮がおり、長女の鳴滝殿が十地院に、次女の真栄は岡殿（大慈光院）に、三女の智久は坂本の智恩寺に入室したとされており、いずれも浄土宗の比丘尼御所であった(38)。貞成親王の長女「あごご」も、入江殿（三時知恩寺）に入室しており、そこでは浄土三部経談義が行われ、法然上人絵を蔵しているなど、やはり浄土系の寺院であった。特にこの三時知恩寺では、法華経談義なども行われており(39)、伏見宮家の皇女たちにとって、信仰上、重要な場であったといえる。

また、鳴滝殿と貞成親王とは度々交流していたようであるが、次の永享十（一四三八）年二月二十七日条の記事は、説話や物語絵巻の書写・制作と尊経閣本のような平仮名書きのテキスト生成とのかかわりを考える上で見過ごせない。

抑鳴滝殿御絵春日御縁起中書一合廿巻。借給。拝見殊勝也。件御絵萩原殿御物也。往昔伏見殿暫被預申。再

会不思儀也。此絵正本春日社被奉納。先年鹿苑院殿絵合之時。自社頭被出了。絵所預隆兼書之。名筆也。竹内左大臣依立願新調。春日社被奉納。其中書也。隆兼同筆。萩原殿御相伝歟。仍鳴滝殿被預申也。

同年十一月十三日条にも、

鳴滝殿御絵強力女絵一巻。巻物六七巻給。ういのせう絵上下巻。香助絵二巻先度給了。絵所預隆兼筆筆写之。萩原殿御絵共也。名筆之間申預了。

とあり、鳴滝殿は、貞成親王に絵巻の類を提供していた人物であった。(40)「春日御縁起中書」のような寺社縁起や、「強力女絵」「ういのせうの絵」「香助絵」のような物語絵も所持しており、鳴滝殿周辺の女性たちや貞成親王らが親しんでいたものと想定される。こうした比丘尼御所という、女人たちのつどう場で、女人説話を多く含んだ女人教導の談義書である本作品も享受されていたのである。このような伏見宮家周辺の比丘尼御所での信仰生活と絵巻文化を背景にしていたからこそ、尊経閣本のような、物語性豊かな、女人教導のための平仮名書きのテキストが求められたのであろう。

おわりに

以上、『慈巧上人極楽往生問答』について、問答内容の特徴を指摘し、諸本との比較を通じて、その原態を想定してみた。永享元年の転写本および応永二十一年の抜書から、遅くとも南北朝期までには成立していたものと考えられる。だが、専想寺本における十三世紀前半の浄土僧の列挙記事、康楽寺本および抜書における「天福二年」の記述などから、あるいは鎌倉末期あたりには原態の成立が想定できるかもしれない。

また、これまで指摘されてきた浄土宗鎮西派の談義書という性格について、その具体像の検討を試みた。易行としての口称・高声念仏が、女人や賤者に対してもっぱら現世利益をもたらすものとして説かれており、その文脈において、女人往生の思想はすでに前提となっており、その可否についてはあえて言及していない。その上で、鎮西義の流れを汲む隆尭や天然らにより、談義・唱導の場で用いられたのであり、さらに、天台系の法華経注釈書との共通説話を有し、それは女人の受難と救済を語るものとして、いわば宗派を横断するかのように用いられていた。それは、談義・唱導の場において、このような説話が柔軟かつ自在に機能していたことを物語ると同時に、中世後期の物語草子が、そのような場を経て成長していったことをも示唆する。談義・唱導の場における説話の利用と、公家社会における物語草子制作の動きとの有機的関係性をもうかがわせる本作品は、単なる談義書にとどまらない、中世後期の物語を生成してきた土壌を作品自体に内包したものといえるだろう。

【注】

（1）宮崎圓遵氏「中世における唱導と談義本」（宮崎圓遵著作集七『仏教文化史の研究』思文閣出版　一九九〇　初出一九四九）、岡見正雄氏「小さな説話本―寺庵の文学・桃華因縁―」（『室町文学の世界』岩波書店　一九九六　初出一九七七）、阿部泰郎氏「説話・伝承の生成―変容の場としての唱導および直談」（『説話・伝承学』五　一九九七・四）など参照。

（2）永井義憲氏「講経談義と説話―『鷲林拾葉鈔』に見えるさゝやき竹物語―」（『日本仏教学研究』三　新典社　一九八五　初出一九七三）、廣田哲通氏「御伽草子と直談」（『中世法華経注釈書の研究』笠間書院　一九九三）、近本謙介氏「輻輳する伝承の層―『直談因縁集』と中世物語・語り物文芸―」（『古代中世文学研究論集』三　二〇〇一・一）、徳田和夫氏「中世の民間説話と『蛙草紙絵巻』」（『学習院女子大学紀要』三　二〇〇一・三）など参照。

（3）高橋伸幸氏「講経の中の説話」（『中世文学』三六　一九九一・六）、徳田和夫氏「三心談義と説話―室町期逸名古写

本の紹介―」（『日本文学史の新研究』三弥井書店　一九八四）、近本謙介氏「浄土系談義書における説話覚書（一）」（『詞林』八　一九九〇・一〇）、上野麻美氏「『当麻曼陀羅疏』と常陸―聖聡の説話享受―」（『仏教文学』二四　二〇〇〇・三）など参照。

（4）箕浦尚美氏「お伽草子と女人往生の説法―『ゑんがく』『花情物語』『胡蝶物語』を中心に―」（『詞林』二三　一九九八・四）、「『有善女物語』考」（『語文』七四　二〇〇〇・五）。真宗寺院とのかかわりについては、黒田佳世氏「『阿弥陀の本地』と浄土真宗」（『説話文学研究』三六　二〇〇一・六）など参照。

（5）仏教史学では、石橋誠道氏「隆尭法印の真筆神子問答抜書に就て」（『専修学報』一　一九三三・六）、鈴木成元氏「神子問答に就いて」（『仏教論叢』五　一九五六・一一）、岸部武利氏「『慈巧聖人神子問答』について」（『印度学仏教学研究』二二―一　一九七三・一二）などに紹介されている。

（6）阿部泰郎氏「中将姫説話と中世文学」（『日本浄土曼荼羅の研究』中央公論美術出版　一九八七）。

（7）宮崎圓遵氏「九州真宗の源流」（宮崎圓遵著作集七『仏教文化史の研究』思文閣出版　一九九〇　初出一九五〇）参照。専想寺本の引用は『真宗史料集成』五（同朋舎）によった。なお、黒田佳世氏の御教示によれば、専想寺本の見返には、下冊の原表紙と思われる貼紙があり、信受院証如上人筆本を元にした旨が記されている。この点を含めた詳細については、三弥井書店より刊行予定の本作品の注釈書において検討する。

（8）小山正文氏監、湯谷祐三氏編『林松院文庫目録』（三河野寺本證寺蔵版　二〇〇〇）参照。本書およびC、D、F、Gの各諸本については、渡辺信和氏に御教示頂き、複写資料によった。

（9）山田文昭氏「祖蹟探訪史料」（『真宗史之研究』破塵閣書房　一九三四）による。現在は散逸し、伝わらない。

（10）『蓬戸山房文庫所蔵恵山書写真宗史料』（同朋学園仏教文化研究所　一九八一・三）参照。

（11）拙稿「尊経閣文庫蔵『慈巧上人極楽往生問答』翻刻・略解題」（『三田国文』三五　二〇〇二・三）参照。本文の引用にあたっては、私に句読点を付し、清濁の区別をし、異体字などは通行字体に改めた。なお、適宜、傍線を付した。

（12）拙稿「浄厳院蔵『神子問答抜書』翻刻・略解題」（『伝承文学研究』五二　二〇〇二・四）参照。引用に際し、私に句読点、清濁の区別を施した。

(13) 専修念仏と神祇については、今堀太逸氏『神祇信仰の展開と仏教』（吉川弘文館　一九九〇）など参照。

(14) 出典は『三宝感応要略録』巻中第四八話で、『今昔物語集』巻七第七に同一話がある。徳田和夫氏「「牛に引かれて善光寺参り」譚の形成」（『絵語りと物語り』平凡社　一九九〇　初出一九八八）参照。

(14) 前掲注（1）宮崎氏論文、前掲注（4）箕浦尚美氏論文参照。

(15) 黒田彰氏「長谷聞書のこと―場の物語と説草―」（『説話文学と漢文学』汲古書院　一九九四）参照。

(16) 『真宗全書』七四（蔵経書院）より引用。

(17) 村上学氏「真字本管理者についての一憶測」（『曽我物語の基礎的研究』風間書房　一九八四）など参照。

(18) 弘長二年（一二六二）の恵信尼書状に、親鸞三部経開始の場所として「むさしのくにやらん、かんつけのくにやらん、さぬきと申ところ」（『群馬県史』資料編六）とあるほか、佐貫庄板倉宝福寺には、親鸞の高弟横曽根の性信上人の木造坐像（鎌倉期）が伝えられる。近藤義雄氏『上州の神と仏』（煥乎堂　一九九六）など参照。

(19) 佐貫広綱、薗田成家がともにほぼ同時代の秀郷流藤原氏であることからすると、あるいは同じ秀郷流藤原氏の山上高綱の誤写かとも思われる。東国の法然門下については、小此木輝之氏「法然門下の関東武士」（『仏教文化研究』三二　一九八七・三）、浅見和彦氏「東国文学史稿（一二）」（『文学・語学』一六六　二〇〇〇・三）など参照。

(20) 『桐生市史』別巻（桐生市史編纂委員会　一九七一）。

(21) なお版本は、慳貪なる月蓋長者への教化の方便として、如是姫悪病平癒を語る善光寺縁起説話となっている。

(22) これらの点については、倉田治夫氏・倉田邦雄氏「『善光寺縁起』の諸本と月蓋説話」（『説話』九　一九九一・一二）、吉原浩人氏「『善光寺縁起』生成の背景」（『国文学　解釈と鑑賞』六三―一二　一九九八・一二）に詳しい。

(23) 前掲注（6）阿部氏論文参照。

(24) 石橋誠道氏「隆堯法印の真筆神子問答抜書に就て」（『専修学報』一　一九三三・六）でも、中将姫の物語と近似した説話について、『当麻曼陀羅疏』とは別に、こうした継子の物語があったと推察された。

(25) 寛永十二年版本では、十本―十八「継母讒言事」。疎竹本、妙心寺本にもあるが、金台院本には見られない。

(26) 『熊野の本地』『厳島の本地』に女御の頸を厩の下に埋めたとする記述がある。なお『直談因縁集』五―五九話にも見られる。第一章「お伽草子の尼御前」参照。

(27)『をぐり』に、「三郎をば粗簀に巻いて、西の海にひしづけにこそなされける」(新日本古典文学大系)とあり、説経節などにおける信賞必罰によく見られる「ふし漬け」を想起させるものである。

(28)大島由紀夫氏「「濡れ衣」説話の展開」(『学習院大学国語国文学会誌』三一　一九八八・三)など参照。

(29)第四章「室町の瞽女―『曽我物語』の周縁―」参照。

(30)『法華経鷲林拾葉鈔』では、末尾に「日本ニモ伊勢物語ニ老女恋㆓タル業平㆒ヲ事似㆑タリ之云云」と付され、『直談因縁集』では「四ノ寺立テ、寺号ヲ付ル時、充満寺、其願寺、清冷寺、能満寺ト云云」と寺社縁起の装いをなすなどの相違を見せる。

(31)徳田和夫氏「九十九髪女と三男三郎」(『日本古典文学会会報』九九　一九八三・一一)では、『伊勢物語』第六三段の物語との関連から本話を検討されている。

(32)小島孝之氏「無住の説話受容と東国文化圏」(『国文学　解釈と鑑賞』六七―一一　二〇〇二・一一)。

(33)前掲注(24)石橋氏論文、玉山成元氏「隆堯の著書と書写本」(『中世浄土教団史の研究』山喜房仏書林　一九八〇)、玉山成元氏「『発名能可利父子抜書』について」(『三康文化研究所年報』二一　一九八八・三)、伊藤唯真氏「隆堯法印の『称名念仏奇特現証集』について」(『日本仏教の史的展開』塙書房　一九九九)など参照。

(34)問答体で構成されるお伽草子には、『火桶の草子』『筆結物語』『雀さうし』などがある。徳田和夫氏「『火桶の草子』の構造と方法」(『お伽草子研究』三弥井書店　一九八八)など参照。

(35)石塚一雄氏「後崇光院宸筆物語説話断簡について」(『書陵部紀要』一七　一九六五・一〇)、中野猛氏「長谷寺縁起絵巻詞書断簡・長谷寺霊験記断簡(書陵部本)翻刻・注」(『都留文化大学研究紀要』一三　一九七七・一〇)など参照。

(36)山崎誠氏「禁裡御蔵書目録考證稿(三)」(『調査研究報告』一一　一九九〇)参照。

(37)高橋貞一氏「黒谷上人絵詞伝の刊本について」(『鷹陵』二〇　一九六八・六)参照。

(38)大塚実忠氏編「比丘尼御所歴代(五)」(『日本仏教』三二　一九七〇)、勝浦令子氏「女性の発心・出家と家族―中世後期の事例を中心に―」(『女の信心―妻が出家した時代』平凡社　一九九五)、菅原正子氏「中世後期―天皇家と比丘尼御所」（『歴史のなかの皇女たち』小学館　二〇〇二）など参照。

（39）中井真孝氏「崇光院流と入江殿―中世の三時知恩寺―」（『法然伝と浄土宗史の研究』思文閣出版　一九九四）参照。

（40）木原弘美氏「絵巻の往き来に見る室町時代の公家社会―その構造と文化の形成過程について―」（『仏教大学大学院紀要』二三　一九九五・三）など参照。なお、伏見宮家周辺の文化については、横井清氏『看聞日記「王者」と「衆庶」のはざまにて』（そしえて　一九七九）、市野千鶴子氏「伏見御所周辺の生活文化―看聞日記にみる―」（『書陵部紀要』三三　一九八一）、位藤邦生氏『伏見宮貞成の文学』（清文堂出版　一九九一）、森正人氏代表「伏見宮文化圏の研究―学芸享受と創造の場として―」（平成一〇～一一年度科学研究費補助金［基礎研究C］研究成果報告書　二〇〇〇・三）など参照。

第六章　室町の道成寺説話
――物語草子と法華経直談――

はじめに

近年、法華経注釈書およびその説話に関する研究が進展し、他の説話集や物語草子との多様な交渉・交差の様相が明らかとなりつつある。(1)法華経直談の場における説話が物語草子として変容していった例(2)が見られる一方で、物語草子や民間に流布した伝承などが、法華経注釈書の説話に影響を与えた例(3)もあり、説話がそれぞれの場において変容しつつ享受されていく様相や、物語草子から説話が還流していく諸相など、さらなる考察が求められている。本章では特に、さまざまな要素をはらみつつ展開していった、いわゆる〈道成寺説話〉を端緒として、説話が物語草子化されていく方法と法華経注釈書に引用される方法の各様相について、検討してみたい。

〈道成寺説話〉は、十一世紀半ばに成立した『本朝法華験記』を嚆矢として、『今昔物語集』や『元亨釈書』、さらに縁起絵巻や奈良絵本などへと展開した一方、能や浄瑠璃などの芸能としても広く人口に膾炙したものであり、中世説話の中で最も有名な説話の一つといえる。『本朝法華験記』において、法華経の功徳を主題として説いた当該説話は、縁起絵巻や物語草子、さらに芸能などへと展開していくなかで、諸要素が付加・増幅され、あるいは軽減・削除されたことで、さまざまな変容を見せるにいたった。したがって、研究史も、その系譜をたどる総合的な考察[4]を中心に、縁起絵巻の検討[5]や別系統の物語草子とあわせた考証[6]、芸能とのかかわりを重視したものや絵解きの観点によるもの[7]など、実にさまざまな点から論じられてきている。特に最近においても、『道成寺縁起絵巻』の意義をめぐっては、阿部泰郎氏と田中貴子氏との間で議論がなされている。[8] このように、先学によりさまざまな観点から幾度となく考察されながらも、いまだ研究対象とされつづけるのは、〈道成寺説話〉がいくつもの要素から成り立ち、各要素に濃淡をつけつつ、変容を遂げたという、拡がりのある説話であったからにほかならい。文学研究の対象が拡充されつつある現在、〈道成寺説話〉の諸相は、なおも検討の余地が残されているだろう。本章では、特に法華経の談義・注釈の場において、〈道成寺説話〉がいかようにあらわれたのかとの観点から、考察を試みる次第である。

一　『直談因縁集』と上総

法華経注釈書類と物語草子とのかかわりを考察する上で極めて重要な書物として、『直談因縁集』があげられる。本書は、天正十三年（一五八五）関東天台の末流に連なる舜雄により書写されたもので、四百余りの説話が収められている。その体裁、内容などから、法華経直談の場における話材としての側面が濃厚で、体系的に集成された説草の集の如きものと位置づけられている。阿部泰郎氏は、本書の解題において、東国や奥州の者が熊野詣をする例が多く見られることを指摘し、本書成立の基盤の一端が間接的に窺われる現象ではないかと推察されている。[9] そもそも本書の所収話には、畿内や近江のような地域と並んで、東国を舞台とした説話が散見される。試みに、『直談因縁集』の関東の説話を提示してみると、以下のとおりである。

▽『直談因縁集』の関東説話　（　）内は出典・類話

武蔵国	一—四一・二—三一（『沙石集』九—五）・三—八・三—二一（『三国伝記』七—三〇・『発心集』四—九）・五—三三（『沙石集』九—六）・八—一九（『本朝法華験記』下一二四・『今昔物語集』一四—七・『法華経直談鈔』）
相模国	二—一八（『沙石集』七—二）・三—一七（『沙石集』六—一三）六—三・六—九（『沙石集』二—三・『頬焼阿弥陀縁起絵巻』・『扶説抄』・『慈巧上人極楽往生問答』）・七—二一（『雑談集』第九）・七—三六（『三国伝記』一二—一五）
上野国	なし
下野国	一—六二・六—三八
◎上総国	二—一〇（『三国伝記』八—一二）・五—二六・五—四八（『沙石集』一—九・『金玉要集』『類聚既験抄』）・六—一七
下総国	二—二三・五—五八（『沙石集』七—二五）
安房国	六—二三
常陸国	三—一二・五—一一（『三国伝記』一二—一二）・五—一五（『沙石集』拾遺二四—五）・七—三二

『直談因縁集』において、関東にかかわる説話は、『沙石集』や『三国伝記』と類話関係にあるもの、出典未詳のものも含め、比較的多いことがわかる。関東各地を遍歴修学した舜雄の活動[10]と相応するものであり、おそらく関東の談義所を経由した説話群であったかと思われる。とりわけ、◎を付した上総国にかかわる説話については、他の注釈書に比しても比較的多いものといえ、注目に値する。上総国高瀧の地頭が熊野権現の霊夢により道心を引き起こすという五—四八話や、妻に頬を張られたのを機縁として遁世した上総国の男が清澄寺にて良き妻を求めて栄華を極めるものの、それは夢であったとする六—一七話は、『沙石集』などと類話関係にありながらも、新たな物語に仕立て上げられている。それは、阿部氏が指摘されているように、直談の場において、その場に即

した「あらたな物語の再生産(11)」が行われていたであろうことを推測させるものである。加えて、同じく上総国を舞台とする二―一〇話も興味深い説話である。

一、廻向付テ、廻向経ノ由来事。上総ノ国、願成寺ノ辺、小井土ト云所ニ女人アリ。六月一日ニ死ニ霜月二十一日ノ夜、高橋ノ宇治女ノ夢ニ見ル也。何ニモ疲極シ女人来テ、向テ居タリ。見ニ、何イムセクカナシキ故ニ、逃ントスルニ、袖ニ取リ付キ、身懐付ケリ。時、宇治女、夢ノ心ニ、汝ハ何者、ト問ニ、告テ云ク。我ハ娑婆ニシテ、多ノ律僧ヲ落シ奉リ、依テ二其ノ失ニ一堕獄ス。苦患無限一。サレトモ、経陀ラ尼ヲ聴聞スル故ニ、寸ノ遑アリ。願ハ、吾ニ法花書写シテ、同廻向経ヲ書キ収メテタヒ候へ、ト申。時、夢ノ心ニ、法花経ト云ハ常聞カ、廻向経ト云名字ヲモ不問一。其ノ上、貧家ナレハ何ト書之乎一、ト云云。時、唯願領成シ玉へ。必シモ炎魔ノサイタンニ、法花書、廻向経ヲ同写ハ、汝、可成仏一云云。世間無之一事、不可有一云云。時、尤、ト領納スル歟思ヘハ、其ノ後、此女人、形美麗ニシテ、吾レ生ントニ都率夫一ニ、云テ、夢覚ケリ。宇治女、思フ方ハ、サテモ不思儀、約束スレハ、未タレ書一、ハヤ其ノ形モイツクシク成リ、生ルレ天一事、奇特也。書之一思イ、尋ニ、何ノ出家モ不知之一。而、夢窓ノ弟子ニ尋ニ、所々法蔵ノ中ニ可有一、云、極楽寺ノ法蔵ヨリ、此経見出シ、書之一収、自他共ニ成仏ト云云。一切善根亘リ、先、廻向肝要也云云。

多くの律僧を堕落せしめた罪により堕獄した「小井土」の女が、「宇治女」の夢に現れ、法華経と廻向経の書写供養を願い、成仏できたとするもので、小林直樹氏により、長南台談義所とのかかわりが想定されている『三国伝記』所収話と類話関係にある。(12)ただし、『三国伝記』においては、固有名詞や設定などに一致が見られるものの、その内容はより詳細なものとなっている。たとえば、『三国伝記』では、「小井土」の女が地獄に堕ちた原因として、律僧を堕落せしめただけでなく、それによって多くの子を懐妊したものの、人目を忍ぶため、子どもを土に埋め水に沈めた罪によるものとしているのである。ちなみに、一九一三年の「公平村郷土資料草案」一には、この千葉県東金市「小井土」の地名伝説として、次のような話を紹介している。

子井戸不知

本村松之郷区、平蔵台ノ北更ニ一丘ノ聳ユルアリ。称シテ小井土台ト云フ。台地ノ北部中麓ニ当リ、一小井ノ清泉湧出スルモノアリ、子井戸不知トハ則チ是ナリ。今ヤ井底泥土ニ埋メラレ、恰カモ一小溜水ノ観アリト雖モ、口碑伝フル所ニ依レバ、往時ハ井底甚タ深クシテ、未ダ其ノ深サヲ極メタルモノナク、小婦私通ノ為メ堕胎スルモノ、窃カニ来テ井底ニ葬ルヲ常トスト云フ。是レ其ノ名ノアル所ナリトカ。忌ハシキ伝説ニコソ。[13]

この伝説がどれほど遡るものであるか不明ではあるが、『三国伝記』所収話の記事との類似は、あるいはそうした説話が長南台談義所などを経て、在地に根付いていった可能性をうかがわせるものである。少なくとも、『直談因縁集』二―一〇話と『三国伝記』八―一二話は、一方から一方へ典拠として引用されたというよりは、長南台談義所のような場を経て、両書に所収されていったものと考えるべきであろう。

他の法華経注釈書について、具体的な談義所とのかかわりが明らかとされつつある現在、[14]『直談因縁集』をめぐる関東の天台談義所の様相、特に長南台談義所のような上総の談義所とのかかわりについては、今後さらに深めるべき問題であると考える。そのような意味でも注目すべき上総の説話の中で、展開上「上総国」であることがほとんど響いてこないものの、わざわざ「上総」の法師の話とする五―二六話は、その説話内容においても見過ごせないものがある。すなわち、以下の「寡女」についての因縁譚である。

一、寡女ト云ニ付テ。上総国ニ、顕性法師・法得法師ト云テ二人アリ。二人、同時ニ諸国修行スルニ、洛中ニ上リ、有ル時、二人諍テ立別ル、也。法得法師、加賀ノ国ニ、宮城ト云所アリ。此ニ日暮ル、時分ニ至ルニ、宿ヲ求ルニ無シ。

而、宿ノ末ニ至テ、宿ヲ借ニ、尤、ト云云。至テ洗足シテ居テ見レハ、男無シ。但、女一人アリ。アヤシク思イ、気色替ル也。時、此女出テ、御房、何トシテ左様ニ御座ス、帰トシ玉フ歟云云。時、尤也。見ルニ誰モ無シ、女一人在シテ、男モ無キ所、争留ン、ト云云。時ニ女、男ハ山ヘ行候。今、聴テ帰ラン。留玉ヘ、ト云云。サラハ、ト云テ留ル也。時、此女、法得法師ニ取付テ、我ト契約シ玉ヘ、ト云云。時、争カ、ト申。頻ニ留ル也。夜〔一字分欠〕立帰ント思ニ、惣シテ不返一也。サレハ、二、三年、此□送ル也。時、顕性法師、流浪スル任来ニ、此宿ニテ行値。時、互ニ手ヲ打、サテモ〳〵。時ニ、不思議ノ依テ二悪縁ニ一、三年迷惑也、委語ル也。サレハコソ、貴方ハ我ト不背一カ。同時修行セハ、如此二事ハ不可有一云云。時、此室ニ至リサテ何トシテカ逃ン。惣シテ、我逃ントスルニ我ヲ少モ不離一云云。時、顕性、謀成シテ逃ン、ト云云。時、我、久シキ近付也、忝人也、ト云テ、遠ヘ往テ吉酒買候ヘ。此ノ人奉ント云ヘ、ト云云。時、如此談合シテ、酒ヲ買ニ遣シ、其ノ留主ニ両人連テ逃ル也。時ニ浦ニ至ルニ、船出也。此船ハ出羽ヘ行ク船也云云。時、何方ヘモ逃、ト云テ、舟乗テ逃ル也。時、来テ見ルニ無シ。サレハコソ、此法師メハ逃ル、ト云テ追タルニ、定テ舟ニ乗テ逃ン、ト云テ、浦ニ来リ、見懸テ嗔リヲ成ニ、頓、鬼神ト成テ、彼ノ法師ハ、我トハハヤ六生契ル。今一生契、七生ニ成ントスルニ、ト云テ、怖シキ也。時ニ、数珠ヲ取出摺リ、三宝ヲ念、諸神祈リ、或ハ観念ニ住ル。時、無相違逃テ、出羽ニ羽黒山ニ至リ、仏道修行ヲ成テ、終ニ成仏スト云云。如此事有之一云云。

上総出身の「顕性法師」「法得法師」なる二人連れの諸国修行の僧が都で喧嘩別れをした後、「法得法師」のみが、旅の途次、加賀国の寡女のもとに宿を借りる。女の一人住まいを怪しむものの、結局契りを交わし、二、三年を過ごす。ところが、喧嘩別れした「顕性法師」が現れ、女を欺き逃走をはかる。舟で逃げる僧を追いかける女は浦において、嗔りのあまり鬼神と化す。これに対し、「法得法師」は諸神に祈り、何とか逃れて羽黒山にいたり、仏道修行の後、成仏したとする。先の律僧を堕落せしめた罪により堕獄した二―一〇話の女の前段階を語るような話ともいえようが、一読して、同宿の僧が逃走した裏切りによる怒りで鬼神と化すという、この寡女の話は、本書成立時には、すでに広く流布していたと考えられる〈道成寺説話〉を想起させる。そこで、この『直談因縁集』所収の寡女説話を手掛りに、法華経の談義・注釈の場において、〈道成寺説話〉がいかようにあらわれたのかとの観点から、物語草子化の方法に照らしつつ、考察を試みてみたい。

二　転生する〈道成寺説話〉

まずは先行研究にならい、〈道成寺説話〉の系譜について概観しつつ、その特徴を明らかにしておきたい。文献上の初出である『本朝法華験記』巻下第百二十九話「紀伊国牟婁郡の悪しき女」によれば、物語の発端は、熊野詣での老若二人の僧が牟婁郡のある路辺の寡婦の家に宿を借りたことによる。その夜、女に積極的に迫られた若い僧は拒否することが出来ず、熊野参詣の後に契る約束をして、その場を逃れる。しかし、いくら待っても僧は戻ってこず、裏切られたことを知った女は家に籠もる。大蛇と化した女は、道成寺の鐘の中に身を隠していた僧を鐘ごと焼き殺してしまう。その後、二人は道成寺の老僧の夢に現れ、法華経供養を依頼し、その功徳により成仏したとする。ここでは、僧や女の名前はなく、出自も不明であるが、道成寺の鐘にまつわる説話とともに、老僧による法華経供養が語られる点などに特徴が見いだせ、後の縁起絵巻に先行する〈道成寺説話〉の一型として位置づけられる。

この説話とほぼ同話関係にあるのが、『今昔物語集』巻十四「紀伊国道成寺僧、写法花救蛇語第三」であり、つづく『元亨釈書』巻第十九「釈安珍」において、女の名前は記されないものの、若い僧は鞍馬寺の「安珍」と定まる。先行研究でたびたび指摘されているように、極めて近しい関係にあるこれら三書において、後の縁起絵巻との注目すべき重大な相違が、女主人公の蛇への変身過程である。すなわち、いずれにおいても、僧の違約を知った女は家の中に籠もり（『今昔物語集』では、死した後）、大蛇に変身するのであり、日高川の存在は一切ふれられないのである。法華経霊験譚を主題とする『本朝法華験記』、『今昔物語集』および、僧伝という性格が加わった『元亨釈書』においては、「僧の妨げとなる女人」という要素に付随するモチーフとして「女人化蛇」があったものと考えられる。「寡婦」という設定にも、僧を主体とした論理が働いていることは明白であろう。

ところが、室町後期写の『道成寺縁起絵巻』にいたると、〈道成寺説話〉の様相は一変する。たとえば冒頭で、

醍醐天皇の御宇、延長六年戊子八月の比、自奥州見目能僧の浄衣着が熊野参詣するありけり。紀伊国室の郡真砂と云所に宿あり。此亭主清次庄司と申人の嫁にて相随ふ者数在けり。[15]

と語るように、縁起絵巻において、初めて僧の出身地や女の出自が特定されるのである。こうした時代設定や主人公の特定は、縁起絵巻として仕立てられたことによるものと考えられ、単なる法華経霊験譚の一つに過ぎなかったものが、道成寺という場を前面に出した特定の物語へと変容を遂げているのである。そこには縁起というものの特質が表出しているといえよう。そしてさらに、絵巻という形態をとったことにより、視覚に訴える手法として、日高川における「女人化蛇」のモチーフが生み出される。家に籠もり蛇と化すというものであった先行説話に比して、縁起絵巻においては、詞書と絵画の両面から、日高川において徐々に大蛇へと変身していく姿が詳しく描写されているのである。さらにそこには、図21のように熊野参詣の路辺での風俗なども投影され、その変身の行き着く先に道成寺が引き出され、その建立縁起へと展開していくのである。

これは絵巻という形態が要請したともいえる特筆すべき変容であり、この転換こそが、いっそう「女人の執心」という要素を色濃いものにしたと考えられる。縁起絵巻では、法華経供養の後、結びの場面において、

此事を倩私に案ずるに、女人のならひ高も賤も妬心を離れたるはなし。古今のためし申つくすべきにあらず。されば経の中にも、「女人地獄使　能断仏種子　外面似菩薩　内心如夜叉」と説かるゝ心は、女は地獄の使なり、能仏に成事を留め、うゐにはぼさつのごとくしてうちの心は鬼のやふなるべし。

とし、説法の場での常套句とおぼしき「女人地獄使」の偈文を引いて、女人の妬心を強調する。その上でさらに、

然共忽に蛇身を現する事は世にためしなくこそ聞けれ。又たちかへりおもへば、彼女もたゞ人にはあらず。念の深ければかゝるぞと云事を、悪世乱末の人に思知せむために、権現と観音と方便の御志深き物なり。且は釈迦如来の出世し給しも、偏に此経の故なれば万の人に信をとらせむ御方便貴ければ、憚ながら書留る物なり。開御覧の人々はかならず熊野権現の御恵にあづかるべき物なり。又念仏十返、観音名号三十三返、申さるべし。

とつづけ、女を観音の化身とする本地物を思わせる結末を描き、享受者の功徳をも説く点は特徴的である。そこには、大蛇と化した女を聖なる存在としてとらえようとする、新たな要素が認められる。女を「寡婦」ではなく、より罪深い「嫁」としたのも、その負性ゆえに、衆生を導く

図21　『道成寺縁起絵巻』
熊野参詣道を行く女たち

観音の化身としての聖性がより顕著となるためと考えられよう。縁起絵巻は「女人の執心」を強調しつつ、それをいわば方便ととらえ、功徳や救済を語る物語へと収束しているのであり、その手法には、絵巻による唱導・説法の様相も垣間見えよう。

このように「女人の執心」に焦点化した『道成寺縁起絵巻』の成立以後、〈道成寺説話〉は女性の享受者を迎え入れやすいものとなったと思われる。これに関連して注目されるのが、お伽草子の『磯崎』(図22参照)である。

さて、かの磯崎殿の女房は、一念憎しと思ふ心が鬼となりて人を殺しけるぞかし。かの女房に限らず、その思物を妬み憎み給ふならば、人を殺さずとも、その思ひ積もらば終に鬼とも蛇ともなり給ふべし。何の疑ひあらんや。たゞ、人の思ひほど恐ろしきものはなし。昔、こむまの長者の娘は熊野詣での山伏を思ひかけ、「願はくば、自ら思ひを遂げさせてたび給へ」と申ければ、かの山伏、「我、俗心を離れ釈門に入りて、偏に出離の望み、名をこそ思はれ。大願を企

図22 『磯崎』
諸国を巡り、自らが殺めた新妻を供養する本妻

て熊野詣での身なれば思ひも寄らぬ」とて出で給へば、後を慕ひて押つ掛かりけり。鐘巻寺に走り入り、「助けてたべ」と宣へば、律師、とりあへず鐘の下へ入り参らせける。かの娘、鐘の下へ尋ねて来て、俄かに大蛇となり、鐘を巻きて大地ににえ入りけり。これも、女の一念によりて、山伏をも我が身をも奈落に沈めけり。これは山伏の愚痴によるとも聞こえたり。少しの望みを叶へ給ふならばこれほどの事もあらじ。[16]

『磯崎』は、女人成仏のための偽経として唱導に用いられた『血盆経』を紹介するなど、女人教戒の意図のもとになされた説教色の濃厚な作品であるが[17]、そこに女人の嫉妬を誡める例話として〈道成寺説話〉が引用されているのである。『磯崎』における引用は、「女人の執心」を説くことに重きを置き、そのことでいわば「女の物語」として享受されるにいたった〈道成寺説話〉の様相を端的に示す一例といえるだろう。このような女性向けという側面は、縁起絵巻と能「道成寺」の影響下になったとされる万治三年刊（一六六〇）『道成寺物語』（慶應義塾図書館蔵）にもあらわれている。その冒頭で、『可笑記』の記載を剽窃しながら[18]、

それ淫欲の道ほど恐ろしき物はあらじ。春の駒たいのやぶり、夏の虫身をこがす。されば、女の髪筋をよれる綱には大象もよくつながれ、女のはける足駄にて作れる笛には秋の鹿多く寄るとぞ、いひ伝へはんべる。

と作者の評が述べられており、これからはじまる物語を、女の「淫欲」の物語として強調するのである。加えて本書にはさまざまな挿話が収められているが、なかでも上冊の大部分を占める安珍の道行文には、物語内容に直接は関係しない、和泉式部が性空上人に贈った「くらきより」の和歌説話や、西行と江口の遊女との邂逅譚などが織り込まれており、女性の享受を意識した挿話ともとれるだろう。

以上のように、縁起絵巻という形態によって、日高川における変身の場面で「女人の執心」が印象的に描かれると同時に、その救済を語る唱導のテキストとしての面も付加され、〈道成寺説話〉の代表ともいえる、さまざ

まな要素をはらんだ『道成寺縁起絵巻』が生み出された。とくに、「女人の執心」に焦点をしぼったことにより、『道成寺縁起絵巻』以降、〈道成寺説話〉が女性向けの物語と認知されていったことは否めないだろう。一方、能の「鐘巻」や「道成寺」をはじめとする「道成寺物」と称される各種の芸能では、舞台芸能であるという側面から逃走・追跡のモチーフは捨象され、後日譚としての大蛇による鐘巻の部分に物語が集約されている。[19]そこでは、縁起絵巻で変身の過程に強調された「女人の執心」が、鐘巻の部分に凝縮されることにより、「女の怨念」という、より烈しい形となって表出するにいたった。

このように、〈道成寺説話〉における諸要素のうち、ある部分を削除することにより、別の部分を際立たせるという方法は、さらなる物語を形成させた。「女人の執心」のみならず、男女の逃れ得ぬ因縁を描いた『日高川の草紙』である。絵巻や奈良絵本の形態で伝存しており、『賢学草子』とも称されているこの作品は、『道成寺縁起絵巻』と同じ根から発生したと考えられる物語草子である。しかしながら、ここでは、道成寺を名も無き寺とし、日高川を物語の中心に据えるなどの変容を見せている。さらに、長者の娘との逃れがたき因縁を夢告された三井寺の僧賢学が、修行の妨げを断つために女を斬りつけるものの、後に再会し契りを結んでしまうという展開となっており、逃れがたき男女の因縁という新たな説話モチーフを付加している点でも注目される。男女の逃れ得ぬ契りを語るこのモチーフは、『今昔物語集』などに見られる湛慶還俗譚[20]を思わせるものであり、しかも、法華滅罪を説く後日譚を記さず、日高川において大蛇と化した女が成仏することなく、男女の因縁や女の愛執をいっそう強調した物語となっている点で、より「御伽草子的[21]」な内容に変容したものといえる。

以上のように、縁起絵巻の成立と普及を契機に、〈道成寺説話〉は、とくに「女人の執心」のモチーフに焦点があわされ、女性向けという側面が顕著となって享受されるにいたった。とくに絵をともなうことにより劇的な変化を遂げた『道成寺縁起絵巻』は、後に絵解きとして利用されていた点などからしても、談義・唱導の場における比喩・因縁として広く用いられたものと推察される。試みに、室町期における流布状況を知る上で参考となる古記録を抄出してみると、次頁のとおりである。十六世紀を通じて、能「鐘巻」「道成寺」が頻繁におこなわれており、京都だけでなく、大坂などでも上演されていたことがわかる。また、それに先立って、応永七年（一四〇〇）には、『日高川双紙』二巻が書写されており、また慶長十年（一六〇五）の記事によれば、「紀伊国鐘巻ノ物語」という名称のものも享受されていたことがわかる。おそらく室町後期には、能を中心に〈道成寺説話〉がある程度流布していたものと想像される。したがって、もともと法華経の功徳を説く説話であったことからすれば、室町期を中心に盛んにおこなわれた法華経直談の場において、この〈道成寺説話〉が利用されていた可能性は十分考えられるわけである。しかしながら、法華経注釈書には、管見の限り、道成寺説話そのものを直接引用したものは意外にも見当たらない。おそらく「女の物語」の要素が色濃くなった〈道成寺説話〉は、法華経の注釈という場においては利用しにくいものであったのだろう。

　そこで、能や物語草子など異なるジャンルや形態において変容を見せたように、諸要素を削ぎ落とし、ある部分を特出させて享受された可能性が想定される。とくに〈道成寺説話〉における諸要素のうち、宗教的要素の一つである「僧の妨げとなる女人」という主要モチーフを強調した説話こそ、法華経の直談という僧主体の宗教的な場においては、利用されやすかったのではないだろうか。その点について考察する際、参考となるのが『本朝法華験記』所収話の淵源とされる阿那律の女難説話である。

▽室町期の〈道成寺説話〉に関連する記録（抄）[22]

年号	西暦	月日	記録
応永 七	一四〇〇	二月 写	日高川双紙二巻（『考古画譜』）
天文 五	一五三六	正月一五日	石山寺本願寺坊官頼賢演能…道成寺…（『証如上人日記』）
七	一五三八	三月十五日	石山寺本願寺。金春大夫演能…道成寺…（『証如上人日記』）
十五	一五四六	十二月二二日	弾正小弼方将軍御成。観世金春演能…道成寺金春…（『光源院殿御元服記』）
二三	一五五四	三月 十日	禁裡。手猿楽野尻等演能…道成寺…（『言継卿記』）
		十一月 九日	大乗院若君御翫能。金春演能…鐘巻…（『中臣祐磯記』）
永禄 十一	一五六八	五月十一日	将軍義昭朝倉義景亭御成。鷲田大夫演能…道成寺…（『朝倉亭御成記』）
		十月十一日	義昭将軍亭にて観世大夫演能…道成寺…（『安土日記』）
天正 元	一五七三		足利義昭書判（道成寺蔵『道成寺縁起絵巻』奥書）
二	一五七四	十月 十日	勧進演能…道成寺…（『伊達輝宗日記』）
十一	一五八三	十月十七日	上御霊御旅所。梅若勧進能。道成寺…（『言経卿記』）
十四	一五八六	三月二二日	石山寺本願寺。丹波梅若大夫演能…鐘巻…（『宇野主人記』）
十六	一五八八	後五月 十日	下間法印。法印一族春日大夫等演能…道成寺…（『能之留帳』）
十八	一五九〇	三月二六日	院御能日吉大夫演能中。道成寺。（『晴豊公記』）
		四月 三日	北野。日吉大夫勧進猿楽…道成寺…（『毛利家文書』）
文禄 二	一五九三	十二月 五日	殿中御能。金春春日虎屋等演能…道成寺金春…（『駒井日記』）
慶長 元	一五九六	七月 八日	下間法印宅。興正寺石川玄蕃御出所望法印演能…道成寺…（『能之留帳』）
		十二月十五日	本願常真前田肥前長岡越中等御出時法印春日大夫等演能…道成寺（同右）
三	一五九八	五月 七日	大坂備前中納言にて。道成寺法印。（同右）
十	一六〇五	四月二一日	紀伊国鐘巻ノ物語一見候。（『時慶卿記』）

三 〈道成寺説話〉の淵源——阿那律説話をめぐって——

『本朝法華験記』を遡る、十一世紀以前における〈道成寺説話〉の源流については、日本の古代神話や信仰に求める考察[23]や、「蛇女房」のような異類婚姻譚や「耳切り団一」のような逃走譚といった民間説話を想定する論考[24]などがあげられる。一方、インド仏教説話や朝鮮仏教説話などに、その淵源を求める研究[25]もあり、早く南方熊楠は、〈道成寺説話〉の基づくものとして、釈尊の従弟で、天眼第一と言われる阿那律尊者の伝をあげている。阿那律については、『経律異相』巻十三や『四分律』巻十三など多くの珍しい説話が残されているが、なかでも『弥沙塞五分律』巻八に見られる説話は、南方によれば、「熊野の宿主寡婦が安珍に迫った話に最もよく似居る」という[26]。その内容を示すと、次のとおりである。

仏在舎衛城。爾時世尊未制比丘与女人同室宿。或一比丘一女人。或多比丘少女人。或少比丘多女人。同室宿生染著心。有反俗者作外道者。諸居士見譏呵言。此等沙門与女人同室宿。与白衣何異。無沙門行破沙門法。時有一年少婦人。夫喪作是念。我今当於何許更求良対。復作是念。我今不能門到戸至。当作一客舎令在家出家人任意宿止。於中択取。即便作之。宣令道路須宿者宿。時阿那律暮至彼村。借問宿処。有人語言。某甲家有。即往求宿。阿那律先好容貌。既得道後顔色倍常。寡婦見之作是念。我今便為已得好婿。即指語処可於中宿。阿那律即前入室。結加趺坐。坐未久。復有賈客来求宿。寡婦答言。我雖常宿客。今已与比丘不復由我。賈客便以主人語。従阿那律求宿。阿那律語寡婦言。若由我者可尽聴宿。賈客便前。寡婦復作是念。当更迎比丘入内。若不爾者後来無期。即於内更敷好床然燈語阿那律言。可進入内。阿那律便入。結加趺坐繫念在前。寡婦於衆人眠後。語言。大徳知我所以相要意不。答言姉妹。汝意正当在於福徳。寡婦言。本不以此。便具以情告。阿那律言。姉妹。我等不応作此悪業。世尊制法亦所不聴。寡婦言。我是族姓年在盛時。礼儀備挙多饒財宝。欲為大徳給事所当。願垂見納。阿那律答之如初。寡婦復作是念。男子所惑唯在於色。我当露形在其前立。即便脱衣立前笑語。阿那律便閉目正坐作赤骨観。寡婦復作是念。我雖如此彼猶未降。便欲上床与之共坐。

於是阿那律踊昇虚空。寡婦便大羞恥生慚愧心。疾還著衣合掌悔過。白言大徳。我実愚痴。於今不敢復生此意。願見哀恕受我悔過。阿那律言。受汝懺悔。因為説種種妙法。初中後善善義善味。具足清白梵行之相。寡婦聞已遠塵離垢得法眼浄。阿那律即如其像往至仏所。兼以前比丘事具白世尊。仏以是事集比丘僧。問諸比丘。汝等実爾不。答言実爾世尊。仏種種呵責已告諸比丘。今為諸比丘結戒。従今是戒応如是説。若比丘与女人同室宿波逸提。女人乃至初生及二根女同室宿皆波逸提。室者如与未受具戒人宿中説。若与非人女畜生女黄門同室宿皆突吉羅。比丘尼亦如是。式叉摩那沙弥沙弥尼突吉羅。若同覆異隔。若大会説法。若母姉妹近親疾患。有有知男子自伴不臥。皆不犯五十六竟。

阿那律尊者が舎衛城へ向かう途次、寡婦の宿屋に宿を求めたところ、夜中に女が衣を脱いで阿那律を誘惑する。阿那律は、そばに寄り抱きつこうとする女をかわし、虚空に上昇する。大いに羞恥して懺悔する寡婦に対し、阿那律は説法を行い、女は法眼浄を得る。その後、阿那律はこのことを仏に報告し、世尊は「与女人共宿戒」を制定したとするものである。安永寿延氏は、先の南方熊楠の説を引いて、〈道成寺説話〉の主題である最後の「復活」のモチーフが、『本朝法華験記』、『今昔物語集』、『日高川の草紙』、『道成寺縁起絵巻』を除いた民間説話には認められないことから、『本朝法華験記』の作者が阿那律説話にヒントを得てこの部分を付加したものかと推察されている。(27) 典拠とは言えないまでも、寡婦の誘惑にあい、それをかわすという寡婦による受難のモチーフは、〈道成寺説話〉の淵源にあったものと思われる。

阿那律が同室で女性と一夜を共にしたことが縁となり、制定された「与女人共宿戒」の因縁を語る当該説話は、『弥沙塞五分律』巻八だけでなく、上座部所持の『パーリ律』をはじめ、法蔵部伝持の『四分律』巻十一、大衆部伝持の『摩訶僧祇律』巻第十九、説一切有部伝持の『十誦律』巻第十六、『根本説一切有部毘奈耶』巻第四十、

『鼻奈耶』巻第九など、律蔵において「与女人共宿戒」の注釈を述べる際にしばしば見られるものであり、早くから割に流布していた説話と考えられる。田辺和子氏によれば、女人共宿の初犯を阿那律とする、これら七種の律蔵の因縁談は、部派分裂以前に遡るものであり、なかでも女性の反省と阿那律説法を記さない『摩訶僧祇律』に古い形が認められ、『弥沙塞五分律』と『パーリ律』、『四分律』が内容上、近い関係にあると判断されるようである。(28) このような僧の「与女人共宿戒」説話を源流として、女人化蛇譚や法華経功徳譚などの要素が付加され、『本朝法華験記』のような〈道成寺説話〉が形成されていったとみてよいだろう。ただし、これら律蔵における因縁談と『本朝法華験記』との典拠関係については、さらなる詳細な検討が待たれるものである。

そこで次に、〈道成寺説話〉の淵源と想定される当該説話の受容の一端が、法華経の注釈書に認められるという点に注目してみたい。すなわち、永正九年(一五一二)成立の尊舜著『法華経鷲林拾葉鈔』安楽行品の第四「十悩乱事」に見られる、以下のような説話である。

第六遠離欲想一ヲ者文殊ヨリ至二マテ共語一ニ也。此中対二シテ女人一ニ勿レ起二欲想一ヲ云也。智論云婬欲ハ雖レ不レ悩二衆生一繋二縛ル心一ヲ故立為大罪矣。或経云四百四病ハ従宿食一起リ三途八難ハ婬欲ヲ為二根本一矣。菩薩蔵経云習近欲一ヲ時無二悪トシテ不レ造一受彼苦一ヲ無二苦不レ受一愛河欲海漂溺無岸死生波長流長縁莫絶一切怨害皆従欲生矣。阿難仏ニ問如来滅後見女人一ヲ如何仏答曰勿共ニ相見一ルコト設ヒ見ルトモ勿二共ニ語一ルコト々々ラハ近二トモ毒蛇ニ不レ近二女人一ニハ蛇ハ一世ノ色心ヲ害シ女人ハ失二多生ノ縁ヲ矣。物語云、四分律ノ中ニ**那律、或時宿二ス他家一ニ亭主女人也。在家眷属多シ。亭女云、彼沙門ハ貴人也。汝等不可宿一ス。却シテ家族一ヲ一間処ニ令レ宿那律ヲ見ルニ面貌端正無レ比美僧也。故ニ亭女起二欲心一ヲ至二夜半一ニ欲二交リ通一ント。那律ノ云ク、沙門ノ法ハ女人ト不同床一。亭女云、我既ニ自害ン。君殺生戒ヲ犯耶。那律云、汝カ自殺我ニ不可預一ル女人竟ニ懐ニ付ク那律一ニ。于時尊者現神通一ヲ飛ニ上リ虚空ニ帰一玉ヘリ霊山一ニ云云。**

聖曰、臥熱鉄一ニハ不レ得レ臥二女人ノ床一ニ矣。小女ト者十五以前也。処女ト者十六以後也。又是遊女傾城等ノ事也。

寡女ト者無レ夫女也。

強調字体で示したように、『法華経鷲林拾葉鈔』安楽行品で、女人に対する「欲想」について記す際、「物語云」として先の『弥沙塞五分律』の説話と類話関係にある『四分律』巻十一所収話が引かれているのである。『大正新修大蔵経』所収の本文と比較してみると、自分を拒む阿那律に対し、女が「我既ニ自害ン。君殺生戒ヲ犯耶」と述べている点など、『四分律』だけでなく、律蔵の因縁談すべてに見られない箇所もある。ただし、『法華経鷲林拾葉鈔』では、別の箇所で出典として示しているにもかかわらず、通行の『四分律』には見当たらないというものもあり、(29)現存のそれとは異なる系統のものによった可能性や、『法華経鷲林拾葉鈔』の段階で改変された可能性も想定されるものである。いずれにしても、おおまかな内容は、典拠として示された『四分律』と一致しており、室町期における享受の一端を示していよう。しかも、『四分律』で「女人共宿戒」を述べるためのものであったはずの阿那律の女難説話が、ここでは『法華経』の「欲想」についての注釈として、その対象内容を拡大させているという点に注意を払う必要があるだろう。

そもそも本話は、『法華経』安楽行品の第十四において、

又菩薩摩訶薩。不応於女人身。取能生欲想相。而為説法。又不楽見。若入他家。不与小女。処女寡女等共語。

と記される部分についての注釈であり、他の法華経注釈書を見てみると、たとえば『一乗拾玉抄』巻五「安楽行品」では、『法華経』の「不与小女。処女寡女等共語。」に付随する形で、次のような話をあげている。

一、莫獨屛處ニ付テ性相ノ心ハ二處ノ不浄ヲ明セリ。一ニ露處《アラハナルトコロ》ノ不浄ト者、路次ニテ女人ニ対シテ物ヲ不可云一。二ニ屛處《カクレタルトコロ》ノ不浄ト者、男ノ無キ家ニ入テ女ニ対シテ勿二語ル事云也。物語云、普光院殿、路次ニテ僧カ女ト物語スルヲ見テ

二人ヲ両所ニシテ問ヘハ、女ノ云ク、明日身カ母ノ死日《斎》ナル故ニ御出有テ時キヲ食シ召セト申ス也ト云。僧モ又如此一同ク云故ニ助ル也、云〳〵。

法華経直談の場においては、『法華経』の安楽行品に関連して、僧の女色を戒める話が記されていたのである。ただし、多くの説話を収めることで知られる『法華経直談鈔』巻第五では、

第六ニ文殊師利ト云ヨリ共語ト云迄テハ欲想悩乱ヲ遠離スル相也。小女ト云ハ五才以上ノ女人也。三ツ四ツ迄テハ近付トモ不苦一カ。処女ト云ハ親ノ家ニハ有トモハヤ人ニ云ヒ名付ヲシタル女人也。寡女ト云ハヤモメ女ノ事也。如此ノ一女人ニ不可物語一ヲモス云事也。

と記し、「欲想悩乱」の種となる「小女」「処女」「寡女」の説明をするのみで、説話を付さないものとなっている。ところが、『法華経鷲林拾葉鈔』では、もともと律蔵において「女人共宿戒」の因縁譚として用いられていた阿那律の女難説話が、「欲想」を禁ずる説話として新たに求められていったのである。しかもそこでは、「亭主女人」とする点や典拠である『四分律』の内容からして、特に『法華経』の「寡女」を念頭に用いられた比喩・因縁ととらえられるだろう。そのため、『四分律』における阿那律の女人説法は省略され、阿那律の女難説話のみに焦点をしぼって引用されているものと推察される。

四　「寡女」の物語

『法華経鷲林拾葉鈔』において、『法華経』安楽行品にかかわる比喩・因縁を示す際、「女人共宿戒」を語るはずの阿那律の女難説話が、法華経注釈の文脈において「欲想」を戒める説話として用いられるにいたったことを指摘した。これが、天正十三年（一五八五）以前の成立とされる『直談因縁集』安楽行品五―二六話になると、「欲想」を戒

めるという『法華経』安楽行品のなかでも、とくに「寡女」についての比喩・因縁として、新たな説話が引用されており、さらなる展開を見せるのである。それが本章第一節でふれた『直談因縁集』の寡女説話である。『法華経鷲林拾葉鈔』同様、『法華経』安楽行品について注釈を施しているのだが、ここでは阿那律の女難説話とは全く異なる「寡女」の物語が記されている。僧の女犯や水辺での変身を語る本話には、阿那律の女難説話よりもむしろ、〈道成寺説話〉の諸要素に近い印象を受ける。

もちろん、本話においては、僧を追いかける女は蛇でなく、鬼神と化しており、結局僧は女から逃れられる点など、〈道成寺説話〉との多くの相違点も確認される。そこには、たとえば能「黒塚」で知られる安達原の鬼女伝説などが想起される。能「黒塚」では、那智の東光坊の阿闍梨祐慶と同行の山伏が廻国行脚の途次、陸奥安達原で宿を借り、女主の留守中、死体に満ちた閨をのぞいて鬼女であることを知って逃げ出し、女は閨をのぞかれたことを恨みに思い、鬼女の姿を現して一行の後を追いかけ襲いかかるのである。

そもそも『直談因縁集』所収話の舞台は、加賀国の「宮城」と

蛇と化して追う女と逃げる賢学

いう場所であり、出羽へ向かう舟に乗って逃れた僧は羽黒山へと落ち着くのであり、道成寺も熊野も登場しておらず、東国を舞台とする点においても、最終的に難を逃れるという結末においても、安達原の鬼女伝説に近いものがある。しかしながら、禁忌を犯したことに怒り、その正体をあらわす安達原の鬼女伝説と、『法華経』安楽行品の「不応於女人身。取能生欲想相。而為説法。」の文脈における「寡女」にかかわって、僧による女犯の比喩・因縁が語られる『直談因縁集』所収話とには、その主題において決定的な相違が見られるのである。『直談因縁集』所収話において、「七生」に渡る永遠の契りがかなわなかったことを主張する女に向かって、数珠をもって祈り伏せる僧の姿は、『日高川の草紙』において、「逃れぬ契」を叫びつつ追いかける蛇と化した女に数珠を振り上げ、「三所権現」に祈り続ける賢学の姿を彷彿とさせる（図23参照）。しかも、『直談因縁集』所収話の末尾には、他の箇所には見られない「如此事有之ニ」という語りおさめがなされており、そこには「寡女」について引かれた当該説話の強調が読みとれる。先に示した『法華経鷲林拾葉鈔』では、原拠から抄出する形で阿那律の女難説話を説いたのに対し、『直談因縁集』では詳しい叙述でよりいっそう物語草子的とも言える展開にありながら、このような「寡女」の物語を事実譚として強調するのである。その背景には、おそらく縁起絵巻などの〈道成寺説話〉の流布があったものと思われる。すなわち、

図23 『日高川の草紙』

『直談因縁集』所収話は、〈道成寺説話〉における「寡婦」というモチーフを特出させて、他の諸要素を取り去った物語とみなされるのである。その様相は、〈道成寺説話〉における諸要素を捨象し、男女の逃れ得ぬ契りに焦点をあてた『日高川の草紙』における手法に類似する。『日高川の草紙』を読んだ人々が〈道成寺説話〉を想起したように、『直談因縁集』所収話の享受者も、数年の間そこで暮らしていながら結局逃れた僧とそれを追って鬼神と化した「寡女」に、〈道成寺説話〉の男女を想起したものと思われる。

そのような意味で、安達原の鬼女伝説などをも反映させつつ、「寡女」についての比喩・因縁として仕立て上げられた『直談因縁集』所収話は、直談の場における〈道成寺説話〉の一変形として、とらえることができるのではないだろうか。あたかも縁起絵巻以前の『本朝法華験記』の説話に、いわば先祖帰りするような変容を見せた『直談因縁集』所収話の説話モチーフを一言でいうなら、女人の淫欲に対する注意を喚起することであり、その注意はこの説話の形成圏にあった僧に向けてなされるべきものであったと考えられる。先の縁起絵巻や『日高川の草紙』といった物語草子が、女性向けの要素を色濃くしていったのとちょうど対をなすものであったといえるだろう。

なお、岩手県に伝わる道成寺説話は、次のような展開をしている点で非常に興味深いものがある。

御所村字片子澤に道成寺の地名がある。昔羽黒山の僧が廻国に来て御所の某長者に泊るのが例であつた。其家の娘は秘かにこの若僧に恋慕し遂夫婦約束してしまつた。僧は実は妻帯する事は出来ないのでそつと帰つて行くと、この事を知つた娘は家を飛び出して後を追懸けた。天沼に至つて渡舟を願つた所が、件の僧は固く娘を渡しては困ると言つて去つた後なので、娘はよんどころなく川に飛び込んで向岸に越え上つて後を追つたが、所詮は叶はぬ恋であつたので其近くの片子沢沼に身を投げて死んでしまつた。それから人々は哀れに思つて篤く葬り供養した。今は二基の石碑が道成寺川のほとりに寂しく立つてゐる。[30]

岩手にはこれと似た別の道成寺説話も伝わっており、[31] こうした東国における道成寺説話の流布については、山伏神楽「鐘巻」「鐘巻道成寺」や黒川能「鐘巻」、南部神楽の狂言「鐘巻」など[32]ともあわせて検討すべきものであろう。ただ、羽黒山の僧の登場する「片子澤」の伝説からは、こうした東国の道成寺伝説の流布・定着の背景に、談義・唱導の場を通して、『直談因縁集』所収話に見られるような〈道成寺説話〉の変形の拡がりを、あるいは想定できるかもしれない。

おわりに

法華経直談の場において、〈道成寺説話〉は、どのようにあらわれたのか。縁起絵巻や物語草子、能や浄瑠璃など、さまざまな展開を遂げたにもかかわらず、法華経注釈書の類で、〈道成寺説話〉を直接引用しているものは見当たらない。そこには、〈道成寺説話〉の固有性の問題も含まれていよう。道成寺という特定の場や、川や化蛇といった明らかな設定、それに女人向けという要素をすべて捨象した〈道成寺説話〉の一変形として、『直談因縁集』所収話が位置づけられるのではないか。

僧の「女人共宿」を戒める説話を淵源とする〈道成寺説話〉は、とくに縁起絵巻において、「女人の執心」に焦点があてられたことにより、「女の物語」として広く享受されることとなり、ひいては道成寺の登場しない『日高川の草紙』までもが、『道成寺縁起絵巻』の異本としてとらえられるほど、〈道成寺説話〉は広く「女人の執心」の物語として認識されるにいたった。その一方で、「女人共宿戒」の説話は、『法華経鷲林拾葉鈔』に見られるように、寡婦による受難とその克服の説話として、法華経直談の場に新たに受け継がれていった。その系譜上にあるのが『直談因縁集』所収話であり、なおかつ、広く「女人の執心」の物語として認識されるにいたった〈道成寺説話〉の、「女人の執心」が後景化した形としても、とらえられよう。すなわち、『直談因縁集』所収話は、あえて機能していない「上総国」という固有名詞を用い、〈道成寺説話〉という話型を、直談の場に適合させて、話し手、発信者側である僧のための寡女回避の説話を再編成したものと位置づけられるのである。それは「女の物語」という側面に焦点化していった『日高川の草紙』に見られるような物語草子と、その方法面においても一致するものと言えるだろう。もちろん、それは『日高川の草紙』との直接の交渉をいうのではなく、古来より脈々と流れ続ける〈道成寺説話〉という説話系の、室町期のあり方が、『日高川の草紙』と『直談因縁集』所収話のそれぞれに異なった形で表出しているととらえるべきものではないか。

なお、『直談因縁集』は、他にも、『熊野の本地』や「甲賀三郎譚」など、明らかにそれと特定されるような要素を排除しつつも、それら源泉たる物語を想起させる説話を因縁譚として収めている。そこには、物語草子の主要素を捨象することによって、新たな物語を生成しつつも、もとの物語をも連想させるという手法がみてとれる。法華経直談の場において、このような手法がもっとも鮮明に表れているのが、『直談因縁集』というテキストであるととらえられる。その背景には、ある説話を享受した段階で、別の説話を連想させるという、説話イメージの連想するほどの物語草子の流通、およびイメージの共有があったことが想定される。そのようなイメージにしたがって、説話モチーフをシフトしながら、新たな説話を創造していくという営みこそが、『直談因縁集』に顕著なものであり、そこに室町文芸のひとつの典型があらわれているといえるのではないか。

縁起絵巻や物語草子の生成・享受圏における〈道成寺説話〉のイメージを、法華経直談の場において共有することで、「女人共宿戒」説話の系譜上にも新たな展開をもたらしたのが、『直談因縁集』所収話であったといえよう。そして、一つの説話が異なる説話・伝承を呼び込み、それによってまた新たな説話が生成されるという点において、法華経直談の場そのものを、そうした文芸営為がなされる場としてとらえられることをも示している。

【注】

（1）廣田哲通氏「直談系の法華経注釈書とその周辺」（『中世仏教説話の研究』勉誠社　一九八七）、小林直樹氏「『三国伝記』の成立基盤―法華直談の世界との交渉―」（『中世説話集とその基盤』和泉書院　二〇〇四　初出一九八九）、近本謙介氏「輻輳する伝承の層―『直談因縁集』と中世物語・語り物文芸―」（『古代中世文学研究論集』三　二〇〇一・一）など参照。

（2）永井義憲氏「講経談義と説話―『鷲林拾葉鈔』に見えるさゝやき竹物語―」（『日本仏教学研究』三　新典社　一九八五　初出一九七三）、廣田哲通氏「御伽草子と直談」（『中世法華経注釈書の研究』笠間書院　一九九三）など参照。

（3）三浦俊介氏「民間説話とお伽草子―『金剛女の草子』をめぐって」（『国文学　解釈と教材の研究』三九―一　一九九四・一）、徳田和夫氏「中世の民間説話と『蛙草紙絵巻』」（『学習院女子大学紀要』三　二〇〇一・三）など参照。

（4）高野辰之氏「道成寺芸術の展開」（『日本演劇の研究』二　改造社　一九二八）、五来重氏「道成寺縁起絵巻の宗教性」（『絵巻物と民俗』角川書店　一九八一）、小峯和明氏「中世説話文学と絵解き」（一冊の講座『絵解き』有精堂　一九八五）など参照。

（5）内田賢徳氏「『道成寺縁起』絵詞の成立」（続日本絵巻物大成一三『桑実寺縁起　道成寺縁起』中央公論社　一九八二）、森正人氏「科白と絵解と物語―『道成寺縁起絵巻』をめぐって―」（『文学』五二―四　一九八四・四）、松浪久子氏「道成寺説話の伝承の周辺―中辺路町真砂の伝承を中心に―」（『大阪青山短期大学研究紀要』一〇　一九八二・一一）など多数。女と蛇という観点からは、堤邦彦氏『女人蛇体―偏愛の江戸怪談史―』（角川書店　二〇〇六）がある。

（6）岡見正雄氏「御伽草子絵について」（『室町文学の世界』岩波書店　一九九六　初出一九六八）、千野香織氏「日高川草紙絵巻にみる伝統と創造」（『金鯱叢書』八　思文閣出版　一九八一）、兪仁淑氏「『道成寺縁起絵巻』―「華厳縁起絵巻」との関わり」（『国文学　解釈と鑑賞』六一―五　一九九六・五）など参照。

(7)　徳江元正氏「道成寺譚の成立」（『室町藝能史論攷』三弥井書店　一九八四　初出一九八二）、徳田和夫氏「絵解きと物語享受」（『文学』五四―一二　一九八六・一二）、林雅彦氏「説話と絵解き―『道成寺縁起』とその周辺―」（『国文学　解釈と教材の研究』四〇―一二　一九九五・一〇）など参照。

(8)　阿部泰郎氏「龍蛇と化す女人―『華厳縁起絵巻』と『道成寺縁起絵巻』をめぐりて」（『湯屋の皇后―中世の性と聖なるもの』名古屋大学出版会　一九九八　初出一九九一）、田中貴子氏「再生する物語―『道成寺縁起絵巻』の魅力」（『あやかし考　不思議の中世へ』平凡社　二〇〇四　初出一九九二）、阿部泰郎氏「田中貴子著『あやかし考　不思議の中世へ』を著す」（『日本文学』五三―一〇　二〇〇四・一〇）。

(9)　『日光天海蔵　直談因縁集　翻刻と索引』（和泉書院　一九九八・一〇）解題参照。

(10)　前掲注（9）の解題において、阿部泰郎氏は現存する典籍類の奥書・識語から、関東各地を遍歴修学した舜雄の活動について考察されている。たとえば、永禄四年の写である日光天海蔵『轍塵鈔』の奥書では、舜雄は上総国の「十善坊」と称し、常陸国行方に居住していた旨が記されている。天台宗典編纂所蔵マイクロフィルム参照。

(11)　前掲注（9）解題参照。

(12)　前掲注（1）小林直樹氏論文参照。

(13)　東金市史編纂委員会編『東金市史（史料篇一）』（東金市役所　一九七六）より引用。

(14)　尾上寛仲氏「関東の天台談義所（上・中・下）」（『金沢文庫研究』一六七～九　一九七〇）、村田潁田氏「関東の天台談義所」（『天台教学の研究』山喜房仏書林　一九九〇・三）、渡辺麻里子氏「仙波に集う学僧たち―中世における武蔵国仙波談義所（無量寿寺）をめぐって―」（『中世文学』五一　二〇〇六・六）など参照。

(15)　以下、『道成寺縁起絵巻』の本文は、『日本絵巻物全集』一八（角川書店　一九六八）所収本によった。引用に際し、句読点や傍線を付し、清濁の区別をし、現行字体に改めた。

(16)　新編日本古典文学全集『室町物語草子集』（小学館）より引用。なお、この挿話については、たとえば『室町時代物語大成』二所収の奈良絵本では、縁起絵巻や能「道成寺」と同様、女主人公を「まなごのせうじがむすめ」とするなど諸本の間で異同が見られる。美濃部重克氏「御伽草子「いそざき」テキストの変容―絵巻から絵草子へ―」（『中世伝承文学の諸相』和泉書院　一九八三　初出一九七七）、若杉準治氏「デンバー美術館本「いそざき」絵巻について」（『説話論集』八　清文堂　一九九八）、岩崎雅彦氏「猿楽の説話と能」（『能楽研究』二六　二〇〇二・三）など参照。

(17) 沢井耐三氏「お伽草子『磯崎』考―お伽草子と説教の世界―」（『古典の変容と新生』明治書院　一九八四）参照。

(18) 川崎剛志氏「万治頃の小説制作事情―謡曲を題材とする草子群をめぐって」（『語文』五一　一九八八・一〇）参照。

(19) 安永寿延氏「道成寺説話の系譜―母権制的説話の発見―」（『文学』二八―四　一九六〇・四）、金井清光氏『能の研究』（桜楓社　一九六九）など参照。

(20) 前掲注（4）小峯和明氏論文、徳田和夫氏「浄蔵法師と恩愛の妻子」（『絵語りと物語り』平凡社　一九九〇）参照。

(21) 前掲注（6）岡見正雄氏論文参照。ちなみに、『日高川の草紙』では、女主人公を十六歳の姫君と設定しており、能「道成寺」の影響もあって、以後姫君とする系統が広まり、安珍清姫の物語として定着することとなる。

(22) 能勢朝次氏『能楽源流考』（岩波書店　一九三八）、市古貞次氏『中世文学年表』（東京大学出版会　一九九八）など参照。

(23) 前掲注（19）安永寿延氏論文、同氏「母権的説話の発見―道成寺説話における主要モチーフをめぐって―」（『民話』二二　一九六〇・七）、阿部真司氏『蛇神伝承論序説』（新泉社　一九八六）など参照。

(24) 前掲注（19）安永寿延氏論文、神谷吉行氏「道成寺説話の変貌」（『日本傳承文藝の研究』おうふう　一九九五　初出一九七五）など参照。

(25) 前掲注（4）高野辰之氏論文、青江舜二郎氏「「道成寺」源流考―この説話のインド的根拠―」（『芸能』一―八　一九五九・九）、大島長三郎氏「道成寺説話のインド的典拠」（『印度学仏教学研究』二―二　一九五四・三）など参照。

(26) 南方熊楠「十二支考」（『南方熊楠全集』一　平凡社　一九九三　初出一九五一）。

(27) 前掲注（19）安永寿延氏論文。

(28) 田辺和子氏「仏弟子阿那律尊者についての一考察」（『宗教的真理と現代』教育新潮社　一九九三・二）。

(29) 廣田哲通氏「直談系の法華経注釈書にみる伝承の諸相」（『中世法華経注釈書の研究』笠間書院　一九九三　所収一九

九一）参照。

（30）『岩手郡誌』（岩手県教育会岩手郡部会　一九四一）第七章「民俗篇」による。

（31）『紫波郡誌（全）』（名著出版　一九七四）第八章「民俗誌」では、「見前村感通庵に安珍といふ若僧があつた。或る時岩手郡雫石村の安庭の豪家に宿りたるに其の家の清と云ふ美女安珍の美貌に心を奪はれ、遂に相愛の仲となつたが安珍の噂を憚り窃かに遁れて去りしが、清女は其のあとを追ひ渡船場に来り安珍の薄情を恨み其の付近の沼に投じて死んだが、一方安珍は斯くとも知らず、旅を重ねて三井寺から根来寺に行く途中紀伊の道成寺に一泊せしに、その夜清女の死霊に悩まされて狂死したりとの事である。」とする。なおこの話は、『都南村誌』（都南村　一九七四）にも見えるが、そこでは、安珍のいたという感通庵について、宝永三年（一七〇六）開山、享保二十年（一七三五）廃庵と伝える。

（32）本田安次氏『山伏神楽・番楽』（井場書店　一九四二）、本田安次著作集『日本の伝統芸能』四「神楽」Ⅳ（錦正社　一九九四）など参照。

第七章　偽経・説話・物語草子

――岩瀬文庫蔵『釈迦并観音縁起』絵巻をめぐって――

はじめに

室町初期から江戸前期にかけて盛んに制作される物語草子には、たとえば『熊野の本地』が広く知られているように[1]、部分的な引用・類似にとどまらず、その原拠に経典が想定されるものがある。そうした事例は、真経（正経）だけに限らず、中国や日本撰述とされる、いわゆる偽経（疑経）にも見られることが、『大乗毘沙門功徳経』に関する先行研究によって明らかとなっている[2]。そのような偽経の一つに、『観世音菩薩往生浄土本縁経』（以下『本縁経』）があげられる。本書は、『仏書解説大辞典』によれば、観音の本生因縁および補陀落山が観音常住の道場であることを示すものであり、その内容思想から浄土門興隆以後に成立した、おそらく日本撰述の偽経と推察される。

『本縁経』と物語草子とのかかわりについては、早く岡見正雄氏が、『草案集』所収話との関係から考察されており、お伽草子の『月日の本地』や『神道集』「熊野権現事」「二所権現事」などと類話関係にあることを指摘されている。[3] お伽草子の本地物に少なからぬ影響を与えたものとして、先の『大乗毘沙門功徳経』同様、中世の説話や物語草子を考察する上で、重要な偽経の一つである。そこで、本章では先行研究をふまえ、[4] この『本縁経』の中に見られる「早離速離」説話の展開および物語草子化の様相を詳細に考察した上で、近世前期の縁起絵巻制作の一態について検討してみたい。

一 『本縁経』と早離速離説話

『本縁経』は、王舎城鷲峰山頂での釈迦の会座において、観世音菩薩が惣持自在菩薩に対して、極楽世界の往生浄土の因縁を明らかにするという枠組みによって、「早離速離」譚を語る。その内容は、以下のとおりである。

昔、天竺の摩涅婆吒国に長那梵士と摩那斯羅の夫婦がいた。裕福ではあったが子供に恵まれず、天の神に祈禱したところ、忽ち懐妊し、美しい二人の兄弟を授かる。喜んだ両親は相人を呼んで、その将来を占わせたところ、相人は早くに父母と別れる運命にあることから早離、速離と名付ける。占いの通り、早離七歳、速離五歳の年に、母は病気となり、嘆き悲しむ兄弟に、菩提心をおこすことを、父の長那梵士には、今と変わることなく二人の子供を愛養することなどを遺言して亡くなる。その後、父は毘羅梵士の一女を後妻に迎える。ちょうどその折、国は飢饉に襲われ、長那梵士は妻子を養うため、鎮頭菓という食物を求めて檀那羅山に向かう。二七日が過ぎても長那梵士が帰らないことから、不安に感じた妻は異念を生じ、海師を語らい、兄弟をだまして南海の絶島に置き去りにする。絶島に残された兄の早離は、実母の遺言の通り、菩提心をおこし、自分の身の上に照らし、衆生の済度を誓った後、兄弟はともに飢え死にしてしまう。帰宅した長那梵士は、兄弟がいないことから、朋友に事情を聞いて絶島へ兄弟を探しにいく。子供たちの衣服や骨が散在しているのを見て、父は大いに嘆き、兄弟同様、衆生済度を誓って飢え死にしたところ、諸天来会し、これを供養したという。この長那梵士こそが釈迦であり、母の摩那斯羅は阿弥陀、早離は観音、速離は勢至、朋友は惣持自在菩薩、檀那羅山は霊山、絶島は補陀落山であるとし、観音が補陀落山常住である所以をこの「早離速離」説話をもって説くのである。さらに『本縁経』は、井の底に落ちた子供を譬えに、釈迦、阿弥陀、観音、勢至の因縁を説き、それらを讃ずる偈頌が記され、幕を閉じる。

この『本縁経』について、現在のところ確認し得た伝本は、以下の二本のみである。

・龍谷大学附属図書館蔵『観世音菩薩往生浄土本縁経』…元禄二年（一六八九）、恵空写。一冊。縦二八・二糎。横一九・七糎。墨付十一丁。半葉八行。「江州金森善立寺」朱印。訓点・異本注記を付す。『阿弥陀三昧経』と合写。見返し部分（原表紙か）に打付墨書で「浄土本縁経　早離速離因縁／阿弥陁三昧経」とある。

・京都大学附属図書館蔵『観世音菩薩往生浄土本縁経』…〔近世〕写。一冊。縦二八・三糎。横二〇・二糎。墨付八丁。半葉十一行。朱点入り。本奥書「貞享元甲子天五月吉辰　東叡山池之端大和屋源兵衛刊行」。蔵経書院旧蔵。『仏説十王阿弥陀仏国経』他七巻合綴。

龍大本は、江戸前・中期の真宗大谷派の学僧である恵空（一六四四―一七二一）による写本で、恵空の生まれた江州金森善立寺の旧蔵本である。近世の写本ではあるが、寺院での享受の様相を伝えている点で重要な一本といえよう。また、京大本は、『大日本続蔵経』の底本と思われるもので、龍大本との間に若干の異同が確認できる。なお、本奥書にある貞享元年（一六八四）版本は、現在のところ見いだせないが、同じ「大和屋源兵衛」を版元とした元禄年間の『科註浄土本縁経』なる版本が伝存している。(5) 本書は、黒谷の僧叶阿が、『本縁経』の文言一つ一つについて、『法華経』や『往生要集』といった様々な経典類により注釈を施しており、『本縁経』の受容の一端を示すものである。

現存する伝本はいずれも近世以降のものであり、現在のところ、恵空写本を遡るような寺院内での書写活動についても詳らかでない。しかしながら、親鸞聖人真筆とされる断簡および真仏上人筆の『経釈文聞書』に、『本縁経』の文言が抜粋されている。(6) すなわち、『本縁経』末尾の、釈尊による阿弥陀讃嘆の一部である「若有重業障　无生浄土因　乗弥陀願力　必生安樂國」という偈文が、『本縁経』によることが明記され、引用されているのである。さらに、寛喜二年（一二三〇）の紀年銘を有する江南町の板石塔婆にも、阿弥陀如来立像および脇侍二菩薩（観音菩薩・地蔵菩薩）の下に、親鸞聖人真筆と同様の『本縁経』要文が刻まれているのである。(7)『本縁経』は遅くとも鎌倉時代には相応に流通していたとしてよいだろう。なお、承元四年（一二一〇）の本奥書を持つ『一宗行儀抄』にも、

　毎朝阿弥陀経ヲ読誦シ、念仏数百返、急経ハ意ニ任テ随テ誦スベシ。其後三部経何ニテモ一巻誦スベシ。念仏勤行ノ後ニハ浄土本縁経又願以此功徳常ノ廻向ヲ用ユベシ。(8)

と、『阿弥陀経』と並んで『本縁経』読誦の記事があり、おそらく浄土門においてしばしば享受されていたものと推察される。

以上のような事例から、『本縁経』は偽経でありながら、かなり早い段階から浄土門において重要な経典として流布していたものと考えられる。このことを裏付けるかのように、『本縁経』中の「早離速離」説話は、平安時代末頃から唱導の説話集や談義・注釈書の類に広く引用されているのである。既に指摘されてきた類話に、管見の範囲での新たな事例を加えた上で、その内容を『本縁経』と対比した表を以下に掲げた。

最も早い例としては、『宝物集』巻第三「求不得苦」に引かれる説話があげられる。観音の因縁を語る文脈で引用され、長那梵士と摩那斯羅女の夫婦のもとに生まれた早離速離が、実母の死後、飢饉のため、檀那羅山へ向

かった父の不在中、継母により孤島に置き去りにされ、願力によって観音・勢至となったとしている[9]。諸本間で、母の名前や兄弟の名前の用字・順序などに細かな異同が見られるものの、基本的には『本縁経』を要約したものとなっている。なお、諸本通して、檀那羅山の木の実について、「一食すれば七日飢えない」とする、『本縁経』には見えない独自の本文が付加されている点は注意される。

次に、『本縁経』と概ね同じ内容でありながら、それを直接の典拠としえないほどに、かなりの異同を有するものとして、牧野和夫氏が指摘された、鎌倉期写の『往生要集裏書』がある[10]。

本文云、観音勢至本於是土菩薩行轉生彼ノ国極楽證據。**往生佛土經**ニ云、**佛言、舍利仏當ニ知一**。我念ハ往昔一過テ无量无邊阿僧祇劫一ヲ耶於**般沙羅國**一ニ。有キ一ノ梵志。名キ長那。其ノ婦ヲハ名**摩紫良**一。其夫婦二人ノ中ニ唯有二ノ男子一ノミ。大者ヲハ早離トイヒ少者ヲハ速離トイフ。云何早離速離トイフ。若少ニ而別母故ニ早離ト云、幼稚ニシテ而離父ニ故速離ト云フ。**兄ノ早離歳**《トシ》**五弟ノ速離歳二其ノ母命終**。唯長那梵志与二子共ニ相将活身。時長那梵志経ル如是二年一ヲ間覓《モトメテ》婦一ヲ繼テ加テ子一ヲ活身。**其ノ外母為ニ二子等一カ恒ニ成ス悪邪之心一**。**作此ノ念一ヲ、吾是ノ小子等滅ハ身為タラム安穏一**。自在如是一雖念无得コト其ノ便一。時ニ天下ニ發テ早炎之ノ禍《ワサハイ》一。人民悉死滅。是時長那梵志語テ**憂闍女**一ニ言、我為ニ汝等一カ往テ壇那山一ニ採トテ鎮頭加菓一ヲ還来。**彼ノ菓ハ一食ハ十七日不飢**。有ハ久ト於七日速ハ於テ三日一ニ可還来。**乃至有歌曰**而其ノ父別往。於此ノ時外母憂闍女作此念、我速疾ニ是等ノ入テ舩一ニ断テ岸一チヲ送リ置ム**齋限玄嶋**《タウニ》。作是念已テ告二子ニ云、向者《サキニ》速ニ往至テ海岸一ニ取可食物一ヲ。有テハ於此ノ間ニ汝等モ我モ飢シ渇ナム死。如是語テ子其ノ二子ヲ入テ舩一ニ海之彼岸《キシニ》送置之一ヲ。而即語テ言、各別往テ可取食物一ヲ。言コト如是一往分ヌ時自身乗舩一ニ竊ニ還來。時早離速離竟走其嶋ニ轉テ見ニ都ヘテ无シ有コト水草一。何況ヤ有食物也。時ニ二子行轉シ来テ見ニ无母一モ。亦不見舩一モ。尓時二子挙テ聲一ヲ大ニ涕哭シテ云、飢徹ル骨髄ニ苦キカナ也《ヤ》。母何ノ方ニカ往タル。吾等无シ極シテ目ニ見一コト。如是涕哭テ然テ兄

類話対照表　各文献独自にみられる記事を強調字体で示し、諸本間で異同のあるものについては、※を付した。

	典拠名	釈迦の会座	説法の枠組み	国名	父	母	父の栄華	申し子	命名	名前の由来	母の死	兄弟の悲嘆	母の遺言	埋葬	継母	飢饉
本縁経		○	観音 ↓惣持自在菩薩	摩涅婆吒	長那梵士	摩那斯羅	居家豊饒	天神に祈禱する	占相→早離速離	早くに 父母と別離	兄七歳、弟五歳	○	子→菩提心 父→愛養	死屍を葬す	毘羅梵士の一女 心情貞良	飢苦財穀枯渇 庫蔵空
宝物集	経の文	×	×	×	長那梵士	摩那斯羅女 ※異同あり	×	×	**父母** ↓早離速離※	×	×	×	×	×	継母	飢渇
往生要集裏書	**往生佛土経**	×	**仏→舎利仏**	**般沙羅国**	長那梵志	**摩紫良**	×	×	**父母か** 早離速離	幼時に 父母と別離	兄五歳、弟一歳	×	×	×	**外母憂闍女** **常に二子を憎む**	旱炎之禍
當麻曼荼羅聞書	観音本縁経	×	×	摩湿婆吒	長那梵士	摩那斯羅	居家豊饒 **眷属衆多**	天地に祈る	相師 ↓早離速離	早くに 父母と別離	兄七歳、弟五歳	◎（描写詳細）	子→菩提心 父→愛養	死屍を収め 塔婆を立てる	毘羅梵士の女	飢饉 家族四人のみ
当麻曼陀羅疏	浄土本縁経	○	観音 ↓総持自在菩薩	摩濕婆吒	長那梵志	摩那斯羅	家豊財富	天に祈り、 神に求める	相人 ↓早離速離	早くに 父母と別離	兄七歳、弟五歳	○	子→菩提心 父→愛養	遺骨を収め 死屍を葬る	毘羅梵士の一女 貞良	飢渇苦財穀尽き 庫蔵空無
真名本曾我	**観音大慈論**	×	×	×	長那梵士	摩那斯羅女	×	×	×	×	×	×	×	×	継母	×
往因類聚抄	×	×	×	**摩修弥羅国**	長那梵士	摩那戸羅女	有徳	仏神に祈誓する	**父母** ↓早離速離	**相人、名前による父 母との別離を指摘**	兄七歳、弟五歳	×	×	×	ケイ母 **日頃から父に讒言**	キ、ン
直談因縁集	×	×	×	×	長那	摩那尸羅	**貧家**	×	× ソウリソクリ	×	×	×	×	×	継母 **二子を憎む**	飢竭
孝行集	観音本縁経	×	×	小国	長那梵士	摩那斯羅女	富貴 **眷属多**	天地に祈請する	相人 ↓早離速離	早くに父母と別離	兄七歳、弟五歳	○	子→菩提心 父→愛養	死屍を収め 塔婆を立てる	毘羅梵士の一女	飢饉
琉球神道記	往生成仏経	×	×	**浄名国**	長那梵士	摩那尸羅	乏事なし	×	**継母** ↓早離速離	**早く離れるよう 喜見妙願を改名**	×	×	×	×	継母 **二子を憎む**	飢饉
往生要集指麾鈔	浄土本縁経	×	観音 ↓総持自在菩薩	摩濕婆吒	長那梵士	摩那斯羅	×	祈禱	**父母** ↓早離速離	×	兄七歳、弟五歳	×	×	×	梵士の一女	飢饉財穀尽き 庫蔵空

父の旅立ち	果実の名	父の不在	継母の依頼	遺棄の場所	兄の大悲願	父の帰還	父の誓願	諸天来会	本生譚	補陀落常在	井底の喩	讃頌
檀那羅山 七日かかる	鎮頭菓	二七日	継母の異念 海師	南海絶嶋	衆生済度 一百願	朋友に尋ねる	衆生済度 五百願、説法教化	○	父…釈迦 母…阿弥陀 兄…我身（観音） 弟…大勢至菩薩 友…惣持自在菩薩 山…霊山 島…補陀落山	○	○	○
檀那羅山	**木の実※** **七日飢えず**	×	×	島	衆生済度	×	×	×	× 母…阿弥陀 兄…観音 弟…勢至 × × 島…補陀落山	×	×	×
檀那山	**三日かかる** **鎮頭加菓** **十七日飢えず**	×	×	**齋限玄島**	衆生済度 **三日間延命後**	**抱擁し死ぬ** ×	×	×	**父…月蔵佛** 母…阿弥陀 兄…観音 弟…得大勢 × × 島…等沙島 補陀落山	○ **補陀落山の宝嶋**	×	×
檀那羅山 七日かかる	鎮頭菓	二七日	継母の異念 船師	南海絶島	衆生済度 一百願	**継母に遭った故** **不審** 朋友に尋ねる	衆生済度 五百大願	○	父…釈迦 母…阿弥陀 兄…観音 弟…勢至 友…惣持自在菩薩 山…霊鷲山 島…補陀落山	×	×	× **三尊一体** **二菩薩の徳**
檀那羅山 七日かかる	鎮頭	二七日	継母の異念 船人	南海絶島	衆生済度 **絶島の情景**	**兄弟の悲哀** **不審** 親友に尋ねる	衆生済度 五百大願	○	父…釈迦 母…阿弥陀 兄…我身（観音） 弟…大勢至菩薩 友…総持自在菩薩 山…霊山 島…補陀落山	○	○	○（後略） **三尊一体** **二菩薩の徳**
×	×	×	×	×	**無上正覚**	×	×	×	× × 兄…観音 弟…勢至 × × ×	×	×	×
檀那羅山 七日かかる	**チンツ** **（日本ノカキ）**	×	人	**胡当嶋**	**仏の名号を唱え、** **石上で手を取り合い**	**死ぬ** **不審** 人に尋ねる	発菩提心	×	父…釈迦 母…弥陀 兄…観音 弟…勢至 人…地蔵菩薩 山…霊鷲山 島…補陀落山	○ **補陀落山の石屋**	×	×
那陀羅山	**菓子** **延命**	×	人	有島	衆生済度	×	×	×	× × 兄…観音 弟…勢至 × × 島…補陀洛山	×	×	×
檀那羅山 七日かかる	鎮頭菓	二七日	継母の異念 船頭	離島	衆生済度 一百願	**継母に遭った故** **不審** 友に尋ねる	衆生済度 五百大願	○	父…釈迦 母…阿弥陀 兄…観音 弟…勢至 友…惣持自在菩薩 山…霊鷲山 島…補陀落山	×	×	×
檀那羅山 七日かかる	**珍菓** **七日飢えず**	×	家人	南方絶島	衆生済度	**ほの聞く**	×	×	**父…弥陀** **母…釈迦** 兄…観音 弟…勢至 × ×	×	×	×
檀那羅山 七日かかる	鎮頭	二七日	継母の異念 海師	南海絶島	衆生済度 一百願	朋友に尋ねる	衆生済度 百願	×	父…釈迦 母…阿弥陀 兄…観音 弟…大勢至 友…総持自在菩薩 山…霊山 島…補陀落山	×	○	×

早離憂テ己カ弟ヲ曲テ懐テ其ノ頸ヲ而モ相語テ云、**饉餲之ノ苦ハ无数量ノ苦遅ルノ父母ニ之病ミハ者无キ邊際ノ苦也。生々無々不シテ捨離大悲ノ之心ヲ汝ト我ト同共ニ求ム菩薩ノ之行ヲ也。若有テ人ノ求大悲ヲ者ヲハ吾等先往其時度也。是故吾等カ屍同ク骨ノ上ニ重サネム。發此ノ弘誓ヲ時自空ニ下テ月ノ之露ヲ深ク二子ノ上ニ而テ暫ク令ム過サ饉餲ノ之苦ヲ。為シテ如是ノ歎コトヲ漸過ク三日三夜ヲ乃至有歌曰而テ兄者ハ懐弟ノ頭ヲ弟者ハ兄ノ含テ指ノ末ヲ同并ヒ伏シテ命終。**佛告舎利弗、善男子汝當知。尓時長那梵志者今月蔵佛是其ノ摩紫良女者阿弥陁佛也。早離ハ観音是也。速離トイハ得大勢也。齋限者ハ今ノ等沙嶋也。唐者ニハ補堕落山トイフ。舎利弗是観音者ハ即等沙山ニシテ而初テ發セリ大悲ノ弘誓ヲ。是ノ故ニ於此ノ眞山ニ留テ化ヲ本身ハ在極樂ニ。**観音本起経ニ云、補陁落山之ノ南峯ハ高八万由旬而有寶崛。其下皆是黄金。彼上此白銀皆悉以テ細白花ヲ荘厳之ヲ。**

強調字体で示したように、国や継母、遺棄された島の名前に違いが見られるだけでなく、典拠とする経典名も異なり、さらに観音から惣持自在菩薩へという叙述の枠組みも、仏が舎利仏に説くという形となっており、『本縁経』とはかなりの相違が見られる。また、先の『宝物集』に似た「食べれば十七日飢えない」とする記事がある他、遺棄された後も天からの露によって、三日間生きながらえ、ついに兄は弟の頭を抱き、弟は兄の指を含んで死んでいったとするなど、独自の展開をなしている。牧野氏が指摘されたように、「乃至有歌曰」との双行注記があることから「歌」が挟まれた『往生仏土経』なる経典が、『本縁経』とはまた別に鎌倉時代以前に存在していたという可能性も考えられる。いずれにせよ、かなり早い段階から、この説話が多様に享受されていたことが認められよう。

さらに「早離速離」説話は、当麻曼荼羅の談義・講説においても必要とされたものであった。たとえば『當麻曼荼羅聞書』巻第一、および『当麻曼陀羅疏』巻第三十五で、観音勢至の二菩薩について説く場面に引用されている。『當麻曼荼羅聞書』は、十三世紀末頃、浄土宗西山深草派の顕意上人が今出川女院の本願により曼陀羅講讃したものと考えられている書である。(11) そこでは、父の栄華を語る際、多くの眷属がいたことをのべ、飢饉の後は「其家次第ニ衰微シ財宝モ尽キ眷属モ失ヌ。只夫婦兄弟四人残レリ。」との記事が見られ、さらに島に遺棄されたことを「是レ継母ニ遇ル故也。」とするなど、『本縁経』の大部分を和文化しつつも、独自の文飾を施している点に特徴が見いだせる。

永亨八年(一四三六)に浄土宗僧侶西誉聖聡が成した『当麻曼陀羅疏』も同様に、『本縁経』の全文を和文化している。そこでは、

思二婦女別《ノヲ》一焦《シ》二悲泣胸《ヲ》一目《ニハ》見二子共歎《ノクヲ》一沈《ム》二憂悲泪《ノニ》一。歎間《ノヒマニ》有二思得《タル事》一。生者必滅之習行《ク》人再《ヒ》不レ還《レハ》。兄悲《カム》母《ノ》恋慕《モキニ》可レ誘無レ由。求不得苦世《ノナリ》ケレハ弟求《カムル》食《モ》可レ休《ヤム》無レ便。

と、母の死に嘆き悲しむ兄弟の様子を詳しく語り、

峯《ニハ》甘草《モ》更無《ニクノ》濱《キ》美草虚《モソラ》事也。聞《シニカヘテクハ》更聞物浦吹風音《ノト》、寒眼《シニ》充見《チエルハ》物寄来《クル》波《ノ》白色。或時風《ハニテ》被レ吹漂《カヒ》レ汀《ニ》、或時被《ハテ》レ追レ波上《ニ》レ島。飲食久絶《ケレハ》力弱《リ》不レ歩声《マレサヘ》不レ立泣居《ケリ》。

と、兄弟が遺棄された島を哀調の美文で描くなど、『當麻曼荼羅聞書』とはまた違った部分において、かなりの量の文飾が施されている。そして、『當麻曼荼羅聞書』『当麻曼陀羅疏』のいずれにおいても、最終的に、阿弥陀・観音・勢至の三尊一体、および観音・勢至の二菩薩の徳を語るというものになっているのである。

また真名本『曾我物語』巻第九では、『宝物集』以上に、『本縁経』を要約した形で、兄弟の悲哀を語る際にこの説話を引用している。(12) かなり簡略化していることから、他の類話との関わりは不明であるが、典拠名を「観音大悲論」とする点に若干の相違が見いだせる他、後述するように、別の箇所にもこの説話が慣用表現として用い

られている点が注意される。

さらに、法華経直談の場においても、「早離速離」説話は利用されていた。文明十一（一四七九）年以前の成立とされる『往因類聚抄』下では、父母への孝養についての部分で、「一、補陀落山、又、一義云」として、補陀落山の因縁を語る形で説話が引かれている。末尾には、「サレハ、補陀落山ニハ八角ノ巌崛トテ石屋アリ。此石屋ノ内ニ、法楽石ト云石、有之。此石ハ、二人子ノ昇テ死タル処也云々。大旨秘事也。」とあり、補陀落山にある石屋の因縁を秘事として説くなど、三尊あるいは二菩薩の因縁を説く他の類話とはやや異なる引用態度となっている。加えて、父母によって早離速離と命名されたゆえに、相人は兄弟が父母と早く別れることになると占い、「サレハ名詮字性、句詮差別トモ説シ、亦ハ名ハ躰顕ストモ云故ト云意也。」と「名詮字性」の因が説かれていたり、継母の讒言を父は取り合わなかったとしたり、さらに、兄弟は仏の名号を唱えつつ、手を取り合って死んでいったとするなど、単なる文飾にとどまらない内容上の改変が認められる。兄弟の死の場面や補陀落山を末尾で説く点では、先の『往生要集裏書』にやや近い印象も受け、あるいは典拠の段階での相違と考えられなくもないが、おそらくは法華経直談の場に即した改変なのであろう。

同様に、天正十三（一五八五）年以前の成立とされる『直談因縁集』八巻普門品下一においても、「付テ観音誓願ニ」として本話が引かれる。ここでは最初から貧しい家であったとし、それ故に兄弟は衆生済度を誓うという展開となっており、全体的に要点にしぼって簡潔に観音の誓願の因縁を説く形になっているのである。ただし、そのためか、「那陀羅山ト云山ニ菓子アリ。是ヲ食ル者ハ命ヲ延ル也。仍テ、子ヲハ、サウリ、ソクリト号ス」とあるように、「ソウリソクリ」の命名の記事が延命の実の後に出てくるなど、文脈の整っていないところが見受けられる。『往因類聚抄』『直談因縁集』いずれも、法華経の談義という言説空間にあって、適宜編み直しされてきた結果による相違と推測される。

さらに時代が下ると、孝子譚・孝養譚としての把握も顕著になる。慶長四年（一五九九）写『孝行集』における本話は、対照表に示したように、その文節部分から『當麻曼荼羅聞書』との共通性が確認できる。そして、同書の別の兄弟孝行譚には「親孝ノ事是ハ往生浄土本縁経ノ直説也」との記述が見られ、『本縁経』の説くところを孝行・孝養としてとらえているのである。また、慶長十三年（一六〇八）成立の袋中上人編『琉球神道記』では、「喜見」「妙顔」の兄弟が継母から早く離れるようにと「早離」「速離」に改名させられたとしており、他の類話には全く見られない、独自の内容を有している。[13] 典拠とする経典も「往生成仏経」とあり、その相違が典拠の段階によるものか、袋中によるものなのか、判然としない。なお、天和三年（一六八三）版『往生要集指麾鈔』では、独自の文飾を施すことなく、『本縁経』を抄出する形になっている。

以上、大まかに諸要素を確認してきたが、「早離速離」説話の展開の様相をまとめるならば、概ね四つの系統に分類できる。すなわち、『本縁経』をダイジェストとして要約する『宝物集』や真名本『曾我物語』の系統、『本縁経』の抄出、あるいは和文化および文飾を伴った『當麻曼荼羅聞書』、『当麻曼陀羅疏』などの系統、法華経直談の場に即した改変かと思われる系統、および別系統と思われる『往生要集裏書』の四系統である。ただし、『琉球神道記』のような例も含め、後者の二系統については、改変によるものか、典拠の段階での相違によるものか、にわかに見極めがたいものがある。いずれにしても、「早離速離」説話が唱導の場を中心に、さまざまな展開を見せつつ、盛んに引用・享受されていった様相がうかがい知れよう。

二　早離速離説話の展開

このように、「早離速離」説話が唱導の場で盛んに用いられるにともない、文芸作品の中に慣用的な文言として定着するようになる。たとえば、延慶本『平家物語』では、足摺における俊寛僧都を語る場面で、同じく絶島に放たれた例として「昔、早離、即離ガ南海ノ絶嶋ニ放タリケムモ、是ニハスギジトゾ覚シ(14)」と引用されている。平家諸本間で、兄弟の名前の用字を「壮里息里」(覚一本)、「早利即利」(盛衰記)としたり、流された場所を「海岳山」(覚一本)、「海岸山」(盛衰記)とするなどの異同が見え、さらなる伝承の拡がりが見てとれる。このように絶島に流された悲哀を語るのに「早離速離」を引く例は、『太平記』巻第十八およびその舞曲である「新曲」における、尊良親王夫人の御息所が漂着する場面(15)や、幸若舞曲「百合若大臣」で大臣が孤島に置き去りにされる場面(16)にも見いだせる。いずれも漂着した島にたった一人でいることの悲哀をいっそう増加させるものとして、「早離速離」の兄弟の例が引かれるのである。

さらに、先にも触れた真名本『曾我物語』に見られる記事のように、兄弟の悲哀を描く際に引用されている例は、同じく真名本『曾我物語』巻第十に「不レ恥二浄蔵浄眼の処一にモ、相二似たり早離速離の昔一にモ(17)」と見られる他、『神道集』巻第八―四三「上野国赤城山三所明神覚満大菩薩事(18)」や能「蟬丸」での兄弟の邂逅場面(19)、さらに永正十六、七年成立とされる『細川両家記(20)』にも見いだせる。特に『曾我物語』『神道集』などにおいては、『法華経』「妙荘厳王品」に見える「浄蔵浄眼」とともに、兄弟譚として慣用的に用いられているのである。このように「早離速離」の兄弟の名は、観音・勢至の本縁譚をはなれ、孤島の悲哀説話や不運な兄弟譚として、慣用的に用いられていった。なお、室町初期写とされる『實語教注(21)』においては、「ソウリソクリ」の名前が全く異なる兄弟譚をもって描かれている。

以上のような拡がりをも見せる「早離速離」説話は、冒頭で述べたように、『月日の本地』のようなお伽草子の本地物に多大な影響を与えたものと想定されるわけだが、まさにこの説話自体が物語草子に仕立てられていることが、徳田和夫氏によって指摘されている。(22) 現在のところ、奈良絵本と絵巻の形での新たな展開が確認でき、「早離速離」説話は物語草子の題材にふさわしいものでもあったのだろう。

まずは、東京大学国文学研究室蔵（御巫清勇氏旧蔵）の「早離速離」と仮題された奈良絵本について、具体的に見ておきたい。近世前期写と判断されるこの奈良絵本は、後半を欠く端本一冊である。ほぼ本文内容にそった形で、挿絵五図が付され、兄弟が遺棄されるまでが描かれており、おそらく上下二冊であったものと思われる。

さるほどに、くわこおんなうのむかしより、けいしけいぼの中ほど物うき事はなし。あみだほとけのゐんにをくわしくたづね申に(23)

という冒頭で始まり、『本縁経』に基づきつつも、たとえば「天にあふぎ地にふし、りうていこがれ給ひけり」といった、お伽草子などによく見られる表現を多様している点は特徴的である。先の類話対照表と同様、次頁に『本縁経』と対照させた表をまとめ、奈良絵本独自の部分に傍線を付した。たとえば、数多くいた眷属がいなくなり、家族四人のみとなってしまうとする点は、『當麻曼荼羅聞書』にも見られた文飾であるが、奈良絵本ではさらに、檀那羅山への旅立ちに先立ち、父は妻子を養うために毎日木の実を取りに行くが、継母はそれを与えず兄弟はやせ衰えていくといった独自のエピソードを展開させている。その他、奈良絵本独自に付加された本文はより詳細な叙述となっており、「ちんとうくは」を食べ、成人した兄弟が自分を疎むようになることを恐れた継母が、兄弟の遺棄を試みるとするなど、全体的に冒頭の「けいしけいぼの中」を強調する物語草子として仕立て

	『本縁経』	奈良絵本
国名	摩涅婆吒	ましは国
父	長那梵士	ちやうなぼんし
母	摩那斯羅	まなしらによ
父の栄華	居家豊饒	金銀珠玉、眷属多
申し子	天神に祈禱する	諸天に祈る
命名	占相→早離速離	相人→さうりそくり
名前の由来	早くに父母と別離	早く父母と別離する
母の死	兄七歳、弟五歳	兄七歳、弟五歳、母三十四歳
兄弟の悲嘆	○	◎（叙述詳細）
遺言	子→発菩提心 父→二子への愛養	子→仏道帰依。来世での一仏浄土。 父→後世供養
葬送	死屍を葬す	野辺送り
継母	毘羅梵士の一女 心情禎良	きうなぼんしの女、国中第一の情けの人日頃から兄弟について讒言するが、父は承引せず。しかも母の死後、次第に貧しくなり、眷属も減る。
飢饉	飢苦財穀枯渇庫蔵空	飢渇。父は妻子を養うため、山へ木の実を採りに行く。継母はそれを与えず、兄弟はやせ衰える。ある時、子を抱き上げた父は、あまりの軽さに愕然とする。
父の旅立ち	檀那羅山（七日）	兄九歳弟七歳。だんならせん（夜日三日）
実の名	鎮頭	ちんとうくは（延命）
父の不在	二七日 継母の異念	継母は兄弟がちんとうくはを食して寿命が延びて成人した後、自分を疎むことをおそれる。
継母の依頼	海師	船頭
遺棄の場所	南海絶島	ぜつとうのしま

あげられている。唱導の場での本話の展開の様相からしても、こうした奈良絵本のありようは、継子の悲哀譚に傾斜していく、いわば恩愛の物語に変貌したものであり、必然的な流れにあるものと言えるだろう。

三　縁起絵巻の特徴

このような奈良絵本としての展開同様、「早離速離」説話の物語草子化として指摘されているのが、西尾市岩瀬文庫蔵『釈迦并観音縁起』（以下岩瀬本）である。ただし、本文および挿絵などから、同じ説話の物語草子化といっても奈良絵本との書承関係は考えがたく、むしろ以下の考察から、奈良絵本とは全く異なる要求のもとにこの絵巻が制作されたと判断できる。まず、その書誌について記しておく。

・函架番号　四九―一一

・形態　巻子本（原装）。二軸。慶安二年（一六四九）写。上巻…紙高三五・五糎。全長一三一〇・三糎。下巻…紙高三五・五糎。全長一四九〇・七糎。表紙は紺地、格子に小菊文を配した緞子。見返は金泥下絵模様（草木、塔）。紙背は銀箔散し。七宝花文銅製軸頭。本文料紙、斐紙。天地余白に金切箔を撒く。漢字平仮名交じり。銀界線。字高約二八・五糎。金銀泥入り極彩色の絵（上巻七図・下巻七図）。

・外題　釋迦并觀音縁起上（下）（原題簽）

・内題　觀世音菩薩往生浄土本縁經（上巻のみ）

・尾題　釋迦觀音之縁起上（上巻のみ）

・奥書　慶安二戊子年仲春吉辰（本文と同筆）

本絵巻は、釈迦の説法にはじまり、「早離速離」説話や讃偈にいたるまで、『本縁経』全文をそのまま和文化し

たものである。『本縁経』全文の和文化は『当麻曼陀羅疏』でもおこなわれているが、たとえば冒頭を『本縁経』と対照させると、

かくのごとく我きく。一時佛王舎城鷲峯山のいたゞきにおはしまして、大びくしゆともろ〳〵の大ぼさつまかさつにおよび天りう八部人ひ人とうくぎやういねうしてきゝたてまつりけるに大菩薩の本生のいんゑんをせつぽうし給ふ。その時佛の御まへに大光明ありて、南閻浮提をあまねくてらし、他方の國土におよぶ。しかるに、光明のうちに偈頌をときてのたまはく[24]

如キヲレ是我聞キ、一時佛在シテ二王舎城鷲峰山頂一ニ與二大比丘衆及諸大菩薩天龍八部人非人等一恭敬圍遶セラレテ而モ爲ニ説二玉フ大菩薩本生因縁一ヲ爾時佛前ニハ有リ二大光明一遍ク照シ二南閻浮提一ヲ漸及二他方國土一ニ而光明中ニ説テ二偈頌一ヲ曰

と、傍線で示したような細かい異同はあるものの、文飾などはいっさい見られず、ほぼ忠実に『本縁経』本文を書き下ししていることがわかる。また、本文内容にそった絵が計十四図付されているが、先の奈良絵本と比べても、非常に精緻なものであり、極めて豪華な装丁の絵巻として仕立てられている。「早離速離」説話の絵画化のみならず、冒頭および末尾には、物語の枠組みである釈迦説法と聖衆来迎の様が描かれており、本絵巻の享受者を救済するようなテキスト制作の様相をも想定させるものである。いずれの絵も経典にそった形で描かれているが、とりわけ図24にあげた下巻最終図（第七図）では、単なる来迎図にとどまらず、登場人物すべてが経典内容に呼応する形で細かく描かれており、物語の枠組みそのものを示している点で特徴的といえよう。

『本縁経』を忠実に書き下したこの絵巻の中で、唯一の大きな異同として注目されるのが、以下に強調字体で示した箇所である。

その時の梵士長那は、今しやかむににょらいこれなり。兄のそ（ママ）くりといふは、我身これなり。そくりといふは、大勢至ぼさつこれなり。朋友といふは惣持自在ぼさつこれなり。むかしのだんならせんといふは今のりやうせんこれ也。むかし絶嶋といふはいまのふだらくせんこれなり。

爾ノ時ノ梵士長那ハ者今ノ釋迦牟尼如來是也**母摩那斯羅者西方阿弥陀如來是也**兄早離者我身是也弟速離者大勢至菩薩是也朋友者惣持自在菩薩是也昔檀那羅山者今霊山是也昔絶嶋者今ノ補陁落山是也

それぞれの本縁を語る際に、父の釈迦、兄の観音、弟の勢至以下すべてをあげるのに対し、母の阿弥陀だけが省略されているのである。誤写による脱文の可能性も想定されるが、阿弥陀を讃ずる偈頌においても、

善かな両そく尊よくしやば世界を利す。しんじつほうしやう明じひ一さいにほどこす。もしごうしやうおもき事ありてじやうどにうまれんいんなくはみだのぐはんりきにじやうじてかならずあむらく國にうまれん

善哉兩足尊能利二下フ娑婆界一ヲ燈二明シ眞實法一ヲ慈悲施二一切一若有二テ重業障一無下ンハ生二浄土因上乘二シテ弥陀願力一ニ必生（到イ）二安樂國一ニ**若シ人造二多罪一ヲ應レ墮二地獄中一ニ纔ニ聞二ン弥陀ノ名一ヲ猛火爲二ラン清涼一ト若シ念二ハ彌陀佛一即滅二無量ノ罪一ヲ現ニ受二無比ノ樂一ヲ後ニハ必生二浄土一**

図24　『釈迦并観音縁起』下巻最終図（第七図）

↓釈迦（父）

↓勢至（速離）

↓惣持自在菩薩（朋友）

↓観音（早離）

とあるように、唯一後半部分が省かれていることから、何らかの意図的な省略であると推察される。「早離速離」説話の類話に見られたような、阿弥陀・観音・勢至の三尊一体、あるいは、観音・勢至の二菩薩を語るという文脈とは異なる、その書名を『釈迦并観音縁起』としたこととも響きあう現象ではないだろうか。

　そのような作為を考える上で注目すべきは、本絵巻の跋文（口絵④参照）である。

寛永之比、我蒙不思議之霊夢。始而奉拝此兩尊者、坐長二寸七分横一寸七分之圓木之中、奉開見。一方者釈迦之像前有阿難、迦葉二尊者、一方者觀音之像前有惣持自在菩薩。以栴檀刻其尊容、頗可為佛作者歟。且亦二尊之相好、偏相叶觀世音本縁経之説。依之以此経、為和訓加畫圖、則奉為縁起、花洛北野廻向院令寄進者也。誠如説一切之衆生、現世者福智願望速

↓阿弥陀（母）

令満足、未来者往生浄土必可無疑者也。慶安第二戊子姑洗中澣　施主平盛安（「杉原出雲」単辺方形墨印）

平盛安なる人物が、釈迦・観音像にかかわる霊夢を蒙り、それらが『本縁経』の説くところに通じることから、男女貴賤にその素意を解くため和文化・絵画化し、それを北野の廻向院に寄進したとするのである。なおまた、上巻には、「慶安第二戊子姑洗中澣　施主平盛安（「杉原出雲」墨印）」という奥書の後に、別筆で以下のような記事が付されている。

我昔依宿習之芳縁、得端正微妙之霊像。伏拝其儀式、宛合往生浄土本縁之説。誠権化之所作、凡鄙豈可窺之乎。爰有俗士。名椙原氏盛安。依此霊像、蒙不思議之瑞夢。最信仰之運、十餘年之思、以和字書本經、加畫図模縁起、欲令男女貴賤早解本經之素意而已。可謂出離生死之霊寶、往生刹土之龜

鑑者也矣。慶安二戊子《つちのえね》年仲春吉辰

この書写者は、昔、「端正微妙之霊像」を得ており、その「霊像」により、俗士「榾原氏盛安」が瑞夢を蒙ったと記していることから、おそらく奉納先の廻向院の僧が書き加えたものと判断できよう。

北野廻向院とは、現在の上京区東堅町にある浄土宗の寺院である。『京都坊目誌』および『京都黒谷精舎旧詞』によると、浄土宗鎮西派金戒光明寺の末寺で、もとは法然により黒谷に創建された別坊を、慶長十七年（一六一二）に勧誉敬音が現在地に移し、廻向院と称するようになったという。移転から三十数年の後、本絵巻が奉納されたことになるが、それ以後、岩瀬文庫に至るまでどのような伝来を遂げたのか、その詳細は不明である。しかしながら、ここで注目すべきは、『京都坊目誌』に見える以下の記事である。

如意輪観音堂　廻向院境内にあり。寛永五年八月十八日丹後の海中より発見す。二體の一也。一は出水善福寺に安置す。(25)

寛永五年（一六二八）に海中より発見されたという如意輪観音の伝承が記されており、先の絵巻下巻跋文の「寛永の比」に夢を見たとする記事との呼応が確認できる。跋文の記述は、どこまでが現実で、どこからが夢に関わるものなのか、判然としない面もあるが、絵巻の上巻に別筆で、「榾原氏盛安」に瑞夢を蒙らせる「端正微妙之霊像」を「我」が得ているとの記事が書き加えられている点や、実際、絵巻を奉納したという廻向院に、寛永出現の如意輪観音が安置されていた点からしても、本絵巻は廻向院の観音像とかかわって制作されたものと想定できるのではないだろうか。

さらに、寛文八年（一六六八）刊の『山城国中浄家寺鑑』三を見てみると、

三十九　御本尊恵心乃御作　黒谷御末寺回向院　所は同前専福寺の北隣

一毎年四月八日、摩耶夫人・悉達太子御誕生の尊形開帳是あり。則太子に甘露の法有にて、御産湯を濯き奉り給ふゆへ、童男童女まで参詣し念仏し侍る者也。

一善導大師の御影像是あり。定朝の作なり。当寺代々の霊寶なり。

一法然上人の御影是あり。安居院聖覚法印の作なり。是は黒谷檀誉上人の御附属し給ふ者也。

一如意輪観音大士の尊像あり。赤栴檀を以て比首羯摩の作なり。此尊形に縁起あり。参詣して拝み奉り此来歴をも聞給ふへき者也。

一如意輪観音の尊像是あり。是は丹後国海中より光を放ち、二躰出現し給ふ。其随一也。然るに由緒是ありて当寺に安置せしむ。其後或人左右の脇士を寄附せらるゝ也。右毘沙門天王は運慶の作。左地蔵能化は定朝の作也。此外霊像是有といへとも是を略す。(26)


とあり、先の海中出現の如意輪観音像に関する記事の前に、「赤栴檀を以て比首羯摩の作」とする「如意輪観音大士の尊像」について記されている。海中出現の像とは別の如意輪観音があったようにもとれるが、その「尊形」には「縁起」があり、「参詣して拝み奉り此来歴をも聞給ふへき者也」とするのである。海中出現の如意輪観音であったにせよ、別の如意輪観音であったにせよ、十七世紀半ばの廻向院に、観音の尊形、すなわち観音像に対する「縁起」のあったことが記されている点で非常に興味深いものがある。

如意輪観音の像は何体であったのか、また釈迦の像はあったのかなど、(27)不明な点は残るものの、十七世紀中頃の廻向院では、本尊の阿弥陀と並行的に、如意輪観音像が人々の信仰を集めていたことは確かなようである。そして、わずかに残された、これら廻向院の伝承的記述と岩瀬本の跋文との呼応から、おそらくこの寛永五年(一六二八)の観音出現という奇瑞こそが、縁起絵巻制作のきっかけとなったであろうと考えられ、あるいは絵巻における阿弥陀の省略も、本尊の阿弥陀については既に縁起があり、釈迦と観音、とりわけ観音の縁起を強調する目的でなされたものとも推測できる。そこには、単なる経典の和文化にとどまらない、江戸前期における縁起絵巻の制作状況が示されていよう。

四　杉原盛安と絵巻制作

それにしても、霊夢を蒙り、男女貴賤のために『本縁経』を絵巻として制作・奉納したという、平盛安（杉原盛安）とはいかなる人物であったのか。『姓氏家系大辞典』によれば、杉原氏は桓武平氏の流れを汲み、各地に多くの子孫を残しており、『雲州軍話』には「永禄九年云々、杉原播磨守盛重は美保関取出の付城を構ふ」などとある。奥書の印記に見られる「出雲」も、おそらく杉原氏の受領地を示したものと思われるが、杉原盛安の名は、管見の限り、人名辞典や系図の類には見いだせない。しかしながら、次にあげる寛文元年（一六六一）写の『日本書紀目録』の奥書にも、「杉原出雲」「平盛安」の名が見いだせるのである。

・山口県立山口図書館蔵『日本書紀目録』上下二冊

冒頭「日本書紀巻第一／目録　神代一／神代の初の事／…」

跋文「右之目録令披見以次手処々略書／寫者也定而可有失錯者也」

奥書「于時寛文元辛丑年立冬之日杉原出雲平盛安」(28)

さらに、東京国立博物館に蔵される『名劔秘傳書』にも、「平盛安」の名が確認できる。本書は、源義家が八幡宮参籠の際に摩利支天より授かった、刀の善悪を見分ける秘伝の書である。『東京国立博物館蔵書目録』および『国書総目録』に明和元年の写しとあるのは誤りで、明暦元年（一六五五）の写しである。

・東京国立博物館蔵『名劔秘傳書』一軸

冒頭「名劔秘傳書／夫刀に善悪の見分有／五所之以善為名劔…」

末尾「此一巻雖爲秘傳数年御執／心之上我可傳依無子孫令相／傳者也」

奥書「寛永七庚午暦九月十一日／高橋新五左衛門尉／右相傳之一巻令書留者也／明暦元乙未九月廿八日／平盛安（「盛安」円印）／進上」[29]

奥書や書写時期から見て、この「平盛安」もまた、岩瀬本の制作者である平盛安（杉原盛安）と同一人物であると判断できる。さらに興味深いことに、この『名劔秘傳書』末尾には、「盛安」という円印（図25①参照）が付されているのであるが、これは『古画備考』中二十一上「名画」（図25②参照）にあげられる絵師「盛安」の補注に付された円印と同一のものであると判明した。『古画備考』の絵師「盛安」が、杉原盛安を指したものかは不明であるものの、少なくとも「末摘花畫巻。紙本著色、土佐風拙。石山寺蔵。寺傳光起ト稱ス」という補注とともに付された円印は、『名劔秘傳書』のそれと同一のものである。すなわち、「末摘花畫巻。石山寺蔵」は、石山

図25①『名劔秘傳書』

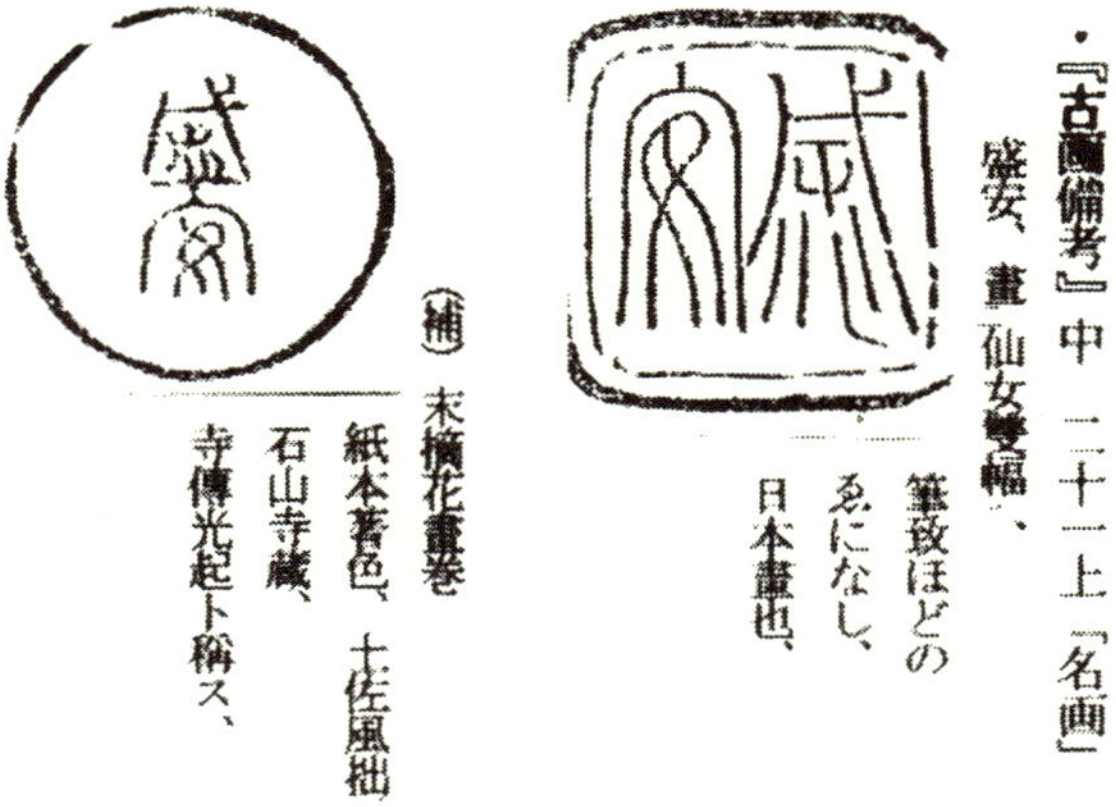

図25②『古画備考』

寺の図録の解説によれば、巻末に「右之端十六行者　四辻中将季賢朝臣自筆　書継已下　賀茂縣主西池杢助季通筆」の奥書と「盛安」の朱文円印があるという、同寺蔵『源氏物語絵巻』（末摘花巻）一巻を指したものと思われる。[30]また、この解説によれば、同絵巻は、題簽に「末摘花上」とあり、連れの「末摘花中」、「末摘花下」がニューヨーク・スペンサーコレクションに蔵されており、本来は三巻完結のものであった。さらに、同一のセットと考えられる「帚木」一巻が同じくスペンサーコレクションに蔵されているのであるが、その巻末には「詞書右馬頭源利長筆」の奥書とともに、岩瀬本奥書に付された「杉原出雲」の単辺方形印と同一の印が付されているのである。

これらの他に同一セットに属するものとして、「賢木」六巻の分割分売されたものがニューヨーク市バークコレクションに収納されており、「葵」六巻も国内に存在していることが知られている。現在、京都国立博物館に寄託されている「葵」絵巻には、奥書や印記は付されていないものの、[31]七宝花文の銅製の軸が用いられており、岩瀬本のそれと酷似している。しかも、同様な軸は石山寺蔵本にも確認でき、これら一連の『源氏物語絵巻』と岩瀬本との制作上の関連をうかがわせる。極彩色の上に金銀泥、箔を豊富に用いた豪華かつ華麗な、これら『源氏物語絵巻』が、もし五十四帖にわたって制作されていたならば、数百巻におよぶ膨大なセットであり、我が国の絵巻物史上、類を見ないものであっただろう。ただし、現存のものは物語の最初の部分だけであることから、未完の作であった可能性も指摘されている。いずれにしても、当時の絵巻制作において、可能な限りの贅を尽くしたともいえる、この『源氏物語絵巻』に関与した人物として、新たに杉原盛安が浮上してきたのである。

岩瀬本の制作発願者である杉原盛安は、十七世紀半ばに、『日本書紀目録』や『名劒秘傳書』といった書物の書写をおこなっていた人物であり、同一の「盛安」印の存在から、同時期に成立した石山寺やスペンサーコレクションの『源氏物語絵巻』の制作にも関与していたことが明らかとなった。但し、これら『源氏物語絵巻』の画風と岩瀬本のそれとは異なるものであり、『古画備考』にあるような、絵師「盛安」によるものとは想定しがたい。(32)『源氏物語絵巻』の詞書の書写者が同時代の堂上貴族であることや、豪華かつ精緻な岩瀬本のありよう、軸頭の共通性などから、江戸前期の絵巻制作における、いわばプロデューサー的な存在として、この杉原盛安を位置づけられるのではないだろうか。(33)

おわりに

以上のように、『本縁経』という偽経に端を発した「早離速離」説話は、中世の唱導世界において様々な形で引用・享受され、文芸作品においても慣用表現として盛んに用いられることとなり、さらには奈良絵本の形で、継子の物語として世俗化され、娯楽的な読み物として草子化されるにいたった。そのような「早離速離」説話の展開の中に位置づけられる奈良絵本化とは全く異なる系に、岩瀬本は存在しているのである。すなわち、偽経ながら経典本文そのものをもとに、和文化・絵画化がおこなわれ、制作者、享受者をも往生へと導くような、釈迦と観音の縁起を語る絵巻として仕立て上げられたのである。

室町期を中心に、貴顕が施主あるいは書写者となって盛んにおこなった縁起絵巻の制作は、制作あるいは書写する者にとっては霊験あらたかな寺社への帰敬を表明する一種の作善行為としてもとらえられる。江戸時代前期において、自ら縁起絵巻の制作・奉納をおこなった岩瀬本制作者の信仰心は、縁起絵巻の制作、奉納という行為の心性を考える上でも注目すべき事例である。(34)特に十六、七世紀の縁起絵巻制作における信仰意識と、その文芸、絵画との相関を照らし出すためには、なおも杉原盛安の活動の解明が求められよう。

【注】

（1）筑土鈴寛氏「神・人・物語」（『復古と叙事詩』青磁社　一九四二）、西田長男氏『日本宗教の発生序説』（理想社　一九六五）、松本隆信氏「中世における本地物の研究（一）」（『斯道文庫論集』九　一九七一・一二）など参照。

（2）松本隆信氏「中世における本地物の研究（七）―阿弥陀の本地―」（『斯道文庫論集』一九　一九八三・三）、牧野和夫氏「『往因類聚抄』との出合い」（『中外日報』一九八八・六・六）、落合俊典氏他「七寺蔵大乗毘沙門功徳経善生品第二」（『説話文学研究』三〇　一九九五・六）、牧田諦亮氏「疑経」（『岩波講座日本文学と仏教』六　岩波書店　一九九四）など参照。

（3）岡見正雄氏「説教と説話―建保四年写明尊草案集中の一説話の釈文―」（『国語国文』二六―八　一九五五・八）。

（4）畑中栄氏「草案集研究―第八巻の説法とその伝承―」（『金沢大学国語国文』一〇　一九八五・三）、徳田和夫氏「「月日の本地」の典拠　小考」（神道大系八六『中世神道物語』月報　一九八九・九）、濱中修氏「童子の風景―笛・境界・漂泊―」（『室町物語論攷』新典社　一九九六　初出一九九二）、牧野和夫氏「七寺蔵『大乗毘沙門功徳経』と「因縁・説話」」（『七寺古逸経典研究叢書』四　一九九九）など参照。

（5）元禄二年刊本（三巻三冊。太和屋源兵衛。大正大学蔵本など）、元禄十六年刊本（三巻三冊。大和屋久兵衛・太兵衛。成簣堂文庫蔵本など）が伝わる。なお、叶阿は、元禄八年に『科註十王経』（大正大学蔵本）なる『十王経』の注釈も刊行している。以下『本縁経』の引用は、龍谷大学附属図書館蔵写本によった。

（6）平松令三氏「〔口絵解説〕新知見の親鸞聖人筆本縁経要文」（『高田学報』九二　二〇〇四・三）参照。小山正文氏の御教示による。

（7）川勝政太郎氏「武蔵須賀広の嘉禄・寛喜板石塔婆について」（『史迹と美術』二七―一〇　一九五七）参照。渡辺信和氏の御教示による。

（8）『真宗史料集成』五（同朋舎）所収（正保四年（一六四七）刊『異義集』を底本とする）。引用に際し、傍線を付した。

（9）新日本古典文学大系（第二種七巻本）による。なお、諸本間での主な異同としては、実母の名前を「マシラ女」（三巻本）・「まなしら女」（九冊本）、兄弟を「速離早離」（一巻本）・「速利早利」（三巻本）など、檀那羅山の「木の実」（第二種七巻本）を「菓」（三巻本）・「菓子」（身延山本）、この説話の典拠を「たしかの経」（第二種七巻本）・「外典」（三巻本）・「伝」（身延山本）などとしている。

（10）前掲注（4）牧野和夫氏論文、上杉智英氏「真源撰『往生要集裏書』について」（『佛教大学総合研究所紀要別冊　浄土経典籍の研究』二〇〇六）参照。『往生要集裏書』の引用については、国文学研究資料館マイクロフィルムにより、私に翻字し、句読点を施した。なお、同系統の「早離速離」説話を収めると最近指摘されたものに、金剛寺に蔵される題名不明の新出説話集抄出本がある。箕浦尚美氏「金剛寺蔵〈佚名孝養説話集抄〉について」（平成十六〜十八年度科学研究費補助金基礎研究（A）『金剛寺蔵一切経の総合的研究と金剛寺聖教の基礎的研究』研究成果報告書第一分冊二〇〇七）参照。

（11）湯谷祐三氏「『曼荼羅聞書』の成立―逆修と十王讃嘆をめぐって―」（『西山学会年報』七　一九九七・六）参照。『当麻曼荼羅聞書』本文については、『顕意上人全集』一（法蔵館）による。

（12）福田晃氏「真名本『曽我物語』の唱導的世界（下）」（『唱導文学研究』三　三弥井書店　二〇〇一）の注（5）で、「早離速離」説話の類話を指摘されている。

（13）前掲注（4）徳田和夫氏論文参照。なお、『孝行集』については、黒田彰氏「静嘉堂文庫蔵孝行集」（『愛知県立大学文学部論集』三九　一九九〇・三）、『琉球神道記』については、『琉球神道記　弁蓮社袋中集』（角川書店）、『往生要集指麾鈔』については、大正大学蔵天和元年版本によった。

（14）『延慶本平家物語　本文篇』（勉誠社）より引用。

（15）『太平記』巻第十八「彼早離・速離ノ海岸山ニ被レ放、「飢寒ノ愁深シテ、涙モ盡ヌ。」ト云ケンモ、人住嶋ノ中ナレバ、立寄方モ有ヌベシ。」（日本古典文学大系）。幸若舞曲「新曲」「彼早離、速離が、海岸山に放されて、飢寒の愁へに沈みしも、それは人住む島なれば、立ち寄る方もありぬべし。」（新日本古典文学大系『舞の本』）。

（16）幸若舞曲「百合若大臣」「早離、速離が、古、海岸波頭に捨てられしも、これに似たりと申せども、せめて其は二人にて、語り慰む方もあり。」（新日本古典文学大系『舞の本』）。

(17)『妙本寺本曾我物語』（角川書店）より引用。なお、この部分については、仮名本『曽我物語』巻第十一「箱根にて佛事の事」にもある。

(18)「浄蔵浄眼ノ兄弟、父妙荘厳王ヲ汲引セシ昔ノ恨ミ、早離速離カ兄弟二人、紅桃浦ノ継母ノ遠流縁トシテ」（『赤木文庫本神道集』角川書店）とある。

(19)「遠くは浄蔵浄眼、早離速離」（新日本古典文学大系『謡曲百番』）とある。

(20)「古のさうりそくり兄弟がかいがん波濤にありつる」（『群書類従』二〇）とある。

(21)『日本教科書大系　往来編　教訓』（講談社）所収。前掲注（4）徳田和夫氏論文参照。

(22)徳田和夫氏「本地物語の基層」（『岩波講座日本文学と仏教』八　岩波書店　一九九四）。

(23)以下、東大本を私に翻字し、句読点を施し、清濁の区別をした。また引用に際し、傍線を付した。資料篇「東京大学国文学研究室蔵〔早離速離〕翻刻」参照。

(24)以下、岩瀬本を私に翻字し、句読点を施し、清濁の区別をした。また引用に際し、傍線を付した。資料篇「岩瀬文庫蔵『釈迦并観音縁起』翻刻」参照。

(25)『京都坊目誌』上京第十（『新修京都叢書』一八　臨川書店）より引用。

(26)刈谷市立刈谷図書館蔵本による。国文学研究資料館マイクロフィルムにより、私に句読点を施し、傍線を付した。

(27)現在の廻向院には、残念ながら本尊の阿弥陀をふくめ、寺宝の類は全く伝存していない。なお、『京都坊目誌』に記された海中出現とされる、もう一体の如意輪観音像については、現在も千本出水の善福寺に伝来している。

(28)国文学研究資料館マイクロフィルムによる。なお、本書には他に神宮文庫蔵本がある（未見）。山口図書館蔵本は、明倫館旧蔵書の小沢芦庵本と呼ばれるコレクションであることから、岩瀬本の筆跡との違いや「杉原出雲」の印記がないことも、芦庵本をまとめて書写したことによるものと判断できる。

(29)東京国立博物館マイクロフィルムによる。原本未見。

(30)『石山寺と紫式部—源氏物語の世界』（石山寺　一九九〇）参照。片桐弥生氏の解説によると、巻頭一六行の筆者については、奥書通り四辻季賢（一六三〇―六八）であり、制作年代も季賢が中将に任官された正保四年（一六四七）以後と考えてよいという。また、賀茂縣主季通（一六一九―九三）は、賀茂若宮の禰宜であった人物と考えられる（『賀茂社家系図』一二）ようであるが、「盛安」印については不明とする。辻英子氏『在外日本絵巻の研究と資料』（笠間書院一九九九）など参照。

(31) 京都国立博物館の二〇〇五年一月の平常展に、寄託として『源氏物語葵絵巻』が展示された。石川透氏の御教示による。若杉準治氏の御教示によれば、本書には奥書も印記も付されていないそうである。

(32) この『源氏物語絵巻』の絵師については、土佐光起とする伝承や、狩野季通とする添書の存在などが指摘されているが、その特定はなされていない。増補改訂版『スペンサーコレクション蔵日本繪入本及繪本目録』（弘文荘　一九七八）、『物語絵』（サントリー美術館　一九八七）など参照。

(33) 「盛安」の円印については、国会図書館蔵『聖徳太子伝』（覚什本。十冊）の各冊一丁目表の右下にも確認できる。佐々木孝浩氏の御教示による。この場合は、蔵書印として用いられた可能性が高い。このような蔵書印は、書陵部蔵『二十一代集』（桂宮本）などにも認められる。阿部美香氏の御教示による。なお、これら「盛安」印の詳細については、拙稿「杉原盛安とその文化営為」（『岩瀬文庫蔵　奈良絵本・絵巻解題図録』三弥井書店　二〇〇七）参照。また、杉原盛安と廻向院とのかかわりについては、現在のところ不詳である。ただ、廻向院には、江戸中期の絵師長沢芦雪や刀剣彫刻の工匠一宮長常の墓所があり、工芸関係者とかかわりの深い寺院であったようである。

(34) なお、愛知県聖徳寺には、仮名草子作家である浅井了意自筆の『赤栴檀弥陀の尊形一軀造立の縁起』一軸が伝存しており、岩瀬本同様、十七世紀半ばの縁起制作を考察する上で興味深い事例である。石川透氏「正徳寺蔵浅井了意関係資料について」（『奈良絵本・絵巻の生成』三弥井書店　二〇〇三）参照。

第八章　『西国巡礼縁起』の構造と展開

一　問題の所在

西国巡礼のはじまりについては、長谷寺の徳道による冥界譚と花山院による巡礼譚の二つの内容からなる巡礼起源説話が知られている。この説話は、室町時代以降、広く世間に流布し、とりわけ近世においては、西国巡礼の隆盛により、巡礼の道中記や案内記に至るまで、さまざまな文献に頻繁に取り上げられるにいたる。西国巡礼に関する先行研究においても、巡礼のはじまりを説くものとして必ずといっていいほどふれられる説話であり(1)、特に花山院の巡礼譚については、熊野信仰とのかかわりなどからしばしば論じられてきている(2)。巡礼という行為そのものや熊野信仰を考える上でも、『西国巡礼縁起』は極めて重要な書物といえる。しかしながら、そもそもの起源とされる冥界譚については、史学の立場からの研究が主であったことからか、荒唐無稽な伝説としてあまり重きを置かれずにきたように思われる。同様に、巡礼起源説話から成る『西国巡礼縁起』と称されるテキストについても、写本、版本を問わず、繰り返し制作され続けたにもかかわらず、内容の紹介にとどまるものがほとんどで、伝本の調査や所収説話の異同、テキストそのものの意義付けなどの点からは、あまり考察されてこなかった。そこで本章では、冥界譚の変容の様相、および『西国巡礼縁起』というテキストの構造について、詳しく検討してみたい。さらに、熊野信仰と非常に深いかかわりを持ち、中世、近世を通じてほとんど変容することなく語られ続けた花山院の巡礼再興譚についても、若干の考察を試みてみたい。

まずは、近世以降、広く一般に流布した典型的な巡礼起源説話を確認するため、長谷寺蔵『西国順礼縁起』(宝暦十年(一七六〇)刊)の内容を見ておきたい。[3] その冒頭、「和朝卅三所順礼の元由」として徳道冥界譚が語られる。養老年中、長谷寺開山徳道上人が頓死して冥界にいたり、衆生の堕地獄を防ぐ方法として、閻魔王自ら、三十三所観音巡礼を勧め、そのしるしとして宝印記文を与える。蘇生後、徳道は記文を中山寺に、宝印を長谷寺に納め、人々に巡礼を広めたところ多くが従うものの、その後、巡礼は退転してしまう。時を経て、閻魔王宮で行われた法花経十万部書写の導師として、書写山の性空上人が招かれ、閻魔王に巡礼を勧められた性空は、蘇生後、人々を導く。そのころ、出家した花山院が長谷に参詣し、霊夢を蒙り、閻魔の宝印を叡覧する。さらに河内国石川寺仏眼上人のもとを訪れ、その勧めにより中山寺へ勅使を送り、閻魔の記文を叡覧する。そこで花山院は仏眼・性空・弁光・良重・祐懐を同行とし、熊野那智山如意輪堂から美濃の谷汲まで巡礼を行う。その後、熊野権現の化身であった仏眼から、あらためて巡礼の功徳が説かれるというものである。この長谷寺蔵『西国順礼縁起』の末尾には、

種々《しゆぐ》霊験《れいげん》数多《しゆた》蒙《かうむ》り玉ひて。御下向の時重《かさね》て長谷寺に入らせ玉ひて徳道上人に謁《えつ》し。権現の神勅《しんちよく》に任《まか》せ。前《ぜん》世再誕《しやうさいたん》の。因縁《ゐんねん》を慇懃《いんぎん》に随喜拝話《ずいきはいわ》ありて。石川寺《いしかわでら》にて叡覧《ゑいらん》の往生。記文の写《うつし》をもつて。永《なが》く末代《まつだい》帰縁《きゑん》の衆生のためにとて。正暦《しやうりやく》元年七月十日本願十七代道空上人に委《くは》しくしめし玉ふ也。

とあるように、長谷寺僧正にもたらされた経緯が記されている。この他、閻魔王の宝印を長谷寺に納めたとし、花山院を徳道の再誕とするなど、長谷寺とのかかわりが色濃くなっていることがみてとれる。こうした点に独自の要素が認められるものの、概ね以上のような展開をもった巡礼縁起が近世以降ほぼ定着していくこととなる。

そこで、先行研究における西国巡礼の史的展開といったような観点からではなく、『西国巡礼縁起』というテキストの制作・流布を知る上で重要な事柄を年譜として制作し、次頁に掲げた。[4] まず、西国三十三所の霊地を列挙した古い巡礼記録としては、三井寺の『寺門高僧記』、および高山寺の『観音三十三所日記』、さらに近年、稲垣泰一氏が指摘された『醍醐枝葉抄』があげられる。[5] これらについては、すでに指摘されているように、現在の巡礼順序と異なることが知られており、例えば、最初の巡礼地について、『寺門高僧記』の行尊伝や『観音三十三所日記』では長谷寺とし、『醍醐枝葉抄』では醍醐とするなどの相違が見られる。現行の順序となるのは、享徳三年（一四五四）の『撮壌集』以降のことであり、熊野参詣の隆盛の下、那智山を一番とする三十三所巡礼が定着していったものと思われる。

先の巡礼起源説話を載せる最古の文献としては、享徳元年（一四五二）の『竹居清事』の記事があげられる。また、『西国巡礼縁起』という一書としての形をとるのは、明応年間頃の写本である『雑濫』中の「卅三所巡礼縁起之文」からであろう。十五世紀後半以降、この説話および巡礼縁起が盛んに制作・享受されていたことがみてとれる。さらに江戸時代以降、西国巡礼の隆盛とともに『西国巡礼縁起』だけでなく、その関連書が多数出版される。これらはテキストによって説話の増幅などが認められるものの、概ね時代が下るにつれ、徳道冥界譚および花山院巡礼譚からなる巡礼起源説話が固定化していく。また、そうした巡礼の縁起のみにとどまらず、三十三所の各寺についての観音霊験譚がともにまとめられるに至り、版本だけでなく、写本も依然として制作され続けていたこと

西国巡礼縁起および関連文献年譜（抄）

鎌倉時代末頃	『寺門高僧記』行尊伝「観音霊所三十三所巡礼記」、覚忠伝「応保元年正月三十三所巡礼則記之」
承元　五年（一二一一）	『観音三十三所日記』（高山寺蔵）
十五世紀前半	『醍醐枝葉抄』「観音三十三所」（醍醐寺蔵）
文安　三年（一四四六）	『壒嚢抄』「三十三所ノ観音事」
宝徳　二年（一四五〇）	『康富記』二月二十五日条「三十三所巡礼観音摺本」
享徳　元年（一四五二）	『竹居清事』「搏桑西州三十三所巡礼観音堂図記」
文明十八年（一四八六）	『補庵京華新集』「三十三所巡礼観音尊像開眼供養偈并序」
明応　七年（一四九八）	『幻雲稿』「清水山新建慈願寺幹縁疏」
明応　八年（一四九九）	『天陰語録』「越前河合荘岩坂三十三所巡礼観音安座点眼法語」
明応年間（一四九二〜一五〇一）頃	『雑濫』「卅三所巡礼縁起之文」一冊。（宮内庁書陵部蔵）
大永　六年（一五二六）	『卅三所観音之縁起』写一冊。（慶應義塾図書館蔵）
天文　五年（一五三六）	『西国霊場縁起』写一軸。（松尾寺蔵）
十三年（一五四四）	『西国三十三所本尊御影』版木。（中山寺蔵）
室町末期	『西国順礼縁起』写一軸。（大東急記念文庫蔵）
室町末期	『中山寺縁起』写一巻。
慶長十一年（一六〇六）	『那智阿弥由緒書』「慶長年中那智阿弥先住勢伝書書留也」
元和　三年（一六一七）	『西国三十三所順礼ゑん記』刊一冊。（雲泉）
正保　五年（一六四八）	『西国三十三所本尊御影』版本。（長谷寺蔵）
寛文　七年（一六六七）	『西国三十三所順礼縁起』版本。（南法華寺蔵）
天和　三年（一六八三）	『西国卅三順礼縁起』刊一冊。京都経師宗真。
貞享　四年（一六八七）	『西国洛陽三十三所観音霊験記』松誉著。京小林半兵衛板。（日本大学図書館蔵）

元禄　二年（一六八九）　『西国卅三所順礼縁起』刊一冊。
八年（一六九五）　『花山法皇西国順礼草分縁起（廻国縁起）』本奥書（廃仏眼寺文書）
十三年（一七〇〇）　『巡礼之縁起』写一冊。
宝永　二年（一七〇五）　『西国三十三所霊験記真鈔』刊五冊。松誉巌的著。京都日野屋半兵衛板。
八年（一七一一）　『西国大縁起』写一冊。（河野陽子氏蔵）
享保　八年（一七二三）　『西国順礼ゑんぎ』刊一冊。高野山山本平六。
十一年（一七二六）　『西国三十三所観音霊場記』刊十冊。厚誉春鶯編。京河南四郎右衛門他。
十四年（一七二九）　『三十三観音霊場巡廻図』刊一冊。（岩瀬文庫蔵）
寛保　三年（一七四三）　『観世音霊験記』写一巻。
延享　五年（一七四八）　『西国三十三所順礼縁起』版一冊。藤屋伊兵衛編。（糸井文庫蔵）
寛延　二年（一七四九）　『西国順礼三十三所普陀洛伝記』写十冊。円通庵夢斎記。
宝暦　三年（一七五三）　『西国三十三所順礼記』刊一冊。（東京大学蔵）
十年（一七六〇）　『西国順礼縁起』刊一冊。（長谷寺蔵）
天明　二年（一七八二）　『巡礼略縁起』刊一冊。（神宮文庫蔵）
享和　二年（一八〇二）　『西国三十三番札所順礼ゑんぎ』刊一冊。江戸鶴屋喜右衛門。
文化　三年（一八〇六）　『西国順礼縁起』刊一冊。南紀大坂屋長三郎。
四年（一八〇七）　『じゅんれいゑんぎ』刊一冊。南紀粉川大阪屋長三郎。（雲泉）
十一年（一八一四）　『観音霊験記』刊五冊。松誉。堺屋仁衛板。
天保　二年（一八三一）　『観世音三十三所霊場記』写一冊。継飯亭書。
三年（一八三二）　『西国三十三所略縁記』刊二冊。名府慶雲舎蔵板。（京都大学蔵）
四年（一八三三）　『観世音霊場三十三所縁起』写六冊（石川透氏蔵）
十五年（一八四四）　『西国三十三番順礼図』美濃谷汲山蔵板。

弘化　二年（一八四五）『西国三十三所観音霊場記図絵』刊五冊。厚誉春鶯原案。辻本基定編。
　　四年（一八四七）『西国三十三所巡礼縁起』刊一冊。（龍谷大学蔵）

※年代不詳…『西国三十三所縁起』写一冊（国会図書館蔵）・『西国三十三所次第』写一冊（東京大学蔵）・『西国三十三所順礼ゑんぎ』刊一冊（東京大学蔵）・『西国三十三所由来記』写三冊（田中緑紅氏蔵）・『西国三十三番順礼縁起』写二冊（雲泉）・『西国巡礼縁起』刊一冊（旧彰考館蔵）・『西国巡礼三十三所普陀落伝記』写十五冊（国会図書館他）など。

がわかる。

このように、近世以降も、西国巡礼の名所記・案内記的側面を強めつつ盛んに享受され続ける『西国巡礼縁起』であるが、後で示すように、その発端ともいえる十六世紀前半に相次いで書写される巡礼縁起と、近世以降に定着していった巡礼縁起とには明らかな相違が指摘できるのである。なぜ室町後期に相次いでかような巡礼縁起が盛んに書写されたのか、その成立状況について検討する必要があるのではないか。

二　西国巡礼起源説話の諸相

そこでまずは、年譜の前半部分に示した室町期の諸記録における巡礼起源説話について、どのようなものであったのか、確認しておきたい。文安三年（一四四六）の『壒嚢抄』の「三十三所ノ観音事」には、次のように記されている。

三十三所トハ何々ソ。那智山ノ如意輪堂（中略）御室戸寺。二丈二尺千手。山城国宇治ノ郡ニアリ。光仁天皇ノ御願、寛空上人ノ建立、五間四面ノ堂也。是参詣ノ次第也。就二此ノ次第一異説是多キ歟。或ハ為二長谷ヲ初一ト。或ハ三室戸ヲ為レ初ト。長谷ヲ為レ終ト。或説ニ云只便路ヲ為レ本ト。不レ論二前後一ヲト云々。此記ハ久安六年庚午長谷僧正参詣ノ之次第也。或夜長谷僧正ノ夢ニ。於二テ琰魔王宮一ニ。日本ノ生身ノ観音卅三所ヲ註セル記録ヲ見ルニ則今ノ日記也ト云云。一度参詣ノ輩ハ縦ヒ雖レ造二ルト十悪五逆一ヲ速ニ消滅シ永ク離二ル悪趣一ヲト云云。

波線を示したように、巡礼の順路について異説が多い旨を記した上で、傍線部分にあるように、長谷僧正が夢で閻魔宮から示された三十三所の記録によったものとし、巡礼の順路だけでなく、起源説話についても異説があったことをうかがわせる。この長谷僧正の閻魔王宮訪問譚の異伝ともいうべき伝承が、十五世紀前半の成立とされる『醍醐枝葉抄』の「三十三所巡礼次第」にも見られるのである。

醍上醐山准胝　山城国（中略）或伝、普賢寺僧正覚忠又号長谷僧正云々。頓滅参炎魔王宮。炎王問云、日本国中ニ生身観音霊所卅三ヶ所有之、知否云々。未知之由答之。炎王重此在所具被示之。汝蘇生之後、必令参詣流布云々。即蘇生了、始参詣。其以後天下知之云々。

稲垣氏によれば、この長谷僧正覚忠の冥界訪問の伝承は、現在のところ、『醍醐枝葉抄』のみに見られ、西国三十三所霊場の由来を説く最古の記事であり、長谷僧正覚忠とは、先の『寺門高僧記』の寺門派の僧覚忠を指したものである[6]。おそらく、この長谷僧正の冥界譚がもととなり、「長谷《ながたに》」の表記から「長谷寺」を連想し、そこから徳道上人の冥界譚が形成されていったものと思われる。その徳道冥界譚を含む巡礼起源説話が見られる最も早い記録が、先に述べた享徳元年（一四五二）、五山禅僧恵鳳の語録である『竹居清事』の「搏桑西州三十三所巡礼観音堂図記」である。

聞之古老曰。吾　花山上皇既厭万機。託之嗣宮。永観中。克落聖髪。而躬御勤息之服。尊浮屠仏眼上人而為師。　上皇因允其所請矣。而上人所講無他。昔養老年中。大和国長谷寺。有僧得道上人者。疾而絶矣。殆数日。遂甦。如寝復醒。冥府制嚴。官吏用法。如人間所図也。閻王勅上人。大期末限。可帰本土。且有光世昔堂。在三十三所。所最欽也。告之其人。人雲福難測。上人恐其或無之信者。王乃賜之三十三印。印各有三十三之名。上人及甦。告之人。人未之信矣。上人感楚璞之辱。収之於摂之中山寺。到今得道之気猶鬱矣。顧力不足振之。以此為憾。上皇遂遣中使。遠謁乎摂之中山寺。訪之寺僧。印文不冈。累々三十三印。以安之三十三所。上皇與仏眼。偕親詣之。屈至尊而行賤種之所耻。吁難矣哉。不亦光世如来現梵王身乎。距数百年。永享上下之交。巡礼之人。道路如織。関市相望。小簡書某士某人三十三所巡礼之字。貼之仏宇。寘之茶店。茶店什八九。

ここではじめて、花山院の巡礼再興譚も登場する。花山院の出家に際し、師となった仏眼上人が、花山院に対して語る文脈の中で、徳道冥界譚が記されているのである。頓死して冥府を訪れた徳道上人が、閻魔王から観音霊場を世に広めるよう、三十三印を託され蘇生する。上人はこれを人々に語るが信じてもらえず、三十三印を中山寺に納めたというものである。これを聞いた花山院が仏眼上人とともに三十三印を霊場に配ったのを巡礼のはじまりとしており、先に紹介した近世の『西国巡礼縁起』の大略が確認できる。これと同様の話が、同じく五山禅僧の横川景三による『補庵京華新集』にも書き留められ、さらに建仁寺の僧寿桂、別名幻雲の遺稿である『幻雲稿』にも簡略なものだが認められ、十五世紀の後半頃には、この巡礼起源説話が広く流布していたことがわかる。しかしながら、同じ十五世紀後半の五山禅僧である龍澤の『天陰語録』には、次のように記されている。

日本国養老中。和州長谷寺有威光上人者。病而気絶、入冥府逢閻魔王。王曰。日本国有観音大士霊場。其数三十三也。遂帰本土。告之令人結善因。只恐人不信之。乃賜三十三印。各有三十三所之名。上人蘇生。徧告国人。然後収閣王玉印於摂州中山寺也。其後二百年。寛和二年夏。寛和上皇厭世相。幸崋山寺。脱屣宝位。薙髪以著畛服。法諱入覚。時年十九。与世尊出家同其年也。天下霊区。徧印足迹。聞三十三所霊異。一々巡而礼之。至尊猶爾。矧庶人乎。矧沙門乎。爾来巡礼人。溢于村。盈于里。背後貼尺布。書曰三十三所巡礼。某国某里。闕吏譏而不征之。舟師憐而不賃之。或推食々之。或推衣々之。始于南紀那智。終于東濃谷汲。歴国者八九。送日数旬。触熱衝寒。手足胼胝。面目黧黒。如大禹治洪水之労。以故途路而化草莽者惟夥矣。皆言与其生而造罪業。熟若其死而結善因。欽仰大士者。如渇赴水飢赴食。其源出花山上皇也。自寛和二年。至今明応八年。已得五百余霜。巡礼之人益熾也。

ここでは、傍線を付したように、徳道冥界譚と同内容の冥界譚が「長谷寺威光上人」の話として伝えられている点で注目すべきものがある。「長谷寺」としている点で、徳道上人との聞き違いか誤写かとも思われるような記事ではあるが、実はこの「威光」なる人物が冥界を訪れたことを巡礼の起源とする巡礼縁起が、同じ時期にしばしば書写されているのである。巡礼の順序が一定していなかったのと同様、巡礼縁起成立当時、冥界譚の主人公にも揺れがあったと考えるべきなのか、それとも何らかの意図が働いたものなのか、『西国巡礼縁起』における冥界譚の諸相について、詳しく見てみる必要があるだろう。

三　『西国巡礼縁起』にみる冥界譚

そこで次に、『西国巡礼縁起』として一書に仕立て上げられたテキスト群について、その冥界譚を中心に概観していきたい。現在のところ確認できる最も古いものとしては、先に触れた明応頃写と推定される九条家旧蔵『雑濫』中に編まれた「卅三所巡礼縁起之文」があげられる。『雑濫』とは、明応五年（一四九六）作の京都伏見深草の「藤森神社造立沙門楽翁勧進状」と、明応七年（一四九八）に性祐法師筆写本を書写した旨の奥書がある、京中の観音三十三所霊場を列記した「京中巡礼次第」、さらにこれに関連して書写されたものであろうと推察される「卅三所巡礼縁起之文」、そして明応頃の写とされる「求常気冬至術」という、以上四つの史料があわせられたものである。総じて明応七年（一四九八）を下らない時期に編集されたものとの推察がなされている。

夫三十三所之観音巡礼之縁起を尋に、昔春日之威光聖人、焔魔王宮参詣事、暫之観念之間也、向大王彼聖人宣、三界衆生依二不信懈怠一ナルニ、堕二地獄一事不便至極也、所詮娑婆世界大日本国之内、有三十三ヶ所之観音之霊地、彼庭ニ一度モ遂参詣輩者、無量劫之罪消滅、現世安穏なれば、後生又善処ニ生遂而、導キレ一門ヲ令レ結二一仏浄土九品蓮台趺一ヲ給、此旨可被披露、憖ニ蒙レ勧ヲ、則花山院始巡礼ヲ被召給けるとかや、又熊野権現御託宣云、我前ニ卅三度参よりは、彼巡礼ヲ一度為宗輩者、功徳尚増たりと誓給、不可疑之、縁起広博也、志趣之旨、大略如斯

巡礼の始源として「春日之威光聖人」が閻魔王宮に参詣したことを記している点で、先の『天陰語録』における「威光上人」の記事との呼応が確認でき、この時期、徳道冥界譚と平行する形で、威光冥界譚が世間に流布していたと考えられる。

さらに興味深いことに、この九条家旧蔵本に見られる「威光聖人」の記事と、ほぼ同内容の記事を冒頭にもつ『西国巡礼縁起』のテキストが、少なくとも三本現存することが判明した。まず、従来知られている松尾寺蔵の天文五年（一五三六）写『西国霊場縁起』がそれである。

夫三十三所之巡礼尋縁起、威光上人閻魔王宮参詣し給事暫観念之間也。大王彼上人に向の給ふ様、「三界之衆生依不信堕地獄事不便至極也。所詮娑婆世界大日本国内しやうじん乃観音卅三所御座す。彼へ一度参詣の輩者無量劫の罪を消滅し、現世則豊に後世には悪趣を出離せん者也」。爰に花山院の御門十九歳して御発心に御出あるべしとて権化人御尋あるに更にこれなし。或時勅使河内国石川郡磯長里威光太子御廟所に被遣。

何とは不知乞食の沙門一人来り給。其眼より金色の光さし給ふ。勅使彼聖を御覧じて「不思議なる御事也。何様是は権化人にて御渡候」とて軈而召具して上洛し、此旨を御門へ奉奏。御門御悦無限。宣旨には自眼金色乃光さし給ふ間、軈而仏眼上人と被下宣旨。御門は永観二年三月十五日に御出家ありて御名を入覚とぞ申奉る。（中略）御門聞食、「われ十善乃王位ながら、何として末世の衆生の成仏のふせをばあたへ申べき。夫しかるべくは濁世乃凡夫の成仏すべき意趣を上人くはしくしめし給へ。末世乃衆生にひろむべし」と御門宣旨ありければ、上人のたまはく、「やすき間の御望なり。爰日本国乃中大和国長谷寺の開山徳道上人、養老年中に往生し給ふ時は閻魔庁庭大こく天《殿歟》を出、十王さむたん在てぐしやうしん乃御筆にて、娑婆世界大日本国のうちに正しんの観音卅三所まします。彼観世音に一度結縁乃衆生は地獄に落べからすと十王御誓願なり。一度順礼仕給ふ人を地ごくにおとす事あらば、十王共ニ地獄に堕べしとの意趣を書つけて、同順礼の縁起徳道上人に渡し給ふ。其よりいまに至まで津の国中山寺太子の御影堂に被納けり。其本を被召上て、天下に観音順礼を御ひろめあれ」と仏眼上人に申給へば、軈而摂州中山寺へ勅使を御立あつて彼本をめし上、法王御披見あつて難有御事かなとて、やがて御順礼有べしとて、永観二年三月十八日に、大内を御出あり。仏眼上人を先達同中山寺乃了長僧都弁光法印能範法印両三人召具して熊野へ御参詣あり。同那知山如意輪堂より始て卅三所順礼あり。美濃谷汲寺にて参留、六月一日に御帰洛あつて、仏眼上人内裏にしばらくおはしまして法王に向仰ある様は、「能々末世衆生に順礼ひろめ給べし。すでに一天乃王位さへ御順礼あり。貴賤乃輩観音参詣申べし」と委細上人しめし給て「しばらく是にありたく候へども、熊野証誠殿に役ある法師にて候間御暇申候」とて、其まゝ天に上給。しかる間御門の宣旨には「さては仏眼上人は熊野権現にてましますぞや、ありがたし」とてかさねて熊野御参詣あり。本宮証誠殿に一七日御参籠ありふかく御祈念あり。「あひねがはくは南無大慈大悲観世音三世乃諸仏十方薩埵、殊には伊勢太神宮、八幡大菩薩、春日大明神、日本国中大小神祇、別ては熊野大権現哀愍納受をたれたまへて、仏眼上人に今一度対面あらせてたび給へ」と一心に合掌し、かうべを地になげさせ給ひ御祈念あれば、遙に天地しんどうする程に猶御いのりありしかば、第三日夜夢ともうつゝともおぼえず、証誠殿の御戸を押開き、仏眼上人合掌し給て仰ありけるは、「法王の御志まことにせつなるにより、かりに上人と現じ二度対面申事信心深きによつてなり。就中摂州ならまく法印と申御ひじりは、真言秘密をきはめたまふ御事さへ後生をばねがはせ給ひ順礼に出給ふ、いはんや過去も現在もしらざるともがら一度も順礼申さずしてたすかるべしとは見えず、わがまへに一度順礼してむかはんものはわれ三乃きたはしまでくだりて彼順礼を三度礼拝すべし。今生は息災延命あんらくなるべし。又順礼に一夜宿をかしたらん人は三世の諸仏をくやうしたるよりもすぐれたり」とて権現は玉殿にいらせ給ふ。其後法皇くはんきしたまひて那智山に千日籠し給ふ。それよりなち籠いまにたいてんなし。熊野山より法皇御下向ありてかさねて御順礼あり。以上二度其以後天下に巡礼ひろまり給ふなり。(7)

冒頭に九条家旧蔵本と同様の威光冥界譚を語り、それに続く形で花山院創始譚が記されている。しかし、ここでは、威光冥界譚を巡礼の淵源としながらも、先の『竹居清事』同様、花山院の出家の師である仏眼上人の話の中に、巡礼の起源として徳道冥界譚も紹介されているのである。また、そこでは、傍線を付したような独自の内容を持つ記事も散見される。例えば、仏眼上人との出会いの場面において、磯長の太子廟を「威光太子御廟所」と表現していたり、閻魔王から授かる宝印記文についても、「倶生神筆の順礼の縁起」としたり、あるいは、花山院の初度の巡礼の同行者を「中山寺の了長・弁光・能範」とするなど、五山僧の記録や近世に流布した『西国巡礼縁起』には見られない、あるいは異なる記事が確認できるのである。

これに加えて、先行研究において断片的に紹介された記事から、徳道冥界譚と花山院の巡礼譚を記す巡礼縁起であると知られていた、大東急記念文庫蔵『西国順礼縁起』があげられる。原本を確認したところ、冒頭に、

夫三十三所順禮之縁記尋、威光聖人閻魔王宮参詣給事暫観念之間也[8]。

とあり、威光冥界譚を付す松尾寺本と同内容のものであることがわかった。松尾寺本と同様、巻子に仕立てられたこの巡礼縁起には、奥書等は記されていないが、岡田希雄氏によって、室町末期の写と推察されているものである[9]。松尾寺本と異なり真名文で書かれた大東急本は、巡礼の縁起については先に示した独自記事の部分なども含め、概ね松尾寺本と一致しているものの、「倶生神筆の順礼の縁起」だけでなく、「石の起請文」と「順礼の縁起日記次第」を中山寺に納めたと記していたり、花山院の同行人に書写山の性空上人を加えていたりするなど、若干の異同もある。その上、末尾には観音の誓願や縁起次第、三十三所各地の御詠歌を記すなどの相違も認められるものである。

さらにこのたび、松尾寺本の書写年記を遡る奥書を持つ同系統の巡礼縁起として、新たに慶應義塾図書館蔵本を見いだした[10]。大永六年（一五二六）の奥書を持ち、転写本の可能性も否定できないが、少なくとも室町末期から近世極初期までには書写されたものと判断されるものである。『卅三所観音之縁記』と題されるこの慶應本は、九条家旧蔵本と同様「春日いくわう上人」の閻魔参詣記事を冒頭に、松尾寺本と同様の独自記事を有しつつ、徳道冥界譚と花山巡礼譚が記されている。独自記事では、「石の起請文」と「順礼の縁起日記」とする点や末尾に観音の誓願を述べる点では、大東急本に近い印象も受ける。ただし、松尾寺本、大東急本に比して、仮名書きの部分が圧倒的に多く、これら同系統の巡礼縁起の間で直接の書承関係があったというよりは、むしろこれら共通の祖本があった可能性を推測させるものである。なお、この慶應本の奥書には、

雖無極悪筆嚴命率爾染翰共併似不顧后看之嘲哢矣。旹大永龍秋丙戌仲夏初一日書之。備陽之旅人陸忠

とあり、「備陽の旅人陸忠」なる人物の書写であるとするが、これについては、現在のところ、どのような人物であったのか、特定できていない。ちなみに、先の『竹居清事』の中の巡礼起源説話に続いて、享徳の頃、備前牛窓の僧仲瑛が画工に「西国三十三所巡礼観音堂図」を描かせたとする記事があり、当時、備陽のあたりまで西国巡礼への関心が拡がっていたと考えられる。

以上、徳道冥界譚を含みつつ威光冥界譚を冒頭に位置づけるという、これら同系統の写本が、ほぼ同時期に書写されていることが確認できるわけだが、これだけ書かれた系統でありながら、近世以降の巡礼縁起においては、従来の徳道冥界譚のみを記すものが定着していくこととなる。そこでは、最初に触れた長谷寺蔵本がそうであったように、徳道冥界譚が冒頭に置かれ、時系列で話が進む形となっている。室町末期写とされる『中山寺縁起』においても、威光冥界譚は見られず、徳道冥界譚に続いて花山院巡礼再興譚が記されており、縁起としての体裁を整えている。先の長谷寺蔵本に長谷寺色が濃厚であったのと同様、中山寺の縁起でも、中山寺独自の要素が認められる。すなわち、中山寺の僧弁光による冥界譚の付与である。

時に弁光大光明を現ず。虚空に音楽ありて諸仏来迎し給ひ。忽一山浄土となれり。此日弁光聖衆とともに空に飛去と覚化す。七日を経て蘇生。時に手に一の蓮華を持す。大さ尺計。是より国人蓮光僧正といふ。又焔王に見たり。王告に巡礼の功徳無量なるを以てせり。其後広く法皇に告奉りて四衆に説。遂に修法は恒例となりて今に絶ず。末世の今すら誠信の人は此日大士天仙の空より下り霊香梵音甚妙なるを見聞するもの多し。其後後白河の法皇熊野の神託により自巡礼を行じ給ひ。廃寺を補入し三十三の数に満。同修三千三百人。是より盛に行はる。忝も事冥司より起て朝廷両皇跣足にして苦行を執給ひ。道空眼光の四師千蹤にして益を思

ふ。

花山院による巡礼再興の後、時を経て中山寺の弁光が再び閻魔王から巡礼を勧められ、それを受ける形で後白河院が巡礼をおこない、三十三所を保つべく廃寺を補ったとするのである。そこには、「冥界」から「巡礼」、「巡礼」の後「退転」、そしてまた「冥界」へという構図が読みとれ、冥界譚を利用した巡礼中興の縁起としての側面がみてとれる。なお、永正九年（一五一二）成立の『法華経鷲林拾葉鈔』巻二三普門品第二五には、

西国順礼ト申事ハ花山ノ法王ノ御願也。昔シ摂津ノ国中山寺ト申処ニ貴キ聖リ御座ケリ。頓死シテ参二玉フ閻魔王宮一ニ。大王ノ云ク、汝ハ未レ尽二報二命一。不レ可レ来レ此一ニハ。然ヲ今召ス事ハ日本国ノ中ニ雖レ多二ト観音ノ霊像一殊ニ勝レ玉ヘルハ三十三処在之一。願ハ上人帰リ是ヲ順礼シ玉ヒ決定往生ノ可二ト因縁一ナル示玉ヘリ。蘇生シテ花山ノ院ニ此旨ヲ申玉ヘリ。故ニ上人ト法皇ト相共ニ遂ケ二三十三処ノ順礼一ヲ、祈二玉ヘリ二世ノ御願一ヲ。

とあり、徳道冥界譚が「中山寺の貴き聖」の冥界譚として書き留められている。あるいは、中山寺が西国巡礼の縁起を自らの唱導に用いていった様子を垣間見せている事例といえるかもしれない。(11)

これ以降、近世の西国巡礼にまつわる縁起や霊験記、名所記などでは、徳道冥界譚が定着するわけだが、中にはいささか変形したものも見いだせる。南法華寺、すなわち壺坂寺に伝わる版木に見える巡礼縁起がそれである。なお、これとほぼ同内容のものとして、近藤喜博氏がかつて紹介された元禄十三年（一七〇〇）写の巡礼縁起がある。(12)これらの巡礼縁起では、最初に示した長谷寺蔵本で触れた性空の冥界譚を徳道冥界譚よりも前に置き、特に元禄十三年写本では、それをもって巡礼の始源としているのである。性空上人については、先の大東急本でも花山院の巡礼同行者にあげられており、実際に花山院が帰依していたことが広く知られていることから、花山院に巡礼を勧める存在として、このような冥界譚が出てきたものと推察される。さらに、南法華寺蔵版木と

元禄十三年写本には、花山院巡礼の同行として十三人をあげるという独自の記事が見られる。これは、岡寺に蔵される「西国三十三所順礼元祖十三人先達御影像」[13]（図26参照）に一致するものでもある。そこには、徳道や性空と並んで威光上人も明記されており、これまでの巡礼縁起の展開を集約するようなものであり、同時に、近世において語られなくなる威光冥界譚の残滓とも位置づけられよう。

以上、巡礼縁起の諸相について、冥界譚を中心に見てきたわけだが、それらには、次頁図①に示したような構成上の違いがあることがわかる。すなわち、『中山寺縁起』や長谷寺蔵『西国順礼縁起』のように、室町期より広まっていた巡礼起源説話を巡礼縁起の一書とするため、徳道冥界譚を冒頭に置き、時系列に話を展開させるという方法が主流を成すに至る中で、例えば南法華寺蔵版木のような性空冥界譚を冒頭に持っていくというような変化を見せるのと、威光冥界譚を冒頭に付す系統とは後の展開に威光冥界譚が響いてこないという点で、明らかに構造的な違いがみてとれるのである。徳道については、九条家旧蔵本を除く全ての『西国巡礼縁起』に記され、近世以降固定化していくわけであるが、これは、古くは西国巡礼を長谷寺から始めたとする記録や、『壒嚢抄』『醍醐枝葉抄』に見られる長谷僧正の冥界譚とかかわるものであろう。

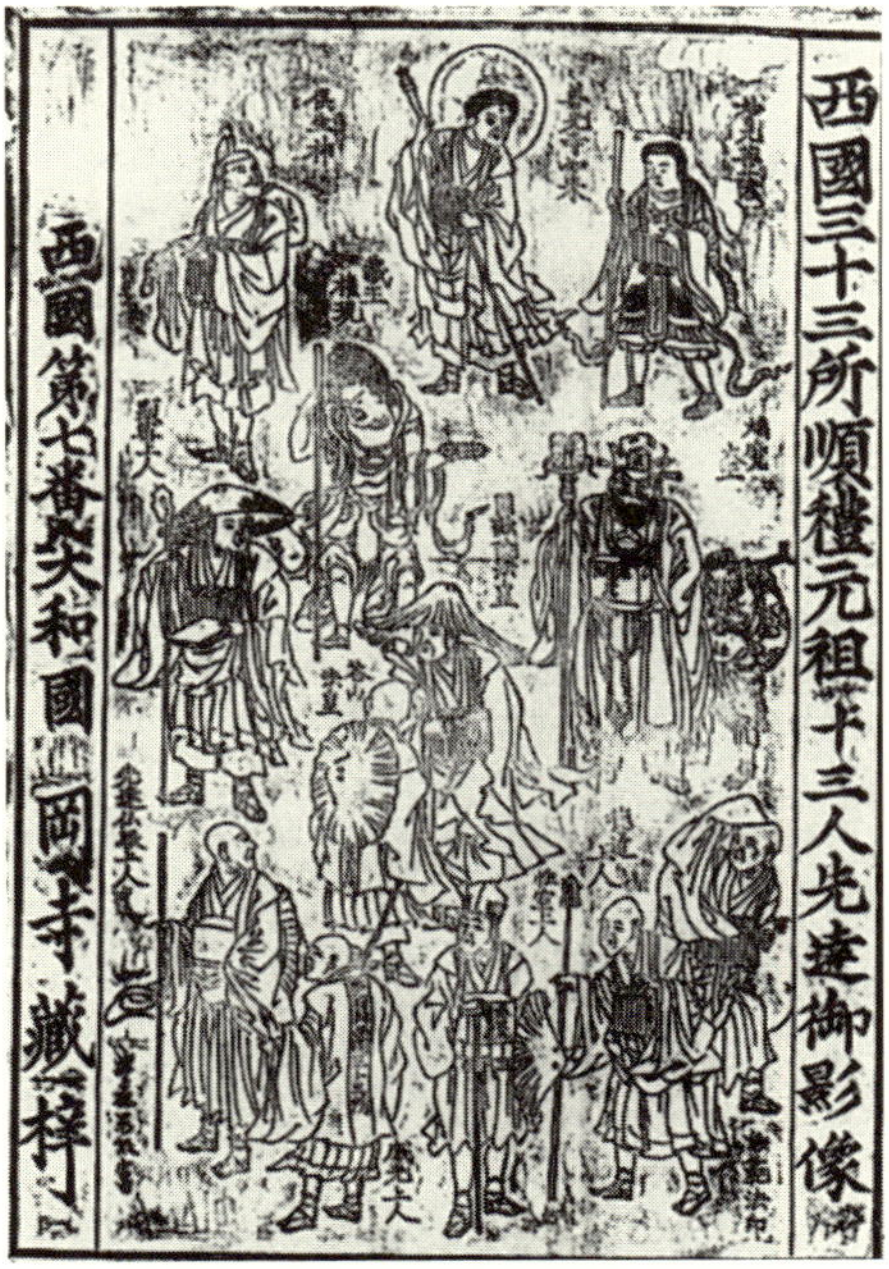

図26　「西国三十三所順礼元祖十三人先達御影像」

図①　諸本の構成比較

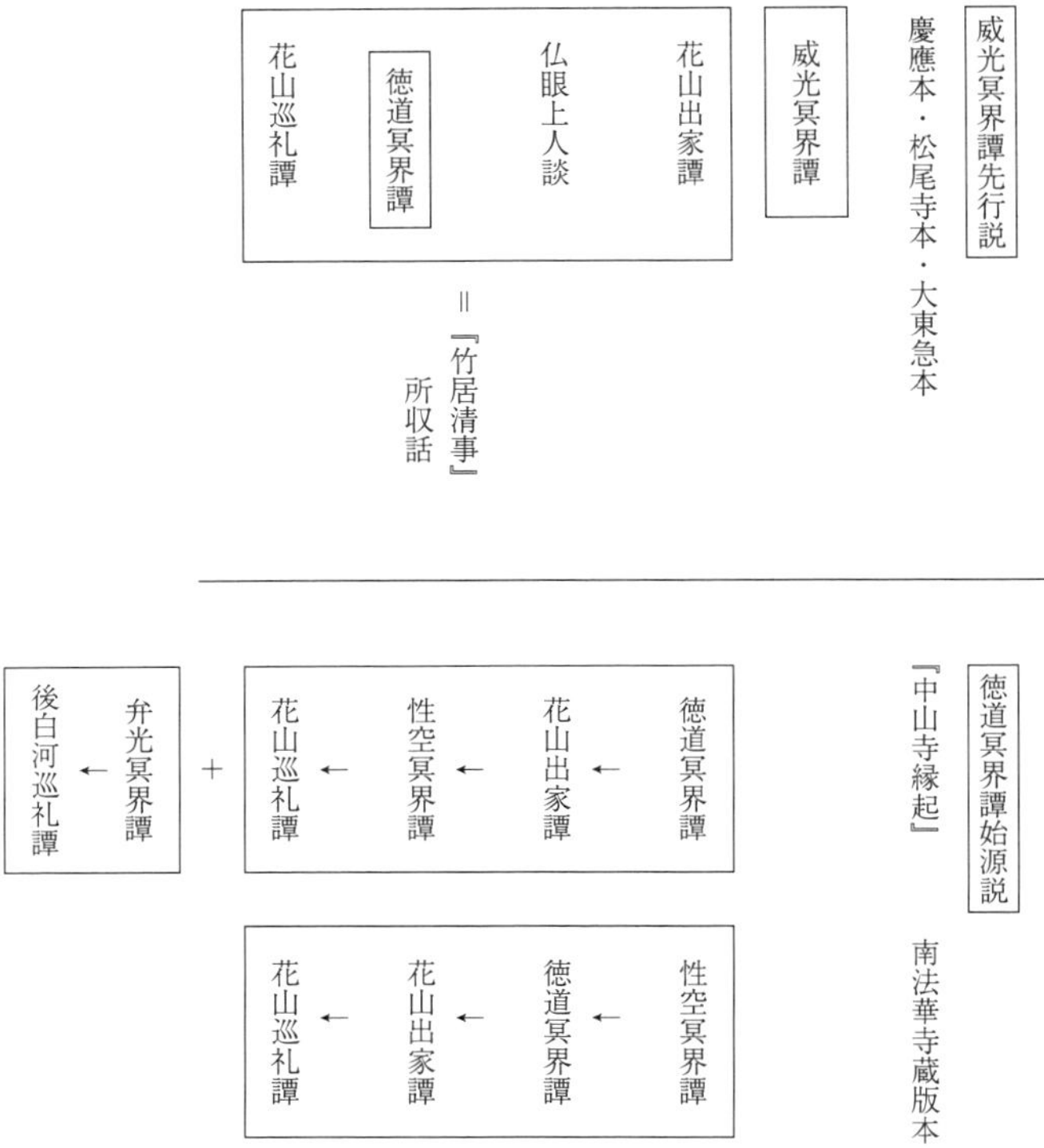

性空についても先に述べたように花山院との実際の関係から説明できる。そうした中で、威光冥界譚は、説話構造からいっても、人物からしても、明らかに異質な印象を与えるものである。徳道冥界譚の固定・流布の陰に埋もれてしまった威光冥界譚ではあるが、現存する『西国巡礼縁起』の中でも、室町期にまで遡る比較的古い写本群の中に確認できた今、威光冥界譚がどのような性質のものであったのか、考察する必要があるのではないか。その鍵となるのが、この巡礼縁起が松尾寺に蔵されているという点である。

四　松尾寺と『西国巡礼縁起』

西国三十三所の霊地である松尾寺は、慶雲年間に中国から渡来した威光上人の開基であることが伝えられている。寺伝によれば、全国行脚の果て、丹後国に訪れた威光上人は、中国の馬耳山に似た青葉山の中腹で大きな松を見つけ、その下に座して法華経を読んだところ、金色の馬頭観音像が授けられ、そこに草庵を建てて安置し、松にちなんで松尾寺と称するようになったという。松尾寺史などによれば、室町から江戸時代にかけて火災を繰り返し、その都度、勧進・修造活動が行われていたようである。[14]

西国霊場の勧進活動については、室町期以降の巡礼の隆盛とともに、三十三所の一ケ寺であることを強調しながら盛んになされていたことが諸記録に散見されるところであるが、[15] 松尾寺もその例外ではなかったようである。松尾寺本の奥書には、

　于時天文五年三月吉日、勧進乃比丘尼善勝衆生結縁のためにと所望のあひだ本のまゝうつし進之候。南無大慈大悲観世音、筆者御引摂あるべし。

とあり、本書が勧進比丘尼の所望によって書写された旨を伝えている。おそらく室町時代成立とされる「松尾寺参詣曼荼羅」なども、そうした松尾寺の勧進活動において生成・享受されたものであったと推察されよう。このような松尾寺の勧進活動の最も古い記録として知られるのが、徳治三年（一三〇八）写『松尾寺再興啓白文』である。

夫以草創堂舎弘通仏法、其儀実久其跡是遐、源出西天月氏之堺、派及東土日域之地、上自一人下至萬戸、崇三宝之処、以之為源故道樹成正覚之始、龍王建寂滅道場普光、法堂奈苑転法輪之後、須達造給孤独園精舎、釈尊住其処多年衆聖聚、此砌幾日仏日、隠西梵風扇東漢明、白馬之風永平功始成呉王、赤烏之月建初構惟新

我朝、欽明聖代法雨灑此土　推古治世教光耀和国、爾来上宮太子建天王寺、令知釈尊轉輪之古跡、聖武天皇立東大寺、世礼遮那正覚之新儀、然則畿内畿外仏閣並甍古京精舎連基、爰松尾寺者慶雲和銅之間威公道公開基、又一条天皇正暦年中春日為光為漁魚鱗漕出海上之処、依被曳悪風雖到羅刹嶋、蒙観音済度帰故郷之後、以霊木彫刻馬頭観音形像為本尊ト、此砌建立浮名大士方丈□□居、奇瑞聞天下霊験秀海内、加三十三所送三百余歳、然当時智徳惟尊上人忝預鳥羽院御帰依、被改鳳甍龍欀大堂畢、建仁元年三月六日煙塵揚天灰燼残地、雖然美福門院任国之時、縄墨之功方成鉞斧之態早畢、又去永仁六年孟秋三日、火災又起廻禄之臻普賢廻風之力不及、欒巴噀酒之術無益不残一宇速化微塵、而間住僧等雖運長者曳縄之志、更無毘須握斧之力、不獲事止観進鄙奉加緇素、造営七間四面本堂、如元奉安置馬頭観音不動毘沙門造畢、一間四面阿弥陀堂仰六八超世之本誓所残宇仏閣塔廟雖未及営作□□造営所遂供養也、夫当寺者峰高雖類二華而不扱一葉桑、谷深雖及千仞而不耕立錐田、只脱三衣宛締構之勤分、一鉢跂成風之功、観夫奇巌削成縉雲山之嵐争音、霊樹多茂耆闍窟之露愧色、青山欹後畳一簣於阿頼耶之峰、蒼溟湛東通余波於薩若之海、願以此恵業上分奉祈　上都東関御願、加之一人万乗常蓄駐老之方、三槐槐九棘更誇延齢之術、伽藍安穏僧集和合、乃至有縁無縁半銭一粒、低頭挙手聴聞随喜、三悪之険途不嫌遠近、四生之群類不論親疎、普灑一味之雨併開七覚之花　敬白(16)

ここでは、威光を開基として草創された松尾寺について、鳥羽院や美福門院の帰依による建立・再興の記事や勧進活動による本尊・本堂の修復の様相を伝えている。その中には、傍線を付したように、中興の祖ともいえる春日為光の馬頭観音の霊験譚が付されている。先の威光冥界譚を付す巡礼縁起に見られた「春日の威光上人」という記事を想起させるものであり、開基と中興の祖との混同による表現であったかと推察される。この春日為光の霊験譚を詳しく記したのが、次の大永四年（一五二四）写『丹波国青葉山松尾寺縁起』である。

古本縁起云当寺者一条天皇御宇正暦年中再創也。其時当山北麓一人有漁夫。姓春日氏名為光。雖船氏甚有慈心偏憑観音。本担昼夜唱宝号已及数歳矣。有時為光三人相偕泛北海垂釣。猛風俄起波浪滔天漁舟漂蕩将没溺。爰漂寄一嶋。是即鬼類之所居也。三人不知之喜上此嶋羅刹群集競来。以悪眼怒吐毒気。囲繞其形可怖然。為光深憑本誓一心唱観音名号。誦或遇悪羅刹毒竜諸鬼等之経文。依仏力故肯不加害。羅刹悉退散矣。茲従海上枯木浮来。宛如大船為光大悦三人共乗之。彼浮木凌波涛項剋々間。着旧里之海浜。只如夢境也。熟見之焉。彼浮木忽変白馬向南山行。為光亦認馬蹄行白馬遂留山中。又変元浮木在焉。本堂御前也。為光向浮木前流感涙礼拝恭敬。即剃髪被黒衣改名於光心。唯一心饗香華弥励懇誠。厥後命仏工以此浮木刻馬頭観音尊像安之。貴賤伝聞奔波敬礼捧一華供一香結構不日而成焉。従爾以降奇瑞聞天下霊験秀海内。僧坊並軒倍増顕密之教而送百九十七年之星霜矣。鳥羽院御宇元永季中有惟尊上人京兆人也。依行業専一之誉忝蒙明主之崇恩尊平生欲創伽藍未得勝地。一夕夢高僧項佩日輪乗白馬来光明照室。告曰我馬頭明王也。住処之伽藍雖属腐朽中興無其人請労汝寤後問之。曾無知者往来諸処懇請尋求適得三十三所記録。悦撿之第廿九番松尾寺是也。以故尋来当寺。披閲古記実与夢無違尊以夢告発焉。預叡感即給工粮仍加営構本堂旧三間四面也。改成七間四面也。五重塔婆二階鐘楼三間鎮守並拝殿五間阿弥陀堂並常行堂三間薬師堂三間地蔵堂一切経二階中門食堂浴室等当有之所悉備足矣。[17]

ここでは、『丹波国青葉山松尾寺縁起』と題しながらも、開基の威光については全くふれられず、中興の春日為光の霊験譚のみが記されているのである。このことの意味するものは何なのだろうか。

ひるがえって、先の松尾寺蔵『西国霊場縁起』の奥書の「本のままに写し」たとする記事に加え、九条家旧蔵本や慶應本の存在などから、松尾寺本書写時以前には、既に威光冥界譚を付す『西国巡礼縁起』が制作されていたと判断される。おそらくそれは、徳治三年（一三〇八）の『松尾寺再興啓白文』以降、松尾寺が西国三十三所の一霊場であることを強調しながら、再興の勧進活動を行っていた時期に制作されたものと思われる。『松尾寺再興啓白文』で、開基の威光と中興の春日為光とが列記されていたのに対し、大永四年（一五二四）写『丹波国青葉山松尾寺縁起』では、春日為光のみを記す縁起となっていることからすると、大永の頃には、既存の巡礼始源説話に威光冥界譚が付された松尾寺本の祖本が存在していたのではなかったか。すなわち、西国三十三所の一ヶ寺という点を前面に出しつつ、勧進・修造活動において生成された松尾寺蔵『西国霊場縁起』の祖本は、開基の威光と西国巡礼とのかかわりを説く、もう一つの松尾寺縁起として利用されていたに違いない。そのため、『丹波国青葉山松尾寺縁起』には、威光ではなく、中興の春日為光に焦点があてられたのであろう。このように、松尾寺側の要請をもとに威光冥界譚が冒頭に付された言説が一時的には広まりをみせたが定着はせず、江戸時代以降、それ以上は拡散していかなかったものと判断される。

それでは、松尾寺本は、すでに巡礼の始源とされる徳道冥界譚があるにもかかわらず、なぜあえてそれに先行する形で威光冥界譚を付したのであろうか。威光を巡礼縁起に関わらせる意図によるのなら、花山院の位置に配することも可能だったのではないか、という疑問も生じてくる。そこで、『西国巡礼縁起』というテクストの構造について再度考えてみたい。

『西国巡礼縁起』は、西国巡礼のいわれを説くものでありつつも、長谷寺や中山寺、さらに松尾寺に顕著であったように、書写され、所蔵される西国霊場の各寺により、その色合いを変容可能とする、ある程度流動的なものであったという様相が浮かび上がってきた。そのような巡礼縁起の基本構造は、図②に示したような四つの層から成り立っていると考えられる。無論、このテキストの背景には、室町期の現実社会において、既に三十三所

図② 『西国巡礼縁起』の構造

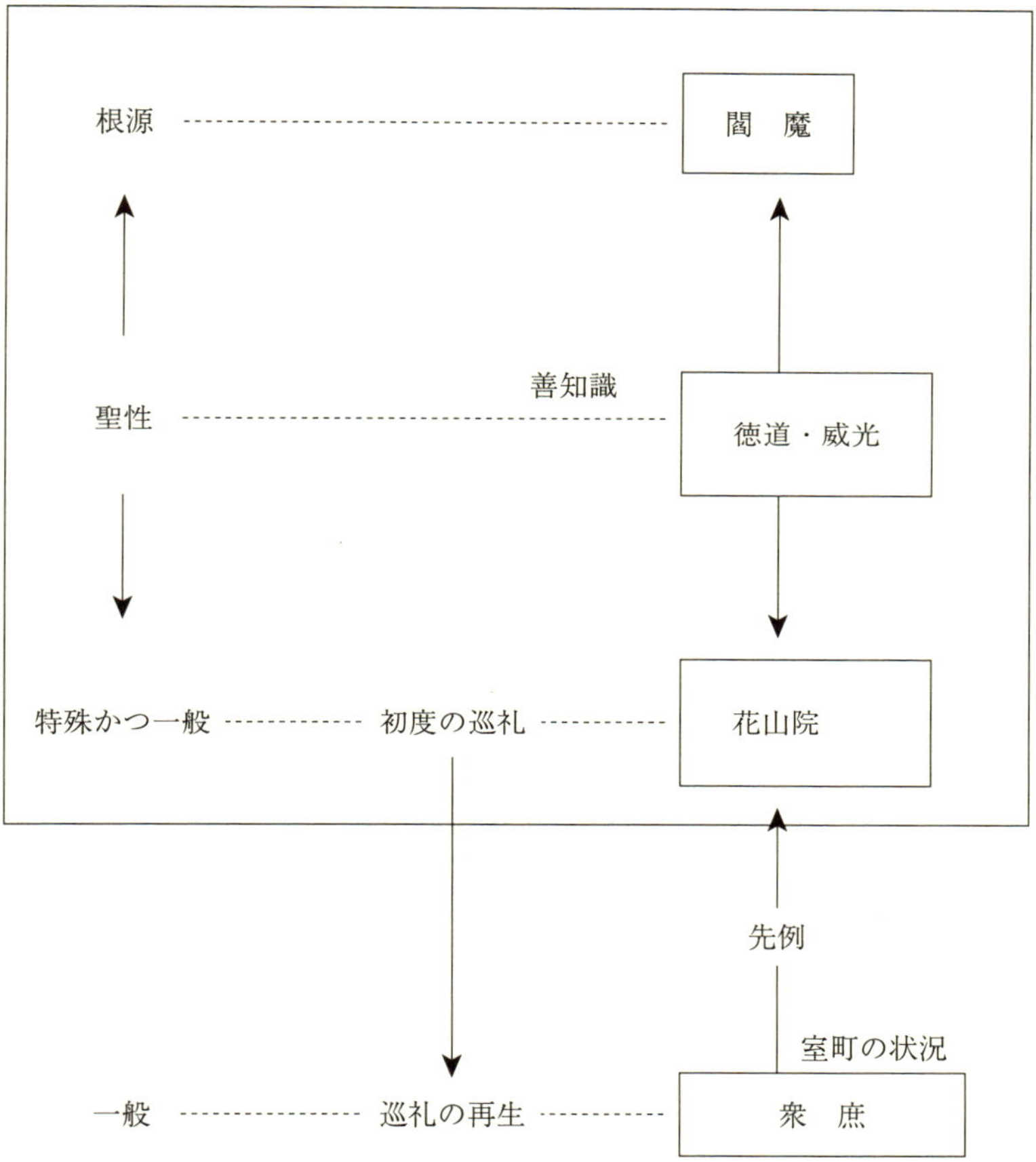

巡礼が行われているという状況が、まずあるだろう。その同じ場に上の三つの層がテクストとして立ち現れているわけだが、実際の巡礼の先例は、花山院による初度の巡礼としているのである。その花山院による初度の巡礼は、冥界からもたらされたものであるが、それが閻魔から花山院に直接もたらされたわけではなく、徳道や性空といった聖性を帯びた存在によってもたらされたとすることが重要なのである。つまり、これらの高僧、貴僧たちは現世と冥界をつなぐ聖なる存在として機能させられているのである。必然、

松尾寺本にみるようなテクストは、この聖性を帯びた位置に、自らの寺の開基である威光を配したものと考えられる。逆に、花山院の位置に威光を置いたのでは意味をなさない。それは、花山院は徳道などの善知識によって導かれる存在であって、あくまでも巡礼を創始する先例でしかありえないからである。すなわち、花山院は初度の三十三所巡礼をおこなった人物として、極めて特殊な存在ではあるが、同時に室町の現在に巡礼をおこなっている巡礼者たちの先例でしかないという意味で、一般性を帯びた、いわば両義的な存在として形象されているのである。故に、松尾寺蔵『西国霊場縁起』の祖本は、特殊かつ一般性を帯びた花山院の位置にではなく、閻魔による保証をもたらすという冥界と現世をつなぐ聖性を帯びた存在として、威光を位置づけることによってのみ、巡礼の始源を語るはずの巡礼縁起が松尾寺の縁起として機能することが可能となるのである。巡礼縁起の内容を取り込んだ上に、自らの寺の僧弁光の冥界譚を付与した『中山寺縁起』の方法も同様のものと見なすことができるだろう。

五　仏眼寺文書にみる『西国巡礼縁起』

以上、『西国巡礼縁起』における冥界譚の諸相から、テクストの構造について考察してきた。これまで述べたように、近世以降、『西国巡礼縁起』は、徳道冥界譚と花山院巡礼再興譚の二つの内容が固定化し、流布することとなる。そこで、室町期と近世以降とで変容を見せた冥界譚に対し、細かな相違はともかく、ほとんど変容を見せずに語り継がれてきた花山院の巡礼再興譚には、いかなる意味があったのか、若干の考察を試みたい。室町期において、『西国巡礼縁起』を利用する側の意向を反映するかのように、冥界譚に新たな主人公を付け加えた松尾寺本に類する『西国巡礼縁起』の本質を考えると、『竹居清事』記事以来、西国巡礼を語る上で欠かせない、熊野の化身仏眼が花山院を導いたとする花山院巡礼再興譚にも、あるいは熊野側からの何らかの変容が認められるのではないか、という憶測も生じてくる。しかしながら、管見の限りでは、熊野信仰とかかわりの深い西国霊場における『西国巡礼縁起』利用の様相という側面は、現在のところ確認できない。例えば、三十三度巡礼の由緒を示す、慶長十一年(一六〇六)写『那智阿弥由緒書』では、寛和年中に花山天皇が西国霊場を巡礼した際、那智阿弥の住僧弁阿上人がその伴をしたとする話を載せている。(18)『西国巡礼縁起』における同行の者には見られない「弁阿」を登場させるだけでなく、西国三十三所観音霊場を三十三度巡礼する三十三度行者の由緒を述べるものとなっており、『西国巡礼縁起』とは全く異なる伝承を見せている。そこには『西国巡礼縁起』を直接利用しようとする動きは認められないのである。

しかしながら、この三十三度行者と深いかかわりを持ち、なおかつ花山院の巡礼譚で重要な役割を担った仏眼上人を祀ったとされる仏眼寺の文書には、『西国巡礼縁起』の変容の一端を垣間見せる記事が認められる。それが、元禄八年(一六九五)の本奥書を有す『花山法皇西国順礼草分縁起』(以下『草分縁起』)である。

廻国縁起

いづれの御門にやありけむ。弘徽殿の女御とてかぎりなく御心ざしふかゝりける若女御うせさせ給ひければ、御なげき浅からず、「妻子珍宝及王位臨命終時付随者」と云文をおぼし出て、たちまち十善の王位を捨て、一乗菩提の道に入せ給ふ。寛和二年六月廿三日、有明の月のくもれるに折をえて、貞観殿の高妻戸より出おりさせ給ひ、華山寺におはしつきて、寛平の御弟子寛朝僧正御戒師にて御ぐしおろさせ給ひけり。御年十九、御諱は師貞、御出家ましく〵ての後は入覚と申き。中納言義懐・中将成房・権右中弁惟成など云人、おくれたてまつらじと薙髪せり。法皇、僧正のいさめにより御修行ましく〵て初瀬寺にまいらせ給ひけるに、徳道上人出現して奏し申けるは、「むかし霊場記をあらはし石匱におさめ紫雲山仲山寺にかくし申き、性空に尋させ給へ」とて、たちさりぬ。御夢の心地してよろこばせ給ひ、性空上人をめされしかども、天祿上皇のめしにもまいらずとて辞申ければ、書写山へ上らせ給ふて徳道の事をかたらせ給ふ。性空稀有のおもひをなし、神通をもつて即霊場記を捧てゑいらんあるに、已二百五十余年の雪霜をふれども文字すこしも損ざりけり。法皇よろこばせ給ふて性空の徳をたうとび給ふ。さて、熊野へまいらせ給ひ、三所の権現を礼し、此所にしばしが程はおはしましけり。其比河内国石川郡より仏眼上人とて聖来り侍るよしを聞召てめされ、「教化説法あれ」と仰られしに、上人教示申てたちまち其身より光りをはなつてとびさりぬ。法皇、上人にふたゝびあはせ給はむ事を権現に祈申させ給ひければ、或夜宝殿のとびらひらき上人の姿をあらはし給ふ。御夢さめて、願既満とてかへり申の法施をたてまつらる。又、那智山にまいらせ給ひ、観音の宝号を自書しておさめ給ふ。それより山々を修業まし〱て長徳二年に都に帰入給ひ、華山院の第に住せ給ひ、寛弘五年二月八日、崩御まし〱き。(19)

先の『那智阿弥由緒書』に見られたような、那智山本願の三十三度行者集団は、江戸中期以降、河内国葉室の仏眼寺へとその拠点を移しており、西国巡礼の中興の祖である花山院と、仏眼、性空、徳道を合わせた「花山院御法流四先達」として、西国三十三所を巡歴していたことが知られている。にもかかわらず、『草分縁起』では、先の『那智阿弥由緒書』における弁阿上人の伝承ではなく、『西国巡礼縁起』をふまえた「廻国縁起」なる縁起が伝えられていたのである。ただし、冒頭、花山院の出家譚に筆を費やし、徳道譚については、その冥界譚に一切ふれず、昔、徳道が記した霊場記を中山寺に隠しおいたことを告げ、性空を尋ねるように指示し、巡礼を再興する展開となっている。そして仏眼上人との説話が記された後、那智や谷汲だけでなく、吉峰寺や書写山などの霊地を経巡ったとする記事に筆を費し、三十三度行者の巡礼を背景としたような「廻国縁起」が仕立てられているのである。その背景には、『那智阿弥由緒書』とは異なる花山院の巡礼説話の存在をみてとることができる。問題は、このような説話がいつ頃から仏眼寺にあったのか、という点であるが、現在のところ、この『草分縁起』を遡る史料は見いだせていない。

　そもそも、現在廃寺となっている仏眼寺については、草創の時期や由緒は未詳であり、関係する所蔵史料も、三十三度行者が那智から拠点を移動した十七世紀後半頃からのものが大半であるといえる。ただし、至徳四年（一三八七）に足利義満から寄進がなされていたとする十四世紀の記録類が存在することなどから、その法燈は確実に南北朝期にまで遡ることが指摘されている[20]。さらに、『竹居清事』や松尾寺本に見られるように、室町時代から花山院の巡礼譚には仏眼上人が登場しており、『西国巡礼縁起』では特に、仏眼寺から一キロほどのところにあった太子の御廟所石川寺、すなわち叡福寺の仏眼上人と記されているのである。このような点から、室町期より霊場地として知られていた仏眼寺の周辺において、花山院巡礼再興説話が成立していた可能性も考えられるが、現在のところ確証は得られない[21]。少なくとも、元禄の書写である『草分縁起』においては、徳道冥界譚を後退させ、花山院巡礼再興譚を強調する形で、『西国巡礼縁起』を利用していたものと判断される。この縁起の書写年代を少し遡る、延宝七年（一六七九）刊『河内鑑名所記』では仏眼寺を仏眼上人がいた寺とし、やはり花山院の巡礼譚を紹介している。さらに、それ以降の記録においても、例えば享和元年（一八〇一）刊『河内名所図会』では「西国巡礼元祖の寺」とし、文政十二年（一八二九）の版木『寄進帳』でも、巡礼縁起における花山院と仏眼の伝承を用いつつ、さらに仏眼上人が消え去った後に花山院が仏眼寺を建立したとする。こうした巡礼縁起には見られなかった記事を付すことで、いっそう仏眼上人とのかかわりを強調するような寺の縁起を作り上げているのである[22]。それは、明治期にいたっても『廃仏眼寺再興勧進状写』に示されるごとく、西国巡礼を再興させた花山院と仏眼上人にかかわる寺として強調することによって、勧進活動をしていたことがうかがえよう。[23]

以上のような例から、仏眼寺もまた、『西国巡礼縁起』そのものを自らの縁起としていたという様相がみてとれる。しかしながら、それは、中山寺や松尾寺に顕著であったような冥界譚をめぐる変容というものではなかった。おそらく、それは、仏眼寺がこれら三十三所のうちの一ケ寺ではなく、『西国巡礼縁起』のいわば外側にある寺であったことによるものに他ならない。すなわち、熊野の化身仏眼と花山院の巡礼再興譚を中心として、「西国巡礼元祖の寺」という、西国巡礼の頂点に自らを位置づける方法をとることによってのみ、巡礼縁起の利用が可能となったものと考えられるのである。

室町期から近世にかけて、ほとんど変容を見せず語り継がれてきた花山院の巡礼再興譚とはいったい何なのか、今後とも検討すべき問題は残されてはいる。[24]少なくとも、『西国巡礼縁起』というテキストにおいて、重要な役割を担って必ず登場する仏眼上人という存在、その位置づけこそ、実際の西国巡礼における熊野の位置づけそのものに照応するものであるということは言えるだろう。

六 『西国巡礼縁起』の意義

最後に、『西国巡礼縁起』の意義について、先の図②『西国巡礼縁起』の構造においてテクスト構造の外枠に記した「衆庶」の信仰に照らしつつ、あらためて考えてみたい。これについては、先にあげた現存松尾寺本の奥書を検討する必要があるだろう。すなわち、勧進比丘尼が衆生結縁のために巡礼縁起を用いたと物語る必然性の問題である。これについて、例えば、最初にあげた長谷寺蔵『西国順礼縁起』において、今日日本国より死《し》し来る者。千二百三人あり其内極楽へ。往生するもの漸《やうや》く。男子九人有と。上人問《とい》たまふ。今往生《わうじやう》の内に女人のなきハ。云何《いかん》。閻王《ゑんわう》の曰《いは》く。女人は高慢嫉妬《かうまんしつと》の心甚《はなはだ》しき故《ゆへ》。往生すること更《さら》にかたし。性空又問《とい》たまふやうハ。一切の極悪人罪《ごくあくにんつみ》ふかき女人にても。やすく極楽へ至り。三悪道の苦《く》を免《のが》れ侍《はべ》ることの。修行《しゆぎやう》やある教《おし》へ玉へとありければ。閻王涙《ゑんわうなみだ》を浮《うか》べ玉ひて。娑婆《しやば》へ帰《かへ》り罪《つみ》ある衆生《しゆじやう》の行業《ぎやうごう》には足《あし》を運《はこ》んで。仏所《ぶつしよ》に詣《もふ》で。就中南閻浮提《なかんずくなんゑんぶたい》にハ生身《しやうじん》の観世音の移《うつ》りましませ霊地《れいち》三十三ヶ所あり。

とあるように、傍線部分の問いへの閻魔王の答えとして、西国観音巡礼が示されている点に端的にあらわれているといえよう。つまり、『西国巡礼縁起』というテキストにおいては、どんなに罪深いものでも巡礼をすることで必ず往生できるという閻魔王の保証が共通してあり、そこには「罪深いもの＝女性」という前提が垣間見え、そのような女性を救済するテキストとして意味づけられている様相がうかがえるのである。だからこそ、この縁起を勧進比丘尼が唱導の材料として必要としたものと考えられる。

このような女性救済の側面も、おそらく、この『西国巡礼縁起』が巡礼を易行のものとして庶民に開いていくために必要とされた縁起であったことに起因するであろう。『寺門高僧記』に見られるような長期の修験的な難行であった巡礼が、易行化していく様相は、例えば、先の『中山寺縁起』において、

若善男子善女人数国の巡礼なりがたきものは。摂州中山寺に到て法のごとく南門より三十三度運礼せよ。是又真の巡礼一同の功徳なりと云々

とあり、中山寺を三十三度参ることで代用可能と説くことにもうかがえるだろう。また、大東急本の末尾に見える縁起次第では、

熊野山一度参詣者三萬六千之罪滅也、順礼一度功力無始已来之罪滅也、南無大慈大悲唱者大慈抜苦大悲与楽

也、観音朝名念人法花弥陁影加護也、又法力申人廣大充満大慈大悲朝名奉念者、□難之地獄遁出、又道欲申人、南無観音不絶念而免奈落之苦者也、故依権現御託宣、天下皇両度遂順礼給於其以下者爭不順禮乎、常難在順礼之屣難順礼者、順禮三十三人供養一度順禮猶勝、彼縁起一度聴聞人熊野山一度従参詣勝、阿弥陁観音濁世悲願者五逆十悪者成共、六親眷属七世父母迄成佛得道無疑、彼縁起申者有十王讃嘆倶生神之自筆而書贈給者也、有何疑矣、於不信之輩前者不可□也、縁起之次第如斯

とあるように、巡礼しがたい者は巡礼三十三人の供養をすることでも代用できるとしているのである。その上さらに、この縁起次第では、二重傍線を付したように、縁起を聴聞することが一度の熊野参詣よりもまさるとの記事までもあり、室町期以降の寺社縁起や本地物に説かれる「読む功徳」にも通底する、易行化する巡礼の様相がみてとれる。

以上、『西国巡礼縁起』というテクストの構造から、冥界譚や仏眼寺の伝承、そして巡礼縁起そのものの意義について考察してきた。ひるがえって、『西国巡礼縁起』において、かように強く求められた冥界譚とはいったい何なのか、なぜ冥界に現世の保証を求めるのか、という根本的な問題が残る。その答えは容易には出せないが、ひとつにはこの時代の冥界に対する認識のあり方が色濃く反映されていることによるのかもしれない。遍歴の対象とされる冥界と現実の巡礼空間との空間認識としての共通性や、教導する閻魔像という閻魔信仰そのものの変質など、室町期において寺社縁起や物語草子に盛んに利用される冥界譚[25]をも視野に入れて、検討していくべき問題であろう。

【注】

（1）西国巡礼の先行研究については、新城常三氏「西国巡礼」（『新稿社寺参詣の社会経済史的研究』塙書房　一九八二初出一九五三）、浅野清氏編『西国三十三所霊場寺院の総合的研究』（中央公論美術出版　一九九〇）吉井敏幸氏「西国巡礼の成立と巡礼寺院の組織化」（講座日本の巡礼一『本尊巡礼』雄山閣出版　一九九六）など枚挙にいとまないが、特に『西国巡礼縁起』について触れたものとしては、岡田希雄氏「西国三十三所観音巡拝攷続貂」（『歴史と地理』二一—四〜六、二二—三〜六　一九二八・九、三〇、三一、三四、三五、三七）をはじめ、五来重氏「西国巡礼の成立」（『遊行と巡礼』角川書店　一九八九　初出一九八二）、清水谷孝尚氏『巡礼と御詠歌』（朱鷺書房　一九九二）などがあげられる。

（2）近藤喜博氏「札所鎮守の熊野権現」（『四国遍路研究』三弥井書店　一九八二）、中村生雄氏「狂気と好色をめぐる物語—花山上皇の西国巡礼創始譚」（『日本の神と王権』法蔵館　一九九四）など参照。

（3）稲田篤信氏「西国順礼縁起」（『略縁起資料と研究』二　勉誠出版　一九九九）より引用。

（4）年譜作成に際し、田中緑紅氏『西国三十三所巡礼に関する目録』（有楽会　一九三一）、『国書総目録』、『古典籍総合目録』、各目録類など参照した。なお、宝永八年写『西国大縁記』（河野陽子氏蔵）については、山本殖生氏の御教示による。年譜には主要なものを中心にあげたが、末尾の年代不詳のものも含め、近世以降はここに示した以上の多くの関連書が制作された。

（5）稲垣泰一氏・馬渕和夫氏「『枝葉抄』翻刻並解題（一）」（醍醐寺文化財研究所『研究紀要』二〇　二〇〇五・六）、稲垣泰一氏「西国・四国霊場巡り事始」（『となりの神様仏様』小学館　二〇〇四）。なお、以下『醍醐枝葉抄』の本文の引用は、前者によった。

（6）前掲注（5）稲垣泰一氏・馬渕和夫氏論文指摘。

（7）前掲注（1）浅野清氏編著より引用し、私に句読点を施し、清濁の区別をし、「　」を付した。

（8）以下、大東急記念文庫蔵『西国順礼縁起』については、私に翻字し、句読点を付した。

（9）前掲注（1）岡田希雄氏論文参照。

(10) 以下、慶應本の引用については、拙稿「『西国巡礼縁起』の展開―附、翻刻　慶應義塾図書館蔵大永六年奥書本―」（『巡礼記研究』三　二〇〇六・九）の翻刻による。

(11) 江戸時代写とされる中山寺蔵「中山寺伽藍古絵図」は、参詣曼荼羅風のものであるが、周囲に縁起説話とおぼしきものが絵画化されており、地獄訪問と蘇生譚が描き込まれている。中山寺において、堕地獄・蘇生の物語を用いた唱導が行われていたのであろう。福原敏男氏「絵図にみる霊地―「中山寺伽藍古絵図」を中心に―」（別冊歴史読本『日本「霊地・巡礼」総覧』新人物往来社　一九九六）参照。

(12) 前掲注（2）近藤喜博氏論文参照。現在は所在不明である。

(13) 岡寺龍蓋寺蔵版。大阪市立美術館他編『西国三十三所　観音霊場の美術』（毎日新聞社　一九八七）より引用。壺坂寺にも同様の十三人先達影像が伝わっているが、人物の配置や図様は異なるものである。中山和久氏の御教示による。なお、秩父巡礼においては、文暦元年（一二三四）刊の同様の十三人影像が伝来しているが、威光上人に相当する人物が医王上人となっているなど相違もある。横瀬村歴史民俗資料館第三回特別展「秩父札所」案内（一九八四・三）参照。髙達奈緒美氏の御教示による。

(14) たとえば、永正年間の火災の後、永正十年（一五一三）に『焼失堂舎再興勧進状』が書写され、大永四年（一五二四）に『丹波国青葉山松尾寺縁起』が書写されている。『丹後郷土史料集』第一輯（龍燈社出版部）、『舞鶴市史・史料編』（舞鶴市）など参照。

(15) たとえば、永正七年（一五一〇）写「葛井寺勧進帳」（伝三条西実隆筆）、大永二年（一五二二）写「紀三井寺再興勧進状」（紀三井寺末寺穀屋寺蔵）、天文十七年（一五四八）五月「施福寺衆僧等敬白状」（施福寺文書）などがある。

(16) 『観音信仰と社寺参詣―丹後・丹波―』（京都府立丹後郷土資料館　一九八五・一〇）より引用。

(17) 『京都府史蹟勝地調査会報告』第二冊（京都府編　一九三一・三）より引用。

(18) 豊島修氏「西国巡礼聖の一資料―熊野那智山の三十三所巡礼行者を中心に―」（『日本人の生活と信仰』同朋舎出版　一九七九）参照。

(19) 小嶋博巳氏編『西国巡礼三十三度行者の研究』（岩田書院　一九九三）より引用し、私に句読点を付し、清濁の区別をした。

(20) 前掲注(19)小嶋博巳氏編著、小林義孝氏「三十三度行者がもたらしたもの―河内仏眼寺旧蔵の版木資料から―」(『歴史民俗学』九 一九九八)、太子町立竹内街道歴史資料館編『西国巡礼と葉室組行者―三十三度の旅の祈り―』(一九九八・九)など参照。

(21) 仏眼伝承には、聖徳太子の片岡山飢人説話を想起させるものがあり、その関連を検討する必要があるだろう。今後を期したい。

(22) 前掲注(20)小林義孝氏論文参照。

(23) 前掲注(19)小嶋博巳氏編著参照。

(24) 如意輪観音による血の池地獄からの女性救済を謳う和讃「十九夜念仏」(昭和二年写)は、花山院の西国巡礼説話を用いながら六角堂の如意輪観音の信仰を説いているという。西国札所の一ケ寺における『西国巡礼縁起』の利用の一端を垣間見せる事例といえるかもしれない。髙達奈緒美氏の御教示による。髙達奈緒美氏「血の池如意輪観音再考―六角堂・花山院・西国三十三所の伝承から―」(『宗教民俗研究』十六 二〇〇六・一二)参照。

(25) 徳江元正氏「慈心房説話再考」(『室町藝能史論攷』三弥井書店 一九八四 初出一九七八)、徳田和夫氏「縁起絵と蘇生譚」(『武蔵野文学』三三 一九八五・一二)、「勧進聖と社寺縁起―室町期を中心として―」(『お伽草子研究』三弥井書店 一九八八)など参照。

第三部　寺院文化圏と貴族文化圏の交流

第九章　『ぼろぼろの草子』考

——宗論文芸としての意義——

はじめに

『ぼろぼろの草子』は、虚空坊と蓮花坊の兄弟がそれぞれ暮露、念仏者となって諸国を遊行行脚した後、浄土宗と天台・禅系統の教義に関する問答を交わし消え去るという物語で、兄弟は大日、阿弥陀の化身であったと結ばれるものである。虎明狂言本「楽阿弥」の末尾に小書で、

暮露ト書トイヘドモ、梵論トカクベキ也。梵字漢字ナド云、名モアレバ也。ボロ〱ノ草紙一巻アリ、虚空坊ト云物、身ノ長七尺八寸、力ラ強シ、ヱカキカミギヌニ、一尺八寸ノ太刀ヲバ、ヒルマキノ角棒ヲヨコダヱ、一尺五寸ノ、高履ヲハキ、髪長ク、色黒クシテ、ボロト云モノニナリ、一尺ノ美女ヲ妻トシ、同行三十人、諸国ヲアリクトイヘリ、其後薦僧ト云モノ、僧トモミヱズ、山伏トモミヱズ、刀ヲサシ、尺八ヲ吹キ、セナカニムシロヲ、ヒ道路、アリキ人ノ、門戸ニ立テ、物ヲ乞モラフ、是ボロ〱ノ流也ト云伝ヘタリ(1)

とあるのをはじめ、しばしば近世の書物に「ぼろぼろの草子」の名を見いだせるが(2)、そこでの関心は暮露の姿そ

のものにあった。尺八や薦僧に類比される近世以後の暮露観は、『七十一番職人歌合』（図27参照）などにも描かれた禅宗系の下級芸能者に対する関心によったものといえるだろう。『ぼろぼろの草子』そのものへの関心もほぼ同様であって、たとえば筑土鈴寛氏は、本作品について「禅宗であり暮露の祖と伝へられる法燈国師覚心の派」[3]によるものと述べられ、徳江元正氏は「一種の大道芸のごとき」[4]問答と指摘された。虚空坊を放下や車僧と同様、禅宗系の下級芸能者としてとらえられたのである。近年では、主に中世史研究の立場から暮露の実態解明の一助として、細川涼一氏[5]、原田正俊氏[6]、黒田日出男氏[7]、保坂裕興氏[8]らにより言及がなされてきた。

図27　『七十一番職人歌合』暮露

しかしながら、本作品の大部分をしめる虚空坊と蓮花坊との宗論について、内容や方法ならびに享受の様相を分析してみると、芸能史・社会史的な一面の他にも、中世後期の宗教と文芸世界の動向を反映した物語草子としての多面性が浮かびあがってくるのである。このうち教理上の側面については、廣田哲通氏が「邪淫、殺生、妄語とそれに対する三毒の命題を説」[9]いたものとし、仏教理論の表出として読み取られているが、本章では、物語中での説話や和歌の様態、享受にかかわる性格に着目し、本作品をいわば宗論文芸として成り立たせていた方法について考察していきたい。

一　虚空坊と蓮花坊の宗論

現在のところ確認しえた伝本は以下に示したとおりだが、すべて近世以降のもので、古写本は見いだせない。

また、単語単位の異同や欠字・誤字はあるものの、内容上の大きな差異は認められない。[10]

写本

・岩手大学図書館蔵…〔近世前期〕写奈良絵本。前半欠。縦一六・五糎。横二三・九糎。紺地金泥表紙。外題、内題なし。一冊。墨付二十二丁（挿絵七図）。半葉十二行。漢字平仮名交じり。間似合紙。

・大谷大学図書館蔵『暮露暮露艸紙』…本奥書「正保二年（一六四五）六月下旬」。書写奥書「右暮露々々艸紙壱巻元文四（一七三九）己未歳／初秋借求謄寫之蓋原本差誤間多／而往々有難辨者他日得好本宜挍／証焉」。一冊。墨付三十五丁。半葉八行。漢字平仮名交じり。

・国会図書館蔵『暮露々々の草紙』…『今古残葉』（編者・成立期未詳。一七九〇年以降の成立か）四十六冊の内。第六冊（家集の内（源頼政）・自讃歌序・暮露々々の草紙）。四十丁。半葉十一行。漢字平仮名交じり。↓『国文東方仏教叢書』一所収。

・東北大学狩野文庫蔵『柿袋』…嘉永二年（一八四九）写。「明恵上人著」とある。一冊。墨付二十八丁。半葉十一行。漢字平仮名交じり。

・静嘉堂文庫蔵『空花論』…〔近世後期〕写。一冊。墨付四十三丁。半葉十行。漢字平仮名交じり。

版本

・天理図書館蔵…〔正保年間（一六四四-四七）〕頃無刊記。一冊。柱刻「空花」。四十四丁。半葉十行。漢字平仮名交じり。同版赤木文庫蔵本↓『室町時代物語大成』十二所収。

・柳沢昌紀氏蔵『観音化現物語』…寛文八年（一六六八）刊。一冊。下巻のみ。二十三丁（挿絵六図）。半葉十行。漢字平仮名交じり。刊記「寛文八歳次戊申三月吉旦／敦賀屋久兵衛尉繡梓」。

・国会図書館蔵『明恵上人革袋』…貞享四年（一六八七）刊。二巻二冊。序文（明恵の略伝）三丁。上冊二十二丁、下冊二十三丁（挿絵、全十二面八図）。半葉八行。漢字平仮名交じり。刊記「于時貞享四丁卯歳五月吉日南三郎兵衛／荻野八郎兵衛」。→『室町時代物語大成』十二（序文のみ）所収。

岩手大学蔵本（以下、岩手本）については絵入りの写本であることが知られていたが、原本を調査した結果、典型的な横型奈良絵本であることが判明し、本作品が物語草子として享受されていたことが明確となった。宗論を基調とした物語が絵画化されていたことを示す点で特に重要な一本であり、その文芸史上の意義については後述することにする。大谷大学蔵本は本奥書に正保二年（一六四五）とあり、用字などから国会図書館蔵『今古残葉』所収本と近く、本文も比較的整っていることから、本章において底本として用いた。(11)

本作品は、伝本によって「柿袋」「空花論」「明恵上人革袋」と書名が異なっているところに特徴がある。江戸期の『書籍目録』においても、本作品を指して「空花論」「革袋」「観音化現物語」などと記載されており、様々な呼称がなされていたことがわかる。なかでも、「観音化現物語」の書名は、『書籍目録』には記載されているものの、これまで現存が確認出来ずにいたが、柳沢昌紀

図28 『観音化現物語』
虚空坊と蓮花坊

氏の御教示により、寛文八年（一六六八）刊本の存在が明らかとなった（図28参照）。本書はおそらく二巻二冊あったものの下巻に相当すると判断され、冒頭に「観音化現物語下目録」として、「一　虚空坊ゆづう念佛者をきりはらふ事／一　ある村主の女房慳貪なる事」などというように、『ぼろぼろの草子』後半における説話を一つ書きの形式で掲げている点に特徴がある。本文は、天理図書館蔵〔正保頃〕無刊記版本に概ね一致するが、下巻のみながら挿絵六図を有し、岩手本や貞享四年刊本とは異なる場面が描かれている点でも、注目される。また目録において、虚空坊が語るいくつかの話を一つ書きで掲げている点は、説話集の体裁を擬したものともとらえられ、本作品の本質にも相応するものがある。

　問答・対話様式文芸については、森正人氏、阿部泰郎氏の詳論[12]があるが、このような様式の文芸にあって、本作品は『三教指帰』『高野物語』などに見られる宗論の形式に連なるものと把握できる。だが一方で、中世に広く行われた宗論を反映しながらも、異なる宗派間における論争の実際的な記録としてではなく、あくまでも物語草子としての文芸的側面からの検討がなされるべきであろう。これまで、たとえば「安土宗論」のような実際の宗論が宗教史上いかに位置づけられるかという点や、現実の宗論をパロディ化した個別作品の研究はなされてきた[13]。だが、宗論を素材とした文芸とその営為の全体像に照らしつつ、本作品が法語と物語草子の両側面を持ちえた意義について考察する必要があるものと考える。このような視点に立ち、虚空坊と蓮花坊の宗論について、まず概観しておきたい。

　虚空坊の思想的立場は、蓮花坊との宗論に先立ち、他の者との問答の中で明らかとなっている。「画かき紙衣に黒袴きて一尺八寸の打刀をさし、ひるまきの八角棒を横へ、一尺五寸の高屐をはきけり」と示される虚空坊の風体は、黒田氏が指摘された『一遍聖絵』や『遊行上人縁起絵』（図29参照）などに見える暮露の姿と一致し[14]、

「五逆十悪三宝誹謗の者をみては、われ敵よと心得て打殺し捨にけり」とする様は、『徒然草』第百十五段などに見える放逸無慙の暮露の様相とも重なる。その宗派を「大円覚宗」とし、禅宗の思想を表す語としてしばしば用いられる「直指人身見性成仏」、あるいは「善悪不二邪正一如」を主張し、「師もなく不思量にして不進不退」と述べている点からも、徳江氏や原田氏が指摘されたように、異類異形の巷間の禅僧として、放下や自然居士らに共通するものと把握することができる。[15]

つづく虚空坊と蓮花坊の宗論において各々の論点が示される。兄弟は諸国を遊行した後、三条東洞院で再会する。鉦を首にかけ、念仏を唱える蓮花坊に対し、虚空坊は「愚癡の念仏申がにくさに打殺んと思なり」と述べ、「大小乗は行ずるものゝ心によれり」、「実の浄土といふは首をふり足を踊り、顛倒するをばいわず。心念無所を浄土といふなり」と蓮花坊の念仏を批判する。これに対して蓮花坊は、虚空坊の主張を認めるものの、「髪は空へ生あがり、紙衣に画かき黒袴に打刀高屐ひる巻の棒、是何仏弟子の形かや。殊女つれて簾中と名付寵様更に心得ず」と、仏法者としてふさわしからぬ風体や妻を伴うことについて質すのである。このような二人の

図29 『遊行上人縁起絵』
画面右、紙衣に高足駄の暮露たち

争論には、『七天狗絵』[16]やその異本『魔仏一如絵詞』において、

馬衣をきて衣の裳をつけず、念仏する時は頭をふり、肩をゆりておどる事、野馬のごとし。（中略）放下の禅師と号して、髪をそらずして烏帽子をき、坐禅の床を忘て、南北のちまたに佐々良すり、工夫の窓をいでゝ東西の路に狂言す。

など、顕密側からなされる融通念仏者・禅宗系下級宗教者に対する批判との、方法上の類似が認められる。本作品における宗論は、中世前期に旧仏教側から新仏教に対して盛んに行われた批判を前提とした上で、その批判の論点・内容を巧みに取り込み、虚空坊ら新仏教の下級宗教者たちの問答にすりかえるという構造になっているのである。実際的な記録としてではなく、いわば擬似的に仮構された宗論とすることができよう。

このことは、虚空坊が東国行脚の折、遠江国笠原で出会った融通念仏者とのいきさつにも顕著にあらわれる。虚空坊は、空から花の降る奇瑞を喧伝する融通念仏者に向かって、「外道どもが人をたぶらかすぞ」と打刀を抜いて走り入り、切り捨てるのである。さらに「花のふるを貴べくは春の花のもとこそ浄土なるべけれ」と揶揄し、念仏の奇瑞について、「天狗か狸かのわざ」「天魔外道の類」と批判する。こうした念仏への不信感については、『七天狗絵』も挿絵において、花びらが空から降る奇瑞を一遍の所為と仰ぐその最上部に天狗を描くことで、この奇瑞が実は天狗の外術によるものであると、同様に表現しようとするのである（図30参照）。さらに明恵仮託『邪正問答抄』にも「世間ニ花ヲ雨シ。光ヲ放テ。是ヲ貴ト云モノアリ。魔道ニ入コト疑アルヘカラス」[17]と見えるのである。このように『ぼろぼろの草子』は、虚空坊と蓮花坊との宗論という形をかりて、中世前期に盛んになされた旧仏教側の批判と、それに対する反論を擬似的になしてみせたもの、すなわち宗論文芸と見なすことができる。

二　法語としての享受
——明恵仮託をめぐって——

ここまで確認してきたように、『ぼろぼろの草子』は擬似的問答の構造をとって、念仏を批判し、暮露の思想を明らかにしようとするものである。このことと極めて深く関係するのが、前半を欠いた『観音化現物語』を除く諸本に共通して見える、次のような明恵にちなむ伝承的来歴である。

> 栂尾明恵上人の遺言に、此箱ひらくべからずとて杉の箱一つあり。近年歴應《(マヽ)》元年に彼箱を鼠咬破したり。其中をみれば皮袋あり。此皮袋は猔の皮なり。是は火にも焼ず。水にも漂ず。かるがゆへにつゝまれたり。彼上人の遺言なればとて、敢て披露することなし。されども天下に其かくれなきによつて、御門勅使をもつて召されければ力およばず、これを進上す。其後此本世間に流布すといへり。

この他、貞享四年刊本序文には、明恵の略伝が付されており、関連して東北大学蔵本には「明恵上人著」とある。ま

図30　『七天狗絵』天狗による偽来迎

た江戸後期写の明恵の『上人所作目録』(18)には「空華論」の名があげられるなど、本作品が明恵によるものとの見方がなされていた点は注目すべきである。こうした明恵仮託の様相は、永正年間(一五〇四―二〇)の『行者用心集』に抄録された記事の存在から、室町後期にまで遡る。

『行者用心集』は天台宗の学僧存海の撰による書で、写本と版本とが伝わっている。版本系統は巻下に『説法明眼論』が引かれた後、写本系統にはない『魔界回向法語』『邪正問答抄』『ぼろぼろの草子』などが加わっている。このうち『魔界回向法語』『邪正問答抄』について、大永二年(一五二二)の跋文を持つ『正因果集』に、存海自身により『行者用心集』下巻に記したとあることから、版本系統も存海撰と見て差し支えないだろう。(19)そこで、万治三年(一六六〇)刊『行者用心集』に抄録された『ぼろぼろの草子』について見ていきたい。

十三 一 慢心可レ恐事 **明恵上人ノ論ニ云**、設ヒ雖レ悟ト於レ法ニ起レハ慢ヲ皆可レ知二識情一ト也。故ニ一切无レ起レコト慢ヲ。大般若経ニ云、数年ノ聖行ハ一時ノ慢心ニ破ラル、ト説リ。我朝ニモ貴僧高僧ト云シ人多ク堕二セリ魔道一ニ。証拠分明ナリ也。情識ノ名ヲ不二申ニ及一。設ヒ如法説ニ守リ行シテ過二トモ五十年八十年一ヲ芥子計モ有ハ二慢心一所行ノ法皆ナ可二魔業一ナル。作ス態《ワサ》皆魔法也。其ノ謂レ大小乗ニ説リ。不レシテ覚讃ルレ己ヲ事尚ヲ妄語ナリ也。何ソ況ヤ起レ心讃レシテ己ヲ毀ラハ他ヲ先入二テ魔界一ニ後ニ可レ堕二无間一ニ。昔弘法大師ノ御弟子ニ僧都良心トテ大師ニモ幾程不レル劣ラ僧アリ。大師有シ二宗論一時肉身

成二玉ヲ金色一ト見テ良心思ヘリ。我モ大師ニ不レ劣ラ即成二タル金色一ニヤ覧ト思ヒ胸ヲ引キ開テ見ントシケレハ両眼抜テ地ニ落ヌ。其ノ後落二ツ魔道一ニ。大師哀ミ給テ以二秘密ノ法一ヲ良心ヲ呼出シテ問玉フ。良心答ヘ被レケルハ申、兼テヨリ心モナカリシカ只假ニ師ニ劣ラシト思シニ依テ堕二ツ魔道一ニ。々々ノ苦ハ小地獄也ト申。其ノ時大師説二テ様様ノ正法一ヲ訓ヘ給ケレトモ良心邪法ニ聞成ス也。是サモヤアラン加様ニ言玉フモ大師ノ妄語ト申サレケレバ不レ及レ力被レケリ返。故ニ可二キ口惜一カル事ハ慢心也。○問曰、此ノ三十年ノ間ニ浄土宗ト云人雖レ多ト我レ程ニ十二時无二ト不レル怠者一思テ浄土宗ト云者ヲハ世ニ賤ク思フコト今被二タリ思ヒ知一。是レ皆慢心也。三十年カ間如レク此ノ思シ間我魔道ニヤ堕ンスラン。○答云、**数年ノ慢心ハ不レ数ナラ。縦ヒ千劫万劫ノ慢心ナリトモ翻レシテ邪ヲ帰レセハ正ニ説二ン何ノ魔道一トカ不レン落二魔道一ニ。前ニ其ノ心ヲ可二洗捨一ツ。既ニ落二テ魔道一ニ後ハ何カニ悔トモ不レ可レ有二其ノ甲斐《カイ》一云云。**

十四 一 又云、人ノ事ヲ後ニテ云フ事僻《ヒカ》事也。有二ハ誤ル事一向テコソ可レケレ申。取リ縮メタル僻事ハナク只口ノ徒ラナルニ任セ被レテ引二己カ業報一ニ口ヲ為レシテ師ト諸人ヲ是非ス。依レ之ニ大論ニ引二テ菩薩陀羅尼経大乗三昧経等一ヲ云无レ毀ルコト二他ノ非一ヲ被レル、ハ毀无二シ大事一。毀二ルハ衆生一ヲ外道也ト説ケリ。一代ノ説教不レ残学ヒ得モ毀レルハ他ヲ非二仏法者一ニ。被レ毀者ノヨリモ毀ル者ノ重罪也。故ニ大小乗共ニ不レト可レ説二他ノ非一ヲ云ク无レ弁二スルコト他ノ是一ヲモ。何ソ況ヤ非ヲヤト説ケリ。我朝ニモ有二リ不レル毀レ他人一。源ノ義家ノ朝臣ハ弓馬ノ家ニ得レタル名ヲ人也。常ニ相随フ友人ニ被レケルハ示云二他ノ非一ヲ者ハ臆病第一ノ者也。有二十ノ難一。一ニハ欺レサク人ヲ。二ニハ詞多シ。三ニハ云二他ノ非一ヲ。四ニハ有二昼夜ノ差別一。五ニハ陣中ニシテ不食也。六ニハ好二勝負一ヲ。七ニハ不レ敬二仏神ノ像一。八ニハ主人傍輩ニ无礼ナリ也。九ニハ弓箭ニ踈ナリ。十ハ眼大ニ指出ツ。勇者ニ又有二十徳一。一ニハ不レ欺レ人。二ニハ詞少。三ニハ不レ挙二他ノ非一。四ニハ无二夜昼ノ差別一用心ス。五ニハ有二陣中一ニ時モ如レ是。六ニハ不レ好二勝負一ヲ。七ニハ敬二仏神ノ像一ヲ。八ニハ人ニ礼深シ。九ニハ弓箭ヲ能嗜ナム。十ハ眼少クタ底ニ沈ム。此ノ十徳ハ君ノ御宝也。如レ此成敗シ給ヘハ揚レケ名ヲ興《ヲコス》レ家ヲ子孫今ニ不レ絶ヘ正直第一ノ人ト申ス。

カヽル人ノ頭ニハ八幡大菩薩宿リ給フ事无レ疑。其名モ有レテ謂レ号二八幡大郎一ト也。常ニ人ニ被レケルハ語天下ニ説二他ノ非ヲ一者ヲ切リ捨タラバ国土ハ収リナン。又中比常州ノ国司ノ代官国ヲ治メ始シ時他ノ非ヲ後ロニテ云者ヲ取リ聚メテ六十三人切リ聚テ賀嶋ノ奥ニ被レケリ捨。其国ノ治ル事如二三皇五帝ノ昔一ノ。彼ノ平ノ庄司ハ賢人也ト聞ヘシ。賀嶋ノ大明神ト物語申者也。常ニ人ニ被レケルハ申国乱人ノ闘ノ後ロ事ヲ為二根本一ト。実ノ生マレ付ヨリ臆病ナル者ハ云二人ノ後ロ事一ヲ也。後ロ事ハ外道也ト云云。[20]

『行者用心集』に十三、十四として抄録された説話は、虚空坊と蓮花坊の宗論の中で、それぞれ慢心と陰口への戒めを述べた部分に相当する。十三の説話では、虚空坊・蓮花坊の発話を「〇問曰」「〇答云」と表記するものの、現存の『ぼろぼろの草子』本文と概ね一致するのに対し、十四の説話では、波線を引いた箇所に現存諸本との異同が認められ、特に「十難十徳」の一つ一つを示す点では、現存本よりも詳しいものとなっている。この『ぼろぼろの草子』抄録部分の冒頭には、強調字体で示したように「明恵上人ノ論ニ云」とある。『ぼろぼろの草子』の一部の伝本はその書名を「空花論」としており、そのように題された古伝本を「明恵上人ノ論」と記したものかと思われるが、永正年間から本作品が明恵の論として寺院内で享受されていたことを示す点で、非常に興味深い。様々に呼称される本作品の書名のうち、いずれが本来であったかは断定しかねるが、「空花論」の書名は先の明恵の『上人所作目録』も含め、本作品が法語として享受されていた可能性を示唆するものである。さらに、波線箇所のように現存諸本と異なった本文を有する点から、明恵の法語として、あるいは真名表記に改められた伝本があったとも考えられよう。

また十三の説話は、弘法大師の弟子良心が大師の宗論を聴聞して、おのれの慢心の故に魔道に堕ちたとする説話であるが、これを『行者用心集』が抄録したのは、強調字体で示したように、その魔道観を解き明かすために不可欠だったからであると考えられる。ここで注目したいのは、直前にも同様の意味あいで、『魔界回向法語』『邪正問答抄』などの仮名法語が抄録されていることである。つまり『ぼろぼろの草子』は、これらのテクストと同様、やはり仮名法語の一類としてとらえられていたのである。このように享受されていた『ぼろぼろの草子』が、明恵と関連して伝来していた点をあらためて想起したい。先に述べたような『七天狗絵』『邪正問答抄』との方法・構想上の類似はそこのみにとどまるものではなく、「明恵仮託」という伝来のあり方までも一致を見せるゆえである。『七天狗絵』が『明恵上人絵巻』と合作され「探幽縮図写絵巻」[21]として伝存していることや、『邪正問答抄』が『夢中問答集』の抜書でありながら明恵に仮託されてきたことなどを踏まえると、「明恵仮託」テクスト群の意味や宗教・唱導世界における機能など、今後さらに考察を進めねばならない問題が含まれているだろう。

三　とくれば同じ谷川の水――諸宗同体の宗論文芸――

このように法語としての意義をも持ちえた『ぼろぼろの草子』の宗論は、同時に文芸としての意味をも有していた。ここではその方法について考えてみたい。二人の宗論はもっぱら虚空坊の論理で進められるものの、浄土自体を否定しているのではなく、最終的にその主張は諸宗同体の思想へと展開していく。

虚空坊答云、「諸経はさまぐ〵なりといへ共、奥義を極め登々ていかんともなさゞるところにみれば、諸宗皆同体なり。只前のいかんといふ詞金言なり。譬は雪と氷といふも消ては同じ水なり。されば和歌に、なにとたゞ雪と氷とへだつらんとくれば同じ谷川の水と詠ぜり。又法もかくのごとし」。

諸宗同体への帰結は、顕密対浄土、法華対禅、法華対浄土といった実際的かつ深刻な宗義上の対立からなる宗論が存在する一方で、ここでは禅対念仏という、中世にあっては珍しい仮構の組み合わせがとられていることと関連するだろう。(22) そのような帰結を促しているのが傍線部分の和歌なのである。この和歌については、『一休水鏡』に「雨霰雪や氷と隔つらん解くれば同じ谷川の水」(23) とあるように、禅宗系の道歌として知られるものである。

だが、『沙石集』の異本である『金撰集』巻二には、

法相三論ノ義門ト云ハ、心ノ外ニ境ナケレハ唯識ト云ヒ、境ノ外ニ心無レハ唯境ト云。是ノ故ニ花厳経ニ云、「如ノ外ノ智ノ、如ヲ証スル無ク、智ノ外ノ如ノ、智ヲ発スル無也」ト云。境、智ハ心ナレハ、三論ニハ唯境ト云。法相ニハ唯識ト云。共ニ仏意ニ可叶。諸宗雖レ異ナリト衣体コソ如也、智也、心也、明境也。一切ノ水月収ル二 一月一ニ。去ハ諸宗ノ差別皆一理融念スヘシ。

雪氷長ク短クカハレトモトクレハ本ノ水一ツナリ(24)

とあり、諸宗同体の旨を記した後に、後世に書き付けられた「とくれば同じ」と同趣旨の歌が早い例として見いだせる。この段階から仏教全般の教義と密接に結びついている点で、本来的には諸宗同体の思想を端的に示した歌であり、それが禅宗系の道歌としても広まったととらえられよう。それはたとえば、『観無量寿経』の談義本で永正三年（一五〇六）の序を有す『観経厭欣鈔』上之末にも、

然は諸宗学者の歌に

何事に。水や氷と隔つらん。とくれは同し谷川の水。

此歌は聖道門の意なり。浄土門の意は

何事に。水や氷と隔つらん。とけすも同し谷川の水。(25)

とあることから、宗派を越えて広く用いられていた和歌と言えよう。また、法華経の注釈書である『一乗拾玉

抄』巻三「薬草喩品」にも、

物語云、或ル禅僧行密スル時キ、片山里ヲ通ル時、家有ルニ立寄テ食ヲ乞フニ、尼ガ一人居テ云様ハ、「我ハ法花宗也。余宗ニ不与物ヲ」云ヘリ。此僧返リ乍ラ「何ニトテカ雪ト氷リト隔ツラン解レバ同ジ谷川ノ水」ト詠ゼリ。尼聞之、僧ヲ呼ビ返シテ、「我モソレ程ノ哥ヲバ讀ミ候ハン」ト云テ、返哥ヲヨメリ。「峯ノ松谷ノ柏木何ナレバ一ツ嵐ニ音カハルラン」是即妙法ノ嵐ハ一音ナレドモ、五乗ノ松柏ニ當レバ、各々ノ法音不同也。所詮一味之水ハ不変真如随分受潤ハ随縁真如也。(26)

「物語ニ云」として、禅僧と法花宗の尼との問答に「解レバ同ジ谷川ノ水」の歌が見える。さらに、対立を最終的に同化する方法としては、能「東岸居士」の説法で、

何とただ　雪や氷と隔つらん　万法みな一如なる　実相の門に入らうよ(27)

とあり、また『天狗の内裏』（慶應義塾大学図書館蔵古写本）における牛若丸と大日如来との仏法問答でも、

けんにんしやうのいつくとは、かうるいつてんの雪消へて後、とくれは同じ、谷川の水、川は五つ、水は五色に流るゝなり

とある。仮名草子『飛鳥川』下・十八にも、後醍醐天皇が大灯国師に参得して詠んだとして、「いかなれば雪や氷とへたつらむとくればおなし谷川の水(28)」の歌が引かれ、諸宗同体の思想が説かれている。

『ぼろぼろの草子』では、硬質な宗論を繰り広げた後、作品全体に通底する主題を、もとより諸宗同体の思想を有す歌によって提示するという、直談系の法華経注釈書類にも見られるような和歌による描出の方法がとられるのである。このこと自体、『ぼろぼろの草子』の位相をより複次的なものにしているといえよう。

さらに、こうした諸宗同体の思想を類似の方法によって表現した文芸として、天正十五年（一五八七）写『伊豆国奥野翁物

語』（天理図書館蔵）があげられる。これは、伊豆国の翁が石清水で出会った美女との再会を願って諸国をめぐり、果たして八幡で再会した女は阿弥陀であったという物語である。翁は遍歴の途次、大和国舟岡で「禅ノ法門云テ居丈高ニ成リ、膝ヲユリ額ヲタヽキ人ヲ教化」する禅宗の法師と念仏についての問答をおこなう。その際、翁によって「禅ト念仏トハ其名二ツニシテ心ハ一ツナリ」と諸宗同体の思想が示され、「善シ悪ト分ル心ハ津ノ国ノ難波モ知ラヌ人トコソ見レ」という和歌が用いられるのである。また『鴉鷺物語』においても、和歌による主題提示という方法はとられないものの、高野で出家した烏と鷺とがと黒白和合の境地に至るのであり、諸宗同体の思想を反映した問答体の物語草子の展開例ととらえられる。

一方、浄土宗を思わせる上戸と日蓮宗を思わせる下戸の仲裁に天台宗を思わせる中戸が入るという『酒飯論』や、法華僧と浄土僧による狂言「宗論」では、『ぼろぼろの草子』などが説き明かそうとした諸宗同体という主題は前提となっており、それによって滑稽味を追求する方向へと展開していったものと考えられる。そのような展開にあって、仮名草子『夫婦宗論物語』の方法は顧慮に値いする。この作品は、浄土宗の夫と法華宗の妻による宗論を、禅宗の息子が仲裁するというもので、息子は禅宗の立場から「女夢幻泡影、女露亦如電」と観じ、「未生以前念ずれば」そのような対立も消えて無くなると説き、「雨あられ雪や氷と隔つらん解くれば同じ谷川の水」「分けのぼる麓の道は多けれど同じ雲井の月をこそ見れ」(29)という諸宗同体の思想を説く和歌によって終結する。夫婦喧嘩の素材としての宗論という一種のパロディとなっているが、予定調和的に諸宗同体の思想に帰結するあり方は、当該の和歌が使われていることはもちろん、諸宗同体説を導きやすい家族間での問答であるという共通性からも、『ぼろぼろの草子』のそれと等しいものと考えられるのである。

このように、宗派間の対立という現実社会での宗論を逸脱した一連の文芸作品を概観すると、本作品は、暮露という異形の新興宗教者に対する世相的な関心だけでつくられたのではないことが、おのずと明らかになってくるだろう。中世に広く見られた異なる宗派間での問答を枠組みとし、それぞれの主張や教義を鮮明にしながら、やがて諸宗同体の思想へと結論づけていくという宗論文芸の展開の中で、中核的な作品として位置づけられるものなのである。

さらに本作品は、宗論自体を相対化している点でも注目される。

大力量を出して徳杖をもつてはつたとうつと見へしが、蓮花坊もなく同行坊もなく簾中も見へず。卅人ばかりの弟子も見へず。其後虚空坊云、「あらおびたゞしの仏菩薩の口のさがなさよ」といひしが、二三十人のこゑしてどつと笑て、虚空坊もうせにけり。其比見聞人、玄妙殊勝の法門かなと奇異のおもひをなせり。此物語よく〳〵聞べし。されども愚癡の者のためには及ばず。智ある者のためには真実の法理なり。聞得ば即仏果を成すべし。さればいま人おほく誤れるによりて仏菩薩現じ給ひ、方便の法門をひらき真実の相をしめし給ふ。

二人の宗論の顚末は、単なる異宗派による論争の域を超えている。ここには、聴衆を設定し、その場を拡大することで、宗論の芸能を見る聴衆というような二段構えの構造をも読み取ることができよう。つまり、宗論内容だけでなく、それを受け止める行為自体を重視しているのである。先の『行者用心集』における良心の例でも明らかなように、そこでは著名な大師の宗論自体が問題となっているのではなく、それを聞く側の視点を重んじ、その際の心構えを主張するものとなっていることにもこの点があらわれている。そのような点は、傍線を引いた「聞得ば即ち仏果を成すべし」という、『熊野の本地』など本地物によく見られる、読む功徳を主張する点にも共通する。こうした宗論の相対化は、文芸化のあらわれとして位置づけられるだろうし、岩手本のように、絵を伴った読み物として享受されていたことにも通じるものと思われる。

四　女性教導と絵画化

室町期より暮露と念仏僧の宗論の物語が絵を伴って享受されていた点については、『お湯殿の上の日記』の明応三年《（一四九四）》七月十一日条に「ほろほろのゑふしみとのへ返しまいらせらるゝ」とあることから明らかである。『お湯殿の上の日記』は、内裏のお湯殿の上の間で天皇に仕える宮廷女房たちが、その日常を仮名書きで書き継いだ日記であり、文明九年《（一四七七）》から文政九年《（一八二六）》に至る約三百五十年間の記録が伝存している。室町期から江戸極初期までのおよそ百三十年間の記事を通覧すると、約四十種に及ぶ縁起・僧伝・物語草子の記録がなされており、これらの類が女房たちの重要な関心事であったと考えられる。たとえば、文明十年《（一四七八）》八月に、二尊院が「念仏御さうし」を読み、「みな女はうたち十ねんうけさせらるゝ」（三十六日）としている。文明十五年《（一四八三）》二月十二日条でも、彼岸の中日に「たつとき念仏のさうし」を読んだと記している。また、文明十一〜十三年の八月には絵解きが参内したとあり[30]、これは盂蘭盆会の前後の七月、八月に「かたおか《（片岡）》のゑ」（文明十九年《（一四八七）》八月二日）のような地獄絵や「しゆかゐ《（受戒）》の御ゑ」（明応三年《（一四九四）》七月二十七日）のごとき出家作法にかかわる縁起絵の類が比較的多く見られることと呼応するものであろう。いずれも宮中での信仰とかかわる典籍や芸能の受容の例といえよう。

こうした宗教色の強い物語草子が宮廷女房の間で盛んに享受されている中で、「ぼろぼろ《（暮露暮露）》のゑ」も受容されていたのである。これについては、これまで特定されずにいたが、『お湯殿の上の日記』は、物語の類と思われるものを「〜ゑ」と表記しており[31]、この「ぼろぼろのゑ」も本作品を指すものに違いない。さらに、宝徳元年《（一四四九）》写の佐々木孝浩氏蔵『御絵目録』（図31参照）には、

山寺法師絵　上下巻　蝦蟇発心絵　上下　高大夫絵
上下　香助絵　上下　墨付女絵　上下　暮露絵　上下[32]

とあって、上下二巻仕立ての暮露についての物語草子が伝えられていたことが確認できる。石川透氏によれば、『御絵目録』に見える六点のうち、最初の四点が『看聞日記』での書名と一致し、時代も近いことから、本目録が伏見宮周辺に伝わった絵巻物の目録である可能性が高いと考えられる[33]。応永二十七年（一四二〇）写の後崇光院筆「諸物語目録[34]」には、『一休骸骨』のもととされる「幻中草打画」の名が記されている。特定の信仰宣布を目的とする本地物や寺社縁起とはまた別に、禅宗系の教義を問答という枠組みで草子化した『幻中草打画』のような物語草子が、公家社会において絵を伴う形で享受されていたのである。以上の点から、『御絵目録』における「暮露絵」の記事は、『ぼろぼろの草子』が伏見宮周辺に絵巻物の形態で伝存していたことを示しているといえよう。

　現在までに確認し得た『ぼろぼろの草子』の伝本はすべて近世以降のもので、古写本は見いだせないが、『お

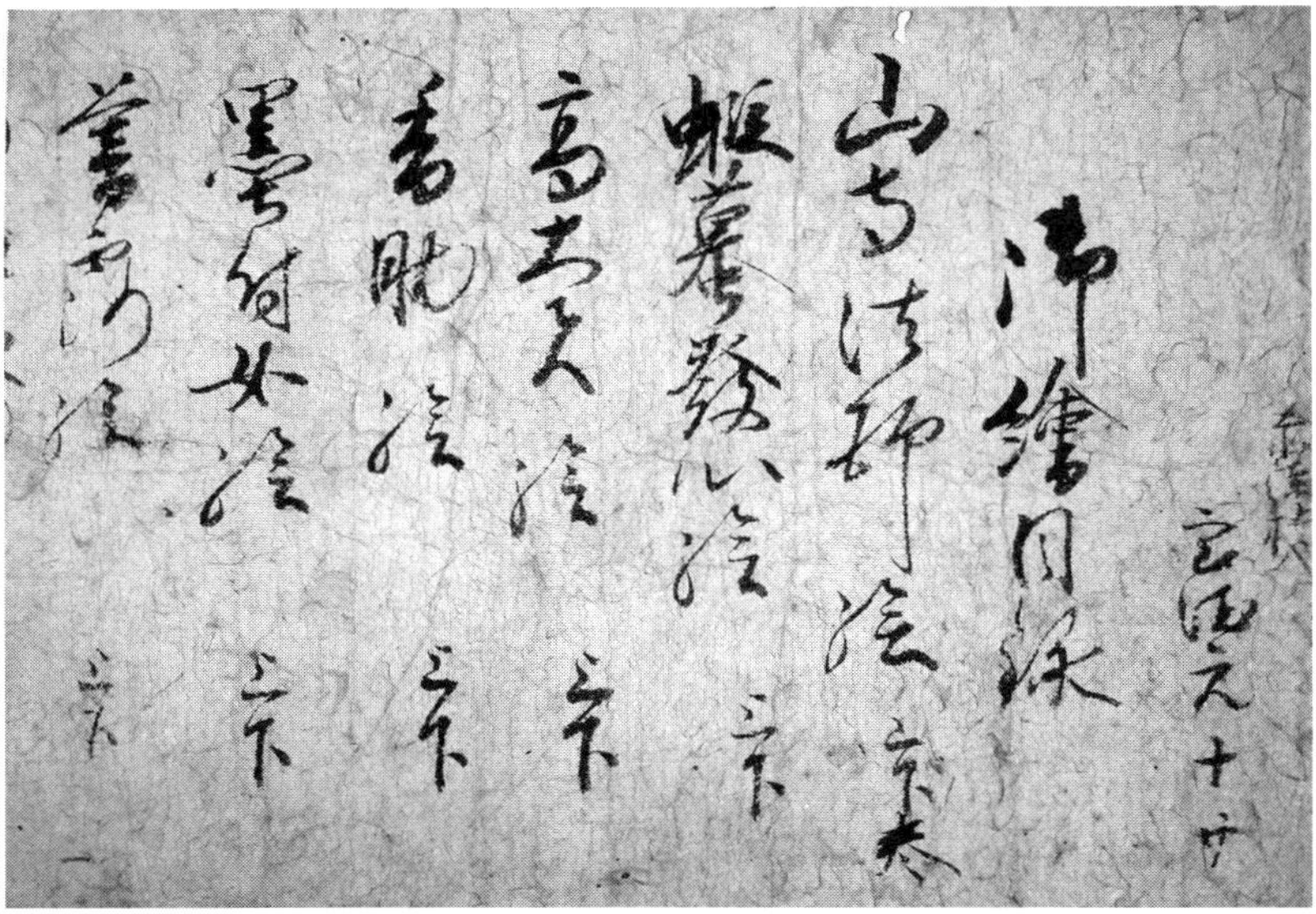

図31　『御絵目録』

湯殿の上の日記』や『御絵目録』に見るとおり、室町期の公家社会において本作品が享受されていたものと考えられる。これは、宮中や貴族社会において、宗論のような宗教的言説が文芸化され享受されていく様相を端的に示す事例であり、『お湯殿の上の日記』に見られるように、縁起や僧伝の類が宮中や貴族社会において物語として享受されていく様相と軌を一にするものである。そこで、『ぼろぼろの草子』のような宗教色の強い物語草子がいかにして公家社会において受容されたか、作品内部に見られる説話から考察してみたい。

虚空坊は念仏を批判し、「善悪不二邪正一如」を主張するのだが、その際、諏訪大明神や十王の信仰を例にした殺生の罪の正当化をはじめとして、いくつかの例話をあげる。なかでも、以下に引いた女性に関する二話は、他の説話に比して多くの筆が費やされている点で注目すべきものがある。まず、「何ぞ暮露〳〵乞食の身にて、我妻を簾中とは何事ぞや」という蓮花坊の問いに対し、妻の簾中を帯同することに関連して引き合いに出すのが、近江国筑摩祭の話である。

大方女性の行跡、汝がいはざる先に知れり。吾朝近江国筑磨祭と云ことあり。此まつりは、其所の女ども男に逢たる数鍋をいたゞき、社の前をわたるなり。むかしより鍋一ついたゞきたる女なし。其神の託宣に、我山滅せんときなべ一ついたゞきたる女渡るべしとの玉ふ。過し比、其辺に住せし人、一人の女を幼少よりいだきそだてゝ妻女とす。なべは一ついたゞきぬらんとみれば、鍋九つまでいたゞく。やがて当座にも打殺と思ひけれども、さすがに公所なりければ力及ばず、家に帰るを待て送ぬ。其夜神現じてのたまはく、「汝いまよりひじるべきか」と問玉ふ。答云、「ひじるべきにはあらず。ふ定になからん女をたづねてつまにすべし」と申。神重て言、「女たる者鍋の十廿いたゞかざるはなし。汝が女は賢女なり」と宣て帰り給ふかとすれば、夢は即覚にけり。其のち此ことつら〳〵あんずるに、げにも昨日の祭にわがつまほど少鍋をいたゞきたるはなし。よの女を見るに随分に姫御前などゝいふも、廿卅いたゞかざるはなし。皆女のならひなりと思ひて、送り捨てたる女を尋出して本のごとく妻愛す。このことその宮の縁起に慥にしるせり。

筑摩祭については、古くは『伊勢物語』百二十段に見られ、『俊頼髄脳』『和歌色葉』などの歌論書にもしばしば引用される著名な祭である（図32参照）。女性が交接した男性の数だけ鍋をかぶるという奇祭で、明応六年（一四九七）写『はにふの物語』では、女人の罪障観とからめて引用されている。永禄十年（一五六七）写『筑摩大神之紀』でも、「若其中ニ犯淫の輩在時ハ必其鍋落て発覚す」[35]とあり、時代が下るにつれ、女性の貞操への戒めとして取り上げられている。女人罪障観からの解釈が付加されていく中で、『ぼろぼろの草子』においては、虚空坊の立場から女性のあるがままの自然な姿として説かれ、続けて摩耶夫人や目蓮の母を例にして、

図32　鍋冠祭図押絵貼屏風　久隅守景筆　江戸時代
醜女と対になって描かれる鍋をかぶる女

女性にも善悪があるとの論理が導かれているのである。

さらに虚空坊は、我と人、衆生と仏を差別しないとする主張の中で、あまりに愚痴なる者については差別をするという例外の事例として、慳貪な女の説話を引く。

一年九州一見の時、豊後国三重の郷といふ所に暫居住す。其所に地頭並庄の野津といふところの人の姫をむかへたりしに、あまり慳貪放逸なれば、眷属百人ばかり有しがにくまるゝ事限なし。既に子二人あるまで「是はわがもの、これは夫の物」といひて、わが物をば夫に一紙半銭を限りけるが、其ところの所領に大事の沙汰出来て、夫京へのぼるほどに料足過分に入間妻に借用す。常の利分よりなをまして、そこばくに結句しあげてせめければ、知行する所領をうりて此料足を返弁す。さる間漸々貧になりしかば、離別せむといふ。妻の云、「縦つれて乞食すともはなるまじ」といひてければ、夫がいふやう、「かやうに貧になるも御身慳貪なる故なり。所領を売ずんばかゝる貧になるべきか」とて用ず。つまが云、「向後こそ加様の事は有まじき」とて兎角したへどもつゐに送ぬ。又騎馬二騎伴させ、三重の郷といふ処を過るに、俄に青天かきくもり、電光頻にて車軸の大雨ふりて、雲ゐの中より鬼王二人現じて、此女を輿の内より引出し「慳貪なる者をばかやうにする」とて二つにひきさき捨にけり。伴の者どもみな死いりぬ。やゝ暫ありて心つき、眼を少ひらけば、もとのごとく青々と晴たり。おきあがり彼死人を輿にひろひ入て中山寺へ入申。荼毘しけるがつゐに焼ざりければ、力およはず土にうづみにけり。後に彼夫いふ、「所領ありて本領に安堵するこそ不思議なれ」。其後彼女にくまぬ人もなかりけり。

愚痴、慳貪な妻ゆえ、夫は別れることを主張し、妻は反省して夫に執着するものの離縁することとなり、傍線のように、妻の体は鬼によって引き裂かれてしまう。改心し、離縁の罰を受けた女が、さらに体を引き裂かれた上、遺体も焼けずに土に埋められるという展開は、慳貪への戒めとして非常に教導性の高いものであり、これは中世後期に盛んに享受された地獄絵とその唱導を背景として成り立ちえた説話と考えられる。経典を多用し、硬質な教義に関する宗論がなされる『ぼろぼろの草子』において、このような女性に対する教訓的な説話が組み込まれている点には注目すべきものがある。特に慳貪な女の説話は、挿絵などの図像を介した享受が大いに考えられ、そこに女性向けの教導の様をもうかがえるのである。そこで注目されるのが、先の岩手本である。

物語の半ばにあたる慳貪な女の話からはじまり、明恵の伝承的来歴までを記す岩手本の挿絵は全部で七図あり、そのうち六図は、口絵⑤に示した挿絵に見られるように、すべて虚空坊と蓮花坊とが対決する様が、背景のみ違えてほぼ同構図で描かれている。虚空坊の風体などは、版本の挿絵では本文に忠実であるのに対し、岩手本では有髪で黒袴をはき、禅僧の持つ柱杖のようなものを持ってはいるが、暮露の特徴である絵かき紙衣を着ておらず、武蔵坊弁慶を思わせる荒ぶる異形僧のごとく描かれている。このような虚空坊と蓮花坊が対決する挿絵がつづく中で、唯一付された女の股裂き場面の絵（口絵⑥参照）は、とりわけ目を引くものがある。これは、版本にも絵画化されており、本文に即して空から現れた二人の鬼に輿から引き出され、二つに裂かれる女の絵（図33・34参照）

図33 『観音化現物語』寛文八年刊

となっている。数行で簡潔に記された本文内容が、臨場感を持ってより鮮明かつ印象的に絵画化されている。だが、それ以上に注目すべきは、版本が本文に忠実に描かれているのとは異なり、岩手本の挿絵には、説話の語り手である虚空坊が左端に描かれるなど視覚的な工夫も施され、話の主眼である女を引き裂く鬼と語り手たる虚空坊のみが抽象的に描かれている点である。この絵は、版本の挿絵はもとより、本文内容とも異なっており、それだけで絵解きの素材となっていたかのごとき体裁を示している。このような様相は、慳貪な女の説話が絵解きや唱導の場に即した比喩因縁であったことをうかがわせるものであるだろう。

先にも述べたように、『ぼろぼろの草子』は室町期には絵巻の形で伝存していた。果たしてそれはいかなる絵を伴ったものであったのか。〔江戸前期〕写の奈良絵本をもって、往時の挿絵に比定するわけにはいかないが、展開上で重要な場面を必ず絵画化するという、物語絵画の普遍的な方法として、この岩手本の挿絵は参考に値す

図34 『明恵上人革袋』貞享四年刊

る。したがって、室町期の絵巻には、異形の新興宗教者である暮露の描写とともに、この書の眼目として、股裂きの女の図像も既に有していたと推定される。『お湯殿の上の日記』によれば、永禄三年《一五六〇》八月五日条に「十わう《王》のゑ」が見える他、しばしば『往生要集』の談義が行われており、たとえば、文明十七年《一四八五》十二月八日条には、

山のくろだに《黒谷》にしゆせう《殊勝》にたつときそう《僧》ありて。だんぎ《談義》きゝことなるよし。かぢ《梶》井殿御物がたりに御申。この人げんおう《元応》寺よりさだめをかるゝにつきて。かんろじ《甘露寺》にておほせられて。まいるべきよしかたくおほせらるゝ。御所中へしんしやく《斟酌》のよしかたく申。ねうばう《女房》たちの御きゝあるべきよしにて。ながはし《長橋》のつぼね《局》にてわうじやうようしう《往生要集》よませらるゝ。みす《御簾》どもかけらるゝ。なかのまにつくへをかるゝ。さんじてよみたまふ。しゆせう《殊勝》なり。

とあり、女房たちが黒谷の真盛上人[36]による『往生要集』談義を聴聞する様子を伝えている。こうした宮中の女房への談義・唱導には女性罪障観についても話題にされていたであろうことから、股裂きの女の図像も、鬼の責苦にあう地獄絵を見るかのように、恐怖と信仰心をもって切実に受け止められていたに違いない。

さらに、先の筑摩祭説話については、『考古画譜』によれば、文亀元年《一五〇一》八月二十七日の奥書を持つ「筑摩祭絵」なる絵巻一巻が南都興福寺龍宮院に蔵されていたとあり、室町期には絵巻の形態で伝存していたようである。関連して、室町期から江戸初期にかけて多く制作された『扇の草子』の中に、「近江なるつくまの祭とくせなむつれなき人の鍋の数みむ」の歌が鍋の絵とともに記されており、注目される[37]。この歌が伝承歌として公家社会で絵をともなって享受されていたことが確認でき、やはりこの説話も公家社会の女性たちの興味をひくものであったのだろう。『伊勢物語』以来、広く知られた筑摩祭説話の一型として、『ぼろぼろの草子』の当該説話も公家社会に宗教的言説を伴って親しまれたと考えられ、絵画化されるにふさわしいものといえよう。

おわりに

以上の点から、室町期の公家社会で享受された「ぼろぼろのゑ《暮露暮露》」には、異形の禅宗系宗教者としての暮露の図像だけでなく、慳貪な女の股裂き説話や、鍋をかぶる女という点で図像化されやすい筑摩祭説話のような、女性教導の説話の絵画化がなされていたのではないだろうか。『ぼろぼろの草子』のような宗論文芸の、宮中や貴族社会における享受には、絵巻化という点が非常に大きな契機となっていたのだろう。宮中や貴族社会における女性が受容するにあたっては、縁起の類がそうであったように、宗派間の論争という硬質な宗教的言説も視覚化が要求されたと考えられる。

『ぼろぼろの草子』の宗論は、経典や仏教教義といった宗教的言談を内包しつつ、和歌の引用や本地説による結末を展開させ、宗論を相対化するという方法をもって、物語草子として仕立てられたものであり、後の仮名草子の教義問答小説にも連なる読み物としての側面を獲得したのである。このようなあり方は、明恵の論として『行者用心集』に抄録されるなど、法語としての一面を保ちつつ、公家社会においては絵を伴い、くだっては奈良絵本の体裁で物語草子としても享受される推移とかかわるものである。その意味で、本作品はこれまで個別に扱われがちであった宗教的言談の場と物語草子の生成・享受の場とが、互いに重なり合う一例[38]としてとらえられるのではないだろうか。

【注】

（1）『大蔵虎明本狂言集の研究　本文篇中』（表現社）より引用。

（2）『徒然草野槌』上之八、『なぐさみ草』百五十、『徒然草文段抄』百五十段、『ひとりのね』上、『群書一覧』、『嬉遊笑覧』巻六上音曲、『塩尻拾遺』巻三十八など。なお、『なぐさみ草』百五十大意では、『説法明眼論』に説かれる聖徳太子未来記を用い、「我滅後、七百歳ほとすきむころほひには、色々の邪儀をもつて、新宗をたつる者」として暮露をとらえている。

（3）筑土鈴寛氏「緇流文学と教団の物語」（『中世藝文の研究』有精堂　一九六六　初出一九三一）。

（4）徳江元正氏「風狂の芸能」（『芸能、能芸』三弥井書店　一九七六　初出一九六四）。

（5）細川涼一氏「ぼろぼろ（暮露）」（『中世の身分制と非人』日本エディタースクール出版部　一九九四　初出一九八九）。

（6）原田正俊氏「放下僧・暮露にみる中世禅宗と民衆」（『日本中世の禅宗と社会』吉川弘文館　一九九八　初出一九九〇）。

（7）黒田日出男氏「ぼろぼろ（暮露）の画像と『一遍聖絵』〈上〉〈下〉絵画史料論の可能性を求めて」（『月刊百科』三四五・三四七　一九九一）。

（8）保坂裕興氏「一七世紀における虚無僧の生成―ぼろぼろ・薦僧との異同と「乞う」行為のあり方―」（『身分的周縁』部落問題研究所出版部　一九九四）。

（9）廣田哲通氏「『ぼろぼろの草子』論」（『中世法華経注釈書の研究』笠間書院　一九九三　初出一九九六）。なお、本作品の紹介に、棚木恵子氏「暮露々々のさうし」（『体系物語文学史』五　有精堂　一九九一）がある。

（10）ただし、廣田氏が指摘されたように、『類聚名物考』には内容の上で大きな相違を見せる異本が示されている（前掲注（9）論文）。また、永青文庫叢刊別巻『手鑑』（汲古書院　一九八五）には、烏丸光賢筆とされる本作品の断簡が伝えられている。落合博志氏の御教示による。なお、『群書一覧』の「ぼろ〳〵の草子」の末尾には、「此奥書烏丸光広卿親筆の本を以てこゝにしるすもの也」とあり、公家社会での享受の様相を考察する上で非常に興味深い。

（11）大谷大学蔵本を私に翻字し、句読点、「」などを補い、清濁の区別をし、通行字体に改めた。

（12）森正人氏「〈物語の場〉と〈場の物語〉・序説」（『説話論集』一　清文堂　一九九一）、阿部泰郎氏「対話様式作品論

序説―『聞持記』をめぐりて」（『日本文学』三七―六　一九八八）など参照。

(13) 宗教史研究からは、田村円澄氏・田村芳朗氏編「仏教内部における対論・日本」（『仏教思想史』五　一九八二）、神田千里氏「中世の宗論に関する一考察」（『仏法の文化史』吉川弘文館　二〇〇三）などがあり、個別作品については、円山博宣氏「『夫婦宗論物語』研究」（『仏教文学』一〇　一九八六）、田口和夫氏「汲水閑話一〇〇〈宗論〉・〈文相撲〉の発想―『塩山和泥合水集』から」（『能楽タイムズ』五三四　一九九六）などがある。また、牧野淳司氏「中世東大寺縁起の諸相」（『文学』四―六　二〇〇三）が提示された中世の寺院縁起が寺院間の対立と相論と密接に連動して生成されていくという視点は、本章が問題としている実際的「宗論」が文芸的側面を獲得していく階梯の一つとして極めて興味深い。

(14) 前掲注（7）黒田氏論文参照。

(15) 前掲注（4）徳江氏論文、前掲注（6）原田氏論文参照。

(16) 『文学』四―六（二〇〇三）の特集「抗争するテクスト」における、阿部泰郎氏「『七天狗絵』とその時代」、高橋秀榮氏「『七天狗絵』の詞書の発見」を参照し、『天狗草紙』は『七天狗絵』が本来の書名であり、そう称すべきとされた阿部氏の提言を踏まえ、本書ではその名称を用いた。

(17) 『日本大蔵経』七四より引用。中山一麿氏「『邪正問答抄』解説と翻刻」（荒木浩氏編『〈心〉と〈外部〉―表現・伝承・信仰と明恵『夢記』―』二〇〇二）参照。

(18) 延享三年（一七四六）写。『明恵上人資料』五（東京大学出版会）所収。

(19) 落合博志氏「『行者用心集』攷―素材と編纂の背景など―」（『法政大学教養部紀要人文科学編』八六　一九九三）の指摘による。

(20) 大正大学図書館蔵『行者用心集』（万治三年十月小嶋市郎右衛門刊本）を翻字し、私に句読点などを補い、通行字体に改めた。

(21) 梅津次郎氏「天狗草紙について」（新修日本絵巻物全集二七『天狗草紙・是害房絵』角川書店　一九七八）、近本謙介氏「天理図書館蔵探幽縮図写絵巻解題と翻刻―『解脱上人明恵上人伝絵巻』・『天狗草紙』」（『山辺道』四二　一九九八）

など参照。

(22) 実際に行われた宗論と異なるこれら仮構の宗論設定は、一遍の参禅説話などで明らかなように、顕密側から異端とされた禅と念仏とが交流し、融合していく宗教史上の様相と関連づけられよう。原田正俊氏「中世社会における禅僧と時衆―一遍参禅説話再考―」(『日本中世の禅宗と社会』吉川弘文館　一九九八　初出一九八八)など参照。

(23) 『一休和尚全集』四「一休仮名法語集」(春秋社)より引用。なお、『一休骸骨』にも「雨霰雪や氷と隔つれど解くれば同じ谷川の水」と、『阿弥陀裸物語』には「霜霰雪や氷と隔つれど解くれば同じ谷川の水」とある。ちなみに、『ぼろぼろの草子』には、もう一首「世中は夢かうつゝか現ともゆめともしらすありてなけれは」の和歌が付されているが、お伽草子『朝顔の露』にも同じ歌が見える。

(24) 西尾光一氏・美濃部重克氏編『金撰集』(古典文庫三〇八)より引用。

(25) 『大日本仏教全書』六〇(仏書刊行会)より引用。徳田和夫氏の御教示による。

(26) 中野真麻理氏「諏訪の神文」(『一乗拾玉抄の研究』臨川書店　一九九八)は、諏訪の神文との関連から本歌について言及される。

(27) 新潮日本古典集成『謡曲集』(新潮社)より引用。

(28) 『仮名草子集成』一(東京堂出版)より引用。なお、『浄瑠璃御前物語』「笛の段」でも、「上瑠璃御前」が人を差別してはならないと女房たちをさとす場面で、「みな人は雪やこほりとへだつれどとくればおなじ谷川の水」と詠んでいる。新日本日本古典文学大系『古浄瑠璃　説経集』(岩波書店)より引用。

(29) 日本古典文学大系『仮名草子集』(岩波書店)より引用。前掲注(13)円山氏論文など参照。

(30) 地獄絵の絵解きの時節的な意味については、徳田和夫氏「異形の勧進比丘尼―〈熊野比丘尼〉前史の一端―」(大系日本歴史と芸能六『中世遍歴民の世界』平凡社　一九九〇)にふれるところである。

(31) たとえば、「弘法大師の御絵」「足引の絵」「春日の御絵」などが見られ、宮中や女房たちの間でこれら宗教色の強い物語絵が享受されていたことが窺える。第十三章「比丘尼御所と文芸・文化」参照。

(32) 石川透氏「『御絵目録』切れ解題・翻刻・影印」(『奈良絵本・絵巻の生成』三弥井書店　二〇〇三　初出二〇〇一)。

なお「墨付女絵」については、『実隆公記』文明十八年五月十日条の「墨付絵詞」、『看聞日記』永享七年五月十四日条の「墨過絵」を想起させるものであり、はいずみを機縁とした女の発心遁世譚である、徳川美術館蔵『掃墨物語絵巻』を指すものと考えられる。

(33) 前掲注(32)石川氏論文。

(34) 図書寮叢刊『看聞日記紙背文書・看聞日記別記』(養徳社)参照。なお、『幻中草打画』については、第十章「説法・法談のヲコ絵―『幻中草打画』の諸本―」参照。

(35) 『米原町史』資料編(米原町史編纂委員会編 一九九九)より引用。

(36) 真盛上人をめぐる宮中・貴族社会における信仰、書写活動については、拙稿「室町期の往生伝と草子―真盛上人伝関連新出資料をめぐって―」(『唱導文学研究』六 三弥井書店 二〇〇七)で検討した。

(37) 徳田和夫氏「『扇の草子』絵巻をめぐって―(序説)―」(『国語国文論集』二〇 一九九一)、安原真琴氏『『扇の草子』の研究―遊びの芸文―』(ぺりかん社 二〇〇三)など参照。

(38) こうした宗教的言談の場と物語草子生成・享受の場とが重なり合う一例として、同じ問答形式で真宗の談義本として享受されながらも物語草子的側面をも有す『慈巧上人極楽往生問答』があげられる。第五章「『慈巧上人極楽往生問答』にみる念仏と女」参照。

第十章　説法・法談のヲコ絵

――『幻中草打画』の諸本――

はじめに

かつて、岡見正雄氏によって紹介された『幻中草打画』なる物語草子がある。[1] その内容は、世の無常を嘆いて行脚の僧となった主人公が、旅の途中、一夜の宿を借りた三昧原の仏堂で骸骨と語り合うという夢を見て、それを絵に描き、世の無常を衆生に説き、菩提心をおこすことを勧めるとする前半と、行脚の比丘尼と山中に独居する老比丘尼とが仏道に関する問答をおこなう後半の、大きく二つからなる。岡見氏の紹介以降、仮名草子研究において、たびたび指摘されてきたように、『一休骸骨』は本書の前半とほぼ一致し、省略・加筆して成ったものととらえられている。また、後半の比丘尼による問答についても、『一休水鏡』の「二人比丘尼」、および鈴木正三の『二人比丘尼』などに、それぞれ相応しており、本書はそれら仮名草子の先蹤作として位置づけられる。[2]

岡見氏は、康暦三年（一三八一）の奥書を持つ『幻中草打画』について、転写の可能性はあるものの、室町期の法語的性格を帯びた物語絵巻であると指摘し、その傍証として、前章においても触れた、応永二十七年（一四二〇）写の後崇光院筆「諸物語目録」の記事をあげている。

一、神代物語一帖小双子　一、熊野物語一帖小双子　一、続地蔵験記二帖上下　一、諸寺観音霊記一帖　一、泊瀬観音験記二帖　一、石山縁起絵詞一巻　一、善光寺縁起一巻　一、観喜天物語一帖　一、幻中草打画一帖　一、十王讃嘆一帖　一、法語一帖　一、智興内供絵詞一帖　一、三愚一賢一帖　一、五常内義抄一帖菊弟本　一、宝物集一帖第一　一、宇治大納言物語四帖第一第二第三又一帖　一、髭切物語一巻　一、酒天童子物語一帖　一、堀江物語一帖上下　一、玉藻物語一帖　一、礒松丸物語一帖　一、一口物語一帖　一、保元物語二帖　一、平治物語二帖上下椎野本　一、平家物語二帖　一、九郎判官物語一巻　一、承久物語一巻中　一、太平記三帖第三第四第五　一、太平記一巻第九半紙残之　一、梅松論一帖　一、堺記一帖　一、古事談一帖　一、水鏡三帖重有朝臣本　一、十寸鏡三帖上中下　一、同帖一帖第四五　一、賤男日記一帖　一、同帖又一帖　一、准后南都下向事一帖重有朝臣本　一、散ぬ桜一帖上下(3)

『看聞日記』紙背文書に載る「諸物語目録」には、『幻中草打画』が『善光寺縁起』や『十王讃嘆』などの縁起・法語類とともに明記されている。後半に『堀江物語』や『酒呑童子』などの作品が見られ、配列順序からすると、物語草子というよりは法語としてとらえられていたように推察される。いずれにしても、この「諸物語目録」の記事によって、本作品の成立が少なくとも応永二十七年（一四二〇）まで遡ると判断されるのである。しかしながら、お伽草子研究においては、これまで岡見氏の翻刻紹介によるのみで、当該本が所在不明であったことや他伝本も未発見であったことからか、ほとんど顧みられることがなかった。

ところが近年、『田中穣氏旧蔵典籍古文書目録』によって、国立歴史民俗博物館蔵の『骸骨』なる写本が『幻中草打画』であると報告されたことで、本作品に新たな伝本が加わることとなった（以下、歴博本）(4)。さらに今回調査した結果、岡見氏紹介本の所在や新たに別の一本が現存していることが判明した。これまで、いわば幻の作品であった『幻中草打画』について、現在のところ少なくとも三本確定することが出来たのである。その上で、とくに禅宗系の教義を問答という枠組みで草子化した『幻中草打画』が、「諸物語目録」に見えるように、おそらく寺院文化圏と貴族文化圏の双方に伝来していたであろう点は注目すべきものがあり、あらためて考察・検討する意義も生じてくるだろう。そこで本章では、『一休骸骨』や『二人比丘尼』などの仮名草子についての先行研究をふまえた上で、室町期における本作品の文芸史的意義について、考察してみたい。

一　禅僧仮託の物語絵

そもそも、『一休骸骨』は、慶長頃とされる版本(5)や江戸初期の写本(6)の奥書に、

康正三年四月八日虚堂七世東海前大徳寺一休子宗純

という識語が付されており、その内容も禅宗の用語を多用し、その教義を説いていることから、一休宗純（一三九四—一四八一）作の仮名法語とされてきた。しかし、一休の存生期をはるかに遡る時期に成立していたと目される『幻中草打画』によって、『一休骸骨』および『一休水鏡』は、いずれも後世の者により、本書を改編し、一休に仮託したものであろうとの見解にいたったのである。

岡見氏が紹介された『幻中草打画』の所蔵者については、これまで不詳とされてきたが、かつて望月信成氏によって紹介されたもの(7)と同一のものであり、現在、大阪市北区長柄東にある鶴満寺の所蔵であることが判明した（以下、鶴満寺本）。鶴満寺は、山号を雲松山慈祥院といい、もと江州坂本西教寺の末寺で、天台真盛宗の寺院にして、慈覚大師作の阿弥陀仏如来を本尊とする、新西国第三番札所寺院である。寺伝によれば、もと河内国にあっ

たとも、大和国にあったともし、創建についても詳かではないが、寛保三年（一七四三）大坂の豪商の発願によって現在地に移建再興したという。本章をものすにあたり、鶴満寺に問い合わせたところ、確かに岡見氏の紹介された『幻中草打画』を所蔵されていたが、残念ながら、現在は全ての宝物什物を非公開にしているということで、閲覧、調査することはかなわなかった。しかしながら、望月氏の紹介によって、岡見氏がふれていなかった点が明らかとなっているので、確認の意味をこめていくつか紹介しておきたい。

まず、『幻中草打画』一巻を納める箱の表には「幻中草打畫　徹書記筆」と、蓋裏には「寄附主山田氏　鶴満寺什物」とあり、当時の住職によれば、寄附年月は未詳という。さらに、望月氏の説明によると、もとは冊子本であったものを巻子仕立てに改装したものであり、絵は「中程に一段あるのみ」とするが、改装時に各料紙が一定の長さに切断されたらしく、絵の続かない所もあるという。如上の事情により原本を閲覧することはできないが、岡見氏、望月氏の紹介をもって、現存する鶴満寺本の挿絵全てが確認できるようである。ここで注目すべきは、箱書に「徹書記筆」とある点であろう。徹書記とは、室町時代の歌人で、東福寺の書記を勤めた正徹（一三八一―一四五九）である。但し、望月氏も指摘されているように、鶴満寺本の奥書にある「康暦二年」は正徹の生年であり、おそらく後世に仮託されたものと判断される。禅宗色の強い本作品が、一休や正徹に仮託されながら享受されていたことは非常に興味深い。

鶴満寺本が虫損により判読不能な箇所が多いのに対し、歴博本はそれをほぼすべて補うことができ、挿絵の構図も鶴満寺本に近似している。田中穣氏旧蔵典籍古文書の一つで、室町末期から江戸極初期の写と推定され、その書誌は以下のとおりである。

・函架番号　一六〇―四三―一

・形態　一冊。紙本墨書。縦二五・六糎、横二〇・一糎。四つ目綴。
・表紙　薄雀茶刷毛目格子。後補改装。左肩題簽。墨書「骸骨　全」（別筆後補）。
・本文　半葉九行。漢字平仮名交じり。字高二〇・八糎。
・挿絵　白描。全十三面七図。
・丁数　墨付三十一丁。

鶴満寺本に比して、歴博本は平仮名表記が多く、挿絵もより稚拙な印象を受けるものとなっている。また、本文には、わずかながら脱文や誤字、脱字などが見受けられ、両書に若干の異同も確認できる。もっとも大きな異同としては、鶴満寺本において、前半の骸骨画に付される一連の和歌のうち、最後の

行するゐもかへらんかたもおぼゝえずいづくもつゐのすみかならねば
ゆく末にやどをそこともさだめねばふみまがふべきみちもなきかな

の二首と骸骨の台詞として付される、

一　この山にあきたるあんや候。をしへさせ給へ。
二　こなたへいらせ給へ。をしへたてまつらん。是よりするゐにはまがふべきみちも候はずとて、いとまをこひてかへりける。

という画中詞を伴う挿絵（翻刻【絵10・11】参照）が、歴博本では前半部分ではなく、後半の比丘尼問答の中に挿入されている点があげられる。しかしながら、これについては、後半の行脚の比丘尼が老比丘尼の庵に訪れる場面に対応する画中詞、および挿絵なのであって、歴博本の形こそが本来であったと判断される。また、歴博本にのみ、先にあげた二首に続いて、

うづめたゞみちをもまつのおち葉にて人すむやどゝしらぬばかりに

の一首が付されており、(8) そこには、行脚の比丘尼と老比丘尼とおぼしき二人の骸骨が山庵で問答する様が描かれている（翻刻【絵12・13】参照）。つまり、鶴満寺本では、その叙述がいささか不明瞭であったが、後半における仏道に関する問答をおこなう二人の比丘尼も、実は骸骨なのである。

こうした歴博本との比較対照から確認される異同記事や挿絵の存在などから、本作品が一貫して骸骨になぞらえた物語となっていることが明確となった。これまでの仮名草子研究においては、前半と後半の内容が、それぞれ『一休骸骨』と『一休水鏡』の「二人比丘尼」に相応することから、『幻中草打画』についても、僧を主人公とした骸骨画の絵解きと、比丘尼を主人公とした問答の、二つの内容からなるものとして別々にとらえられがちであった。だが、歴博本の本文によれば、

さて、したしみよりてなれあそぶほどに、日比われ人をへだてけるこゝろもうせはてゝ、しかもつねにあひともなひけるがいこつ、世をすて法をもとむる心ありて、あまたのちしきにたづねあひ、あさきよりふかきにいりて、〈我心の源を明め故郷に帰りて、〈脱文のため鶴満寺本により補う〉〉せつぽうけうげせしを、はじめよりをはりにいたる迄、つきそひて見きゝはんべりしに、ほかより人のよふ心ちして、にはかにおどろきぬ。一のゆめすでにむなし。（中略）そもゝいづれの時か、夢のうちにあらざる。いづれの人ががいこつにあらざる。しばし十方の衆生も、まうざうのゆめのうちの骸骨にむすぶ。あにたゞこの一くはんのゑにかくところのがいこつ身にあらざらんや。しるべし、生と死と一事にして夢とさむるとおなじ事なり。それ骸骨と申せばとて、この身のほかにかやうのものあるにはあらず。人ごとにこのがいこつを五色のかはにつゝみて、もてあつかふほどこそ、おとこをんなのいろもあれ、いきたえ身のかはやぶれぬれば、そのいろもなし。上

下のすがたもかはらず。たゞいまかしづきもてあそぶ、かはのしたに、このがいこつをつゝみてもちたりけりとしりて、此絵を御覧ずべし。

とあるように、主人公の僧は、三昧原の仏堂で出会った骸骨が出家し、故郷で説法教化したのを終始見聞きしたという夢を見たのである。そして、人間は皮を破れば皆同じ骸骨なのであり、骸骨と人間、死と生とが区別されるものではないとの「生死一如」観を説き、その骸骨の様を絵に描くことによって、人々に具体的に示したものなのであり、それは、後半の比丘尼問答にも貫かれている枠組みとなっている。すなわち、「此絵を御覧ずべし」以下は、主人公の僧による「骸骨画の絵解き」なのであり、そのような大きな枠の中に、比丘尼問答も展開しているのである。

以上のように、本作品の大きな枠組みを、絵解きされる「骸骨画」として考えるならば、歴博本の挿絵冒頭が問題となってくるだろう。すなわち、三昧原にある仏堂に立ち寄る主人公の僧を、その挿絵では、画中詞で「むさうこくし」と記す点である（翻刻【1・2】参照）。これは、先にも述べたとおり、本作品が鶴満寺本では正徹に仮託されて享受されてきたことや、仮名草子『一休骸骨』として再編された折には、一休に仮託されて普及していたことと呼応するものがある。物語内の主人公であり、「骸骨画」を絵解きする語り手たる旅の僧を、日本仏教史上、きわめて重要な臨済禅の僧である夢窓疎石（一二七五―一三五一）になぞらえるのである。[9]『幻中草打画』が、その内容のみならず、仮託という側面においても禅宗と深く関わり合いながら、享受され続けてきた様相を物語るものといえよう。もちろん、それは本書の内容から生じたものであろうが、ある時は正徹に、ある時は一休に仮託され、さらには夢窓にまで引きつけられながら、長きにわたって享受され続けてきたことが重要であると考える。そこで、『幻中草打画』において、絵説きされる「骸骨画」について、さらに詳しく検討してみたい。

二　歌う骸骨、踊る骸骨――骸骨図の諸相――

挿絵冒頭には、「むさうこくし」と記された僧が、三昧原の荒廃した仏堂でまどろむ様が描かれ、仏堂傍らの墓から現れたとおぼしき一人の骸骨に出会い、

一　申べき事の候。
二　何事にか、あら〳〵おそろしの人のけしきや。
三　まことに、さぞおぼしめし候らん。いきたえ身のかはやぶれぬれば、人ごとにかやうに候ぞ。御身はいかほどながらへさせ給ふき。はかなくこそ見え候へ。
四　あら〳〵まことに〳〵。

と語り合う場面が続く（翻刻【絵3】参照）。そして、その骸骨の背後には、骸骨たちによる酒宴の様子が描かれるのであり（翻刻【絵4】参照）、そこから骸骨の一生を語る「骸骨画」が展開していくのである。

酒を酌み交わす二人の骸骨の下方には、扇を片手に舞い踊る骸骨や、笛や鼓ではやし立てる骸骨など、陽気な風情の骸骨たちによる酒宴が実にユーモラスに描かれている。この場面は、鶴満寺本、歴博本、および『一休骸骨』の諸本において、それぞれ構図や巧拙といった点で若干の相違が見られるものの、共通して描かれている（図35参照）。これに関連して注目されるのが、『続猿蓑』や『芭蕉翁行状記』に見える松尾芭蕉の「骸骨の絵讃」である。(10)『続猿蓑』巻下において、

本間主馬が宅に、骸骨どもの笛鼓をかまへて能する処を画て、舞台の壁にかけたり。まことに生前のたはぶれ、などは、このあそびに殊ならんや。かの髑髏を枕として、終に夢うつゝをわかたざるも、只この生前を

しめさるゝものなり。　　　　はせを

稲づまやかほのところが薄の穂の穂[11]

と記され、『芭蕉翁行状記』には、

丹野がこのめるにまかせて、骸骨の絵讃に骨想観の心を前に書て、

いなづまや顔の所がすゝきの穂[12]

とある。『芭蕉翁行状記』によれば、膳所の義仲寺在住中、大津の能太夫である本間主馬の宅に招かれた際の句で、元禄七年（一六九四）七月上旬までの作と判断されるものである。言うまでもなく、『袋草紙』や『無名草子』など多くの文献に見られる小野小町の「あなめ」説話（小町髑髏説話）における「秋風の吹くにつけてもあなめあなめ小野とは言はじ薄生ひたり」の和歌を素材とした句であり、前書の「かの髑髏を枕として」には、『荘子』「至楽篇」における髑髏問答がふまえられている。しかしながら、能役者宅の能舞台に掛けられていたという「骸骨ども笛・鼓をかまへて能する」絵に注目するなら、先行研究でも指摘されているように、やはり『一休骸骨』の挿絵（図35参照）が想起されるだろう。すなわち、『幻中草打画』にも描かれた、先の骸骨たちによる酒宴の場面である。そこには、人間の日常を骸骨の所作として描くという趣向の共通性がうかがえよう。人間は皮を破れば、皆同じ骸骨であり、生も死も変わらないとする『幻中草打画』の主張は、芭蕉が「まことに生前のたはぶれ、などは、このあそびに殊ならんや」「夢うつゝをわかたざるも、只この生前をしめさるゝものなり」とした、生の虚しさや儚さといったものと重なる。芭蕉が見たとする骸骨の絵は、おそらく、『幻中草打画』や『一休骸骨』の挿絵に見られるような「骸骨画」であったのだろう。さらに、「骸骨の絵讃」は芭蕉の句のみにとどまらない。和歌四天王の一人として知られる室町時代の歌僧慶運法師の歌文にも、「骸骨の絵の讃」とあり、

かへしみよをのが心はなに物ぞいろを見声をきくにつけても(13)

という和歌が詠まれている。具体的にどのような絵であったのかは記されてはいないが、「骸骨の絵」に、生死を思い、人間の真実相を感じたものと推察される。

このように、骸骨の絵を見て、人間の生死や無常を感じる背景には、『一休骸骨』同様、江戸時代に広く流布していた「九相（想）詩」および「九相（想）図」の影響が考えられる(14)。人間が死に、その屍体が腐り砕けて、やがて土に帰すまでの不浄の様態を九つの段階に分けたものを「九相（想）」といい、肉体に対する執着を除くために、人の屍について行う九つの観想をいうものである。これを漢詩に詠じたのが「九相（想）詩」であり、絵画化したのが、『九相詩絵巻』などの「九相（想）図」である。現在のところ、日本における最古の「九相（想）詩」と言われているのが、『続遍照発揮性霊集補闕抄』巻十に収められた空海作とされる「九想詩十首」である(15)。そこには、「新死想」「肪脹想」「青瘀想」「方塵想」「方乱想」「鏁骨猶連想」「白骨連想」「白骨離想」「成灰想」の九想の下、死体が徐々に

図35　柿崎家本『一休骸骨』踊る骸骨

腐乱し、白骨化していく様を詠んだ漢詩が付されている。さらに、室町末期から近世にかけて、伝蘇東坡（一〇三六―一一〇一）作とされる新たな「九想詩」が、禅僧の書写活動などを介して流布することとなる。これは絵画化され、漢詩だけでなく、和歌も付されたことで近世にいたり、さらなる広まりを見せる。これが、「九相（想）詩絵巻」などの「九相（想）図」の一群であるが、その大半は女性の死体の変相が描かれているのであり、檀林皇后嘉智子や小野小町の図として巷間に流布することとなる。[16]室町期における、これら「九相（想）詩」や「九相（想）図」の制作・流布については、五山禅僧が東坡の詩文集の書写活動を担っていたことなどと関連して、やはり禅僧の関与が指摘されている。たとえば、『夢窓国師年譜』の「伏見天皇正応元年戊子」には、

師自絵九想図。掛之壁上。常対観之。既熟自周視其身。無非骸骨。又観佗人。亦如死屍。乃至見靚粧脂粉。皆與肪脹爛壊無異。爾来或於樹下。或於閑処。独坐澄心。見者異之。

とあって、夢窓国師が自ら九相を図に描いて観想し、道心をおこしたとしている。こうした禅僧たちの関心のもとに、室町末期から江戸時代にかけて、「九相（想）詩」や「九相（想）図」が広まりを見せたのであろう。

『幻中草打画』および『一休骸骨』についても、仮名草子研究において、しばしば九相（想）観とのかかわりなどが指摘されている。とくに、戦死した夫の供養のために放浪の身となった主人公が、その間に知り合った女房の死を機縁として発心するという独自の展開をなす、鈴木正三作『二人比丘尼』においては、女性の九相変相を見ることが発心の動機となっている点で、『幻中草打画』のみならず、「九相（想）図」の影響を色濃く受けた作品として位置づけられている。[17]『幻中草打画』や『一休骸骨』における骸骨の図像化についても、「九相（想）詩」や「九相（想）図」に見られる白骨観との類想性（図36参照）や禅僧の関与といった面からも、その影響関係がいわれているのである。実際、『九相詩絵巻』の「第四　肪乱相」に見える、

何とげにかりなる色をかざりけんかゝるべしとは兼てしらずや

および「第九　古墳相」に見える、

とりべ野に捨てにし人の跡たえて雲さへ風にをくれ先だつ

の歌が、『幻中草打画』における、

何とたゞかりなるいろをかざりけんかゝるべしとはかねてしらずや

あれをみよとりべの山の夕むぶりそれさへかぜにをくれさきだつ

の各歌と同歌・類歌の関係にあることが指摘されており、その発想の関連をうかがわせている。しかしながら、『幻中草打画』などに描かれる「骸骨画」と腐敗していく死体を描く「九相（想）図」とには、その根底にうかがえる死への興味・関心や、和歌と絵によって物語るという手法、あるいは禅僧の関与などといった点で、その類似性は認められるものの、そこに表現しようとしたものには大きな相違があるといわざるをえない。

そこで、『幻中草打画』の「骸骨画」に立ち返り、分析を試みてみたい。骸骨たちによる酒宴が描かれた後、男女とおぼしき骸骨の抱擁場面（翻刻【絵5】右下参照）が続く。この場面については、鶴満寺本では、

世の中はまどろまで見る夢なればさてやおどろく人なかるらん

という和歌を記すのみで、該当する挿絵は見いだせないのであるが、歴博本では、抱き合う骸骨が描かれ、右の歌とともに、

図36　『九想詩絵巻』「噉食相」「骨散相」

一　こなたへよらせ給へ。くちすはん。いつまでもおなじとしにてながらへたくこそ候へ。
二　まことに〳〵さぞおぼしめし候らん。誰もおなじこゝろにてこそ候へ。なふ〳〵。

と交歓し合う画中詞がそえられている。この抱擁場面については、『一休骸骨』の諸本を通じて確認でき、この点に関して言えば、『一休骸骨』は歴博本の系統の挿絵によったものではないかと推察されるところではある。そして、骸骨の一人が倒れ、驚く骸骨の様子が描かれる（翻刻【絵5】上参照）。おそらく、愛を語り合い抱き合った相手が病に倒れてしまったのであろう。ちなみに、江戸前期の番外謡曲「骸骨」[18]は、東国に向かう旅の僧が、その途上、出会った骸骨と語り合い、「生死も同じ涅槃」と悟るもので、『幻中草打画』ないし、『一休骸骨』をもとにしたと見て間違いない。そこでは、旅の僧に死苦の様を詳しく物語るよう頼まれた骸骨の語りのなかで、

夫婦男女のかたらひは、互にくされる屍を。いだきてたれかあだしみと、知らずや人は息絶て。二つの、眼のふさがれば。魂去て暫くも、思ひの家にとゞめ得ぬ。

とあり、男女の抱擁場面から死に至るまでの「骸骨画」に相応するものがある。

続いて、骸骨の死が描かれ（翻刻【絵6】参照）、骸骨たちによる野辺送りの様が展開する（翻刻【絵7・8】参照）。実際、こうした野辺送りの様子は、『六道絵』の「人道」図などにも描かれており、当時の風習を反映したものと思われる。その後、残された骸骨は出家を志し、骸骨の剃髪の様子が描かれている（翻刻【絵9】参照）。骸骨の酒宴のみならず、人間同様、抱き合い、死に、出家するのであり、人間の生を骸骨で描くことで、無常観を漂わせつつも、滑稽味を表出しているものといえよう。そのようにして出家した女の骸骨が、諸国行脚の旅に出て、山中に独居する骸骨の老比丘尼のもとを訪れ、仏道に関する問答をおこなうのである（翻刻【絵12・13】参照）。

このように、酒宴、男女の抱擁、死、葬送、出家、行脚、仏教問答という一連の流れにそって、「骸骨画」が展開しており、そこには本文と一貫した、骸骨も人間も皮一つで変わりはしないという主張が具現化されているのである。すなわち、滅びゆく死体に不浄や無常を感じる「九相（想）図」に対し、「骸骨画」は生死を一如ととらえ、人間の生そのものをいわば戯画化しているのであり、同じ死を描いていても、全く対照的なものとなっている。腐敗する死体をリアルに描く「九相（想）図」と、人間の日常を骸骨として描く「骸骨画」とでは、主眼においても、手法においても、大きな相違が認められる。それはむしろ、「ものいう髑髏」[19]の系譜上に位置づけるべきものなのである。

日本文芸史上、骸骨・髑髏が登場する作品は数多く存在し、枚挙に遑ないが、古くは『日本霊異記』巻上第十二「人畜所履髑髏救収示霊表而現報縁」、同じく巻下第二七「髑髏目穴笋掲脱以折之示霊表縁」に見られ、前者が昔話の枯骨報恩譚[20]に、後者が先に触れた小町の「あなめ」説話[21]に、影響を及ぼした源流説話として知られる。いずれも骸骨報恩譚の形をとっているが、死者による復讐譚は日本に限らず、アジアやヨーロッパ諸国にも広く伝承されている普遍的な説話である。[22]とりわけ、小町の「あなめ」説話は、日本文芸史上、最も著名な「ものいう髑髏」説話の一つにあげることが出来るだろう。能「通小町」やお伽草子『小町の草紙』などにも展開していく伝説上の小町は絶世の美女であり、その美貌と歌才を誇ったがゆえに、老後は、容色も衰え、乞食となって流浪したという。その後、在原業平が東国へ赴いた際、一夜の宿りをしていると、「秋風の吹くにつけてもあなめあなめ」と上句を詠ずる声がしたので、翌朝、その声を求めたところ、目の部分に薄の生えていた小町の髑髏を発見する。業平は涙して、「小野とはいはじ薄生ひけり」の下句を付け、葬ったというものである。歌を詠じる骸骨である点や、九相（想）図と結びつけられていくという後代の展開から、小町の「あなめ」説話は、『幻中草打画』の淵源にある「ものいう髑髏」説話といえるかもしれない。

そもそも、「ものいう髑髏」の文芸には、先の芭蕉の句においてもふれたように、『荘子』「至楽篇」第十八における髑髏問答の影響が大きい。荘子が楚に向かう途次、髑髏と出会い、これを枕にして寝たところ、髑髏が生の世界は煩わしく無意味なのに対し、死後の世界には永遠の安らぎが来ると語ったという夢を見たとする。この荘子の髑髏問答譚は、後世、中国の髑髏話に受け継がれていくとともに、『玉造小町壮衰書』などにも影響を与えたとされている。(23) 夢中での髑髏との問答において、生の無意味さや虚しさといったものが語られるところには、『幻中草打画』の主張との共通性がうかがえよう。

このように長きにわたって、日本だけでなく世界各地においても伝承され続けてきた「ものいう髑髏」の文芸史上に、『幻中草打画』も位置づけられるわけだが、注意を払うべきは、それがいわば「ものいう髑髏」の絵画化としてとらえられる点にある。骸骨の図像の多くは、六道絵や地獄絵、さらに先の「九相（想）図」における「骨散相」の図などでも明らかなように、いずれも屍として、いわば「ものいわぬ骸骨」として描かれている。生前と同様に歌い、踊る「ものいう骸骨」の図像については、管見の限りにおいて、『幻中草打画』の「骸骨画」がかなり早い例として位置づけられる。とくに江戸時代以降は、骸骨の図像が数多く描かれるが、それらを概観すると、版本として広く流布した『一休骸骨』における「骸骨画」の影響を受けたものも少なくない。(24) 逆に言えば、歌い、踊る「骸骨画」は人々の興味をひくものであると同時に、珍しいものでもあったため、芭蕉が句として読み込んだり、図様を模倣したりなどして、広く流布していったものと推察されるのである。

先にも述べたように、『幻中草打画』の「骸骨画」は、酒宴、男女の抱擁、死、野辺送り、出家、行脚、仏教問答という一連の流れにおいて、骸骨も人間も皮一つで変わるものでないとの「生死一如」観が戯画化されている。そうした『幻中草打画』の「骸骨画」を考えたとき、非常に興味深い図像が、甲斐の定額山善光寺に蔵される三幅対の骸骨の掛幅絵である。(25) 善光寺への伝来の時期は詳らかでないが、江戸中〜後期の写と目される掛幅絵である（図37参照）。図像の内容や順序を示す記録類は残されておらず、推測の域を出るものではないが、以下のように読み解くべきものであろう。すなわち三幅対のうち、第一幅は、桜の木の下で敷物を敷き、盃を右手に持ち、ほろ酔い加減と目される骸骨が描かれた図であり①、第二幅は、木の下でばらばらとなってしまった骸骨の死に対面し、嘆いている様子の骸骨図②、第三幅は、右手に撞木を持ち、伏鉦をたたいて供養している骸骨の姿を描くものである③。骸骨が骸骨の死を嘆き供養するという展開は、やはり『幻中草打画』などの「骸骨画」との類似が認められる。『幻中草打画』に比べ、滑稽味は薄まり、どこかもの哀しい雰囲気を漂わせているこの三幅対の〈骸骨図〉には、和歌や詞書きなども一切付されていないが、それゆえに「絵解き」されることを前提に成ったものとも推察される。とりわけ『一休骸骨』の流布により、近世以降の「骸骨図」にしばしば見られるようになる、歌う骸骨、踊る骸骨といった図像ではなく、『幻中草打画』の主張するところと共通する観点から擬人化された骸骨の図像であり、寺院に伝来している点からも、特筆すべきものがあるだろう。

三　道歌とヲコ絵の趣向

「骸骨画」を基調とする『幻中草打画』、および『一休骸骨』は、後世、禅僧に仮託され、鶴満寺をはじめ、しばしば寺院に伝来していたものであった。絵をともなった仮名法語という性格を考えれば当然のことであろうが、物語の主人公である僧が「骸骨画」を絵解きしたように、あるいは寺院内で絵解きされながら、人々に対し、説法・教化することを目的に形成・享受されていたのではないだろうか。そうした側面は、本文の端々からもうか

図37　甲斐善光寺蔵〔骸骨図〕

①

②

③

がい知ることできる。すなわち、「骸骨画」の傍らに付せられた全十九首（鶴満寺本は十八首）の道歌である。なお、『幻中草打画』所収歌の諸本対象表を本章末尾に付したので、参照されたい。

前章で指摘した『ぼろぼろの草子』における「とくれば同じ谷川の水」の道歌と同様に、『幻中草打画』所収歌には、お伽草子などを中心とする室町期前後の他文献の中にも、共通歌、類歌を見いだすことができる。[26]たとえば、男女とおぼしき骸骨の抱擁場面に続いて描かれた、倒れ臥す骸骨の挿絵には、

我ありとおもふ心をすてよたゞ身をうき雲のかぜにまかせて

という歌が付されているが、これと同様の歌が、『鴉鷺物語』第八に見えるのである。

ひとり死して功をなす事はまれなりといへども、ひとり計りて敵を滅ぼす事これ多し。武略の家に生るゝもの今日ありて明日を期すべからず。いかにも身をなき物に思ひて、心をとこしなへに修羅道に落して、進みては敵にあふて刃を砕き、退きては工夫に向かひて計り事を廻らす。かくのごとく念慮絶ゆる事なく平生よく死ぬれば、死期とて別になし。たゞよく我を捨てよ。云、古歌に、

我ありと思ふこゝろを捨てよたゞ身をば命のあるにまかせて

と。これ仏法ながら世法にも通ずる儀也。[27]

中鴨の森の鷺である山城守津守正素が、嫡子如雪に対し、戦に臨む心得を語った折、死を覚悟する際、「仏法」における「古歌」として、第四句に異同が見られるものの、同様の和歌が用いられている。

また、死んでしまった骸骨の野辺送りをおこなう場面では、

はかなしや鳥辺の山のやまをくりをくる人とてとまるべきかは

世をうしとおもひとりべの夕けぶりよそのあはれといつまでかみむ

はかなしやけさ見し人のおもかげにたつはけぶりのゆふぐれのそら

の三首の和歌が付され、さらに、煙たつ鳥辺山の遠景のもと剃髪する骸骨の場面にも、前の『九想詩絵巻』所収歌と関連する「あれをみよとりべの山の夕けぶり」の歌があり、人の世の無常を詠む和歌が続いている。これは、お伽草子『花情物語』において、都近くの尊い聖が、世の虚しさを案じて詠んだ和歌に近似する。

折節、かの南にあたりて、煙のほのかに見えければ、主は誰ともしらね共、あわれや、いづれの所、いかなる人の煙なるらん、いたはしや。古き詠吟にも

はかなしや鳥辺の野べの夕けぶり与所のあはれといつまでかみん

又云

はかなしや鳥べの山のやまをろしおくるゝ人もとまるべきかは

と詠し給ふも、今の折から思ひ出られて、一しほあはれをもよをし、墨染の袖もうるほふ心もして覚ければ

見ればげに心ぼそくも鳥べ野に煙ぞたえぬ明くれの空

と、打ながめ給ふ。

この後、聖のもとに、草花の精が変じた女性たちが訪れ、求めに応じて説法をおこなうこととなる。この『花情物語』は、同様の設定をとる『胡蝶物語』があるものの、現在のところ、高山市歓喜寺のみに伝来する孤本である。しかしながら、この歓喜寺には、『花情物語』の他にも『秋月物語』や『常磐物語』などの物語草子が伝存しており、箕浦尚美氏によれば、歓喜寺蔵『常磐物語』の奥書から、飛驒国の浄土真宗の拠点となった照蓮寺の僧による写であることがわかる。さらに箕浦氏は、『花情物語』における説法が、『胡蝶物語』に比して、存覚による真宗談義本『女人往生聞書』の文辞に近似することを明らかにし、浄土真宗の寺院に女人説法を強く説いた

物語が伝存していることの重要性を指摘された。[28] このような談義・唱導とかかわりの深い物語草子の中に、『幻中草打画』所収歌と非常に類似した歌が詠まれているのは重要であろう。[29] そのような事例は、後半の比丘尼問答における歌にも見られるからである。

行脚の比丘尼となった骸骨の女は、山居の老比丘尼に出会い、仏道修行や死、悟りなどについて質問をする。老比丘尼は禅の立場から、修行のありようなどを説明するのであるが、道心の持ちようについては、虚空論を展開させ、

さくら木をくだきて見れば花もなし花をば春のそらぞもちける

の歌を用いて、「むなしきこくうより一切の色の出る事」を説くのである。この歌は、しばしば指摘されるように、世阿弥『遊楽修道風見』[30]や松ヶ岡文庫蔵『龍嶽和尚密参録』[31]、『内外因縁集』[32]などに見いだせ、関連する歌も含め、中世以来、盛んに用いられた説教用の道歌なのである。そうしたなかでも、やはり興味深いのが、女人教戒の意図が極めて濃厚な物語である『磯崎』にも収められている点である。[33] 新妻を撲殺したことにより、鬼の面がとれなくなり、鬼と化してしまった本妻が、日光山の稚児となった息子によって、説法をされる場面である。

さて、我が身をも我とも知らざりし時は、憎き者はいづれの所にかありける。風治まれば波静かなり。雲なき時は月清し。

桜木を砕きてみれば花もなし春こそ花の種は持ち来れ

と承る時は、花の種とて木にもなし。また、鬼といふも他所にはなし。心の向け様によつて我が身こそ鬼よ。よし、それも一念発起菩提心と聞く時は、善も悪もまた一つなり。煩悩何ものぞ。菩提何ものぞ。人を憎み妬み給へば、生きながら鬼とも蛇ともなるぞかし。その如くに、一念菩提心にも赴き給ふならば、などか成

仏せざらんや。

悪念を離れるべきことを当該道歌によって説き、座禅観法を勧めるのであり、無念無想の境地に至ったところで鬼の面がとれるのである。

以上のように、『幻中草打画』所収歌には、説法や唱導の場で用いられた道歌と共通、あるいは類似する歌が散見される。しかもそれは、室町期における女人教化の説法を映じているとおぼしい物語草子における道歌と、その文脈においても共通するのであった。一休研究においては、『一休骸骨』について、一休が高貴な女性に向けてした法話ととらえられていたが、主体はともかくも、女性向けの法話という認識については首肯できよう。禅宗の教義に基づきながら展開する『幻中草打画』は、それらを道歌によって表現することで平易に伝えている。しかもそれが、絵を介している点でも、前章で検討してきた『ぼろぼろの草子』のあり方とも重なるものである。比丘尼による問答を有すという点からだけでなく、以上の側面からも、本作品は女性による享受を想定しうるものであると考える。

前述したように、『幻中草打画』の「骸骨画」は、「ものいう骸骨」の図像化として、かなり早い段階のものと考えられるのであるが、そのような図像化を促す背景には、いかなるものがあったのか。「ものいう骸骨」の文芸史とともに重要なのが、「ものいう動物」[34]の物語草子の隆盛である。すなわち、「ものいう骸骨」の図像化の契機として、室町期に盛んに生成・享受された異類物の絵巻物群を考慮し、その関連性から考察すべきであると考える。古くは高山寺蔵の国宝『鳥獣人物戯画』にはじまり、『是害房』や『七天狗絵』、『付喪神記』といった物語草子にいたるまで、寺院圏で受け継がれてきた「ヲコ絵」の系譜上に、本作品を位置づけ、その趣向に照らして分析してみたい。

たとえば、『幻中草打画』の「骸骨画」において、戯画化・擬人化された骸骨たちの特徴的な絵としては、先にふれた骸骨による酒宴（翻刻【絵4】参照）や剃髪（翻刻【絵9】参照）の場面があげられる。これについては、路上に捨てられた器物たちが付喪神と化す『付喪神記』の挿絵を想起させる。現存最古の岐阜県崇福寺蔵本の内題に、「非情成仏絵」と記されているように、「草木国土悉皆成仏」を越えた「草木非情発心修行成仏」という真言密教の教えに基づき、妖物と化した器物たちが悪行の後に発心修行し成仏するという、異類物の傑作である。そこには、妖物たちが人間同様、囲碁、双六、博打、絵合などをおこなう様が描かれており、室町期の風俗を伝えている。そんな興味深い挿絵の中に、酒宴に興じる様子や発心して剃髪する妖物たちの様（図38参照）も描かれているのである。いわば、ものいう器物の図像化であり、「骸骨画」におけるそれと趣向上の一致がみてとれる。

　さらに、『幻中草打画』の「骸骨画」の野辺送りの場面（翻刻【絵7・8】参照）についても、当時の実際の風習を反映したものである一方、人の世の無常をはかなむ道歌を折り込みながら、骸骨が骸骨の死を嘆き、骸骨による葬送の行列を描くという戯画化

図38　『付喪神記』　妖物と化した器物たちによる酒宴と出家の様子

の方法には、たとえば『是害房』において、負傷した是害坊が小天狗たちに担がれながら行進していく場面を思い起こさせる（図39参照）。現存最古の曼殊院蔵本の本奥書によれば、聖徳太子の墓所である磯長寺で書写された『是害房』は、寺院圏で受け継がれた、ユーモアにあふれた画中詞を特色とする、典型的な「ヲコ絵」である。日羅房の眷属たちによって担がれていく是害房の後方には、画中詞として室町期の歌謡が記されるように、小天狗たちがはやし立てる様子が生き生きと描かれており、そこには、当代の「風流の行列」が反映されているという[35]。このように、室町期の「風流の行列」を模した、異類による行進の場面は、『是害房』のみならず、先の『付喪神記』や『百鬼夜行絵巻』などにおいても描かれているのであり、異類物絵巻のひとつの見せ場として、好んで用いられた図像表現ととらえられる。そのような意味で、「骸骨画」における葬送の場面にも、異類である骸骨たちに行進をさせるような、「風流の行列」として描く意識があったものと思われる。

　こうした寺院圏で受け継がれた「ヲコ絵」の系譜において、とりわけ際立った内容の絵巻として、『七天狗絵』があげられる[36]。

そこでは、南都北嶺の大寺院に属す僧侶たちの驕慢ぶりを天狗にたとえ、それらの行状を述べた後、やがて天狗たちが発心し、成仏にいたるまでが描かれている。当代の仏教諸宗派を批判の眼でとらえ、詞書、絵、画中詞によって、中世仏教界への揶揄や諷刺が巧みに表現されているものである。とくに、前章においてもふれたように、顕密側の立場から、

放下の禅師と号して、髪をそらずして烏帽子をき、坐禅の床を忘て、南北のちまたに佐々良すり、工夫の窓をいでゝ東西の路に狂言す。

と、禅宗系下級宗教者に対する痛烈な批判がなされている。このような当代宗教、特に禅宗に対する批判を、擬人化した動物たちによって主張させるという方法は、他の室町期の物語草子類にも見いだすことができる。たとえば、先にあげた『鴉鷺物語』の第十一における鷺阿弥陀仏による禅宗批判である。

悲しきかなや、当世の禅を見るに偏に地獄の業とのみ覚えて、いよ〳〵欣求浄土のみ進み候。もとより禅は極大乗の法、心ざし有て修せんには又上が候べきか。されば末世とはいへ共、さる名匠のみこそ多く聞えられ候へ。是は邪見のたぐひ、殊に在俗の禅を申候。眼なければ竜蛇混乱したるをも知らず。或は相にふけり或は得手に請て、知識道人をも褒めそしる故にや、聖徳太子未来記に、「乱行の僧尼あつて先徳の法則をやぶり、無知の男女あつて法の邪正を判ず」とあり。今此時代にあひ当れり。いづれも盲の馬

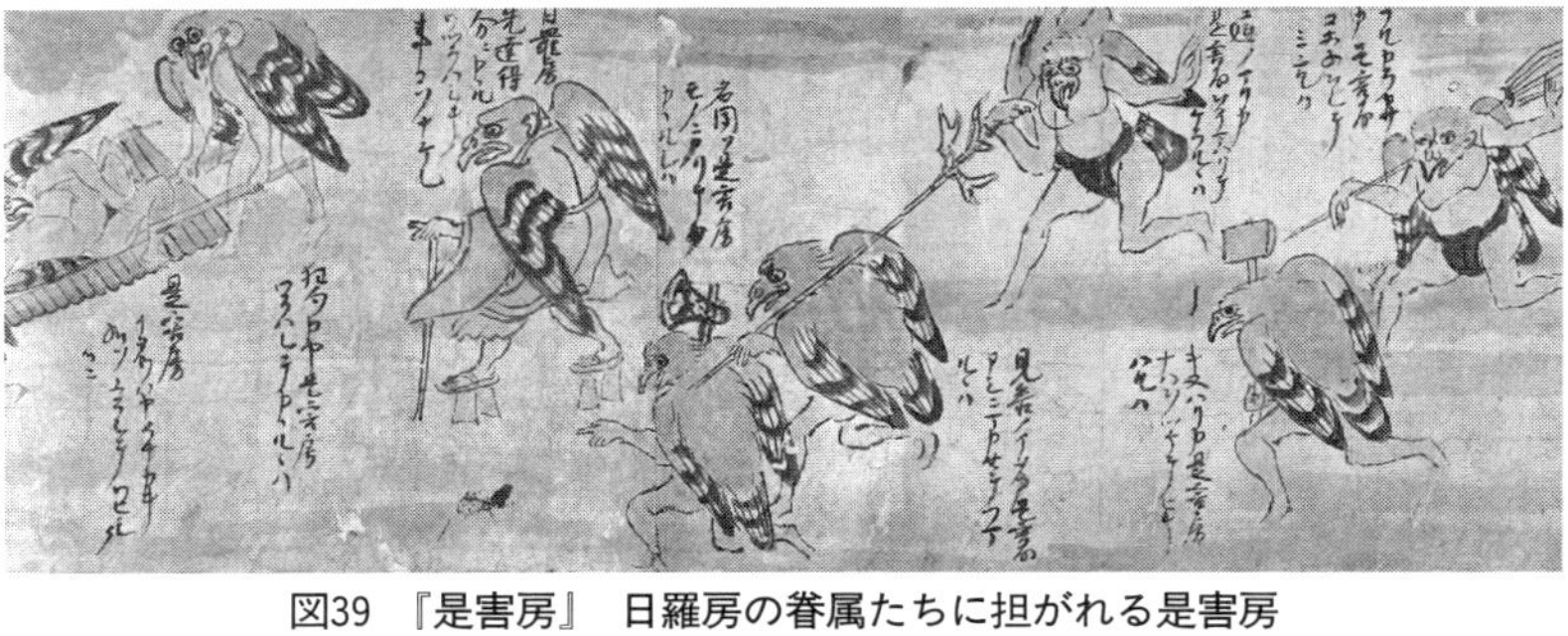

図39　『是害房』　日羅房の眷属たちに担がれる是害房

なれば、口に任する法門を似合ふ釜の蓋有て褒むれば、よしと心得て鼻頭をそらし慢ずれ共、もとより道心なければ一夜に半時の座禅をもせず、焼塩計の一飯をも施す事は稀にして、結句は僧の是非を云、「修多羅の教は月をさす指」とてこれを嫌ひつゝ、「祖師の言句はいたづらに門をたゝく瓦礫」とて、是をもさながら厭却す。文字なり共教なり共、いさゝか伺う道あらば般若の結縁あるべきに、かくの如きの禅宗は地獄の縁をや結ぶらん。（中略）「有し僧は如何に〳〵、其道人は」と有しに、因果撥無の荒禅宗、名利渡世の悪知識、悪しきを本に云立てばいか成道理が立べきぞ。人を見るにも世を聞にも、物知ぬこそ活計なれ。偏執、誹謗起こらねば抜舌地獄のおそれなし。然に、教をも文字をもひとへに嫌ふにはあらず。一度悟得る人の道学かねたる力倆は鬼に金撮棒成べし。在家の禅の有様は不得心を先として、きはめて不当不善也。大なるは大につき小なるは又小につけ、道にたがひ義に背く。主君の当てたる役ならず弓矢の道の為ならず、巧妙がましき禅法好き、略して念仏を申すべし。

鷺阿弥陀仏は、高野山中での修行生活に飽きて廻国修行を望む烏阿弥陀仏を諌める際に、当代の禅宗の堕落ぶりをあげ、知識もなければ、実践もしないと、在俗の禅者たちを鋭く批判しているのである。烏と鷺の合戦を描き、最終的にともに発心往生を遂げる『鴉鷺物語』は、和漢の故事や典拠に満ちた長編の異類合戦物であり、諸本の奥書から一条兼良の作かともされてはいるが、現在のところ確証はない。しかし、そこには、古典や故実、仏教にわたる作者の博識ぶりがうかがえ、なかでも禅語を多用しており、その教義、知識に通じた者の関与が指摘されている。[37] その上で、右のような在家の禅について痛烈な批判をしていることは、注目に値する。実は、このような批判的な視座は、『幻中草打画』において、出家を志した骸骨が請じた貴僧による発言にも表れているのである。

此さう申されけるは、「このごろはむかしにはかはりたり。いにしへだうしんをおこす（人は皆寺に入しが、いまは皆道心ををこす〈脱文のため、鶴満寺本により補う〉）とて、寺をいづるをいかなるゆへやらんと見れば、坊主にちしきもなく、あつまる僧も心ざしのなきゆへなり。めん〳〵のやうなる世をすてたる人も、ざぜんをば物うくおもひて、くふうをばなさずして、だうぐをたしなみ、ざしきをかさり、がまんたかくして、みやうじをのぞむ。かやうのふるまひを見る時は、こゝろざしある人のまじはるべきやうもなければ、出るもげにはだうりなり。

ここでは、当時の禅宗の出家者が、修行である座禅工夫を怠って、名聞利養に心を奪われている様子を批判し、衣をまとった俗人に過ぎないと言い放つのである。在家に対するものと出家者に対するものという点で相違があるものの、禅宗の教義に基づいた物語内容を持つ『鴉鷺物語』と『幻中草打画』の両方に、こうした当代禅宗の堕落に対する批判が展開しているところは興味深い。

天狗や烏になぞらえ、当代宗教を批判するという、一連の物語草子に見える手法は、骸骨という異類の物語絵にもみてとることができる。さらにいえば、『七天狗絵』が「魔仏一如」を説くように、あるいは『鴉鷺物語』が「黒白和合」を説くように、[38]「生死一如」観を説いた『幻中草打画』は、まさにこうした室町期の異類物の一群に位置づけられうる法語絵巻であったと考えられる。

四　法語絵巻の享受圏——陽明文庫本をめぐって——

そこで、あらためて本作品が、後崇光院筆の「諸物語目録」に記録されていたことの意味について考えてみたい。先に述べた、寺院圏に受け継がれた『付喪神記』や『七天狗絵』、『是害房』などの「ヲコ絵」は、しばしば、

公家日記にも見えるものであった。たとえば、『実隆公記』文明十七年九月十日条には、

入夜於学問所、付喪神絵上下、拝見。

とあり、『看聞日記』永享三年四月十七日条には、

自内裏七天狗絵七巻被下云々。

とある。また、『建内記』嘉吉元年四月二十八日条には、

中山宰相中将送使云、何にても絵可進覧、雖狂絵可進之由被仰所々之由也。仍是害房絵、不顧比興左道之物付送之。

とあって、「狂絵」「比興左道」の絵にもかかわらず、室町期の公家が大きな関心を寄せていたことをうかがわせる。『幻中草打画』のような仮名法語の絵巻が、後崇光院の周辺に伝来したのも、おそらく「ものいう骸骨」を描いた「ヲコ絵」に対する興味・関心からではなかったか。さらに、後崇光院のもとに伝わっていたという点を重視するなら、『幻中草打画』における、行脚の比丘尼と山居の老比丘尼との問答の記述は見過ごせないものがある。行脚の比丘尼は、老比丘尼のもとを訪れ、次のように述べる。

かみをそり、衣をすみにそめて、かやうには成て候へども、さらに一大事のいはれをしらず。もしかやうになりて候とも、このいはれをしり候はずは、比丘尼になりて候かひあらじとおぼえ候ほどに、これまではる〲たづねまいりて候。

自らを厳しく反省する行脚の比丘尼による問いから二人の問答が始まるのであるが、これに対し老比丘尼もまた、

身づからも、かやうになりて候へども、いまださうをうのぶんも候はねども、さりながらきゝをきし事を、あら〲かたり候はん。

とし、求道者のあるべき姿を語る。このようなところにもやはり、当代の出家者に対する批判の姿勢がうかがい知れる。その後、老比丘尼に、道心を起こした理由を聞かれた行脚の比丘尼は、次のように答える。

　これもおさなかりし時、ちゝはゝのはからひにより、かみをははさみて、寺にをきたりしかども、かやうの一大事をもしらず、経《きやう》をよみ、ほとけをおがむばかりを、比丘尼のわざなりと思ひて、あれをたしなみ、又いろよきたき衣を見ては、うらやましく思ひて、ひんなるをやをわづらはして、だうくをたしなみ、みやうじをのぞみて、すでに蔵主までなりたりし時、おなじ所の人子を、かつしきになしてをきたりしが、にはかにしにたりし時、せけんのさだめなきことを思ひとりて、ためんあはれのまゝにて、鉢《はち》けさばかりたもとに入、てらをば出で、あまたのちしきをたづねありきて、いまはふしんもなしとおもひて、この山にいりて候しが、猶もよく〳〵さうをうするほど、ちしきのしたにゐへくさぶらひけるものをと、今はそれのみくやしくこそ

この場面については、仮名草子には見えず、『幻中草打画』のみにある独自記事であるが、傍線を引いた「蔵主」が、鶴満寺本では「院蔵主」とあり、異同が認められる。飯塚大展氏は、この「院主」および「喝食」に注目され、これらが禅宗寺院内における役職の名称であることから、設定としてこの比丘尼の出身が「比丘尼五山」の尼であった可能性を指摘されている[39]。「蔵主」の場合、経蔵を管理する役職である点で意味が異なってくるものの、禅宗の用語であることは変わりなく、禅宗の教義を平易に説くことを主眼とした本作品において、比丘尼を禅宗系の寺院の尼ととらえることは妥当であろう。そこで想起されるのが、先の「諸物語目録」を記した後崇光院貞成親王の存在である。第五章において『慈巧上人極楽往生問答』の伝来を考察した際、伏見宮の比丘尼御所の尼たちによる、仮名法語の享受の様相が浮かび上がってきた。そこでは、貞成親王の長女性恵（入江殿）や兄

治仁の長女智観（鳴滝殿）といった、浄土宗の比丘尼御所に入寺した尼たちについて検討したが、伏見宮周辺には、真乗寺や曇華院など臨済宗の比丘尼御所とのかかわりも認められ(40)、あるいは、女性に向けて法語を絵巻化したと想定される『幻中草打画』は、後崇光院周辺の比丘尼御所の尼たちによって享受されたものではなかろうか。鶴満寺は、室町期には宮中・貴族社会で信仰を集めた天台真盛宗の寺院であるが、その創建や伝来の経緯も不明である。しかしながら、本作品が貴族文化圏にも伝来していた可能性を示唆する伝本が、今回、調査の結果、判明した。すなわち、陽明文庫に蔵される『幻中草抄』である。

近衛家伝来の典籍を収蔵する陽明文庫には、『源氏物語』や『御堂関白記』といった宝物の他、物語草子類としては『秋の夜の長物語』なども伝来している。貴族の学問にかかわる蔵書類にまじって、「道書類」と分類される書物群がある。『仏国禅師法語』や『彼岸記』、『大灯国師法語』などの他、題目のない仮名法語とおぼしき書物が計十八種類収められているが、その中に、『幻中草抄』と題される一冊が伝存しているのである（以下、陽明本）(41)。その奥書には、

慶長十一年他本取帰ヲ暫留此𢌞。折節閉テ在之故写之者也。但分不見一笑々。

とあり、慶長十一年（一六〇六）の転写本である。その書誌は、以下のとおりである。

・形態　一冊。紙本墨書。縦二三・八糎。横一九・五糎。仮綴。
・表紙　本文共紙。楮紙。
・本文　半葉十一行。漢字平仮名交じり。字高二一・三糎。
・丁数　墨付十四丁。

内題に「幻中草抄」とあり、「来りてしばらくもとゞまらざるはうゐてんへんのさと…」と始まる本書は、『幻中

草打画』の一伝本に他ならないが、挿絵についてはいっさい付されていない。ただし、例の「此ゑ御らんずべし」など、「骸骨画」の絵解きについて記す本文は存在しており、また挿絵に付された道歌のみ省略されていることなどからすると、原本には挿絵があったものと推察される。おそらく、絵入り写本の『幻中草打画』から、法語部分のみを抄出したものと思われる。鶴満寺本、歴博本それぞれに若干の異同が認められる上、歴博本と同じ箇所に脱文が見られる一方で、歴博本では脱文となっているにもかかわらず、鶴満寺本と同様の本文が見られるという部分もあり、画中詞、および道歌の大半が省略されてしまっているため、どちらの系統によったものか見極めがたい。所収和歌についても、本章末尾の諸本対照表にあげたように、挿絵とともに付される形で展開している道歌は著しく省略されており、全十九首（鶴満寺本は十八首）のうち、わずか六首のみとなっている。

しかしながら、陽明本の大きな特徴として、省略された道歌を補うかのように、本文末尾の「此花のいはれをしるならば、一さいのもの仏法なるがゆへに、いたづらなるものなし」に続いて、「古人云、通玄峯頂不異人間外無法満目」という文言が記された後、巻末に以下計二十七首の道歌を列挙するのである。それらはいずれも、他伝本には見られないものとなっている。以下、便宜上、私に番号を付し、掲げることにする。

1　夢の世にまぼろしの身の生れきて露に宿かるよひのいなづま
2　出るとも入とも月をおもはねば心にかゝる山のはもなし
3　世の中はおもきたきゞの山かへりすてあがる人はくるしみもなし
4　世をすつる人はまことにすつるるはすてぬ人こそすつるなりけれ
5　いくたびかおもひさだめてかはるらむたのむまじきは心なりけり
6　かぞふれば我身につもる年月ををくりむかふとなにいそぐらん

7 秋も秋なかばもなかば月も月所もところ見る君もきみ

8 まつしまやをしまいかにととふ人にそのまゝ語る言の葉もがな

9 よるの雨の心のそこにとをるかなふりにし人や袖ぬらすらん

10 けぶりたつ庵りのうちに人もなしされ共よ所にたぞとこたふる

11 南無といへばみだはきにけり一つらに我とやいはん仏とやいはん

12 一声にみだはきにけりへだてなくたゞよくみればいきぼとけなり

13 たそ〳〵とたづぬるほどは誰もなしたそにもあらぬたそにこそあへ

14 山ざとにうき世いとはんとももがなくやしく過し昔かたらむ

15 あやしくもかへすは月のくもるかなむかしがたりに夜や更ぬらむ

16 あふことはとらふす野べと思ひても帰るあしたに道やおしまむ

17 ほとけとはなにをいはまの苔むしろたゞじひしんにしく物ぞなき

18 りんじうのさいごのねんもおなじ念ねん〳〵むねんいつもしやう念

19 桜花春のいろとはしりながら霜をわけて何たづぬらん

20 匂ひくる風のたよりにわけ入てなを山ふかく花を尋ねん

21 たづねきて春をぞよそなるみ吉のゝたかまの山のみねのしら雲

22 いとひつる煙をやがてしるべにてひらのたかねにすめる月影

23 花ちりて見る人もなき木のもとに独りさびしき風の音哉

24 道とをくたづねこしてはもときつる麓の里ぞとまり成ける

25　かはらじなにごるもすむものりの道同じながれと汲てしりなば
26　見ることは夢もうつゝもおなじ物ぬるとねぬとのかはるはかりぞ
27　たづねきてうしこそ見えね夏山の梢にせみのこゑばかりして

そこには、6「かぞふれば」（『拾遺和歌集』二六一）や、7「秋も秋」（『後拾遺和歌集』二六五）のような勅撰集所収の著名な和歌から、『夢窓仮名法語』や『一休和尚法語』などで夢窓国師の歌として知られている道歌（1「夢の世に」、2「出るとも」）[42]や、親鸞が詠んだと伝えられる釈教歌（11「南無といへば」）まで、さまざまに書き連ねられている。そうした中で注目されるのが、先の説教の道歌と同様、物語草子や談義・唱導の場で用いられた道歌との共通歌である。

たとえば、4「世をすつる」や14「山ざとに」は、西行の和歌として知られ、それぞれ『西行法師家集』五三五、一三三に見える他、『西行物語』にも見いだせる。さらに、5「いくたびか」の道歌については、鎌倉建長寺僧堂の乾の角に住む虱が往生するまでを物語る『白身房』において、

貪欲、瞋恚、愚痴の三毒にひかれ、迷ふうき身のあさましや、しばらくいかなる山の奥にもやすらひせばやと思ひ、かくなん

山里は物の侘しきことこそあれとよのうきよりは住よかりけり

幾度か思ひ定てかはるらん頼まじきは心なりけり

とあり、虱の白身房が故郷に残した妻子を思って詠んだ歌として所収される。中野真麻理氏が指摘されているように、この『白身房』所収の和歌には、法華経注釈書類に散見する道歌が数首含まれており、当該歌もこれにあてはまるものである。[43]すなわち、『法華経鷲林拾葉鈔』巻二十四「厳王品」第二十七に、

不復自随心行ヲ哥ニ云ク

古ハ心ノマヽニ随ヒヌ今ハ我ニ心ヲ我ニシタカヘ　又云ク

幾ク度カ思ヒサダメテカワルラン頼ムマジキハ心ナリケリ

とあり、『一乗拾玉抄』巻八「厳王品」にも、ほぼ同内容の記事が見えるのである。さらに、これと同様のことが、17「ほとけとは」の道歌についても確認することができる。17の道歌は、『一休和尚法語』にも、

仏とは何を岩間の苔筵唯慈悲心にしくものはなし

此哥のごとく、御受用候へば、何事も仏心と見まいらせべく候。

とあるように、禅宗の教義を説く道歌である一方、中野真麻理氏が詳細な検討をされているように、物語草子、および法華経注釈書類にしばしば用いられた道歌でもあった(44)。たとえば、『富士の人穴の草子』には、仁田四郎忠綱が人穴の中の六道巡りをした際、

又、天を見れば、かんざしいつくしき女、瓔珞の玉の輿に乗りて、黄金の幡を大悲の風に吹きなびかして、廿五の菩薩は音楽をなして、観音勢至は影向し給ふところあり。仁田、大菩薩に問ひ申せば、「常陸の国きくたのこうりの女なり。しかも富貴の家に生まれて、心やさしくして僧法師を供養し、無縁の物をはごくみ、寒き物には衣装を与へ、ことに此女は座頭に目をかけてあり。此上に、弁才天のあはれみによつて、いよ〳〵富貴は日に増し、年に増したり。されば、座頭といふ物は人の用にもたゝぬ物なり。かやうの物に深く心ざしあるによつて、妙音弁才天も守り給ふ。かの女房は、いとけなき時より立ち居に慈悲を思ひけり。されば、ある歌にも、

ほとけとは何をいわまのこけむしろたゝぢ(ママ)びしんにしく物はなし

かやうの歌を聞くにつけても、心ざし深かりけり。かくてかの女房を帝釈に申せ、九品浄土へ観音勢至迎ひ給へり」。

とし、常陸国の女房の往生についての挿話のなかに、その慈悲深さを賞するものとして当該歌を用いている。これが、『法華経鷲林拾葉鈔』巻一「序品」、『一乗拾玉抄』巻一「序品」において、慈悲心の重要性を説く道歌として引用されているのである。なお、中野氏の指摘にもあるように、『法華経直談鈔』巻第四「五百品」においても、十大弟子の一人である「富楼那」伝において、慈悲心第一の人とした上で、当該歌を用いている。このように、陽明本の巻末には、「骸骨画」における道歌と同様に、室町期の説教用の道歌も収められているのであり、しかもそれらは仏教における「心」を問題とする道歌なのであった。これは、『幻中草打画』の比丘尼問答において、行脚の比丘尼が問うた「一大事」について、

一大事といふは、ほんぶんの田地《でんち》の名也。ほんぶんの田地とは、心のみなもとゝいふ。こくうの事也。こくうは一切の物のはじめなるが故に、一といふならびなきがゆへに大といふ。これによてこくうを一大といふ。たゞ此一大事をしらざらんほどは、一さいのいたづら事をやめて、これを尋ぬべし。此花のいはれをしりたらば、一切の物佛法なるがゆへに、いたづらなるものなし。是をしらざるときは、佛法とおもふもいたづらなるべし。

と、老比丘尼が最終的に論じる結論部分に通じるものがある。『幻中草打画』の問答部分で説かれる「真実の仏法」とは、「本分の田地」「本分の心」「心源」「虚空」なのであり、そこには、「心」すなわち「仏」とする心即仏の禅の概念が示されている。そのような本作品の結論にふさわしい道歌が、陽明本の巻末には付されているのである。

以上のように、陽明本の巻末には、一見、雑多な和歌が何の法則もなく列挙されているように思われるが、そこには、やはり説法・唱導の場で用いられた道歌が、物語本文から連想されるようにして付せられていたのであった。それは、『幻中草打画』が『一休骸骨』へと再編されていく途上、物語内容に関連して、新たな道歌が増補されていったのに呼応するものといえるだろう。『幻中草打画』という作品は、『一休骸骨』をはじめ、『一休水鏡』や鈴木正三の『二人比丘尼』、あるいはその原型とされる『須田弥兵衛妻出家絵詞』など、近世の仮名草子テキストに対し、縦系列の影響関係を及ぼしたものではなく、各々がそれぞれに『幻中草打画』を取捨選択しながら再編集した、いわば横の同類関係にあったものである(45)。本来所収されていた道歌を省略し、新たな道歌を巻末に列挙した陽明本には、抄出や加筆を繰り返しながら、さまざまな仮名草子作品に変貌を遂げた、『幻中草打画』というテキストの展開相の一端が垣間見えるのである(46)。

おわりに

以上のように、『幻中草打画』は、室町期における説教の道歌を多用した、女性向けの法語の物語絵という性格が明らかとなり、比丘尼問答には、尼五山や比丘尼御所の尼たちを反映した可能性をも指摘できるものであった。それは、たとえば『一休骸骨』の伝本が、松ヶ岡文庫に現存しているということにも表れているのかもしれない。比丘尼たちが関心を寄せた物語草子として、禅宗の尼を主人公に描き、景愛寺開山無外如大の伝記的伝説としての展開をみせる『千代野の草子』(47)と同様に、重視すべきものがあるだろう。

また、『幻中草打画』の「骸骨画」は、室町前期に盛んに作られ、寺院圏で受け継がれた「ヲコ絵」の系譜に位置づけられると同時に、やはり禅宗の教義に精通した『鴉鷺物語』の手法にも通じるものであった。それは、奇しくも前章において検討した『ぼろぼろの草子』のあり方にも類似した、法語の絵巻化の様相といえる。室町期の法語絵巻については、『善教房物語』や『破来頓等絵巻』など、説法や唱導の場を背景に、諷刺や俳諧の精神に満ちた、「室町ごころ」あふれる作品が数多く存在しており、たとえば『看聞日記』に見える「むくさい房絵」[48]などのような現存未詳の物語絵も含め、今後さらに検討していくべきものであろう。

一休研究においては、いまだに『一休骸骨』を一休の思想にかなった作品としてとらえ、『幻中草打画』の成立年代を疑問視し、その存在を軽視するようなものもある。しかしながら、室町期の物語草子に照らして考察するなら、「ものいう骸骨」を「ヲコ絵」の系譜に連ね、異類物の手法を用いながら図像化し、禅宗の難解な教義を平易に説いた『幻中草打画』は、後崇光院筆「諸物語目録」に記されていても当然なのであり、むしろ、そうした室町前期の物語絵制作を背景に、成るべくして成った作品であると位置づけられるのではないか。

【注】

（1）岡見正雄氏「『幻中草打畫』翻刻」（『近世文学　作家と作品』中央公論社　一九七三）。

（2）田中伸氏「『二人比丘尼』の研究」（『仮名草子の研究』桜楓社　一九七四）、早苗憲生氏「『一休骸骨』解題」、柳田聖山氏「柿崎本『一休骸骨』に寄せて」（『一休骸骨・別冊』禅文化研究所　一九八四）、青山忠一氏「一休『二人比丘尼』考」（『二松学舎創立百十周年記念論文集』一九八七）、鎌田茂雄氏「『一休骸骨』―特異な仮名法語」（『国文学解釈と鑑賞』六一―八　一九九六・八）、飯塚大展氏「訳注」「解題」（一休和尚全集四『一休仮名法語集』春秋社　二〇〇〇）など参照。なかでも、飯塚大展氏は、岡見氏紹介本と『一休骸骨』、『一休水鏡』の三本対照表をあげられるとともに、詳細な注釈をつけられており、本論を成す上で大いに参照させて頂いた。

（3）図書寮叢刊『看聞日記紙背文書・看聞日記別記』（養徳社）より引用。

（4）『田中穣氏旧蔵典籍古文書目録［国文学資料・聖教類篇］』（国立歴史民俗博物館　二〇〇五）。なお、本文の引用については、歴博本は資料編の翻刻により、鶴満寺本については、前掲注（1）岡見氏の翻刻によった。引用に際し、いずれも私に句読点、清濁の区別を施した。

（5）京都大学附属図書館蔵『一休清語』。刊記はないが、慶長頃の古版本と推定されている。前掲注（2）飯塚大展氏「解題」参照。

（6）慶応二年登誉雲瑞の箱書を有し、もとは越後の柿崎義春氏所蔵のものであったが、現在は三重県の刑部朱実氏の所蔵である。巻子仕立て一巻で、江戸時代初期頃の写と推定されている。前掲注（2）早苗憲生氏「『一休骸骨』解題」参照。

（7）望月信成氏「幻中草打画」（『宝雲』二五　一九三九・一二）。

（8）鶴満寺本に、該当挿絵がなかったことによるものか。なお、『一休骸骨』諸本では、鳥辺山を詠んだ一連の歌の直前に当該歌を載せている。

（9）夢窓国師に仮託される物語草子としては、臨済宗の女人発心譚である『千代野物語』（早稲田大学図書館蔵本内題）がある。徳田和夫氏「中世女人出家譚「千代野物語」について」（『国語国文論集』二三　一九九四・三）、西山美香氏『武家政権と禅宗―夢窓疎石を中心に』（笠間書院　二〇〇四）参照。

（10）『一休骸骨』の挿絵を含め、芭蕉の当該句をめぐっては、大野順一氏「骸骨考―芭蕉の一句をめぐって―」（『日本文芸思潮史論叢』ぺりかん社　二〇〇一・三）、三多田文恵氏「芭蕉の謡曲受容―「稲づまやかほのところが薄の穂」に登場する髑髏の正体―」（『安田女子大学大学院文学研究科紀要』六―一六　二〇〇一・三）に詳しい。

（11）新日本古典文学大系『芭蕉七部集』（岩波書店）より引用。

（12）『新編芭蕉大成』（三省堂）より引用。

（13）源光圀編輯『扶桑拾葉集』（石塚猪男蔵）より引用。

（14）青木清彦氏「九相観の文学」（『武蔵野女子大学紀要』一一　一九七六・三）、前掲注（10）大野順一氏、三多田文恵氏論考参照。なお、九相（想）詩、および九相（想）詩絵巻の展開については、飯田利行氏「髑髏文学」（『専修国文』

一五　一九七四・一）、中村溪男氏「九相詩絵巻の成立」（日本絵巻大成七『餓鬼草紙　地獄草紙　病草紙　九相詩絵巻』　中央公論社　一九七七）など参照。

（15）『弘法大師空海全集』六（筑摩書房）より引用。

（16）近年、国文学や美術史、仏教史の各分野において、「九相（想）図」についての研究が進展しつつある。二〇〇六年十月には、説話・仏教合同例会において、西山美香氏（仏教文学）、渡部泰明氏（和歌文学）、鷹巣純氏（美術史）による「九想詩絵巻をめぐって」と題したシンポジウムが開催された。『説話文学研究』四二（二〇〇七・七）参照。なお、女性として描かれる「九相（想）図」については、西山美香氏「檀林皇后の〈生〉と〈死〉をめぐる説話―禅の日本初伝譚・女人開悟譚として」（『仏教文学』二五　二〇〇一・三）、同氏「九想（相）図」（『東洋における死の思想』春秋社　二〇〇六）に詳しい。

（17）前掲注（2）田中伸氏論考、藤井乙男氏「鈴木正三」（『江戸文学研究』内外出版　一九二一）、青木清彦氏「鈴木正三の「二人比丘尼」考」（『武蔵野女子大学仏教文化研究所紀要』六　一九八九・三）など参照。なお、田中伸氏の論考によれば、鈴木正三作『二人比丘尼』の原型であると同時に、『幻中草打画』を原拠とするものと推定される『須田弥兵衛妻出家絵巻』が、現在、東京芸術大学美術館に所蔵されている。寛文年間頃の制作と推定され、主人公の女性と骸骨との問答場面なども描かれ、仮名草子の絵巻化を考察する上でも、注目すべきものがある。

（18）『未刊謡曲集』一九（古典文庫第二九七冊）。解題においては、『一休骸骨』の直接の影響はないとしている。

（19）小峯和明氏「ものいう髑髏―魔の転生」（『説話の声』新曜社　二〇〇〇・六）参照。

（20）今野達氏「枯骨報恩の伝承と文芸」（『言語と文芸』四七　一九六六）、前掲注（19）小峯和明氏論考など参照。

（21）小町の「あなめ」説話については、片桐洋一氏『小野小町追跡』（笠間書院　一九七五）、細川涼一氏「小野小町説話の展開」（『女の中世―小野小町・巴・その他』日本エディタースクール出版部　一九八九）、錦仁氏『小町伝説の誕生』（角川選書　二〇〇四）など多数。

（22）たとえば、ヨーロッパ中世における「死の舞踏」の図像は、『幻中草打画』などの「骸骨画」における酒宴場面との類同性が指摘できる。小池寿子氏『死者のいる中世』（みすず書房　一九九四）、竹下節子氏『ヨーロッパの死者の書』

（筑摩書房　一九九五）など参照。

(23) 栃尾武氏「髑髏の和漢比較文学序説―髑髏説話の源流と日本文学―」（『和漢比較文学』二一　一九九八・八）など参照。

(24) たとえば、山東京伝の『本朝酔菩提』には、『一休骸骨』に見られる詞章や類歌とともに、ものいう骸骨の挿絵が多く付されている。また、近代絵画では、竹内栖鳳の「観花」（一八九七年）に、扇子を片手に舞を舞う骸骨の図像が描かれており、『一休骸骨』の影響をうかがわせる。

(25) 吉原浩人氏の御教示による。調査、撮影の御許可を賜った善光寺住職藤井明雄師、御教示を賜った吉原浩人氏に心より深謝申し上げる。

(26) 前掲注（2）飯塚大展氏「解題」、同氏「一休に擬せられる仮名法語について(二)」（『駒沢大学仏教文学研究』二一九九〇・三）参照。

(27) 新日本古典文学大系『室町物語集』（岩波書店）より引用。

(28) 箕浦尚美氏「お伽草子と女人往生の説法―『ゑんがく』『花情物語』『胡蝶物語』を中心に―」（『詞林』二三　一九九八・四）。

(29) 『宝物集』巻第四にも、「とりべ山けふもけぶりののぼりぬといひてながめし人もいつまで」（俊恵法師）、「けふまではよそにのみきくはかなさのいつ身の上にあらんとすらん」（藤原親盛）とある。関連して、『一休仮名法語』にも「煙立つ野辺の哀れを何時までか余所に見なして身は残りなん」とある。前掲注（25）飯塚大展氏論考参照。

(30) 「或歌に、桜木はくだきて見れば花もなし花こそ春の空に咲きけれ、と云へり」とあり、日本思想大系『世阿弥・禅竹』（岩波書店）の表章氏の注によれば、『宝物集』巻下にも「木には春花さきて、秋このみをむすぶ。木をわりて見れば中には花もなし」と見える。

(31) 「此ニ古人歌云、桜木ヲ砕テ見レバ色モナシ春コソ花ノ種トナリケン」。前掲注（26）飯塚大展氏論考の指摘による。

(32) 「春舞に開くや芳野の山桜木を分けて見よ花のあるかは」（古典文庫『内外因縁集・因縁集』）。沢井耐三氏「お伽草子『磯崎』考―お伽草子と説教の世界―」（『古典の変容と新生』明治書院　一九八四）参照。

（33）前掲注（32）沢井耐三氏論考など参照。新編日本古典全集『室町物語草子集』（小学館）より引用。なお、『磯崎』については、第六章「室町の道成寺説話—物語草子と法華経直談—」参照。

（34）徳田和夫氏「鳥獣草木譚の中世—〈もの言う動物〉説話とお伽草子『横座房物語』—」（講座日本の伝承文学十『口頭伝承〈ヨミ・カタリ・ハナシ〉の世界』三弥井書店　二〇〇四）参照。

（35）友久武文氏「『是害房絵』の歌謡—風流躍り歌の形成にかかわって—」（『中世文学の形成と展開』和泉書院　一九九六）参照。

（36）『七天狗絵（天狗草紙）』については、近年、文学、歴史、美術の各分野において活発に論じられており、その成立圏などをめぐる研究成果が次々と報告されている。若林晴子氏「『天狗草紙』に見る園城寺の正統性」（『説話文学研究』三八　二〇〇三・六）、牧野淳司氏「延慶本『平家物語』「法皇御潅頂事」の思想的背景—思想的背景としての『天狗草紙』」（同上）、土屋貴裕氏「「天狗草紙」の復元的考察」（『美術史』五五—一　二〇〇五・一〇）など参照。

（37）沢井耐三氏「『鴉鷺合戦物語』表現考」（『国語と国文学』五九—七、六〇—一、六五—五　一九八二・七、一九八三・一〇、一九八八・五）など参照。

（38）「魔仏一如」観や「黒白和合」については、第九章「『ぼろぼろの草子』考—宗論文芸としての意義—」参照。

（39）前掲注（26）飯塚大展氏論考参照。

（40）たとえば、『看聞日記』によると、後崇光院貞成親王の第三女理延は、臨済宗の寺院である真乗寺に入寺している。なお、禅宗に限らず、比丘尼御所の寺院では、幼くして入寺した子どもを喝食と称している。これら比丘尼御所の尼たちの諸相については、第十三章「比丘尼御所と文芸・文化」参照。

（41）本文の引用については、私に翻字し、句読点、清濁の区別を施した。閲覧・掲載の御許可を賜った陽明文庫長名和修氏に、記して感謝申し上げる。なお、陽明文庫蔵「道書類」には、他にも、伝本が少なく貴重であると判断される書物が収められており、『三田國文』において翻刻紹介をしていく予定である。拙稿「陽明文庫蔵「道書類」の紹介（一）『雲居月双紙』翻刻・略解題」（『三田國文』四五　二〇〇七・九）参照。

（42）この他、1の歌については、能「恋松原」や仮名草子の『尤の草紙』に、2の歌については、『天狗の内裏』などにも類似の道歌が見える。

(43) 中野真麻理氏「虱の歌」(『一乗拾玉抄』の研究』臨川書店　一九九八)参照。

(44) 中野真麻理氏「岩間の歌」(『一乗拾玉抄』の研究』臨川書店　一九九八)参照。

(45) 前掲注(2)田中伸氏論考など参照。

(46) なお、陽明文庫蔵「道書類」については今後とも考察をまとめる予定であるが、その成果の一端としては、拙稿「室町期の往生伝と草子―真盛上人伝関連新出資料をめぐって―」(『唱導文学研究』六　三弥井書店　二〇〇七)を参照されたい。

(47) 前掲注(9)徳田和夫氏論考など参照。

(48) 『看聞日記』永享十年十二月三日条に、「禁裏より御絵一巻給。むくさい房絵也。新写也。是室町殿被入見参云々。」とある。現存未詳の絵巻ではあるが、題目からすると、あるいは仮名法語の絵巻かと推察される。

『幻中草打画』所収和歌・諸本対照表

鶴満寺蔵本（岡見氏紹介本）	国立歴史民俗博物館蔵本	陽明文庫蔵本
1世中に秋かせたちぬ□薄	世の中にあきかせたちぬ花すゝき	世の中に秋風たちぬ花すゝき
まねかはゆかむ野にも□にも	まねかはゆかん野へもやまへも	まねかはゆかん野へも山へも
2さてもさは其身のはてのいかならん	さてもさはその身のはてのいかならん	さてもさはその身のはてのいかならん
餘所かましけの人のけしきや	よそかましけの人のけしきや	よそかましけの人のけしきや
3しはしけにいきの一す□かよふ程	しはしけにいきの一すちかよふ程	しはしけにいきの一すちかよふほと
野へのかはねもよそ□□□□り	野邊のかはねもよそに見えけり	野へのかはねもよそに見えけり
4きみか世のひさしかるへきためしには	君か代の久しかるへきためしには	
かねてそうへしすみよしの松	神そうへけんすみよしのまつ	
5われありと思ふ心を捨てよたゝ	我ありとおもふ心をすてよたゝ	
身をうきくもの風にまかせて	身をうき雲のかせにまかせて	
6世の中はまとろまて見る夢なれは	世の中はまとろまてみる夢なれは	
さてやおとろく人なかるらん	さてやおとろく人なかるらん	
7いとふへきたよりとならは世の中の	いとふへきたよりとならは世の中の	
うきは中くうれしかりけり	うきはなかくうれしからまし	
8なにとたゝかりなる色をかさりけん	何とたゝかりなるいろをかさりけん	
かゝるへしとはかねてしらすや	かゝるへしとはかねてしらすや	

9	はかなしや鳥への山のやまをくり 送る人とてとまるへきかは	はかなしや鳥邊の山のやまをくり をくる人とてとまるへきかは	
10	世をうしと思ひとりへのゆふけふり よそのあはれといつまてか見む	世をうしとおもひとりへの夕けふり よそのあはれといつまてかみむ	
11	はかなしやけさ見し人の面かけに たつはけふりのゆふくれの空	はかなしやけさ見し人のおもかけに たつはけふりのゆふくれのそら	
12	あれを見よ鳥への山のゆふ煙 それさへ風にをくれさきたつ	あれをみよとりへの山の夕むふり それさへかせにをくれさきたつ	
13	まかすれは思ひもたえぬ心かな おさへて世をはすつへかりけり	まかすれはおもひもたえぬこゝろかな おさへて世をはすつへかりけり	
14	行すゑもかへらんかたもおほゝえす いつくもつゐのすみかならねは	ゆくすゑもかへらんかたもおもほえす いつくもつゐのすみかならねは	行すゑも帰らんかたもおもほえす いつくもつゐのすみかならねは
15	ゆく末にやとをそこともさためねは ふみまかふへきみちもなきかな	ゆくすゑに宿をそこともさためねは ふみまかふへきみちもなきかな	
16		うつめたゝみちをもまつのおち葉にて 人すむやとゝしらぬはかりに	
17	さくら木をくたきてみれは花もなし 花をは春の空そもちける	さくら木をくたきて見れは花もなし 花をは春のそらそもちける	さくら木をくたきて見れはたねもなし 花をは春の空そもちける
18	なに事もみな偽の世なりけり しぬるといふもまことならねは	なにこともみないつはりの世なりけり しぬるといふもまことならねは	何事も皆偽りの世成けり 死ぬるといふもまことならねは

『一休骸骨』（柿崎家本）	『一休水鏡』（大東急本）	同歌・関連歌所収文献
1世の中に秋風立ちぬ花すゝき 招かはゆかん野辺も山辺も		
2		
3しはしけにいきの一すちかよふほと 野辺のかはねもよそに見へける		鈴木正三『二人比丘尼』
4君か代の久しかるへきためしには かねてそうへし住よしの松		
5我ありとおもふこゝろをすてよたゝ 身をうき雲の風にまかせて		『鴉鷺物語』
6世の中はまとろまて見る夢のうち みてやおとろく人のはかなき		『明恵上人伝記』
7いとふへきたよりならねは世の中の うきは中くうれしかりけり		
8何とたゝかりなる色をかさるらん かゝるへしとはかねてしらすや		『九相詩絵巻』
9はかなしやとりへの山のやまをくり おくる人とてとまるへきかは		『花情物語』
10世をうしとおもひとりへの夕煙 よそのあわれといちまてかみん		『一休和尚法語』
11はかなしやけさみし人のおもかけは たつはけふりの夕くれの空		

12 あわれみよ鳥辺の山の夕けふり それさえ風におくれさきたつ		『九相詩絵巻』
13 まかすれはおもひもたえぬ心かな をさえて世をはすつへかりけり		
14		
15 行末にやとをそこともさためねは ふみまよふへき道もなきかな		
16 うつめたゝ道をも松の落葉にて 人すむやととしらぬ斗に		
17 桜木をくたきてみれは花もなし 華をは春のそらそもちくる	さくら木くたきてみれは花もなし 花をは春のそらにもちけり	『磯崎』『遊楽修道風見』 『龍嶽和尚密参録』など
18	何こともみないつはりの世の中に しぬるといふもまことならねは	

〔付記〕

本章校正中に、歴博本を紹介、考察された早苗憲生氏「骸骨考—国立歴史民俗博物館蔵『骸骨』の紹介—」(『財団法人松ケ岡文庫研究年報』一九　二〇〇五・三)の存在を知り得た。とくに、「幻中草打画」の表題について、禅語の「草打」の意味をふまえ、「夢の中に骸骨の有様を見て人世の無常におどろかされる」と解釈されるなど、傾聴すべき論が展開されているが、稿が確定して以後拝読したため、残念ながら論中にいかすことがかなわなかった。文献探索の不明を恥じるばかりである。

第十一章　女性の巡礼と縁起・霊験説話
――『熊野詣日記』をめぐって――

はじめに

中世の女性の旅は、遊女や白拍子など女性芸能者による遍歴や、熊野比丘尼などの勧進、大原女や桂女といった商人の交易など様々あり、またその目的も多様である。なかでも、様々な階層の女性たちが道者姿で寺社や霊地を巡礼・参詣する様子は、日記や古記録、絵画史料に散見され、そうした信仰の旅は物語や説話となり、芸能としての展開をも見せている。女性の巡礼・参詣が物語や説話などへと展開していく間にはいかなるものがあったのか。本章では、そのような観点から、女性の巡礼・参詣の記録を対象とし、その場に求められる縁起や霊験説話について検討していきたい。さらに、それらが室町期の物語草子にいかなるかかわりを見せたかについても考察してみたい。

女性の巡礼として名高いものに『建久御巡礼記』がある。建久二年（一一九一）の十二月、皇后の位までのぼった高貴な女性が南都の諸寺を巡り、それに同行した興福寺僧実叡によって記された巡礼の記である。中世の始発に行われた南都巡礼として、後の縁起言説においてもしばしば懐古・引用されたものである。その縁起説の内容については、最近では、特に近本謙介氏が建久年間における縁起説の中世的展開や文字の力による南都再建事業という視点を提唱されている。[1] 一方で、『建久御巡礼記』は、巡礼主体が女性であることや、光明皇后にかかわる阿閦寺湯施行説話や当麻曼荼羅縁起などの女性にかかわる説話が集中して述べられていることも重要な問題であろう。実叡との関係などを含め、建久二年以前に南都をめぐった『殷富門院大輔集』に見られる例を、貴族女性の巡礼の規範としてみる議論もあるが、[2] いわゆる南都七大寺以外の寺への巡礼や他の巡礼記に比して女性説話が多く見られることは、『建久御巡礼記』が独自に有する特徴であり、看過できないものがある。これについては、法華寺条の光明皇后の湯施行譚と当麻寺条の曼荼羅感得譚を中心とした、阿部泰郎氏による詳論がある。[3] 阿部氏は、『建久御巡礼記』の跋文に、

抑、御所忝ク皇后ノ位ニ登ラセオハシマシテ、深《フカキ》ノ宮御覧之詩哥管弦ノ響《ヒヾキ》ヲノミ、御耳ノ底《ソコ》ニハ聞召《キコシ》セリ、實ニ是、生死染着ノ匂《ニホヒ》、タモトニ恒《ツネ》ニナツカシク、流轉輪廻ノ業御心ニ明暮《アケクレ》ナレオハシマシキ、カクシツ、鸞還リ鸞去リテ、花ノ春漸ニ積リ、月ノ秋數《シバ》々重ナリニキ、然《シカ》ハ有レドモ、佛種内ニ催シ、機縁外ニ引《ヒキ》テ、勝鬘夫人ノ跡ヲ追ヒテ落《ヲトシテ》荘ヲ一入《イラセ》レ道ニ一給ヒ、韋提皇后之風ヲ忍《シノビ》テ、今往生ノ跡ヲ尋《サ》セ給ヘリ、[4]

とあることから、上宮太子の遺跡追慕や浄土への欣求の暗示をみとめられ、「今往生ノ跡ヲ尋セ給ヘリ」に女院巡礼の意図を読み取られた。そして、湯屋および曼荼羅の願主である高貴な女人を主人公とした「物語」などを語ることで、高貴かつ篤信な女性を対象とした『建久御巡礼記』のテクストが、参詣の記録にとどまらず、縁起集にも終わらず、豊かな物語を包含した「説話」の集として立ちあらわれているとされた。

高貴な女性の巡礼の記録である『建久御巡礼記』には、上記の文献上初見となる光明皇后説話や当麻曼荼羅説

話だけでなく、興福寺西金堂釈迦像や西大寺の四天王像といった光明皇后や孝謙天皇にかかわる造立縁起、興福寺条における猿沢池の采女入水譚などがあり、そこに縁起・霊験説話の女性向けといえる引用態度がみてとれる。これは、巡礼主体と縁起・霊験説話との相関性を如実に物語るものであろう。そこで『建久御巡礼記』同様、高貴な女性とそれに伴った僧による参詣の記録である『熊野詣日記』をとりあげ、参詣主体とそこに見られる縁起・霊験説話の様相について考察していくこととする。

一　室町期の熊野詣

『熊野詣日記』は、応永三十四年（一四二七）九月、足利義満側室北野殿、義満女南御所（大慈院主聖久）、同じく今御所（聖久の後大慈院主）などが、住心院法印権大僧都実意を先達としておこなった熊野詣を、南御所の所望によって実意が仮名で記し進上したものである。仮名での書写は、おそらく女性を対象としたことによるのであろう。ただし、実意による自筆本は伝存しておらず、文安三年（一四四六）に、後崇光院貞成親王が実意より借用して筆写したものが現存している。本書は室町期の熊野詣の実態を記す貴重な史料であるが、史料紹介や断片的な引用に留まり、[5]その文芸史上における意義についてはほとんど考察されることはなかった。そこで、本書の内容を概観した上で、その特徴について考察し、成立背景となる室町期の様相を見据えつつ、その意義を明らかにしておきたい。

熊野詣は、平安末期から鎌倉前期にかけて、法皇や上皇を中心とした貴族層の間で盛んに行われ、以降武士や一般庶民にまで普及し、貴賤上下を問わず、あらゆる階層のものがこぞって詣でることとなる。歴代の熊野御幸は宇多法皇にはじまり、花山、白河と続き、鳥羽上皇に扈従した藤原定家による『熊野行幸日記』などその記録も少なくない。熊野はまた、高野山などの山岳寺院と異なり、早くから女性を厭わぬ神として高貴な女性の参詣が盛んになされてきた。皇后や女院の参詣は、天治二年（一一二五）の待賢門院にはじまり、美福門院、建春門院、高松院、七条院など多くの女性が参詣し、美福門院の久安五年（一一四九）正月の参詣をはじめ、法皇に同伴しない単独での参詣もしばしばおこなわれていた。また、貴族や地方豪族の子女、さらには一般庶民の女性の参詣も早い時期から確認することができる。そのような動向と期を同じくするかのごとく、和泉式部や名取の老女などの女性参詣説話も散見するのである。そして熊野比丘尼のような女性宗教者の活動もあって、さらなる伝承を育んでいった。『熊野詣日記』は、そのような女性を忌避しない霊地である熊野の、室町期における唯一の参詣記録なのである。

　室町期に至り、熊野詣の信仰が庶民の間にまで拡がりを見せると、法皇や上皇よりむしろ女性貴族の間で盛んになされる

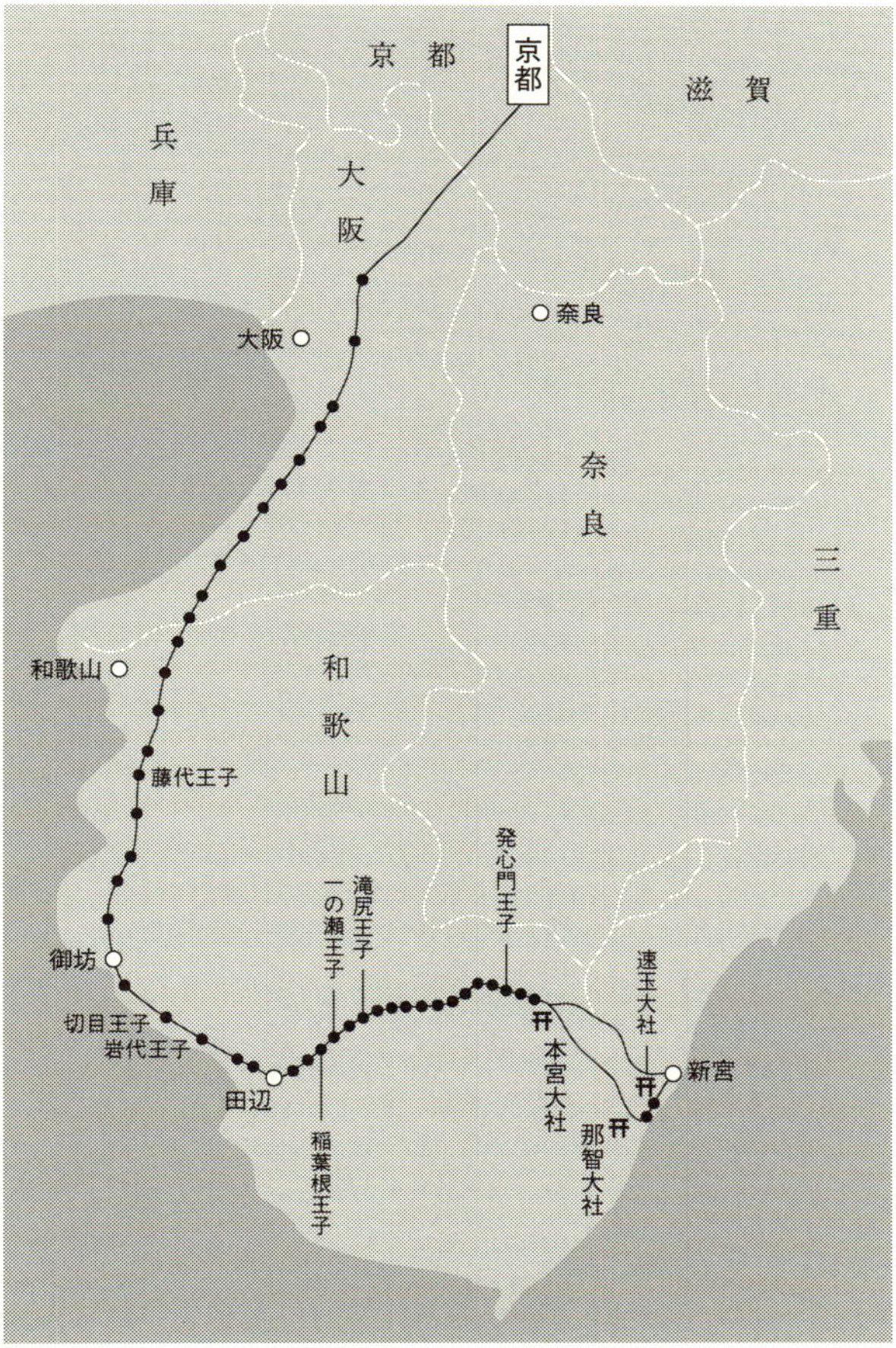

ようになる。『熊野詣日記』の末尾によれば、義満側室北野殿は熊野信仰に厚く、応永三年（一三九六）以来、今回で十三度目の参詣であったという。ちなみに、義満女の南御所は前年に続いて二度目の参詣で、今御所は今回が初めての参詣であった。日記は、応永三十四年（一四二七）八月中旬の、北野殿の発意にはじまり、十月十四日までの二十日間の参詣の往路帰路を記している。まず、熊野詣直前に伊勢参宮をおこなった一行は、精進屋入りを果たしてから洛中の御霊社・今宮・北野・妙見・左女牛の若宮・今熊野・祇園の諸社に巡拝する。九月二十日の奉幣の後、

> 御むしめしたる御かた〴〵に、御杖をまいらすれば、身づから御つきありてあゆみまします。松明二ちやう、両にともして前行す。役人（左筑前、右越前）、これは生死の迷闇を照して、菩提の門に道引儀なり。御いとまごひの御方〳〵、はるかの御旅の空をおもひやり、いまのあはれにたつとき事をみたまひて、みな〳〵涙をおとし給事雨のごとし。門をいでまし〳〵て、すこし御ひろいありて御輿にめさるも、行烈の次第、御宮めぐりのごとし。

とあり、先達から杖を受け取り、熊野という浄土へ進発する様が記される。その後、鳥羽の船津から船で大阪に下り、最初の王子で奉幣をして、天王寺で舎利を拝見し、住吉神社へ参詣、各王子を経て、本宮、新宮、那智に詣でた後、この逆の順路で帰途についている。

各王子を巡る際には、たとえば、藤白王子で片箱を進上した後、

> 此所の眺望いまさらならねども、誠に金岡が筆もおよばざりけんことはりなり。和歌、吹上、玉津嶋御めのまへにみえたり。清水の浦はこの山つゞきのふもとなり。こまやかなる風情、絵にもかきとゞめがたし。御めかれせぬうら〳〵嶋〳〵のけしきなり。あまりに時ふれば御立あり。（九月二十三日）

と記し、藤白峠からの眺望を巨勢金岡の筆捨松伝承によって説いており[6]、逆川王子では土地の童たちが「たてら

んくと」唱える様子や、「槌の王子」では「槌をつくりて木の枝につけて、徳ありくくと」はやす様子、「貝の王子」では「まさごの中にましれたる貝御ひろいありて」その貝を供える様子など、それぞれの王子での風景や儀礼の様相が随所に織り込まれている。なかでも、一行が岩田川で垢離をとった時の記事には、

昔は御幸などには三の瀬にてめされけるやらん、まこつくしの松とていまにあり。大かたは此一の瀬より二の瀬三の瀬、ぢきに御わたりあるべきなり。されどもいまは川の瀬も昔にかはりて、わたる事なければ《かなはねば》其儀なし。御わたりありて、悪業煩悩の垢をすゝぎますいはれなり。女院などの御まいりにも、ぢきに此川をばわたりましましけるとかや。御手を引事斟酌なれば、しろき布を二たんむすびあはせて、ゆいめにとりつかせたてまつる。布の左右を、しかるべき殿上人、あまたひかへてわたしたてまつる。上らふ女房御そばにそひて、布にとり付て御とも申されけるとなり。（九月二十六日）

とあり、先達実意は、川の流れが昔と変わったため渡ることができなくなったことを述べ、川の瀬を渡る行為を「悪業煩悩の垢を」すすぐこととし、垢離を掻く意義を説いている。その際、傍線のとおり、先例として女院の岩田川の徒歩渡りが詳しく記されており、女性の参詣に即して語られる、熊野詣の儀礼の様相が窺える。このように現在の状況にあわせて故事を引用する方法は、新宮の神楽に際しても見られるものである。

むかしは新宮神楽、那智懺法とておもしろく貴き事に申侍しに、いまは無下にいづれもおとろへたり。されどもたくせんのこと葉をきくたびには、なみだをながし侍り。たとひ今生ばかりにて来世の望なくとも、垂跡の方便ふかければ、又後世菩提をもたすくべしとあり。まことに参詣の貴賤、今生の栄耀をのみこそいのれ、かつて当来の事をば申人なし。されども後生をばうけとり給ぞかたじけなき、今生は又いのるにまかせて、寿福増長なるこそ目出けれ。（十月一日）

神楽などの儀礼や現世後世にわたる熊野の利益について、昔と今を比較しながら説明している。また、那智権現の滝の入口で写経を納める際にも、

南御所さま自筆にあそばされたる御経舎経門にこめらる、この砌は、むかし権現の先徳秘経を安置し給し所なり。口伝ある物をや。（中略）新宮の御師、佐野の松原に黒木の御所をたてゝ、御まうけいつものごとし。この浜にて、むかし御幸などには、いさごを御衣の袖につゝませ給て、なちの社壇の御まへと、瀧もとの千手堂の瑠璃たんとに、御まきある事あり。きの国師のさたとして、いさごをあらひまうけてをき侍りけるとかや。かやうの事はふるさまの儀なれば、いまはなし。（十月二日）

などと述べており、道中折々で先達実意が熊野詣の先例や故事をふまえながらも、それに対する「今」を語る様子を見いだすことができる。

このように院政期におけるそれとは明らかに変容を遂げた室町期の熊野詣の実態について、山本ひろ子氏は「浄土入り」の観点から傾聴すべき指摘をなされている。(7) 先の岩田川での垢離の後、滝尻王子での儀礼を終え、地蔵堂へとたどりついた実意は、

此所より九品の鳥井たちはしむ、則下品下生の鳥居あり。すでに安養の浄土に往詣して、不退の宝土をふめり。（九月二十六日）

と記し、本宮に到着して「御はしり入堂」（濡藁沓の入堂）をおこなったことにより、

すみやかに九品のうてなにむまれたり。十万億土をほかに求べからず。（二十八日）

と書き留めている。これら地蔵堂から本宮社頭に至る記述について、山本氏は、熊野本宮の霊域に足を踏み入れたことで、おのずと浄土に生まれ変わるという意識を読み取られ、院政期とは異なる室町期の熊野詣の変容を、

その易行性という点から述べられるのである。もちろん、室町期においても、たとえば九月二十九日条には、

しかるにいく程なくて、難風たちまちにきたる。大方生涯のきはまりなり。御御《マヽ》船をとゞめてあげたてまつらんとすれば、いはほそひにてよるに所なし。ゆくすゑの山さきをみれば、風木をしほりてもみあへり。さらぬだにあやうきすき舟の、わづかなるうへに屋形をうちてその上にあまかわをかけたれば、風のあつる事、たとへをとるに物なし。たとひいづくに御舟をよせてあげたてまつるとも、巌の上にては御事をそんぜられぬべければ、たゞ権現をふかくたのみたてまつりて、御舟をくだすにまかせたり。されども程なく新宮の地につきぬ。

と記され、すさまじい雨風の中、一行が船により新宮へと下っており、なすすべもなく権現に祈る様子が描かれるなど、参詣の難行苦行の様を伝えてはいる。だがやはり、院政期に比べて期間も短いこの日記には、最盛時にくらべ約三分の一に王子社が減少していることや、各王子でおこなわれる儀式も神楽と奉幣のみで簡略化している様子が見てとれる。先例や故事を重視した参詣でありながらも、変容を遂げた室町期における熊野詣の実態が表出している。

　さらにその一方で、熊野三山や各王子では、簡略化された儀式の中にあって、巫女の神楽についての記事が散見するのもこの日記の一つの特徴と言えるだろう。たとえば、證誠殿の御前の切床で白妙の幣を奉り、若宮前での神楽の様子について、

そのゝちかぐら屋に入御。みかぐらいと貴し。かんなぎ一面に立ならびて、袖をふる事やゝ久し。かくて、はやしたてたる笛鼓のをと、身の毛もいよたつはかりなり。（九月二十八日）

と記している。また、那智に向かう途中の浜宮でも、

申の半時に、はまの宮に御つき、御奉幣、御神楽常のごとし。しやうぞくたくせんにたふ。帯本結、おほくなげられたれば、神子女共、人めをもはゞからず、力をつくしてはいあひたる風情、その興なり。ひとへに欲心をさきとす。（十月一日）

とあり、さらに本宮へ帰り、参拝の後、地主権現での神楽、託宣に際しても、

西の御前の御まへの右のわきのしら石に、たゝみ南北行にしきまうく、これにて御聴聞あり。御ゆたての中間に、しめなわに御小袖かけらる。事はてゝの後御下かう、つくり道より地主に御まいりありて、御神楽まいらせらる。託宣の殊勝なるよし、みな〳〵かん涙をながします。（三日）

と記すなど、巫女の奉仕する神楽を詳しく留め、巫女そのものへまなざしが注がれており、女性主体の参詣時の関心に即した記事と考えられる。また、小山靖憲氏は、『熊野詣日記』には「御さか月まいる」という語句が頻出しており、道中のあちこちで酒を飲むことが行われていることから、遊興的性格の増したものであったと述べられる[8]。参詣道中における巫女の神楽に関心を寄せ、そこここで酒を飲みつつめぐる様には、後述するような、室町期の比丘尼御所の尼による物見遊山的な寺社参詣の様相を見てとることもできよう。

以上のように、二十日間という比較的短い期間でおこなわれた、この熊野詣の記録には、途上の風景や儀礼が織り込まれ、先例や故事を重視しつつも、それまでの熊野詣に比して明らかに簡略化・易行化の傾向が見てとれる。そのような傾向に伴って、山本氏が指摘されるような「一度参詣すれば必ず往生できる」という信仰が広まり、多くの参詣者を呼ぶことにもなったのであろうが、一方、そこには、室町期特有の儀礼を見いだすこともできる。たとえば、伏見稲荷に詣でて奉幣、護法送りをおこなった後、御所へと帰着する際に、

御氷めされて、やがて出御。ほうゐんすゝぎて進上、これをきこしめされて後、凡夫になりましますものな

り。ほうゐん出されつる程は、権現ののりうつらせ給へば、凡身にてはましまさゞりつるなり。（十月十日）

とある。熊野詣完遂の証拠となる牛王宝印を嚥下すると初めて凡夫に戻れる(9)という、院政期には見られない室町期の熊野詣における日常世界への還俗の風習が語られ、幕を閉じている。『熊野詣日記』には、参詣の簡略化・易行化のみならず、それ以前とは異なる室町期独特の熊野信仰の実態が如実に語られているのである。

以上、『熊野詣日記』について、以下のような特徴を指摘することができる。第一に、先例・故事にならいつつも、変化の一途をたどる熊野詣の「今」が語られている点である。第二点として、参詣全体に通底する浄土信仰とその易行化があり、それに伴って見られる参詣の遊興的性格があげられる。第三に、室町期独特の儀礼・風習が見いだせる点である。そこで次に、このような特徴を有す『熊野詣日記』について、伝来した文化圏と関連させながら、考察を進めていきたい。

二　伏見宮文化圏と住心院実意

それまでの熊野参詣の記録には見られない、室町期特有の熊野参詣の儀礼・縁起の一例として、熊野三山からの帰路での切目王子にまつわる作法が注目される。

切目の王子《五躰王子》の御まゐにて、御けしやうの具まいる《まめのこなり》。御ひたい、御はなのさき、左右の御ほうさき、御おとがひ等にぬりまし〳〵て、まさに王子の御まへをとほらせ給時は、いなりの氏子こう〳〵とおほせらるべきよし、申入。（十月六日）

切目王子で豆粉を額、頬、下顎にぬり、「稲荷の氏子こう〳〵」と唱える(10)という特殊な、この作法の詳細については、貞成親王筆『宝蔵絵詞』に切目王子社の縁起として物語られている。上、中巻を欠き下巻のみが伝えられ、

『宝蔵絵詞』と仮題されたこの物語によれば、切目の王子は、もと熊野権現に奉仕する童子であったが、参詣修行の僧を死なせて権現の怒りを買い、右足を切られて切目の山に放逐される。王子は熊野参詣から帰る道者たちの福幸を奪う荒ぶる神となったため、権現は稲荷明神に相談する。明神は自らに仕える「あこまち」が切目王子と親しいことから王子のもとにつかわし、「あこまち」のように豆の子の化粧をした道者の福幸は奪わないと約束させたというものである。その末尾には、

この因縁ひろめたる事は、板東よりまいりたる先達、まめのこつくるゐんねんをおぼつかながりて、権現に七日があひだ祈申ければ、この定に示現しおはしましたりけるなり。それよりかたりつたへたるなり。(11)

とあり、この豆粉の化粧をするという還向作法の因縁を示す物語として本作品が成り立っていたことが示されている。このような切目王子の縁起を説く物語草子と呼応するかたちで、実際に「あこまち」さながら豆の子の化粧をした一行の様子が、『熊野詣日記』に書き留められていたのであった。

ここで注目したいのは、『宝蔵絵詞』、『熊野詣日記』いずれもが、文安三年(一四四六)のほぼ同時期(二月十五日・三月六日)に、後崇光院貞成親王により書写されている点である。同様の切目王子にまつわる儀礼作法を、一方では熊野参詣の実態に基づいた参詣記として、一方ではその因縁を説く切目王子の縁起という物語草子として書写しているのであり、両者は後崇光院の関心という点で、源を同じくしているのである。もちろん貞成親王もまたしばしば熊野詣をおこなっているのだが、その貞成親王が自ら『熊野詣日記』を書写しようとした契機には、『宝蔵絵詞』という物語草子の書写と通底する意識があったのではなかったか。貞成親王は、物語や説話に深い関心を寄せ、多くの絵巻の作成書写を命じ、時には自らも筆者となったことで知られ、『長谷寺縁起絵巻』『融通念仏縁起絵詞』など、その宸筆とされる寺社縁起も多く伝えられている。(12)こうした縁起絵の制作は、権威化をはかる寺

社側の要請によるものであろうが、制作あるいは書写する貞成親王にとっては霊験あらたかな寺社への帰敬を表明する一種の作善行為であると同時に、娯楽性を帯びた文芸営為にほかならず、そのような貞成親王を中心とする文化圏での文芸営為といわば表裏の関係にあるものとして『熊野詣日記』を位置づけることができよう。

ところで、先にも述べたように、『熊野詣日記』は、参詣の先達であった住心院僧正実意による記録であり、現存本はそれを貞成親王が実意より借用して筆写したものだが、この実意とはいかなる人物であったのだろうか。住心院僧正実意（一三八六―一四五九）は、内大臣三条公豊の子で、熊野三山検校の聖護院道意から得度を受け、聖護院の院家である住心院豪猷に修験道を学んでそのあとを継ぎ、大僧正に任じられた本山派修験の重鎮である。当時の本山派の修験者として、しばしば熊野詣の先達を務めていたようで、応永三十四年《（一四二七）》の北野殿一行の熊野参詣にかかわる記録の類は他に見いだせないが、『熊野詣日記』末尾に、

> つらく〳〵かへりみれば、實意おろかなる身として、是等の御先達をいたす事、この冥迦一にあらず。まづ応永廿八年に御台さま御参詣天下かくれなかりし御まいりなり、おなじき時、光照院殿これは御所さまの御連枝、二位殿の御つぼね稱光院禁裏御ふくろにてましますかさねて、光範門院応永卅三年に南御所さま御まいり、これも当御所さまの御連枝にて南御所と申、崇賢門院の御あとにてわたらせ給。同き卅四年にかさねて御参詣、いま御所さま南御所御一腹の御兄弟の御同道あり。

と記された応永二十八年《（一四二一）》の熊野詣については、『看聞日記』『満済准后日記』にも書き留められている。たとえば、『看聞日記』応永二十八年《（一四二一）》三月十六日条によれば、

> 熊野参詣人々今日被立。明王院坊實位法印。為精進屋自一所出立。二位殿《国母》。御台《室町殿室》。西御所《故北山殿妾》。光照院《室町殿妹》。対御方《北畠》。坊門局。日野一品。禅門室。裏松中納言豊光卿。凡女中清選人々十二人。男女輿四十六丁。其行粧美麗。万人群集見之云々。

とあり、先の『熊野詣日記』末尾に記したごとく、「行粧美麗」を極めた足利将軍家の内室や子女たちの熊野詣の先達を「實位法印」(13)が務めていたのである。さらに、『満済准后日記』永享四年（一四三二）一月二十五日条には、

御台臨時御祈事。以住心院僧正。内外典分定申了。

とあり、同じく九月二十三日条にも、

住心院僧正来。折三合等随身。於六條八幡宮。大般若転読。布施同前。於此門跡千反タラニ。百座供等今日三ケ日結願了。

とあるように、実意は「幕府修法ノ阿闍梨」(14)として、日ごろから将軍家に出入りする、幕府と関係の深い僧であったことがわかる。その際、たとえば『満済准后日記』永享三年（一四三一）十一月三日条には、

實意僧正夢等事御物語旨在之。夢非殊事。此僧正夢中付上臈枕邊。鼠走出間自取之。則上臈怨敵由存搦取之械之由。此四五日以前見之旨。彼局へ参申入云々。夢與只今儀符合之間。奇特由御物語在之。申終入寺。

とあり、同じく永享五年（一四三三）十一月一日条にも、

住心院僧正相語云。去廿五日夜光物室町殿観音殿ノ上ニ飛廻云々。又同廿六日歟。北築地腹ニ傍件光物在之云云。次廿八九日歟之間。常御座所棟ヨリ北軒邊ヘコロヒ落體ニテ失了。如此三ケ度云々。則在方卿ニ若人魂歟之由御尋處。非其儀。占文趣御病事等見云々。其外野狐御所中徘徊以外興盛云々。希代事歟。住心院僧正出京以後以状申。

とあるなど、実意には様々な話を物語る情報源的側面もあったようである。

とりわけ、実意の父中川三位公為の妹治子は、後崇光院貞成親王の母（西御方）であると判断されることから、実意と貞成親王は従兄弟同士の関係にあり、(15)『看聞日記』には伏見宮に出入りし、貞成親王やその子女たちと交

流している様子が散見されるのである。たとえば永享八年（一四三六）十月八日には、

抑法安寺坊主荒神一幅。聖天二躰。宇加神一幅持参。預置持尊之間召寄。先日住心院参之時物語申。往昔毘沙門堂公豪僧正伏見邊行歟。於法性寺大路童部唱佛号有叫喚之聲。以下部令尋之處更無人。鍛冶家ニ以金鑓打砕佛躰之由申。僧正曰唱佛号之間。件佛歟。則鍛冶ニ請取見之。銀聖天也。奇特不思儀之間。オメキ佛ト号。其後崇光院有御尋之間進之。其本尊于今有御座歟之由。毘沙門堂申之由被語。予更不知。法安寺聖天預置。若此尊歟。召寄可拝見之由閑談了。其後崇光院御記披見。件聖天事委細被記置。大通院御日記ニも城南御所廻禄之時。銀聖天雖炎上佛躰更不焼損云々。両代御記如合符。仍召寄聖天入張。二躰。法安寺持参。一躰ハ木像也。一躰ハ金也。然而佛躰黒ふすほりて金色も不見分之間。瑩之銀也。件尊之條無子細。法安寺も更不存知。初開帳拝見。奇特不可説也。此霊像所持于今不存知之條不覚也。住心院依物語初存知時節到来歟。瑞喜渇仰無極。源宰相語。件聖天盗人取之紛失了。崇光院尋求被召返。若此時之事歟云々。委細ハ不分明。仍銀聖天御所ニ安置。木像并荒神ハ法安寺返預了。

とあり、法安寺の聖天「オメキ佛」にまつわる奇瑞を語る人物として登場している。また、同じく五月十九日条には、

住心院参。室町殿自今日五擅法被行。一壇大威徳法。懃仕云々。其便路参。善光寺利生絵二巻修験道絵一巻絵一合持参。聖護院之絵也。先年予詞染筆。其後一覧之間所望申。仍借給。

閏五月十四日条に、

住心院二尊利生絵返遣。発心集遣之。

とあることから、住心院が院家をつとめる聖護院[16]蔵の「善光寺利生絵」「二尊利生絵」なる寺社縁起絵を貞成親

王に提供しており、絵巻物の仲介者としての面も見せている。

　さらに実意は、文安三年《一四四六》三月十七、十八日に行われた田楽能の主催者であり、その記録『文安田楽能記録』の筆者でもあった。すなわち、実意は文安元年《一四四四》六月に貞成親王を住心院に招き、田楽を見せたのをきっかけに田楽能を企画し、文安三年《一四四六》三月十七日に貞成親王を、翌十八日に将軍足利義政の弟のちの義視を招請したのである。これを当日出仕の田楽法師愛阿の所望により、その弟子の福王丸という稚児田楽に書き与えたものが『文安田楽能記録』である。[17]「中門口」など田楽本来の芸だけでなく、「水汲の能」「敦盛の能」「女の敵を打ちたる能」などの田楽能、さらに狂言も演じられており、本格的な田楽の芸能構成や座のあり方などが窺われ、猿楽の人気により衰退していく田楽の最後の栄光を伝える貴重なものといえる。そのような田楽能を催し、記録したのが、住心院実意なのであった。

　このように、足利将軍家だけでなく、伏見宮の人々と様々な面での交流を見せる住心院実意によって、『熊野詣日記』がなされ、貞成親王書写本として伝存するにいたったことは注目すべきものがある。『熊野詣日記』が貞成親王により書写される背景には、実意のような人物との積極的な交流を持つ伏見宮文化圏、そしてそこでの親王自らの信仰・文芸営為があったからにほかならない。

三　『熊野詣日記』と比丘尼御所

　本書の伝来について、貞成親王や実意を中心として伏見宮文化圏の様相から検討してきたが、一方、自ら熊野詣をおこない、実意に書物としてまとめることを所望した南御所（聖久）とはいかなる人物であったのか。さらに比丘尼御所という場の問題から、本書の成立背景やそこに通底する文化の様相について考察してみたい。

大慈院主栄山聖久（一三九五—一四三三）は、寧福院殿を生母とし、応永八年（一四〇一）八月三日、七歳の時に義満母の姉にあたる崇賢門院仲子の猶子となり、義満の特に寵愛した女であった。(18) 応永三十五年（一四二八）四月に崇賢門院が薨去した後、女院の後を継いで「南御所」「大慈院殿」と称せられるようになった。その生活や信仰については詳らかでないが、たとえば、応永十七年（一四一〇）五月六日、義満の三回忌仏事の際、聖久は諷誦文を捧げ、父の菩提を弔っており、(19) 応永三十五年（一四二八）正月二十日、兄である義持薨去の時にも御諷経を唱えているなど、(20) 足利一族の年忌供養や追善をおこなっていたことがわかる。なお、ともに熊野詣をおこなった今御所については、聖久と同じ寧福院殿を生母とし、柳殿と称された義満の女であり、聖久の後に大慈院主となった聖紹と考えられている。(21)

『熊野詣日記』十月十六日条には、南御所と今御所の供として、精進入りのみに伺候した「御庵素玉御房」に加え、「聖貴《御りやう》御房」「聖芳《いま御りやう》御房」「聖運御房」「聖本御房」「見康御房」「信助御房」と称する六人の尼と「□の御比丘尼」があげられている。同じく北野殿の供としては、「御若子」のほか、「四間の上らふ」「あこひ御れう人」「かゝ御料人はしのつぼね」「備門佐のつぼね」「仁和寺の局」「土佐」「御ち」といった女房衆七人、「御比丘尼」として「禎首座」「宗蔵主」「霊胃御房」の三人が従ったとある。この時の参詣者のほとんどが女性で構成されていたことがわかるが、湯之上隆氏によれば、「素玉御房」は広橋仲光の娘で、「聖芳」も広橋仲光の子兼宣の娘であり、このような公家出身の子女たちによって大慈院の尼衆が成り立っているのであった。(22)

比丘尼御所大慈院は、初めは浄土宗であったが、後に禅宗を兼学した寺院で、南御所と称され、宝鏡寺に隣接し、江戸時代にはその末寺となっていたことが知られる。開創の時期は不明であるが、崇賢門院仲子を開基とし、聖久が入室して以後、足利氏出身の女子が多く入室することとなり、その後さらに日野富子の支援により寺格を高めていったという。菅原正子氏は、日野富子の養女となり大慈院の住持を務めた御土御門天皇の皇女渓山に注目し、公家たちを従えて寺社参詣・遊興・酒宴を催している事例を指摘し、そこでの生活が決して社会から封じ込められたものではなく、皇女としての地位が反映された俗人に近いものであったと推察された(23)。そうした比丘尼御所の尼たちの様相は、もちろん大慈院に限ったものではなく、たとえば『看聞日記』には、浄土宗の比丘尼御所である三時知恩寺（入江殿）の住持となった貞成親王の皇女たちが泊瀬などの寺社参詣や猿楽見物をおこなっていた記事が頻出し、同じく室町期に多くの皇女や伏見宮の子女が入った寺として知られる「真乗寺」「安禅寺」「曇花院」といった比丘尼御所の尼たちも、

　御比丘尼《真乗寺》。右衛門督。御乳人。比丘尼等石山参詣。（嘉吉三年（一四四三）二月九日）
　北野一切経会為見物参。竹園。真乗寺殿。御喝食両所安禅寺。曇花院。（同年三月二十一日）

とあり、積極的に信仰の旅や近隣へと出向き、寺院内に籠もりきりの生活をしていたわけではなかったことがわかる。

　さらに、彼女たちによる縁起絵などの所持や貸借の様相も確認することができる。たとえば『お湯殿の上の日記』によれば、先の臨済宗景愛派の比丘尼御所「安禅寺」には、

　ひめ宮御かたよりとて。あんぜん寺よりこほう大し（弘法）の御ゑいげざんに入らるゝ。新宰相中将こと葉よみせらるゝ。（文明十二年（一四八〇）三月十五日）
　いなばだう（因幡堂）のゑんぎあんぜん寺殿よりまいる。御らむぜられて。御たちそひて返しつかはさるゝ。（延徳三年（一四九一）五月二十七日）

と僧伝や寺社縁起を享受していたことがわかる(24)。このように、比丘尼御所の尼たちによる寺社参詣や物詣、寺社縁起絵などの享受の様相は、時代がくだるにしたがって顕著となっていくことが確認されるわけではあるが、そ

うした比丘尼御所の文化・精神を、南御所聖久の所望により成ったという『熊野詣日記』にすでに見てとることができるのではないだろうか。

『熊野詣日記』には、先の女院による岩田川の瀬渡りのように、女性の参詣に即した故事・先例の引用が見てとれるが、そのような例示だけでなく、新たな伝承の展開を見てとることもできる。本宮での参拝を終え、新宮に向かう途次に語られた、次のような記事である。

　みもとにて御舟をとゞむ、御こやしなひのためなり。この所は後白川の法皇の御まいりの時、川の汀にあかき袴きたる女房たちたり。法皇この所の名をはいかゞ申すぞと、おたづねあれば

　　有漏よりも無漏に入ぬる道なればこれぞ仏のみもとなりけり

かやうに申てかきけつやうに失たり。それよりみもとゝは申とかや。これは法皇しやうじんの権現を拝し給べきよし、御祈念の時、御夢想の告ありて、女躰にあらはれまし〱て、此所にて御拝見ありけるとなん、

（九月二十九日）

ここで引用される「有漏よりも」の和歌は、『風雅和歌集』巻第十九の神祇歌に見られ、そこでは、

　有漏よりも無漏に入りぬるみちなれば是ぞ仏のみもとなるべき

　この歌は、後白川院熊野の御幸三十三度になりけるとき、みもとといふ所にてつげ申させたまひけるとなむ(25)

とあり、左注によれば、後白河法皇参詣の際に「みもと」という場所で告げられた熊野の神詠歌であったという。「みもと」とは、牟婁郡三村郷和気村のあたりを指したらしく、『中右記』天仁二年（一一〇九）十月二十九日条には、藤原宗忠が熊野参詣の途上、訪れた里を「御妹《ミモト》」と表記している。(26)また『紀伊続風土記』には、この和気村の熊野川の

崖に本宮の末社として「御本明神社」があったことが記されており、

この宮山の艮の麓に稀人《マロウド》島と云ふ岩あり。後白河法皇御幸の時此岩山に天人顕はれしに因りて法皇御舟を近く寄せ給へば天人は消失せたり。それより此岩は稀人島といふとぞ(27)

という伝承とともに、先の『風雅和歌集』所収歌が付されている。いずれにしても、『中右記』に記されたとおり、「みもと」は後白河院参詣以前にすでに存在していたのだが、『熊野詣日記』では、熊野権現が「あかき袴きたる女房」となって詠んだ故とする地名由来譚のかたちで記されているのである。生身女体の熊野権現による神詠を語る「みもと」にまつわる伝承(28)は、熊野の地が女人の参詣を拒まないことと付随して、室町期に広く流布していたものとも考えられようが、そのような地名起源を語る異説を敢えて記すところに、『熊野詣日記』の、女性の参詣に響きあう説話への関心、引用の様相を見てとれる。

このように、参詣主体を女性とする『熊野詣日記』の引用姿勢にそうものとして、独自にみえる興味深い記事がある。

北野殿さま、此たび御としのつもりに御くたびれなれば、いさゝか御のぼりありて、やがて御こしにめされん事は、いかゞあるべきよし、たづね下さる。これ子細あるべからず。昔ある人、陸奥国より七度まいるべきよし願をたてゝ、六度はまいりたれども、いまはとし老てくるしかりければ、いま一度まいらん事もかなひがたし、此事をなげくに、ある夜の夢に権現のしめしたまふ、

道とをしほどもはるかにへだゝりぬおもひおこせよ我もわすれじ

此哥は新古今に入られたり、それには三度の願とみゆ

なげく事なかれと、あらたに示現を蒙りしかば、貴くおぼえて、いよ〳〵信仰のおもひをましけるとなん、

心ざしあるをば、権現もあはれみましまス事しかのごとし。十三度きて、御まいり神もなをざりにやおぼしめさん。されば、御ゆるされなくてしもやは侍るべき。たゞ御輿にめさるべきよし、申によりてめさるゝ物なり。御輿かき五六人、あせ水になりてかきさゝげたてまつる、南御所、いま御所さまその外、こと〴〵く御ひろひあり、かたじけなきかなや、天下の御あるじの御連枝として、輿車の外はこわた山なれども、かちにてはいかであゆみましますべき。抑権現の紀伊国むろのこほりに、はる〴〵とあとをたれ給事は、川をへだて、山をかさねて、参詣の衆生に難行苦行の功をつませて、此度すみやかに出離得脱せさせんとの御ちかひなり。これによりて、　一天の君、万乗のあるじも、此道におもむき給ては、身命をおしみ給はぬものなり。（九月二十六日）

滝尻王子で奉幣、神楽、託宣の後、一行は背後の山へと登るが、その際、北野殿は老体ゆえの疲労から輿に乗ってよいかどうか、実意に尋ねるという場面である。この問いに対し、実意は「道とをし」の神詠歌で知られる奥州名取の老女説話をもって、輿に乗ることを許可するのである。

名取の老女の説話は、早く平安末期の歌論書『袋草紙』に、毎年熊野へ参詣していた奥州名取の女が年老いて後、「道とをし」の熊野神詠歌を夢に見たとする原型が見られ、奥州名取の『熊野堂縁起』や能「護法」などへの展開をみせる。奥州名取における熊野修験者や比丘尼による唱導の所産といえるこの説話を『熊野詣日記』が書き留めていたことから、小林健二氏は、実意のような熊野先達もまた、この神詠説話を霊験譚として熊野信仰の喧伝に役立てていたかとの推測をなされている(29)。そうした可能性は十分考えられるが、それだけでなく、高齢の女性の参詣に即したかたちで、この名取の老女の参詣譚が組み込まれている点で、まさに参詣主体である女性に照らした説話の引用態度を見てとることもできよう。さらに、先に述べた易行化する室町期の様相ともかかわる言説として、後半の傍線を付した箇所が注目される。老女の参詣に対する霊験を名取老女説話に見られる神詠歌をもって語った上で、険しい山道を歩いて難行苦行の功を績まねばならない理由を、熊野権現の垂迹と参詣の徒すべてを厭わないことをもって巧みに説いているのである。このような熊野詣そのものの意義を、名取老女説話のような女性にかかわる霊験譚とともに、参詣の女性に即したかたちで説明している点で非常に意義深いものである。

さらに注目すべき奇瑞譚として、新宮に詣でて那智に向かう途次の、以下の記事があげられる。

此所に那智の御師の坊あり。これにていつも御まうけあり。入御の後、やがて御たち、橋本にてはしめたる御方〳〵川氷めさる。こゝに橋勧進の尼の心ざしふかきあり。権現より夢の告とかやありて、給たる阿弥陁の名号をもちたり。人信心をおこしておかみたてまつれば、名号の六字の中より、御舎利の涌いてましますよし、この年月申あへり。このたびこれをおがみたてまつるに、けふもあわつぶのごとく、しろきものゝ忽然としてあまた出現せり。いかさまにもふしぎの事、あるやうある物をや。（十月一日）

熊野信仰を宣布した神人である「御師の坊」にかかわるものとして、橋勧進の尼の幻術が記される。[30] 熊野権現の夢告によって授けられた阿弥陀の六字名号の中からの舎利涌出を披露し、熊野権現の霊験を説くのである。舎利涌出の奇瑞を見せて熊野権現の霊験を説く、この橋勧進の尼は、文献上にあらわれた熊野比丘尼の早い例としてとらえられている。[31] 女性の参詣に即した霊験を語り、尼の勧進による奇瑞を描く方法は、抑も女性を厭わない熊野の地に根ざした女性説話の一様としてとらえられるだろうが、それはとりもなおさず、この『熊野詣日記』の参詣主体が女性であり、おそらく比丘尼御所の女性に向けての説話収録、すなわち一種の説話集であることを表明しているものと考えられる。

以上のように、『熊野詣日記』は、熊野という浄土を旅する儀礼でありつつ遊興的かつ易行化した室町期の熊野詣の実態を伝えており、そうした傾向の参詣であることや女性にかかわる霊験説話の摂取という側面から、巡礼主体である比丘尼御所の文化・信仰の反映をも読みとれる興味深い史料といえる。

おわりに

『熊野詣日記』が後崇光院貞成親王のもとで書写された背景には、室町期の寺社縁起や物語草子を生み出す原動力ともなった、親王自身の霊地・寺社への信仰・関心を基底とした伏見宮文化圏の様相があったことは間違いない。そして遡って、本書が成立した環境には、大慈院のような比丘尼御所での信仰や文芸享受との密接なかかわりがあったと考えられる。室町期の熊野詣の信仰や風俗の実態のみならず、女性の参詣にかなった霊験説話をも語る仮名の参詣記である本書には、巡礼・参詣の記録としてだけではなく、一種の説話集[32]として享受しようとする意識が窺えるのであり、伏見宮文化圏および比丘尼御所という場における、寺社縁起や僧伝などの宗教的言説を絵巻として制作・享受する志向性と通底するものがある。

さらに、冒頭で述べた『建久御巡礼記』を振り返ってみるならば、南都と熊野という場の違いや時代的な相違など、なお考慮すべき問題はあるものの、両者は、高貴な女性の巡礼・参詣に際してそれに即した説話を採取しており、また女性の巡礼・参詣の動機である浄土信仰を物語り、そして同行の僧に記録させ、進呈させた書物であるという側面において、共通性を見出だすことができる。『建久御巡礼記』は後の説話集へ、『熊野詣日記』は物語草子へと展開していく諸要素をはらんでいたともいえよう。巡礼記と参詣記は、その主体を限定した説話集[33]的性格を有すという側面から、同一の把握が可能となるであろう。あるいは、高貴な女性主体の巡礼記であると同時に、縁起集でもあり、説話集でもあった『建久御巡礼記』というテクストの成立環境に、『熊野詣日記』のような参詣記を求める比丘尼御所の文化の萌芽を見いだせるのかもしれない。

【注】

(1) 近本謙介氏「説話・唱導・芸能—中世初頭南都における中世的言説形成に関する研究」(『日本古典文学史の課題と方法—漢詩 和歌 物語から説話 唱導へ』和泉書院 二〇〇四)など参照。

(2) 久保田淳氏「殷富門院大輔の南都巡礼歌—『南都巡礼記』の「后宮」に関連して—」(『中世和歌史の研究』明治書院 一九九三 初出一九八一)、村尾誠一氏「殷富門院大輔の南都巡礼歌をめぐって」(『東京外国語大学論集』五八 一九九九・三)など参照。

(3) 阿部泰郎氏「説話と縁起—『建久御巡礼記』における"説話"をめぐりて」(『国文学 解釈と教材の研究』四〇—一二 一九九五・一〇)、「湯屋の皇后—光明皇后湯施行の物語をめぐりて」(『湯屋の皇后』名古屋大学出版会 一九九八 初出一九八六)、「中将姫物語の成立」(『日本浄土曼荼羅の研究』中央公論美術出版 一九八八)参照。

(4) 藤田経世氏編『校刊美術史料 寺院篇』(中央公論美術出版 一九七二)より引用。

(5) 嗣永芳照氏「『熊野詣日記』解説」(『那智叢書』一七 一九七一・一〇)、五来重氏編『吉野・熊野信仰の研究』(名著出版 一九七五)、新城常三氏『新稿社寺参詣の社会経済史的研究』(塙書房 一九八二)、名波弘彰氏「院政期の熊野詣—滅罪、鎮魂、護法憑けをめぐる儀礼と信仰—」(『文芸言語研究文芸篇』一三 一九八九・二)、宮家準氏『熊野修験』(吉川弘文館 一九九二)など参照。

(6) 藤白峠の眺望および筆捨松伝承については、徳田和夫氏「社寺参詣曼荼羅続考—その①紀三井寺参詣曼荼羅の物語図像—」(『絵解き研究』一〇 一九九三・三)、藤井奈都子氏「宴曲『熊野参詣』考—地名・王子・歌枕を中心として—」(『文学史研究』三一 一九九〇・一二)参照。

(7) 山本ひろ子氏「中世熊野詣の宗教世界—浄土としての熊野へ」(『変成譜』春秋社 一九九三 初出一九八九)参照。

（8）小山靖憲氏『熊野古道』第一章「熊野詣の中世史」（岩波書店　二〇〇〇）参照。

（9）前掲注（7）山本ひろ子氏論文参照。

（10）石塚一雄氏「資料紹介『宝蔵絵詞』」（『書陵部紀要』二二　一九七〇・三）、鈴木宗朔氏「熊野参詣儀礼の記録と説話―切目王子の豆の粉化粧説話をめぐって―」（『古文学の流域』新典社　一九九六）など参照。

（11）前掲注（10）石塚一雄氏論文の翻刻による。

（12）石塚一雄氏「後崇光院宸筆物語説話断簡について」（『書陵部紀要』一七　一九六五・一〇）、木原弘美氏「絵巻の往き来に見る室町時代の公家社会―その構造と文化の形成過程について―」（『仏教大学大学院紀要』二三　一九九五・三）、森正人氏代表「伏見宮文化圏の研究―学芸享受と創造の場として―」（平成一〇～一一年度科学研究費補助金［基礎研究C］研究成果報告書　二〇〇〇・三）など参照。

（13）『満済准后日記』応永二十八年三月十六日条では「住心院坊。實意僧都御供奉」とする。

（14）『建内記』永享十一年二月条。

（15）池和田有紀氏の御教示による。なお以下にあげる『文安田楽能記録』についても、従来貞常親王を招請したものと解釈されていたが、記録中の主客表記の検討から貞成親王を招請したものと判断される由を、池和田氏に御教示頂いた。

（16）天台修験の総本山で門跡寺院として知られる聖護院での文芸制作などについては、大取一馬氏「聖護院蔵書と門跡の文学活動」（『中世文芸論稿』五　一九七九・五）、三保サト子氏「中世寺院の芸能と文化」（『島根国語国文』一二　二〇〇一・一二）などがある。

（17）『日本庶民文化史料集成』二（三一書房　一九七四）参照。なお各演目についての考察は、高野辰之氏『日本演劇史』一（東京堂　一九四七）に詳しい。

（18）『看聞日記』永享五年閏七月十三日条。

（19）『大日本史料』七―一三。一八二頁。曼殊院文書。

（20）『建内記』応永三十五年正月二十日条。

（21）臼井信義氏『足利義満』（吉川弘文館　一九六〇）など参照。

(22)湯之上隆氏「室町幕府と比丘尼御所」(『日本中世の政治権力と仏教』思文閣出版　二〇〇一　初出一九九〇)参照。
(23)菅原正子氏「中世後期の比丘尼御所―大慈院の生活と経営―」(『学習院女子大学紀要』六　二〇〇四・三)参照。
(24)第十三章「比丘尼御所の文芸・文化」参照。
(25)『新編国歌大観』一(角川書店)より引用。二一〇八番。なお、万治三年刊『道成寺物語』にも、熊野神詠歌として『風雅和歌集』と同様の記事が見られる。
(26)戸田芳実氏「『中右記』にみる院政期熊野詣」(『歴史と古道』人文書院　一一九二)参照。
(27)『紀伊続風土記』三(巌南堂書店)より引用。
(28)なお、室町前期写『千代のさうし』の本奥書には、「明徳三暦沽洗仲八日紀州無漏郡熊野山御本能城於栄福庵依肖学道人之宿命佊記之所也」とあり、「御本」の地名が確認できる。女性にかかわる説話という点で共通しており、女性伝承を形成する地として、今後も検討する必要がある。徳田和夫氏「中世女人出家譚「千代野物語」について―付、伝本二種の翻刻―」(『国語国文論集』二三　一九九四・三)より引用。また、源健一郎氏は、語り本系『平家物語』に見られる「康頼夢想」話の考察に際し、その雛形となったとおぼしき伝承として当該説話をあげられている。「語り本系『平家物語』〈康頼熊野詣〉の位相―寺門派修験の動向から―」(『日本文芸研究』五〇―一　一九九一・六)参照。
(29)小林健二氏「名取老女熊野勧請説話考」(『中世劇文学の研究―能と幸若舞曲―』三弥井書店　二〇〇一　初出一九八二)参照。なお、名取老女譚については、近藤喜博氏「熊野権現影向図説」(『神道宗教』九〇・九一　一九七八・八)、萩原龍夫氏『巫女と仏教史―熊野比丘尼の使命と展開―』(吉川弘文館　一九八三)など参照。
(30)徳田和夫氏「勧進聖と社寺縁起」(『お伽草子研究』三弥井書店　一九八八　初出一九七八)参照。
(31)林雅彦氏「熊野比丘尼と絵解き」(仏教民俗大系二『聖と民衆』名著出版　一九八六)など参照。
(32)なお室町期には、寺社・霊地の参詣・巡礼の設定で、その作品体として多くの説話・伝承を収束している『諸国一見聖物語』のような例がある。
(33)大橋直義氏「建久度「巡礼記」の位相―『建久御巡礼記』の「現在性」をめぐって―」(『説話文学研究』四〇　二〇〇五・七)参照。

第十二章　『源氏供養草子』考

――寺院文化圏の物語草子――

一　問題の所在

王朝物語世界の中世的展開の一例に、「源氏供養」がある。平安末頃より、狂言綺語観の立場から、紫式部は『源氏物語』を作った妄語の罪により地獄に堕ちたとする、紫式部堕獄説話が唱えられるようになった。『今鏡』や『今物語』に見られる他、たとえば『宝物集』下に、

近ハ紫式部ガ人ノ夢ニ空事ヲモチテ源氏ノ物語ヲツクリシ故ニ地獄ニヲチテ苦ヲ受、早ク源氏ヲヤブリステ、一日経ヲ書テ可レト奉云ケルトテ、歌読ドモノアツマリテ営ミアヒタリトハ覚ヘ給ラン物ヲ。[1]

とあるように、『源氏物語』の読者により、紫式部を地獄の苦患から救おうと、中世にいたって盛んに営まれるようになった儀礼が、「源氏供養」なのである。それは室町期にいたって、『源氏供養草子』や能「源氏供養」、お伽草子『紫式部の巻』などの文芸へと展開し、下っては、古浄瑠璃や近松の浄瑠璃などにまで受け継がれていった。こうした「源氏供養」の展開については、紫式部堕獄説話と併置されつつ、『源氏物語』享受の歴史的把

握とともに、和歌や説話など、様々な方面から多くの考察がなされてきている。(2)

そこにあって、『源氏供養草子』は、「源氏供養」の系譜上に位置づけられてきたものの、前提たるべき精緻な作品分析はほとんどなされておらず、伝本研究にいたっては、徳江元正氏による論考が唯一のものである。(3) これまで談義・唱導の場と物語草子の生成・享受圏とのかかわりについて考察を進めてきたが、(4)『源氏供養草子』について、その見地からとらえてみると、「源氏供養」という、いわば唱導の場から端を発した物語草子として、実に様々な室町文芸の特質を内有し、文学史的に意義深いものと判断される。本章では、先行研究に導かれつつ、「源氏供養」の系譜について概観した上で、『源氏供養草子』の物語草子としての達成を指摘し、ひいては、唱導と物語草子とのかかわりの一端を明らかにしたい。

二　「源氏供養」と女性文化圏

まずは、「源氏供養」の儀礼そのものについて概観しておきたい。「源氏供養」の詳細を語るテキストとしては、安居院澄憲による漢文体の「源氏一品経」と、聖覚作と伝えられる仮名の「源氏表白」とがあげられる。漢文体の「源氏一品経」は、大原三千院蔵『拾珠抄』や『諸人雑修善集』に所収される他、高野山釈迦文院蔵『表白集』にも見られることから、安居院澄憲の作であることが明確となっている。(5) そこではまず、当時流布していた物語と仏典や儒書などとの違いが述べられ、『源氏物語』について次のように記される。

其中光源氏之物語者、紫式部之所制也、為巻軸六十局、立篇目卅九篇、言渉内外之典籍、宗巧男女之芳談、古来ノ物語之中、以之為秀逸一ト、艶詞甚佳美ニシテ、心情多揚蕩、男女重色之家、貴賤事スル艶一ヲ之人、以之備口実一、以之蓄心機一ニ、故深窓未嫁之女、見之偸動懐春之思一ヲ、冷席独臥之男、披之徒労思秋之心一ヲ、故謂彼制

作之亡霊一、謂此披閲之諸人一、定結輪廻之罪根一、悉堕奈落之剣林一ニ、故紫式部亡霊、昔託人夢告罪根ノ重一コトヲ、爰信心大施主禅定比丘尼、一ヒハ為救彼製作之幽魂一ヲ、一ヒハ為済其見聞之諸人一ヲ、殊勧道俗貴賤一ヲ、書写法花廿八品之真文一、巻々ノ端ニ図源氏ノ一篇一、蓋転欠欠為菩薩也、経品々即宛物語ノ篇目一ニ、為翻愛語為種智一、昔白楽天発願一ヲ、以狂言綺語之謬、為讃佛乗之因一、為転法輪之縁一ト、今比丘尼済物一ヲ、翻数篇艶詞之過一、帰一実相之理一ニ、為三菩薩之因一ト、彼モ一時也、此モ一時也、共離苦海一同登覚岸一。[6]

読者の堕獄と紫式部自身による罪根の告白が語られ、巻々の端に『源氏物語』の一篇を記すという『法華経』書写供養の由来と趣旨が簡潔に述べられている。その背景には、白楽天の「狂言綺語の謬を以て讃仏乗の因と為す」とする思想があげられるのである。このような思想を背景として流布した「源氏供養」は、先の『宝物集』などだけでなく、『隆信集』『新勅撰和歌集』などの和歌集にも散見される。[7] 右の「源氏一品経」で傍線を付した「源氏供養」の発起人である「禅定比丘尼」は、後藤丹治氏によれば、『隆信集』や『新勅撰和歌集』での記事が同時期の源氏一品経供養を示すことから、俊成の妻で定家の母である美福門院加賀であると比定でき、[8] 以後通説となっている。ただし、「源氏一品経」の成立時期にも諸説あり、「源氏一品経」と『隆信集』『新勅撰和歌集』中での記事とが同一の源氏一品経供養を指すものか、疑問視もされている。いずれにせよ、「源氏供養」が『源氏物語』の女性享受圏に顕著に見られることは明らかであり、たとえば、蟹江希世子氏は、こうした「源氏供養」の背景に、『源氏物語』の度重なる享受や仏教儀礼の積極的参与などから、待賢門院や美福門院といった院政期の女院圏での文化受容の表れを読み取られている。[9] これ以後も、『権大納言実材卿母集』[10] に見られるように、白拍子出身の実材卿母が発起人となって催されるなど、「源氏供養」は貴族社会の女性の手によって行われている。男性の手によるそれは、甘露寺親長など、[11] 十五世紀末に至ってからであり、それもかなり形骸化した儀礼となっていたようである。

次に、「源氏表白」について見ていきたい。仮名書きの「源氏表白」の伝本は、吉野吉水神社蔵写本（文明五年《一四七三》、玄恵法印作）・内閣文庫蔵本（猪苗代兼載写）・叡山蔵本（享保十三年《一七二八》、貫統写）・石山寺蔵本・明徳院無動寺蔵本（真超写）・『扶桑拾葉集』所収本（寛政九年《一七九七》、法印澄憲作）など多数あり[12]、澄憲の子聖覚の作とするものだけでなく、玄恵法印作や澄憲作とする伝本もあり、作者は特定されていない。また、内閣文庫蔵本の奥書に、「献什真禅尼者也」とあり、石山寺蔵本の奥書にも「前住継孝院寿尊賢翰也陽明云々准三宮尚通公御息女也」とあって、やはり女性による受容をみてとることができる。その内容は、

桐壺の夕の煙速に法性の空にいたり、帚木の夜の言の葉遂に覚樹の花を開かん。…

とはじまって、『源氏物語』の巻名をつらねながら、

南無西方極楽弥陀善逝、願はくば、狂言綺語のあやまちをひるがへして、紫式部が六趣苦患を救ひ給へ。南無当来導師弥勒慈尊、かならず転法輪の縁として、是をもてあそばん人を安養浄刹に迎へ給へとなり[13]。

とし、紫式部の救済とともに読者の往生への希求が述べられる。仮名形式の表白については、聖覚による勝尾寺の開題供養が仮名書きの表白であったことが指摘されており、また、阿仏尼の仮名諷誦や虎御前の和字諷誦文の例から、女性による儀礼ゆえのものかとの推察がなされている[14]。ここには、たとえば仮名書きの『法華経』や『往生要集』などが制作されるのと同様に、やはり女性による享受が想定されよう。この仮名書きの「源氏表白」の影響下に成ったものが『源氏供養草子』であり、また能「源氏供養」[15]、お伽草子『紫式部の巻』[16]などである。能「源氏供養」や『紫式部の巻』では、「源氏一品経」などに見られた、紫式部の堕獄を救済するという形を踏襲しつつも、さらに、紫式部を石山観音の化現とするなど、『源氏物語』を仏道の教えによる方便の書とする肯

定的評価がなされるにいたる。なお、仮名表白の影響を受け、『源氏物語』の巻名を断片的ながら織り込むものに、お伽草子の『花鳥風月』や『磯崎』があげられ、[17]中世後期には「源氏供養」は裾野を広げていた。

三　「源氏供養」の草子化――儀礼から物語へ――

以上のように、「源氏供養」は、貴族圏の女性の発願をもとに形成・享受されてきた儀礼であったことが確認できる。その営みの物語的説明として『源氏供養草子』(図40参照)がある。内容を赤木文庫旧蔵甲本により示せば、次のとおりである。

三月中旬のころ、安居院聖覚のもとに、貴く美しい女房と尼君とが訪れ、出家したものの『源氏物語』が忘れられず、その料紙をもって書写した『法華経』を供養してほしいと願う。そこで聖覚は即座に「源氏表白」を唱え供養したので、尼君たちは喜び帰る。二人の素性に不審を抱いた聖覚が跡を付けさせたところ、尼君は法勝寺の東の裏、草川あたりに入っていった。

ここには、先の紫式部堕獄説話は見られず、仮名書きの「源氏表白」についての、いわば縁起語りの体をなしている。本作品の現存伝本として、最新の研究成果である『お伽草子事典』には、伊藤慎吾氏によって、新たに島原松平文庫蔵『源氏不審抄』が加えられた。[18]これまで看過されてきたのは、題目から源氏の注釈書と理解されてきたことによるのだろう。なお、この松平文庫本については後述する。以下に、新たに調査しえた国立歴史民俗博物館蔵本(以下、歴博本)などを加え、現在確認できる伝本について、私に整理を試みた。

A・赤木文庫旧蔵甲本…一軸。伝後崇光院筆(極札有)。外題なし。内題「源氏供養」。絵巻からの転写本。↓
『室町時代物語大成』四所収。

・藤井隆氏蔵本…承応二年（一六五三）写。一冊。後補題簽「源氏供養のさうし／付源氏表白」。内題「源氏表白」。本文七丁。仮名表白と合綴。→『未刊御伽草子と研究』四・『御伽草子新集』所収。

・宮内庁書陵部蔵甲本…桂宮本。一冊。霊元天皇宸筆。外題「源氏物語表白　聖覚作」。本文九丁。

・宮内庁書陵部蔵乙本…桂宮本。一冊。外題「源氏供養草子」。内題「源氏くやうのさうし」。本文八丁。

・実相院蔵本…一冊。外題・内題なし。本文九丁[19]。

・島原図書館松平文庫蔵本…一冊。外題「源氏不審抄」。本文八丁[20]。

B

・赤木文庫旧蔵乙本…絵巻一軸。酒井抱一旧蔵。外題「源氏供養物語」。絵四図。「絵詞　尊鎮法親王真蹟」。→『室町時代物語大成』四所収[21]。

C

・天理図書館蔵本…『国籍類書』第二一八冊。（元和・寛永）写。外題「源氏供養双紙」。本文三十九丁[22]。

D

・国立歴史民俗博物館蔵本…大永元年（一五二一）写。一冊。外題「源氏供養」。本文十丁[23]。

図40 『源氏供養草子』
聖覚に源氏供養を依頼する尼君と女房

従来、A・B・Cの三系統に分けられており、その特徴については適宜示すこととするが、ここに新たにD系統として歴博本を加えることができた。これについては、後で詳しく検討したい。

次に、『源氏供養草子』の文芸的な特質について、特に以下の三点に留意しつつ、検討していきたい。第一点として、諸本の異同記事があげられる。先行研究では、『源氏供養草子』はさしたる異同なしということで、これまであまり顧みられずにきたが、徳江氏も指摘されているように、伝本独自の叙述がいくつか見受けられる。なかでも、特に注目すべきは、赤木文庫旧蔵甲本の冒頭のみに見られる、絵巻創出の由来を語る序文である。

安居院法印と聞こえしは、入道少納言通憲が孫子なり。南家の儒門をいでゝ北嶺の禅室に入しよりこの方、蛍雪の勤め怠らず。智徳の誉れ並びなかりしかば、程なく三会の已講を経て、論義談義の位に至りにけり。ことに能説の方いみじく、弁舌の巧みなること富楼那のごとくになんありければ、聴聞の輩も耳を驚かし、心をいたましむる事多く侍りける中に、なべての佛経の讃嘆などにはあらで、いと珍かなる説草の残りとゞまりて侍るを、いさゝか眼にふれ侍る事あり。まことに権化の仕業にやと不思議に侍れば、これを後素にうつして上下二巻にせり。これすなはち誑言綺語の類、しかしながら、讃佛乗の理にかなひ、煩悩即菩提なれば破戒も同じく、出離解脱の縁となりぬる事を示さんと也。

ここでいう「いと珍かなる説草」について、徳江氏は聖覚の所持した説草を指したものかとされ、また伊藤氏は「源氏表白」を指したものとされているが、[24]「これを後素にうつして上下二巻にせり」とあることから、この説草とは「源氏表白」を語る本物語そのものを指し、その絵巻化について語ったものと解釈できよう。この物語草子自体を讃仏乗の因と主張する点でも注目すべき序文である。また、序文の最後に「示さんと也」とあり、相承、伝聞の形を取っており、安居院を知る者、あるいは聖覚の衣鉢をつぐ者が、『源氏物語』にとらわれた女と僧による供養の事跡を記した「珍かなる説草」を語る体裁となっており、物語の末尾でも、やはり独自な詞章で「その後、いかなることかありけむ、おぼつかなし」と脚色めかしてしめくくっている。説草から二巻仕立てへの大きな契機は、「いさゝか眼にふれ侍る事あり。まことに権化の仕業にやと不思議に侍れば」と感じ入ったからであり、そこには草子作者の姿が反映されているととらえられる。仮名表白をめぐる物語が説草としてとらえられ、さらに絵巻化していったという、草子化の過程を示唆する叙述であり、重要な記事というべきであろう。また、末尾についても、諸本は異同を見せている。赤木文庫旧蔵甲本では、尼御前は「法勝寺の東裏草川」あたりの「やむごとなき上臈」とするのみであるのに対し、A系統の他伝本および赤木文庫旧蔵乙本では、この尼御前を「准后宮」とし、「中関白の娘」であるとしている。さらに、赤木文庫旧蔵乙本には、この源氏供養以来、頻繁に尼御前に召されるようになった聖覚が、京童に浮名を立てられることを危惧するという設定になっている。その際に、

大唐の一行阿闍利は、楊貴妃になき名をとりて、火羅国へ流され給ふに、暗穴道といふ道をつかはさる。月日の光といふ事なく、暗き事たとへん方もなし。されば、一向無実たるによつて佛天あはれみ、九曜の星現じて道を照らし守り給ふ。其御形を指を喰い切り、御袈裟に書写して今の世に伝へ給ふ。九曜の曼陀羅是なり。かやうの無実は、権化の人も逃れ給はず。上古なをかくのごとし。いはむや、今の時においてをや。

と、一行阿闍梨の説話をもって物語を終えるのである。徳江氏の指摘された天理図書館本でも独自に聖覚を石山の観音の化身としており、本作品が源を同じくし、物語構造を一定としつつも、様々に姿を彩なし享受されてきたことが本文に表出しているといえよう。

第二点に、先の「中関白の娘」にかかわるものとして、尼御前の人物比定の問題がある。小堀久満氏は、摂政

でもあり、関白でもあった基実の娘で、高倉天皇妃、安徳天皇の准母である通子を想定された(25)。准后の宣旨を受けている点や年齢、聖覚の盛時との一致などから、この物語を通子が出家後、聖覚のもとを訪れた時の実話と推察されている。現実の話とするのはともかく、モデルとしての通子説は、現在の研究においてはほぼ通説となっ

▽松平文庫本末尾の系図

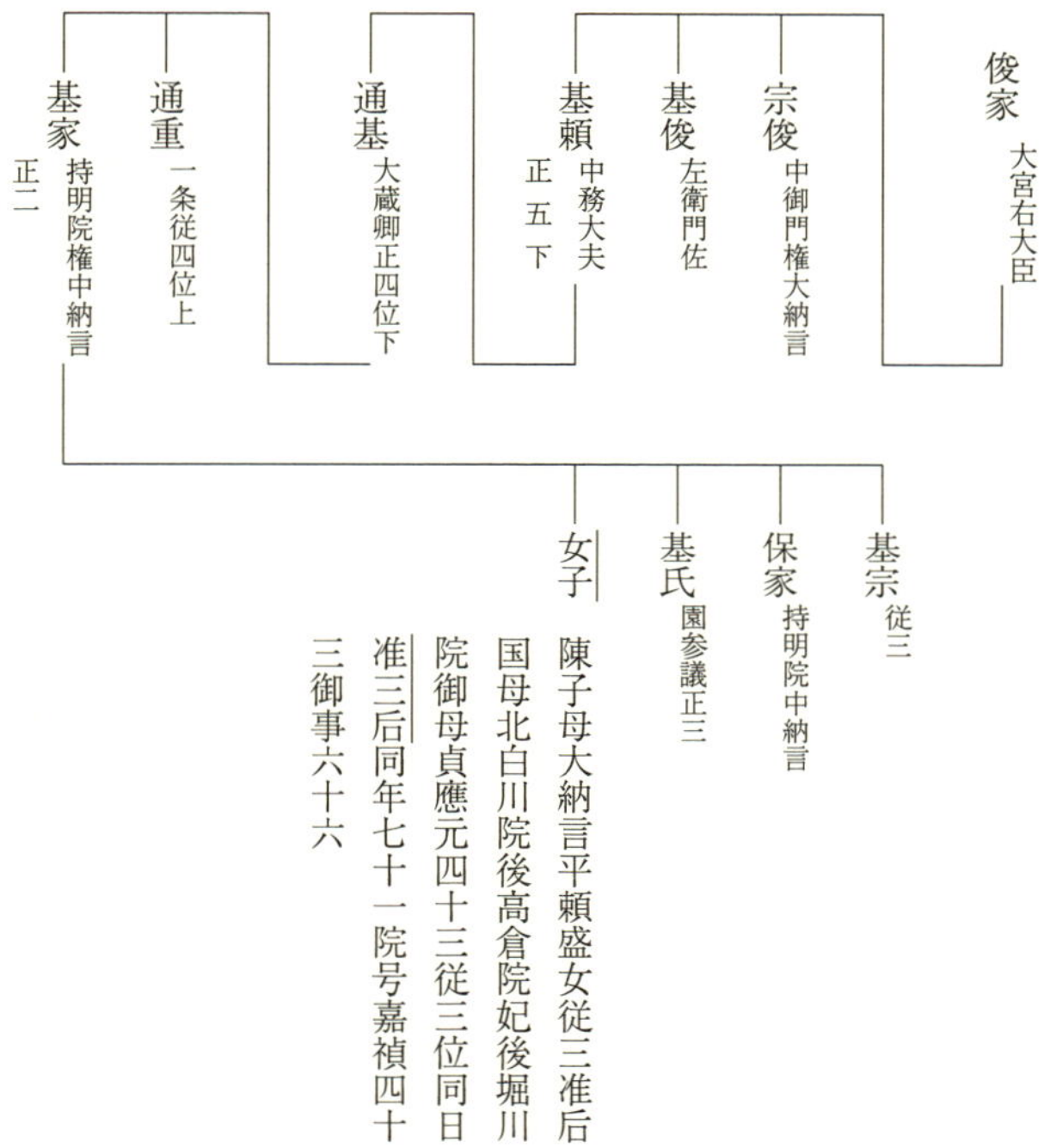

ている。ところが、松平文庫本には、本文の末尾にすぐ続けて、上に示したような系図が付されているのである(26)。近世初期の写本とはいえ、尼御前について通子ではなく、傍線を付したように、「准三后」である「女子」として、後高倉院の妃で、安嘉門院や後堀河天皇らの母である北白河院陳子を想定していることは見逃せない。北白河院陳子は権中納言藤原基家の娘であり、中関白の娘ではないが、通子説の根拠が決め手に欠けるものであることからすれば、聖覚の盛時に准后であり(27)、出家していた陳子もまた想定可能であるといえよう。いずれにせよ、このような系図が付されつつ受容されていたこと自体、物語が他の后妃と結びつけられる側面を有していることを示しており、注目すべきもの

がある。

第三点として、『源氏供養草子』の享受の様相があげられる。草子の享受については、以下に示したごとく、『言継卿記』や『言経卿記』に見られるが、年代が下るため、これまでほとんど注目されなかった。まず、『言継卿記』永禄十年（一五六七）十一月三十日条に、

竹内殿へ参、源氏供養并卅六人歌仙供養之一冊持参令返上了、

とあり、さらに『言経卿記』には、以下のように記される。

・天正十三年（一五八五）八月二十二日　東坊へ医書小帖連歌新式連哥一冊源氏供養等書之遣了、
・天正十六年（一五八八）八月十八日　興門御所労見舞ニ罷向了、精進魚類物語御借用之間進了、又滝口物語鎧代物語源氏供養等借進了、
・文禄四年（一五九五）五月六日　大野伊兵衛宗珍等来了、勧酒了、源氏供養聖覚法印作也読之令聞之
・文禄五年（一五九六）六月十日　門跡御ウヘ御ひめ御方へ罷向了、世続物語半分計源氏供養物語等読之、中殿聴聞也、
・文禄五年（一五九六）八月十六日　下間侍従母中殿へ源氏供養書之遣了、非謡之本事也、
・慶長二年（一五九七）三月二十四日　下間侍従母中ヨリ源氏供養所望トテ料帋到来了、内々約束也、
・慶長三年（一五九八）九月二十二日　中殿ヨリ源氏供養所望トテ白キ料帋給了、
・慶長三年（一五九八）十一月十五日　下間少貳母中へ源氏供養書之遣了、去年ヨリアツラへ也、諷之本ニハアラズ了、

十六世紀末に散見される「源氏供養」の記事は、「非謡之本事」「諷之本ニハアラズ」とあるように、能の「源氏供養」とは区別され、明らかに物語草子を指すものであった。ここでも「下間侍従母」とあり、これに代表されるように、やはり貴族の女性たちの間で、「源氏供養」を語る物語草子が求められていたのである。「源氏供養物

語等読之」とあることからも、物語として読み上げられていたことがわかるが、さらに「中殿聴聞也」とあり、「聖覚法印作」と信じられていたことからすると、あるいは宗教儀礼の性格を帯びたものであったかとも思われる。「源氏供養」の儀礼が、甘露寺親長や三条西実隆など男性貴族によって、「源氏供養」の唱導の儀礼次第から離れ、形骸化して行われるにいたった後、女性たちは草子の形で「源氏供養」を享受していたのであった。

四　歴博本の特質と意義

『源氏供養草子』は、伝本に伝後崇光院筆とする本があることや室町後期の公家日記からも、貴族社会で広く享受されていたことが明らかである。だが、先の仮名表白が寺院に伝来していたように、唱導の場から成り立った、この草子自体が寺院で用いられることはなかったのであろうか。そこで注目されるのが、先にふれた歴博本『源氏供養』の存在である。本書は、田中穣氏旧蔵典籍古文書の一つであり、大永元年（一五二一）の奥書を持つ写本である。

その書誌は以下のとおりである。

・函架番号　一四二―四一―三
・形態　一冊。紙本墨書。縦二五・五糎。横一八・四糎。袋綴、裏打ち修補、大和綴に改装（後補）。楮紙。墨付十七丁。半葉十二行。漢字平仮名交じり。字高約二三糎。
・表紙　薄香色表紙。右肩貼紙「一」
左肩打ち付け墨書「源氏供養　附卅六人歌仙開眼供養表白／明法抄／孔子論」（本文と同筆）
・内題　「源氏供養」
・奥書　「右書抄等大永元初冬中旬於西塔南尾／宝園之閑室窺学暇造次馳禿筆訖／此内明法抄孔子論両冊者法

印権大僧都朝藝／以書写本摸之者也／北嶺桑門潭馱（花押）」（十七丁裏）

・印記　巻首に「勧修寺」朱額形印あり。

・備考　表白中の源氏の巻名部分等に朱筆による印が付されている。

先の伝本の整理で指摘したように、この新出本は他の諸本と異なる本文を持ち、また唯一室町期の書写奥書を有しており、制作や伝来の状況を示す点でも、貴重な一本である。そこで、その内容について若干の考察を試みたい。まず、先の赤木文庫旧蔵甲本の序文につづく、安居院の三つの坊について記す冒頭部分は、諸本間で大きな異同はないが、歴博本では、それら三坊について、「空假中の三諦を表して三の坊をつくり給へり」とし、天台の三観によってそれぞれの坊の説明がなされている。さらに、尼御前一行が訪れる前の場面の描写を、諸本では、聖覚が「縁行道」（A系統）や「説経の思案」（B系統）、「諸行無常の思い」（C系統）をなすなどとしているのに対し、歴博本では、

世間にはおもひがけぬ事をいひかけらるゝ習なれば、もし人あつて枇杷や紫竹など供養して給れといはんにいかに供養すべき。案じて見ばや。

とし、以下、聖覚が「枇杷」「紫竹」「閼伽棚」「手水桶」「盃」「薄折敷」といった植物や器物についての供養を試みる様が、かなりの分量にわたって描かれているのである。その内容は、たとえば「枇杷」では「蒼頡」、「紫竹」では「娥皇女英」の故事などを引き、「閼伽棚」では、

棚は納蔵の義也。その故は木篇に月といふ字を二つかきてたなとよめり。月は女人の位也。女人はよく物を壜蔵する徳あり。又万物を生長する徳あり。故二つならへて書なり。

と記すなど、法華経注釈書の類にも見える、中世独特の析字から説明して供養をおこなう。これは、たとえば能

「自然居士」で「ふねの舩の字を公に舟むと書きたり」(28)などとあるように、宗教者が説法の際に事物の起源を明示して語る、いわゆる本地語り(29)を想起させるものである。ちなみに、天台宗の僧慶運による、永正七年（一五一〇）写の『依正秘記』には、聖覚の父である澄憲が幼い頃、四十雀の供養を頼まれ、

　昔ノ尺尊ハ三十カラ成道シ、此鳥ハ四十カラ成仏ス。経ニハ白佛言ト説此鳥極楽ヘユキ佛ト云々。梅檀ハ二葉ヨリ芳シト云々

という供養の詞を述べたとする説話が記されている(30)。室町期には澄憲をめぐってこのような俗事物供養のごとき言説がなされていたのであり、歴博本に描かれる聖覚の器物供養の趣向の背景がうかがえる。

　仮名表白を読み上げる源氏供養の場面においても、表白に先立ち、「凡皆成仏道の妙理龍女得道の法門細々と尺し給ひたりける」と提婆品を讃歎し、それに対して、「尼御前も袂をしぼり、女房も涙をながし給へり」とする。そして、

　きくからにおつる涙やしほるらん御法の場の天のは花（マヽ）
　明はらふ鷲のたかねの風なれば五の雲もきえぞはてぬる

の二首の和歌を読みあい、

　昔は光源氏の物語六十帖のことのは、今は如来一音の金言一部八巻の眞文と成給へり。善悪所以に皆成仏道の妙理なれば、源氏狭衣ともに仏果にいたりぬべし。善悪不二の説教なれば、戀慕愛別おなじく實相にたがふべからず。

と物語の仏果を説くなどの独自の展開を見せる。表白そのものについても、諸本では、仮名の「源氏表白」と比較的近似する本文であるのに対し、歴博本では、巻名を同様に織り込みつつも、異なる表現が多々見られ、独自

の表白を展開させている。さらに表白の末尾では、

依之御願もなかく源氏物語をとゞめましまして、すみやかに如来の遺教を修行し給へり。南無西方極楽世界阿弥陀如来、狂言綺語のあやまりを翻して讃仏法輪の縁となし、むらさき式部が六趣輪轉の苦をすくひ給へ。南無平等大會一乗妙典麁言耎語皆第一義に帰し、實相に遂すして信心願主禅定尼、五障の雲はれ三従の霞きえて、妙覚朗然の月にともなひ、十界皆成の花ふさをひらかん、自他法界平等妙益。

と記し、『涅槃経』第二十「諸仏常軟語。為衆故説麁。麁言及軟語。皆帰第一義」を思わせる文言をもって、先の赤木文庫旧蔵甲本の序文にも通じる「讃仏乗の因」を強調している。

また、物語の末尾で表白を終え、尼御前より「砂金十両」を賜った聖覚は、「同宿の人々に」向かって、「土器の破れ、薄折敷など供養しつるより強かりつる源氏供養かな」と述べている。A系統の伝本では、尼御前の来訪に際し、そわそわとあわてる様が描かれるなど、諸本を通して聖覚のいささか滑稽な面が描写されているが、たとえば、先の器物供養の場面においても、

その比は、明王の世に出給はんとては、かならず白花の竹にさくは、鳳凰の居す様にみえけるにやなどゝ供養してもやと、ひとり笑ころしつゝ、又西向の縁行道をし給へば、(中略)後世をねがはん人薄折敷を知識とすべし。久しくたくはへずして明日を期せざる形也とて打笑て、又東向へ廻り給へる處に、

とするなど、いっそう顕著となっている。歴博本で「富楼那の再誕」と称され、以後、仏事のたびに尼御前のもとに「唱導」に参上したとされる聖覚について、単なる高僧伝を語るのではなく、より親しみのある存在として仕立て上げているのである。先の『依正秘記』での澄憲同様、室町期にいたって、いわば説話・伝承の拡大化された安居院法印像をも読み取ることができよう。

さらに、聖覚が「源氏表白」を当座に唱えることができた理由を、

少かりし時に、名誉ある物一度見ざらん事は存外也とおもひて、聖教にいとま惜かりしかども、安養院の女房より申出して、只一度讀たりし才覚、今日の説法と成て、永き世の恥をすゝぎたるそや。

とし、「安養院の女房」により『源氏物語』を読んだいきさつが記される。その上で、

源氏、狭衣、伊勢物語、その外はにふの小屋のいやしき態までも聞のこし給ふ事あるべからず。

と述べ、聖覚は『源氏物語』や『狭衣物語』、『伊勢物語』といった王朝物語だけでなく、『はにふの物語』[31]のような、ほぼ同時代のお伽草子の類まで対象とし、読むことを勧めているのである。石山観音の救済を語る『はにふの物語』には、十三通の恋文と多くの和歌説話を収めており、女人の罪障観とからめて筑摩祭の伝承も引用されている。『堀川院艶書合』の影響を受けた可能性も指摘され、艶書小説として高く評価されており、その作者には、書写本の伝来などから、後土御門院匂当内侍、四辻春子（?—一五〇四）が擬せられている。[32] 狂言綺語観により排除されそうな、これら物語について、積極的に取り入れようとする聖覚の発言は、寺院圏において物語草子がどのように把握されていたのかを示すものともとらえられ、そこに、一連の「源氏供養」の展開の中で、「讃仏乗の因」を強く主張する歴博本の明確な主題が見いだせる。なお、尼御前については、諸本同様、「当関白殿の御娘」と記すが、女房と尼御前の正体について、

女房は補陀洛山の観音、尼御前は仏種陀山の地蔵菩薩の同車し給ひて、御説法聴聞のために御影向や候らん。げにあやしき事哉。

とあり、女房と尼御前を観音と地蔵の化現かと推測するという独自見解も見せている。その発想あるいは創作の方法は、たとえば『誓願寺縁起』で、性空上人の門弟性達房のもとに訪れた老尼二人を和泉式部と中将姫の化身

とするのと類型をなすものでもあろう。

五　寺院圏と貴族圏のあわい

以上のように、歴博本は他の伝本と骨子の面では源を同じくしつつも、器物供養や物語観といった他に見られない本文をもって成り立っている。このような物語草子をいかなる人々が求めたのであろうか。歴博本には見消や衍字などが見受けられ、貴族向けの清書本とは考えがたく、僧侶たちの手控えの書としての性格が強い。奥書にあるように、本書は比叡山の僧「潭駄」による書写本であり、その時、「潭駄」は『源氏供養』のみならず、『三十六人哥仙開眼供養表白』、伝聖徳太子作『明法抄』、『孔子論』を合写しているのである。このうち『孔子論』の末尾には、

永正十七年庚辰九月廿四日摸写之、東塔南谷福泉坊澄円借用之、／得失鏡、四節文、勧誡論一具雖在之、不得寸暇之間、不書留之／返畢、追而可写置歟、／法印権大僧都朝藝判

と記されており、先の奥書から『明法抄』と『孔子論』については、「朝藝」書写本の写しであったことがわかる。また、『三十六人哥仙開眼供養表白』は、近江国坂田南部法勝寺において三十六歌仙影像の前での開眼供養の儀礼次第が記されたものであり、源氏供養同様、狂言綺語を讃仏乗の因とする思想が説かれている(33)。天台談義所として知られる成菩提院第二世慶舜法印の作とされるものである(34)。これについては、細かな語句の異同があるものの、延暦寺一山である十妙院（滋賀県大津市）に蔵される長円作『三十六人歌仙開眼法則』と同内容のものであることが判明した(35)。その奥書には、

天正四年正月吉日／右此本者江州柏原／浄菩院台嶺門流長／圓法印之草案

とあり（図41参照）、慶舜作の『三十六人哥仙開眼供養表白』が成菩提院において受け継がれていった様がうかがえるだろう。しかも、先にふれた『言継卿記』永禄十年（一五六七）十一月三十日条には、「源氏供養并卅六歌仙供養之一冊」とあり、この記事から、当時、山科言継が見たのは『源氏供養』と『三十六人哥仙開眼供養表白』とが合写された歴博本、もしくはこの系統にある一本であったものと推察されるのである。物語草子などの書物を介在させた寺院圏と貴族圏との交流がこのような事例からもみてとることができよう。(36)

赤木文庫旧蔵甲本の序文や歴博本は、狂言綺語の戯れが讃仏乗の因となるという方便を具現化した物語草子として、『源氏供養草子』をみずから位置づけている。このことはすなわち以下のように換言できよう。まず『源氏物語』という狂言綺語を讃仏乗の因たらしめる「源氏供養」という実際の儀礼に基づいた状況があり、その「源氏供養」を可能とする

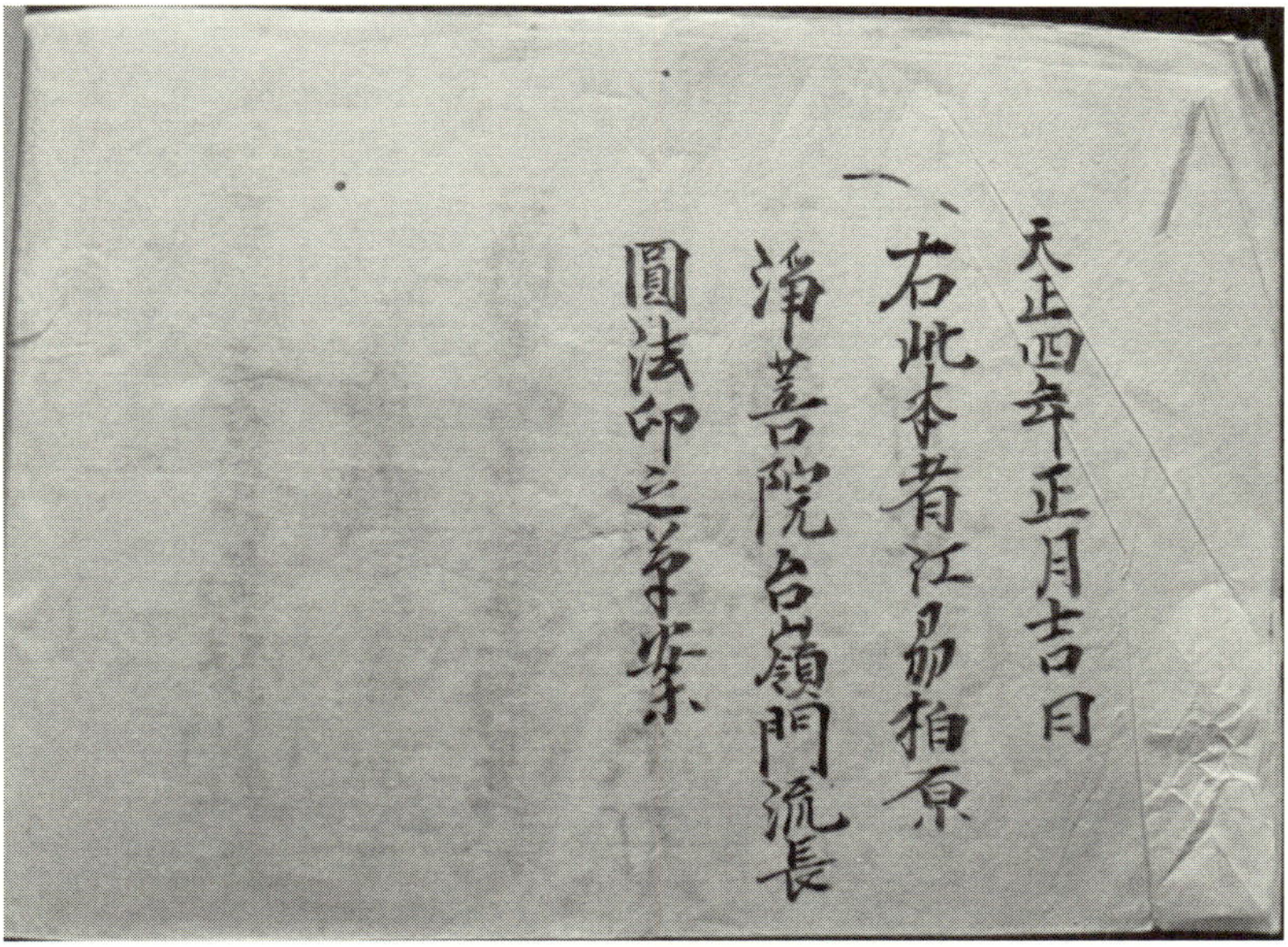

図41　『三十六人歌仙開眼法則』奥書

のが、狂言綺語たる伝聖覚作「源氏表白」にほかならないという構造なのであり、さらにその上で、やはり狂言綺語であるところの『源氏供養草子』が、この「源氏供養」の二重構造そのものを相対化しているという、幾重にも重なった関係なのである。このような『源氏供養草子』をめぐる構造は、「源氏供養」を営む現実に向けてなされる文芸営為そのものの反映にほかならない。それが寺院文化圏と貴族文化圏の双方でなされていたのであり、物語草子の形成過程を示唆する事例として極めて重要なのである。宮廷女性文化圏を中心にはぐくまれた「源氏供養」の儀礼は、仮名書きの表白、さらに物語草子へと展開した。貴族文化圏では絵巻化され、物語草子としての興趣を増しつつ享受されていき、一方、寺院文化圏では、表白や法語とともに書写されることで新たな唱導テキストへと変容していった。『源氏供養草子』は、室町期にいたり、「源氏供養」の儀礼が、それぞれの場での要求にあわせて姿をかえつつ、享受されていたことを示すものとして、とらえなおすことができるのである。

貴族圏における物語草子が、寺院圏においても変容を遂げつつ享受されていた。これは『源氏供養草子』のみに限ったことではないだろう。[37] 寺院圏での物語草子形成の契機はいかなるものであったか。あるいは、狂言綺語・讃仏乗の因を主張する文芸空間からその一端を解明できるのではないか、との展望を抱きつつ、本章を終えることとする。

【注】

（1）身延山久遠寺抜書本。『古鈔本宝物集』（角川書店）より引用。

（2）後藤丹治氏「源氏表白考」（『中世国文学研究』一九四三　初出一九三〇）、池田亀鑑氏「中世的源語享受の諸相と性格」（『物語文学』Ⅰ　至文堂　一九六八　初出一九五二）、伊井春樹氏「源氏物語の評価」（『源氏物語の伝説』昭和出

版　一九七六）、寺本直彦氏「狂言綺語の源氏物語観の形成・展開」（『源氏物語受容史論考続編』風間書房　一九八四）、宮川葉子氏「詠源氏物語巻々和歌の系譜―源氏供養の伝流を軸として」（『和歌文学研究』六二　一九九一・四）、小峯和明氏「説話と物語おぼえがき」（『説話の言説―中世の表現と歴史叙述』森話社　二〇〇二　初出一九九七）など多数。

（3）徳江元正氏「源氏供養譚の系譜」（『室町藝能史論攷』三弥井書店　一九八四　初出一九七六）。なお作品紹介に、藤井隆氏「源氏供養のさうし」（『未刊御伽草子集と研究』四　未刊国文資料刊行会　一九六七）、安藤享子氏「源氏供養草子」（『体系物語文学史』四　有精堂　一九八九）がある。

（4）第五章「『慈巧上人極楽往生問答』にみる念仏と女」、第九章「『ぼろぼろの草子』考―宗論文芸としての意義―」参照。

（5）和多昭夫氏「釈迦文院本澄憲「表白集」をめぐって」（『仏教文学研究』三　一九六五・四）参照。なお、『群書類従』（続群書類従完成会）所収の「源氏物語願文」（甲府広沢寺蔵）も真名表記ではあるが、室町期以降に仮名の源氏表白に私意を加えて漢訳したものかとされる。前掲注（2）後藤氏論文など参照。

（6）前掲注（2）後藤氏論文（『拾珠抄』）により『諸人雑修善集』を以て補訂）による。引用に際し、傍線を付した。

（7）『隆信集』下釈教・九五三の詞書に「母の、紫式部が料に一品経せられしに、だらに品をとりて」（『隆信集全釈』風間書房）とあり、『新勅撰和歌集』巻十釈教歌・六〇二の詞書にも、「紫式部ためとて、結縁経供養し侍りける所に、薬草喩品ををくり侍とて」（『新勅撰和歌集全釈』三　風間書房）として、権大納言宗家の和歌を載せている。

（8）前掲注（2）後藤氏論文参照。

（9）「源氏一品経供養とその背景　院政期女院文化圏の一考察」（『古代文学研究』一〇　二〇〇一・一〇）。

（10）『権大納言実材卿母集』の詞書には、「源氏のものがたりをあさ夕見侍りしころ、むらさきしきぶを夢に見侍りて、かの菩薩のために、法花経供養せさせなどして、講おこなひ侍し時」、「源氏講式をかきて、あねむすめのもとへやるとて」（『新編国歌大観』七）とある。寺本直彦氏「源氏講式について」（『源氏物語受容史論考正編』風間書房　一九七〇）、前掲注（2）伊井氏論文など参照。

（11）甘露寺親長「源氏物語供養目録歌」（『親長卿記』文明十八年（一四八六））、三条西実隆「詠源氏物語名歌」（『再昌草』天文二年（一五三三））、九条稙通「源氏物語竟宴和歌」（永禄三年十一月（一五六〇））などがある。前掲注（2）寺本氏論文など参照。

（12）津本信博氏「吉水院蔵『源氏供養』に関する覚え書」（『平安朝文学研究』二―一〇　一九七〇・一二）、伊井春樹氏編『源氏物語注釈書・享受史事典』（東京堂出版　二〇〇一）など参照。

（13）『国語国文学研究史大成』三（三省堂）所収のものによる。

（14）勝尾寺開題供養については、『拾遺古徳伝絵詞』八の第三段に、「安居院ノ法印聖覚ヲ屈請シテ唱導ノ師トシテ開題供養アリケリ」（『真宗史料集成』一）などとある。「四條局假名諷誦（阿佛假名諷誦）」（『校註阿佛尼全集』増補版　風間書房）、『吾妻鏡』建久四年六月十八日「和字諷誦文」（新訂増補国史大系）などから女性にかかわる仮名諷誦の様相がうかがえる。前掲注（2）後藤氏論文、注（3）徳江氏論文参照。

（15）能では、前ジテを里女、後シテを紫式部の霊、ワキを安居院の法印としており、紫式部の救済に主眼があるといえる。上演の初出記録としては、現在のところ、『糺河原勧進猿楽記』の寛正五年（一四六四）四月四日であり、音阿弥が演じたとの記述がある。

（16）伊藤慎吾氏「『石山物語』考」（『日本文学論究』五七　一九九八・三）、橋本正俊氏「『紫式部の巻』解題」（『京都大学蔵むろまちものがたり』九　臨川書店　二〇〇三）参照。

（17）『花鳥風月』では、「をよそ、このけんしと申は、一はまつちる、きりつほの、秋のおもひの、はしめにて」とはじまり、「たゝいまの、きやうけんききよの、たはふれ、花鳥風月を、えんとして、むしやうほたいに、いたらしめ、ほんなふ、そくほたいとも、いまこそ、おもひさとりたれ」（『室町時代物語大成』三　文禄四年奈良絵本）としている。『磯崎』にも、「昔語りにも、まづ源氏の大将は、紫の縁を尋ね、桐壺の夕べの煙速やかに、帚木の夜の言の葉に夕顔の露の思ひをなして…」（新編日本古典文学全集『室町物語草子集』慶應義塾大学図書館蔵奈良絵本）とある。小山利彦氏「御伽草子にみる『源氏物語』の享受相」（『源氏物語を軸とした王朝文学世界の研究』桜楓社　一九八二）参照。

（18）徳田和夫氏編『お伽草子事典』（東京堂出版　二〇〇二）。

（19）石川透氏の御教示による。未見。『秋季特別展「実相院に見る和歌と連歌の世界」展示資料解題』（実相院　二〇〇〇二）参照。後述するように、本作品が寺院圏に伝来していた事例として本稿の問題意識と深くかかわるものであり、門跡寺院の物語草子享受という点からも興味深いものではあるが、未調査のため、考察対象から外した。なお最近、廣田収氏によって、実相院本の紹介がなされ、皇女や足利氏の子女たちが、自らを投影しつつ、本書を享受したことを想定されている。廣田収氏「〈資料紹介〉実相院蔵『源氏供養草子』」（『人文学』一七六　二〇〇四・一二）参照。

(20) 国文学研究資料館マイクロフィルムによる。なお、A系統の翻刻としては、これらの他に、『古物語類字抄』巻上「安居院聖覚法印源氏供養諷誦文之記」（『墨水遺稿』一・『物語艸子目録』など所収）がある。

(21) 『日本の美術』九（至文堂　一九七〇）には、挿絵四図のうち三図を載せている。『角川日本絵巻物総覧』（角川書店一九九五）の佐野みどり氏の解説によれば、人物や樹木の描写、すやり霞など室町末期の特質を示す画風であるという。

(22) 徳江元正氏「天理図書館蔵『源氏供養双紙』」（『説話文学研究』一　一九六八・四）参照。

(23) 小峯和明氏の御教示による。以下、本文の引用に際しては、私に句読点を付し、清濁の区別をした。資料篇「国立歴史民俗博物館蔵『源氏供養』翻刻」参照。なお、本書の孔子論については、牧野和夫氏「敦煌蔵経洞蔵『孔子項託相問書』類の日本伝来・受容について」（『敦煌文献論集』遼寧人民社　二〇〇一）に詳しい。

(24) 前掲注（18）『お伽草子事典』のうち、「源氏供養草子」の梗概による。

(25) 「源氏供養と其表白とに関する一考察」（『国語と国文学』八―五　一九三一・五）。

(26) 国文学研究資料館マイクロフィルムによる。なお、引用に際し、傍線を付した。

(27) たとえば、『古今著聞集』巻第十三哀傷四六八には「後高倉院七々日忌仏事に、導師聖覚法印、御祖母七条院の沙汰にて御追善の文を唱する事」とある。なお、陳子については、近年、明恵とのかかわりから注目されつつある。湯之上隆氏「北白河院藤原陳子とその周辺―明恵に関する新史料」（『日本歴史』四八三　一九八八・八）参照。

(28) 新潮日本古典集成『謡曲集』（新潮社）より引用。なお、その影響下にある、お伽草子『舟の威徳』にも同様の記事が見られる。

(29) 物の由来を説く様は『鴉鷺物語』『玉藻の前』などのお伽草子にも見られる。また、法者や巫女が儀礼の折に、物の由来を説く祭文を作り、読み上げることとも関連するものといえよう。鈴木棠三氏編『神道大系・神社編四六壱岐・対馬国』解説（神道大系編纂会　一九八四）、徳田和夫氏「『〈一盛長者の鳥の由来〉』祭文をめぐって―小鳥前生譚「雀孝行」の物語草子　付・翻刻―」（『国語国文論集』二七　一九九八・三）など参照。

(30) 松田宣史氏『比叡山仏教説話研究―序説―』（三弥井書店　二〇〇三）より引用。その際、異体字は通行字体に改め、私に句読点を付した。なお、至徳四年、叡山学僧亮海作『諸国一見聖物語』に、橋本宿での遊女の娘の供養譚に、澄憲が登場し、琵琶にちなむ表白を作成したとあり、関連する事例といえよう。徳田和夫氏の御教示による。

(31) 明応六年（一四九七）写の本奥書を持つ刈谷図書館蔵『はにふの物語』には、「一条ほり川の、はにふの小屋なる所よりとて」「はにふのこやなる母」（『室町時代物語大成』十　角川書店）という記述があり、作品名はこれらから付けられたものと考えられ、歴博本で列挙される物語の中の「はにふの小屋のいやしき態」はこれを指したのであろう。

(32) 市古貞次氏『未刊中世小説解題』（楽浪書院　一九三二）、真下美弥子氏「『はにふの物語』論」（『日本文学の原風景』三弥井書店　一九九二）参照。

(33) 三十六歌仙供養の儀礼については、『古今著聞集』巻第五和歌の一六四「瞻西上人、雲居寺を造畢し和歌曼陀羅を図絵したる事」に、三十六歌仙の名字を書きあらわした和歌曼陀羅の説話がある。佐々木孝浩氏の御教示による。

(34) 曽根原理氏・渡辺麻里子氏・大島薫氏・牧野和夫氏・松本公一氏「天台談義所の学問と交流―成菩提院聖教を中心に―」（『仏教文学』三〇　二〇〇六・三）参照。牧野氏により、慶舜の作例として歴博本が指摘されている。

(35) 十妙院住職井深観譲師より、貴重な蔵書の調査を御許可いただき、御教示を賜った。記して、感謝申し上げる。

(36) 歴博本の巻首にある「勧修寺」朱額形印は、藤原氏北家高藤流の勧修寺家の蔵書印であり、本書の伝来の一端を物語るものである。藤原重雄氏の御教示による。宮内庁書陵部編『圖書寮叢刊　書陵部蔵書印譜上』（明治書院　一九九六）参照。

(37) 最近では、源健一郎氏「平家物語の汎仏教性―寺院における歴史叙述生成との連関―」（『仏教文学』二八　二〇〇四・三）などで、『平家物語』諸本についても、寺院圏における物語の形成・享受という観点からの検討がなされている。

第十三章　比丘尼御所と文芸・文化

一　比丘尼御所研究の現在

比丘尼御所とは、中世後期に天皇家や貴族、将軍家の女性が幼年から入寺し、宮中や貴族社会と密接にかかわり合いながら信仰生活を送った寺院である。天皇・将軍・貴族の娘たちが尼寺に入った理由として、菅原正子氏は、貴族の経済的基盤の減少などをあげられているが、とりわけ皇女については、中世前期に女院として過ごした内親王が、後期に比丘尼御所の尼として姿を変えたものとしてとらえられている（1）。また、比丘尼御所の呼称については、岡佳子氏によれば、もともとは貴種の尼僧に対する尊称で、特定の尼寺に歴代の貴種尼僧が入寺するところから、尼寺自体を比丘尼御所と称するようになったものとの推察がなされている（2）。なお現在、我々が用いる尼門跡という語は、中世、近世の記録類には確認できず、近代以降に用いられたものである。

具体的な比丘尼御所寺院やその諸相については、先の菅原正子氏の論考に詳しい。それによると、比丘尼御所には、住居とした御所の名がそのまま寺名となったものとして、

岡殿（大慈光院・浄土宗・廃絶）　入江殿（三時知恩寺・浄土宗）　柳殿（浄土宗・廃絶）　野宮殿（摂取院・浄土宗）　鳴滝殿（十地院・浄土宗・廃絶）　南御所（大慈院・浄土宗宝鏡寺兼帯）

などがあげられ、皇女がすでに存在している寺に入って継いだ寺や新たに開いた寺として、

法華寺（氷室御所・兼学のち真言律宗）　中宮寺（斑鳩御所・法相宗のち真言律宗）　大聖寺（御寺御所・臨済宗景愛派）
宝鏡寺（百々御所・臨済宗景愛派）　真乗寺（臨済宗景愛派・廃絶）　保安寺（臨済宗景愛派・廃絶）　安禅寺（臨済宗景愛派・廃絶）　曇華院（竹御所・臨済宗通玄派）　光照院（常磐御所・四宗兼学のち浄土宗）　宝慈院（千代御所・臨済宗景愛派）　慈受院（烏丸御所・臨済宗通玄派）　総持院（薄雲御所・臨済宗通玄派）

などがあるという。こうした比丘尼御所の研究については、これまで主に国語学の分野において、井之口有一氏らを中心とした、女房詞の言語学的分析における研究対象として扱われてきた。[3]しかしながら近年、前述の菅原正子氏や岡佳子氏など女性史や社会経済史の観点からとらえなおされ、そこでの信仰や経済基盤などが明らかとなりつつあり、尼寺研究の中でも、特に注目されている文化空間といえる。

歴代の比丘尼御所をまとめた大塚実忠氏編「比丘尼御所歴代」[4]を先駆的研究とし、近年、中世の尼、尼寺という視点からの論考[5]や、足利将軍家とのかかわり、個別寺院の詳細などについても盛んに言及されている。そこでは、景愛寺、通玄寺のような尼五山だけでなく、三時智恩寺、大慈院、安禅寺といった中世後期の比丘尼御所の実像も明らかにされつつある。[6]そうした研究が蓄積されている一方で、岡佳子氏は、中世の尼寺と近世の比丘尼御所とが連綿と続いていることを強調する近世の系譜類の再検討によって、尼五山を比丘尼御所の前身とする従来の説に疑問を投げかけている。[7]このような中世の比丘尼御所研究の見直しや、比丘尼御所の内部組織や生活実態の究明など、今後もさらに検討すべき問題が残されているといえよう。

また、文芸とのかかわりという点では、早くバーバラ・ルーシュ氏によって、尼五山を中心とした尼寺の文芸活動とともに、比丘尼御所が注目された(8)。以降、尼五山や個別の大寺院における蔵書の調査・分析が進められており(9)、二〇〇三年春に、中世日本研究所によって開催された特別展「尼門跡と尼僧の美術」にも、その成果の一端が示されている(10)。特に、ルーシュ氏が早くから注目されている臨済宗の尼寺である宝鏡寺については、その蔵書の悉皆調査が進められつつあり、小峯和明氏らによる報告・分析に結実している(11)。本章では、こうした先行研究をふまえ、本書の総括として、貴族文化圏と宗教文化圏をつなぎ、文芸と宗教とを結ぶ具体的な空間の一例として想定される比丘尼御所という場について、その文芸・文化の様相を概観してみたい。

二 上京の文化圏――「洛中洛外図屏風」を通して――

かつて、岡見正雄氏は「洛中洛外図屏風」にみる中世後期の風俗を解説されながら、そこに描かれた比丘尼御所の存在に注目された(12)。岡見氏は、上京の比較的狭い、花の御所室町殿を中心に集中していた比丘尼御所は、御所文化の伝統を保持する意味でも、上京の性格を示したものととらえられた。そして、第一章「お伽草子の尼御前」でもふれたように、継子いじめの物語類における老尼の存在について、上流階級の子女の集う比丘尼御所の尼が投影された可能性を指摘され、平安時代の物語に女房が果たしたのと同様な役割を、比丘尼御所の尼たちに想定されているのである。このような岡見氏の推察は、本書の各章における検討・考察により、わずかながら具体性を帯びてきたものと考える。そこで、「洛中洛外図屏風」に描かれた比丘尼御所に注目しながら、あらためて、比丘尼御所の文化や信仰の様相について、室町期の記録や日記類とともに確認しておきたい。

室町末期から江戸時代初頭にかけて、洛中洛外図と称される絵が流行する。京都の市中である洛中と、郊外である洛外のありさまを描き、主に六曲一双の屏風絵として広まったものである。現存する洛中洛外図のうち、最古のものとみなされているのが、もと三条公爵家から町田家に伝わり、現在国立歴史民俗博物館に所蔵される六曲一双の屏風（以下、歴博甲本）である。また歴博甲本とともに初期洛中洛外図の白眉であり、狩野永徳筆と伝えられ、天正二年（一五七四）に織田信長が上杉謙信に送ったものである、六曲一双の「洛中洛外図屏風」（以下、上杉本）がある。これに加え、江戸期の模本である東京国立博物館蔵洛中洛外図屏風や、貼札や書き込みのない高橋家所蔵洛中洛外図屏風などが知られている。歴博甲本では、上京を描いた左隻の第一扇に、足利義晴（一五一一―五〇）が大永五年（一五二五）に移り住んだ柳御所を、「くはうさま」として典厩や管領邸の北方に描いており、公方邸が天文八年（一五三九）まで存したことから、その景観年代も柳御所の竣工後間もない頃のものと推定されている。なお、景観年代や写実性、制作者といった問題については、永徳による天正元年説や非永徳説、あるいは非特定時点景観説など諸説あり、さまざまに論じられている。[13]

いずれにしても、そのような「洛中洛外図屏風」において、岡見氏が指摘されたように、上京を描いた左隻に、集中して比丘尼御所が描かれていることは注目すべきものがある。それらはみな、公家屋敷と同様、檜皮葺きの屋根で描かれ、公家や将軍家の子女が集う場にふさわしいものとなっている。まず、歴博甲本の第一扇で、ひと際大きく描かれた公方邸の上方に、「みなみの御しよ」（南御所大慈院、後に宝鏡寺と合併し現存しない）、および「ほうきやうゐん」（上京区百々町宝鏡寺）が共に並び描かれている（図42参照）。これは、上杉本にも同様に描かれているものである（図43参照）。そこでは「南御所」、「法鏡寺殿」と墨書されており、女性とおぼしき人物の来訪や邸内の様子が描かれる歴博甲本の南御所に対し、建物のみとなっているなどの相違を見せる。

この南御所とは、足利将軍家とかかわりの深い大慈院（浄土宗）である。応永三十四年（一四二七）九月に住心院法印権大

図42　歴博甲本「洛中洛外図屏風」
南御所大慈院と宝鏡寺

図43　上杉本「洛中洛外図屏風」
南御所大慈院と宝鏡寺

僧都実意を先達としておこなった熊野詣の記録である『熊野詣日記』の参詣主体である栄山聖久（足利義満娘）なども住持となっている。(14) 足利義満母の姉である崇賢門院仲子を開基とし、足利義政と日野富子の娘光山聖俊（一四六二―一五〇五）や、後土御門天皇の皇女渓山（一四八九―一五四三）などが大慈院住持として知られ、公家の日記類によって、その信仰や生活をうかがい知ることができる。たとえば、永正十八年《一五二一》十二月七日に大慈院で行われた慈照院殿（足利義政）三十三回追善供養（『二水記』同日条）に端的にあらわれているように、渓山は、尼僧として一族の年忌供養や追善といった仏事を執り行っていたものと思われる。その一方で、菅原正子氏が指摘されているように、寺社参詣や遊興、酒宴を催している事例が日記類に散見され、皇女としての地位を反映した渓山の比丘尼御所での生活を伝えている。(15) 加えて、『お湯殿の上の日記』享禄二年《一五二九》三月三十日条には、

かすが《春日》のげんき《験記》昨日まいりて。けさ《今朝》どくらん《読覧》せらるゝ。みなみ《南》の御所。女中みな〳〵おがみ《拝》まいらせらるゝ。なをざりしゆせう《殊勝》なる御事どもなり

とあり、後奈良天皇の時代に宮中に運びこまれた『春日権現験記絵』について、渓山や宮中の女中たちが絵巻を拝みながら享受している様が記されている。(16) また、『お湯殿の上の日記』大永六年《一五二六》九月十一日条には、

みなみの御所よりぶけの和田ゐげざんに入らるゝ

とあり、「和田絵」（「和田左衛門尉義盛絵」か）の享受が確認されるほか、大永七年《一五二七》三月二十二日条には、大慈院における「当麻曼荼羅」の所有が記され、物語絵などを享受する比丘尼御所の尼たちの関心を反映する記事も確認できるのである。

南御所大慈院の隣に描かれるのが、十六世紀後半に大慈院を吸収し兼帯する宝鏡寺である。歴博甲本では、尼僧とおぼしき人物が庭先で洗濯をしている様子や邸内で掃除をしている様子などが描かれており、比丘尼御所で

の生活を想像させるものがある。また上杉本では、寺院内の中央に、参詣者を迎えるように一人の尼僧の姿が見え、宝鏡寺へと続く門前の橋の上には、供物を手にした三人の男性が描かれている。

宝鏡寺は、一般に百々御所と称され、現在人形寺として知られる臨済宗景愛派の尼寺である。無学祖元の弟子である無外如大が五辻大宮の西に開創した景愛寺の子院建福尼寺を、応安年中（一三六八―七五）に、光厳天皇の皇女華林恵厳が移築・再興したことによると伝えられる。『鹿苑日録』天文十八年（一五四九）三月八日条には、足利義植の息女が宝鏡寺の喝食として入寺したとの記録もあるが、寛永十二年（一六三五）に後水尾天皇の皇女理昌尼王が入寺して以来、皇女が相次いで入寺し、宮廷とかかわりの深い尼寺として栄えたようである。前述したように、この宝鏡寺の宝物については、バーバラ・ルーシュ氏らを中心に、調査研究が進められてきた。その蔵書には、『夢中問答集』や『仏光国師語録』といった禅宗系の書物だけでなく、『地蔵菩薩縁起』や『真如堂縁起』、『親鸞聖人御一代記図絵』などの縁起・僧伝類もあるという(17)。ちなみに、宝鏡寺に伝存している奈良絵本に、近世前期写の『千代野の草子』がある。臨済禅の宗門に伝えられた女人の発心出家譚であり、徳田和夫氏によれば、景愛寺開基である尼僧無外如大の伝記との交差が認められる、興味深い物語草子であるが(18)、ただし、宝鏡寺に伝来したのは近年になってからのようである。

上杉本の「南御所」、「法鏡寺殿」の下方にあたる第二扇の左下端に、屋根のみが見える「けいかういん殿」（継孝院）も禅宗の尼寺であり、近世には宝鏡寺の末寺となっていたことが知られている。続いて、上杉本第三扇中央に描かれた「細川殿」の下方には、後に常磐御所とも称された比丘尼御所「光照院殿」が描かれている（図44参照）。歴博甲本では、細川殿の側にそれと思われる建物のみが描かれるのに対し、ここでは「光照院殿」と墨書された建物のなかに、頭巾を被った二人の尼僧と貴族とおぼしき女性が対話している様が描かれている。さらにその庭先では、喝食とおぼしき童女たちが、胡鬼板を手に羽根突きをしている様子が描かれている。

光照院は、後伏見天皇の皇女進子内親王が剃髪得度して本覚尼と称し、延文元年（一三五六）に室町通一条北に浄土、天台、禅、律の四宗兼学道場として創建した尼寺である。その後焼亡して、応仁以後に、もと持明院通基卿の邸宅安楽光院があった地に移ったという。後陽成天皇の皇女心月尊蓮の入寺以降は、皇女が住持を継承することとなるが、それ以前は、足利義満の娘尊久や足利義教の娘など将軍家の子女や近衛家の子女も入寺し、住持となっていた。将軍家とのかかわりでいえば、『看聞日記』や『満済准后日記』に書き留められている応永二十八年（一四二一）の熊野詣の記事があげられる。『看聞日記』応永二十八年（一四二一）三月十六日条によれば、

熊野参詣人々今日被立。明王院坊實位法印。為精進屋自一所出立。二位国母殿。御台室町殿室。西御所故北山殿妾。光照院室町殿妹。対御方北畠。坊門局。日野一品。禅門室。裏松中納言豊光卿。凡女中清選人々十二人。男女輿四十六丁。其行粧美麗。万人群集見之云々。

とあり、「行粧美麗」を極めた、足利将軍家の内室や子女たちの熊野詣の一行に、光照院も名を連ねており、先の南御所同様、入寺後も将軍家とのかかわりを持ちながら、寺社参詣をする比丘尼御所の様相がみてと

図44　上杉本「洛中洛外図屏風」光照院

れる。また、『看聞日記』永享七年（一四三五）四月二十日条には、

室町殿も可有参内云々。但光照院坊へ入申。有猿楽。其以後可有御参云々。

とあり、光照院で猿楽のような芸能も行われていたことがわかり、俗世と変わらぬ生活ぶりがうかがえるとともに、市井の子どもたちと同様、庭先で羽根突きをする童女たちを描いた上杉本の図像とも呼応するものがある。

次に、上杉本左隻第四扇の中央やや下に、屋敷の様子のみが描かれる「入江殿」（三時智恩寺）について見てみたい。歴博甲本では、第三扇下方、細川殿の左下、近衛殿の隣に「いりえとの」とあり、門を挟んで内側に二人の尼僧を、門前に四人の尼僧一行を描いている（図45参照）。頭巾を被った二人の尼のうち、一人は傘を差し、横に喝食とおぼしき童女と並んでいる。もう一人の尼の後方には、下女と思われる頭に荷物を載せた女性が描かれている。先の光照院と同様、幼い内から入寺する比丘尼御所の尼たちの様相を表しているといえよう。

三時知恩寺（入江殿）の草創について、「入江殿由らい之事[19]」は、次のように記す。

図45　歴博甲本「洛中洛外図屏風」入江殿

御代々姫宮方、親王姫宮方、せつ家姫宮方、御宗旨四宗兼学
一入江内親王　後光厳天皇女見子内親王
順徳帝御代俊芿上人、宋朝より将来之善導大師御自作の尊像、土御門、順徳、後堀川三帝江御戒師の砌、右之尊像を被レ献、宮中ニ御安置あらせられしに、夜々光明を放ち、霊顕いちじるし、其後年月おへて、入江内親王此尊像を深く御信心まし〱、乞受て伏見之里入江ちよ処に、仮の庵を結び給いて、朝夕の御看経等あそばされたてまつりしとなん。
一覚窓性山大禅師　禅宗
鹿園院義満公息女、入江内殿江御入、応永廿二未年二月朔日薨去、其後室町殿御姫入室之処、大しよ院に転住せらる。…

夜々光明を放ったという善導大師作の尊像を入江内親王（見子内親王）が伏見の一庵に祀ったという伝承的な草創由来が記され、その後、足利義満の娘覚窓性尼を開創としたという。入江御所と称され、足利家や伏見宮家の息女が法脈を継いだ浄土宗の尼寺である。

三時知恩寺（入江殿）の尼たちの動向については、第五章でも言及したように、住持を多く輩出した伏見宮貞成親王の『看聞日記』に詳しい。(20) たとえば、応永三十一年（一四二四）四月十九日条、二十一日条には、貞成親王の長女「あご御所」（性恵）が、九歳のとき入江殿に入寺し、御喝食となったことが記されている。喝食とは禅宗寺院に仕える有髪の小童をいうが、幼くして入寺した貴族の子女は、喝食のなかでも上臈として上位に位置づけられていたようである。『看聞日記』の随所に、入江殿についての記事が散見されるが、そこには、浄土三部経談義や法華経談義がおこなわれている様子が記される一方で、頻繁に伏見宮家と往来する様子や、祭礼、猿楽などの見物

に出掛けたりする記事なども見え、やはり俗人と変わらぬ比丘尼御所の尼たちの生活を伝えている。さらに、たとえば『看聞日記』永享十年（一四三八）十月二十七日条には、

室町殿小絵有御尋云々。北御寮（入江殿）如何様ニ比興なりとも可被進申之間、宮御方小絵三巻進之。後日軈返給了。

とあって、物語絵に関心を寄せる様子もうかがえる。このように入江殿の物語絵享受についての記事は、他の日記にも確認出来るものである。たとえば、『実隆公記』文亀元年（一五〇一）六月十七日条には、

自入江殿有召之間参入、弘法大師絵十二巻読詞、及晩陰帰宅

とあり、『十輪院内府記』文明十一年（一四七九）十月二十七日条にも、

参入江殿。見大師御絵。

とし、また同記文明七年（一四七五）七月二十八日条にも、

昼間参入江殿、善光寺絵詞於方丈読之

とあって、「弘法大師絵」や「善光寺絵詞」といった僧伝や寺社縁起の物語絵の享受者であったことを伝えている。さらに、『看聞日記』永享十年（一四三八）六月二十四日条には、

自入江殿法然上人絵四巻給。花山院之絵也。禁裏為入見参伝借申

とあり、「法然上人絵」の所有者でもあった。幼時にして仏道に帰依する比丘尼御所の尼たちにとって、絵を伴って物語草子化された僧伝や寺社縁起などの宗教的言説は受け入れやすかったに違いない。たとえば、後崇光院の「諸物語目録」に記される『幻中草打画』についても、喝食の死を機縁に仏道修行に一層専念することとなった比丘尼の様が描かれており、そこには、皇女や貴族の子女が幼時より喝食として集う比丘尼御所のような場が想定されると同時に、自らに照らしながら読んでいたであろう比丘尼御所の尼たちによる享受をも推測させる。(21)

菅原正子氏は、大慈院の尼が記した覚書を分析され、尼寺で暮らし経の読み方などを習う喝食の様子がうかがえることから、比丘尼御所という場を、尼寺としての宗教機関であるだけでなく、上流階級の子女を喝食として受け入れて養育・教育する教育機関でもあったと指摘されている。[22] 比丘尼御所に喝食として入寺した後、嫁入りをする例なども確認できることからすると、教育機関としての側面を有していたことは大いに首肯でき、物語絵の所持や享受の背景とも考えられよう。

さて、上京を描く左隻の最後に、上杉本の第六扇のみ「あんせいし殿」とあるが、これは臨済宗景愛派の比丘尼御所である安禅寺[23]を指したものと思われる。安禅寺は、五山僧の乾峯士雲（一二八五―一三六一）が開いた臨済宗の寺を前身とし、足利満詮の娘浄源院の創建とされるが詳らかでない。その所在地についても、はじめ西洞院中御門ノ南にあったとされるが、『京都坊目誌』によれば、土御門西洞院、西洞院中御門南、京極二階町と、転々としていたようである。安禅寺住持には、後花園天皇の娘芳苑恵春（観心）や御土御門天皇の娘寿岳恵仙（応善）などの皇女や伏見宮の子女もいたようである。芳苑恵春は、幼い頃、祖父である伏見宮貞成親王の邸宅に預けられ、八歳のときに安禅寺に入寺しており、その後の行動については、『親長卿記』などに散見される。千本釈迦堂での遺教経聴聞や鞍馬寺や日吉大社などの寺社参詣、賀茂神社での勧進猿楽の見物などもおこなっており、その際、曇華院住持である叔母の雲岳聖朝や真乗寺住持の異母妹を同道している。ここにも、御所生活と変わらぬ尼たちの生活がうかがえよう。

また、先の入江殿と同様、安禅寺についても、しばしば物語絵の貸借者として、日記類に登場している。たとえば、『お湯殿の上の日記』文明十二年《（一四八〇）》三月十五日に、

ひめ宮御かたよりとて。あんぜん《（安禅）》寺よりこぼう大し《（弘法）》の御ゐげざんに入らるゝ。新宰相中将こと葉よみせら

る〻

とある他、文明十二年（一四八〇）十月十二日条には、

あんぜん寺殿ぢざう《地蔵》の御ゐ返まいる。

延徳三年（一四九一）五月二十七日条には、

いなばだう《因幡堂》のゑんぎ《縁起》、あんぜん寺殿よりまいる。御らむぜられて。御たちそひて返しつかはさる〻。

とあり、「弘法大師絵」「地蔵絵」「因幡堂縁起」といった物語絵への関心の高さをうかがわせる。また、『お湯殿の上の日記』文明十六年八月二日条には、

あんぜん寺殿なる。ゑときまいりてとかせらる〻。

とあって、絵解きの影響もうかがえ、『親長卿記』文明三年（一四七一）二月十四日条では、

有施餓鬼、安禅寺方丈已下比丘尼衆廿余輩同立双給、入夜有涅槃会、

とあり、続いて双行で「安禅寺殿涅槃前《ママ》像自晩懸之、捧物懸木枝、被立左右、比丘尼衆并両衆少々進之」と注記し、涅槃像を懸けて、比丘尼衆が立ち並ぶ様子を記している。こうした比丘尼御所における仏事や信仰と連動するようにして、宗教色濃厚な物語絵が盛んに享受されるにいたったものと考えられる。

以上のように、大慈院・宝鏡寺・光照院・入江殿・安禅寺といった比丘尼御所は、記録・日記に散見される天皇家や将軍家、宮家などとの交流を反映するかのように、「洛中洛外図屏風」で上京を描く左隻に集中して描かれているのである。上京の文化を描く上で欠かせないものが、そこにはあったのだろう。ちなみに、比丘尼御所の寺院である曇華院は、右隻（下京）に描かれている。現在、右京区嵯峨にある臨済宗天龍寺派の尼寺である曇華院は、もと暦応年間（一三三八—四二）に足利義満の母である紀良子の母智泉尼が、三条東洞院の高倉宮跡に通

玄寺を創建し、そのなかに曇花庵を建てたことに始まる。その後、通玄寺は応仁の乱で焼失し、通玄寺とあわせて曇華院と改称したという。先の安禅寺住持恵春に同道して寺社参詣や猿楽見物に出向いた曇華院住持聖朝は後崇光院の娘であり、他にも足利義視の娘や後奈良天皇の娘蘭渓聖秀などが住持を勤めた、将軍家や宮家ともかかわりの深い尼寺であった。しかしながら、「洛中洛外図屏風」には、先の比丘尼御所寺院とはいささか異なる描かれ方をしているのである（図46参照）。三条東洞院の「とんけい殿」（曇華院）と墨書された建物の門前に、長刀や木刀、小弓を手に小競り合いをする一群を描いている。これは、岡見正雄氏が指摘されているように、周辺に描かれた菖蒲の節句の風景から、端午の印地打ち、すなわち石合戦の様子を描いたものと判断される[24]。もともと印地打ちは、大勢が二手に分かれ、石を投げ合い勝負を競う遊びであったが、中世には幕府の制止も聞かず、死傷もいとわないほどに民衆の関心を集めたものであった。近世には行事化

図46　上杉本「洛中洛外図屏風」曇華院

し、五月五日を中心に、子どもが二手に分かれて石合戦を行ったものである。このような印地の習俗は、室町期の記録類にもしばしば見られ、たとえば『言継卿記』天文十九年（一五五〇）六月十四日条には、

祇園会に於曇華院御門喧噪云々、礫矢等以外也云々、但無殊事

とあり、やはり曇華院の門前で祇園会の際に喧嘩があって「礫矢等以外也」と印地が行われていた。関連して、暮露の虚空坊と念仏者の蓮花坊が宗論をおこなう『ぼろぼろの草子』(25)は、この三条東洞院を舞台としている。あるいは、こうした印地打ちの風俗を背景に、宗論の物語の舞台として設定されたのかもしれない。いずれにしても、このような庶民の風俗を反映した曇華院の描かれ方は、上京の比丘尼御所とは異なり、比丘尼御所という場の別の一面をうかがわせるものでもあるだろう。

三　比丘尼御所と物語絵

以上のように、「洛中洛外図屛風」を手掛かりに、室町末期の比丘尼御所をめぐる上京文化を概観した。宮家や将軍家などと深いかかわりを保ちながら、仏事などをおこなう一方で、物見遊山にも出向く、御所的な生活を色濃く残す比丘尼御所の様相が浮かび上がってきた。そして、そこには、物語絵というものが非常に高い関心のもと、貸借・所持されていたことがわかる。そうした例は、「洛中洛外図屛風」に描かれていない、他の比丘尼御所にも、わずかながら確認できるのである。

たとえば、尊経閣文庫文庫蔵『慈巧上人極楽往生問答』の本奥書に記された「鳴滝殿」（十地院）には、『看聞日記』の記事から、「春日御縁起中書」のような寺社縁起や、「強力女絵」「ういのせうの絵」「香助絵」のような物語草子と思われるものがあったことがわかる。(26)こうした様相は、後伏見天皇の皇女を開創と伝える大慈光院

（岡殿）にもみてとれる。『お湯殿の上の日記』永禄十一年（一五六八）二月十日条には、

おか《（岡）》の御所きのふ夕がたより御とまりありて。たけのうち《（竹内）》殿御まいりにて。なら《（奈良）》の大ぶつ《（仏）》のゑんぎ《（縁起）》あそばさるゝ。おか《（岡）》の御所一日御いであり

とあり、後柏原院の皇女覚音（岡御所）も参内し、『奈良の大仏の縁起』を享受している。これについては、『二条宴乗記』永禄十二年（一五六九）閏五月二十一日条に、

其後、北大より人を給。東大寺へ宝持院へ大仏縁起見物ニ御出あるべきよし被仰也。則参

とあり、同月二十四日条にも、

女房衆大仏へ参。はくの小袖を大仏之縁記ニ打敷ニ□進少御とう小袖也(27)

とあるように、女房たちが縁起を見に、実際に東大寺に参詣していたことがわかり、その関心の高さがうかがい知れよう。また、『お湯殿の上の日記』天正三年（一五七五）四月二十日条には、

岡の御所なる弥勒と地蔵との御せんの草紙。夜左衛門督に読ます。

とあり、「弥勒と地蔵との御戦の草紙」という法語絵巻とおぼしき現存未詳の物語絵を所持していたことがわかる。ただし、「弥勒与地蔵合戦物語」の名が、『言経卿記』文禄五年（一五九六）三月十一日条にも見え、そこでは「東寺衆本」と記されている。

さらに、現在廃絶してしまった真乗寺も、かつては京都の嵯峨にあった臨済宗の比丘尼御所であり、先の安禅寺住持恵春に同行し、猿楽見物などをしていた異母妹が住持を勤めていたように、宮家などとのかかわりの深い比丘尼御所であった。『看聞日記』には、後崇光院の第三女理延が入寺したいきさつが記されている。そのように、伏見宮とかかわる真乗寺についても、『看聞日記』応永三十二年（一四二五）十一月四日条に、

抑真乗寺殿、常磐絵二巻賜之。殊勝絵也。詞筆跡白河三位経朝卿云々。行豊見之、彼卿筆跡之由申。此絵真乗寺所持云々。

とあり、やはり物語草子の類とおぼしき「常磐絵」を所持していたことが記されているのである。

これまでも先行研究において、室町期の記録や日記類の検討から、皇族、貴族自らによる絵巻制作の動向が重要視されてきた。[28] 伏見宮貞成親王は、多くの絵巻の作成書写を命じ、時には自らも筆者となったことで知られ、『長谷寺縁起絵巻』『融通念仏縁起絵詞』など、その宸筆とされる寺社縁起も数多く伝えられている。三条西実隆もまた、『北野天神縁起絵巻』『当麻寺縁起絵』など、多くの寺社縁起の詞書を書写し、さらに制作に関与している。このような皇族、貴族たちによる縁起絵の制作は、権威化を意図する寺社側からの要請によるものであろうが、貴族らにとっては霊験あらたかな寺社への帰敬を表明する一種の作善行為であると同時に、娯楽性をともなった文芸営為にほかならなかった。事実、貴族たちがかかわったと思われる寺社縁起絵は、同時代の縁起叙述に比して多くの説話・伝承を織り込み、工夫された文体は読み物としての体裁を整え、さらに絵が付されていることからも、物語草子との一層の近縁性が認められるのである。また近年、高岸輝氏は、足利将軍家による絵巻の制作・所蔵といった面に注目され、次のような新たな知見を提示されている。[29] 足利将軍家がその政権を安定、維持していくために、武力や経済力のみならず、文化戦略の一手段として、これらの絵巻を盛んに制作・所蔵したものと把握するのと同時に、貞成親王のそうした活動にも、一定の文化的な力を蓄えることによる、将軍家への対抗によるものと指摘されている。

このように、さまざまな要因が想定されうる室町期の絵巻制作について、本書第二・三部を通じて検討してきたように、とりわけ寺社縁起や僧伝、あるいは宗教色の強い物語草子が、絵を介して享受された場として、宮中や貴族社会、足利将軍家とかかわる女性文化圏が注目されるのである。すなわち、一族の追善法要や仏事に勤める一方、寺社参詣や猿楽見物などにも強い関心を寄せた尼たちの信仰や文化を考えあわせるならば、所持や貸借といった面で、物語草子への密接な関与が確認できる比丘尼御所は無視できないものがある。とりわけ、そうした比丘尼御所にかかわる物語草子の大半が、宗教的言説（縁起・唱導）を和文化し、絵画化したものであるという点から、あるいは、そのようなものの絵巻化を促す存在として、比丘尼御所が機能していたとの推察も成り立つであろう。本書の各章で個別に論じてきた、宗教的言説（縁起・唱導）と物語との融合は、寺院文化圏と貴族文化圏とが重なり合うような場でなされたものととらえられるのであるが、比丘尼御所こそ、そのような場のひとつとして位置づけられるのである。寺社縁起や物語草子、あるいは公家や将軍家、寺家やその周辺に存した伝承・説話が行き交うような比丘尼御所は、いわば、室町期の文芸サロンとして、きわめて重要な役割を担っていたのではないだろうか。

そのように考えたとき、現存する尼門跡寺院には、果たしていかなるものが伝来しているのか、という疑問も生じてくる。残念ながら、現在のところ、日記類に記された物語草子そのものの伝来が確認できるという事例は見いだせない。しかし、現存尼門跡寺院には、天皇の宸筆や御所人形、貝合わせなどの宝物が蔵されており、天皇家とのかかわりの深さを今に伝えると同時に、たとえば先の宝鏡寺の蔵書に顕著であったように、仏教にかかわる典籍類も少なくないことが明らかにされつつある[30]。また、近時の伝来ではあるが、『千代野の草子』のような物語草子も所蔵されているのである。加えて、江戸時代以降のものとして、尼僧自らによる写経や和歌・漢詩の書写、宗教的絵画や彫刻なども伝えられており、そこには尼僧による宗教と文化の融合がみてとれるのである[31]。そこで、現存する他の尼門跡寺院には、どのようなものが伝来しているのか、とくに物語草子について確認してみたい。

伏見宮とかかわりの深い寺院であった入江殿、三時知恩寺には、近世前期写の『太平記絵巻』や『酒飯論』絵巻などが伝存している。『太平記絵巻』は、後醍醐天皇の即位から足利二代将軍義詮の病没後、幼君義満が跡を継ぐまでの約五十年にわたる興亡を描いた長編『太平記』から、いくつかのエピソードを選び、上下二巻の絵巻にまとめられたものとなっている。合戦場面はもとより、引き裂かれる母と子の様子が描かれるなど、それぞれの家の物語として、印象的な絵とともに仕立てられている。こうした軍記物語の享受については、たとえば、『親長卿記』文明九年（一四七七）十一月十一日条に、

入夜有召参内、御比丘尼御所御参、保元物語被聞食度之由被申、予可読進云々、暫御雑談之後、読保元物語、爰亥剋許敵陣有火事、驚見之処、畠山修理大夫自焼云々、

とあって、比丘尼御所の尼たちが、物語絵のみならず、『保元物語』のような軍記物語にも関心を寄せていた様がうかがえ、『太平記絵巻』のような絵巻が伝来することとあわせて考えるべきものがある。また、『酒飯論』については、浄土宗を思わせる酒飲みの上戸と、日蓮宗を思わせる飯を好む下戸の仲裁に、天台宗を思わせる酒も飯も好む中戸が入るという宗論文芸のひとつであり、念仏対法華という室町期の両派の対立を諷刺したものとなっている。(32)酒宴の座敷や台所の風景など、室町の風俗を絵画化していることから、絵巻として広く流布したものであり、スペンサー・コレクションやチェスター・ビーティー蔵本など伝本も多い。細かな描写で写実性に富んだ三時智恩寺蔵本は、十八世紀の写と目される、比較的新しい伝本である。

また、貴族文化圏と寺院文化圏の双方において享受された物語草子である『源氏供養草子』は、代々摂関家の子弟が入寺し、岩倉門跡とも称す実相院に伝存していることが近年明らかとなった。比丘尼御所ではないものの、

廣田収氏によれば、門跡寺院における皇女や足利氏の子女たちによる享受も想定されうるものであるという。[33]そもそも源氏供養は、比丘尼が施主となり、地獄に堕ちた紫式部と『源氏物語』の読者を救済しようとするための儀礼であり、女院文化圏のなかで育まれたものであった。このような源氏供養を勧進する比丘尼や、関連して、たとえば『康富記』などに見える、室町後期における源氏読みの比丘尼のような存在についても、比丘尼御所の文芸活動とあわせて検討していくべきものがあるだろう。

臨済宗天龍寺派の尼寺である曇華院には、いずれも十八世紀の写とされる『彦火々出見尊絵巻』、『なよ竹物語絵巻』が蔵されている。『彦火々出見尊絵巻』は、記紀神話で知られる海幸彦、山幸彦の物語である。彦火々出見尊が兄に借りた釣針を大魚に取られてしまい、翁の教えで竜宮へ赴き、無事に針を取り返す。尊は、竜王の願により、その姫君と結ばれ、干珠・満珠で兄を服従させる。やがて、鵜草葺不合尊が誕生する、という神代の物語である。『看聞日記』嘉吉元年四月二十八日条に、後崇光院が若狭国松永庄新八幡宮より、「吉備大臣絵」「伴大納言絵」とともに「彦火々出見尊絵」を借りたとする記事が見える。同国小浜の明通寺に古絵巻が伝来していたとされるが、原本は将軍家光に献上されたため、狩野種泰に模写させたものが同寺に現存している。これと同系統の十八世紀頃写の模本が曇華院にも所蔵されるほか、宮内庁書陵部にも模写絵巻が伝存しており、記紀神話を物語草子化した本書への関心の層をうかがわせている。また、『なよ竹物語絵巻』は、『古今著聞集』巻八「好色」に所収される後嵯峨院の色好み説話で知られるものである。十四世紀半ば頃に成立したとされる『なよ竹物語絵巻』（鳴門中将物語）は金比羅宮図書館や宮内庁書陵部に所蔵される他、十八世紀の写とされる絵巻が曇華院にも蔵されているのである。この説話は、『古今著聞集』だけでなく、『乳母の草紙』や二条良基の『思ひのまゝの日記』にも記されており、中世かなり流布していたもののようである。たとえば、『女訓抄』でも、

一、人のいらへの事は、上中下に、女はうは、三ある物にて候。おや、しうのいらへは、お、と申。はうはいたちあふ中は、やう、とこたへ候。めしつかふ物なとには、ゐい、とこたへ候。なよたけといふ物を御らんし候へ。女はうのいらへのほんには、すへきか。なるとの中しやうをほめたるも、女はうの心えのいふなるによりてこそ、御かとよりはしめ、ほめおのゝきたる事にて候。はしめの御かとの返事に、ひやうへのすけなにかしにて、おほせられし時は、なよたけ、とはかり返事申されし。あまた人に御たつねありしに、くわんはくまつ殿より、なよたけとは、かわきしに一ちやうも七八しやくもあるかたけの、たゝ、よは、二三ならてはなし。ほそくすくなるを申なり。古歌に

高くとも何にかはせんなよ竹の一よ二よのあたのふしをは

この心にやとそ申されけるとなん。かゝる事も、いたつらなから、ゆへあり。よきいらへにこそは。(34)

とあり、女房の手本として、「なよたけ」説話が書き留められている。その一方で、法華経直談の場を基盤として、室町末期の法華宗において編纂された『因縁抄』にも、次のように記されている。

有ル女房、可レ然ル人ニ、言ハヲカケラレテ、都ヘテ不レ受。サレトモ不レ絶シテ云ケレハ。空ク共ニナニ、カワセンナヨ竹ノ一夜二夜ノアタシフシヲハト云テ、終ニキカサリケリ。ヨキ女ハ如此一コソアレ云云。ヨキ女ト者、一ニハミメ形、二ニハフルマイ、三ニハ心ツスイヨカルヘキ也云云。

「貞女ノ事」として簡略ながら、この説話が収められているのである。「なよたけ」説話をもって、女性の好ましい振る舞いを説く方法は、『女訓抄』に通じるものがある。説話の拡がりや伝承圏・享受圏を考察する上でも非常に興味深い事例といえ、比丘尼御所での絵巻の伝来事由とあわせて考える必要があるだろう。

以上のように、現存尼門跡寺院においても、宗教色豊かなものだけでなく、内容的にも極めて興味深い物語草

子の所蔵が確認され、室町期の記録類に見るような、物語草子の集まる場という側面を受け継いでいるかのように思われる。しかしながら、いずれもその伝来は未詳、もしくは近年になってからというものである。また、その書写年代についても近世以降の比較的新しいものであり、各作品の性格や展開とともに、詳細に検討していくべき問題ではある。このように比較的新しい書写の物語絵が伝存しているなかで、比丘尼御所の慈受院に蔵される〔大織冠絵巻〕は注目すべきものがある。(35) 慈受院への伝来の時期については未詳であるのだが、現存する『大織冠絵巻』のなかでも、比較的古い伝本に位置づけられる一本なのである。

四　慈受院蔵〔大織冠絵巻〕の意義

慈受院は、現在上京区寺ノ内通堀川東入ル百々町にある臨済宗通玄寺派の単立寺院で、薄雲御所とも称する門跡寺院である。もとは臨済宗相国寺所轄の比丘尼御所の一で、応永三十四年（一四二七）に、足利義持室の竹庭浄賢が創建したと伝えられる。応仁の乱で焼失後、頂妙寺町に移り、宝永五年（一七〇八）の大火により焼亡し、現在地に移転した。浄賢以来、足利家の息女が入寺していたが、天正十一年（一五八三）に伏見宮の息女が入室してからは、皇女も住持を勤めたという。十八世紀初頭に曇華院の兼帯となり、その後、明治維新の際に廃寺となったが、開基を同じくし薄雲御所と称された総持院を併合して再建されたという。(36)「洛中洛外図屏風」で概観した比丘尼御所と同様、慈受院も、足利将軍家や公家など上京の文化圏とかかわりの深い比丘尼御所であったことがわかる。その寺宝には、後水尾天皇持仏の阿弥陀如来をはじめとする歴代天皇の持仏や、後小松天皇作の和歌懐紙など天皇家ゆかりの品々が安置されている。そのような御所文化を色濃く残す慈受院の宝物のなかに、上下二巻の絵巻物が伝存しているのである。外題・内題ともに記されず、伝来も未詳の絵巻であり、寺では「鎌足一代記絵巻」として伝えられている。

すなわち、幸若舞曲「大織冠」の詞章を絵巻二軸に仕立てたものである。その書誌は、以下のとおりである。

・形態　絵巻二軸。改装。上巻…紙高三二・〇糎。全長一五八八・一糎。下巻…紙高三二・〇糎。全長一四六六・五糎。

・表紙　藍色緞子表紙。梅紋。上巻…縦三二・〇糎。横三二・〇糎。下巻…縦三一・八糎。横三一・八糎。

・題簽　左肩に「上（下）」と墨書された、金銀切箔散しの紙題簽（縦一五・八糎。横三・〇糎。）を貼る。外題・内題ともになし。

・見返　金銀切箔散し。上巻…縦三二・〇糎。横三二・三糎。下巻…縦三二・〇糎。横三二・二糎。

・紙数　上巻…三十三紙。下巻…三十一紙。

・挿絵　上巻…十六図。下巻…二十四図。

・料紙　斐紙。

・字高　二八・六糎。

・奥書　なし。

・書写年代　室町後期の書写か。

・備考　箱裏に「龍宮絵二巻」と墨書。上巻末尾から下巻冒頭にいたる本文の分割については不審。もと三軸仕立てであったものを二軸に改装したことによるものか。

舞曲「大織冠」は、藤原鎌足（六一四―六六九）を主人公とした海女の珠取り伝説を描く物語である。その内容は、次のとおりである。大織冠鎌足の次女「こうはく女」は、絶世の美女であったため、噂を聞きつけた唐の皇帝からの求婚を受け、妃となるため、海を渡る。やがて、父鎌足の興福寺建立の計画を知った「こうはく女」は、皇帝の秘蔵する「無価宝珠」を請い受けて、日本へ送ることとする。宝珠を載せた船は、万戸将軍の指揮のもと、日本へ向けて出帆したところ、宝珠を奪い取ろうとする竜王が阿修羅の軍をさし向け、激しい合戦となるが、万戸将軍の知勇により、阿修羅軍は敗退してしまう。そこで、竜王は竜女に万戸将軍を誘惑させ、無価宝珠を奪い取らせる。深く嘆いた鎌足は、志度の浦へと下り、一人の海女と契りを結ぶ。その後、身分を明かした鎌足は、生まれた男児を藤原家の後継者とすることと引き換えに、竜宮に行き宝珠を奪い取るよう海女に頼む。竜宮の護衛は堅固であることを聞いた鎌足は、一計を案じ、海上にしつらえた舞台で、浄土と見まごう歌舞管弦を催させ、おびき寄せられた竜王たちの隙をついて、海女は宝珠を取り返すが、竜に襲われて絶命してしまう。宝珠は遺体から無事に戻り、興福寺の本尊の眉間に彫りこめられた、というものである。

珠取り説話は、『日本書紀』巻第十三允恭天皇紀に載る阿波国の海人説話をはじめ、さまざまな形で伝承されてきているが、なかでも、鎌倉末期成立とされる『志度寺縁起』のうち『讃州志度道場縁起』における珠取り説話は、能「海人」や舞曲「大織冠」の素材として、多くの先行研究により重要視されている。[37]とくに阿部泰郎氏は、『讃州志度道場縁起』の主題を、「水界（龍界）」と「地上界（人間界）」の間でなされる「珠（宝物）」の交換、ないし贈与とされ、二つの世界にかかわりを持ち、その媒介者たる存在として「海人」をとらえられ、その子の誕生と王権の継承という基本構造を明示された。さらに、この基本構造は、能「海人」、舞曲「大織冠」にも貫かれているものとするが、志度道場を物語る縁起、および「海人」とは異なり、舞曲「大織冠」では、南都春日・興福寺の縁起唱導を背景に、水界と地上界の合戦や竜女と唐将軍との仏法問答、海上にしつらえた舞楽など「たばかり」の趣向を用い、王権を象徴する「珠」をめぐる語り物芸能へと展開した、新たな、当代の物語として位置づけられている。[38]このように、中世の縁起唱導に根ざした、王権をめぐる物語としてきわめて重要な「大織冠」の絵巻が、慈受院に伝存しているのである。

舞曲「大織冠」が、演目としてもっとも早く記録上に見いだせるのは、『言継卿記』天文二十二年（一五五三）八月十八日条の記事で、これ以降、公家や僧侶の日記類に頻出するようになる。室町後期から江戸時代にかけて、多数のテキストが伝存しており、幸若舞曲の正本としては、幸若（毛利家本）・大頭（左兵衛本）の二系統があり、版本には、古活字本や寛永整版本など多くが伝わる。さらに、十七世紀後半頃の『謡曲拾葉抄』には、能「海人」の註解として、

世に大織冠物語といへる古き草紙あり、此謡は彼の物語を以て作る也[39]

とあり、能「海人」のもととなったとする見解はともかく、「大織冠」の物語が草紙として流布していたことがわかる。現存する「大織冠」の絵巻、および奈良絵本のうち主要なものをあげると、以下のとおりである[40]。

・大英図書館蔵『たいしよくはん』下巻のみ一軸。〔室町後期〕写絵巻（元奈良絵本）。絵十九図（下巻のみ）。
・大英図書館蔵〔大織冠〕特大三冊。〔室町末江戸初期〕写奈良絵本。挿絵、全二十五面二十一図。
・大英図書館蔵『たいしよくわん』横二冊。〔江戸初期〕写奈良絵本。挿絵、全二十面十八図。
・ニューヨーク公立図書館スペンサーコレクション蔵『大職冠』三軸。寛文年間（一六六一―七三）頃写絵巻。朝倉重賢筆。絵十八図。
・志度寺蔵『大織冠』二軸。〔江戸初期〕写絵巻。伝土佐光起筆、伝青蓮院尊純法親王書。絵十六図。
・バークコレクション蔵『たいしよくかん』三軸。〔江戸初期〕写絵巻。伝土佐光則筆、伝青蓮院尊純法親王書。絵十四図。

この他、多くの伝本が現存しており、幸若舞曲のなかでも最も絵巻・絵本化された作品といえる。さらに、屏風

絵としての展開をも見せ、いずれも十七世紀初中期の制作と推定されている絢爛豪華な物語図屏風で、その人気のほどがうかがえる。(41)

慈受院蔵〔大織冠絵巻〕の絵数は上巻十六図、下巻二十四図と、現存する絵巻・奈良絵本のなかでも圧倒的に多いことが注目される。麻原美子氏によれば、『大織冠絵巻』は、時代が下るにつれて、絵が省略されて重点的になっていく傾向が認められるという。(42)すなわち、大英図書館蔵『たいしよくはん』絵巻（上巻欠。以下、大英絵巻）に顕著なように、成立年代の古いものほど、内容に即した絵が忠実に描かれ、場面の進展を絵によって表現するという、絵巻物本来の機能が果たされているのである。大英絵巻の絵数を上回る慈受院本が他伝本に比して、比較的古い段階での制作と判断できる傍証になるだろう。さらに、慈受院本は、絵画化される場合、およびその構図、画風において、現存する諸本に比して、大英絵巻のそれにきわめて近いことが指摘できる。その一例を示すと、以下の図47・48にあげた通りである。たとえば、①竜女に宝珠を奪われる場面は、慈受院本と大英絵巻のみに見られる図であるが、「たゞばうぜんとあきれはて、こくうにてをこそたんだくす」という本文内容に即し、船の先端で手を広げて嘆く万戸将軍の様子が同様に描かれている。大きさの比例を無視した船とそれに乗る人々や船の帆の描き方など類似していることがわかる。②竜宮から戻ってきた海女が舟を漕いでくるのを鎌足らが迎える場面においても、舟を漕ぐ海女の様子や岸辺に立つ三人の人物も一致している。次に、③眷属が竜宮内の宝珠を警護する場面では、奥行きを無視し、平板に描かれた宝珠を収める竜宮、斜めに描かれた門、警護の二人、風に揺れる幡の様子など、構図の上でも極めてよく似ていることがわかる。ただし、慈受院本で宝珠を守る二人を人間のように描くのに対し、大英絵巻では「もろ〳〵のせうりう、どくりう、こがねのよろいかぶとをきて、四のもんをまぼれり」とする本文内容に即し、明らかに竜宮の世界の異類として描いている点で相違を見せる。

図47 慈受院蔵〔大織冠絵巻〕

①竜女に宝珠を奪われる場面

図48 大英図書館蔵『たいしょくはん』絵巻

②竜宮から戻った海女を迎える場面

③眷属が竜宮内の宝珠を警護する場面

④海上で管弦舞楽を催す場面

⑤海女の死を人々が嘆く場面

また、④竜王を誘き寄せるために海上で管弦舞楽を催す場面は、諸本共通して見られるものであるが、右側に管弦を奏でる僧たちを描き、左側に舞を舞う女性たちを描くという構図や幔幕、舞台にいたるまで近似している。ただし、慈受院本では、舞台の下に何艘もの舟を描いており、「あたりのふねをよせ」てしつらえたとする本文に即し、海上の舞台であることをより端的に表現している。最後の⑤海女の死を人々が嘆く場面についても、右側に引き上げられる海女が描かれ、左側には息絶えて横たわる海女とそれを囲む人々が配置され、亡き母に寄り添う幼い房前や、左手に取り出された宝珠を掲げる鎌足の様子まで、極似している。ただし、大英絵巻の鎌足の前には、本文で「ようちのとき、きつねのあたへたびたる一のかま」が置かれるなどの相違も見せている。

以上のような一致は、ここにあげたのみならず、下巻のみ伝存する大英絵巻の挿絵ほぼすべてにわたって確認できるものであり、[43] それぞれに細かな相違は見られるものの、他の伝本には見られない場面を同様に絵画化している点から、共通の祖本によったものかと推察される。大英絵巻の挿絵については、バーバラ・ルーシュ氏により、傑出した構図、詞書と挿絵の一体化、素朴な筆致といった点から、その特異性が指摘されている。[44] 確かに、現存する『大織冠絵巻』の大半は、華麗かつ繊細な筆致で写実性あふれる絵巻であるのに対し、大英絵巻の平板にして素朴な筆致は、室町後期にまで遡りうるものと判断される。そして、同様の構図、筆致が認められる慈受院本についても、室町後期にまで遡りうる古い写と推定され、上下あわせて四十図という圧倒的な絵数からするなら、あるいは現存最古写本として位置づけられるかもしれない。

さらに、慈受院の本文に関して言えば、概ね大頭左兵衛本の系統に近く、正本間で異同が多く見られ、幸若系統や版本では省略されている、万戸将軍が宝珠を奪われた経緯について鎌足に語る場面も、

このたまをとらんとて、りうわう、どゞにしよまふす。おしみてさらにいださず。しゆらをかたらひて、う

ばひとらむとす。ぢんのたゝかひをのづからことばにものべがたし。ふでにもいかでつくすべき。おほくのしゆらをうちとつて、りうわうなふをやすめ、いまはとこゝろやすくして、さぬきのくにふさゝきのおきをとをりしとき、ながれ木一ぽんうかべり。すいしゆ、かんどりあやしめをなし、とりあけわつて見るに、てんかふさうのてんによあり。うみへいれんとせしとき、りうていこがれかなしむを、あまり見ればかはゆさに、たゞ一夜どうせんす。ひまをうかゞひしのびいつてとりてうせぬ、と申。

とする。この部分については、他の絵入り諸本では寛永整版の本文系統にあり、省略されているにもかかわらず、大英絵巻ではほぼ共通する本文が確認されることから、本文においても、両書が近似することが指摘できるのである。

以上のような点から、本書は、現存伝本のうち、比較的古い写しである大英絵巻にきわめて近いことが指摘でき、大英絵巻の欠けた上巻部分を補うものとも推測される、貴重な伝本のひとつとして位置づけられる。そのような古写本が、いつごろ慈受院に伝来したものであったか、その詳細は現在のところ不明ではあるが、慈受院についても、先の現存尼門跡寺院同様、物語絵のあつまる場としての側面を見いだすことができるだろう。

五　物語草子論の行方

以上、「洛中洛外図屛風」を手掛りに、室町期、江戸初期の比丘尼御所について、その信仰・文化の諸相を概観してきた。比丘尼御所という場は、寺社縁起や物語草子、あるいは公家や将軍家、寺家やその周辺に存した伝承・説話が行き交う場と認められ、室町期の文芸・文化の極めて重要な拠点のひとつ、いわば文芸サロンとして位置づけられる。現存する尼門跡寺院もまた、宗教文化と貴族文化の融合するような空間のひとつであることが認められ、物語草子の集まる場としての側面をも有していた。こうした現存する尼門跡寺院に蔵される物語草子が、はたしていつ頃からのものであったのか、残念ながら不明であり、もちろん、室町期の比丘尼御所と同一上にできない問題ではある。しかしながら、室町期において、公家や武家の間で特別な意味を持って制作・所持されていた物語草子の意義を考えあわせるならば、現存尼門跡に、宗教色の濃い物語草子や女訓物とのかかわりがうかがえる物語草子のみならず、『太平記絵巻』や『彦火々出見尊絵巻』、そして『大織冠絵巻』といった王権と強く結びつく物語草子が現存していることに何らかの意味を見いだすこともできるのではないか。王権との結びつきの濃厚な物語絵を所持することは、御所文化の保持にもつながりうるものである。従来指摘されてきたような、茶道・華道といった庶民に開かれていく文化の担い手としての尼門跡とは異なった、室町期の比丘尼御所と相通じるような新たな側面を見いだすことも可能であろう。

従来の日本文学研究において、室町期に盛んに生成・享受された物語草子を「女性」というキーワードでとらえようとする傾向があることを本書の序論において確認したが、こうした比丘尼御所の信仰と文芸・文化の再認識こそ、従前の把握をさらに深め、より具体化するものとなりうるだろう。そこに、比丘尼御所が物語草子の生成・享受の主要な場であり、同時に、当時の文芸・文化の重要な拠点のひとつであったとする視点から、文芸・宗教双方にもたらした意義について分析する必要が生じてくるのである。

ここまで述べてきた「物語草子」は、既存の「お伽草子」や「舞の本絵巻」、さらには寺院圏における唱導・直談の素材となったような草子、法語の類までをも包括する概念として位置づけられる。その結果、本章で見てきたように、そういった種々の書物が交錯する場としての比丘尼御所にかかわる諸問題が立ちあらわれてきたのであった。さらにこの「物語草子」という概念は、鎌倉時代の成立とされる擬古物語（中世王朝物語）にもひろがりうるものと考える。たとえば、『恋路ゆかしき大将』の伝本のうち書陵部蔵本（桂宮家旧蔵）には、「大聖寺コカン御筆双子キレトモアリ」と書かれた智仁親王筆の包紙があり、宮田光氏によれば、比丘尼御所大聖寺の第六世古鑑光院宮覚鎮尼により、本書の巻五が写されたものとの推定がなされているのである。[45]「お伽草子」や「仮名法語」、「擬古物語」といった従来の時代・ジャンル区分を越えた「物語草子」という概念による把握は、寺院圏における物語享受の実態を明確化しうるものでもあろう。

しかしながら、本書における最大の問題点を今後に向けて明らかにしておくならば、上記のように措定した「物語草子」という概念は、室町期における文芸営為のすべてを包括するものではない、ということである。すなわち、「お伽草子」の下位分類としての「庶民物」は、明らかに物語草子概念内の作品群と近しい関係にありながら、本書においては、その位置づけを明らかにし得ていない。一方で、物語草子の生成、および享受の場と位置づけた比丘尼御所が所蔵していた、物語草子ではない書物―経典、およびその注疏や和歌懐紙などの歌書群―についての位置づけも後考を待たざるを得ない。序論でもふれた『連々稽古双紙以下之事』[46]をはじめとして、寺院圏における知の大系が明らかにされつつある現在、「物語草子」とその枠外にある典籍群との関連性を視野におさめて、はじめて室町の文芸・文化の総体が見えてくるに違いない。

【注】

（1）菅原正子氏「中世後期―天皇家と比丘尼御所」（『歴史のなかの皇女たち』小学館　二〇〇二）。

（2）岡佳子氏「近世の比丘尼御所―宝鏡寺を中心に―」上・下（『仏教史研究』四二―二、四四―二　一九九九、二〇〇一）。

（3）井之口有一氏・堀井令以知氏・中井和子氏『尼門跡の言語生活の調査研究』（風間書房　一九六五）。
（4）大塚実忠氏編「比丘尼御所歴代」一～五（『日本仏教』二六～二八、三一、三二　一九六六～七〇）。
（5）牛山佳幸氏「中世の尼寺と尼」（シリーズ女性と仏教『尼と尼寺』平凡社　一九八九）、勝浦令子氏「女性の発心・出家と家族―中世後期の事例を中心に―」（『女の信心―妻が出家した時代』平凡社　一九九五）、原田正俊氏「女人と禅宗」（『中世を考える　仏と女』吉川弘文館　一九九七）、勝浦令子氏『古代・中世の女性と仏教』（山川出版社　二〇〇三）など参照。
（6）荒川玲子氏「景愛寺の沿革―尼五山研究の一齣―」（『書陵部紀要』二八　一九七八）、湯之上隆氏「室町幕府と比丘尼御所」（『日本中世の政治権力と仏教』思文閣出版　二〇〇一　初出一九九〇）、大石雅章氏「比丘尼御所と室町幕府―尼五山通玄寺を中心にして―」（『日本史研究』三三五　一九九〇）、中井真孝氏「崇光院流と入江殿―中世の三時知恩寺―」（『法然伝と浄土宗史の研究』思文閣出版　一九九四）、菅原正子氏「中世後期の比丘尼御所―大慈院の生活と経営―」（『学習院女子大学紀要』六　二〇〇四・三）、田中貴子氏「姫宮たちの御寺」（『尼になった女たち』大東出版社　二〇〇五）、西口順子氏「天皇家の尼寺―安禅寺を中心に―」（『中世の女性と仏教』法蔵館　二〇〇六）などがある。
（7）前掲注（2）岡佳子氏論考参照。
（8）バーバラ・ルーシュ氏『もう一つの中世像　比丘尼・御伽草子・来世』（思文閣出版　一九九一）。
（9）京都府古文書等緊急調査報告書『尼門跡寺院〈大聖寺・宝鏡寺・霊鑑寺〉古文書目録』（京都府教育委員会　一九八四）、西口順子氏・佐藤文子氏「要林庵文書について」（『相愛大学研究論集』一六　二〇〇〇・三）などがある。
（10）『尼門跡と尼僧の美術』（中世日本研究所　二〇〇三）参照。
（11）小峯和明氏編『宝鏡寺蔵『妙法天神経解釈』全注釈と研究』（笠間書院　二〇〇一）、同氏「尼寺の蔵書―宝鏡寺の場合―」（『新日本古典文学大系月報』岩波書店　一九九五）、「尼寺の調査と源氏物語」（『むらさき』三四　一九九七・一二）など参照。
（12）岡見正雄氏「面白の花の都や」（『室町文学の世界』岩波書店　一九九六）、岡見正雄氏・佐竹昭広氏編『標注洛中洛外図屛風上杉本』（角川書店　一九八三）参照。
(13) 前掲注(12)、今谷明氏『京都・一五四七年—描かれた中世都市』（平凡社　一九八八）、高橋康夫氏『洛中洛外—環境文化の中世史』（平凡社　一九八八）、黒田日出男氏『謎解き洛中洛外図』（岩波書店　一九九六）など多数。
(14) 第十一章「女性の巡礼と縁起・霊験説話—『熊野詣日記』をめぐって—」参照。
(15) 前掲注（6）菅原正子氏論考参照。
(16) この点については、以前『お湯殿の上の日記』に見える物語絵享受について検討した際、詳しく考察した。拙稿「物語絵の形成と受容—『お湯殿の上の日記』をめぐって—」（『寺社縁起の文化学』森話社　二〇〇五）参照。
(17) 前掲注(11) 小峯和明氏編著解説参照。
(18) 徳田和夫氏「中世女人出家譚「千代野物語」について」（『国語国文論集』二三　一九九四・三）、「伝承と文献—研究方法の一モデルとして—」（講座日本の伝承文学一『伝承文学とは何か』三弥井書店　一九九四）など参照。
(19) 三時知恩寺文書（京都府立総合資料館マイクロフィルム）による。
(20) 入江御所については、前掲注（6）中井真孝氏論考、田中貴子氏論考に詳しい。
(21) 第六章「説法・法談のヲコ絵—『幻中草打画』の諸本—」参照。
(22) 前掲注（6）菅原正子氏論考参照。
(23) 安禅寺については、前掲注（1）菅原正子氏論考、注（6）西口順子氏論考に詳しい。
(24) 前掲注(12) 岡見正雄氏論考参照。
(25) 第九章「『ぼろぼろの草子』考—宗論文芸としての意義—」参照。
(26) 第五章「『慈巧上人極楽往生問答』にみる念仏と女」参照。
(27) 「二条宴乗日記（一）」（『ビブリア』五二　一九七二）より引用。
(28) 横井清氏『看聞日記「王者」と「衆庶」のはざまにて』（そしえて　一九七九）、徳田和夫氏『お伽草子研究』（三弥井書店　一九八八）、森正人氏代表「伏見宮文化圏の研究—学芸享受と創造の場として—」（平成一〇〜一一年度科学研究費補助金［基礎研究C］研究成果報告書　二〇〇〇・三）など参照。

(29) 高岸輝氏「室町殿絵巻コレクションの形成」(『室町王権と絵画』京都大学学術出版会　二〇〇四　初出二〇〇三)。
(30) 前掲注(11)小峯和明氏論考参照。
(31) 前掲注(10)、パトリシア・フィスター氏「京都・奈良の尼門跡と皇女尼僧の美の営み」(第八回国際日本学シンポジウム「比較日本学研究の対話と深化」講演　二〇〇六・七)など参照。
(32) 第九章「『ぼろぼろの草子』考―宗論文芸としての意義―」参照。
(33) 廣田収氏「〈資料紹介〉実相院蔵『源氏供養草子』」(『人文学』一七六　二〇〇四・一二)参照。なお、『源氏供養草子』については、第十二章「『源氏供養草子』考―寺院文化圏の物語草子―」参照。
(34) 伝承文学資料集成一七『女訓抄』(三弥井書店)より引用。天理図書館蔵本の本文によったが、穂久邇文庫本にも見られる説話である。なお『女訓抄』については、他にも景愛寺の開基の女性に関する説話を載せるなど、比丘尼御所の文芸や信仰を検討する上でたいへん示唆的な文献であり、そのような観点から、いっそう考察を進める必要があるものと思われる。
(35) 本書は、かつて中世日本研究所を中心とした尼門跡の蔵書調査で見いだされたものである。徳田和夫氏の御教示による。中世日本研究所のご高配を賜り、今回、慈受院門跡梶妙壽師より、閲覧、調査、翻刻の御許可を賜った。記して深謝申し上げる。以後、本文の引用については、私に翻刻し、句読点を付し、清濁の区分をした。資料編「慈受院蔵〈大織冠絵巻〉翻刻」参照。なお、諸本間における本書の位置づけの詳細については、拙稿「『大織冠』絵巻・絵本の展開―慈受院蔵〈大織冠絵巻〉をめぐって―」(『奈良絵本・絵巻研究』五　二〇〇七・九)を参照されたい。
(36) 飛鳥井慈孝氏編『曇華院蔵　通玄寺志』(笠間書院　一九七八)など参照。
(37) 梅津次郎氏「志度寺絵縁起に就いて」(『国華』七六〇　一九五五・七)、友久武文氏「志度寺縁起解説」(『瀬戸内寺社縁起集』広島中世文学会　一九六七)、大西昌子氏「志度寺縁起絵の語りの構造」(国立能楽堂特別展示図録『能と縁起絵』一九九一)、大橋直義氏「珠取説話の伝承圏―志度寺縁起と南都・律僧勧進―」(『芸文研究』八〇　二〇〇一・六)など参照。
(38) 阿部泰郎氏「『大織冠』の成立」(『幸若舞曲研究』四　三弥井書店　一九八六)。

(39)『謡曲叢書』(勧世流改訂本刊行會)より引用。

(40)現存『大織冠』絵入り本については、小林健二氏「幸若舞曲─絵画的展開」(『中世劇文学の研究─能と幸若舞曲』三弥井書店　二〇〇一)に詳しい。前掲注(37)国立能楽堂特別展示図録『能と縁起絵』、辻英子氏『在外日本絵巻の研究と資料』(笠間書院　一九九九)など参照。

(41)大西昌子氏「屏風絵を見る─「大織冠屏風」をめぐって」(『見る・読む・わかる日本の歴史(5)自分でやってみよう』朝日新聞社　一九九三)、メラニー・トレーデ氏「ケルン東洋美術館蔵「大織冠絵」の受容美学的考察」(『美術史』一四一　一九九六・一〇)参照。

(42)麻原美子氏「在外「舞の本」をめぐって」(『日本女子大学紀要文学部』三三　一九八四・三)。

(43)慈受院本と大英絵巻の挿絵における唯一の違いとして、巻末図があげられる。海女の死を人々が嘆く図を末尾に付す大英絵巻に対し、慈受院本では、海女が奪還した宝珠を興福寺の釈迦如来の眉間に納めたとする本文に即し、興福寺の様子を描いた図が付されているのである。そこには、「興福寺の縁起」を語るような意図を持って制作された絵巻という意味づけが想定される。その際、重要となるのが『讃州志度道場縁起』を物語る二幅の掛幅絵とのかかわりであるが、この点をふくめ、その詳細については、前掲注(35)拙稿で論じた。

(44)バーバラ・ルーシュ氏「美術・文術・魔術」(奈良絵本国際研究会議編『在外奈良絵本』角川書店　一九八一)。

(45)宮田光氏「恋路ゆかしき大将　解題」(中世王朝物語全集八『恋路ゆかしき大将・山路の露』笠間書院　二〇〇三)参照。

(46)髙橋秀城氏「東京大学史料編纂所蔵『連々令稽古双紙以下之事』をめぐって─室町末期真言僧侶の素養を探る─」(『佛教文学』三一　二〇〇七・三)参照。

資料篇

東京大学国文学研究室蔵〔早離速離〕翻刻

【凡例】

本書は、東京大学国文学研究室蔵（御巫清勇氏旧蔵）の「早離速離」と仮題される奈良絵本である。近世前期写と判断され、物語の後半部分を欠く端本一冊である。本書の詳細については、論考篇第七章「偽経・説話・物語草子――岩瀬文庫蔵『釈迦并観音縁起』絵巻をめぐって――」を参照されたい。翻刻に際して、底本に忠実を期したが、本文は追い込みとし、私に句読点を打ち、会話文には「　」を施し、改行を加えて読解の便宜をはかった。また絵については、おおまかな内容とともに【絵1】のごとく記し、その位置を示した。なお、誤写と判断される箇所には、右傍らに（ママ）を付した。

【翻刻】

さるほとに、くわこおんなうのむかしより、けいしけいほの中ほと物うき事はなし。あみたほとけのゐんにをくわしくたつね申に、むかし天ちくましは国に、ちやうしや一人おわします。御名をはちやうなほんしとそ申ける。

みたいところの御名をはまなしらによとそ申ける。きん〴〵しゆきよくにあきみちて、けんそくい下にいたるまて、ふそくはさらになかりける。されとも御子一人もましまさす。ふうふの人はこれをなけき、しよてんにいのりをかけら（一オ）る〻。しよてんあはれみたまひけん。みたいくわいにんまし〳〵て、あたる十月と申すには、たまのやうなるわかきみ一人いてきたまふ。ち〻は〻これをよろこひ給ひ、いつきかしつき日をおくる。此わか君三さいの春、又わか君いてき給ふ。ちやうなほんしも、まなしらによも、一人あたへたまはるさへ、世にたへかたくてうれしきに、かさねて二人くたさる〻事、かへす〳〵もありかたしと、おちやめのとにあつけをき、てうあひしたまふ（一ウ）ことなのめならす。（二オ）

【絵1　仲睦まじく語らう夫婦の様子】（二ウ）

あるときてうあひのあまりにや、まさしきさうにんをめされ、きやうたいの身をうらなわせ御らんするに、はかせさつしよをひらけてさんきをおく。さきをうらなふて、はつたとよこ手をあわせつ〻、しはしは物をはいはさりけり。ふうふの人はふしむをなし、「いかに」と〻わせたまへは、「此きやうたいは、いくほともなくてち〻は〻にはなれてなけきあはれむへきなり。いたはしさよ」とそ申ける。ち〻は〻おとろき給ひつ〻、御なけきは中〳〵に申（三オ）はかりはなし。さうにん申けるやうは「さらは、此きやうたいにわか君に御なをつけてかへらん」とて、あにはさうり、おと〻はそくりとなつけたてまつり、さうりとかひてはやくはなる〻とよむ。そくりとかけるもんじはすみやかにはなる〻とよむなり。きやうたいの人々の、はやくすみやかにはなれんことをうらなひみて、さり（マヽ）そくりとなをつけて、はかせはしゆくしよへかへりけり。

ふうふの人は此事をなけきなからも、きやうたいをとかくそたて〻、日をふるほと（三ウ）に、きのふけふとはおもへとも、ほとなくさうりは七つになる。おと〻五つにならせたまふ。御としあんにもたかわす、は〻うへは、おもきやまふをひきうけて、はんしをかきりとなやまれけり。ちやうなほんしをさきとして、上下のなげきはなか〳〵に申はかりはなかりけり。御身はしたいによはりゆき、すてにさいことみえ給ひしとき、さうりはすこしおとなしくて、はゝにすりてなけきけれは、せひをはしらねとも、おとゝもともになけきしそのこゑを、はゝはかすかにきこし（四オ）めし、よにくるしけなるいきをつき、すこしかしらをさしあけて、きやうたいの手をとりて、むねにをしあてかほにあて、なつかしけなる御ありさまみるに、なみたもとゝまらす。さもかすかなる御こゑにて、「いかなれは人々のおや子の中は、ちとせをうけてちきりしに、わつか七や五にてはゝなきものとならんこそ、なによりもつてふひんなり。たゝ今きへゆくわかいのちをは、ゑんふのちりともおもはねとも、たゝなんちかみのうへをとりみるやうて、いまさらなこりのを（四ウ）しさはかきりなし」ときやうたいの御くしをかきなてをしなて、とにかくに、なくよりほかのことはなし。（五オ）

【絵2　悲嘆に暮れる両親と息子たち】（五ウ）

又御なみたのひまよりも、つまのちやうなほんしをちかつけて、「みつからはなくなるならは、あいかまへてきやうたいをよきにそたてゝ、みつからかこせをとわせてたひ給へ。ゆめ〳〵おろかにし給ふなよ」。ちやうなほんしはきこしめし、おつるなみたのひまよりも、「御身はいかにもなりたまはゝ、われたうしんとなりはてゝ、うき世にありてなにかせん。ことさらおとこの身なれは、此きやうたいの者ともをなにとしてかはそたてなむ。たゝそれかしももろにしかひをとけて、みらいまて御ともせ（六オ）む」とそ申されける。みたいはつく〳〵ときこしめし、「おほせはさる事にては候へとも、とくしやうとくし、とつことくらひとて、しやうするときもたゝひとり、しするときもたゝひとりにてさふらふなり。御身は命をまとふして、なさけありけな人あらは、みたいとさためてもろともにきやうたいをやういくして、世にもあらせてたうならは、みらいのちきりにはまさるへし」とかきくときの給へは、ちやうなほんしもひと〳〵も、たもとをしほるはかりなり。中にもきやうたい（六ウ）のわかたちの、こゑをくらへてなき給ふを、いたはしや、はゝうへはかくてもさらにかなはねは、すかさはやとおほしめ、又きやうたいの御手をとり、「いかにや、なんちらたしかにきけ。われは物うきくらゐを出、しやうふつとけて、らいせにては、むにのらくをうくるなり。しやうじむじやうのうき世なれは、もつたいなうへき身にてもなし。ふかくなけきてなにかせん。ともにぶつだうをいのるなら、みらいにおゐては、かならす一ぶつしやうとに、うてなになかきちきりはうたかひなし」と、これをさいごのことばにて、御（七オ）とし三十四才にてつゐにむなしくなりたまふ。

ちやうなほんしをさきとして、上下のなけき給ふありさまはとこそ申におよはれす。中にもさうりそくりは、はゝのしかいにいたきつき、をしうこかひては、わつとなき、天にあふき地にふし、りうていこかれ給ひけり。さてあるへきにあらされは、むなしきのへにおくりつゝ、むしやうのけふりとなし申。けふりしむれは、こつをとり、ちやうなほんしもきやうたいも、むなしきしゆく所にたちかへり、あけくれ、はゝうへこひ（七ウ）しやとなけき給ふそあわれなる。

さてもそのゝち、ちやうなほんしは、我一人としてきやうたいをそたつる事もなりかたくて、いかなるしつのむすめなりとも、心のやさしき人あらは、みたいにそなへ、わかともかたよりともなさはやとたつね給へと、さらになし。されとも、その國のかたはらに、ほんし一人おはします。名をはきうなほんしとそ申ける。ことにそく女一人あり。此そくちよこそこく中たい一のなさけの人ときく間、みたいところにむかゑらるゝ。けいほのこゝろのあさましさはきやうだ（八オ）いのわかたちをにらむこゝろはおこたらす。おり〳〵ちゝにさんそうすれとも、ほんしはせうゐんしたまわす。そのうへ、ふるきつまのまなしら女の、しゝ給ひしより此かたは、みち〳〵

たりしたから物したたひく〳〵になくなりて、ひんせんのことくの御身となりはてけるこそふしきなり。御うちにありしけんそくも月日のたつにしたかひて、二人三人つゝ出てゆく。のこりとゝまる物とては、けいほのはゝやきやうたいとふし四人の人よりほかはつきそひ申ものもなし。

お(八ウ)りふし此國けかつにおよふ事三とせなり。ほむしはさひしをやしないもて、さとに出てはをちほをひろい、山へのほりては木のみをとり、あさましかりつるいとなみは、目もあてられぬふせいなり。あしたにはきりをはらひ、ゆふへはほしをいたゝくまて、さとよ山よとかけまわりたり。はや木のみをひろいとり、くるればしゆく所へかへりつゝ、さいちよにむかひて申されしは、「けふはかほとのこのみをとりてあり。あすはこれをもちて、きやうたい御身のかつはやをくりたまへ」と日々に(九オ)わすれすのたまへとも、けいほの心のおそろしさは、つまのもとむる木のみをはわれのみふくして、きやうたいにはすこしもこれをあたへすして、たゝうちさいなむはかりなり。

かくてとし月ふるほとに、さうり九つおとゝは七才にそなり給ふ。あるとき、ちゝのちやうなほんしは山へのほり、木のみをとらんとおもへとも、このはもつきていまはなし。むなしく山よりかへりつつ、二人のわかをいたきあけ、「なにとてさやうにやせおとろへてはありけるそ、われより世にても(九ウ)あるならは、かやうのすかたにてはおしましき物を」とてなみたをなかし、かきくとき、そうりそくりは、これをきゝ、まゝしきはゝのつらき事を、ちゝにかたらんとはおもへとも、あすにもならは、またちゝは山へものほりたまはんに、はゝにさひなまれん事をおもひつゝけても、かたらぬなり。さてしも、ちゝのほんしは、「われあすにもなるならは、なひく〳〵おとにもうけたまはるたんならせんといふ山に、ちんとうくはといふ木のみあり。此ちんとうくはをぶくすれは、命もひさし(十オ)くあるときゝ、かの山へのほりつゝ、ちんとうくわをとりて、なんちらをとかくはこくみ申へし。夜日三日はまちたまへ」とこそねんころにのたまひて、夜もあけぬれは、ちゝほんしはたんならせんへそいてられけり。（十ウ）

【絵3　父と兄弟の様子】（十一オ）

かなしきかなや、けいぼのたくらみけるこそおそろしけれ。たんならせんにきこゑたるちんとうくわをふくするならは、しゆみやうひさしくせいしんして、われをはけいほの中なれは、あるかなきかのありさまに、うとみはてんは一てうなり。しよせんおとにうけたまはるかひ〳〵せつとうといふ山は、とりもかよはぬ所ときく。此しまへきやうたいをなかさんとおもひつゝ、さうりそくりにいふやうは、「ちゝのちやうなほむしは、たんならせんにちんとうくわの木の（十一ウ）みをとりてましますなり。いまみつからもなんちらも、たんならせんにたつねゆき、ともにこのみをひろはん」とたはかりけるこそおそろしけれ。（十二オ）

【絵4　父と家臣の様子】（十二ウ）

きやうたいはこれをきゝ「いさやゆかん」といさみいへる。けいほもともによろこひて、せんこにひきくしていてけるか、たんならせんへはゆかすして、あるうらはたへくしてゆき、せんとう一にんかたらひてきやうたいのわかともをこふねにとりのせて、けいほもともにふねのり、せんたうろかひをとりなをし、ろひやうしふんておしいたす。かひしやく五六里こきゆけは、かひ〳〵せつとうのしまにつく。けいほ申けるやうは「なんちらは、此ところ（十三オ）にあかり、ちゝにあふてもろともにこのみをとりてきたるへし。われ此ふねにとゝまりてしよくもつをこしらへて、なんちらにあたへん」とふかくたはかり、しまへあけ、けいほはこきやうへかへりけり。あわれといふもおろかなり。（十三ウ）

【絵5　絶島に置き去りにされる兄弟】（十四オ）

岩瀬文庫蔵『釈迦并観音縁起』翻刻

【凡例】

本書は、西尾市岩瀬文庫蔵『釈迦并観音縁起』である。本書の解題および考察については、論考篇第七章「偽経・説話・物語草子――岩瀬文庫蔵『釈迦并観音縁起』絵巻をめぐって――」を参照されたい。翻刻に際して、本文は底本に忠実を期したが、異体字は現行字体に改め、私に句読点を打ち、会話文には「 」、『 』を施した。また、本文は追い込みとし、絵については、おおまかな内容とともに【絵1】のごとく記し、その位置を示した。なお、誤写と判断される箇所には、右傍らに（ママ）を付した。

【翻刻】

釋迦并観音縁起上（外題）

觀世音菩薩往生浄土本縁經（内題）

かくのごとく我きく。一時佛王舎城鷲峯山のいたゝきにおはしまして、大ひくしゆともろ〱の大ほさつまかさつにおよひ天りう八部人ひ人とう、くきやういねうして、きゝたてまつりけるに大菩薩の本生のいんゑんをせつほうし給ふ。その時佛の御まへに大光明ありて、南閻浮提をあまねくてらし、他方の國土におよふ。しかるに光明のうちに偈頌をときてのたまはく、「大悲解脱門をしやうしゆして、つねに娑婆補陀山にありて、昼夜に六へん世間を見、本くはん因縁をもつて一切を利す」。この時のしゆゐ此くわうみやうを見て、偈頌の説をきゝて未曽有のおもひをしやうし、うたかひあやしますといふことなし。次第にいんゑんをとふによくこたふるものなし。その時衆中に、惣持自在ほさつ座よりたちて、すなはち佛に申のたまはく、「世尊、何の因縁ありて、此光明をけんす。誰人のはなし給ふところそや。我ら大衆、此光明を見、けしゆをきゝて、いまたいんゑんをしらす。ねかはくはわれらかために、まさにそのいんゑんをときたまへ」。佛、惣持自在ほさつにつけたまはく、「よきかな〳〵。なんちらあきらかにきけ。これより西方、二十恒河沙の佛土のせかいあり。名つけてこくらくといふ。その土のしゆしやうにくるしみある事なく、もろ〳〵のらくのみうく。そのくにゝ佛あり。阿弥陁となつく。三乗聖衆その中にちうまんし、一生補處の大士あり。観世音自在となつく。久しく善根をうへて、大慈大悲の行願をしやうしゆして、今此土にきたり。往生浄土の本末のいんゑんをあらはししめさんとほつして、此光明をけんし、あまねく此界をてらす。たゝ今みつからきたりたまふへし。なんちらまさに偈頌のいんゑんをとふへし」。その時、観世音ほさつ摩訶薩、百千の大ほさつしゆとゝもにきたりて、しゆほうさんのいたゝきにまふて、頭面に佛をらいし、讃嘆供養しおはりて、しりそき一めんにさし給ふ。時に、惣持自在ほさつのいりきをうけて、くはんせをんの御もとに行て、ともにあいなくさめ、観世音にとひたまふ。「善男子の、はなちたまふところのくはうみやうは、みめうの伽陁をゐんせつす。いまたそのいんゑんをしらす。その心いかに」。

【絵1　釈迦の説法・聖衆来迎】

観世音の惣持自在ほさつにつけたまはく、「乃往過去。不可説阿僧祇劫の前にあたつて、南天竺において一國あり。摩演波吒國となつく。その國にひとりの梵士あり。名を長那といふ。居家豊饒なり。そのつまを摩那斯羅となつて、いまた子そくあらす。夫婦つねになけきうらむに、われらさいほうに劣せてならすして、よにおもふことなしといへとも、いまたしそくあらす。これをいこんとす。天神に慇重に子をもとめんことをいのる。

【絵2　長那夫婦、天の神に祈願】

そのつま久からさるに、身に子あり。月みちて、男子うまるゝ。端正なる事ならひなし。三歳にいたる時、又男子をうむ。梵士はふたりの子をまうけて、歡喜踊躍して、占相のものをまねいて二人の子を見す。当相人見てよろこはす。やゝ久しくしてつけていはく、『此児は端正なりといへとも、まさに父母にはなれわかれん事ひさしからす。あにをは早離とかうし、おとゝは速離となつく』。

【絵3　相人による占い】

夫妻このことはをきくといへとも、あいしやしなひにくむことなくして、早離は年七歳にいたり、そくりは五さいになる時に、母のまなしら、四大乖違し、重病卒起して、色かたちおとろへそんし、辛苦病悩に、やすく臥事をえす。水食久しくたへて、まさに死門に入。その時、二人の子、母の左右にありて、面目をまほり、あふきてもたへかなしひ、なきさけふ。その母、子のかなしむをきゝて、ちのなみたをなかし、やまいの床よりおきて、左右の手をもつて、二人の子のかしらをなてゝいはく、『しする事きはまれり。見る事あるへからす。占相のいふところ、まことあり。しかりといへとも、うらむるところはなんちらかいまた盛年におよはすして、すてゝわかれはなれむ事、われなんのつみのむくひありや。なんちらなんそむしやうをまぬかれんや』。

【絵4　悲嘆する親子】

その時さうり、はゝのまくらのかたはらにありて、悶絶してたふれ、やゝ久しくしてよみかへりおきて、天によはゝりていはく、『われ今のことく幼稚にしてしる事なし。われをうめる母ならては、明操至道をしめさん。天地空曠なれとも、神心一のよりところなく、なんそすてゝわかれはなれんそ』とくるしむはゝかなしみてかたらひていはく、『世間のはうにして、生するものかならすめつす。なかるゝ水かならすしはらくもとゝまらさるかことし。今かなしむ聲をきけは、ふかくやまひのくつうをます』とてなく。又そくりようちのこゝろをもつて、ふたつの手をのへて、はゝのやせたるくひにかけて、かうしやうになきさけふ。

【絵5　瀕死の母の様子】

この時まなしら二人の子にかたりていはく、『明操至道はほたいしんをおこすにすきたるはなし。ほつほたい心とは大悲のしんこれなり。老大にいたる時に、四恩をほうせんとほつせは、よろしくほつしんすへし。今のことく、なんちなきさけふことなかれ。我死亡すといふとも、なんちらは父とゝもにちうせよ』。すなはち長那をよひて、ゆいこんをかたる。『われ今なんちと、車の両輪のことく、鳥のはかいのことくにて、二人の子ありて、我は死してなんちいきて、あはれみやしなひて我いきたる時にかはる事なかれ。又他縁にしたかふとも、こゝろをあらためへんする事なかれ』。梵士はつまのゆいこんをきゝ、僻地に悶絶して、よみかへりなく〳〵いはく、『車は一輪なければ、すん歩をもすゝます。とりはひとつゝはさなくして、尺くうをとはす。なんち死門に入らんに、我たれ人と二人子をやういくせん。夫婦の別離は、おんあひのかなしひのいたす。われ世間をたのします。つまとゝもにまさにいのちをすてゝ死門に入へし』。時につま又いはく、『二人の子は、なんちとわれと共にうむ。ねかはくは別離のかなしひをやめて、まさに二人子をやしなふへし』とものいはす、まなこをとつ。

【絵6　母の死】

父二人の子にをよひ、ゆいこんをもつて、しかいをそうして、家にかへりて、あには右のひさにのほりて、れんほしてはゝをしたふ。おとゝはひたりのひさにのほりて、はんをもとめてかなしむ。憂懐の中に、このおもひをなす。

【絵7　悲嘆に暮れる父子】

釋迦観音之縁起上終

慶安第二戌子姑洗中澣　施主平盛安（「杉原出雲」単辺方形墨印）

我昔依宿習之芳縁、得端正微妙之霊像。伏拝其儀式、宛合往生浄土本縁之説。誠権化之所作、凡鄙豈可窺之乎。爰有俗士。名椙原氏盛安。依此霊像、蒙不思議之瑞夢。最信仰之運、十餘年之思、以和字書本經、加畫図模縁起、欲令男女貴賤早解本經之素意而巳。可謂出離生死之霊寶、往生刹土之龜鑑者也矣。

慶安二戌子年仲春吉辰

釋迦并観音縁起下（外題）

われちからなし。他女をもとめつまとなし、いとけなき子をやういくせん。こゝに梵士あり。毘羅となつく。女あり。心情貞良なり。すなはちかの女をとりて、つまとなしたる時に、世こそつてきくす。さいこくやうやくつきて、庫蔵むなしくして、世にいきてなからへむ事たのみなし。長那つまにかたりていはく、『これより北方に七日につく山あり。名を檀那羅山といふ。甘菓あり。名を鎮頭といふ。まさにかの山にゆきて妙菓をとりて、なんちと二子をやしなはん。なんちわかかへりきたらんあひたは、二人の子をやういくすへし』。

【絵1　継母と兄弟】

こゝにつまそのことはをうけて、二人の子をやういくする事、まことの母のことし。おつとはかの山にゆきてのち二七日に、さらにかへらす。時につま異念をしやうして、これをおもひうたかひたり。長那もしかの山にとゝまりてきたらすは、われいかにしてこのふたりの子をやしなはん。もし甘菓をとりてきたるとも、かれは二人の子を思ひあはれみて、われをはいかゝあらん。今はうへんをもつて、二人の子をおいうしなひなんとおもひて、すてにふな人にかたり、出きたらん時をさためて、又ふたりの子にいふは、『われなんちらをやしなふちからなし。なんちか父すてにいまたかへらす。これより南の方にちかきしまあり。海岸おもしろくして、みねに甘菓あり。はまに美草あり。われなんちとともに、かのしまにゆかん』と舟人のところにもうてゝ、二人の子とゝもにふねにのる。うみをわたりて、絶嶋峯にいたりて、二人の子にかたりていはく、『なんち二人まつおりて、はまにゐて、いさこをもてあそへ。われしはらく舟のうちにありて、よのくひものをとゝのへ、あとにおりて草のみをもとめん』といへり。二人の子すなはちおり、東西にはしりあそひて、よのことをしらす。まゝはゝひそかにもとの舟にのりて、ふるさとにかへる。

【絵2　兄弟を絶島へ連れ出す継母】

二人の子はもとのはまにかへりみるに、はゝも舟もなし。さりところをしらす。うみのほとりにはしりやつれて、聲をあけて母をよふに、さらにこたふるものなし。二人子はよるひるかなしみなく。あにのそうり、かくのことくのことはをなす。『悲母は別離をつけて、一たひさりまたとみす。慈父はたんなら山にゆきて、またかへりきたらす。後母は絶嶋にすておき、ひそかにかへりさる。いかんか身命をそんせんや。すなはち時に我母のゆひこんをおもふに、すへからくわれむしやうたうしんをおこすへし。ほさつ大悲の行、けたつ門をしやうしゆし、まつ他人をとし、しかうしてのち、しやうふつすへし。もし父母なきものゝためには、父母のかたちをけんし、師僧のなきものゝためには、師長の身をけんし、もし貪にしてさいなきものゝためには、ふつきの身をけんし、國王大臣、長者居士、宰官婆羅門、四衆八部、一切に随類して、これにけんせさる事なけん。ねかはくはわれつねに此しまにありて、十方國土において、よくあんらくをほとこさん。山河大地、草木五穀、甘菓とうに變作して、受用せしめんものは、はやく生死を出さん。ねかはくはわれ母の生処にしたかひて、父の生処をはなれし』。かくのことく一百のくはんをおこし、いのちおはりぬ。

【絵3　兄弟の死】

父長那は檀那羅山より、鎮頭菓をとりて、もとの家にかへりきたり。先その二人の子をとふ。後母すなはちこたへていはく、『なんちか子たゝ今飲食をこいもとめて、あそひいてたり』といふ。その父の朋友あり。そのところにゆき、子のありしよをとふ。かれこたへていはく、『なんちいてゝのち、二七日をすきて、後母南海の絶嶋におくりをく。さためて餓死せん事うたかふへからす』。

【絵4　父の帰還】

その時、父長那なきよはりて、『我檀那羅山にゆき、甘菓とりきたるは、二子をやしなはんためなり。いかなるつみにありて、たちまちに二たひ別離のかなしみにあふ。さきの別離のしのひかたきに、今又いきてはなるゝ事、かんにんすへからす』。すなはち、小舟をもとめて、せつたうのはまにいたり、四方にはしりもとむるに、たゝ白骨をふた所に見る。とりあつむるに、衣服は海濵にあり。これわか子のしこつなりとしりて、きものこつをいたきて、なきよはりてくはんをおこす。いまわれもろ〳〵のあくしゆしやうを度脱す。すみやかに佛道をなさんとおほしめし、

【絵5　兄弟の骨を拾う父】

あるひは大地をへんし、或は水火風とへんし、あるひは草木藂とへんし、躰を衆生のために依しなさん。あるひは五穀とへんし、色力増益し、或はもしは天、もしは人、もしは神、一切の貴賤種々の形色、刹として身をけんせすといふ事なく、一心にかくのことく五百大願をおこし、我つねに娑婆世界に住し、せつほう教化して、しゆしやうを利益せんとおほしめして、かくのことくの時、みな食をたち、命おはり給ぬ。時に、閻浮提おほきに動して、諸天衆會をなし給ひ、とりけたものまてもかなしみのこゐをいたしてやすからす。空中には花をちらし、白骨にくやうし給ふ。

【絵6　父のもとに諸天衆会】

その時の梵士長那は、今しやかむににょらいこれなり。兄のそくり《マヽ》といふは、我身これなり。そくりといふは、大勢至ほさつこれなり。朋友といふは、惣持自在ほさつこれなり。むかしのたんならせんといふは、今のりやうせんこれ也。むかし絶嶋といふは、いまのふたらくせんこれなり。劫壊の時、器界をゑするといへとも、劫成のとき、先相還現、彼山の北面にいはやあり。こんかうとなつて大石あり。なつけて寳業といふ。我つねにかの石のうへにありて、大悲行解脱門をといて、しゆしやうをしやうしゆせん。むかし、そうりたりし時、ほつくはんのところなり。山のいたゝきに七宝殿堂有。しやうこんきめうなり。われつねにほうきうてんにありて、示教利喜す。そのかみ父母をよふところなり。われかのおもひによつて、浄土にわうしやうして、不退のくらゐをえて、むかしをおもふに、身をすつるゆへに、つねにかの山にある。異類のとりけたものみな我化現するところに、生するところ也。草木は身をすてしところにむかひて、その葉をあをく、まさにしるへし。光明のうちの偈頌はかくのことくの本末のいんゑんをしめす」。その時、しやかむににょらい、観音を讃して「よきかな〱。まことにいふところのことし。むかしのいんゑんをかそふるに、一々にかくのことし。なんちらまさにしるへし。今日のことくは、我あみたにおよひ一化始終なり。たとへは父母に一子あり。いとけなくして一の井のそこにおつ。そのちゝ井のそこに入て、一子をすくい、きしのうへにおく。その母きしにありて、かゝへとりてやういくす。もろ〳〵の親族母の養のこゝろさしをたすけて、朋友の儀をもとの井のそこにかへさす。我は慈父のことし。五濁の衆生は井底にたすかるかことし。阿弥陁は悲母のことく岸のうへにありて、浄土のことし。観音ははううのことし。不退をうるは、かへさるゝかことし。まさにしるへし。娑婆五濁穢中に入て、六道くちのしゆしやうを教化し、浄土にしやうせしむ。弥陁はいんしやうしてすてに、くはむをん大せいしはしゆこして、ゑ中にかへさす。みな往昔のせいくはんの因縁による」。そのときあみたによらいむしゆ百千の聖衆、空中にけんし、偈をときてのたまはく、「善かな。しやか文在濁しゆしやうを利す。名をきゝ我身を見けり。しやうして佛道をなさせん。往昔のいんゑんゆへ、今きたりて空中にけんす。わか國にゆかんとほつせは、かならすわかゝたにらいかうすへし」。その時、しやかむにふつ、あみたをさんして、けをときてのたまはく、「善かな。両そく尊よくしやは世界を利す。しんしつほうしやう明しひ一さいにほとこす。もしこうしやうおもき事ありて、しやうとにうまれんいんなくは、みたのくはんりきにしやうしてかならすあむらく國にうまれん」。その時、観世音さよりたち、けをときてのたまはく、「二尊日の出のことくよくしやうしのやみをやふる。そのみのいんゑんをけんして、けいこうにもはいはうせす。われむりやうこうをねんして、せつたうのはまにあり。ほつしむ時いんゑんそのかみしやうしの時ありて、二そんは父母たり。今浄穢の土ありてたかいにたすけて世間にけす」。その時、大せいし、けをときていはく、「我初ほつ心より、二そんにしたかいてはなれす。今むかしのいんゑんをきゝて、よくゑんをしりそかすしる。われ一足をとうす時、三悪のくなうをはなれ、もししやうとにうまるゝ時は、てをさつけてさいはうにむかへむ」。その時、惣持しさいほさつ、またけをときていはく、「われむかしはうゆうたりしを、今日よくこれをしる。たうらいをきゝうれは、けつちやうして、しやうとにうまるゝ」。その時、あみたこつせんとしてけんす。大しゆくわんきし、らいをなしてさる。

【絵7　釈迦の説法・阿弥陀の来迎】

寛永之比、我蒙不思議之霊夢。始而奉拝此兩尊者、坐長二寸七分横一寸七分之圓木之中、奉開見。一方者釈迦之像前有阿難迦葉二尊者、一方者觀音之像前有惣持自在菩薩。以栴檀刻其尊容、頗可為佛作者歟。且亦二尊之相好、偏相叶觀世音本縁経之説。依之以此経、為和訓加畫圖、則奉為縁起、花洛北野廻向院令寄進者也。誠如説一切之衆生、現世者福智願望速令満足、未来者往生浄土必可無疑者也。

慶安第二戊子姑洗中澣　施主平盛安（「杉原出雲」単辺方形墨印）

国立歴史民俗博物館蔵『骸骨』翻刻

【凡例】

本書は、国立歴史民俗博物館蔵『骸骨』である。本書の解題および考察については、論考篇第十章「説法・法談のヲコ絵――『幻中草打画』の諸本――」を参照されたい。翻刻に際して、底本に忠実を期したが、本文は追い込みとし、補入も本行に加えた。また、私に句読点を打ち、会話文には「　」『　』を施し、改行も加えて読解の便宜をはかった。なお、誤字、誤写と判断される箇所には、（ママ）を付した。

【翻刻】

来てしはらくもと〻まらさるは、うゐてんへんの里、しやうめつを此所にさためかたし。さりてふた〻ひかへらさるは、めいときやくしやうのわかれ、こうくはいをたれか家にかとはん。見るもきくもみなあたなり。しきりになんたをほくばうの露にそふ。したしきもうときもおほくかくれぬ。むなしくうらみをたひのけふりにむすふなと、されは、おしむにかひなき、うだひの身をすて、しゆしてやくあるほたいの道を（一オ）もとめさる。けに我も人もつたなかりける心かなと思ひとりにしより、るてん三界中のすみかはいよ〳〵物うく、きおんにふむゐのこゝろさしは、しよれいふかくして、ふる里をあしにまかせてうかれ出て、いつくともなくゆくほとに、しらぬ野原に入かゝり、袖もしほるゝふちころも、日もゆふくれになりぬれは、しはしかりねの草まくら、むすふたよりもなきまゝに、あちこち見まはせは、はるかに道より（一ウ）ひき入て、山もとちかく三昧原《さんまいはら》とおほしくて、はかともそのかすある中に、ことのほかにあばれたるふるきたう一みゆ。うれしくおほえて、たうをさしてわけゆけは、風《かせ》にみたるゝ花すゝきまねくけしきもあはれにおほえて、

　世の中にあきかせたちぬ花すゝきまねかはゆかん野へもやまへも

やかて、此たうにたちよりて、一夜ををくるに、つねよりも心ほそくしてうちぬることもなかり（二オ）き。あかつきになりて、まとろめりし夢にたうのうしろへたち出たるに、こゝかしこにふるきがいこつおほくむれゐて、そのふるまひ、をの〳〵おなしからす。世にありふる人のことく、あなふしきのことやとおもひて見るほとに、あるこつちかくあゆみよりていはく、

　さてもさはその身のはてのいかならんよそかましけの人のけしきや

けにことはりとおほえて（二ウ）

　しはしけにいきの一すちかよふ程野辺のかはねもよそに見えけり

さて、したしみよりてなれあそふほとに、日比われ人をへたてけるこゝろもうせはてゝ、しかもつねにあひともなひけるがいこつ、世をすて法をもとむる心ありて、あまたのちしきにたつねあひ、あさきよりふかきにいりて、せつほうけうけせしを、はしめよりをはりにいたる迄、つきそひて見きゝはんへりしに、（三オ）ほかより人のよふ心ちして、にはかにおとろきぬ。一のゆめすてにむなし。みゝにみてるものは、松《まつ》風の木《こ》すゑをはらふこゑ、

のちの夜まさにあけなんとす。まなこにさへきるものは、けい月《けつ》のまくらにのこるかけ、わつかにへんしのあひたにおきて、あまねく多年の事を見る。そも〳〵いつれの時か、夢《ゆめ》のうちにあらさる。いつれの人かがいこつにあらさる。しはし十方の衆生も、まうざうのゆめのうちの骸骨《かいこつ》に（三ウ）むすふ。あにたゝこの一くはんのゐにかくところのがいこつ身にあらさらんや。しるへし、生と死と一事にして夢とさむるとおなし事なり。それ骸骨《かいこつ》と申せはとて、この身のほかにかやうのものあるにはあらす。人ことにこのかいこつを五色のかはにつゝみて、もてあつかふほとこそ、おとこをんなのいろもあれ、いきたえ身のかはやふれぬれは、そのいろもなし。上下のすかたもかはらす。たゝいまかしつきもてあそふ、かはのしたに、このがいこつ（四オ）をつゝみてもちたりけりとしりて、此繪を御覧すへし。

【絵1】むさうこくし（四ウ）

【絵2】（五オ）

【絵3】一　申へき事の候。二　何事にか、あら〳〵おそろしの人のけしきや。三　まことに、さそおほしめし候らん。いきたえ身のかはやふれぬれは、人ことにかやうに候そ。御身はいかほとなからへさせ給ふき。はかなくこそ見え候へ。四　あら〳〵まことに〳〵。（五ウ）

【絵4】とたんとう〳〵。

　君か代の久しかるへきためしには神そうへけんすみよしのまつ

すみよしの松〳〵。あらおもしろや〳〵。めてたや〳〵。（六オ）

【絵5】世の中はまとろまてみる夢なれはさてやおとろく人なかるらん

一　こなたへよらせ給へ。くちすはん。いつまてもおなしとしにてなからへたくこそ候へ。二　まことに〳〵さ

絵1

絵2

絵3

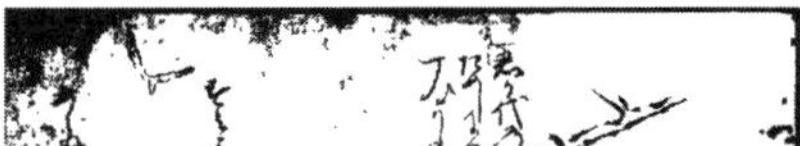

絵4

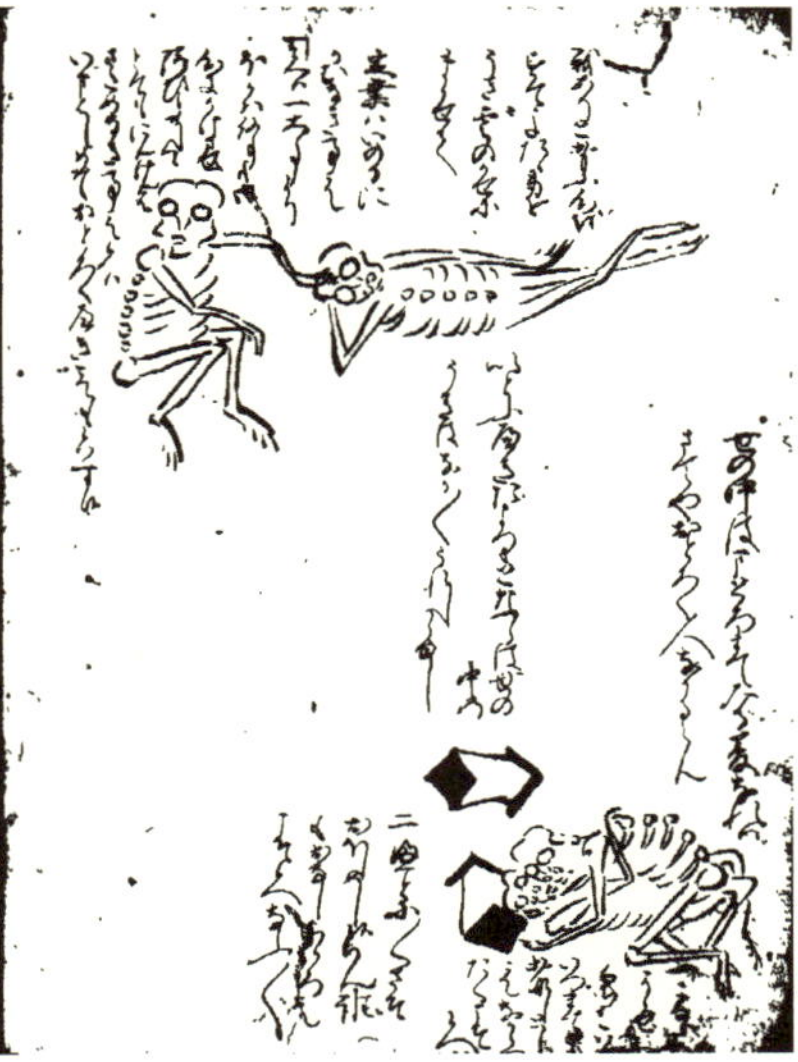

絵 5

絵 6

絵 7

絵 8

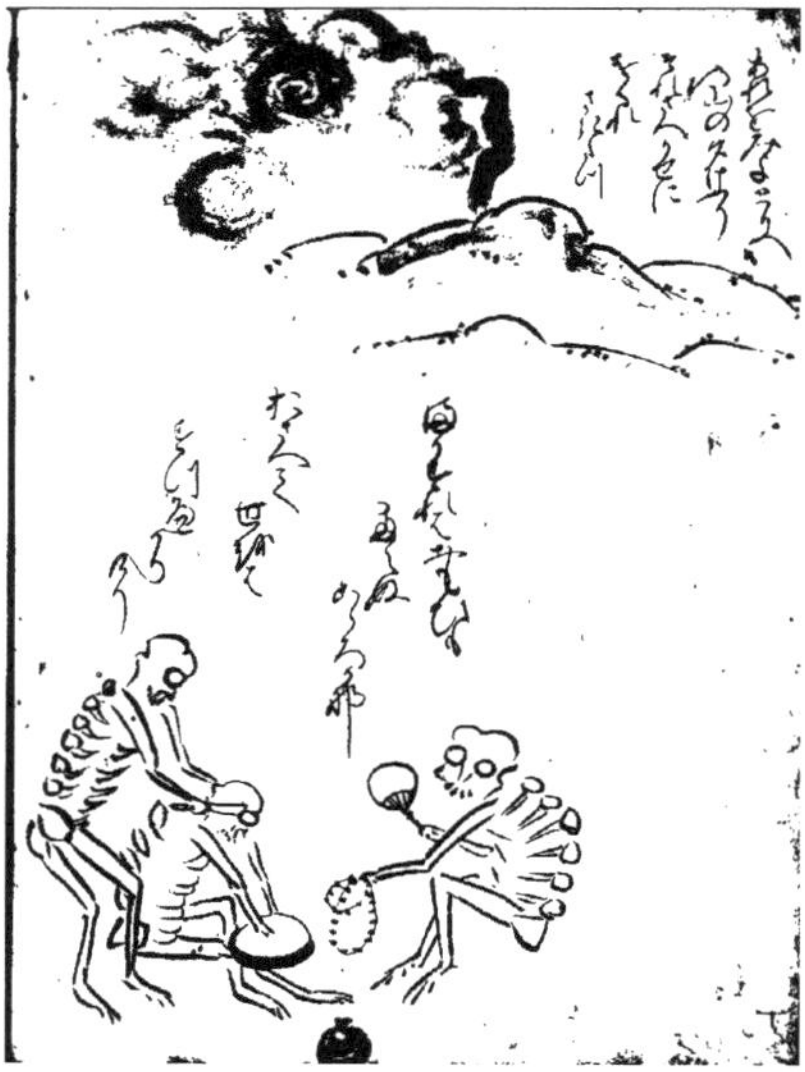

絵9

そおほしめし候らん。誰もおなしこゝろにてこそ候へ。なふ〳〵。

我ありとおもふ心をすてよたゝ身をうき雲のかせに
まかせて

定業はいのるにかひなき事にて候へは、一大事よりほかは何事も御心にかけさせ給ひ候ましく候。とてもにんけんはさためなき事にて候へは、いまはしめておとろくへきにても候はす候。

いとふへきたよりとならは世の中のうきはなか〳〵
うれしからまし（六ウ）

【絵6】何とたゝかりなるいろをかさりけんかゝるへしとはかねてしらすや（七オ）

【絵7】はかなしや鳥辺の山のやまをくりをくる人とてとまるへきかは

世をうしとおもひとりへの夕けふりよそのあはれと（七ウ）いつまてかみむ

【絵8】はかなしやけさ見し人のおもかけにたつはけふりのゆふくれのそら（八オ）

【絵9】あれをみよとりへの山の夕けふりそれさへかせにをくれさきたつ

まかすれはおもひもたえぬこゝろかなおさへて世をはすつへかりけり（八ウ）

世の中のさためなくして、をくれさきたつこと、いまにはしめたる事ならねとも、けふこの比かやうなるあへなきことのあるへしとは、かねてもしらぬ事なれは、にはかにあらぬ事のあるやうに、おとろくことのはかなさよとおもひとりて、さまをかへんと思ひて、貴僧をしやうしてかみをそり、かいをたもちて後、我か身のあるへきやうをとひ申けれは、此さう申されけるは、このころはむかしにはかはりたり。（九オ）いにしへだうしんをおこすとて、寺《てら》をいつるをいかなるゆへやらんと見れは、坊主《ほうす》にちしきもなく、あつまる僧も心さしなきゆへなり。めん／＼のやうなる世をすてたる人も、ざぜんをは物うくおもひて、くふうをはなさすして、だうぐをたしなみ、さしきをかさり、がまんたかくして、みやうじをのそむ。かやうのふるまひを見る時は、こゝろさしある人のましはるへきやうもなけれは、出るもけにはたうりなり。かやうの事を聞たりとも、（九ウ）さらはたうしんをおこし、くふうをなしたまはすして、たゝころもをきたるはかりにて、みやうもんもうせす。せけんにいろひ、なをもとめて、とくあることをもとめたまはゝ、たゝとりかへたるさいけなるへし。ころもけさはよくきたれは、よくあしくきたれは、なか／＼きぬにはをとり候。かいをやふりてころもをきれは、ころもはなはとなりて、身をしばり、けさはくろかねのしもととなりて、身をうちさえなむとしやうげう（十オ）には見えたり。よく／＼心うへし。はかいなる僧比丘尼のありくあしのあとをは、五千の鬼《おに》ぬす人のふみたるあとなりとて、はゝきをもてこれをはくとこそうけたまはり候へ。かやうに申も百千の一なり。いかにも心さしあらん人にとひたつね給ふへし。ゆめ／＼をこたる事あるへからす。かやうにしめし給ふをきゝて、このをしへのまゝに、身をも心をももちて、あまたのちしきにあひたてまつり、一大事のいんゑんをとひ、又（十ウ）心さしある人の所へは、みちのとをきをもかへりみす、たつねありきて、今は山にもこもりて、きゝをきし所をもしつかにかへしみんと思ひて、ある山さとにわけいりけるに、このさと人とおほしくして、としのよりたるをんな一人、ゆき合けり。うれしく思ひて、「このへんにあきたるあんやある」とたつねしかは、かのをんな申けるは、「あれに見え候松のもとにこそ、こゝろさしの御わたり候比丘尼と申て、人のまいり候へ。をしへたてまつ（十一オ）らん」とて、ふみまか

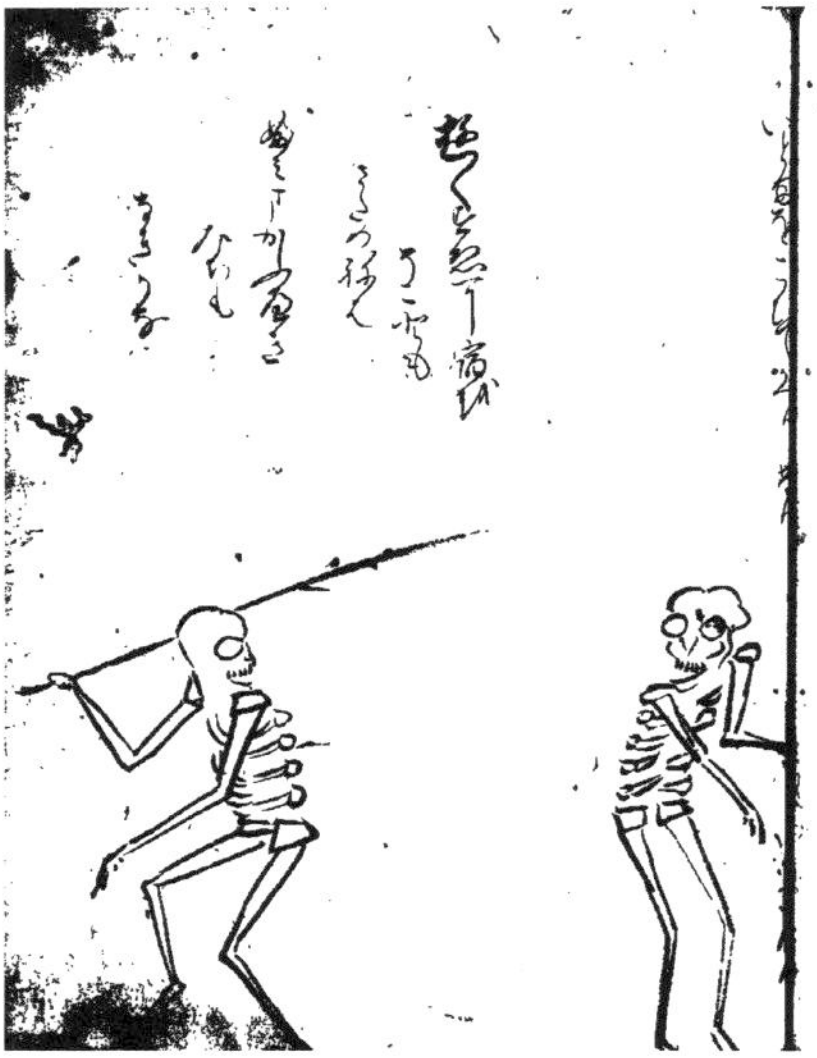
絵11

絵10

ふへきみちを、をしへかへりけり。このをしへのまゝにゆきてみれは、しばのいほりのあれたる一あり。たちよりて、「物申さん」といひけれは、しはらくありて、出たるをみれは、とし七十はかりなる比丘尼の、まゆにはしもをたれ、こしふたへになるか、すみそめのころもにくりいろのけさをかけて、「なに事にや」とてあゆみ出たり。「これはあんぎやの比丘尼にて候。うけたまはりをよひ候て、これまてたつねまいり候」と（十一ウ）いひけれは、「これへ御いり候へ」としやうじけれは、さしいりてみるに、一間なるあんに、まなかにとこをはりて、ゐんざ一をきたり。まへにはいしかなわに、ほうらい一よりほかは、かくとて見ゆる物なし。しはしはたかひに物もいはす。やゝありて、きやく比丘尼《ひくに》申けるは、（十二オ）

【絵10】ゆくするゐもかへらんかたもおもほえすいつく
もつゐのすみかならねは

一　この山にあきたるあんや候。をしへさせ給へ。二
こなたへいらせ給へ。をしへたてまつらん。是よりするゐ

絵13

絵12

にはまかふへきみちも候はすとて、（十二ウ）

【絵11】いとまをこひてかへりける。

ゆくすゑに宿をそこともさためねはふみまかふへき
みちもなきかな（十三オ）

【絵12】うつめたゝみちをはまつのおち葉にて人すむ
やとゝしらぬはかりに（十三ウ）

【絵13】（十四オ）

【白紙】（十四ウ）

とふ「かみをそり、衣《ころも》をすみにそめて、かやうには成て候へとも、さらに一大事のいはれをしらす。もしかやうになりて候とも、このいはれをしり候はすは、比丘尼になりて候かひあらしとおほえ候ほとに、これまてはる〳〵たつねまいりて候。じひをもて心え候やうに御しめし候へ」。こたふ「身つからも、かやうになりて候へとも、いまたさうをうのぶんも候はねとも、さりなからきゝをきし事を、あら〳〵かたり候はん。つら〳〵しやうじりん（十五オ）ねのいはれをたつぬれは、うさうしうちやくのまうねんよりおこり、わつかにせけんにぢやくする思ひをひるかへせは、又佛にちやくするとがをなす。これひとへに、一しんのたへなるいはれをしらさるゆへに、みたりによしあしの心にしたかふ。しかれは、此心は、ひとり一さいのさうをはなれはてゝ、かへりて万法の心のみなもとをしる。この心をたねとして、一さいのねんはおこる也。物のいのちをころしては、地こくにおち、ものおしみては、がきと成（十五ウ）物をしらすしては、ちくしやうになり、はらをたてゝは、しゆらたうにおつ。五かいをたもちては人に生れ、十せんをしゆしては天人に生《うまる》る。これを六道といふこのうへに四生あり。これをくはへて、十かいといふ。みなこれ一念のなす所也。いまこの一ねんを返してみるに、とるへきかたちもなく見るへきいろもなし。おこりてきたれるはしめもなく、さりてとゝまるをはりもなし。ちうけんも又じうしよもなし。されは、ねんよりおこる所の十かいも、又かくの（十六オ）ことし。ほとけもまことなけれは、ねかひもとむへき所もなく、衆生もむなしけれは、きらひすつへき所もなし。おほそらの雲のことし。水のうへのあはに似たり。たゝおこる所の一念もむなしきかゆへに、なすところのまんほうもまことにあらす。すなはち一ねんのほかに万法なく、万法《ほう》のほかに一念なし。念と法とひとつにして、こと〳〵くこれむなしきなり。この時、一さいの物を見るときみなむなしと思ふねんのおこれるをも、むなしとおもふへからす。むなしと（十六ウ）おもはさるところをもよしと思ふへからす。かやうになるをも又よしと思ふへからす。さては、一さいをよしとよしとおもはさりける物そとも、又思はすして、つねにざすへし」。とふ「いかなるいはれにてか、たうしんをはおこさせ給ひけるそや」。こたふ「これもおさなかりし時、ちゝはゝのはからひにより、かみをはさみて、寺にをきたりしかとも、かやうの一大事をもしらす、経《きやう》をよみ、ほとけをおかむはかりを、比丘尼のわさなりと思ひて、あれをたしなみ、又いろよきたき衣を（十七オ）見ては、うらやましく思ひて、ひんなるをやをわつらはして、たうくをたしなみ、みやうじをのそみて、すてに蔵主までなりたりし時、おなし所の人子を、かつしきになしてをきたりしが、にはかにしにたりし時、せけんのさためなきことを思ひとりて、ためんあはれのまゝにて、鉢《はち》けさはかりたもとに入、てらをは出て、あまたのちしきをたつねありきて、いまはふしんもなしとおもひて、この山にいりて候しか、猶もよく〳〵さうをうするほと、ちしきのしたにゐへく（十七ウ）さふらひけるものをと、今はそれのみくやしくこそ」とそかたられける。

これをまことにたつとくおもひて、てうせき水をくみ、たき木をひろひて、せいしをし、よるはざをなしてをこなひけるか、あるとき、《とふ》「人のはしめはいかなる物にて候けるそや」。「われも此ふしんをおこしてさふらひし也。たとへは、人のちゝはゝは、火打のことし。かねはちゝ、いしはゝゝ、火は子なり。これをほくそにたてゝ、たきゝあふらにつくるかことし。ちゝはゝのあひあふとき、火うちのかとにうちあはする（十八オ）とき、火の出るかことく人の子はいてくるなり。されは、火ははしめなき物なれは、つゐにはたきゝあふらのゑんつき候時、火もやかてきゆる。人も、ちゝにもはゝにもはしめなかりしゆへに、つゐにはうする事あり」。

《とふ》「かやうに候に、なにものか地こくにおち候そ」。《こたふ》「人の心はえんによりて出くる物を、まことありとおもひて、これにてよしあしをわけ、心によき事をはよろこひあはぬ時ははらをたつ。この二ッの心をたねとして、心にかなふことをたねとしてはりんねし、（十八ウ）あはぬ心をたねとしてははらをたて、へつらひて地こくがきのくはほうをうけしなり。されは、心にそむくをもなけかす、心にかなふをもよろこふへきにあらす。たゝし此一大事をあきらめすは、一さいの事をしりたりとも、たゝりんねのもとひなり。もし一しんをあきらめは、むかしいまの一さいのつみをめつして、ほんふんにかなひ候へし」。

《とふ》「いかなるを道心《とうじん》と申そやむ。《こたふ》「まことの道心と申はほとけにありてもまさらす、人にありてもをとらす、むまれ（十九オ）てもきたらす、しにてもさらす。いかなるゆへに、かやうなるそといへは、まなこにみゆる物、み〻にきこえ、心におもふ事、そうして一さいのは、一度《たび》むなしくなりて、ひとつもと〻まらさりけりとみるを、たうしんとは申なり。よのつね人のさためなきうき世なりとて、世をすつなは、しはらくの事なり。又一さいむなしともおもひはつましき事也。むなしきこくうより、一さいの物をはく〻みて、一さいの色をいだす。一さいのいろをはなれて、一さいのいろを（十九ウ）出すこくうなれは、ほんふんのでん地といふ。いかなるゆへに、ほんふんといへは、一さいの草木《そうもく》はみな地よりいで、一さいの色はこくうより出るかゆへに、かりのたとへをもつて、ほんふんのてん地といふなり。

さくら木をくたきて見れは花もなし花をは春のそらそもちける

この哥のこ〻ろをもてしるへし。むなしきこくうより一切の色の出る事、た〻春《はる》の花のみにあらす。夏秋冬《なつあきふゆ》の草《そう》木《もく》の色のうつりかはる（二十オ）ことをもて、こ〻ろふへし」。

とふ「僧比丘尼《そうひくに》は、ろさいをするか、ほんにて候やらん。又ほいたうをよういして居へく候か」。こたふ「これほとの事は人にとふまてもなき事なり。かみをそり、ころもをきるほとにては、鉢けさより外は、わか物とて、かみのひとつをももつへからす。あしたには百姓《ひやくしやう》の門《かと》にたちこつしきすへし。ゆめ〳〵ほいたうをもつへからす。又たんなの僧をくやうするやうをみれは、ときをたにもくやうすれは、これより外のことなしと思ひて、（二十ウ）又僧比丘尼のかたよりは、きやうの文字よみ訓て、まうしやをたすけ、しんせをつくのはんとす。此分にては、僧もたんなも地こくに入事、うたかひあるへからす。

とふ「さていかやうにたんなをはをしへ候へき」。こたふ「さきに申つることくに、ほんふんのくふうをなさせて、われも此くふうをなすへし。ある人のいふをきけは、くふうをなす事はわか身のためなり。まうしやのためにはきやうだらにをみつへし。かやうにいふ人のくふうときやうといふも、すへて（二十一オ）あたらす。た〻わか心のみなもとをさとりぬれは、一切のしゆしやうをたすくへし。このうちに、わか心さすまうしやものかるへからす。いかなる故そといふに、一さいのほとけ衆生とは、みなまほろしなるゆへに」。

又いはく、「ろさいのことにすくれたる事は、むえんのものゝ、僧《そう》にもちかつきえさるものゝもとにゆきて、ときのつゐてに、一大事のいはれをいひてきかするゆへ也。ろさいの時も家をえらはす。しだひにすへし。上品の（二十一ウ）僧は家三ッ、中の僧は五ッ、下は七ッなり。これも家をもらさす。結縁《けちえん》せんするため、ろさいを第一の経とす」。とふ「人の死候時はいかやうになり候そや」。こたふ「四大をわけて返し候なり。四大とは風火水土のことなり。人ことにこれをはなれたるもの候はす。されは、いきは風、あたゝかなるは火、身のうるほひて血けのあるは、水のとく也。これをやきもしうつみもすれは、土《つち》となり候。此時、ぬしとてとゝまるもの一つも候はす。（二十二オ）四大をわけてかへすと見る時は、しぬるとは、かりにつけたる名なり。又まよひのまなこにみるなり。さる人は常住《じやうじう》なりと見るゆへに、

　なにこともみないつはりの世なりけりしぬるといふもまことならねは

これをふらうふしのくすりといふ。

とふ「身はしねとも、たましゐはしなすして、残とゝまるといふ人もあり。又身もたましゐも同事にしぬるといふもあり。いつれをかまことゝ申へき」。（二十二ウ）こたふ「身はしねともたましゐはしなすと申は、外道《げだう》とてあしきものゝことはなり。身のしねはたましゐもしぬるといふは、ほとけの御ことは也。これによりて、こゝろふへきやうあり。身もたましゐも一度にしぬるといふも、人のねうはうの男《をとこ》にしたかひて外へゆき、又人のうちのものゝしうにしたかふことくにはあらす。たとへは、あはせたるたきものゝことく、たきものは、人の身のことくにほひは心なり。人の身と申は四大の（二十三オ）よりあふとき、たきものをあはすれは、にほひのいてくる

かことく、人の心はあるものをしらすして、身はしねとも魂《たましひ》はしなすして、出さると見るは、おほきなるあやまり也。身とたましゐとふたつありと見るもの〻、まよはすといふ事有へからす、よく〳〵こ〻ろふ所なり」。

とふ「いかなるをまことの佛法とは申そや」。こたふ「まことの佛法をしゆぎやうするは、佛法ならふにはあらす、わかひか事をやむる也。ひか事といふは、（二十三ウ）迷悟凡聖《めいごぼんしやう》の四相《さう》をいふなり。めいといふはまよひ、悟といふはさとり、ほんといふは人、聖といふはほとけなり。このおもひをやむれは、をのつからほんふんにちかつくを、いま人のおもふ事は、みなわれはほんぶんなりと思ふ時は、ほとけをうらみ、まよひそと思ふ時は、悟《さとり》たき思ひあり。此まよひさとり凡夫《ぼんぶ》仏の四をもて、ほんふんのほとけをくらまます《（ママ）》なり。ほんふんの佛といふはこくうの事なり。このこくうを大光明蔵三昧《くわうみやうざうさんまい》ともいひ、又金剛《こんがう》（二十四オ）の正躰ともいふ。あるときは心源《しんげん》といふ。本来のめんもくなと申も、みなこれほんふんの田地の名なり。一さいの色かたちある物はみなほんぶんにかへるへし。一さいのもの〻みな一たびむなしくならすといふ事あるへからす。むなしくなるをほんふんにかへるといふなり。いま時の人の、此ことはりをはしらすしてかへにむかひて座する時、えんによりて發念《おこるねん》は、みなまことにあらさる事をしらすして、一切のことをおもはぬを、（二十四ウ）ざぜんするとおもひ、まんねんをおこさしとうちはらひて、何事もおもはぬものにならんとて、少しつかなれは、もう〳〵としてねふる。又日ころあてかひはからさる事の出来ば、座中に出きたる物なれは、これもよき事やらんと、うたかひ念《ねん》の發《おこる》時は古人《こじん》のことはをこうあんにして、これにてまうねんをさまたけんとする人もあり。古人のこうあんを人にあたふることは、かやうの用事にあらす。た〻ほんぶんをしらさる人（二十五オ）に、これをしらせんために、古人のほんふんにかなふ時、ことはをいかなるゆへに古人はかやうにいひけるやらんとうたかはせんために、是をこうあんにして、うたかひてふしんをとほりて、ほんふんにかなはせんためなり。もしこの所をき〻て、迷悟凡聖のおもひをやめは、をのつからほんふんにちかつくへし。たゝおとこはおとこのまゝ、女はをんなのまゝにて、この身をも心をも、まことなき事をしりてのそむ所なきを、善男子善《ぜんなんしぜん》（二十五ウ）女人とて、佛是をほめ給ふ。在家《ざいけ》の五《ご》欲《よく》のなかにてしゆきやうするをは、火中の蓮華《れんけ》とて、ほとけ殊にこれをほめ給ふ。この五欲《ごよく》も縁《えん》によりていてきたるゆへに、まことなしみなまぼろしなれはとても、いとふへきまことの身心もなき故なり。これほとに、まほろしの身をいのるとて、もてあつかふ事をいましめてもろ〳〵のきやうにとき給ふを、此をしへのことくにはなくして、あまつさへ此きやうをよみて、身をいのるもの、いかてか仏の（二十六オ）御心にかなはんや。たとへは、人の大事を文にかきて、人の下人のかたへつかはしたらん時、もし此下人どんごんにして文の用事をはしらすして、是を日ことに取出してまき返し、文字をかそへて日数をくり候とも、いかてかそのしうの心にかなはんや。けつくそのふみをしうのまへにもちきたつて、そのもしをかそふとも、そのようかなふ事あるへからす。佛法又かくのことく、いま時のきやうをよむ人をみれは、其経のをしへの（二十六ウ）ことくにはふるまはすして、佛のいましめ給ふみやうりをいのらんために、此きやうをよみて佛神をすかし奉て、物をこいたてまつる。いかてか仏神の御心にかなはんや。かやうの人の心にとうじて、さらはなんちか申事かなえんとて、仏法にそむく事をし給ふ事あらんや。神に三ねつのくるしみありと申も、衆生に貪瞋癡《とんじんち》とて三ツのとがあり。是によつて衆生の地こくにおつる事をなけき給ふを三ねつのくるしみとはいふなり。（二十七オ）貪といふはむさふる、瞋《じん》といふはいかりをなす。癡《ち》といふは愚癡《ぐち》の事也。仏法をしらすして此三の心をおこすをいましめ給へり。今人のいのり申ことは、みな神の心にそむく事なり。されはこれほとに、人の申事のおもふやうにかなはぬ事は、仏神の御心にそむくゆへ也。此人の仏神《ふつちん》をしんするは、仏神の用事にあらす。たゝ身のため也。仏神をしんすると申は、仏神のかこによりて、我等この仏法をきく、是によりて（二十七ウ）生死をはなれんする事は、ひとへに佛神《ふつちん》の御恩《おん》にあらすやとて、此法恩《ほうおん》のためにまいりて礼拝《らいはい》をするを、まことに仏神を信《しん》するとは申なり。かやうのことはりをしらすして、わかしらぬ心をほんとして、心のまゝにふるまひたまはゝ、人けん老少不定《らうせうふぢやう》なり。いつるいきのゐるいきをまたす。牛頭馬頭《ごづめづ》のせめのかれかたくして、地こくにおち給ふへし。餓鬼畜生修羅人天《がきちくしやうしゆらにんてん》の六道《だう》のたねは、みなわか心の実《まこと》にありと（二十八オ）思ひてなす時、うけたる也。たゝこの身をも心をもまほろしのやうなれは、すへてまことなしと思ひて一さいのことをするとも、みなこれまほろしたるへし。もしこの身をも心をも実にありと思はゝ、一切のぜんごんもみなこれりんゑのしやうじのがうなるへし。

とふ「こゝにおほきなるふしんあり。佛の五十余《よ》年のせつほうをきゝて、このをしへのまゝに修行せんとすれは、さいこに佛の給ふやうをきけは、はしめをはりまて一字をも（二十八ウ）とかすといひて、仏手つから花をさしあけさせ給ふを、かせうかすかにわらひ給ひし時、ほとけのたまはく、『われにまさしく法《のり》の妙《たへ》なる心あり。今なんちにふぞくす。末世の衆生にほとこすへし』との給へり。仏ことはなくて、こんはらけといふ花をあけ給ひしを、かせういかなるいはれとも、とひ給はてわらひ給し時、これをゆるし給ふことは、いかなるいはれそや」。

こたふ「ほとけ五十余年のせつほうは、たとへはおさなきものを（二十九オ）いたかんとする時、手の内に物ある事をいひてちかつく時いたくかことし。五十余《よ》年のせつほうは、手をにきりて、おさなきものをまねくかことし。この故に方便《はうべん》といふ。いまほとけのかせうにつたへ給ひし所のほうは、此おさなき物をいたきとりたる所也。然《しかる》に、この花は身もてなしてしるへきにもあらす、心にはからひてしるへきにもあらす、口にいひてもしるへからす。この身口意《しんくい》をからすして、しゆきやうするといふ事をしりて、（二十九ウ）身をかりてはさして見、心をかりてはなして見、口をかりては人にとふへし。この心をしらんとおもはゝ、一さいの所にて、さても佛《ほとけ》のあけ給ひし花を、かせうのわらひ給ひし事は、いかなる所そとみるへし。此いはれをしらすは、一さいのほうもんをしりたりとも、世の中物しりたる人とはいはるゝとも、佛法《ふつほう》しやとはいふへからす。此花はこれ、三世の諸佛《しよふつ》の世にいてゝ一ぜうのほうとの給ふは、此花の心なり。

天竺《てんぢく》の廿（三十オ）八祖《そ》、唐土六祖よりこのかた、一大事といふは、此事也。一大事といへはとて、世間の人の死くる事を大事なりといふやうには、心うへからす。一大事といふは、ほんふんの田地《でんち》の名也。ほんふんの田地とは、心のみなもとゝいふ、こくうの事也。こくうは一切の物のはしめなるか故に、一といふならびなきかゆへに大といふ。これによてこくうを一大といふ。たゝ此一大事をしらさらんほとは、一さいのいたつら事をやめて、これを（三十ウ）尋ぬへし。此花のいはれをしりたらは、一切の物佛法なるかゆへに、いたつらなるものなし。是をしらさるときは、佛法とおもふも、いたつらなるへし。（三十一オ）

国立歴史民俗博物館蔵『源氏供養　附卅六人歌仙開眼供養表白　明法抄　孔子論』翻刻

【凡例】

本書は、国立歴史民俗博物館蔵『源氏供養　附卅六人歌仙開眼供養表白　明法抄　孔子論』である。本書の解題および考察については、論考篇第十二章「『源氏供養草子』考――寺院文化圏の物語草子――」を参照されたい。翻刻に際して、底本に忠実を期したが、本文は追い込みとし、私に句読点を打ち、会話文には「　」を施し、改行も加えて読解の便宜をはかった。なお、誤写と判断される箇所には、右傍らに（ママ）を付した。また、虫損などにより判読不明な箇所は□とした。

【翻刻】

源氏供養

洛陽のほとりに、安居院の聖覚法印といふ人あり。空假中の三諦を表して三の坊をつくり給へり。その中に、假諦の舎をは、客殿と名つけて、東にあり。仮殿は賓客のことし。説法はみな常住にあらす。山水木立、風流をつくせり。次、空諦の家をは、談義所と名つけて、西にあり。経論聖教等ををけり。法門談義は万法空寂をなすか故也。次、中邊門の家をは、釆子殿と名つけて、従類眷属のすみか、又賢財雑具を堤蔵する故に、奥院ともいひ、万法を出生する故に、中邊門ともいふなり。

しかあるに、或年三月中の比、請用ひさしく絶て、徒然なりけるに、素絹の衣に麻袈裟うちかけて、客殿の坊に縁行道をして、さま〳〵の説法業せられけるに（一オ）南おもてに、枇杷の木紫竹なと植られたり。是を見て思はれけるは、世間にはおもひかけぬ事をいひかけらるゝ習なれは、もし人あつて枇杷や紫竹なと供養して給れといはんにいかに供養すへき。案してみはやとおもひて、柱に寄傍て独言に宣ける様は、「方今百枇杷の木讃談したてまつるに、所依の経論は是をしらす。又李嶠か百詠に嘉樹十首の詩あり。その木の数を案すれは、松もあり。桐椿梅橘なとよにあれとも、枇杷の木はみえす。千字文にこそ、枇杷晩翠梧桐早凋と侍るなれ。是は、堯王の御時、菀八十里に植て熟する事をやおほしめしけん。枇杷は、晩翠の物なりけるやと宣旨成ける時、その枇杷日を論せすして、銅の鈴をはりたるかことくに熟しけるれい木也。上古の王、此木を植ならへて王みつから（一ウ）此木をめくり給ひけり。その比、蒼頡といふ人、鳥跡を見てはしめて文字をつくる時、木を比《ナラベ》、木を巴《メクル》といふ字をとり合て、枇杷とはつくりける也。吾朝には、源大納言延光卿、思はしき人には此枇杷の木をたひけり。さてこそ、枇杷の源大納言とは申けれ」。次、紫竹は、堯王の陵湘浦といふ所より出来けり。是も堯王の御女、娥皇女英と申けるか、舜王に渡れたてまつりて泣き給ひける。御泪くれなゐにして、彼湘浦の青き竹にかゝりて、斑に染なしけるとかや。後の人、是を紫竹と号する也。その比は、明王の世に出給はんとては、かならす白花の竹にさくは、鳳凰の居す様にみえけるにやなとゝ供養してもや」とひとり笑ころしつゝ、又西向の縁行道をし給へは、閼伽棚、手水桶なとあり。

是をも供養してみはやとおもひて、（二オ）「将今、閼伽棚や手水桶の功徳を讃談したてまつるへし。先、閼伽とは、天竺のことは、此には浄器と翻す。棚は納蔵の義也。その故は木篇に月といふ字を二つかきてたなとよめり。月は女人の位也。女人はよく物を埸蔵する徳あり。又万物を生長する徳あり。故二つならへて書なり。次、手水桶を讃談せは、先、手は是定恵の二法、水は又清浄の義也。よくほんなふの垢をすゝく。次、桶はその字木篇に角といふ字をかけり。抑、角とはゆかめる所をさせり。されは、木をゆかめて桶と号す。水を湛て、衆生の願を満足せり。故、手水の桶、文にも、水是如来清浄智消深心垢入寶化と尺せり」とて云間、念仏申て、北のかたへ廻り給へり。

此は、閑處也ける間、客人経修の時、土器薄折敷なと縁の下にいくへもあり。是を（二ウ）釋してみはやとおもひて、「将今、讃談したてまつる、盃薄折敷の事。先、盃とは土をもつて作成る器也。土は五行の中には中央、大日如来の浄土也。上十善の君より、下万民にいたるまて、是をもつて浄物とす。是則、大日如来一子平等の利益也。抑、土器の破れ易き事は、分段生死の我等か身分の破れ易き事を表す。我等無明の酒をのむ盃又酒を吸事、我等におなし。形はしはらくことなれとも、心は全く我等におなし。故に、盃の破れ易けれは、我等も将に破れん事をおもふへし。次、薄折敷事、本躰は杉、若は檜の木を割て作成り。将、又折敷の形を見れは、四角にして大地の相を表す。地は運載をもつて能とす。薄き事は破易からん事を存すへし。欲心いたつてあつき故に、折敷はいたつて薄し。（三オ）厚薄相對する故也。後世をねかはん人薄折敷を知識とすへし。久しくたくはへすして明日を期せさる形也」とて打笑て、又東向へ廻り給へる處に、庭上を見給へり。梅はすてにちり、桜は今さかり也。是を又供養せはやとおもひて、すてにはしめんとする處に、東の方より車のおと、はやらかにして、此房の門をたゝく。

法印おとろきて子細を尋んとするに、折節、人一人もなし。専門といふ承仕法師、居眠してありけるを、「あれ〳〵」とおとろかし給ふに、さらにおとろく事なし。あな尾籠やとて、法印いそき立寄て、あららかにおとろかし給へは、肝をつふしてはしり出て、さ右なく門をひらきたり。法印、物のひまより見給へは、八葉の車の神妙なるに、染切たる下簾あたりもかゝやくはかり也。角と額とくろくして大象なとの（三ウ）様なる牛、門前にゆらへたり。卅四五の大童子、木賊色の指衣着たり。法印、あなゆゝしやとおもひて、妻戸の内へ立入て、妻戸の間の簾の内より見給へは、浅黄の直垂に足白なる者とも、七八人はかり車の轅にとり付たり。二人寄て、さ右の扉ををしひらきたれは、牛飼やかて車をやり入侍りき。中間共、胸懸はつし、車のけんとしける様、直人とはみえさりけり。法印、目もあやにおほえて、あきれてそ見え給ひける。

すてに車よりおるゝ人を見れは、廿二三斗なる女房の髪のかゝり、たくひなくいつくしく、顔なとはさたかにもみえす。くれなゐの袴にしろき薄衣を着たり。車になを人ありと振舞けり。案のことく、卅四五斗なる尼御前、色は雪なとの様にしろく、優玄にして、歯もとに金すこし付て笑は壓（四オ）二つ三つゐたる顔けしきして、薄柿の小袖のいつくしけなるに、織墨染の小袖一重着て、しろき袴に絹を頭にまとへり。法印、抑是は何事そと胸うち騒て、障子の内へ迯入侍りぬ。女房、尼御前は、妻戸より立入て、妻戸の間の畳に居給へり。法印、あまりに不審におほえて、いそき聞まほしかりけれは、障子の内にて聲したりけれは、その聲に付て、女房「物申候はん」といふ。法印、いとしらす顔にて、「誰そ」とこたふ。「申へき事候て、東山邊よりまいり候」といふ。法印、「是をは誰か斗とて入せ給ひて候や」といふ。女房、「御説法せさせましします安居院法印の御房とおもひまいらせて候也」といふ。法印、うち笑ふ聲して、「辻説法なと時々つかまつる事は候へ共、東山邊より誰人入を答ふへしともおほえ候はね」といふ。女房うるはし、あたりなと（四ウ）こそ誰人のまいらせ給ひて候なとゝも申事にて候はんすれ。是は数ならぬ事にて候へは、誰と申すへしともおほえ侍らす。御障子ひらかせ給へ、見参にいりまいらせ候はん」といふ。法印、女房たに恥給はさらんに、僧の身にてかくるゝに及はすとおもひて、對座の畳に出むかひ給へり。此尼御前は、北向にましますか、對面とおほえて、西向に居給ひて物いはんとおほしくて、顔うちあかめ給へるけしき申に及す。うつくしくけたかくも見たりける。法印、不思議に思はれける。さて、尼御前、「稚し時より、源氏六十帖をおもしろき事におもひて、常に是をもてあそひ候ほとに、おもはさるに浅からぬ歎をし候て、さまをかへ、かゝる身となり候ぬるうへは、一向に後世菩提をこそ心にかけ候へきに、仏に花香をそなへ、念誦なとし候時も、やゝも（五オ）すれは、源氏の事か心にうかひて、あはれその巻には何といふ事のある物を、須磨明石の秋の夕、花ちる里の春の朝、いたらぬ處もなく、おもひ出されて、心のみたれて候しまゝ、我もかき、人にもかゝせて、おほく持候し源氏をみなすき、かへしになして、みつから法花経を一部書まいらせて候を、いまた供養しまいらせす候。あはれ申候はゝやとおもひ候つれとも、数ならぬ身にて候へは、さ右なく申候はす。されはとて、とさまかうさまの御房たちなとには申候も、何とやらん、おほえておもひかねて持てまいりて候。さこそは候へ、御結縁のために金一うちならして給りへくや候らん」とありけれは、法印、宣ひけるは、「聖覚縁にふれて、時々仏経なんと讃談したてまつる事は候へ共、源氏六十帖をすき返にして、八軸の妙文と成ませ（五ウ）ましまし候らん事、御覚を申ひらくへしともおほえ候はす」とありけれは、尼御前、「これまでの事も候はし。只尋常の惣釋はかりあそはして給り候へし。法印、御房の金うち鳴して給て候とたにおもひ候はゝ、信心は空にうかひ候はんする事也」とて中間めしよせて、御経箱取よせ給へり。織物の嚢の上指したるか神妙なるに、沈香のにほひ浅からす、いかけ地の御経箱の銀の覆輪したるに入られたり。おほくの仏経供養しつれとも、いまた是ほとの事をみす。願主の御けしきといひ、とりさはくる女房のありさまといひ、経箱妙典の庄厳なと、聖覚みなもつて過分也。されはとて黙止すへきにもあらす。人めして銀覆輪に朱さしたる机、一所とりよせ給へは、女房、机の上に一の巻より次第に並（六オ）へたり。御返と表帋に八葉すかしたる、水精の軸あたりもかゝやきてめてたし。

法印、信敬の頭をかたむけ、定恵の掌をあはせ、感涙更に押かたくして、樒の枝を香呂として、磬うち鳴し、三礼法則なとをは略し給ひたりき。大意尺名入文判尺身いかなる様に釋し給へりき。凡皆成仏道の妙理、龍女得道の法門、細々と尺し給ひたりける。提婆品の讃談にいたつて、尼御前も袂をしほり、女房も涙をなかし給へり。それを見て、法印、仏法の心さし外にあらはれて、あゆみを草庵の極にはこひ、歓喜の泪内にもよをして、袖を開、頭の場にうち出す。鷲峯説法の春の花は、五障三従の霞にほころひ、龍女成道の秋の月は、十如實相の水にうかふとそ詠せられける。その時、尼御前なく〳〵心の（六ウ）中におもひ続け給ひけり。

　きくからにおつる涙やしほるらん御法の場の天のは花（マヽ）

女房も心の中に、

　明はらふ鷲のたかねの風なれは五の雲もきえそはてぬる

さて、法印、施主段とおほしくて、「抑今、此御経の御料帋、その子細を承れは、昔は光源氏の物語六十帖のことのは、今は如来一音の金言一部八巻の眞文と成給へり。善悪所以に皆成仏道の妙理なれは、源氏狭衣ともに仏果にいたりぬへし。善悪不二の説教なれは、戀慕愛別おなしく實相にたかふへからす。[一]桐つほの夕の煙は、すみやかに法性の空にいたり、[二]箒木の夜のことのはは、つゐに覚樹の蕚をひらかむ。うつ蟬のむなしき世をいとひては、夕顔の露の命を（七オ）観し、[三]わか紫の雲の迎をかたふけては、すゑ摘花のうてなに座し、[四]紅葉の賀の秋の夕には、落葉をはらふて道場をかさり、[五]花宴の春の朝には、飛花を観して無常をさとる、たまく\仏教にあふ[六]日なり。神明和光の榊[七]葉もひかりを雙給へり。[八]花ちる里に心をとめすして、愛別離苦のことはりまぬかるへし。たゝすへからくは、生死流浪の須[九]磨の里をいてゝ、種智円明の明[十]石の浦にいたらん。我等は是苦海のみ[十一]をつくし也。はやくほんなふ迷悟の関屋を過て、實報花王の清きみきりにおもむかん。よもきふのふかき草むらに分入ては、寶樹のすゝしきかけをおもひやり、尺迦弥陀の尊容を模しては、十方浄土の繪[十二]合とすへし。妄想顚倒の[十三]松風をは、聖衆の音楽にたとへて業障の[十四]薄雲をはらはん、夫今一時（七ウ）の栄花は、あさかほの日影まつ間のたのみなれは、おとめか玉かつらかけてもさらによしなし。谷より出る鴬、初音聞ても何かせん。鳧雁鴛鴦の妙なるさへつりにはしかし。花に宿かる胡蝶のあそひ、只夢の中のたはふれ也。澤のほたるの身をこかす、おもひおろかにつらき戀路かな。つゐにうつろふ花なれは、常夏けふもたのまれす。軒はを照すかゝり火も、野分の風にきえぬへし。御幸の道の松明も、摂取の光にはしかし。慈悲忍辱のふちはかまをきては、七寶しやうこんの槇はしらのもとにいたらん。[十八]梅かえのにほひ、[十九]藤の裏葉の露をおもへは、浮世の無常をいそき、若[廿]菜を摘ても世尊に供し、[廿一]柏木をひろふても妙法をもとめて、つゐに聖衆の音楽の[廿二]横笛をきかむ。鈴むしのふりすてかたき世をのかれ、[廿三]夕霧（八オ）のくらき道をたち出て、[廿四]御法の光をたのむへし。あはれなるかな、[廿五]まほろしの此世をいとはすして、いたつらに愛別の炎に胸をこかしなむ事傷哉。[廿六]雲かくれ[無之]せん月をあらはさすして、長夜のやみにまよはん事しかし。かほる中将香を改て、禅定の衣を染め、[廿七]にほふ兵部卿匂を翻して、精進の煙と成さんには、竹河の水を掬てはほんなふの垢をすゝき、紅梅の色をなしては寶樹のかけにあそはん。まつ宵の深ゆく鐘をうらみけんに、宇治は[一]しひめにいたるまて優婆塞[はしひめ同巻]かおこなふ道を指南にて、椎[二]かもとにとゝまる事なかれ。北芒の草の露ときえなん朝には、解脱の上[三]巻をむすひ、東岱の早[四]蕨の煙とのほらん夕には、栴檀のかけに[五]やとり木とならん。[六]あつまやは是東土無音の栖也。誰か西方不退の台をのそまさらん。有為の我等は（八ウ）[七]浮舟のことし。はやく眞□の彼岸にいたるへし。あるかなきか蜻蛉の此身をいとひすさみにも、一乗妙典を手[九]習として夢[十]の浮はしをわたり、本覚眞如の故郷に帰らん事こそめてたけれ。依之御願もなかく源氏物語をとゝめましまして、すみやかに如来の遺教を修行し給へり。南無西方極楽世界阿弥陀如来、狂言綺語のあやまりを翻して讃仏法輪の縁となし、むらさき式部か六趣輪轉の苦をすくひ給へ。南無平等大會一乗妙典麁言耎語皆第一義に帰し、實相に遂すして信心願主禅定尼、五障の雲はれ三従の霞きえて、妙覚朗然の月にともなひ、十界皆成の花ふさをひらかん。自他法界平等妙益」とて金打鳴し、経机をしのけ給へは、女房なく〳〵白帋にをしひねりたる物を机のうへにさしをき（九オ）つゝ、御経とり納て、法印に暇乞給ひて、各帰り給へり。

さて畳たる物をみれは、砂金十両也けり。法印、同宿の人々に宣ひけるは、「土器の破れ、薄折敷なと供養しつるより強かりつる源氏供養かな」とて笑給ひけり。「さても少かりし時に、名誉ある物一度見さらん事は存外也とおもひて、聖教にいとま惜かりしかとも、安養院の女房より申出して、只一度讀たりし才覚、今日の説法と成て、永き世の恥をすゝきたるそや。されは、各かまへて人数にいり、人に肩をもならへんとおもはん人は、大小乗の聖教の事は申に及はす。文道風月の事より始て、源氏、狭衣、伊勢物語、その外はにふの小屋のいやしき態まても聞のこし給ふ事あるへからす。抑、此尼御前と女房とは何なる人にかおはすらん。女御后なとの（九ウ）御事はしらす。人間界の人ともおほえす」と宣へは、ある人申けるは、「誰もさこそ存候へ、女房は補陀洛山の観音、尼御前は仏種陀山の地蔵菩薩の同車し給ひて、御説法聴聞のために御影向や候らん。けにあやしき事哉」とて、寺門を遣して入せ給はん處を見て、「誰と申人にてましますそ」とあたりの物にも問て来とてはしらせけり。寺門ほとなく走帰て、「准后の宮」とそ申ける。さては、当関白殿の御娘ときこへ給へる美人にてまします。法印、高名したりけるとそ思はれける。

その後、宮も女房にあふて、「さても聖覚法印の御説法こそ冨楼那の再誕といひ傳たる事なれ共、それは経論聖教の事にてこそあるへけれ。此源氏六十帖のつゝきなとはかりも、朝夕手なれたる我等たにも、暗につゝくへし（十オ）ともおほえす。ことさらあはれに貴かりつる御説法かな」とて涙をなかし給へり。その後は御仏事とも常にあつて、法印唱導にそまいり給ひけるとなむ。（一行空き）

三十六人哥仙開眼供養表白　慶舜法印作

先法用　次開眼　次神分　次表白

恭敬白。周遍法界法身如来境智、冥合報仏果成處々、應現一代教主釋迦善逝当社本地、醫王薄伽安楽教主弥陀如来、咸皈一乗妙法花経。兼但對帯八万聖教、従本垂迹文殊觀音。内秘外現身子迦葉、惣佛眼所到塵刹仏土三寶境界。而言、

方今南膽部州、大日本國江州坂田南部法勝寺郷、当社明神（十ウ）寶前、信心願主圖二繪三十六人哥仙之影像一、擬二表三十三人勝妙之荘厳一ニ、今鳴二開眼ノ一梵聲ヲ終ニ期二コトアリ正覚ノ三菩提一ヲ其志趣二何者ナレハ夫迷盧半天ノ月宮誠ニ難シレ覃ヒ。衆生皆預二テ南浮遍照ノ光ニ満ス衆望一ヲ、本地等妙ノ内證至テ難シレ討《タツネ》。我等悉仰二テ諸神垂迹ノ恵一ヲ成二ス所願一ヲ。就中日本ハ是神國ナリ。依報正報何レカ非二ル神明ノ利益一ニ此國ハ何レモ神孫ナリ。僧衆俗衆誰カ非二ル明神ノ骨肉《ショク》一ニ故ニ、入二レハ山野一ニ千草万木併諸神ノ反作ナリ。臨二ハ田畑一ニ、五穀九穂《キウスイ》莫三一トシテ非二ルコト神躰一ニ。日神盡輝ク故ニ詠二シ於花一ヲ拾二フ於菓一ヲ。天台ハ是ヲ尺二シ寂而常照観ト、真言ニハ亦説二ク但為利益説一ト。月神夜照ス故休《キウシ》二於身一ヲ安二ス於心一ヲ。顕宗ニハ惟ヲ云二法性寂然正一ト。密教則宣二フ我本無有云一ト。倩思レハ之衣食《イシ》偏ニ飡二一用シ於天神地祇一ヲ、身命併補《ホ》養ス於宗廟社稷一ヲ。思二ハ神恩ノ忝一コトヲ全身更無二置處一、案二ヒハ祇徳深一ヲ朦心後ニ失二フ計畧一ヲ。

爰当社明神者、本地醫王ノ内ニ（十一オ）證外用無雙ノ霊神ナリ。衆病悉除ノ嵐ノ前ニハ四大五蔵ノ塵病拂ヒ盡シ。身心安

楽ノ水ノ底ニハ千秋万歳ノ徳澤悉聚ル。求長寿得長寿ハ内證本誓ナリ。憑ニム当社一ヲ人有ニ延老延命之徳一、求豊饒得豊饒ハ明神ノ別願ナリ。詣ニル瑞籬一ニ倫ラ成ニス満財満眘之用一ヲ。抑三十六人ノ哥仙ト者、何レモ大聖ノ垂應共ニ哥道ノ宗匠ナリ。凡和歌ト云字ニ和《アツムル》レ歌《タネヲ》云諭臺、則成仏得道ノ種出離生死ノ基ナリ。故ニ日本《ヤマト》歌ハ人ノ心ヲ為レ種ト云リ。即花厳経ノ應当如是。観心造諸如来ノ意也。倩思レハ之、諸仏内證ノ法門諸神利生ノ根源ナリ。所以ニ漢土ハ人貞正《テイセイ》ナリ。非ニレハ緊《キン》句一ニ正ニスコト衆ノ心一ヲ難シ。日域ハ是和國ナリ。非ニレハ和ナル言一ニ莫レ和ニルコト人ノ心一ヲ。臨レ國ニ尋レ軌《ノリヲ》入レ境ニ同レ風ヲ蓋シ、此謂歟。爰以天神七代地神五代置不レ偏レ之。素盞鳥ノ尊讀ニシ出雲八重垣一ト、達磨ノ和尚詠ニヨリ斑鳩《イカルカヤ》冨ノ小川一ト已来タ、孝謙天皇ノ御宇、諸兄家持ノ卿撰ニシ万葉集一ヲ、延喜ノ帝御時、貫之忠峯等集ニメ古今集一ヲ（十一ウ）八代十三代廿一代勅撰、野生葛江満蓮根出レ葉花至レ菓。柿本人丸ハ寄ニセテ嶋隠行舩一ニ、顕ニシ諸行無常之実理一ヲ、花山ノ遍昭ハ以ニ不レ染レ濁《シマ》ニ水一ヲ、示ニス蓮花清浄之深キ道一ヲ。中納言朝忠ノ今行末ハ神ヲ知ランハ、讀ル世間常住之法門也。在中将業平ノ我身一ハ本ノ身ニシテト詠セシハ、本有自受用ノ深理也。明石浦ノ朝霧ト唱ヘシモ、秘経ニ申タル如秋八月勢微細清浄光ノ意也。如風ノ月ニ不レ見人云ヘルモ法花ニ説ル、如風於空中一切無障得ノ理也。起ニタンテ一乗開会ノ内證一ヲ、趣ニケハ千言万葉ノ遊庭《テイ》一ニ三十一字悉應仏利生之妙躰也。出ニテ六道三有ノ貧里一ヲ、入ニレハ開権顕実ノ帝都一ヲ、五七五七々併三五七九ノ成仏也。歌唄頌仏徳皆已成仏道ハ法花円経ノ真文兼云、及耎語皆帰第一義ハ耎一部樞楗也。依之圖ニ繪シテ哥仙ノ之影一ヲ、荘ニリ当社和光之神殿一ヲ、誓ニ請シテ神明ノ納受一ヲ、祈ニル遠近結縁之願満一ヲ。若尓リ信心願主現世ニハ預ニリ垂迹ノ利生一ニ、臨終ハ待ニン本地ノ引接一ヲ、兼後（十二オ）先ハ神勢社官達ニ息災増福ノ望一ヲ。次庄内庄邊成ニ除病延命ノ願一ヲ、後ニハ四海八埏満ニン現当真俗ノ楽一ミヲ乃至法界利益平等。

次發願　次四弘　次仏名　次教化　次開眼詞

将今被開眼供養語ヘリ。三十六人哥仙ノ尊影三身周ニ遍シ法界一ニ、五眼不レ満依正ヲ惣別ノ讃歎可在之。加ニ持シテ木石一ヲ成コトハ二新ニ成妙覚ノ果徳ヲ一。其功尚似レ難キニ開二眼シテ人影ヲ一顕スコト二本地難思ノ境智ヲ一、良其理可レ易ル所以ニ和歌有二衆生發心ノ徳一。大円鏡皆ノ切能云《コヽニ》顕シ和歌亦和ク二目ニ不レ見鬼神ノ心ヲ一、豈非ヤ二平等性智ノ妙用ニ一。是五皆五仏ノ惣躰生善滅悪ノ秘術ナリ。頗ル可レ謂ツ二妙観察智遍於三身ノ徳ト一、則備二四接利他ノ徳ヲ一具ス二三密周遍ノ徳ヲ一。偏ニ成所作智ノ功徳也。所以ニ五七五七々ノ五句ハ則五仏ノ惣躰也。卅一字ハ表ス二卅二相ヲ一。以二卅一ヲ一影ス二卅二ヲ一事家々傳ヘ事也。以ニ意ノ一字ヲ一加成ル事一流ノ秘傳ナル也。故ニ約レハ二法身ニ一五仏ノ惣躰法界躰性智功徳也。云ヘハ二應仏ト一卅二相ノ妙躰上下ノ二句ハ境智ノ冥合極蓋相構報（十二ウ）身也。故ニ一首和歌三身法満功徳、則有二五眼勝用ヲ一。読之人豈非顕三密具足ノ教主三身不二ノ尊躰一哉。次ニ定ル二教ヲ卅六人ニ一事、天台ニハ立二六即ノ次位ヲ一等具シテ有二卅六ノ教一。又一家ノ尺義ノ中ニハ法報應化ノ四身等具シテ成二十六ノ身ヲ一。相起相入根本ニ付テ成ス二卅六教ヲ一。加レハ二一大円仏ヲ一成二卅七号ト一者也。又真言ノ卅七尊ヲ表ル故卅六人也。金剛界ノ卅七尊ノ中ニ歌菩薩在之。此卅七尊ハ等具相即ノ仏躰也。今ノ卅六人ト者所具ノ卅六尊也。能具ノ歌菩薩ハ卅六人ノ惣躰也。故金剛界九會ノ聖衆胎蔵十三大院ノ諸尊只此卅六人ノ反作也。圖二繪シテ之ヲ一釈シ二両部ノ諸尊ヲ一供二養シテ之ヲ一供ス二三世ノ諸仏ヲ一。所修ノ功徳至甚深ナリ。神明ノ納受有二何ノ影カ一。抑御廻向志趣ト者、我等難レ受々二人身ヲ一若捨二此身ヲ一、受テカ二何ナル身ヲ一出二離ン生死ヲ一。我等返値々二仏教ニ一若漏ナハ二此教ニ一信テカ二何ナル教往二生セン極楽ニ一。神ハ和テレ光ヲ勧メ二解脱ヲ一、仏ハ浮ケレ舩ヲ急キ二往生ヲ一、然而ヲ従ニ曙シ従ニ暮シテ後、帰リ二三途ノ故郷ニ一、空去リ空過テ終ニ残リ二六熱ノ苦域ニ一仏モ捨神モ不レンハ守、誰カ助ケ（十三オ）誰カ可キヤレ導哉。此責満レ身春ノ夕ニモ□レ掌ヲ此悲ニ銘スレ肝ニ、秋ノ暁招クレ胸ヲ今信心ノ施主深信シテ二当社ヲ一、成テカ二何事一蒙リ二明神利生ヲ一、修テカ二何ナル善ヲ一増ント二霊社ノ威光ヲ一。運テレ志渉リ二旬月ヲ一廻シテレ計コトヲ送ル二年序ヲ一。爰有テ二善知識一教フ二善巧ヲ一。仍卅六人哥仙ノ尊影不目ニ圖繪之三年ノ間ニ遂二供養ヲ一、諸天ニ必モ随喜シ当社モ定テ納受シ給ラン。此是過去遠々ノ宿善也。此是未来永々ノ亀鏡也。凡歌ニハ必有二風賦比興雅頌ノ六義一。則迷ヘハ六道衆生ノ六根ノ情執也。法躰ニハ地水火風空識ノ六大悟レハ五智一智如来也。故ニ卅六人ノ哥仙ニ被導二還ラン一智本地之旧都一ニ。翻二シテ狂言綺語之戯一レヲ為二讃仏乗ノ因轉法輪縁一ト。仰願ハ神威ハ顕二シ七代五代ノ昔一ヲ、天ノ岩戸新ニ開ケ金輪ハ還二テ聖武桓武ノ古一ニ、花ノ萩戸《ハキノト》遠《イヨ〳〵》盛ナラン。一仁ノ寳等長久ニシテ同二ク沙礫《サシイシ》ハ成レ嚴之唱一ヘニ万庶《ショ》ハ福寿増栄シテ等二ラン煙リ立民之竈《カマト》一ニ。庄内ノ諸人ハ定テ檜種《サキクサ》ノ三葉四葉ノ殿ノ造二種々ニ満ン願一ヲ。隣ニ里上下ハ必呉服《クレハトナ》八重九重ノ唐衣打續テ（十三ウ）成レ望ヲ。仰承歟。（一行空き）

明法抄　聖徳太子御作

政途濫《ミタレタル》之代ニハ四海不レ治マラ、法意ノ廢レタル之時ニハ七郊《コウ》不レ閑カナラ。七星在レ頂更不レ行二無道一ヲ、五行ヲ備レレハ身敢テ不被二非礼一ヲ。法意者為レ世為レ國正刺者為レ公為レ民世者非二人之依一ルニ々二ナリ憲法一ノ。命者非二人之持一ツニ々二ナリ道理一ノ。不レ与二天命一ヲ者不可レ有二人命一。不レ垂二神ノ助一ヲ者不可レ有二人ノ助一。國王尚可レ悲二民ノ口一ヲ、文士而可レ随二賤キ教一ニ家非レ家以レ継為レ家人非レ人、以レ知為レ人公為レ公之時ハ訴ヘ一也。代不レ代之時ハ理二也。論二レハ身ノ之罪一ヲ者如レ論レ付二ケルヲ墨之面一ニ。忘二ル人之愁一ヲ者如レ忘二有レ働《キスノ》之身一ヲ。闇レキ眼ノ之前ニハ紅紫ノ無レ辺忘レ理之時ニハ善悪無レ明コト、仰レキ天ヲ莫レシ誤ツコト。天神成レス變覆《オホテ》レ地ニ無レ謀《ハカルコト》地祇振動ス。可レ怒レ天ニハ八方餘神護レル國、可レ畏レ地ニハ三十六ノ竈在レリ屋《ヲヤケ》、就レ文行レ理者更ニ無二人愁一。（十四オ）知レ道糺レ之者神明加護ス。謀計ハ為二トモ一旦妙潤一終ニ当二神明ノ之罰一ヲ。正直非二トモ当時之依怙一ニ、遂ニ関二ル日月ノ之忽一ニ罪トシテ而勿レ助レ罪ヲ、天之罪スル也。科トシテ而勿レ宥《ナタムルコト》レ科ヲ、神之科スル也。住レテ文弁二レハ正直一無二詞ノ費一ヘ。背レテ道構二レハ嬌飾一ヲ有二心苦一ミ。帯二ル実證一ヲ之者ハ不レ如レ詞、構二ル無道一ヲ之者ハ吐二ク放言一ヲ。願ハ生二セント万人一ニ誡《イマシメヨ》二一人ノ之罪一ヲ。欲レハ殺二サント万人一ヲ者免《ユルセ》二一人之科一ヲ。背レ文之門有二ニハ餘央一行レ理之室ニハ有二餘福一。帰二依シテ三寳一ヲ不レ過レ行二ニハ憲法一ヲ、欽《キン》二仰シテ万神一ヲ不レ勝レ辨二ニハ道理一ヲ。有二ラハ人之悦一馳レ筆而書ルセ。注二セハ人之罪一摺レテ基ヲ愁見二テ人之善一ヲ々二ヘ身之喜一ト。致二スハ人之礼一ヲ顕二スナリ身之礼一ヲ。表二セハ人之難一ヲ出二スナリ身之難一ヲ。不レハ帰二下之理一ニ無蒙二テ上之裁《コトハリ》一ヲ就二テ万人之口一ニ行レヘ之理ハ護二テ衆儀之眼一ヲ定レヨ之。尋二テ昔遺跡一ヲ聞二上代人一ヲ。好二ム損ナル道一ヲ之時ハ鬼神之得レ便ヲ好ム。正道之時ハ神明益《マス／＼》無レ侵スコト。凡受ル患ヲ本ヒハ無レ種以二悪事一ヲ為レ種寿ノ福更ニ無レ源、以二□力一ヲ為レ源ト矣。（十四ウ）

孔子論

昔孔子遊二キ東荊山之下一ニ、道在二テ三ノ少児一摧《ツイテ》レ土ヲ成レス城ト。然ニ在二テ一ノ少児一嘿然不レ戯レ。孔子ノ曰「可レ避二サル車ノ道一ヲ吾矛レフ過レント之ヲ」。少児答曰「吾レ聞ク唯聖人上知二リ天命一ヲ下知二リ人情一ヲ、従レ古及レテ今ニ車當ニシレ去レ城ヲ、々何ンカ避レラン車ヲ乎」。孔子引レテ車ヲ下レリテ地ニ問曰「二人并ニ戯ル汝何フ不レル戯」。少児答曰「戯ル者無益破レル衣ヲ在レテ道ニ擲レヨリハ石ヲ不レシ如二舂《ツイテ》レ稲ヲ与レムニハ他ニ勝負ヲ争ヨリハ不レ如レ掃レンニハ庭ヲ。戯レ餘リヌレハ則有レ恨。々餘レハ則有レ怒。々餘ハ則有レ諍。々餘ハ則有レ敗。々餘ハ則有レ誤。々餘ハ即有レ滅ヒ。々畢リヌレハ上煩二ハシ官司一ヲ中患二ヘシム父母一ヲ下恥二シム兄弟一ヲ。始咲テ後ニ吟ナハ隣里相恨ミ親族相背《ソムク》。依レテ交ルニ愚輩一ニ徒ニ費二ス衣食一ヲ。大ニ患ナル之本依レテ戯レニ起ル耳ノミ。故我不レル戯レ也」。孔子曰「汝カ歳ハ幾クソ性字ハ何ンソ」。少児ノ曰「吾レ歳七歳ナリ。無レ性無レ字」。孔子曰「何ナル山ニカ無レキ石何ナル井ニカ無レキ泥。何ナル牛ニカ無レキ犢《コウシ》何ル馬ニカ無レキ駒。何ル人ニカ無レ妻《メ》何ル女ニカ無レ夫ト。何ル人ニカ無レ字何ル人ニカ無レ性。何ル人カ三タヒ食スル何ル人カ一タヒ食スル。何ル畜カ一タヒ食ル何ル畜カ三タヒ食スル。何ル（十五オ）鳥カ飛テ後ニ鳴ク何ル鳥カ鳴テ後ニ飛フ。何ル樹カ無レ枝何ル城ニカ無レ吏《ツカサ》。何ル日ニカ有レ余何ル日ニカ不レル足。何ル鳥カ飲テ不レル尿《ユハリヲ》何ル虫カ不レスシテ飲為《スル》レ尿リ。何ル花ニカ無レ菓ミ何ル菓ニカ無レ花。何ル水カ下タ寒キ何ル水カ上ヘ温カナル。何ル魚カ住レニ底ニ何ル魚カ遊レフ表」。少児日「土ノ山ニハ無レシ石々ノ井ニハ無レ泥。土ノ牛ニハ無レ犢竹ノ馬ニハ無レシ駒。仙人ニハ無レ妻王女ニハ無レ夫ト。少児ハ無レ字天子ハ無レ姓。俗人ハ三ヒ食ス仙人ハ一ヒ食ス。鷹ハ日ニ一ヒ食ス狗ハ日ニ三ヒ食ス。鶏ハ飛テ後鳴ク雉ハ鳴テ後ニ飛フ。枯タル木ニハ無レ枝空キ城ニハ無レ吏、夏ノ日ハ有レ余リ冬ノ日ハ不レ足。鶏ハ飲テ不レ尿ラ蟬ハ不レシテ飲尿ル。男麻ニハ無レ菓女麻ニハ無レ花。夏水ハ底寒シ冬ノ水ハ表温シ。冬ノ魚ハ住レミ底ニ夏ノ魚ハ遊レフ表ニ」。孔子曰「汝カ年ハ甚タ幼クシテ所レ説何大キ」。少ナル児曰

「吾レ聞ク天子ハ生テ七歳ニシテ知ル二天下ヲ一、龍ハ生テ七日ニ起シレ雲ヲ下スレ雨ヲ、魚ハ生テ三日ニ遊フ二江海ノ中ニ一、駒生テ三日ニ超エ二母カ背ヲ一、兎ハ生テ三日ニ戯ル二荒野中ニ一、依レ之論ルニ之何ヲ謂ハン二大少ヲ一哉」。孔子曰「吾レ与共ニ遊フ二四海ノ中ニ一」。少児曰「寒風甚タ急ナリ。官命甚タ恐《ヲソロシ》。家ニ有二二親一朝夕ニ孝養ス。上ハ事ヘ二二親ニ一中ハ随ヒ二兄（十五ウ）弟ニ一下ハ教二姉妹一。拾レ薪汲レ水一旦無レ暇寸陰難レ競。吾年梢長況水不レ止ラ親ノ命弥衰樹欲ヘトモレ寂ラムト風動シテ不レ止ラ。海欲ヘトモレ平カナラント随ヒレ風ニ起レ波ヲ、吾レ雖レ可レ留親不可レ待須臾モ相離レハ終日ニ難キ欲フ、何カ棄テ二父母ヲ一遊二四海ニ一哉」。孔子曰「吾カ車ノ内ニ有二雙六碁盤一汝好レ博ヲ哉」。少児曰「吾レ聞君子好メハレ博ヲ國ノ政ヲ闕怠ス。官人好ハレ博ヲ公ケ私シ廃忘ス。少人好ハレ博ヲ無礼ヲ為レ宗ト。孝子好ハレ博ヲ不孝殊ニ甚シ。凡夫好ハレ博ヲ損二-失ス財物ヲ一。滅シレ家敗ルレ身大ル衰ノ之本。無レ勝ルハ二於此ニ一何ソ好ンレ博ヲ哉」。孔子曰「臺ノ上ニ生レ松戸ノ前ニ生レ葦床ノ上ニ生二菖蒲一狗吠二己カ主シヲ一妁使《ヨメ》ウ二其姑メヲ一汝知レ其哉」。少児曰「屋ノ上ニ生ルハレ松是梁リ也。戸ノ前ニ生ハレ葦ノ是其簾レ也。床ノ上ニ生ル二菖蒲ノ一是其薦也。狗吠ハ二己主ヲ一客人《マラウト》共ニ来時也。妁使ハ二其姑ヲ一是初メ来時也」。孔子曰、「我欲スレ平ケント二天下ヲ一汝カ心如何」。少児曰、「更不可レ平二天下ヲ一有二高山一有二大海一有二君子一有二少人一得ム三何平二天下ヲ一哉」。孔子曰、「堀二崩《クツシ》高キ山ヲ一頂二塞《フサキ》大海ヲ一除二去《ヨシ》君子ヲ一放二免《ムスレハ》少人ヲ一天下（十六オ）蕩《タウ》々トシテ豈不ンレ平カ哉」。少人曰「堀二崩サハ高キ山ヲ一无ケン二禽獣之住處一堀二塞ケハ大海ヲ一無シ二魚甲ノ所一レ遊除二去レハ君子ヲ一無シ二尊卑ノ弁一放二免スレハ少人ヲ一君子ノ無レ徳物ニ失フ二其所ヲ一國家不レ保タ上下無シ二次第一禍害共發ル」。孔子曰「母与レ妻誰カ親シキ」。少児曰「母ハ親シ」。孔子曰「妻ハ親シ出ハ則共遊フ入ハ則共居ル行時ハ如二鴛鴦ノ一居ルトキハ如二手足ノ一無シテレ妻一日アレハ百ノ患ヘ共ニ發ル生ノ裏ニハ同シ二衣服ニ一死シテ共ニ作二棺墓ムト一何カ軽シメンレ妻ヲ哉」。少児答曰「母如二樹根ノ一妻如二車輪ノ一。樹ハ無シハ二一ノ根千ノ枝一皆枯ヌ。更無二生《ナマシキ》葉二一旦無ンハレ母罪ノ子共ニ飢ヘ寒キヲ無レ極。東西ニ離散シテ道ノ中ニ哭吟《サケヒナク》。出ハ無二衣服一入ハ無二食物一。晝ハ無二住所一夜ハ無二宿所一。万姓之尊ヒ無レ勝タルハ二於母ニ一。車ニ無レハ二輪一更得二親輪ニ一一夕無レ妻更娶ル二新妻ヲ一。諸ノ星モ落々タレトモ不レ如ニ二一ノ月ノ光ニハ一。諸人和々タレトモ不レ如二一ノ母一ニハ。千ノ備《マト》明ナレトモ不レ如二一ノ戸ノ光一ニハ万螢ヲ聚トモ不レ如一ノ月ノ光一ニハ。雖レ得二千ノ妻一ヲハ不レ可得一ノ母ヲハ一ノ生レシ子ヲ育長《ヒト、ナス》顧恩ノ情ロ無レ極。何如母ヲ比《クラヘン》レ妻ニ甚痛《イタキ》哉」。孔子流レテ涙ヲ不レ言《トハ》。少児曰「鷹ハ以レカ何ヲ能ク鳴ク。鴨ハ以レカ何能ク浮フ。松ハ以レカ何冬夏青キ」。孔子曰「鷹ノ能鳴コトハ長ケンハナリ。其頸《クヒノ》鴨ノ能浮テ方（十六ウ）其足一。松夏冬青強二其肉一」。少児曰「蟬能鳴豈頸長魚能浮脚方ナラニ竹ノ冬ノ夏ニ青キ豈其肉強ランヤ。受レルコト姓ヲ自然也」。孔子曰「天ノ高サ幾ク里リヲ地ノ厚サ幾里ヲ又天ニ有レ棟乎《ヤ》。又地ニ有レヤ柱。風ハ出二ル何ノ處一ヨリ」。少児曰「天ノ高サ万々九千里、地ノ厚サ亦一同ナリ。天ニハ亦無レ棟地ニハ亦無レ柱。風ハ山ノ谷ヨリ吹。清晴《セイ》ノ上為レシ天ト濁下ヲ為レ地ト幽々トシテ何知レン之哉」。孔子曰「善《ヨキ》哉々々、後生ニ可レ畏二ル斯ノ少児一ヲ哉」。（一行空き）

孔子論

永正十七年庚辰九月廿四日摸写之。東塔南谷福泉坊澄圓借用之。得失鏡、四節文、勧誡論一具雖書之、不得寸暇之間、不書留之返畢、追而可写置歟。

法印権大僧都朝藝　判　（十七オ）

右書抄等、大永元初冬中旬、於西塔南尾宝園之閑室、窺学暇造、次馳禿筆訖。此内明法抄、孔子論両冊者、法印権大僧都朝藝、以書写本摸之者也。

北嶺桑門潭駄　（花押）　（十七ウ）

慈受院蔵〔大織冠絵巻〕翻刻

【凡例】

本書は、慈受院蔵の「大織冠絵巻」と仮題される二軸の絵巻である。本書の解題および考察については、論考篇第十三章「比丘尼御所と文芸・文化」を参照されたい。翻刻に際して、底本に忠実を期したが、本文は追い込みとし、私に句読点を打ち、会話文には「　」を施し、改行も加えて読解の便宜をはかった。また絵については、おおまかな内容とともに【第1図】のごとく記し、その位置を示した。掲載図版については、主要場面に限った。なお、誤写と判断される箇所には、右傍らに（ママ）を付した。

【翻刻】

上巻

それわかてうと申は、あまつこやねのみことの、あまのいはとをおしひらき、てる日のひかりもろともに、かすかのみやとあらはれて、こつかをまもり給ふなり。されはにや、かすかをはるの日とかくことは、夏の日はこくねつす。秋の日はみしかく、冬の日はさむけし。春の日はのとけくし、よくはむふつをしやうちやうす。四きにことさらすくれたり、めいしつなるによりつゝ、春の日とかきたてまつり、かすかとなつけ申なり。かのみやのうちこは、ふちはらうちにておはします。ふちはらのそのなかに、たいしよくわんと申は、かまたりのしんの御ことなり。はしめは、もんしやうせうにて御座ありけるか、いるかのしんをたいらけ、たいしよくわんになされさせ給ふ。そも此くわんと申は、上たいにためしなし。さてまつたひにありかたき、めてたきくわんとなりけり。さるによつて此きみをは、ふひたうとも申。いつもかまをもちたまへは、かまたりのしんとも申なり。されはにや、かすかのみやにさんろうあつて、あまたのくわむをたてさせ給ふ。なかにも、こうふくしのこんたうをさいしよにこんりうあるへしとて、しやうこん七ほうをちりはめ、しやこむたうをたてさせ給ふ。くわほうはてんよりあまくたり、くにのなひきしたかふことは、ふるあめのこくとをうるをし、たゝさうようの風になひくかことし。

きむたちあまたおはします。ちやくちよをはくわうみやうくわうくうと申たてまつりて、しやうむてんわうのきさきにたゝせ給ふ。

第１図　鎌足邸

しによにあたり給ふを、こうはくによとなつけて、三こく一のひしんたり。しかるに、かのひめきみのゆふにやさしき御かたち、たとへをとるにためしなし。かつらのまゆはあほふして、ゑんさんににほふかすみにゝ、もゝのこひあるまなさきは、せきやうのきりのまに、ゆみはり月のいるふせひ。ひすひのかんさしは、くろふしてなかけれは、やなきのいとをはるかせのけつるふせひにことならす。

【第1図　鎌足邸】

すかたは三十二さうにし、なさけはてんかにならひなし。かゝるゆふなる御かたち、いこくまてもきこへのありて、七みかとのそうわう、たいそうくわうていはつたへきこしめされ、みぬこいにあこかれ、くものうへもかきくもり、月のとものをのつからひかりをうしなひたまひけり。しんかけいいしやう一とうにそうもん申されけるやうは、「きよくたいの御ふせひ、よのつねならすおかみ申て候。なにおかつゝませたまふへき。おほしめさるゝことの候はゝ、ちしんのなかへせんしあれ」とそうし申されたりけれは、みかと、ゑひらんましく〳〵て「あらはつかしや。つゝむにたへぬ花のかの、もれ

第2図　唐帝より勅使拝命

ても人のさとりけるか。いまはなにをかつゝむへき。

【第2図　唐の宮廷の門】

これよりたうかひすせんり、につほんならのみやこにすむ、たいしよくわんのおとひめを、かせのたよりにきくからに、みぬおもかけのたちそひて、わすれもやらていかかせん」。

【第2図　唐帝より勅使拝命】

【第3図　鎌足邸の門】

しんかけひしやううけたまはつて、「これは、なによりもめてたき御しよまふにて候物かな。ちよくしをたてゝ、りんけんにてむかへとらせ給ひ、ゐいらんあれ」とのせんきにて、うむかと申つわものを、ちよくしにたてさせ給ふ。うむか、すてにたいそうのきむさつをたまはり、すせんりのかいろをすき、につほんならのみやこにつき、たいしよくわんのみもとにて、ちようさつをさゝく。

【第3図　鎌足邸へ唐からの使者】

たいしよくわんは御らんして、「われはこれ、しちいきとてせうこくのしんかとして、いかてかいこくのたいわうを、さ

第４図　鎌足邸　こうはく女への求婚

うなくむこにとるへき」と、一とはちよくしをしたいあ
る。

【第4図　鎌足邸の門。二度目の勅使】

ちよくしたちもとつて、このむねをそうもんす。たいそういとゝあくかれて、二とのちよくしをたてさせ給ふ。しやうむくわうてい、きこしめし、「なさけは上けよるへからす。せうこくのしんかのこなりとも、そのはゝかりはあるへからす。まるへんちやうをいたす」とて、かたしけなくも、くわうていのいんはんをなされけれは、ちよくし、めんほくほとこして、いそきたちもとつて、へんちやうをさゝくれは、

【第4図　鎌足邸　こうはく女へ求婚】

【第5図　唐の宮廷】

【第6図　唐勅使渡海】

大そうおうきにゑいりよあり、吉日ゑらひ、さう〳〵にむかひふねをそこされける。こんとのむかひのちよくしには、たちはなのあつそんに、うたいしんほうけんなり。

「そも、ほんてうと申は、せうこくなりとは申せとも、ち

第6図　唐勅使渡海

ゐたい一のくになり。みれんのいてたち、かなふまし。けつこうあれ」とのせんきにて、むねとの大せん三百そう、きさきの御ふねにはれうとうけきしうとなつけて、しゆたんをもつてかさり、へにはわうむのかしらをまなひ、ともにはくしやくのおをたれたり。ふねのうちにはにしきをしき、ちんたんをましへ、くわうようらんけいみかきたて、たまのはたはかせになひき、こかねのかわらはひにひかり、くせいのふねともいつつへし。はつひてんくわんたまをたれ、身をかさつたるによくわん、しによ、三百人すくつて、これはせんちうの御かいしやくのためにとて、かさりふねにそのせられたる。しちいきよりももろこしまて、

【第7図　鎌足邸の門】

すせんはんりのかいしやう、御なくさめのそのために、おんかのまひあるへしとて、ちこ百人すくつて、身をかさつてそのせられたる。すてにふ月のすゑつかた、ともつなとひてをしいたす。あまのかわせにあらねとも、つまこしふねのほをあけたり。かくてなみかせしつかにて、

第8図　難波の浦から船出

ふねはほんてう津のくにの、なんはのうらにつきしかは、ちよくしはならのきやうにつく。

たいしよくわんはうけとりて、「ひとつはいこくのきこえといひ、またひとつはほんてうのいくわうのため」とおほしめし、さんかいのちんくわをもつてやまとつみ、五千人の上けをそのとしの八月なかはより、あくる卯月のはしめまて、もてなし給ふ。大しよくわん、くわほうのほとのめてたさよ。

【第7図　唐朝廷へ入内】

卯月もやう〳〵するゐになりゆけは、吉日ゑらひ、たまのみこしをたてまつる、なんはのうらへ御いてあり。それよりもれうとうけきしうにめされ、しゆんふうにほをあけければ、

【第8図　難波の浦から船出】

【第8図　唐へ向かう船】

ふねはほとなく大たうの、みやうしうのみなとにつかせたまふ。たいりにきこしめされて、「すはや、こくむのきやうけひよ。いさ〳〵御むかひにまいらん」とて、さうの大

第10図　唐の港へ

しん、によくわん、しによ、百くわん、けいしやう、くわんにんにいたるまて、のこるところはなかりけり。

【第9図　三艘の船】

【第10図　唐の港へ】

【第11図　唐の宮廷。こうはく女の輿入れ】

そも〳〵、大こくのくにのかすを申に、一千四百四十かこく、こほりのかすを申に九まん八千四くん、てらのかすを申に一まん二せん六かし、いちのかすを申に一まん二せん八百。ちやうあんのいちと申は、さいけのかすは百まんけん、人のかすを申に、五十九おく十万八千人なりたついちなり。ちやうあんしやうのみなとより、十のみちわかつて、けんろけんなんたうとは、たつみをさしてゆくみち、三十五にふみわけり。おくなんたうと申は、ひつしさるへゆくみち、五十九にふみわけけり。さいけいたうと申は、にしをさしてゆくみち、廿六にふみわけけり。かうほくたうと申は、きたをさしてゆくみち、すゑはふたつ。とうやうたうはふなちにて、すゑはにつほんにつゝけり。かゝるみちよりも、みつき物をそなへ、きさきをおかみたまつる。あらありか

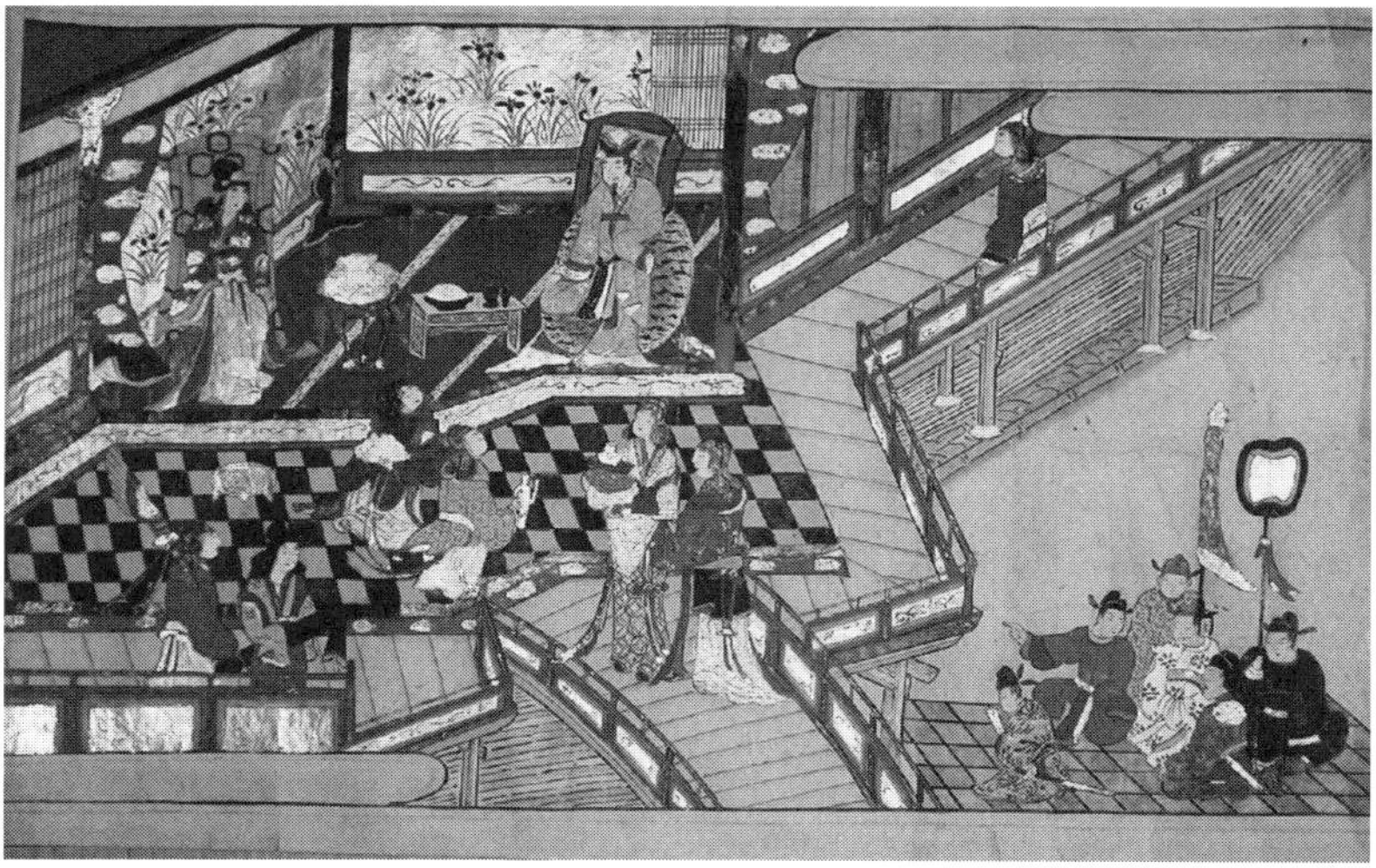

第11図　唐の宮廷。こうはく女の輿入れ

たや、ひとめおかみ申人たにも、ひんくをのかれ、たちまちにふつきのいゑとなる。されはにや、くわうていもれうかむにしたしみ、なれちかつかせたまへは、しよひやうをいやし、たちまちにやうしやうのたいにあへるこゝちして、こしのあひた、世すなをに、たみのかまともゆたかなり。

【第12図　鎌足へ宝物を贈る万戸将軍の船出】

【第13図　竜王、修羅に宝珠を狙わせる】

かくて、うちすきゆくほとに、きさきのみやおほしめす。「われはこれ、せうこくのものとありなから、大こくのきさきにそなわりたる、そのこうめひを、につほんにのこしてこそ」とおほしめし、「御ちゝ大しよくわん、こうふくしのこんたう、おなしきしやかのれいさうを御こんりうある、まつたいのしるしともなさはや」とおほしめし、そろへたまふたからには、まつくわけんけい、しゆひんせき。くわけんけいと申は、うちならしてのそのゝち、こゑさらになりやます。とゝめんとおもふときは、九しやうのけさをおほふなり。しゆひんせきはすゝり。かのすゝりのとくいふは、みつなくしてすみをすつて、こゝろのまゝにつか

第13図　竜王、修羅に宝珠を狙わせる

ふなり。ほん〳〵のほけきやうを、たらようにてにて《(ママ)》、あなんそんしやのあそはしたるしちしやう。るりのみつかめ、しやくせんたんのけいたひ、へひるりの花たて、せんたんのけうそく、にくたむしゆのしゆす一れん、くわうこのとらのかわ、こむしきのしゝのかわ、くわそのかわ三まい。かゝるたからのそのなかに、しやくせんたんのみそきにて、五すんのしやかをつくりたて、にくしきの御しやりを御しんにつくりこめなから、はう八すんのすいしやうのたうのなかにこめをきて、むけほうしゆとなつけて、これを一のてうほうにし、おくりふみをへつしにかき、いしのはこにおさめて、おくらせたまひけるとかや。「このたからはすなはち、こうふくしのほんそん、しやかほとけのみけんにゐりはめたまふへきなり」と、かきこそおくり給ひけれ。「さてしも、かゝるてうほうを、たれかはしゆこしおくるへき。きりやうのしんをめせや」とて、つわものとももをめさるゝに、たいこくのならひにて、百人か大しやうを百ことなつけ、千人かたいしやうを千こといひ、万人か大しやうをまむことなつく。かうほくたうのすゐ、うむしうといふくにゝ、まんこしやうくんうむそうとて、大かうのつわものあり。おとらぬほとのつわものを、三百人あひそへて、みやこをたつてたいたうのみやうしうのみなとより、一ようのふねにさほゝさし、おひての風にほをあけて、すせんはんりをおくりけり。

かいてひにすみたまふ八大りうわうのそうわう、たまのにつほんへわたる事をしんつうにてきこしめし、もろ〳〵のりうわうたちをあつめて、おほせられけるは、「われらは、すてにかいてひのりうわうたりといへとも、五すい三ねつのひまもなく、おつこうにもあひかたき。しやくせんたんのみそきにて、五寸のしやかのれいふつ、このなみのうへに御さあるを、いさ〳〵うはひとつて、われらかしやうかくなるへし」。「もつともしかるへし」とて、八大りうわうなみかせあらくたてたまへは、ふねやうたうし、ちさんし、なみちもしつかならさりき。されとも、きとくふしきのほとけのめしたる御ふねなれは、しやうかいのてんにんはくもをしのき、ふつほうしゆこのやし《（ママ）》、らせつは、なみかせなしつめさせ給ひけれは、ふねにしさひはなくして、みつはのそやをいることく、ことさらおいてとなりにけり。りうわう、いとゝいかりをなし、「なみかせにてとゝめすは、おさへてうはひとるへし。さあらんほとに、いこくのもの、さためてつよくふせくへし。りうわうのけんそくにしかるへきものはなし。しゆらはたけきものなれは、たのふてみん」とのたまひて、あしゆらたちをそたのまれける。かのしゆらの大しやう、まけいしゆら、もろ〳〵のしゆらともをひきくしてこそいてられけれ。もとよりこのむとうしやうなれは、ひやくせんやか《（ママ）》んのけんそくともをいきやういるひにいてたゝせ、ほこ、たうちやうをとりもたせ、「かたきはすまんき候とも、いくさはいゐの物なれは、たまにをいてはうはひとりてまいらせん」と申て、につほんとたうとのしほさかひ、ちくらかおきにちんをとり、まんこかふねをまちゐたり。

これをはしらて、まんこ、しゆんふうにほをあけて、こゝろにまかせてふかせゆくに、ひころありともおほえぬところに、しまひとつうかへり。見れははたあしひるかえへし、くろかねのたてのあたりよりも、つるきやほこのいなひかり、たうちやうのかけともか、うんかのことく見えけれは、「これはなにといへるしさひそや。いかなることのあるへきそ」と、こゝろもとなくおもはれけれとも、さあらぬていにふかせゆくに、

【第14図　唐兵と対峙する修羅軍】

かのしゆらともの大しやう、まけいしゆら、一ちんにすすみいて、てんをひゝかす大おんにて、「たゝいま、このおきにせきをすへたるつわものを、いかなるものとおもふらん。しゆらといへるものなり。かひていのりうわうたちをみつかんため、しいしゆをいかにとおほすらん。御ふねにましますしやくせんたんのみそきにて、五すんのしやかのれいふつ、よのたからはほしからす。そのすいしやうのたま、すみやかにわたされよ。さらすは一人もとをすましひ」と申。

まんこ、このよしきくよりも、「やあら、こと〳〵しのいきおいさうや。さてはをとにうけたまわる、あしゆらたちにてましますよな。わか大こくのならひにて、百人か大しやうを百ことなつけ、くわんにんといふ。千人か大しやうを千ことなつけ、しゆりやうといふ。万人か大しやうをまんことなつけ、しやうくんとこれをいふ。かい〳〵しくはなけれとも、万人か大しやうなれは、まんこしやうくんうむそうとは、それかしか事にて候。もつともりうくうよりの御しよまふにしたかひ、すいしやうのたままいらせたくは候へとも、七みかとのなかよりも、きりやうのしんとゑらはれて、につほんのちよくしをたまわるとき、日よりしていのちをはわかきみのおんのためにたてまつる。されは、めいのかろきことは此きによる事なれは、いのちのあらんするかきりは、たまにをいてとらるましいそ。けにとたまかほしくは、まんこをうつてとれや」とて、から〳〵とそわらひける。

しゆらとも、此よしきくよりも、「さらは、てなみを見せん」と、てつちやう、らんはのつるきをひつさけ、うむか

のことくせめかゝる。まんこ、これをみて、かなふへきやうあらされは、ふなそこにつつと入て、しやうそくをそきたりける。まんこかその日のしやうそくに、しんつうゆけのうてかね、さはんやかんのすねあて、めうほうれんけのつなぬきはき、にんにくしひのよろひをくさすりなかにきくたして、あのくたら三みやく三ほたひの五まいかふとをいくひにき、しのひのおをそしめにける。かうまりけむの大かたな、ま十もんしにさすまゝに、大たうれんといふつるき、あしをなかにむすんてさけ、けんみやうれんといふほこもつて、ふねのへいたにつつたちあかり、三百よにんのつわものとも、おもひ〳〵にいてたつて、はしふねおろしおしうかめ、すてにかけんとしたりけり。たうのいくさのならひにて、みたんにかくる事はなし。てうしをとつて、かくをうつて、ひやうしにあわせかけひく。せいそろへのたいこは、らんしよつ〳〵しよつてうし、かけよとうつたいこは、さそう〳〵とうつなり。ひけよとうつたいこをは、おんてうこつとうつなり。くんてくひをとれとは、つるてうこつとうつなり。かなはぬときのせんには、しはうてつ

第14図　唐兵と対峙する修羅軍

はうはなし、みたれひやうし、きりひやうし、きうにおよふときには、ちをはたきとなかして、かふへをつかにつめよとうつ。しゆらたうしんのたゝかいは、むかしもいまもためしなし。そのうへ、しゆらかたゝかいにくわゑんのあめをふらし、あくふうをふきとはせ、はんしやくをふらすことは、ゆきのはなのちることく、つるきをとはせ、ほこをなけ、とくのやをはなす事、まなこをまくかことし。身をかくさむとおもふとき、けしのなかへわけていり、あらはれんとおもふとき、しゆみにもたけをくらふへし。かゝるしんつうめいよをまのまへにけんし、こゝをせんとゝたゝかへは、すてにはやたうしん、こゝろはたけくいさめとも、このいきおいにおそれて、のかれかたくそ見えにける。

さるあひた、まんこはみかたのくんひやうともをあつめて申けるやうは、「とてもかなはぬ物ならは、しゆらか大しやう四人、そこの

【第15図　唐兵と修羅との海戦】

みくつとなしてこそ、いこくのきこえもしかるへけれ。

第15図　唐兵と修羅との海戦

われとおもはん人々はともをしてたへや」とて、こんかうかいのまんたら、たいさうかいのまんたら、りやうかいしよそん一千二百よそんのまんたらを、ほろにかけてふきそらし、ふなそこよりも、めいはともをそのかすあまたひきいたす。まんこかひさうのめいはに、しんつうあしけとなつけて、七き八ふんあけ六さい、おかみあくまてあつうして、おつさまむかうよこはたはり、おくち、そうたう、つまねのくさり、しゝあひ、ほねなみ、よめのふしは、あふ、つくりつけたることくなり。らんてんのくらをおき、しよつこうのにしきのうわしき、こんかうぬつたるるりのあふみ、りきしゆのちからかわをは、しやう〳〵のちにてそめたりける。おなしきおもかいをかけさせ、こかねのくつわ、かんしとかませ、にしきのたつなゑつてかけ、まんこゆらりとうちのつて、なみにしつまぬうきくつを、四のあしにかけたれは、なみのうへをはしる事は、へいろをつたふことくなり。三百よにんのつはもの、いつれもむまにのつたれとも、みなな〳〵

【第16図　万戸将軍の勝利、日本へ向かう船】

第16図　万戸将軍の勝利、日本へ向かう船

うくつかけたれは、くもゐにかりのとふやうに、一むらかりにさつとちらし、しゆらかちんへそきつている。しゆらとも、これをみて、「一ひき二ひきのみならす、三百ひきのむまともか、いつれも

下巻

なみをはしる事は、ふしきなり」ときもをけし、かほとにいさむしゆらともゝ、にけまなこになつたりける。うしあしゆらすゝみいてゝいひけるは、「なふこゝさうそ。かねてより申せし事のちかわぬなふ。めたれかほのすくやかし、おもてかほくせめにすみたて、いらんあらそひ、あらかうきには、にましき事にて候そや。てをくたかては、いかにとして、かうみやうふかくは見えはこそ、ひとかつせんせん」とて、出いてたつたりしありさまは、あくこうしんゐのよろひをき、むみやうけんこのかふとのおをしめ、とうしやうむさんのほこついて、しゐん（ママ）にくちのはたさゝせ、

第１図　竜王の遣いの竜女、流木から出現

百千やかん（ママ）のけんそくともをあひしたかへ、しきりにときをつくれは、へきてんやふれはしやうにおち、かいていをうこかしなみをあけ、こくうさなからとうようして、月のひかりもうつもれて、ひとへにちやうやとなつたりけり。「このほとをとにうけたまわる、まんこしやうくんうむそうにけんさん」といふまゝに、まんこをなかにとりこめたり。まんこかつわものとも、こゝをせんとゝきつたりけり。らこあしゆら五百人、てをくたきてそきつたりける。まんこはめいよのむまのり、うみのうへにてのるたつな、さうかいふとりうはいふ、のりうかめたるむまのあし、ゆんての物をつくときは、わうきやうのたつなきつとひく。めての物をつくときに、ふきやうのふちをひやうとうつ。にくるものをおうときには、せんきやうあをりのあふみのふちを、きよくしんたいにのつたりけり。にしからひかしへきつてとをるときには、三百余人かあとについて、こゝをせんとゝきつたりける。いれちかへ〳〵、たゝかへは、しゆらかいくさはみたれかゝつて、かなふへしとも見えきりけり。そう大しやうのまけいしゆら、八めんはつひをふりたてゝ、やつしたのほこをうちふり、「うちしにこゝなり」と、おうめきさけんてかけにけり。

まんこ、これを見て、かなふへきやうあらされは、うしほをむすひてふつとし、しよてんにふかくきせいする。「しかるへくは、くわんせおん、ひくわんたかへ給ふな。ふいくんちんちう、ねひくわんおんりき、しゆおんしつたいさむ。ちかひこゝならては、しゆらかおそるゝけまんのはたを、さしかけよ。やあ、さしかけよ」と、けちすれはけまんらんはう、たまのはたをまつさきにさゝせ、われおとらしとせめかゝる。まむこかつわもの、かつにのつて、いやおつふせ〳〵きつたりけり。しんりきもつきはて、つうりきひきやうもかなはすし、そこのみくつとなりにけり。いきのこるしゆらとも、すみか〳〵にかへられたり。まんこかちときつくりかけ、もとのふねにとりのり、「しゆらたうしんのたゝかひに、かちぬや〳〵」と、いさみをなし、たうと、かうらいはしりすき、につほんちかふそなりにける。

さるあひた、りうわうたち、「これをは、さていかゝせん」と、せんきせられけり。そのなかにとつても、なんたりうわうのたまわく、「それにんけんのこゝろをたはからんには、みめよきおんなによもしかし。こゝをもつてあんするに、りうによをもつて此たまをたはかつてとるへきなり」。しかるに、りうくうのをとひめに、こいさいによと申て、ならひなかりしひしんたりしを、みめいつくしくかさりたて、うつほふねにつくりこめ、なみのうへにおしあくる。これをはしらて、まんこは、しゆんふうにほをあけて、こゝろにまかせふかせゆくに、かいまん〳〵としては、またはしやうちん《ママ》たり。へきてんのをきぬくかせ、くわう〳〵としては、またいつれのほくさうにかこゑやとさん。かしらなし。おうかはら、きとのしま、もろみのしま、もめいしま、さつまのくにゝはきかひかしま、ゆきのもとほり、つしまのない、ことゆへなくはしりすき、九こくのちをはゆんてにみて、さぬきのくにゝきこへ

【第1図　竜王の遣いの竜女、流木から出現】

たる、ふさゝきのおきをとほりけり。

なかれ木一ほんうかむてあり。すいしゆ、かんとり、これをみて、「こゝにきたいなる木こそ候へ。このほとの大ふうに、てんちくたうとのちんかうはし、ふかれてなかるゝやらん」と、人々あやしめけれは、まんここれを見て、「なんのあやしめ事そ。とりあけよ」とけちする。御ちやうにしたかひ、はしふねをろし、とりあけみるに、ちんかうにてはなし。「あやしや。わつて見よ」とて、この木をわつて見るに、なにとことはにのへかたきひしん一人おはします。すいしゆ、かんとり、これをみて、をのまさかりをなけすてゝ、「あつ」とはかり申。まんこ此よし見るよりも、「いかさまにも、御身はてんまはしゆんのけけんにて、しやうけをなさんそのためな。

あやしや、いかに」ととひけれは、なにと物をはいわすして、たゝなみたくみたるはかりなり。まんこ、かさねて申けるは、「いや、なにとたるませ給ふとも、せひにつけておほつかなし。たゝかいていにしつめ、みくつとなせよ」といさみをなせは、あらけなきつわもの、御てにすかりて、うみへいれんとす。りうによはいとゝあこかれて、「あら、うらめしの人のことはや。

【第2図　船中で語る竜女】

のにふし、やまをいゑとする、こらふやかんのたくひたにも、なさけはあるとこそきけ。みつからと申は、けいたんこくのたいわうの、いつきのひめにてさふらふなるか、あるきさきのさんにより、うつほふねにつくりこめ、さうははんりへなかさるゝ。たまくゝきとくふしきに、しんりんのたくひにあひたれは、さりともとこそおもひしに、なにのつみに、二たひうきかひていにしつむへきそ。うらめしさよ」とかきくとく。みたれかみをつたひて、なみたのつゆのこほるゝは、つらぬくたまのことくなり。しもをおひたるおみなへし、したはしほるゝふせいし、せいしかやさうにすてられて、「ひしき物にはそてしぬれ、ほすひもなし」とわひけるも、いまこそおもひしられたれ。かつらをかきしまゆすみ、はちすをふくむくちひる、もゝのこひあるあひきやう、なみとなみたに

第２図　船中で語る竜女

うちぬれ、物おもふ人のふせひかや。うちむつれたる御ありさま、よそのみるめもいたはしや。さしもかしこきまんことは申せとも、

【第3図　竜女と万戸の仏法問答一】

やかてたるまかされ、「けに〳〵、それはさそあるらん。それ〳〵、とうせん申せ」とて、やかてふねにそのせたりける。りうわうのわさなれは、むかふさまに風ふいて、ふさゝきのおきに十日はかりとうりうす。

さなきたに、りよはくはことに物うきに、まんこもあまりにたへかねて、かせのたよりにかよひきて、いねかりそめのうたゝねは、なにとなるこのをとたかく、よにもすゝめのすみうきに、おとろかさんかいたはしさに、あふきのかせをいさめつゝ、「月てうさんにかくれぬれは、あふきをあけてこれをたとゆ、かせたいきよにやみぬれは、きをうこかしてこれを

【第4図　竜女と万戸の仏法問答二】

おしゆ。あひ見る人をこふるには、ふみかよはねとこふるならひ、きみかこゝろをとりにくる。なふ、いかに〳〵」とをとろかす。りうによは、もとよりねもいらす。さりなから、

第3図　竜女と万戸の仏法問答一

うたゝねしたるふせひにて、「たそや、ゆめみるおりからに、うつゝともなきことのはゝ、ゆめのうき世のあたなれは、人のことはもたのまれす。よのまにかはるあすかかわ、みつほのあわのかりそめに、かせにきえぬることのはの、すゑもとをらぬものゆへに、あたなたちてはなにかせん。なかく〳〵人には、はしめよりとはれぬは、うらみあらはこそ。そのうへ、われはむまれてよりも、かゐもんをあやまたす。むかしよりいまにいたるまて、おほくのしやうをうけしこと、あるひは六よくししやうにむまれ、五すいはつくをうけ、あるひは三つしやくにおち、したひもつのひにあへり。かゝるさいこうをふり、いま人とむまるゝ事も、かいりきによつて、たい一せつしやうかいをたもつては、しんのさうとなる。ちうたうかいをたもつてかんのさうとなる。しやゐんかいをたもつてひのさうとなる。まふこかいをたもつてはいのさうとなる。おん

第４図　竜女と万戸の仏法問答二

【第5図　竜女と万戸の仏法問答三】

しゆかいをたもつてはしんのさうとこれなる。これに五《（ママ）》いんしつせいあり。いわゆるきうしやうかくちう、そうわうひやうはんいちこつ、これまた、みめうのみなりとし、こちのせいこれなり。これに五つのたましゐあり。

こんしはくいしんなりき。この五のかたちをくそくするを、ほとけと申。五つのかたちかけぬれは、くちあんへいのちくるいたり。いかにもほとけをねかわんする人は、まつ五かいをよつくたもつへし。一もかひをやふりなは、むそくたそくのものとなつて、なかくほとけになるましひ。おほせはおもくさふらへとも、たい三のかひもんをいかにとしてやふらん」と、なみたくみたるはかりにて、おもひいりてそおはしける。

まんこもたいたうそたち、ふつほうるふのくになれは、あら〳〵かたり申。「あら、しゆせうや。さてはこしやうの御ために、きむかひをたもたせ給ふか。そのかひもんのなかに、六はらみつのきやうあり。そのなかにとつても、にんにくはらみつとは、人のこゝろをやふらす。いかに五かひをたもちても、ひとのこゝろをやふりなは、ほとけとさらになりかたし。されはにや、ほとけには三みやう六つうまします。これはひとへにくわこにして、

【第6図　竜女と万戸の仏法問答四】

しよはらみつをきやうせしそのとく、いまにあらはれて、ほとけとなりたまへり。たとい一とはたきのみつ、にこりてすまぬ物なりと、つゐにはすみてきよからん。こひには人のしなぬか。さてもむなしくこひしなは、一ねん五百しやう、けんねんむりやうこう、しやう〳〵せゝのあひたに

第6図　竜女と万戸の仏法問答四

つきせぬうらみのふかくして、ともにしやしんとなるならは、ほとけとはならすして、しやたうになかくおつへし。かひのしなあまたあり。五かいよつくたもつては、にんけんとむまれて五たひをうくるなり。十かひをたもつては、てんにんとむまれて五すひをうくるなり。二百五十かひは、またしやうもんとむまれて、ほとけにはなりかたし。五百かひをたもつては、ゑんかくとこれなる。これもほとけにゑならす。ほさつ三しゆ一しんかひ、このかひをたもつては、やかてほさつとなりつゝ、ほとけとさらになりかたし。大せうゑんとんかひ、このかひをたもつては、やかてほとけになる。大せうのかいきやうは、二ねんを

【第7図　竜女と万戸の仏法問答五】

つかぬかひなり。しんたひはむさうにて、かしんもとよりしくうなり。しやうしにもつなかれす、ねはんにさらにちうせす。しやう〳〵すなはちきよけれは、すゝくへきあかもなし。いとうへきほんなふなし。ねかひてきたるほとけなし。見る一ねんをほうとし、きく事をみのりとす。こゝをしらぬをまよひとす。いんやうふたつわかうのみち、いもせふうふのな

第7図　竜女と万戸の仏法問答五

からへ、これふつほうのみなもと、をろかにおもふへからす。おなひきあれやとそおもふ。いかに〳〵」と申けり。

りうによきこしめされて、「それはほつしんのみのりとし、ふつほうにをいては、ひさうのところなれとも、ねかふ事なくしては、ぼとけとさらになりかたし。しやうたいはきもしやうこんにして、ちゑも大ちゑなるへし。まつせのいまはけこんにて、ちゑある人もすくなし。むかししやうたいの大ちゑの人たにも、いゑをいてゝさしいをすて、ほうのためになんきやうす。七たたいしは、かうゐなるはんしやうのくらゐをよそに見、十九にてしゆつけをとけ、たんとくせんのほうれひ、あららせんにんをしとたのみ、わしのみやまのれいはうに、たきゝをこり、身をこかし、せんこくにむすふあかのみつ、こほりのひまをくむたひに、なみたはそてのつらゝとなる。よるはまたよもすから、せんにんのゆかのうへにして、させんのとこのふとんとなり、かゝるしんくのこうをつみ、まさしくしやかとなり給ひ、三かいのとくそん、ししやうのゑことまし〳〵て、一たいしやうけうをときひろめ給ふなり。ここをもつてあんするに、「ほんなふそくほたひしん、しやうしそくねはん」とて、さいしをたいしさふらひて、ほとけとやすくなるならは、なとか大ししやくそんは、わうのくらゐをふりすてゝ、きさきをいとひ給ひけり。そのほかせうくわのらかんたち、いつれかさいしをたいして、ほとけとなりし人やある。さてもほとけの御おとゝ、なんたたいしと申しは、しゆつくほんなふつきすして、によにんをこのみ給ひしを、「かくてはほとけにならし」とて、ほとけ、はうへんめくらして、しやうとちこくのありさまをそくしんに見せたてまつり、つゐにしゆつけとけさせて、なんたひくとそなし給ふ。いとゝこのむしやきやうを、よしとをしへ給ふは、まふもくにあしきみちをしゆるふせひなるへし。かやうに申せはとて、もとよりわれはほとけにてあるなり。こくう一しやうとう一たひ、かしらはやくし、みゝはなはあみた、むねはみろく、はらはしやか、こしはたいにちによらいなり。そのほか十はうのしよふつたち、もろ〳〵のほさつとし、わかたいにくそくし、十はうのこくうにほうによとしておはします。きたりもせす、さりもせす、いつもたへせすましますを、ほつしんふつと申なり。かたちをつくりあらわし、しやうとをたてゝすみかとし給ふを、ほうしんふつと申なり。はつさうしやうとうしたまひてほうをとき、すなはちしゆしやうをりやくし給ふをおうしんふつと申なり。三しんをとりわけ、一しんをしんするをは、さとりのまへのほとけなり。三しん一そくとくわんし、いつれをもしんするをさとりのまへと申。ほとけとならんそのため、なんきやうくきやうせんもの、いかてせんあくみたるへき。身はいたつらになさるゝともかなふましひ」とおほせける。

さるあひた、まんこことのほかにはらをたて、「いかにやきこしめせ。ほとけをねかふ人はみな、たうとちゑとしひしん、一かけてはなりかたし。たうといつはきやうたい、ちゑといつはさとりのしん、しひといつは一さいのしゆしやうをふかくあはれみて、人のこゝろにしたかへり。たい一しひのかけては、ほとけとさらになりかたし。あふ、しよせん物を申せはこそ、ことはもおほくつくれ、いまは物をは申ましひ。かくてこゝにひれふし、おもひしにとなつて、このよのちきりこそあさくとも、ちこく、かき、ちくしやう、しゆら、にん、てんに、むまれかはりしにかわり、六とう四しやうのそのうちを、くる〳〵とおひめくりて、うさもつらさものちのよに、おもひしらせ申

【第8図　竜女と万戸の仏法問答六】

さむ」と、そのゝち物をはいわす。

りうによは、もとよりかやうにめされんため、たはかりすまさせ給ひて、たまをのへたる御てにて、まんこかたもとをひかへさせたまひ、「なふ、いたふなうらみさせ給ひそよ。まことにこゝろさしましまさは、身つからか

しよまうをかなへてたへ。くさのまくらのうたゝねのつゆのなさけはゆめはかりちきりなん」。まんこあまりのうれしさに、かつはとおきて身をいたき、「こはまことにて御ささふらふか。ふたつとなきいのちをもまいらせん」と申。「いや、それまてもさふらはす。けにや、うけたまはれは、しやくせんたんのみそきにて、五すんのしやかのれいふつのましますよしを、ふなうちにてうけたまはる。このすいしやうのたま、みつからに一夜

【第9図　竜女に宝珠を奪われ、呆然とする人々】

あつけさせたまへ。ともかくもおほせにしたかふへし」。まんこ、此よしきくよりも「やあら、しやうたいなや。よのしよまふかとこそおもひ、さるに、このすいしやうのたまにおいては、なかく〱おもひもよらぬことなるへし」と、ふつとおもひきりけるか、「いやく〱なにほとのことのあるへきそ」とおもひなほし、「さても御身は、なにとして御そんしさふらひたるそや。やさしくも御しよまふ候ものかな。そとおかませ申さんとて、くろかねのしやうをさし、いんはん

第９図　竜女に宝珠を奪われ、呆然とする人々

【第10図　陸に近づく万戸船】

をもつてふうしたる、いしのからふとのなかより、すいしやうのたまをとりいたし、りうによのかたへわたす。けいせひとかいては、みやこかたふくとよまれしも、いまこそおもひしられたれ。

かくて、しうあひれんほのわりなきちきりと見えつるか、三日もすきさるに、かきけすやうにうせぬ。「たまは」と人にとひけれは、「とりてうせぬ」と申。たゝはうせんとあきれはて、こくうにてをこそたんたくす。「あらくちおしや。りうくうのみやこよりたはかりけるをしらすして、とかう申におよはすとてのこるたからをさきとして、いそきみやこにのほり

【第11図　鎌足邸。残りの宝物を献上】

さま〳〵のほうふつをまいらせあくる。大しよくわんは御らんして、「をくりふみのそのなかに、たい一のたからもの、すいしやうのたまの見えぬはいかに」と、たつねとい給ふ。つゝむへきにて候す。ありのまゝに申。「このたまをとらんとて、りうわう、とゝにしまふす。おしみてさら

第10図　陸に近づく万戸船

にいたさす。しゆらをかたらひて、うはひとらむとす。ちんのたゝかひをのつからことはにものへかたし。ふてにもいかてつくすへき。

【第12図　讃岐の国ふさゝきの浦】

おほくのしゆらをうちとつて、りうわうなふをやすめ、いまはとこゝろやすくして、さぬきのくにふさゝきのおきをとをりしとき、なかれ木一ほんうかへり。すいしゆ、かんとりあやしめをなし、とりあけわつて見るに、てんかふさうのてんによあり。うみへいれんとせしとき、りうていこかれかなしむを、あまり見れはかはゆさに、たゝ一夜とうせんす。ひまをうかゝひしのひいつてとりてうせぬ」と申。かまたり、きこしめし、「あまりおもへはむねんなるに、せめてわれをくそくし、そのうらのありさまをわれに見せよ」とおほせければ、「うけたまわる」と申て、もとりのふねにのせ申。ふさゝきのおきへおしいたして、「こゝなり」と申。

【第13図　鎌足、ふさゝきの浦に下向】

たゝはう〳〵としたるなみのうへを御らんして、むなしくもとり給ふ。

第11図　鎌足邸。残りの宝物を献上

みちすからおほしめす。「さもあれ、むねんなる物かな。三こく一のてうほうをわかてうのたからとはなさすして、いたつらにりうくうのたからとなしけん、くちをしさよ。よく〳〵物をあんするに、りうくうかいは、六たうにをいても、ちくしやうたうのうち、にんけんのちゑには、はるかにおとるへき物を。さあらんときは、なにとしてたはかられけんふしきさよ。われまたせんきやうはうへんし、いかにもあんをめくらし、このたまにをいては、とらふす物」とおほしめし、みやこにかへり給ひて、てうせきあんをめくらし、たまをとるへきはかりこと、くふうまし〳〵けれとも、「さすかかひちうへたゝりて、たしうゑんたうならされは、ふねのかよひちあらはこそ。しかりとは申とも、しんそくにをいておや。たいせ

【第14図　ふささきの浦の海女たち】

たいしはかたしけなくも、によいのたまをとらんとて、ゑんしのかいをもつてきよつかいをはかりつくしつゝ、つゐにはうしゆ、えたまへり。大くわんとしては、またつゐにむなしきことあらし。われもちかひて、ねかはくはしやう〳〵せゝのあひたに、このたまにをいてはとらふす物」とおほしめし、みやこのうちをしのひいて、かたちをやつし給ひ、またふさゝきへくたらるゝ。

第12図　讃岐の国ふささきの浦

【第15図 鎌足、海女と契り、子を儲ける】

かのうらにつき給ひ、うらのけしきを見たまふに、あまともおほくあつまりて、かつきする事おひたゝし。かのあまのなかに、としのよはひ廿はかりに見え、みめかたちしんしやうなるか、るすいにもつれてあそふ事は、へいろをつたふことくなり。かまたり、見こめ給ひて、かのあまのとまやにやとをかり、日かすをおくらせ給ひけるに、あまにもいまたつまもなし。かまたり、たひのひとりねに、とこもさひしきことなから、こゝにて日をやかさねけん、ねかたけれともひめまつの、はやうらかせにうちなひく。なにはもつらきうらなから、そよ、よしあしといひかたり、ふたりあれはそなくさみぬ。うきねのとこのかちまくら、なみのよるにもなりぬれは、とも〳〵なきさのさよちとり、ふきしほりたるうらかせに、こゑをくらふるなみのおと、すさきのまつにさきあれは、こすゑをなみのこゆるにゝて、しほやのけふり一むすひ、するはかすみにきえにほひ、ゆめちににたるうたかたの、なみのこしふねかすかにて、からろのをとのとをけれは、花になくねのかりかね、われも

第13図　鎌足、ふささきの浦に下向

みやこのこいしさに、こゑをくらへて

【第16図　海女、竜宮へ舟を漕ぎ出す】

なくはかり、うき身なからもまきのとを、あけぬくれぬとすきゆけは、三とせになるはほともなし。

かくてなんによのならひ、わりなきなかのちきりにや、わかきみいてき給ふ。いまはたかひになに事も、うちとけたりしいろ見えたり。かまたり、見こめ給ひて、「いまはなにをかつゝむへき。われこそみやこにかくれもなき、たんかいこうふひとうたいしよくわんとは、わか事なり。こゝろにふかきのそみありて、このほとこれにありつるそ。しかるへくは、みつからかしよまふをかなへてたひてんや」。あま人、うけたまはり、「なふ、こはまことにて御ささふらふか。あらはつかしや。四かひに御なかくれなき、かゝるきにんにしたしみ申けることよ。ひとつはみやうかつきぬへし。ひとつははくちよけせんにて、はたへはなみのあらいそ、たちゐはいそのなかれき、こゑはあらいそにくたくるうつせなみのおと、かみはやしほにひきみたす、つくものことくなる身にて、

第14図　ふささきの浦の海女たち

【第17図　海女を見送る鎌足】

みやこのくものうへ人に、おきふしひとつとこにして、見見《ママ》へぬるこそはつかしけれ。しかしたゝ身をなけてしなん」とこそはもたへけれ。かまたり、おほせけるやうは、「とてもしせんいのちをわかためにあたへ、りうくうかひへわけいつて、たつぬるたまのありところを見てかへれ」との御ちやうなり。

あま人うけたまはつて、「りうくうかいとやらんは、ありとはきいていまたみす。ゆきてかへらんことかたかるへし。たとひいかなるおほせなりとも、いかてかそむきさふらふへき」とかまたりに、いとまをこい、一ようのふねにさほをさし、おきをさいてこきいて、なみまをわけてつつといり、一日にもあからす、二日にもあからす、三日四日もはやすきて、七日にこそなりにけれ。かまたりおほせけるやうは、「あらむさんや、かのものは、うをのゑしきともなりけるか。あやしやいかに、おほつかなし」と、こゝろをつくさせ給ふところに、よみかへりしたるふせひにて、もとのふねにあかりける。「いかに」

第15図　鎌足、海女と契り、子を儲ける

ととはせたまへとも、しはしは物を申さす。やゝありて申けるは、「なふ、このとよりりうくうかいへゆくみちは、こともなのめならす。一のかしらをさきとして、くらきところをまほつてちいろのそこへわけている。うしほのろすいのつきぬれは、くれなゐいろのみつそある。なをしそこへわけゆくに、こかねのはまちにをちつく。五しきのれんけおひふし、あをきくちなわおほくして、れんけのこしをまとへり。なをしさきを見わたすに、れいかきよくなかれ、みつのいろ五しきにて、さうかんたかくそはたてり。かわにひとつのはしあり。七ほうをちりはめ、たまのはたほこたてならへ、かせにまかせてへうようす。かのはしをわたるに、あしすさましくきもきへ、ゆめうつゝともわきまへす。なをしさきを見わたすに、ろふもんくもにさしはさみ、たまのまくさはかすみ、こかねのかはらは日にひかり、さうてんまてもかゝやけり。三ちうのくわひろうに、ししゆのもんをたてたる、一のたいりおはします。りうくうしやうこれなりけり。へいるりのはしらをたて、めなふのゆきけたに、はりのかへをいれにけり。ししゆまんしゆのやうらく、たまのすたれをかけならへ、ち

第16図　海女、竜宮へ舟を漕ぎ出す

やうにもあやをかけつゝ、とこにしきのしとねをしき、ちんたんをましへ、なをらんけいをみかきたて、かゝるめてたききうたくに、しやかつたり（ママ）うわうはしめとし、わしゆきつりうわうにいたるまて、ほうさをかざりさせらるゝ。もろ〳〵のせうりう、とくりう、こかねのよろいかふとをきて、四のもんをまほれり。さてもたつぬるたまをは、へちにてんをつくつて、たからのはたをたてならへ、かうをもり、はなをつみ、二六しちうにはんをおり、いねうかつかうなか〳〵に、申におよはさりけり。八人のりうわう、しゝこつ〳〵にしゆこすれは、このたまをとらん事、こんしやうにてはかなふまし。ましてみらいてとりかたし。おほしめし

【第18図　竜宮内の宝珠】

きりたまへ。わかきみ」とこそ申けれ。

かまたりきこしめされて、「さては、たまのありところをたしかに見つる物かな。あるとたにおもひなは、とりゑんことはけつちやうなり。りうしんともゝはかりことをめくらして、たはかつてとりたれは、われもたくみをめくらして、たはかつてとるへきなり。それりうしんと申は、五すい三ねつひま

第17図　海女を見送る鎌足

もなく、くるしみおほき御身なり。このくるしみをまぬかるゝことは、しらめのをとによもしかし。こゝをもつてあんするに、りうわうをたはかるへし。このうみのおもてに、こくらくしやうとをまなふへし。たまのはた、百なかれたて

【第19図　鎌足の命に涙する海女】

ならへ、さてまた、かくやをさうにかさつて、ひたりみきのけんくはんをしらめすまし、そのみきりに見めよきちこをそろへ、おんかくをそうするほとならは、たゝてんにんににたるへし。さあらんほとに、たいそうしやう、からりんをうちならし、上てんけかいのりうしんをくわんしやうするならは、すゝめによつて、かみほとけのそみ、らいりんましまさは、りうくうのみやこより、八大りうわうさきとして、そこはくのけんそくともを、ひきくしてこそいてらるへし。そのあひたは、りうくうかいには、りうひとりもあるましきそ。るすのまをうかゝひて、そろりといつてぬすみとつて、やあたへかし」とそおほせけれは、あま人うけたはり、「あら、ゆゝしの御たくみやさふらふ。かゝ

第18図　竜宮内の宝珠

るせんけうなくしては、いかてたやすくとりゑなん。たたし、るすのあひたなりともたまのけいこはあるへし。たとひむなしくなるとも、たまにをいては、しさいなくとりあけ、きみにまいらすへきか、もしむなしくなるならは、またたらちをのみとりこの、ちふさをはなるゝこともなし。きみならては、のち

【第20図　海上にて、管弦舞楽を催す①】

のよをあわれむ人のあるへきかとて、なくよりほかのことはなし。かまたりきこしめされて、「こゝろやすくおもへ。もしもむなしくなるならは、けうやうのそのために、ならのみやこに大からんをこんりうすへし。又わかにをいては、いまたようちなりとも、みやこへくそくし、てんかの御めにかけ、ふさゝきの大しんとかうし、ふちわらのとうりやうたるへき」よしを、こまぐ\とのたまへは、あま人うけたまはつて、よろこふことはかきりなし。

やかてみやこへししやをたて、まひのしをめしくたし、あたりのうらのふねをよせ、しゆたんをもつていろとり、

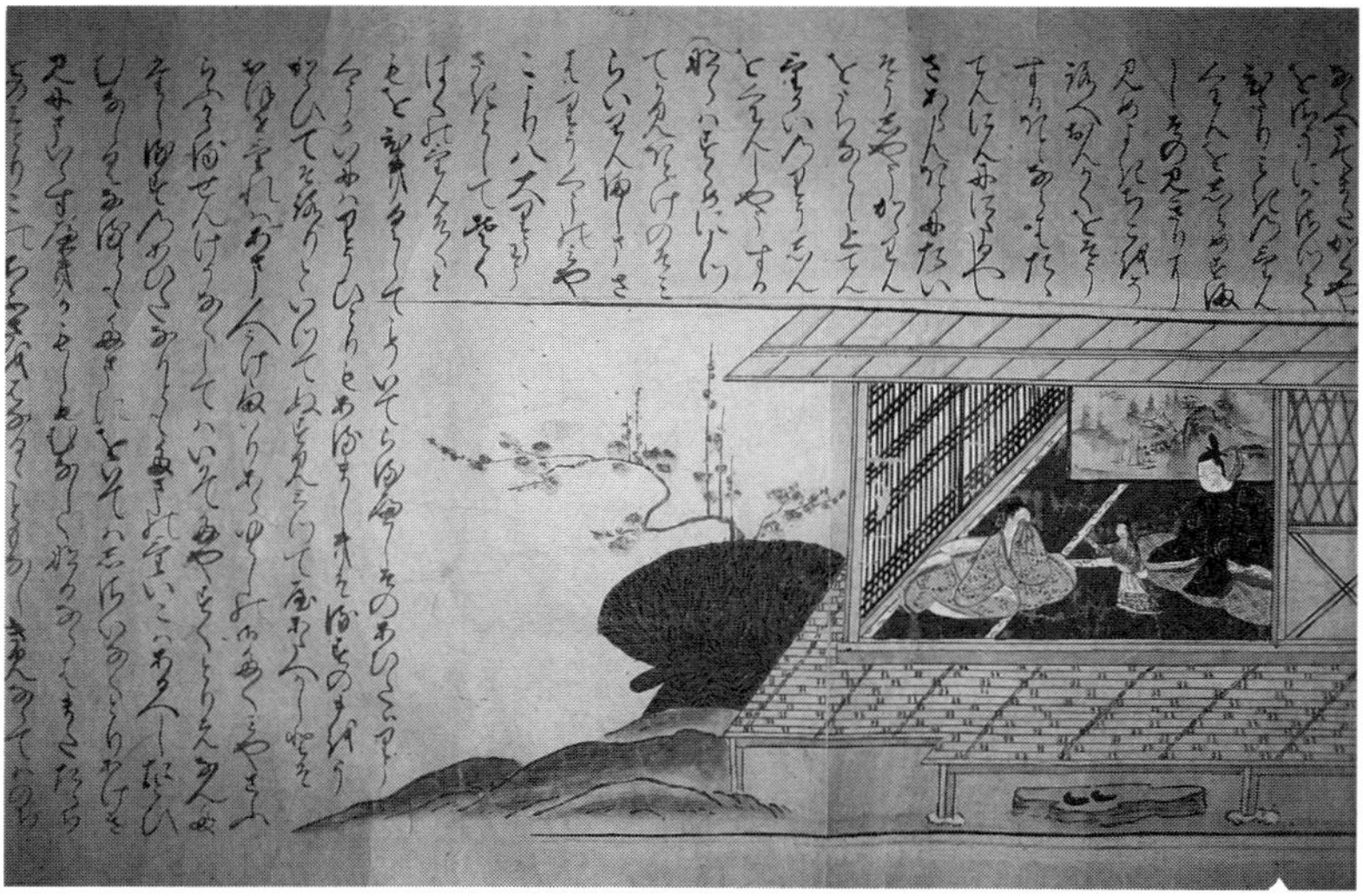

第19図　鎌足の命に涙する海女

ふたひをこそはりたてけれ。

【第20図　海上にて、管弦舞楽を催す②】

しうのやうのはたほこ百なかれたてならへ、かせにまかせてひるかへせは、さうかいはやかてしやうと丶なる。さいうのかくやにかさりたてたるおほ大こ、まんまくをあけさせ、しゆれんにたまのすたれをかけ、ほうさをさうにかさらせて、うけんちとくの大そうしやう、からりんをうちならし、上てんけかひのりうしんをおとろかし、しやうすれは、八大りうわうしゆらひして、せんきまち〳〵なりけり。「なんせんふしう、ふさゝきのうらにして、ほうさをかさり、ちやうしやうある。いさやらいりんやうかうなつて、ちやうもんせん」とのせんきして、そくはくのけんそくともを、ひきくしてこそいてられけれは、すてにりうしんいて給へは、こくちうのちこたち身をかさりまふけ、ここをせんとゝまひ給ふ。たゝてんにん

【第20図　海上にて、管弦舞楽を催す③】

のことくなり。

さるほとに、りうしん五すい三ねつたちまちにまぬかれ給ひけるあひた、なにこともうちわすれ、まひに見とれ給ひて、ふさゝき

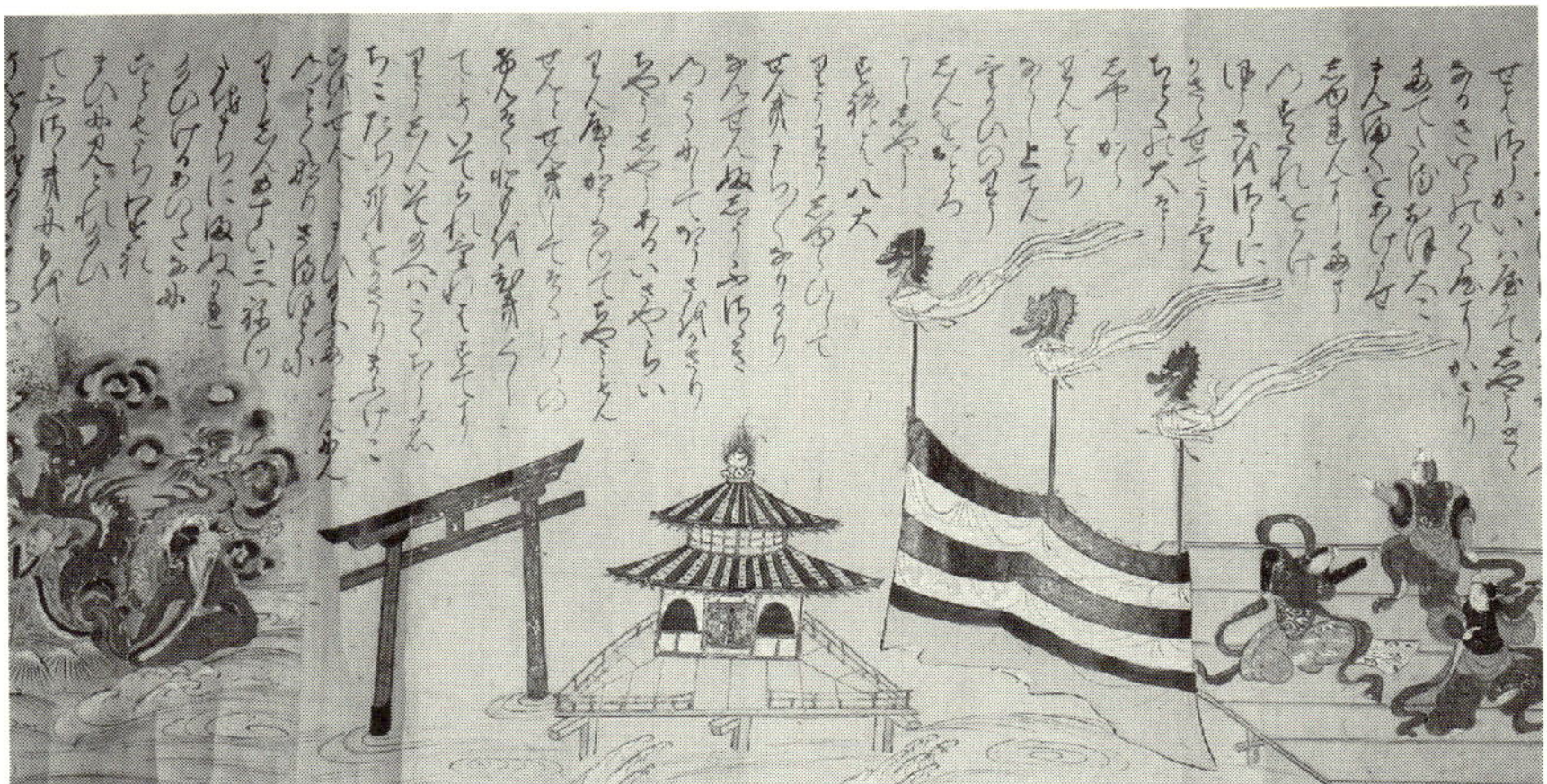

第20図　海上にて、管弦舞楽を催す

に日をそをくらるゝ。「すわや。ひまこそよけれ」とて、あまもいてたちをかまへけり。五しきのあやをもつて身をまとひ、やくわうのたまをひたいにあて、ぬのつなのはしをこしにつけ、かねよきかたなわきはさみ、なみまをわけてつつといる。たとひなんしの身なりとも、一人うみへいらんする事は、とくのうを、れう、かめ、大しやのおそれもあるへきに、申さむや、おんなの身となつて一人うみへいる事、たくひすくなきこゝろかな。すせんはんりのかいろをすき、りうくうのみやこにつきにけり。やくわうのたまにてらされて、くらきところはなかりけり。もとよりみをきたりしことなれは、まよふへきにて候はす。りうくうのほうてんにあかめをくすいしゃうのたま、おもひのまゝに

【第21図　竜宮内の宝珠を取る海女】

ぬすみとつて、こしにつけたるぬのつなのはしをひけは、せんちうの人々、「あわや、やくそくこゝなり」と、てんてにつなをひきにけり。あまはいさみてかつけは、うへよりもいとゝひきあくる。

第21図　竜宮内の宝珠を取る海女

いまはかうとおもひけるに、たまをまもるせうりう、このよしを見つけ、あとをもとめておう事、たゝ三つはのそやをいることく、せんちうの人々、「あわや、ほのかにみゆるは、あふ、くりあけよ」とけちするに、あまのあとについて、一の大しやおうてくる。たけは十ちやうはかりにて、ひれにつるきをはさみて、まなこはたゝ、せきしつのみつにうつろふことくなり。くれなゐのことくなるしたのさきをふりたて、すきまなくおつかくる。あま、「かなはし」とおもひけるあひた、かたなをぬいてふせきけり。せんちうの人々、このよしを御らんし、てをあけ、身をいたき、うつふいてころんつ、「あわや〳〵」とおほせけり。かまたり、御らんして、御けんをぬき、ようちの

【第22図　逃げる海女と追う竜】

とき、きつねのあたへたひたる一のかまをとりそへ、とんていらんとしたまふを、せんちうの人々、ゆんてめてにすかつて「こはいかに」とて、とゝめけり。すてにはや、このつなのこりすくなく見えしとき、大し

第22図　逃げる海女と追う竜

やはしりかゝつて、なさけなくも、かのあまの二のあしをけちきれは、みつのあはとそきえにける。

むなしきしかひをひきあけて、しよにんのなかにこれをおき、一とにわつとさけふ。かまたり御らんして、「たまはとりえぬものゆへに、二せのきえんはつきはてぬ。むねのあひたにきすあり。大しやのさけるのみならす」と、あやしめ御らんありけれは、このきすのなかよりも、すいしやうのたまのいてさせ給ふ。「大しやのおつかけしとき、かたなをふると見えしは、ふせかんためになくし、たまをかくさむそのために、わか身をかいしけるかとよ。せめてこのきすをわか身に

【第23図　海女の死を嘆く人々】

すこしもつならは、かほとに物はおもふましきを。おんなははかなきありさまかな。おつとのめいをちかへしとて、いのちをすつるはかなさよ。ともしひにきゆるよるのむしは、つまゆへその身をこかすなり。ふゑによるあきのしかは、はかなきちきりにいのちをうしなふ。それはみな〳〵しうあひれんほの、わりなきち

第23図　海女の死を嘆く人々

きりとはいひなから、かゝるあはれはまれなるへし。われには二せのきゑんなれは、又こんよにもあひみなん。なんちはいまこそかきりなり。わかれのすかたをよく見よ」とて、いとけなきわかきみを、しかひにおしそへたりけれは、しゝたるおやとしらぬこの、このほとはゝにはなれつゝ、たまにあふたるうれしさに、むなしきちふさをふくみつゝ、はゝのむねをたゝくをみて、上けはんみんおしなへて、みななみたをそなかしける。

あまはむなしくなりたれとも、かしこきせんけうはうへんによつて、りうくうかいへうはわれし、むけほうしゆを、ことゆへなくうはいかへしたまふ事、ありかたしともなか〳〵におよはさりけり。このたまはすなはちおくりふみにまかせて、こうふくしのほんそん、しやかほとけのみけんにゑりはめたまひけるとかや。しやうしんのれいさう、しやくせんたんのみそき、五寸のしやかをつくりたて、にくしきの御しやりを

【第24図　興福寺】

御しんにつくりこめなから、はう八すんのすいしやうの

第24図　興福寺

たふのなかにおさめて、むけほうしゆとなつけて、三こく一のてうはう、りうくうのおしみたまひしも、ことわりとこそきこえけれ。

掲載図版一覧

口絵　『から糸絵巻』……早稲田大学図書館蔵
『釈迦并観音縁起』絵巻……岩瀬文庫蔵
奈良絵本『ぼろぼろの草子』……岩手大学図書館蔵
〔大織冠絵巻〕……慈受院蔵

第一部　物語草子と女性

図1　「住吉神社祭礼図屏風」（部分）……フリア美術館蔵
図2　『およふのあま絵巻』……サントリー美術館蔵
奥平英雄氏編『御伽草子絵巻』（角川書店）より転載
図3　『稚児今参物語絵巻』……個人蔵
奥平英雄氏編『御伽草子絵巻』（角川書店）より転載
図4　『熊野の本地』……九州大学附属図書館蔵
九州大学国語学国文学研究室編『松涛文庫本熊野の本地』（勉誠社）より転載
図5　『平家納経』勧持品の見返し絵……厳島神社蔵

図6　奈良絵本『よろいかへ』……中野幸一氏蔵
『特別展　女性と仏教―いのりとほほえみ―』（奈良国立博物館）より転載
図7　古浄瑠璃『よろひがへ』……東京大学霞亭文庫蔵
『奈良絵本絵巻集』五「一本菊・よろひがへ」（早稲田大学出版部）より転載
図8　奈良絵本『からいと』……国文学研究資料館蔵
『図説日本の古典一三　御伽草子』（集英社）より転載
図9　絵巻『から糸物語』……早稲田大学図書館蔵
図10　『鎌倉名勝図』……明和〜安永頃刊本
『復原鎌倉古絵図略解』（東京美術）より転載
図11　唐糸観音……倉沢正二郎氏蔵
図12　『七十一番職人歌合』琵琶法師と女盲……東京国立博物館蔵
図13　『西行物語絵巻』……大原総一郎氏蔵
新修日本絵巻物全集一二『西行物語絵巻・当麻曼荼羅縁起』（角川書店）より転載
図14　『石山寺縁起絵』……石山寺蔵
日本絵巻物全集二二『石山寺縁起絵』（角川書店）より転載
図15　『七天狗絵』……東京国立博物館蔵
新修日本絵巻物全集二七『天狗草紙・是害房絵』（角川書店）より転載
図16　『遊行上人縁起絵』……山形　光明寺蔵
新修日本絵巻物全集二三『遊行上人縁起絵』（角川書店）より転載

第二部　談義・唱導と物語草子の生成

図17　『当麻寺縁起』絵巻……個人蔵
『社寺縁起絵』（角川書店）より転載
図18　『頬焼阿弥陀縁起』……光触寺蔵
『特別展　女性と仏教―いのりとほほえみ―』（奈良国立博物館）より転載
図19　『神子問答抜書』……浄厳院蔵
図20　『融通念仏縁起絵詞』……シカゴ美術館蔵
続日本絵巻大成一一『融通念仏縁起』（中央公論社）より転載
図21　『道成寺縁起絵巻』……道成寺蔵
図22　『磯崎』……デンバー美術館蔵
奈良絵本国際研究会議編『在外奈良絵本』（角川書店）より転載
図23　『日高川の草紙』……個人蔵
奥平英雄氏編『御伽草子絵巻』（角川書店）より転載
図24　『釈迦并観音縁起』……西尾市岩瀬文庫蔵
図25　『名劒秘傳書』……東京国立博物館蔵
図26　「西国三十三所順礼元祖十三人先達御影像」……岡寺蔵
大阪市立美術館他編『西国三十三所観音霊場の美術』（毎日新聞社）より転載

第三部　寺院文化圏と貴族文化圏の交流

図27　『七十一番職人歌合』暮露……国会図書館蔵

図28　『観音化現物語』……柳沢昌紀氏蔵

図29　『遊行上人縁起絵』……山形　光明寺蔵
　新修日本絵巻物全集二三『遊行上人縁起絵』（角川書店）より転載

図30　『七天狗絵』……中村庸一郎氏蔵
　新修日本絵巻物全集二七『天狗草紙・是害房絵』（角川書店）より転載

図31　『御絵目録』……佐々木孝浩氏蔵

図32　鍋冠祭図押絵貼屏風……個人蔵
　『日本絵画に見る女性の躍動美　働く女、遊ぶ女』（サントリー美術館）より転載

図33　『観音化現物語』……柳沢昌紀氏蔵

図34　『明恵上人革袋』……国会図書館蔵

図35　柿崎家本『一休骸骨』……柿崎義治氏蔵
　『一休骸骨』（禅文化研究所）の複製より転載

図36　『九想詩絵巻』……旧赤木文庫蔵無刊記本
　『近世文学資料類従仮名草子篇』十（勉誠社）より転載

図37　〔骸骨図〕……甲斐善光寺蔵

図38　『付喪神記』……崇福寺蔵
　『妖怪絵巻』（毎日新聞社）より転載

図39 『是害房』……曼殊院蔵
新修日本絵巻物全集二七『天狗草紙・是害房絵』（角川書店）より転載
図40 『源氏供養草子』……旧赤木文庫蔵
日本の美術『お伽草子』（至文堂）より転載
図41 『三十六人歌仙開眼法則』……十妙院蔵
図42 歴博甲本「洛中洛外図屏風」……国立歴史民俗博物館蔵
京都国立博物館編『洛中洛外図』（角川書店）より転載
図43 上杉本「洛中洛外図屏風」……米沢市所蔵
『標注洛中洛外図屏風上杉本』（岩波書店）より転載
図44 上杉本「洛中洛外図屏風」……米沢市所蔵
『標注洛中洛外図屏風上杉本』（岩波書店）より転載
図45 歴博甲本「洛中洛外図屏風」……国立歴史民俗博物館蔵
京都国立博物館編『洛中洛外図』（角川書店）より転載
図46 上杉本「洛中洛外図屏風」……米沢市所蔵
『標注洛中洛外図屏風上杉本』（岩波書店）より転載
図47 〈大織冠絵巻〉……慈受院蔵
図48 『たいしよくはん』……大英図書館蔵
奈良絵本国際研究会議編『在外奈良絵本』（角川書店）より転載

あとがき

本書は、二〇〇六年五月に、慶應義塾大学より博士（文学）の学位を授与された博士論文『室町期の文芸と女性――物語草子と宗教圏をめぐって――』をもとに、新稿二篇を加え、改稿したものである。博士論文の指導・審査にあたっていただいた、関場武先生（主査）、徳田和夫先生、岩松研吉郎先生、石川透先生（副査）に、心より感謝申し上げる。

各章の初出は以下のとおりであるが、本書収載にあたって、全体に表記を統一し、研究の進展により新たに判明した点やご教示を賜った点、明らかな誤りなどについて、論旨を変えない程度に、大小の訂正、加筆をおこなっている。

なお、本書の刊行にあたっては、日本学術振興会特別研究員奨励費、および平成十九年度科学研究費補助金（研究成果公開促進費）の交付を受けた。

＊

論考篇

序論　新稿

第一部　物語草子と女性

第一章　「お伽草子の尼御前」（『国文学　解釈と教材の研究』第四八巻一一号　二〇〇三年九月）
第二章　「お伽草子『まんじゆのまへ』試論」（『芸文研究』第七八号　二〇〇〇年六月）
第三章　「『唐糸草子』考――唐糸受難伝承から万寿孝行譚へ――」（『伝承文学研究』第五一号　二〇〇一年三月）
第四章　「曽我物語と瞽女」（『国文学解釈と鑑賞』別冊『曽我物語の作品宇宙』至文堂　二〇〇三年一月）

第二部　談義・唱導と物語草子の生成
第五章　「『慈巧上人極楽往生問答』の諸本とその特徴」（『仏教文学』第二七号　二〇〇三年三月）、「『慈巧上人極楽往生問答』にみる女人説話――談義・唱導と物語草子――」（『国語国文』第七二巻六号　二〇〇三年六月）
第六章　「室町の道成寺説話――物語草子と法華経直談――」（『説話・伝承学』一五号　二〇〇七年三月）
第七章　「偽経・説話・物語草子――岩瀬文庫所蔵『釈迦并観音縁起』絵巻をめぐって――」（『国語国文』第七四巻五号　二〇〇五年五月）
第八章　「『西国巡礼縁起』の展開――附、翻刻　慶應義塾図書館蔵大永六年奥書本――」（『巡礼記研究』第三集　二〇〇六年九月）

第三部　寺院文化圏と貴族文化圏の交流
第九章　「『ぼろぼろの草子』考――宗論文芸としての意義――」（『中世文学』第四九号　二〇〇四年六月）、および一部「物語草子としての形成と受容――『お湯殿の上の日記』を通じて――」（『寺社縁起の文化学』森話社　二〇〇五年十一月）

第十章　新稿
第十一章　「女性の巡礼と縁起・霊験説話――『熊野詣日記』をめぐって――」（『巡礼記研究』第一集　二〇〇四年十二月）
第十二章　「『源氏供養草子』考――寺院文化圏の物語草子――」（『国語と国文学』第八二巻八号　二〇〇五年八月）
第十三章　新稿
資料篇　新稿

＊

思えば、学部の卒業論文『中世女人入水譚の形成』において、お伽草子を中心とした中世の物語群に見えるさまざまな女性の入水譚について、その描写や背景となる信仰などを考察して以来、物語草子を研究する上で、「仏」と「女」は、私にとって欠かせないキーワードとなっていった。本書は、そうしたこれまでの研究のささやかな軌跡である。

本書を成すにいたるまで、文献調査や学会・研究会での口頭発表などにおいて、本当に多くの方々から、御指導・御助言を賜った。ここにすべてをあげることはできないが、心より御礼申し上げたい。大学院での授業に参加させていただいて以来、博士論文の審査にいたるまで、種々ご教導賜った徳田和夫先生をはじめ、学会や研究会などにおいて、いつも貴重な御教示をいただき、お導きくださった、阿部泰郎先生、小山正文先生、小峯和明先生、福田晃先生、渡辺信和先生には、とくに記して感謝申し上げる。また、本書の重要な柱と言える比丘尼御所論については、その調査・研究に関して、バーバラ・ルーシュ先生、中世日本研究所の桂美千代氏に、格別のご高配を賜った。心より御礼申し上げる。さらに、貴重な資料の閲覧・掲載の御許可を賜った御所蔵者各位、とりわけ度重なる調査、および図版の掲載をご快諾いただいた、慈受院門跡梶妙壽師に、深謝申し上げる。

本書に収められた論考の大部分は、伝承文学研究会東京例会や慶應義塾中世文学研究会、巡礼記研究会において、口頭発表の機会をいただいて、御教示・御批正を賜ったものが根幹となっている。伝承文学研究会の皆様、そして、佐々木孝浩先生、堤邦彦先生、牧野和夫先生をはじめとした慶應義塾の諸先生、諸先輩方、ともに研究会で学ぶ、大橋直義氏、内田澪子氏、藤巻和宏氏、田光美佳子氏、高橋悠介氏をはじめ、友人、後輩の皆様には、本当に多くの学恩を賜った。時には厳しいご批正を頂いたことも大変有り難く、心から感謝申し上げる次第である。

なかでも、岩松研吉郎先生には、学部二年生の原典講読の授業以来、卒業論文、修士論文、博士論文にいたるまで、懇切な御指導を賜り、何かと失敗ばかり繰り返す落ちこぼれの私を、常に叱咤激励してくださった。もし、岩松先生にお会いすることがなかったら、中世文芸に関心を持つことも、大学院に進学することもなかっただろう。心から御礼申し上げたい。

本書の刊行をお引き受けくださった、笠間書院の池田つや子社長、橋本孝編集長に、そして煩瑣な編集作業に御尽力頂いた重光徹氏に、感謝申し上げる。

そして、いつも私を支え、温かく見守っていてくれる家族に、心からの感謝をこめて、本書を贈りたい。

二〇〇七年十二月十三日

恋田知子

著者

恋田知子（こいだ　ともこ）

1973年　東京都生まれ
1997年　慶應義塾大学文学部文学科卒業
2004年　慶應義塾大学大学院文学研究科博士課程　単位取得退学
2006年　博士（文学）の学位取得
現在　国際仏教学大学院大学学術フロンティア研究員（PD）
学習院女子大学、国士館大学・大学院非常勤講師

専攻　日本中世文芸
論著　「物語草子としての形成と受容─『お湯殿の上の日記』を通じて─」（『寺社縁起の文化学』森話社、2005年11月）、「杉原盛安とその文化営為」（『岩瀬文庫蔵奈良絵本・絵巻解題図録』三弥井書店、2007年8月）、「室町期の往生伝と草子─真盛上人伝関連新出資料をめぐって─」（『唱導文学研究』第6集、三弥井書店、2008年1月）、「比丘尼御所文化とお伽草子─『恋塚物語』をめぐって─」（『お伽草子 百花繚乱』笠間書院、2008年11月）など。

仏《ほとけ》と女《おんな》の室町《むろまち》─物語《ものがたり》草子《そうし》論《ろん》─

平成20（2008）年2月29日　初版第1刷発行
平成21（2009）年11月11日　再版第1刷発行

著者　恋田知子

発行者　池田つや子

発行所　有限会社　笠間書院
〒101-0064　東京都千代田区猿楽町 2-2-3
電話 03-3295-1331（代） Fax 03-3294-0996
NDC分類：913.4　振替 00110-1-56002

ISBN978-4-305-70368-2

シナノ印刷
（本文用紙・中性紙使用）

索　引

・本索引は、論考篇のみを対象とし、主要なものを五十音順で掲げた。
・書名については『　』、芸能や絵画、記録類での名称については「　」を付した。
・類似する名称でジャンルが異なる作品名もあるので、能・お伽草子・幸若舞曲・古浄瑠璃については、ジャンルを（　）で示した。
・本文中に名前のみの掲載であっても、姓を補って示した。ただし、物語中の架空人名については、この限りでない。

書名・作品名　索引

●あ

●さ

●た

●な

●は

人名・寺社名　索引

●さ

●た

●な

●は

●ま

●や

●ら